도요새에 관한 명상

책임 편집 우찬제

서강대학교 경제학과와 동대학원 국문학과를 졸업했다. 지은 책으로『욕망의 시학』
『상처와 상징』『타자의 목소리』『고독한 공생』『텍스트의 수사학』『프로테우스의 탈주』
『불안의 수사학』『나무의 수사학』『애도의 심연』등이 있다. 현재 서강대학교 국문학과
교수로 재직 중이다.

문지작가선 8 | 중단편선
도요새에 관한 명상

펴낸날 2021년 3월 15일
지은이 김원일
책임 편집 우찬제
펴낸이 이광호
주간 이근혜
편집 조은혜 최지인 이민희 박선우 방원경
펴낸곳 ㈜문학과지성사
등록번호 제1993-000098호
주소 04034 서울 마포구 잔다리로7길 18 (서교동 377-20)
전화 02)338-7224
팩스 02)323-4180(편집) 02)338-7221(영업)
전자우편 moonji@moonji.com
홈페이지 www.moonji.com

ⓒ 김원일, 2021. Printed in Seoul, Korea

ISBN 978-89-320-3824-7 03810

문지작가선 8

도요새에 관한 명상

김원일 중단편선

문학과지성사

어둠의 혼

아버지가 잡혔다는 소문이 읍내 마당 주위에 퍼졌다. 아버지는 어제 수산리 그곳 장날 장마당에서 사복 입은 순경에게 붙잡혔다 했다. 어제저녁 늦게 읍내 지서로 오라에 묶여왔다는 것이다. 장마당 주변 사람들은 아버지가 오늘 중으로 총살될 거라고 쑤군거렸다. 지서 뒷마당 느릅나무에 묶여 즉결 처분당할 거라고 말했다.

병쾌 아버지를 포함해서 아버지를 따라다니며 그런 일을 했던 읍내 젊은이 일곱이 그렇게 죽었기에, 그 일에 앞장섰던 아버지야말로 총살을 당할 게 분명하다. 이제 아버지는 연기처럼 자취 없이 사라져버릴 게다. 사라진 연기를 다시 모을 수 없듯, 이제 우리 오누이는 아버지라 부를 사람이 없게 된다. 그 점이 슬플 뿐, 다른 생각은 나지 않는다. 아버지는 이태 넘게 집을 비웠다. 경찰에 쫓겨 밤을 낮 삼아 어디론가 늘 숨어 다녔다. 산도둑같이 텁석부리로, 선생님처럼 국민복을 입고, 경찰을 피해 문득 나타났다 잽싸게 사라져버리는 아버지의 요술도 이제 끝났다. 그 요술의 뜻을 내가 미처 깨치기 전에 아버지가 돌아가신다는 게 슬플 뿐, 나는 당장 해결해야 할 절박한 괴로움에 떤다. 배가 지독히 고프다. 어머니는 아직 안 오신다. 보리쌀 됫박을 들고 나간 게 한참 전이다. 두 시간쯤 되었을 게다. 내가 국어 숙제를 하고 있을 때, 어머니가 뒤질 놈은 뒤지더라도 어디서든 양식을 꾸어 오겠다며 대문을 나섰다. 이 집 저 집 여러 집에서 양식을 꾸어다 먹었기에 더 꾸어줄 집도 없을 터이다. 어머니는 믿을 데가 거기뿐이니 이모님 집으로 갔겠거니 여겨진다. 지서에 잡혀 있을 아버지를 두고 이모님께 넋두리를 늘어놓을 게 분명하다. 이모님은 어머니를 곧잘 닦아세우지만 마음씨가 착하니, 서방 잘못 만내서 불쌍한 이것아, 하며 쌀 한 되쯤, 보리쌀 두 되쯤 뒤주에서 퍼내어 줄 것이다. 그럼 모레까지 배곯는 걱정은 안 해도 된다. 그 양식으로 죽을 쒀 먹는다면 며칠은 견딜 수 있다. 우리 집은 그동안 이모님 집에서 양식을 많이 가져다 먹었다. 그걸 언제 다 갚을는지 모른다. 몇 해 동안 돈이나 먹을거리를 집에 들여놓지 못한 아버지이긴 하지만, 아버지마저 돌아가신다면 갚지 못할 빚으로 남게 될 게다. 나도 이제부터 아버지가 없는 소년으로 남을 것이다. 그런데, 아버지가 왜 그 일에 적극 나서게 되었는지 알 수 없다. 사람들이 모두 쉬쉬하며 두려워하는 그 일에 아버지가 왜 발 벗고 나서서 뛰어들게 됐는지 그 내막을 자세히 모른다.

몇 해 전, 해방되던 날만 해도 아버지는 읍내 사람들과 함께 장마당에서 해방 만세를 불렀다. 여름 한낮, 태극기 흔들며 기세 껏 해방 만세를 불렀다. 재작년 겨울에 무슨 법이 만들어지고부 터 아버지는 갑자기 집에서는 물론 읍내에서 사라졌다. 지서와 사람을 피해 숨어 다니기 시작했다. 밤중에 살짝 나타났고, 얼굴 을 보였다간 들킬세라 금방 사라졌다. 아버지가 무슨 일을 맡아 그러고 다니는지 어머니도 잘 모른다. 장마당 주변 사람들이 아 버지를 두고 좌익질한다며 쑤군거렸고, 순경이 자주 우리 집에 들랑거렸지만, 재작년 겨울부터 누구도 아버지를 보았다는 사 람이 없었다. 누가 시켜서 하는 일인지, 스스로 무슨 일을 꾸미 는지, 아버지에 관해서 그 사연을 들려주는 사람이 없었다. 쌀 한 톨 생기지 않는 일에 목숨을 걸고 숨어 다니는 아버지의 요 술을 두고 사람들은 쉬쉬하며 귀엣말을 했다. 아버지가 하는 일 은 읍내 유식꾼 이모부님조차 알면서도 모른 체하는지 입을 봉 했다. 봄철이 되면 꽃이 피는 이유나 꽃이 향기를 어떻게 만드 는지 내가 모르듯, 이 세상에는 아직 내가 알 수 없는 일이 너무 많았다.

초등학교 2학년 때였다. 나는 아버지와 들로 산책을 나간 적 이 있었다. 안개도 자우룩한 초여름 새벽이었다. 이슬에 바짓가 랑이를 적시며 아버지와 나는 들길을 걸었다. 종달새가 새벽부 터 하늘을 날며 맑은 소리로 울었다. 아버지는 풀잎에서 뛰어오 르는 청개구리 한 마리를 잡더니, 손바닥에 올려놓았다. 청개구 리의 빛 고운 연두색 등판이 반들거렸고, 얇고 흰 뱃가죽이 팔 딱거렸다. 아버지가 말했다. 요 꼬마놈은 날마다 높이뛰기 연습을 한단 말이야. 첫날은 반뼘 정도 뛰지만 이튿날은 쬐금 더 높이 뛰거든. 한 달쯤 뒤면 한 뼘쯤 뛰고, 두 달쯤 뒤면 두 뼘을 뛰고, 그 다음다음 달은…… 그럼 나중엔 하늘에 닿겠네요? 내가 물었다. 아니지, 하늘에 닿아보려 뛰지만 하늘에 닿지는 못해. 왜냐하면 하늘은 끝이 없으니깐. 그럼 청개구리는 죽을 때까지 뛰겠네요? 그렇지, 죽는 날까지 날마다 높이뛰기를 하지. 왜 그런 연습을 해요? 그건 아버지도 몰라, 청개구리만 알겠지. 아버지는 청개구리를 풀잎에 다시 놓아주었다. 아버지 이야기는 재미가 없었다. 심심해서 해본 이야기 같았다. 지금 생각하니 아버지가 해왔던 그런 일이 꼭 청개구리가 하는 짓을 닮았다. 죽을 때까지 뛰던 청개구리의 높이뛰기, 아버지는 얼마만큼 높이 뛰고, 언제까지 뛸까. 그때까지만도 나는 아버지가 죽는다고는 상상조차 할 수 없었다.

두렵다. 땅거미가 깔린다. 곧 사방이 어두워질 것이다. 어둠은 두렵다. 깜깜한 밤이 싫다. 벌써부터 내일 새벽이 기다려진다. 금병산 산마루 위로 해가 솟아 날이 훤해질 때까지, 나는 잠을 설칠 거였다. 날이 밝으면, 내 어릴 적 왜 청개구리 이야기를 들려주셨냐고 묻기도 전, 아버지는 돌아가시고 이 세상에 없을 것이다.

자식들이 굶고 기다리는 줄 알면서 어머니가 왜 안 오시는지 모르겠다. 지서로 갔을는지 모른다. 살아 있는 아버지를 마지막으로 만난다면 어머니도 펑펑 울까? 아니, 어머니는 지서에 가시지 않았을 것이다. 어머니는 늘 아버지 험담만 퍼부었다. 조금 전만도 처자식 이렇게 고생만 시키니 죽어도 싸다고, 아버지를 두고 악담을 퍼지르고 나갔으니 아버지 찾아 지서로 갔을 리 없다.

나는 대문 앞에 쪼그려앉아 하나, 둘 하고 다시 수를 센다. 옆집 박 선생네 누렁이가 지나간다. 머리와 꼬리를 늘어뜨린 힘없는 걸음이다. 언제 보아도 누렁이는 야위었다. 우리 오누이들처럼 갈빗대가 도드라졌다. 오래 못 살고 죽을는지 모른다. 나는 학교에 갔다 올 때, 갑자기 하늘이 노랗게 보일 적이 있었다. 다리에 힘이 빠져 쓰러질 것만 같았다. 조회시간이나 학교에서 돌아올 때, 몇 차례 쓰러진 적이 있었다. 그럴 땐, 이렇게 죽는구나, 작년 여름 물에 빠져 죽은 병쾌처럼 나도 죽는구나 하는 생각이 들곤 했다.

뱃속에서 꼬르륵 소리가 난다. 배가 고프면 그런 소리가 났다. 나는 더 참을 수 없다. 오늘도 점심을 굶었다. 찬길이 녀석이 부러웠다. 녀석은 날마다 도시락에 쌀밥을 싸왔다. 나는 찬길이보다 공부를 잘한다. 박 선생님이 머리를 쓰다듬으며 갑해야, 넌 가정환경만 좋으면 대학까지도 갈 수 있는데 하고 말한 적 있었다. 곧 입학할 중학교는 이모부님이 학비를 대겠다고 말씀하셨다.

……아흔아홉, 백. 나는 벌써 백까지 세었다. 어머니는 나타나지 않는다. 나는 장마당으로 가는 다리 쪽에 눈을 준다. 나무다리는 바닥에 구멍이 숭숭 뚫렸다. 사람이 지나갈 땐 삐거덕 소리를 낸다. 달구지가 지나갈 땐 찌거덕거린다. 다리 건너에서 만수 동생이 볼록한 배로 혼자 제기차기를 한다. 녀석 집도 우리 집만큼 가난한데 오늘 저녁밥은 오지게 먹은 모양이다. 볼록한

배가 출렁거린다. 우리 집은 왜 가난할까, 하고 생각해본다. 어머니 말처럼 모두 아버지 탓이다. 아버지는 농사꾼이 아니요, 장사를 하지도 않고, 그렇다고 월급쟁이도 아니다.

울음소리가 들린다. 누나가 운다. 누나와 분선이가 쪽마루에 걸터앉아 있다. 누나는 집이 떠나가란 듯 큰 소리로 운다. 나는 엉거주춤 일어선다. 허리 굽혀 마당을 질러 갈 때 다리가 떨린다. 장독대엔 벌써 어둠이 내렸다. 뒤쪽 대추나무는 귀신 꼴이다. 곱슬한 머리카락을 풀어 흩뜨린 것 같아 무섬기를 들게 한다. 어두워진 뒤에 대추나무를 보자, 열흘쯤 전이 떠오른다. 밤이 깊어 잠이 들었을 때였다. 담을 타 넘고 들어왔는지, 순경 둘이 방으로 들이닥쳤다. 그들은 구두를 신은 채였다. 순경은 소스라쳐 일어난 어머니 가슴팍에 총부리를 들이대며 소리쳤다. 조민세 어디로 갔어? 이 방에 있는 걸 봤는데 금세 어디 갔냔 말이다. 이년아, 네 서방 어디다 숨겼어? 순경은 어머니 멱살을 틀어쥐며 소리쳤다. 다른 순경이 어머니 허리를 걷어찼다. 호각 소리가 집 주위 여기저기서 들렸다. 여러 순경이 집 안을 샅샅이 뒤졌으나, 끝내 아버지를 잡지 못했다. 그날 밤, 아버지는 집에 오지 않았다. 순경들은 애꿎은 어머니만 지서로 데리고 갔다. 어머니 머리채를 잡아끌며 순경들이 떠나자, 우리 오누이는 갑자기 밀어닥친 두려움으로 서로 껴안았다. 그날 밤, 누나는 내내 큰 소리로 울었다. 누나의 울음이 오히려 무섬기를 덜어주었다. 누나는 울다 지쳐 잠이 들었다. 분선이와 나는 서로 껴안은 채 밤새 소리 죽여 흐느꼈다. 울지도 못했다면 분선이와 나는 기절했을 거였다. 봉창이 환해질 때까지 콧물 눈물이 범벅이 된 채 울며 새운 그 밤의 두려움은 지독했다. 죽어뿌리라, 어데서든 콱 죽고 말아뿌리라. 나는 아버지를 두고 속말을 되씹었다. 순경들이 뜬금없이 한밤중에 밀어닥쳐 집 안을 뒤지는 날이면, 나는 아버지가 밉다 못해 원수로 여겨졌다. 이튿날, 학교 갈 생각도 않고 늘어져 누웠을 때, 어머니가 지서에서 풀려났다. 이모님이 어머니를 부축해서 집으로 데려왔다. 어머니 얼굴은 피멍이 들어 있었다. 어머니는 꺼져가는 소리로 아버지와 순경을 두고 욕설을 퍼부었다. 그러나 이제는 순경들이 집 안으로 밀어닥치지 않을 거였다. 숨어 다니던 아버지가 수산리 장마당에서 순경에게 잡혔다. 사람들은 아버지가 곧 총살당할 거라고 말한다. 아버지가 돌아가시고 나면, 사람들은 우리 집을 빨갱이집이라고 말하지 않을 것이다.

대추나무 뒤쪽 하늘은 짙은 보라색이다. 나는 보라색을 싫어한다. 손톱에 들이는 봉숭아 꽃물도, 닭볏 같은 맨드라미도, 코스모스의 보라색 꽃도 싫다. 어머니 젖꼭지 색깔까지 싫다. 보라색은 어쩐지 아버지가 바깥에서 숨어 다니며 하는 그 일과, 어머니의 피멍 든 모습을 떠올려준다. 말라붙은 피와, 깜깜해질 징조를 보이는 색깔이 보라색이다. 옅은 보라에서 짙은 보라로, 세상의 모든 형체를 어둠으로 지우다, 끝내 아무것도 볼 수 없는 밤이 온다는 게 두렵다. 이 세상에 밤이 있음이 무섭다. 밤이 없는 곳이 있다면 나는 늘 그 땅에서 살고 싶다. 나는 환한 밝음 아래 놀다 그 밝은 세상에서 잠자고 싶다. 아버지는 어둠 속에서 총살당할 것이다. 작년에 지서로 잡혀간 젊은이들도 한밤중에 총살당했다.

"언니야, 와 자꾸 우노. 울지 마래이. 어무이 곧 올 끼다. 언니, 니 자꾸 울모 범이 와서 물어 간데이." 분선이가 우는 누나 손을 쥔다.

누나는 더 큰 소리로 운다. 서러운 목소리가 아니다. 배가 고플 때면 언제나 그렇게 소리만 내지를 뿐이다. 울음이라기보다 고함이다. 눈물을 흘리고, 콧물도 흘러내린다. 누나 역시 제대로 먹지 못하는데 눈물 콧물은 어디서 저렇게 많이 나오는지 알 수 없다. 물을 많이 먹어 그럴는지 모른다. 아니다. 천치라서 그렇다. 누나는 바보다. 나는 쪽마루 앞으로, 배가 흔들리지 않게 걸어간다. 이젠 배가 아프거나 고프지 않다. 배가 잠을 자는 모양이다. 빨리 걸으면 배가 잠에서 깰는지 모른다. 잠에서 깬 배가 속이 빈 줄 알면 위벽을 긁으며 뭐든지 건더기를 넣어달라고 앙탈을 부릴 터이다.

"오빠야, 니는 와 자꾸 밖에 나가노. 니도 언니 좀 달래거라. 내사 증말 몬 살겠데이." 분선이가 나를 보며 어머니 말을 흉내 내어 말한다.

"문 앞에서 어무이 안 기다렸나. 니가 누부야 달래거라. 내사 말할 기운도 없는 기라. 니 자꾸 말 시키이까 배가 잠을 깰라 안 카나."

나는 분선이 옆, 마루에 걸터앉는다. 누나는 자꾸 운다. 상여가 나갈 때 곡하는 소리 같다. 분선이는 동그란 눈을 힘없이 깜박거리며 대문께를 본다. 나는 누나 울음소리가 듣기 싫다.

"누부야, 저거 바라. 어무이 쌀자루 들고 오네. 기분 좋아서 덩실덩실 춤추며 오네." 나는 짐짓 거짓말을 해본다.

누나는 내 말에 속는다. 울음을 그치고 대문을 본다. 어머니가 보일 리 없다. 어둠만 짙다. 화가 난 누나가 더 큰 소리로 운다.

"오빠 니 와 자꾸 거짓말하노. 니 나중에 하느님한테 천벌 안 받는가 보래이." 분선이가 뾰로통해져 말한다.

바람이 분다. 밤을 몰고 오는 싸늘한 바람이다. 봄을 싣고 오는 바람이라 포근한 기운이 섞였다. 분선이는 어깨를 떤다. 한기를 느끼는 모양이다. 나 역시 으스스하다. 나도 울고 싶어진다. 콧마루가 찡해온다. 나는 마른침을 삼키며 참는다. 울면 배가 더 고프다. 운다고 금세 밥이 생기지도 않는다. 지난겨울, 그 추위에도 군불을 때지 않은 찬 방에서 우리 오누이는 저녁밥을 굶고 넘긴 적도 있었다. 분선이가 울지 않는데 내가 울어서는 안 된다.

"지금 무신 달인 줄 아나?" 나는 분선이한테 말을 시켜본다.

"사월달이지 머꼬."

"오늘이 무슨 요일인 줄 아나?"

"금요일이지러."

"모레 공일날 나무 하러 갈 때, 니도 따라갈래?"

"가꾸마. 인자 쑥은 늙어서 몬 뜯을 끼라."

"그래도 참꽃(진달래)은 다 안 졌을 끼다. 참꽃 따묵고 칠기 (칡)도 캐 묵자. 찰칠기는 얼매나 맛있다고. 장마당에는 벌써러 칠기장수가 나왔더라."

"어무이는 와 안 오노. 언니가 이래 울어쌓는데." 분선이 목소리가 울먹해진다. 분선이는 다시 누나를 달랜다. "언니야, 내 노래 불러주꾸마. 뜸북새 불러주께 울지 마래이."

분선이는 착한 애다. 분선이는 4학년으로, 공부를 잘한다. 나는 초등학교 적 반에서 늘 첫째나 둘째를 했고, 분선이는 다섯째에서 맴돈다. 밥만 양껏 먹을 수 있다면 나는 늘 첫째를 할 수 있고, 분선이도 부급장은 할 수 있다. 장마당 주변 사람들은 분선이를 새처븐(예쁜) 가시나라고 칭찬한다. 분선이는 말도 제대로 못하는 아기 같은 누나를 늘 보살핀다. 다른 처자들은 다 시집가도 우리 언니 데려갈 총각은 없을 끼라고 말하며, 분선이는 어른스럽게 혀를 차곤 했다. 오줌을 함부로 흘린 누나의 누런 지도가 그려진 속옷을 어머니가 없을 때는 분선이가 빤다. 빨랫방망이를 두드리며 분선이가 빨래할 때, 그 옆에 앉아 히히 웃는 누나가 분선이는 귀여운 모양이다. 동네 사람들이 모두 누나를 싫어하지만 분선이만은 누나의 착한 동무이다. 분선이는 떨리는 목소리로 노래를 부른다. 나는 목이 멘다. 누나보다 분선이가 더 가련하다. 나는 울고 싶어진다. 분선이를 껴안고 울고 싶지만 나는 남자이기에 참는다. 목울대가 떨려 나는 가만 앉아 있을 수가 없다. 누나 울음소리가 귀에 거슬린다. 어둠에 묻혀가는 집도 싫다. 나는 마루에서 일어선다. 천천히 걷는다. 우리 오빠 말 타고 장에 가시면…… 분선이의 노랫소리가 쓸쓸하고 곱게 퍼져나간다. 노래가 끊어진다.

"오빠야, 또 어데 가노?"

분선이도 곧 울 거라고 나는 등 뒤로 느낀다. 나는 걷기를 멈추지 않는다. 눈을 감았다 뜨며 분선이의 모습을 지우려 애쓴다. 분선아, 나는 니맨쿠로 착하지 몬해. 나는 누나를 달랠 수 없어. 나는 입속말로 말한다. 분선이의 물기 젖은 눈동자가 앞을 막는다. 나는 멈춰 선다.

"어무이 찾으러 안 가나. 퍼뜩 찾아와야 밥 해묵지러. 이모님 집에 가모 어무이 있을 끼라. 내 얼른 모시고 오꾸마. 어무이 오모 우리 쌀밥 해묵자."

더욱 짙어진 어둠 건너 분선이 얼굴이 희미하다. 배 속이 쓰려온다. 어둠 속에 분선이의 얼굴이 아래위로 끄덕인다. 누나는 기진맥진해진 목소리로 계속 운다. 나는 돌아서서 걷는다. 대문 옆 꽃밭은 음침하다. 애써 구한 씨를 분선이와 함께 뿌린 꽃밭이다. 백일홍·분꽃·채송화는 아직 모종 티를 벗지 못했다. 해바라기가 그중 잘 자란다. 숟가락만 한 잎을 벌렸다. 그 꽃밭이 어둠에 묻혀간다. 꽃밭만은 밤낮을 가리지 않고 밝았으면 싶다. 꽃밭까지 어둠이 삼킨다는 건 하느님이 세상을 만들 때 잘못 만든 듯싶다. 겨울 한철 빼고 꽃밭은 늘 푸르고 색색의 꽃이 알록달록 피어야 한다. 향기를 뿜고 그 향기를 쫓아 나비와 벌이 찾아와야 한다. 아니, 꽃밭 주위만은 겨울이 닥치지 않아야 한다. 잎이 푸르고 꽃은 늘 피어 있어야 한다.

나는 대문을 나선다. 공동 우물터에서 여자들이 떠드는 소리가 들린다. 두레박이 돌벽에 부딪혀 물에 떨어지는 소리가 들린다. 웃음소리도 들린다. 아낙네들과 처녀들이 무슨 이야기인가 재잘거리고 있다. 장마당의 온갖 소문은 우물터에서 퍼져나간다. 아버지가 읍내 지서로 잡혀왔다는 소식도 우물터에서 장마당에 번졌다. 나는 귀를 기울인다. 갑자기 웃음소리가 끊어진다. 우물터에서 하는 말이 들린다. 그 말이 내 귀에 아프게 박힌다.

"똑똑한 사람 죽는구먼. 우짜모 몇 해 사이 사람이 그렇게 변해버릴 수가 있나." "아이들이 불쌍한 기라. 천치 분임이는 두고라도, 갑해랑 분선이가 안 그렇나, 쯧쯧."

나는 그 소리가 듣기 싫어 걸음을 빨리한다. 눈에 눈물이 고인다. 아녀자들 말을 듣자, 왠지 아버지가 가여워진다. 배만 고프지 않다면 두렵긴 하지만 지서로 가보고 싶다. 아버지는 오라에 묶여 매를 맞고 있을는지 모른다. 지서에서 그런 일 했던 사람을 잡아들이면 순경들이 무조건 매타작부터 한다 했다. 지서 방공호가 매타작하는 곳이란다. 피 흘리는 아버지 얼굴이 떠오른다. 울부짖는 모습도 떠오른다.

해방되던 해 가을이 생각난다. 추석날이었다. 어머니는 집에 있고 우리 오누이는 아버지와 함께 성묘를 갔다. 아버지는 누나 손을 잡았고, 나는 분선이 손을 잡고 걸었다. 폐가 나빠 젊은 나이에 세상을 떠나셨다는 할아버지 무덤은 산을 두 개나 넘는 오추골에 있었다. 그곳에는 할머니 무덤, 증조부님 무덤도 있었다. 산길은 단풍이 고왔다. 내 키보다 더 자란 억새가 눈부신 햇살을 받고 바람에 흔들렸다. 발밑에서 부서지는 낙엽 소리가 듣기에 좋았다. 다람쥐도 보았고, 산딸기도 따 먹었다. 분선이는 노래를 불렀다. 오래 걸어도 다리 아픈 줄 몰랐다. 그 산길을 걸으며 아버지가 말했다. ……그래서 말이야. 난 아버지 얼굴도 모르지. 원래 우리 집은 살림이 넉넉했어. 그런데 네 할아버지가 다섯 해를 앓으시며 온갖 약을 쓰다 보니 많던 전답을 다 팔고, 별세하셨을 땐 겨우 나 하나를 키울 전답과 황소밖에 없었던가 봐. 네 할머닌 머슴과 나를 데리고 청상으로 사시다 돌아가셨지. 내가 일본에서 고학하며 공부할 때, 돌아가셨다는 기별을 받았어…… 아버지가 내게 들려주는 말이었으나 꼭 그렇지만도 않았다. 그적만 해도 나는 어렸다. 아버지가 심심하니 그냥 혼잣말하듯 들려주는 말이었다. 내가 청상이란 말뜻도 몰랐을 적이었으니깐. 조선님 무덤마다 절을 하고 벌초까지 끝내자, 아버지와 우리 오누이는 싸 온 떡과 삶은 달걀과 과일을 깎아 나누어 먹었다. 삶은 달걀을 먹을 때, 문득 나는 아버지를 골려주고 싶었다. 나는 어려운 질문을 꺼냈다. 그 질문은 그즈음 우리 또래에서 이상한 수수께끼로 나돌아 선생을 골릴 때 학생들이 쓰는 질문이었다. 아부지, 이 지구가 생기나고 맨 처음, 달걀이 먼저 나왔게예, 닭이 먼저 나왔게예? 학생들의 이런 질문에 선생님은 맞는 답을 금방 골라내지 못했다. 닭이 먼저라면 그 닭은 어디서 나왔느냐, 달걀이 먼저라면 그 달걀을 누가 낳았느냐는 연속적인 질문을 학생들이 준비해두고 있기 때문이었다. 내 질문을 받자 아버지 역시 헛기침을 하며 잠시 당황해했다. 아버지는 무엇인가 곰곰이 생각했다. 이윽고 나를 건너다보더니, 내가 알아맞혀보지 하셨다. 그래예, 맞히보이소. 나는 아버지 입을 보았다. 답은 간단하지. 닭이 먼저냐 달걀이 먼저냐 하는 것은 말

이야, 아무도 몰라. 나는 아버지 대답에 실망했다. 피, 그런 답이
어딨습니꺼, 지도 그런 답은 할 수 있습니더. 너도 학교에서 배
웠겠지만 닭과 달걀의 조상을 쭉 따라 올라가면, 글쎄, 몇억 년
쯤 거슬러오르면, 암놈 수놈이 한몸이었을 때가 있었지. 원생동
물 시기가 있었거든. 그땐 사람이 생겨나지 않았을 때였어. 그
럴 때, 과연 어떤 게 먼저 세상에 나왔는지 아무도 알 사람이 없
지. 그러니까 모른다는 게 옳은 답이야. 아버지 그 말에 나는 풀
이 죽었다. 그래도 어데 모른다는 기 맞는 답일 수 있습니꺼. 나
는 조그만 소리로 말했다. 아니야, 넌 답이란 반드시 맞다, 아니
면 틀렸다, 두 가지뿐인 줄 알지? 아버지가 물었다. 그래예, 모
른다는 거는 답도 아이고, 아무것도 아이라예. 모른다는 거는 증
말 모르이까 모른다고 말하는 기지예. 내 말은 틀린 말이 아니
었다. 아냐, 옛날 옛적, 닭과 달걀 중 누가 먼저 생겼느냐는 질문
에는 모른다가 답일 수 있어. 더러는 모른다는 답이 백 점일 때
도 있단다. 너도 다음에 크면 알게 되겠지만, 이 세상 일에는 참
으로 수수께끼가 많지. 어느 게 옳고 틀린지 정답을 모르는 일
이. 모두 제가끔 하는 일만이 옳은 일이라며 열심히 매달리니깐.
어떤 일에는 목숨까지 던져가며 말이다.

다리를 건너면 함안댁, 다음 집이 판쟁이(소목) 집이다. 그다
음은 장마당으로 들어선다. 함안댁네 집에서는 구수한 내음이
난다. 떡을 찔 때 나는 내음이다. 오늘은 그런 내음이 나지 않는
다. 내일이 진례장이다. 모레가 가숨장, 그다음 날이 진영 장날
이다. 진례장은 멀어 함안댁이 내일은 떡을 팔러 가지 않는다.

나는 함안댁 낮은 담 너머로 마당을 들여다본다. 빈 마당이 어둡다. 방문에는 호롱불이 밝다. 가마니를 짜는 판돌이 형 그림자가 보인다. 지난겨울 판돌이 형은 바깥출입을 거의 하지 않았다. 방에 박혀 가마니만 만들었다. 동네 아낙네들이 우물터에서 판돌이 형을 두고 이야기하던 소리를 들은 적 있었다. 나이 열여덟 살밖에 안 된 떠꺼머리가 우째 그래 부지런할꼬. 인자 이태만 지나모 딸 주겠다고 나서는 집이 생길 끼라. 이분 겨울만 해도 그동안 밤낮을 쉬지 않고 짠 새 가마이를 장에 내다 팔모 중소 한 마리쯤 너끈히 살 거로. 함안댁 집에서는 가마니틀이 철거덕거리는 소리만 들릴 뿐, 아무 말소리도 들리지 않는다.

해방되기 전, 아버지는 역 아래 야학당을 연 적이 있었다. 학교에 다니지 못한 총각 처녀를 모아 글을 가르쳤다. 나는 몇 차례 그 야학당에 놀러 갔다. 남포등 불빛 아래 스무 명 남짓한 젊은이가 공부를 하고 있었다. 판돌이 형도 끼여 있었다. 아버지가 말했다. 판돌이는 머리가 좋아. 그렇게 한글을 빨리 깨치는 애는 처음 봤어. 그 야학당도 태평양전쟁이 한창인 무렵, 문을 닫았다. 그 뒤로 아버지는 집에 있는 일이 별로 없었다. 부산으로, 서울로, 무슨 일 때문인지 바깥으로만 나돌았다. 한 달, 또는 두 달씩 집을 비웠다. 불쑥 나타나면, 며칠이 못 가 다시 떠났다. 집에 있을 때도 두툼한 책만 열심히 읽었다. 어머니가 이모님한테 말한 적이 있었다. 갑해 애비가 아마 그때부텀 그늠으 사상인지 먼지에 미쳤나 바예. 사람이 어째 그래 변할 수가 있어예. 사람 일은 알 수 없어. 사람이 벙어리가 아인 다음에사 어째 그래 말이 없을 수 있겠습니꺼. 이모님 말에 어머니가 대답했다. 메칠을 꼼짝 않고 방구석에 박혀 책을 펴놓고는 입에 검구(거미줄) 치고 지내지 멉니꺼. 그라다가 마실 나가듯 온다 간다 말없이 사라져뿌이. 미쳐도 보통 미친 기 아인 기라예.

함안댁 집에 어머니가 있을 리 없다. 이제 함안댁은 우리 집에 좁쌀이나 보리쌀을 빌려주지 않을 터이다. 지난주에 함안댁과 어머니가 대판 싸웠다. 꾸어다 먹은 보리쌀을 갚지 않는다고 싸웠다. 분선이나 나는 함안댁한테 떡을 자주 얻어먹었다. 함안댁은 어머니와 사이가 좋지 않지만 아이들을 좋아했다. 나는 자주 인정 많은 함안댁이 어머니였으면 하고 바라기도 했다. 언젠가 함안댁을 보고 어머니라 부르는 꿈도 꾸었다.

나는 판쟁이 집 앞을 지나다 끝순이를 만난다. 판을 만들어 파는, 온몸에 문신을 그려넣은 술주정뱅이 추 씨의 막내딸이다. 끝순이는 눈이 조그맣고 코가 밋밋하다. 살짝 곰보다. 분선이와 같은 반이다.

"갑해야, 분선이 집에 있지러?" 끝순이가 묻는다.

나는 머리를 끄덕인다. 분선이한테 또 산수 숙제 공책을 빌리러 가는 모양이다. 나는 바람 넘치는 장마당으로 들어선다. 장마당에는 흙먼지가 날린다. 휴지와 지푸라기가 흙먼지에 휩쓸린다. 으스스하게 추워 목을 움츠린다. 장마당에는 아이들이 어둠 속에서 뛰논다. 칼칼한 고함으로 보아 저녁밥을 먹은 모양이다. 장옥이 서 있는 쪽은 벌써 깜깜하다. 초승달이 떠서 거기만 더 어둡게 보인다. 장옥 쪽에서 합창으로 불러대는 유행가 소리가 들린다. 밤송이 머리카락에 머릿기름을 바른 애젊은 녀석들이 처녀애를 꾀어내려 수작을 부리고 있다. 나는 천천히 걷는다. 장마당 아래쪽으로 내려간다. 이모님은 술장사를 한다. 장마당에 있는 몇 개 주막 중에 큰 주막이다. 술방이 따로 있고 손님 옆에 앉아 술을 따라주는 색시도 있다. 나는 담뱃집 앞을 지난다. 찬수 아저씨가 담배를 사고 있다. 찬수 아저씨는 서울에서 대학을 다니다 태평양전쟁 말기에 학도병으로 남양 전쟁터에 끌려갔다. 해방이 되자 외팔이가 되어 돌아왔다. 그 뒤부터 하는 일 없이 날마다 술만 마시고 지낸다. 찬수 아저씨가 담뱃갑 껍질을 입으로 물어뜯는다. 한 개비를 빼어 입에 문다. 내 쪽을 힐끔 돌아본다. 담뱃집에서 내비치는 호롱불빛에 아저씨의 취한 눈이 번들거린다.

"자슥아, 니 애비가 죽는데 넌 지금 어델 홰질러 댕겨?" 찬수 아저씨가 꾸짖는다.

나는 대답을 못 한다.

"미친놈으 세상. 뭣 때메 싸움질인지 몰라. 죽어라 죽어. 뒈질 놈은 뒈져버려. 극좌 극우가 없어져야 편안한 세상이 될 테이깐." 찬수 아저씨가 내뱉는다.

찬수 아저씨 집은 읍내에서 부자이다. 기와집이 번듯하고 전답도 많다. 방앗간도 있고 과수원도 있다. 찬수 아저씨가 비틀거리며 아래쪽으로 내려간다. 잠시 걷더니 담벽에 기대선다. 나도 멈춰 선다. 찬수 아저씨가 토하기 시작한다. 손가락을 입에 쑤셔넣고 토한다. 초저녁인데 벌써 꽤나 술을 마신 모양이다.

"제가 무슨 볼셰비키라고 오뉴월 개처럼 재물이 되겠다는 기고. 차라리 항일운동이나 하다 순국하지, 해방된 마당에 동포 손에 개값도 못하고 와 죽어……"

나는 다시 아버지를 생각한다. 아버지는 무슨 죄를 졌기에 도망만 다녔는지 알 수 없다. 빨갱이란 얼마나 나쁜 사람이기에 잡기만 하면 총살을 시키는지 제대로 알지 못한다. 재작년 가을, 밀양 조선모직회사에서 번진 노동자 폭동이 있고부터 순경들이 눈에 불을 켜고 아버지를 찾기 시작했다. 사람들은 말했다. 빨갱이 짓을 하면 무조건 죽인다고, 빨갱이 짓 하려면 숫제 삼팔선을 넘어가야 마음 놓고 할 수 있다고. 그런 말을 사람들이 쉬쉬하며 소곤거린다. 그런데 아버지가 왜 그런 일에 나서게 되었는지는 아무도 말해주지 않는다. 나도 나이 들면 언젠가 알게 될 것이다. 달걀이냐 닭이냐에 대한 질문에서 아버지가 말한 답을 깨칠 때쯤이면 그 모든 진상을 알게 될 거였다.

찬수 아저씨가 이모님 주막 유리문을 연다. 나는 이모님 주막 유리문이 아닌 대문 쪽으로 들어갈까 하다, 유리문이 닫히기 전 찬수 아저씨 뒤를 따라 얼른 들어간다. 보꾹은 구수한 선짓국 내음으로 찼다. 침을 돌게 하는 김이 자욱하다. 남포등 두 개가 부유스름한 빛을 내비친다. 술청에는 술꾼 서넛이 술을 마신다. 한 사람이 갈라진 목소리로 노래를 부른다. 다른 사람은 젓가락으로 술상을 친다. 찬수 아저씨는 그들과 한패가 아니다. 외딴 자리에 앉는다. 문 옆에 섰던 색시가 찬수 아저씨 빈 잔에 술을 따른다.

"화자야, 술 좀 따라라. 오늘 저녁에 한판 쥐모 니 하나쯤은 하이야(택시)에 태아 마산서 메칠 호강시켜줄 수 있데이." 판쟁이 추 씨가 어벌쩡을 떤다.

색시는 늘 하는 빈말이란 듯 팔짱을 낀 채 코웃음만 친다.

"추중걸이 이래 바도 목통 크고 활량이다. 내 신소리하는 거 아이데이."

"노름 좋아하는 인간치고 그 정도 허풍 몬 떨모 숫제 손가락 끊는 기 낫제." 색시가 말한다. 분을 뽀얗게 바른 색시가 나를 말끔히 건너다본다. "갑해구나. 앞으로 느그들 우째 살라카노?"

"우리 어무이 여기 있지예?"

색시가 내 알밤머리를 쓰다듬는다. 분내가 코를 찌른다. 배 속에서 소리가 난다. 더 참을 수 없게 배가 고프다. 나는 안채로 들어간다. 마당 건너 안채 마루기둥에 남포등이 걸렸다. 어머니가 무슨 말인가 하는데, 이모님이 장죽을 빨며 듣고 있다. 어머니를 보자 가슴이 뛴다. 아니다. 어머니 앞에 놓인 자루를 보자 가슴이 뛴다. 배가 부른 자루다. 쌀이든 보리쌀이든, 어쨌든 양식인 모양이다. 히부죽이 웃을 누나 얼굴이 떠오른다. 기운이 난다. 저 자루를 가져가 밥을 짓게 된다면, 부엌 앞에 쪼그려앉아 부지깽이로 솔가리를 밀어넣으며 즐겁게 노래를 쫑알거릴 분선이의 불그림자 일렁이는 발그레한 얼굴이 떠오른다. 진땀이 나고 맥이 풀린다. 이제 살았구나, 하는 생각이 든다. 나는 어머니와 이모님 사이에 뛰어들기가 멋쩍다.

"성님, 인자 우리는 우예 살꼬예. 밉든 곱든 서방인데, 저래

죽고 나모 세 자식 데불고 우예 살꼬……" 어머니의 흐느끼는
목소리가 높아간다.

마침내 어머니는 홀쩍거리며 운다. 나도 서러워진다. 눈물이
돌고 콧마루가 시큰하다.

"니 형부가 지서로 갔구마는 그런 큰 죄를 졌으이 무신 할말
이 있겠노. 시집 한분 잘몬 간 죄로 니가 험한 꼴을 당하는구
나." 이모님이 어머니를 달랜다.

"아이고, 내가 전생에 무신 죄를 많이 졌다꼬 이 고생인고. 성
님, 내 팔자가 와 이래 험한교. 어무이는 내 귓밥 커서 살아생전
벨 탈 없이 잘살 끼라 카더마는, 와 이래 요 모양 요 꼴로 망조가
들었을꼬……" 어머니 울음이 높아진다.

"어무이."

광목 치맛자락으로 눈두덩을 훔치던 어머니가 나를 본다. 울
상이던 어머니 얼굴에 노기가 서린다. 눈을 부릅뜬다. 어머니는
눈이 커서 겁이 많다. 나는 어머니 눈을 닮았다. 나도 겁이 많다.

"이늠으 빌어묵을 자슥아. 집에 처박히 안 있고 머하로 나왔노."

"불쌍한 아아가 무신 잘못을 저질렀다고, 쯧쯧. 갑해야, 여게
온나." 이모님이 내 편이 되어준다.

나는 이모님 옆으로 다가간다. 이모님이 댓돌에 장죽 물부리
를 턴다. 내 어깨를 토닥거린다.

"갑해야, 배고프제? 니는 여게서 밥 좀 묵고 가거라. 갑해야,
갑해야. 니사 얼매나 똑똑하노. 그라이께 이모부가 니 중핵교 공
부시키줄라 안 카나. 크거들랑 큰사람 되거래이. 니 애비맨쿠로

28

미친 짓 하지 말고. 열두 대문 담장 치고 살 거래이. 니 그래 장하게 되는 기 볼 때꺼정 살아얄 낀데……"

이모님의 단 입김이 내 귓밥에 스친다. 술냄새가 풍긴다. 손님이 주는 술을 넙죽넙죽 받아 마신 모양이다. 이모님은 술만 마시지 않으면 참 좋은 분이다. 조금만 마셔도 괜찮다. 그런데 취하면 아무한테나 욕설을 퍼부어 욕쟁이 술주모로 불린다. 아니면 방바닥을 치며 큰 소리로 운다. 자식 하나 두지 못하고 쉰 나이를 바라보는 신세를 한탄한다.

"이늠으 팔자, 나는 와 이래 서방 복도 없노. 자슥새끼들마 없어도 헌서방이라도 얻어가지러. 아이구, 내 팔자야. 설움도 많고 한도 많데이." 머리칼이 부스스한 어머니가 다시 읊조린다.

"마, 치아라, 이것아." 이모님이 어머니 우는 꼴을 흘긴 눈으로 본다. 입술을 비죽거리며 핀잔을 준다. "자슥들이 불쌍치도 않나. 어서 가거라. 가서 아이들 밥이나 해 믹이라. 니사 그래도 한창 클 때 부모 덕에 배사 안 곯았지러. 아아들이 무신 죄가 있노. 그 미친갱이 서방이사 큰물질 때 떠내려보냈다 치고 악착같이 살 생각은 않고, 무슨 탄식이 그래 많노. 인자 허리끈 쫄라매고 머든지 해바라. 발 벗고 나서모 산 입에 금구 치겠나. 니도 함안댁 뽄 좀 바라. 해방되던 해, 호열자로 서방 잃고선 판돌이 데불고 얼매나 야무지게 사노. 떡판 짱뱅이에 이고 장터마다 댕기느라 소꼿(속옷) 가랭이 성할 날 없어도 설 지내고 밭 한 마지기 또 안 샀나. 이것아, 니도 악심 안 묵으모 장래 팔자는 더 험할 끼데이."

그 소리를 듣자 어머니는 코를 풀며 일어선다. 옆에 놓인 자루를 든다. 그 자루에 든 양식이 쌀이든 보리쌀이든, 나는 기분이 좋다. 어머니가 든 자루를 받으려 할 때, 눈앞에 별이 번쩍한다.

"빌어묵을 밥통아. 그래 머슴아라는 기 밤이모 집 지킬 줄 모르고 지집아 둘 놔뚜고 머하로 나왔노. 에미가 서방 정해 갈까 바 찾아댕기나. 도둑질하로 갈까 바 찾아댕기나."

머리꼭지로 연신 떨어지는 알밤에 나는 숨도 못 쉰 채, 참을 수밖에 없다. 서러움보다 아픔 때문에 눈물이 고인다. 어머니는 곧잘 화풀이를 내게 하는 버릇에 익숙하다. 이모님이 어머니와 나 사이를 막는다.

"갑해 너무 쥐어박지 마라. 니나 얼른 가서 배고파서 기다리는 딸년들 밥이나 해 믹이라. 갑해는 여기서 선짓국에 밥 한술 말아 믹이고 보내꾸마."

"니 쪼매 있다 집구석에 들오기만 해바라. 뼈가죽을 안 남길끼다." 어머니는 숨을 몰아쉬며 말한다.

어머니가 이모님 집을 나선다. 나는 눈물을 닦으며 마루에 걸터앉는다. 이모님은 연방 혀를 차며 지서 있는 쪽에 눈길을 준다.

"갑해야, 배고푸제. 쪼매마 기다리래이. 내 얼른 국밥 한 그릇 맹글어 오꾸마." 이모님이 말한다.

이모님은 마당을 질러 술청으로 간다. 나는 입맛을 다시며 조갈증에 떤다. 입에 침이 가득 괸다. 알머리에는 혹이 생겼는데 아프지 않다. 집에 오면 뼈가죽을 안 남기겠다던 어머니 말도 까먹었다.

잠시 뒤, 이모님이 김이 오르는 선짓국밥 한 그릇을 가져온다. 나는 고맙다는 말도 없이 허겁지겁 국밥을 먹어치운다. 국물까지 남김없이 마셔버린다. 김치가 있었으나 젓가락질을 해보지 않았다. 내가 생각해도 너무 빨리 먹었다. 내 먹성을 혀 차며 지켜보는 이모님 보기가 쑥스럽다.

"더 주까?" 이모님이 측은하다는 듯 묻는다.

"마 갠찮습니더. 이모님, 자알 묵었심더."

나는 더 먹고 싶었으나, 머리를 흔든다. 이마의 땀을 훔치며 이모님을 보고 웃는다. 기분이 무척 좋다. 이제 살 것 같다. 기운이 난다. 오늘은 무사히 넘겼구나 싶다. 그제서야 어머니 얼굴이 떠오른다. 지금 집으로 들어가면 부지깽이로 닦달을 당하게 될 거였다. 누나와 분선이는 지금 얼마나 배고파할까, 하는 생각이 든다. 어머니가 배부른 자루를 들고 오는 걸 보면 배고픔도 잊겠거니 여겨진다.

"갑해야, 니 지서 한분 가바라. 이모부님 지서로 내리갔으이께 거게 있을 끼다. 니 애비 우예 됐는고 소식이나 알아온나."

"그랄께예."

나는 이모님 말뜻을 금방 알아차린다. 지서에는 아버지가 잡혀 있다. 지서주임과 가까운 사이인 이모부님이 지서에 계시다. 지서주임과 이모부님은 성도 같고 항렬까지 같은 먼 친척붙이다. 이모부님은 다리를 전다. 해방 전 일본에서 살았는데 관동대지진 때 일본 사람들 몽둥이에 맞아 다리뼈가 부러져 절름발이가 되었다. 그 통에 식구 모두가 죽었다. 해방되기 전에 고향으로 돌아왔다. 이모님은 술장사를 하고 이모부님은 허구한 날 놀고 지낸다. 읍내 사람들은 이모님이 이모부님 후처라고 말했다.

이모부님은 점잖은 분이시다. 이모님은 욕쟁이로 술장사를 하지만, 동네 사람들은 이모부님을 학자님으로 떠받든다. 이모부님은 중학교 한문 선생보다 한자를 더 많이 아신다. 하루에 몇 차례씩 큰 소리로 어려운 한서를 읽는다. 붓글씨도 잘 쓴다. 난초와 대나무도 잘 그린다. 활터에 활도 쏘러 다닌다. 그런데 이모부님은 술장사하는 이모님과 함께 산다. 말수 적고 점잖은 이모부님이, 목소리 크고 성질 괄괄한 이모님과 어떻게 한솥밥 먹고 살게 되었는지 나는 모른다. 어머니와 아버지만 해도 그렇다. 아버지는 일본에 가서 대학 공부까지 했다. 그런데 어머니는 한글도 제대로 읽을 줄 모른다. 아버지가 어머니와 어떻게 맺어졌는지 나는 모른다.

지난겨울이었다. 나는 어머니가 아버지에게 고함지르며 대드는 소리를 들은 적 있었다. 밤중인데 오줌이 마려워 눈을 뜨니, 놀랍게도 아버지가 방구석에 앉아 있었다. 수염이 더부룩한 아버지가 언제 나타났는지 담배를 피우고 있었다. 아버지는 남루한 회색 바지에 개털모자를 쓰고, 목도리를 하고 있었다. 어머니가 울면서, 아들 데불고 부산이든 서울이든 떠나 살자고 아버지께 말했다. 이젠 더 이상 지서로 불려가 매질당할 수 없고, 남손가락질받고 살 수 없다고 울부짖었다. 아버지는 방문 쪽만 살피며 말이 없었다. 나는 오줌 눌 생각도 잊은 채 이불깃 사이로 아버지를 훔쳐보며 귀를 모았다. 두려웠다. 곧 순경이 들이닥칠 것만 같았다. 지서에 자수하든, 멀리 도망가든 한 길을 택하란 말임더. 그래, 임자가 사람 탈을 쓴 인간인교, 아니모 짐생인교. 짐생도 지 식구를 이래 내삐리지는 않을 낌더. 어머니의 목소리가 높아갔다. 아버지는 아무 말이 없었다. 어머니가, 사상에 미친 작자, 떠돌아댕기는 거리구신 들린 서방이라고 욕설을 퍼붓기 시작했다. 아버지는 슬그머니 자리에서 일어났다. 날 쥑이고 가, 쥑이고 가란 말이다. 이 미친 사내야, 자슥새끼들하고 날 쥑이고 내빼. 내 죽어서 혼백이라도 임자 따라댕기며 망하게 하고 말 끼다! 어머니는 아버지의 바짓가랑이를 잡고 늘어졌다. 그늠으 짓이 처자슥보다 그래 중하모 일찍 불알 떼놓고 그 짓 하지 멋 때메 처자슥 이 꼴로 만들고 그늠으 사상에 미쳐! 아버지는 우리 오누이 쪽에 잠시 눈을 주다 어머니 손을 뿌리쳤다. 아버지는 뒷문으로 날쌔게 달아났다. 어머니가 뒤쫓아나갔다. 나도 오줌을 누려고 일어났다. 마당으로 나와 오줌독에 소변을 보자, 아니나 다를까 호각 소리가 들렸다. 잡아라! 저쪽이다. 활터 쪽이다! 순경들 고함이 들렸다. 연달아 총소리가 터졌다. 쥑이라, 쥑여! 갈겨버려! 순경들 고함이 차츰 멀어졌다. 나는 떨며 소변을 마쳤다. 어느새 나는 울고 있었다. 잉크빛 하늘에 걸린 달을 보며 소리 죽여 울었다. 찬 뺨에 뜨거운 눈물이 흘러내렸다. 왜 아버지가 목숨 걸고 도망만 다녀야 하는지 알 수 없었다. 쑥대밭처럼 되어버린 집안 꼴이 서러웠다. 아버지에 대한 증오와 연민이 함께 뒤섞여 앙다물었던 울음이 소리가 되어 터졌다. 바람을 타고 먼 산에서 산짐승 울음소리가 들렸다. 마을 개들이 짖었다. 얼룩진 눈에 차가운 별빛이 어룽졌다. 그날 밤, 아버지는 잡히지 않았다. 아버지를 놓친 순경들이 집으로 들이닥쳤다. 순경들은 장롱이며 벽장을 닥치는 대로 뒤졌다. 누나와 분선이와 내가 한몸이 되어 울 때, 어머니는 지서로 끌려갔다.

나는 활기차게 지서로 걷는다. 배를 채우고 나니 이젠 춥지 않다. 비로소 아버지가 보고 싶은 생각이 간절하다. 무싯날에도 전을 펴는 저자 앞을 지난다. 예배당만 지나면 지서이다. 지서가 가까워질수록 가슴이 뛴다. 아버지가 순경들로부터 매를 맞고 있겠다 싶다. 그 옆에서 이모부님이 아버지를 용서해달라고 통사정하고 있을는지 모른다. 형무소에 처넣어 죽도록 고생시키더라도 죽이지만 말라고 이모부님이 빌고 있을는지 모른다.

지서 건물 이마에 켜진 전등 불빛이 보인다. 지서 앞 초소에는 늘 의용경찰대원이 지키고 있다.

"아제예, 우리 아부지 말입니더…… 우리 아부지 우예 됐어예?" 나는 입초 선 의용경찰대원한테 조심스럽게 묻는다.

의용경찰대원은 내가 누구 아들인지 알아본다. 작년 봄이 떠오른다. 지서 노순경이 나를 꾄 적이 있었다. 학교에서 돌아오는 길에 순경이 내게 사탕 한 봉지를 주며, 아버지가 언제쯤 집에 오느냐고 물었다. 나는 모른다고 대답했다. 아버지가 언제 집에 올는지는 정말 몰랐다. 순경은 앞으로 친하게 지내자고 말했다. 한사코 뿌리치는 내 손에 사탕봉지까지 쥐여주었다. 나는 사탕이 먹고 싶었지만 그 봉지를 수채에 버렸다. 그런 사탕을 먹어서는 안 된다고 다짐했다.

"빨갱이 자슥늠이구나. 아부지 찾으러 왔단 말이제? 니 아부지는 버얼써 골로 갔어."

"죽었어예?"

"그래, 뒈졌어."

"올 아버지가 벌씨러 총살당해뿌렸다 이 말이지예?"

내 되물음에 의용경찰대원이 너부죽이 웃다, 어깨에 멘 장총을 벗어 내려 나에게 겨눈다.

"니도 죽고 싶나? 죽기 싫으모 퍼뜩 집에 가. 가서 이불 둘러쓰고 잠이나 자!"

순경이 장난질로 총을 겨눈 줄 알지만, 나는 깜짝 놀란다. 손을 가슴 앞에 모으고 몇 발 물러선다.

"아닙니더. 이모부님 찾으러 왔심더." 내 목소리가 울먹인다.

그때, 이모부님이 어깨를 늘어뜨린 채 절룩거리며 지서 정문으로 나온다. 나는 달려가 이모부님 두루마기 자락에 매달린다.

"이모부님요, 증말로 우리 아부지 총살당해뿌렸습니꺼?"

이모부님은 대답이 없다. 훌쩍거리는 내 손을 잡는다.

"갑해야, 니 아부지는 이제 이 시상 사람이 아이다. 먼 데로, 아주 먼 데로 영원히 가뿌렸어." 이모부님이 말한다.

"증말 죽었습니꺼? 순사가 총으로 쏴 쥑이뿌렸습니꺼……"

나는 흐느낀다. 눈물과 콧물이 쏟아진다. 이모부님이 들먹이는 등을 쓸며 내 손을 더욱 힘 있게 쥔다.

"갑해야." 이모부님이 나를 부른다. 이모부님이 뭔가 결심한 듯, 빠르게 말한다. "가자, 니 아부지를 보이주꾸마."

이모부님은 내 손을 끌고 지서 뒷마당으로 간다. 잎순이 터지려는 느릅나무 잔가지가 바람에 떤다. 뒷마당에는 달빛만 으슴푸레 비친다. 갑자기 두려운 생각이 든다. 이모부님은 말이 없다. 어둠 속에서 나는 뭔가 찾으려 두리번거린다. 가슴이 방망이질하듯 뛴다. 눈을 닦고 아버지 모습을, 죽은 아버지 몸뚱이를 찾으려고 나는 이곳저곳을 살핀다.

느릅나무 밑, 거기에 가마니에 덮인 무엇이 눈에 들어온다. 이모부님이 걸음을 멈춘다. 가마니 밑으로 발목과 함께 닳아빠진 농구화가 비어져 나왔다. 시신은 정강이부터 머리까지 가마니에 덮였다. 나는 숨을 멈추고 이모부님 허리를 잡는다. 온몸이 떨린다.

"이거다. 이기 니 아부지 시신이데이. 똑똑히 보거라. 이렇게 죽었으이께 앞으로는 아부지를 절대 찾아서는 안 된다. 인자 알겠제?"

이모부님이 내 손을 놓더니 가마니를 뒤집는다. 나는 달빛 아래 희미하게 드러난 아버지 얼굴을 본다. 아버지 얼굴은 피칠갑을 한 채 표정이 찌그러져 있다. 눈을 부릅떴다. 턱은 부었고, 입은 커다랗게 벌어졌다. 아버지가 저렇게 변해버렸다는 걸 믿을 수 없다. 아버지가 아닌, 다른 사람만 같다. 낡은 검정색 국민복 단추가 풀어진 사이로 보이는 아버지 가슴은 내가 어릴 적, 그 무릎에 앉아 재롱을 떨던 가슴이다. 이제 아버지 가슴은 그 두려운 보라색으로 변하고 말았다. 두 팔과 다리는 아무렇게 내던져졌다. 아버지는 분명 잠을 자는 게 아니다. 나는 그 자리에 더서 있을 수 없다.

"아부지가…… 이렇게 돌아가시다이, 이렇게 죽고 말아뿌리
다이!"

나는 흐느낀다. 이모부님이 내 팔을 잡는다. 이모부님 손을 뿌
리치고 내닫는다. 내 눈에 이모부님도, 보초 선 의용경찰대원도
보이지 않는다.

"아부진 거짓말쟁이다. 거짓말만 하다 돌아가셨어. 아이다,
죽지 않았어! 거짓말처럼 죽은 체하고 있는 기라!"

나는 헐떡거리며 집과 반대쪽 철길 아래 들녘으로 내닫는다.
숨이 턱에 닿는다. 달빛에 뿌옇게 드러난 강둑이 보인다. 땀과
눈물로 찝찔한 눈을 닦는다. 강둑에 올라서자 숨을 가라앉힌다.
강물이 흐른다. 언제 보아도 강물은 쉬지 않고 흘러간다. 달빛을
받은 강물이 비늘처럼 번뜩인다. 강 건너 키 큰 미루나무가 아
버지 모습 같다. 강 건너에서 빨리 건너오라고 손짓하는 것 같
다. 나는 그 강을 헤엄쳐 건널 수 없다. 어릴 적, 아버지와 나는
이 강둑을 거닐며 많은 말을 나누었다. 언제인가, 아버지는 이렇
게 말했다. 쉬지 않고 흐르는 강처럼 너도 쉬지 않고 자라거라.
다음에 크면 어떤 길이 우리 모두에게 행복과 평등을 가져다주
는 길인지 배우고 깨우쳐야 한다…… 그러자, 아버지가 죽었다
는 실감이 비로소 내 마음에 소름을 일으키며 파고든다. 이제부
터, 앞으로 영원히 아버지는 내게 그런 말을 들려줄 수 없다. 나
는 홀연히 떨기 시작한다. 서른일곱 살 나이로 연기처럼 사라져
버린 아버지. 이제 내가 죽기 전 만날 수 없게 된 아버지. 어린

나에게 너무 어려운 수수께끼를 남기고 돌아가신 아버지의 길지 않은 일생을 더듬을 때, 나는 알 수 없는 두려움에 떤다. 두려움과 함께 어떤 깨달음이 내 머릿속을 세차게 친다. 그 느낌은, 살아가는 데 용기를 가져야 하고 어떤 어려움과 슬픔도 이겨내야 한다는, 그런 내용이다. 보이는 것, 보이지 않는 모든 것이 안개 저쪽같이 신기한 세상, 내가 알아야 할 수수께끼가 너무 많은 이 세상을 건너갈 때, 이제 집안을 떠맡는 기둥으로 버티어나가지 않으면 안 된다. 이런 결심이 내 가슴을 적신다. 눈물을 그 느낌이 달랜다.

아버지가 돌아가신 그해 초여름, 이 땅에 전쟁이 났다. 이모부님은 남한과 북조선이 싸운 그 전쟁이 지금의 휴전선 부근에서 밀고 당기던 이듬해 가을, 갑자기 별세하셨다. 나는 이모부님이 그때 아버지의 시신을 왜 내게 확인시켜주었는지에 대해 여쭈어볼 기회를 영원히 놓치고 말았다.

(1973)

도요새에 관한 명상

1

모든 강은 바다로 이어졌다. 강의 하구에는 흙과 모래가 쌓인 삼각주가 있었다. 연장 54킬로미터의 동진강은 동해 남단 바다와 닿았다. 강 하구는 물살이 완만했고 민물과 짠물이 섞였다. 수심 얕은 수초 사이가 산란에 적당하기에 물고기가 모였다. 새우 무리와 조개 무리, 민등뼈동물도 모여들었다. 철새와 나그네새도 삼각주에서 주린 배를 채우며 날개를 손질하곤 떠났다.

나는 강 하구의 얕은 언덕에 앉아 있었다. 삼각주와 바다가 잘 내려다보였다. 날이 밝아오고 있었다. 강 하구에서 갈매기들이 날아올랐다. 갈매기들이 날갯짓을 쳐대자 그 수다로 조용하던 개펄이 소란해졌다. 갈매기들은 주황빛 공간을 한 바퀴 선회하다 바다로 곤두박질했다. 수면에 이르자 날개를 꺾어 개펄을 따라 멀리로 날아갔다. 새벽의 공간에 자유스러운 비상이 힘찼다. 그 날갯짓이 부러웠다. 주위의 뭇시선으로부터 나도 저렇게 해방될 수 있다면. 그 해방을 어른들은 방종이라고 말하며 타락했다고 손가락질했다. 그러나 손가락질은 저들이 받아야 마땅했다. 우리 세대의 타락은 그들로부터 배웠다. 그들이 새로운 타락 방법을 만들어내면 우리는 그 방법을 재빨리 답습했다. 나는 형을 생각했다. 봄부터 철새와 나그네새에 미친 형이었다. 형은 새처럼 자유인이 되고 싶어 했고, 내가 보건대 그 원대로 한 마리의 나그네새가 되었다. 그러나 형이 과연 새가 될 수 있을까. 새는커녕 진정한 자유인이 될 수 있을까. 한마디로 형은 미쳐버렸다. 나는 형의 얼굴을 지웠다. 찬 공기를 들이마시며 심호흡을 했다. 내 눈길이 남쪽 개펄을 따라 멀어지는 갈매기를 좇았다. 이쪽으로 돌아오려니 했는데 웅포리 쪽으로 사라졌다. 바닷가가 고즈넉이 가라앉았다. 나는 세운 무릎에 얼굴을 박고 한동안 침묵을 익혔다. 한기로 등이 시렸다. 새도 아닌, 그렇다면 나는 무엇인가. 형을 비웃을 수 있어도 나는 나 자신을 알지 못했다. 나는 형처럼 수재가 아니었다. 지방대학 입시에 매달려 주위의 눈치만 힐끔대다 주눅이 든 한 마리 새앙쥐였다.

새 떼의 날개짓 치는 소리가 다시 들렸다. 나는 머리를 들었다. 이번에는 한 무리의 작은 새 떼였다. 족제비가 말한 새는 동진강에는 찾아오지 않는다 했으니 도요새가 아닐 것이다. 자세히 보니 기억이 났다. 형의 책꽂이에 꽂힌 『조류도감』 중에 접힌 부분이 있었다. 흰목물떼새였다. 강 하구의 갈대숲 사이를 누비다 날아올랐다. 흰목물떼새의 등은 연갈색이고 배 쪽은 흰색이었다. 목에는 흰 테를 둘렀다. 몸통은 참새를 닮았다. 뻘밭이나 물가를 걷기에 알맞게 다리가 길었다. 몸집은 병아리만 했다. 날개깃 치는 소리가 갈매기만큼 시끄럽지 않았다. 흰목물떼새는 몸짓이 재빨라 금세 내 시야를 가로질러 바다로 줄달음질치더니 새벽노을로 차고 올랐다. 흰목물떼새는 텃새가 아니라 철새 아니면 나그네새라는 것쯤은 나도 알았다. 남으로 내려갈 나그네새인지 동진강 삼각주에서 월동을 할 철새인지는 알 수 없었다. 절기로 보아 이제 가을이었다. 아열대 지방에서 월동을 하러 내려오고 있겠지. 나는 아무렇게나 생각했다. 모래사장에 내려앉아 개펄을 거닐던 흰목물떼새 중에 한 마리가 먼저 날았다. 이를 신호로 무리가 뒤따라 날아올랐다. 창공을 질러 북쪽 해안으로 멀어졌다. 바다와 개펄은 다시 정물화가 되었다. 갈대숲은 푸른 엽록소가 탈진하여 누렇게 바래졌다. 날이 밝아오자 삼각주의 모래사장도 희끔하게 드러났다. 동진강 물이 맑지 못해 모래가 회백색이었다. 그 뒤쪽 거대한 암청색 등판을 드러낸 망망한 새벽 바다는 파도가 없었다. 많은 잔주름이 미명의 빛 속에 잘게 쪼개졌다. 주위를 둘러보아도 사람은 보이지 않았다. 독극물을 넣은 콩을 뿌려놓고 족제비가 가버린 지도 한참 지났다. 나는 엉덩이를 털고 일어섰다. 바닷바람이 차가웠다. 오한이 가슴을 훑었고 어깨가 떨렸다. 나는 날이 새기 전에 족제비와 함께 삼각주 개펄로 나왔다. 일을 마치자 족제비가 먼저 가버렸다. 나는 혼자 30분쯤 언덕에 앉아 있었고, 그동안 한 일은 수음밖에 없었다.

해가 솟아올랐다. 언제 보아도 둥근 낯짝은 부끄럼 없이 당당했다. 발기하던 내 생식기처럼 힘찼다. 왜소한 나로서는 해를 보기가 창피했다. 나는 어두워야 활동하는 야행성 동물이었다. 암내나 밝히는 생앙쥐였다. 나는 또 윤희를 생각했다. 고고 미팅에서 오늘 처음 만난 짝이었다. 고고홀은 통금 해제와 더불어 끝났다. 악사도 퇴장한 뒤라 홀은 비어 있었다. 객석의 불도 꺼졌고 비상구 쪽 백열등만 켜져 있었다. 여관으로 가자고 잡아챌까봐 윤희는 줄행랑을 친 뒤였다. 종호는 운이 좋았다. 맞춘 짝과 점잖게 꺼졌다. 둘은 가까운 여관에 들었겠지. 그때, 덩돌이 족제비가 말했다. 그 역시 나처럼 맨돌부대(재수생)였다. 녀석은 재수생의 고민덩어리 골통가방을 들고 있었다.

"내시가 아닌데도 난 계집앨 보냈지. 지금부터 돈벌이를 해야하거든." 녀석이 말했다.

"남의 집 담장 넘을 작정인가?"

"병식아, 날 따라갈래?"

"어딜?"

"동진강 하구, 삼각주."

"신새벽부터 거긴 왜?"

"새 좀 잡게."

"새는 눈이 멀었나, 네게 잡히게?"

"음독을 시키는 게지. 오후에 수거하면 돼."

"죽은 새 구워 먹어?"

"그걸 팔지. 오늘 내 용돈도 그렇게 마련했어."

"죽은 새 사다 뭘 해. 포장집 술안주?"

"내장 먹었다간 식중독으로 급행 타게. 박제사剝製士에게 중개무역을 하지."

"아무 새나 다 박제하나?"

"갈매기 따윈 쓸모없고, 나그네새나 철새만. 한철 장사야. 지금 삼각주는 그 새로 성시를 이룰 때거든."

"자연보호에 위배되잖아?"

"그럼 용돈을 어떻게 만져."

"한 마리에 얼마 받아?"

"청둥오리나 고니가 제값을 받지."

"수입이 쏠쏠한 모양이군?"

"잘함 독서실 비용까지. 오늘 일당은 너랑 분배할 수도 있어. 너 도요새 아니?"

"그런 새 이름도 있나?"

"박제사 아저씨가 그 새를 좀 구해 오래."

"어떻게 생겼게? 공작처럼 멋있냐?"

"나도 사진으로만 봤는데, 물떼새와 비슷하더군. 여기가 공업지구로 지정되기 전에는 동진강 삼각주가 도래지로 유명했대. 강물이 오염되자 자취를 감췄어."

"도요새라?" 고고홀의 어두운 비상계단을 내려가며 내가 중얼거렸다.

"도요새 중 동진강 중부리도요가 값이 나간대. 희귀하니깐 가수요가 붙은 게지."

"오늘 널 따라 견습이나 해보기로 하지."

나는 족제비를 따라나섰다. 우리는 가방을 든 채 석교 쪽으로 빠지는 길을 잡았다. 새벽 공기가 냉랭했다. 먼 데서 기계 돌아가는 소리가 들렸다. 바다 쪽으로 바람이 부는 새벽녘이라 매연을 맡을 수 없었다. 우리는 어둠 속으로 열심히 걸었다. 삼각주 개펄에 도착하자 족제비는 가방에서 도톰한 편지봉투를 꺼냈다. 서른 개 정도의 물에 불린 콩이 들어 있었다. 족제비가 주위를 둘러보았다. 내지 쪽에서 기계 소리가 들렸고, 새벽바람이 바다 쪽으로 빠졌다. 족제비는 사방 5백 미터 정도의 면적에 불린 콩을 흩뿌렸다. 나는 그를 따라다녔다. 일이 끝났다.

"어른들 뜨기 전에 토끼자구." 족제비가 말했다.

"시체 수거는?"

"해 질 녘에 우리 집에 와. 등산용 가방에다 넣어 시내로 반입해야 하니깐."

"넌 살인자야." 내가 말했다.

"살인자가 아닌, 살조자인 셈이지."

"너 먼저 가. 나온 김에 난 남았다 갈래."

"죄책감이 드니?"

"죄책감? 웃기고 자빠졌네."

"인간은 무엇이든 죽일 수 있어. 인간은 파괴자야."

"제법인데?"

"인간은 자연을 정복했어. 정복이란 살인이지."

"그만해둬. 이빨에 땀나겠다."

"우리가 새를 잡는 건 소나 닭을 죽이는 것과 다를 바 없어. 위법 따지자면 길바닥에 가래침 뱉어도 안 돼. 오늘날 준법정신 지켰단 영양실조 걸려."

"그만해두라니깐. 난 남았다 일출이나 볼까 하구." 나는 윤희를 생각했다.

족제비는 떠났다. 나는 바다가 보이는 언덕으로 올라가며 윤희의 알몸만 떠올렸다. 시든 풀밭에 앉자 청바지를 내리고 수음부터 즐겼다. 일을 끝내고 돌아갈까 하다, 형이 생각났다. 새에 미치고부터 형은 일출을 보겠다며 부산을 떨었다. 떠오르는 해와 함께 기상하는 새 떼를 조사하기 위해서였다. 그 통에 내 달콤한 새벽잠이 엉망이었다. 나도 일출을 보기로 작정하며, 수음에 대해 생각했다. 왜 하루 한 번은 꼭 수음을 해야 하나? 나는 뾰족한 답을 말할 수 없었다. 주간지를 보면 건강에는 별 지장이 없다고 했다. 내가 섹스의 노예일까? 무한소수같이, 맞는 답을 구할 수 없었다. 타성이고 습관이라면 그만이었다.

나는 가방을 들고 언덕길을 내리 걸었다. 길섶의 풀이 바지 아랫도리에 감겼다. 다리가 후들거렸고 눈꺼풀이 무거웠다. 독서실이 아니라 오늘은 집으로 들어가 엄마를 만나야 했다.

길 양쪽으로 공단이 질서정연하게 늘어서 있었다. 산업도로는 인적이 드물었다. 이따금 시내버스가 빈 거리를 달렸다. 손수레를 끌고 가는 청소부 아저씨가 눈에 띄었다. A 단지 끝까지 갔을 때였다. 내 또래 공원들을 만났다. 야근을 하고 나온 여공들이었다. 걸음걸이가 힘이 없었고 얼굴이 파르족족했다. 여공

둘이 내 뒤를 따라왔다. 낮게 소곤거리는 말에 귀를 기울였다.

"야식용 빵 있잖아?"

"크림이 또 변질됐던?"

"그게 아니구, 조장 말야."

"조장이 뭘 어째서?"

"결근한 순이 걸 조장이 먹어치웠어."

겨우 빵 한 개를 가지구 주둥일 찧어. 나는 가소로웠다. 그런 쩨쩨한 생각만 하니 공순이 신세를 못 면한다 싶었다.

"어제 병원엘 갔다 왔어."

"하루쯤 조릴 하잖구 야근까지 하다니."

"이번 달엔 고향에 송금도 못 했지 뭐냐."

"작년까진 직속 과장이었는데, 수술비도 안 대줬단 말야?"

"셋째딸이 장 중첩 수술을 했대. 가불이 많아 또 가불할 수 없다나."

"아무렴, 치사하다, 얘."

"내가 단속 잘못한 탓이지."

"그러다 몸 망쳐."

"만신창인걸. 벌써 두번쨴데."

"세 번 이상 긁어내면 애 들기도 힘들대."

"이젠 끝났어."

"단물만 뽑아 먹구 잊어달라는 쪼로군."

"기혼잔 줄 알면서, 내 잘못이지 뭘. 날 검사과로 옮겨주긴 했지만."

"너 외에도 당한 애가 또 있을걸. 말썽 안 피울 애만 골라서."

"이러다간 내가 어떻게 될지 모르겠어."

화제가 그쳤다. 나는 여공들 얘기에 관심이 없었다. 얼굴과 몸매만 대충 훑어보았다. 예쁜 애는 없고 모두 그저 그런 여자였다. 오른쪽 애 젖가슴이 커 보였다. 가짜일 테지. 쟤가 수술한 애일지 몰라. 그러면 가짜가 아닐걸. 애 엄마가 되려다 도중하차했으니깐.

대문의 초인종을 누르자 젖이 컸던 여공의 젖꼭지가 떠올랐다. 종옥이 문을 따주었다.

"독서실에서 오는 길이니? 밥은 먹었어?" 종옥이 손에 낀 고무장갑의 물기를 털며 물었다. 나흘 만에 보니 반가운 모양이었다.

"놀다 온다, 왜. 어쩔 테냐?" 부엌데기 주제에 뭘 참견하겠다구. 나는 짜증이 났다.

"공연히 신경질이야. 막 쌀 안쳤기에 시장할까 봐 물었는데……"

엄마는 아직 자냐는 내 말에, 종옥이 머리를 끄덕였다.

"밥이고 뭐고 잠부터 자야겠으니 깨우지 마."

"딴 상 벌이려면 네가 차려 먹어."

젖깨나 주물렸다고 매사의 말투가 저랬다.

"종옥아, 엄마 외출하면 3만 원 놓고 가시라고 해. 학관비하고 식대야. 안 챙겨두면 너 죽어." 아래채로 걷다 걸음을 멈추고 말했다.

아래채는 세를 놓으려 지은 방 두 칸이었다. 작년 여름, 블록으로 방 두 칸을 지을 때였다. 집이 거의 완성 단계였는데, 그게 항공 촬영에 걸렸다. 열흘 안에 허물어 원래대로 해놓으라는 계고장이 날아들었다. 아버지가 구청으로, 시 건축과로 들락거렸으나 별무소득이었다. 시 건축과 직원과 철거반원들이 들이닥쳤다. 자진 철거를 안 했기에 어쩔 수 없다고, 시 건축과 직원이 말했다. 우린 법에 따라 조처한다며 철거반원 하나가 웃통을 벗었다. 모두들 들고 온 해머를 휘두르자, 벽이 무너졌다. 집은 쉽게 허물어졌다. 철거반원들은 수돗가 라일락나무 그늘에 앉아 담배를 태웠다. 나중에 귀가하여 허물어진 집을 본 엄마가, 어디 누가 이기나 해보자며, 그 바쁜 중에도 직접 나서겠다고 했다. 다시 미장이를 불러 벽을 쌓으라고 엄마가 아버지에게 명령했다. 아버지는 엄마의 말에 고분고분 따랐다. 집은 종전대로 다시 지어졌다. 이제 엄마가 구청으로, 파출소로, 시 건축과로 출입했다. 철거반원들 발길이 그쳤다. 엄마는 중학교를 졸업하지 못했지만 수완가였다. 나는 대학물 먹은 아버지를 비웃었다. 두 칸 방 중에 하나는 형과 내가 거처했고, 다른 방은 세를 내주었다. 위채 큰방은 부모님이, 마루 건너 골방은 종옥이가 썼다.

나는 미닫이 방문을 열었다. 자던 형이 안경 벗은 게슴츠레 눈을 치켜떴다. 형은 사시斜視의 눈을 다시 힘없이 감았다. 형의 자는 모습이 시체 같았다. 형은 이불을 정강이께에다 말아 붙였는데, 러닝셔츠와 팬티가 눈에 들어왔다. 꾀죄죄한 면팬티의 사타구니 중심부가 포장을 쳤다. 형은 목이 칼칼한지 된기침을 캑캑거렸고 입맛을 다셨다. 아직 자는가, 아니면 가수 상태에서 자는 체하는지 알 수 없었다. 나는 책상에 가방을 놓았다. 바지를 벗으며 형의 얼굴을 내려다보았다. 올여름을 넘기며 형의 얼굴이 까맣게 타버렸다. 여윈 얼굴이 오늘따라 겉늙어 보였다. 머리는 한 달쯤 감지 않은 모양이었다. 머리카락이 비듬과 기름때로 엉겨 있었다. 가파른 콧날 양쪽 뺨은 살점이 없었다. 꺼진 눈자위 주위가 검츠레했다. 형이 아직 건재하다는 증거는 새벽의 힘찬 발기였다. 배설할 길 없는 성욕뿐일까. 형의 피폐한 모습이 자살 직전의 몰골이었다. 만약 형이 죽는다면? 그럴 수도 있다고 생각했다. 형은 모든 사람을 실망시켰다. 좋은 대학에 연연하는 우리 또래 후배들에게는 치명적인 실망감을 안겼다. 형의 얼굴을 내려다보자 잠시 혼란에 빠졌다. 대학 합격이 성공의 보증수표인지 실패의 부도수표인지 알 수 없었다. 그 문제를 형이 뒤죽박죽으로 만들어놓았다. 주위 사람들은 형의 앞날에 대해 부정적이었다. 옛 상태로 회복될 가망이 없다고들 말했다. 아까운 청년이 폐인이 됐어. 어쩜 조만간 연기처럼 사라져버릴 거야, 하고 두려워했다. 나도 그런 견해에 동의했다. 형은 한때 내 우상이었다. 그러나 형의 이카로스 날개는 한순간에 퇴화하고 말았다. 형의 텔레파시 회로선은 오직 '절망'이란 단어만 남발하고 있었다. 나는 형의 절망을 배울까 봐 전전긍긍했다. 나는 작년에 부산 K 대학교 공대에 응시해 낙방을 했다. 며칠을 부끄럽게 지냈고, 고민은 며칠뿐이었다. 형은 수재였다. 고등학교 때부터 이름이 동진 바닥에 알려졌다. 형은 서울의 명문 국립대학교 사회계열에 좋은 성적으로 입학했다. 형은 시력이 나빠 2학년 때 방위병 혜택을 받아 1년 만에 군 복무를 끝냈다. 복학해서

6개월 남짓 만에 형은 불장난에 말려들었다. 내 생각으론 형의 객기였다. 아니, 형은 수재였기에 그런 위험을 자초했는지 몰랐다. 재사박덕이란 말이 어울리는 짓거리였다. 형은 하숙방에 등사기를 들여놓고 정부가 금하는 주장이 삽입된 선언문을 찍어냈다. 형의 행위는 긴급조치법 위반이었다. 형은 당연히 입학했듯, 당연히 퇴학당했다. 형은 노란 얼굴로 낙향했다. 이태가 흘렀다. 그동안 형의 변한 점은 하루 한 끼를 줄여 일일 이식을 한다는 점뿐이었다. 형의 안색은 더 창백해지고, 얼굴에서 청춘은 사라졌다. 식욕조차 없는지 하루 두 끼조차 밥의 양을 줄였다.

나는 구석에 뭉쳐진 내 이불을 폈다. 이불을 덮어썼다. 세든 옆방에서 현자 누나의 말소리가 들렸다. 냉수 한 사발 달라는, 코에 감긴 목소리였다. 어젯밤도 숙취 끝에 자정 가까이 귀가한 모양이었다. 눈을 감자 졸음이 퍼부어왔다. 고고홀의 숨 막히던 더위와 뒷골을 쑤시던 사이키 음악. 그리고 어지럽게 섞갈리는 세트라이트. 몸을 비틀던 윤희의 땀 찬 이마와 긴 머리칼. 교성의 열락. 흔들림과 깨어짐의 환희. 그 끈적한 타액 같은 어젯밤의 회상이 환각으로 잠을 흩뜨렸다. 정욕 같은 시간이라는, 고고홀 화장실의 낙서가 떠올랐다. 정욕 같은 지겨운 시간이여, 어서 끝나라. 대학 입시의 끝, 겨울이 갈 때까지.

몇 시쯤 됐을까. 눈을 뜨자 손목시계부터 보았다. 10시 반이 지났다. 머릿속은 아직도 잠을 더 자두라고 유혹했다. 오늘 하루쯤은 오후까지 내처 자버릴까. 아니다. 엄마를 만나야 했다. 이번 주까지 적분 응용문제를 훑어보기로 했던 계획이 떠올랐다.

나는 일어났다. 방 안에 형은 없었다. 형 책상에 무심코 눈이 갔다. 노트가 펼쳐졌고 깨알 같은 글씨로 무엇인가 적어놓았다.

1. 물은 생활, 공업, 농업, 어업 등 모든 현대문명의 근원이며 자연이다. 근대 이전에 있어서 물은 주로 양에만 치중하고 그 화학적·물리적·생화학적 성질과, 이것의 생물학적 영향에 관해서 등한시되어왔다. 이제 지구상에 인구가 급증하고 도시가 비대해지고 많은 공장이 건설되었다. 거기서 흘러나오는 대량의 폐하수와 유독 물질이 한정된 수계에 집중적으로 방출됨으로써 자연정화수는 완전히 상실되어가고 있다. 2. 개발이나 공해로 자연환경이 파손되면 그곳에 살고 있던 생물은 생존치 못한다. 설령 명맥을 유지한다 하더라도 입지 환경과 관계를 맺고 있는 이상 그 영향은 절대적이다. 특히 조류는 이와 같은 환경의 변화에 그 영향을 정면으로 받는다. 최근 각 지방의 물가에서 물촉새의 자취를 볼 수 없게 되었다. 논과 산림에 사용한 농약이나 공장의 폐수로 하천이 오염되어 그곳에 살고 있던 물고기나 조개가 줄어들기 때문이다.

이어 형은 두 행을 비우고, 중부리도요라는 새 이름을 반복해서 낙서해놓았다. 족제비가 떠올랐다. 형도 족제비처럼 중부리도요를 찾고 있었다. 그러나 형이 박제용으로 찾는 것 같지는 않았다. 나는 오랫동안 형과 대화를 나누지 못했다. 내가 줄곧 도서실에서 생활한 탓이었다. 간혹 집에 들러도 형이 없을 적이

많았다. 얼굴을 본들 별 할 말이 없기도 했다. 그러는 동안 형은
새에 관해 생각을 많이 한 모양이었다. 새와 공해. 형의 생각은
이제 공해 문제에 미쳤음이 분명했다. 정부나 시에서도 엄두를
못 내는 도시의 공해 대책을 형이 어떻게 해결하겠다구. 어쨌든
형은 이상적인 만큼 비현실적이었다. 상식의 궤도를 벗어났다.
거기에 비해 족제비는 실속주의자였다.

나는 마루에서 아침과 점심 사이 어중간한 밥을 먹었다. 밥상
에 내려앉은 가을볕이 따뜻했다. 수돗가에 현자 누나가 있었다.
나일론 속치마를 하이타이 거품물로 헹구는 참이었다. 화단의
라일락 잎이 현자 누나 등에 그늘을 내렸다. 얇은 티셔츠 안에
브래지어끈이 선명했다. 공장에 다니던 작년만도 현자 누나 허
리는 날씬했다. 올봄 맥주홀에 나가고부터 곡선이 무너졌다. 아
버지는 큰방 문 앞에서 신문을 보고 있었다. 돋보기 너머로 구
인 광고란을 살폈다.

"엄만 언제 나갔나요?" 내가 아버지께 물었다.

"곧 온댔어."

"광고란에 중고 신참 쓸 마땅한 일자리라도 있나요?"

"그저 보, 보는 거지." 아버지가 어물쩍 말했다.

"놀고 지내기도 심심하죠? 저하고 바꿔 됐음 좋겠어요."

아버지는 대답 없이 재털이에 놓인 꽁초를 입술에 끼웠다. 아
버지 연세는 올해로 쉰하나였다. 노동은 모르지만 아직 사무 일
은 볼 수 있는 나이였다. 다리를 잘름거리고 말은 약간 더듬지
만 건강에는 이상이 없었다. 작년 초까지 아버지는 시내 공립중

학교 서무과장이었는데, 작년 학기 말에 물러났다. 엄마 탓이었다. 엄마는 아버지를 통해 학교 공금을 빼내 썼던 것이다. 아버지가 처음부터 엄마 농간에 놀아나지는 않았다. 공금을 빼내 개인 용도로 쓸 만큼 아버지가 배짱이 있지 못했다. 아버지는 꽁생원으로, 소심하고 옹졸했다. 겁이 많았다. 아버지는 이를 전쟁 탓으로 돌렸다. 언젠가 아버지는, 고향을 잃고부터 가슴에 큰 구멍이 뚫렸다고 말했다. 통일이 되지 않는 한 메울 수 없는 구멍이라고 자탄했다. 고향을 잃고 살기는 엄마도 마찬가지였다. 그러기에 아버지 이유는 타당하지 않았다. 아버지는 금강산을 낀 강원도 통천군 두백리가 고향이었다. 들은 바로, 그곳에서 배 열 척과 어장을 가진 수산업 재력가 아들로 태어났다. 해방 전 일본에서 전문학교를 다녔고, 해방 후 서울에서 대학에 적을 두었다. 전쟁이 난 해 6월, 결혼을 하려 고향으로 간 게 그만 발이 묶였다. 그해 7월 아버지는 고향서 징집당해 인민군 소위로 참전했다. 지난봄 어느 날, 아버지는 나도 낀 자리에서 형 질문에 대답했다. 아버지는 공산주의가 원래 생리에 맞지 않았다고 했다. 객관적으로 어느 주의가 좋다 나쁘다를 떠나, 그들은 매사에 과격하다는 것이다. 사나운 맹수가 인간의 탈을 쓰고 인간을 집단으로 길들이려 덤비니, 인간을 생각하는 동물로 남겨두지 않는다고 했다. "혁명, 투쟁, 반동, 처단…… 단어만 들어도 끄, 끔찍해. 사람은 다 개성이 다르기에 가, 각자의 꿈과 소망이 다르듯, 나는 그런 개성과 차, 창의력을 존중해. 또 너들이 알다시피 인간이 생산과 노동 이외 마음대로 옮겨 살 자, 자유와 사색도 피,

필요하구……" 아버지의 더듬는 말이었다. 그 말에 형이, 아버지는 전쟁의 희생자로 분단 현실이 당신의 희망을 앗아갔다고 토를 달았다. 그 말에 내가 나섰다. "교과서의 통일이란 말씀은 귓구멍에 못으로 박혔어. 그런데 뭐야. 지금 상태에서 저쪽과 무슨 대화가 통해. 선생님도 자유민주주의와 전제공산주의는 무력의 길 외에는 통일이 힘들다고 말했어. 나도 동감이야. 통일을 위해 누가 전쟁을 원해? 5천만이 넘는 인구 중 몇 할이 전쟁과 통일을 바꾸자고 나서겠어? 전쟁은 모든 걸 망쳐. 전쟁을 통해 통일을 도모하는 것보다는 차라리 영구적인 분단이 오늘을 살기에는 편해." 내 말을 형이 반박했다. "너희 세대는 통일의 중요성을 몰라. 그런 사고방식을 갖게 된 건 잘못된 교육 탓이야." 형 말에 아버지가 머리를 주억거리며, 모든 게 오늘의 교육 탓이라고 했다. 이 물량 위주의 자본주의 사회가 젊은 애들을 나쁜 쪽으로 몰아가서 가치판단의 기준을 잃게 했다며, 교육계에 몸담았던 티를 냈다. "통일을 외치는 아버지나 형보다 저희들은 통일에 무관심한 세대죠." 내가 콧방귀를 뀌었다. 인간은 정직이 중요한데 네 생각은 정직하지 못하다고 아버지가 말했다. 아버지 말에 잘못은 없었다. 아버지는 정직을 생활신조로 삼았다. 아버지는 학교에서 빼낸 공금을 보름 안으로 꼭 메우겠다는 엄마의 약속을 긴가민가했다. 엄마는, 파산 끝에 가족이 거리로 쫓겨난다, 청산가리로 집단자살하자, 보름이면 꼭 그 돈 돌려막을 수 있다, 나 혼자 감옥에 가거든 잘먹고 잘살라는 극단적인 위협을 서슴지 않았다. 협박과 공갈로 아버지를 설득시켜, 그 결과

5백만 원 돈을 우려낼 수 있었다. 어느 날 아버지는 술에 취해 인사불성으로 돌아왔다. "이건 나, 날강도다. 일을 저, 저질렀어. 이젠 나도 책임질 수 없다……" 아버지는 우리 방으로 건너와 형과 나를 잡고 겁에 질려 훌쩍였다. 엄마는 그 돈으로 깨어지려는 계를 겨우 수습했다. 아버지와 약속한 보름이 지났다. 엄마는 그 돈을 갚지 못했다. 아버지는 안절부절, 엄마는 안달을 냈다. 이제는 아버지가 날마다 자살 타령을 읊조렸다. 결국 아버지는 교장에게 사실을 자백했고, 권고사직을 당했다. 아버지의 스물네 해 공직 생활은 불명예로 끝났다. 퇴직금을 얼마간 받았으나 그 돈으로 횡령한 공금을 다 메울 수 없었다. 학교에서 송별회를 마치고 술에 취해 돌아온 날 밤, 아버지는 우리들 앞에서, "암탉이 울면 지, 집안이 망한다더니……" 하는 말만 읊조렸다. 그로부터 아버지는 집 안에 들어앉았다. 달마다 만천 원씩 나오는 삼급 상이용사 연금이 아버지의 유일한 벌이였다. 엄마는 역시 수완가였다. 식구를 거리에 나앉게 하지 않았고, 끼니를 거르게 하지도 않았다. 엄마의 능력으로 우리 식구의 생활은 예전 그대로의 수준을 유지했다. 경제권이 엄마에게 옮겨간 것이 달라진 점이라 할 수 있으나, 사실은 전에도 엄마가 경제권을 쥐고 있었다.

대문의 초인종이 울렸다. 내가 밥그릇을 비우고 숭늉으로 입 안을 헹굴 때였다. 종옥이 대문께로 나갔다. 엄마가 치맛귀를 싸쥐고 들어오며 나를 힐끔 보았다. 엄마는 가죽백을 마루에 던지며 주저앉았다.

"망했어. 빚내서 이자 치르면 또 새 이자 빚이 늘어나고⋯⋯
도대체 돈이 씨가 말랐나, 이렇게 융통이 안 돼서야. 우리도 끼
니 거를 날 올 테지. 종옥이도 내보내야겠다. 아파트에 손댄 게
잘못이었어." 엄마가 한숨 끝에 말했다.

"서울 부동산 경기 침체가 예까지 쳐들어왔나? 프리미엄만
떼이면 될 텐데." 내가 말했다.

아버지가 신문에서 눈을 떼고 엄마를 보았다. 한마디 할 듯
입술을 달싹거렸으나 잔기침만 뱉곤 신문에 다시 눈을 주었다.

"이제 전매가 안 된다잖아. 실수요자가 아님 집을 살 수 없
대."

"아파트를 은행에 담보 잡혀 돈을 돌리세요."

"넌 하란 공부 안 하고 머리가 그쪽으로만 트이냐? 요즘 어
때? 독서실 배겨낼 만해?"

"그저 그렇죠, 뭐."

"올해 낙방하면 걷어치워. 뭐 꼭 대학을 나와야 돈을 잘 버냐.
너도 네 밑 닦을 줄 알아."

나는 돈이 필요했다. 엄마 푸념에 물러설 수 없었다. 엄마의
저런 넋두리와 짜증에 나도 만성이 된 터였다.

"엄마, 3만 원쯤 줘. 학관비를 내야겠구, 용돈도 없구."

"맨날 무슨 돈타령이니. 넌 엄마 낯짝이 돈으로만 뵈니?"

"사실은 5만 원이 필요한데 깎아서 부른걸요. 밤샘하며 라면
만 먹었더니 속도 쓰리구⋯⋯" 나는 끝말을 죽였다. 늘 구걸하
는 게 버릇이 되었다. 정에 약한 엄마를 이용하는 데는 응석 부

림이 효과가 있었다.

"공부구 뭐구 때려치워. 형 꼴 좀 봐. 네 형만 보면 억장이 무너지니……" 하더니, 엄마는 백을 당겨 5천 원권 석 장을 집어냈다.

"강습소고 독서실이고 집어치워. 집에 들앉아 공부한다구 안될 게 뭐냐."

돈을 챙긴 나는 얼른 가방을 들고 집을 나섰다. 골목 입구 약방 앞까지 왔을 때였다.

"병식아, 나 좀 봐." 누가 뒤에서 불러 돌아보니 아버지였다. 아버지는 잘름거리며 쫓아왔다. "돈 5천 원만 비, 빌려주겠니? 월말에 돌려줄게."

"내가 쓰기도 모자라요." 사실이 그랬다. 어젯밤 고고홀에 갈 때 족제비가 5천 원을 빌려주었다. 그 돈은 오늘 갚기로 약속했다.

"원호금 타면 돌려주마. 급히 쓸 데가 있어서 그, 그래."

"엄마한테 말하지, 왜 날 보구 이래요? 돈 타낼 때 엄마 잔소리하는 거 들었잖아요?"

나는 몸을 돌렸다. 아버지의 발소리가 더 이상 나를 따라오지 않았다. 아버지의 발걸음은 기원으로 돌려질 터였다. 거기 나가면 함경도 출신의 삼팔따라지 바둑 친구 강 회장이 있었다. 아버지는 강 회장에게 돈을 빌릴 것이다. 나는 내처 걸었다. 독서실에서 오전을 보내고 오후에는 족제비네 집으로 가서 박제품 수거에 따라붙어야지. 나는 쉽게 결정을 내렸다.

2

9월 중순을 넘기면서 가을도 성큼 한발 다가섰다. 여름 동안 무성했던 뭉게구름이 하늘에서 자취를 감추고 건조한 바람이 대기를 채워 불었다. 강가의 작은 벌레나 물고기, 조류도 살이 오르고, 겨울을 날 생물들은 겨우살이 준비에 착수했다. 식물은 뿌리를 더 견고하게 대지에 박고, 먹이를 쫓는 동물의 싸댐도 분주해졌다.

이런 절기쯤이면 동진강 하구의 삼각주에는 여러 종류의 나그네새와 철새를 볼 수 있었다. 천둥오리, 바다오리, 황오리, 왜가리, 고니, 기러기, 꼬마물떼새, 흰목물떼새, 중부리도요, 민물도요, 원앙이, 농병아리 등 수십 종의 철새와 나그네새가 먹이를 쫓아 싸대는 수다스러운 행동거지가 볼만했다. 각양각색의 목청으로 우짖는 소리와 날개 치는 소리가 강변 갈대밭을 덮었다. 동남만 일대가 공업화의 도전을 받자 새의 종류와 수가 줄어들었다. 근년에 그 현상은 더 현저해져 공해에 강한 새들만 동진강을 찾아들 뿐, 천연기념물로 지정된 새나 보호조는 날아들지 않는 종류까지 생겼다.

내가 대학에 입학하던 해 늦가을이니 다섯 해 전이었다. 문리대생들의 교내 소요가 있자 학교 당국은 일주일 동안 가정학습을 실시했다. 나는 급우와 함께 고향 집으로 내려왔다. 우리는 닷새 동안 바다와 맞닿은 동진강 하구의 삼각주 개펄에 텐트를 치고 야영했다. 그때만 해도 공해나 자연보호에 대한 관심이 크지 않았고, 나그네새나 철새를 관찰한다는 특별한 이유로 야영을 하지는 않았다. 우리는 라디오도 소지하지 않았고 오직 자연을, 자연 그대로의 상태로 보고 즐겼다. 세상 밖 문명이나 지식, 우리 연령대의 열정과 고뇌, 분노도 망각한 채 외곬으로 자연에 함몰된 상태로 닷새를 보냈다. 베르그송의『창조적 진화』에 빠졌던 때였으나 나는 닷새 동안 책을 읽지 않았다.

"병국아, 잠 깼니? 또 우짖기 시작하는군그래." 미명 무렵, 친구가 말했다.

새 떼가 기상을 시작한 것이다. 천막 밖은 어둠이 걷혀갔고 한랭한 공기가 천막 안으로 밀려들었다. 바닷가에서는 늦잠을 잘 수 없다며 친구가 일어나 앉았다.

"어제처럼 개펄로 달려볼까?" 머리맡의 안경을 찾아 끼며 내가 말했다.

"우리 발걸음에 쫓긴 수백 마리 새 떼의 아우성이 듣고 싶어?"

"재밌잖아? 날려 보내면 금세 우리 뒤로 돌아와 앉을 텐데."

"산탄총을 갈겨대면?" 친구가 물었다.

"총알에 맞은 새는 한 점 순수로 떨어질 테지." 나는 어느 시인의 시구를 인용하며 웃었다.

"총알에 맞지 않은 새는?" 친구가 빤한 질문을 했다.

"멀리 날아가 다시 오지 않을걸."

우리는 큰 소리로 웃곤 파카를 껴입고 텐트 밖으로 나왔다. 바닷바람이 소금 냄새를 풍겼다. 밤새 바다와 하늘을 묶어놓았던 어둠이 퇴각하고 있었다. 수평선이 상하로 쪼개지며 선을 그었고, 그 선을 구획 삼아 붉은 빛살이 살아났다. 바다의 어둠이 빛살을 빨아들인다면 하늘의 어둠은 빛살에 튀어 터지는 참이었다. 우리는 맨발인 채 개펄로 뛰었다. 발바닥에 닿는 습기 찬 모래땅의 감촉이 좋았다. 새벽노을을 배경으로 점점이 뿌려져 나부끼는 새 떼의 힘찬 비상을 볼 수 있었다. 다섯 해 전 그때만 해도 나는 수십 마리, 또는 그 이상으로 떼를 이룬 도요새 무리를 보았다. 메추라기 같은 몸체에 머리 위와 눈썹 부분이 크림색이던 도요새는, 지금 따져보면 중부리도요가 틀림없었다. 우리가 가까이 가도 두려워하는 기색 없이 삼각주 개펄에서 긴 부리로 조개나 게, 새우 따위를 쪼던 모양이 지금도 눈에 선히 떠올랐다.

친구가 서울로 올라가고 이태 뒤였다. 나는 학교로 정배 형을 찾아갔다. 형은 동진시의 유일한 전문대학에서 생물학을 가르치는, 내가 나온 고등학교 6년 선배였다.

"중부리도요는 울음소리로 금세 구별할 수 있지." 그 방면에는 내 스승 격인 정배 형이 말했다. 그는 공해 문제 중 수질오염에 관심이 많았고, 그 방면의 논문을 준비하고 있었다.

"어떻게 우는데요?" 내가 물었다.

"글쎄, 입소리로 그걸 어떻게 흉내 낼까. 폿폿, 폿폿폿폿 또는 폿폿폿, 폿폿폿폿 하고 예닐곱 번씩 계속 읊어."

"녹음해둔 건 없나요?"

"녹음기가 있긴 해. 그러나 성능이 좋지 않아. 테이프레코더는 갖춰야 하는데, 선생 박봉으론 엄두가 나야지" 하며 정배 형이 웃었다.

"며칠 전에 사흘 동안 삼각주 갈대밭에서 야영했어요. 그런데 그렇게 우는 새는 못 봤는데요."

나는 동진강 하구 삼각주 갈대밭에서 나그네새, 철새 종류를 관찰하며 기록한 노트를 정배 형에게 보였다. 정배 형이 노트를 훑어보았다.

"낙동강 하구가 도요새 도래지이지만 예부터 동진강 하구는 중부리도요 도래지로 알려졌어. 우리나라 동남해안 일대에서는 유일한 중부리도요 서식처인 셈이지. 그래서 서울의 조류 연구가도 중부리도요 습성을 관찰하러 봄가을로 이곳을 찾곤 했었지. 그러나 수년 사이 중부리도요는 나도 못 본걸." 정배 형이 말했다.

"수질오염으로 먹이가 없어서 도래를 않는다면 동남만 부근의 다른 못이나 개펄로 옮겨간 게 아닐까요?"

"그렇게 생각할 수도 있지. 찾아보면 새로운 도래지를 발견할 수 있을 거야."

"언제 자전거라도 빌려 타고 해안 일대를 수색해볼까요?"

"좋은 생각이야. 수업이 없는 토요일 오후쯤이 좋겠군."

"1박 2일로요?"

"취사 일체는 내가 준비하지."

"쓰던 논문은 어떻게 마무리되어갑니까?"

"논문이랄 게 있나. 겨우 원고지 백 장 분량인걸. 대충 끝냈어."

"수질오염도가 어때요?"

"동진강 하구 삼각주 지역 해수는 말할 것도 없고 웅포리 개펄 수은 농도가 평균 0.013피피엠이야. 허용 농도가 0.005피피엠이니, 허용 기준치를 많이 초과한 셈이지. 더욱이 공해병인 이타이이타이병病을 일으키는 카드뮴의 함량이 0.016피피엠이야."

"시장에서 파는 미역이나 다시마는 물론이구 웅포리 회도 못 먹겠군요. 대부분 이곳 동남만 인접 어장에서 수거하거나 잡아 오니깐요."

"작은 문제가 아니라니깐."

"제가 서울 Y 신문 주재기자 한 분을 아는데 자리 마련해볼까요?"

"이런 발표일수록 신중해야지. 생계가 걸린 사람들의 피해도 무시할 수 없으니깐. 환경오염 피해는 10년이나 20년 후에 나타나지만, 당장 반응이 오는 그런 고발 기사의 역효과도 생각해야 해. 하루벌이 목판장수들, 영세어민 등, 그들 대책도 아울러 강구해야지."

"대의를 위해서는 부득이하잖습니까. 그 보고는 사실에 입각한 거니깐요."

"그렇긴 하지. 조치가 빠를수록 우리들 식탁이 건강해지니깐."

"진실은 알릴 필요가 있어요. 일본의 미나마타 공해병公害病을 보더라도 말입니다."

미나마타병은 일본 구마모토 현 미나마타 시에 있는 신니치 질소 비료공장이 아세트알데히드를 제조하는 과정에서 부산물로 나온 메틸수은이 함유된 폐수를 미나마타 강에 그대로 배출함으로써 야기된 공해병이었다. 메틸수은에 오염된 어패류를 장기간 섭취한 현지 주민이 그 병에 걸리자, 앓는 환자가 1천6백여 명, 사망한 환자가 280여 명이나 되었다. 미나마타병은 지각장애, 청각장애, 혀의 경화 등을 일으키며, 임산부의 경우에는 태아가 그 수은을 흡수하면 태아성 미나마타병에 걸려 출생 후부터 일생을 식물인간으로 살아야 하는 무서운 공해병이었다.

나는 『라이프』지 기자 유진 스미스 부부가 미나마타 마을을 취재해서 찍은 사진들 중 한 컷을 본 적이 있다. 유진 스미스 부부는 취재 도중 현지 주민의 완강한 반대에 부딪혀 실명의 위기를 겪기도 했다. 사진은 일본식 욕조 안 광경이었다. 어머니가 태아성 미나마타병에 걸린 17세 딸을 목욕시키는 장면이었다. 전면에 부각된 딸은 몸통을 욕조에 담그고 다리와 상체는 욕조 밖으로 내놓고 있었다. 백치 딸은 눈을 치켜뜬 채 허공을 응시했으나 그 눈은 태어날 때 이미 맹인이었고, 두 다리는 장작개비같이 말라 있었다. 딸의 어깨를 씻겨주는 엄마의 표정은 우는 듯 일그러졌는데, 딸의 얼굴을 쳐다보는 모성의 애절한 눈망울이 인상적이었다. 17년을 식물인간 상태로 숨 쉬는 딸을 지켜보아야 했던 엄마의 정신적 고통은 어떤 보상으로도 해결될 수 없으며, 문명의 부산물인 공해병이 얼마나 가공할 파괴력으로 인류 사회에 침투하는지 증언한 충격적인 사진이었다.

"우선 논문이 정리되는 대로 곧 학계에 보고하겠어." 정배 형이 말했다. 정배 형이 쓰던 논문은 「동남만 생산 식용해조 중 수은·카드뮴·납 및 구리의 함량 분석」이었다. 형은 그 논문의 자료 수집을 위해 지난 겨울방학을 동남만 개펄에서 보냈다. 형과 내가 이런 대화를 나누기는 올봄, 내가 정배 형을 찾아가 인사를 나눈 지 일주일 뒤였다. 내가 정배 형을 찾은 이유는 나그네새의 습성과 도래에 관해 자문을 얻기 위해서였다. 정배 형은 내 질문에 소상한 설명을 아끼지 않았다. 외로운 작업에 동지 한 명을 얻어 기쁘다고 했다. "자네도 이 신흥 공업도시의 공해 문제에 관심이 크군그래." 정배 형은 내 어깨를 두드려주었다. 그로부터 형과 나는 동지가 되었다. 나는 날마다 정배 형 학교로, 형 집으로 쫓아다녔다. 형 연구실에서, 술집에서, 동진강 하구에서 우리는 많은 대화를 나누었다. 나는 특히 나그네새나 철새의 생태에 수질오염이 미치는 영향을 두고 이야기했다. 그때부터 나는 새에 미쳐버렸다.

학교 대형 게시판의 제적자 명단에 내 이름이 나붙기는 2년 전 가을이었다. 나는 하릴없이 열흘 동안 서울에 머물렀다. 그때부터 나는 하루 세끼 식사 중 두 끼만 먹기로 결심했다. 일일 이식이 건강에 좋다고 해서 그 말에 따른 게 아니었다. 그렇다고 내 육체를 학대하면서 이룰 수 있는 일은 아무것도 없었다. 고행 끝에 달관의 경지에 도달하려는 인도의 힌두교도들처럼 극기의 초기 단계로 절식을 결심한 것도 아니었다. 다만 긴장의 한 방법으로 선택했을 뿐이었다. 나를 훈련시키기 위해서는 우선 내 생리적 욕구부터 절제하는 게 필요했다. 자기 수련은 가득 찬 상태보다 비어 있는 홀가분한 상태에서 시작해야 했다. 뒤에 안 일이지만 체중을 가볍게 하는 새가 그랬다. 나는 열흘 동안 서울 이곳저곳을 기웃거리며 내가 할 수 있는 일을 찾아보았다. 입이나 살 정도의 일거리는 마련할 수 있었다. 그러나 그 바닥에서 끼니 잇기가 현재 상태보다 나아질 조짐이 없어 보였다. 상한 마음을 위로받을 길 없이 끓는 열정을 꾹꾹 눌러 삭이는 친구들, 웬만큼 익숙해져 세상 형편에 적당히 얹혀버린 친구들 사이에서, 나는 조증을 앓는 마음을 달래느니 낙향이 나을 것 같았다. 고향에서 내가 할 일이 없더라도 그곳은 내 어린 시절의 추억이 담긴 성장지였다. 나는 짐을 챙겨 다시는 서울에 걸음하지 않으리라 결심하고 고속버스에 올랐다. 밤 차창에 비친 내 얼굴을 보았다. 파리하게 시든 병약한 청년이 불안한 눈동자로 나를 마주 보고 있었다. 어느새 나는 소심한 벙어리 청년이 되어버렸다. 비로소 내가 어떤 면에서 말더듬이 아버지를 닮았음을 깨달았다. 구치소에서도 울지 않았던 눈에서 더운 눈물이 뺨을 타고 흘렀다. 광야에서 초인을 기다리던 설렘과 강가에서 말 달리던 선구자를 그리던 내 열정이 노래로 남고, 삶의 열정조차 덧없는 한때로 받아들일 때, 나는 내 낙향을 젊음의 끝으로 해석할 수밖에 없었다.

고향 역에 도착하니 밤 10시, 깜깜한 하늘이 가을비를 뿌렸다. 고향에서 나는 당분간 칩거를 각오했다. 엄마는 거지로 돌아온 이 도령을 맞듯 넋두리를 늘어놓았다. 여자 몸으로 시장 바닥을 싸대며 일수놀이해서 가정교사도 하지 말라 하고 공무원 봉급만큼이나 비싼 서울 하숙까지 시켰더니 그 결과가 이 꼴이냐며 며칠을 식음조차 놓았다. 내가 결코 암행어사가 될 수 없음을 나도 알았지만 부모를 실망시킴도 죄악임을 깨달았다. 나에 대한 엄마의 기대가 컸던 만큼 내 낙향은 반비례의 배반이었다. 공학박사로 동진시 공업단지를 총괄할 행정 책임자 정도는 될 수 있으리라 기대했던 엄마로서는 그 넋두리가 당연한 결과였다. 며칠의 넋두리가 끝나자 엄마는 그전에 내게 보였던 사랑을 증오로 갚기 시작했다. 넋두리가 욕설로 변했다. 용돈은 10원 한 장 줄 수 없다, 앉은자리에서 자결해라, 자결을 못 하겠담 문밖출입을 마라, 대역죄인이니 동네 사람들 보기가 부끄럽다, 엄마 말은 납득할 만한 이유가 있었기에 나는 그 말을 소화해냈다. 낙향 닷새째, 엄마는 표범으로 돌변했다. 내 방의 책들을 마당으로 꺼내어 불살라버린 것이다. 화가 돋친 엄마는 방으로 뛰어들어 내 옷가지와 심지어 구두까지 불길에 던져버렸다. 친구나 이웃에게 자랑하던 초등학교, 중학교, 고등학교 때 상장도 불길 속에 던져졌다. 그때 나는 엄마가 내게 걸었던 기대가 모성보다는 자식에게 기댄 허영심임을 알았다. 그런 엄마를 나는 미워할 수 없었다. 다만 내 마음을 차지했던 엄마의 비중이 조금 낮아졌을 뿐이었다. 그 뒤부터 엄마의 잔소리가 귀 밖으로 흘러갔다. 병식이가 나를 보는 눈도 엄마 못지않았다. 아우는 노골적으로 표정에 경멸을 담았으나 말로 표현하지는 않았다. 그가 생각하는 나름대로의 삶의 길에 내가 배척당했다고, 그의 생각을 수정시킬 필요는 없었다. 그의 사리 분별력도 나름 객관적이었으나 나와는 다른 객관이었다. 개인 의사가 존중되어야 하는 만큼 그의 생각도 자유였다. 그러나 오직 아버지만은 내 편이었다. 아버지는 낙향 첫날, 나를 따뜻이 위로했다. 돌아온 탕아를 맞이한 예수처럼 나를 맞아들였다. 경제권이 없어 송아지를 잡아 잔치를 베풀지 못했지만, 일생 중 한 번은 넘어진다, 그러나 그 한 번에 인생 전부를 포기할 수 없다고 말했다. 내 손을 잡고, 이 세상의 영화나 권력, 재물과 닿지 않더라도 삶에는 여러 길이 있음을 더듬는 말로 이야기했다. 하늘이 어떤 사람에게 큰일을 맡기려 할 때면, 반드시 먼저 그의 마음을 괴롭히고, 그의 살과 뼈를 지치게 만들고, 그의 육체를 주려 마르게 하고, 그의 생활을 궁핍하게 해서, 하는 일마다 그가 꼭 해야 할 일과는 어긋나게 만든다는 맹자의 비유까지 들먹였다. 방 안에서 보내는 감금 상태의 생활에도 한도가 있었다. 내가 방 안에서 갇혀 지내야 할 납득할 만한 이유도 없었다. 열흘 뒤부터 나는 고등학교 친구를 찾거나 시립도서관 출입으로 외출을 시작했다. 나를 보는 이웃의 시선이 의외로 차가운 데 또 한 번 곤욕을 치렀다. 모두 나를 경원하고 두려워했다. 그로써 나는 가족과 사회, 어느 곳에도 안주할 수 없음을 깨달았다. 내가 환경을 거부했는지 환경이 나를 도태시켰는지 한동안 갈피를 못 잡은 채 어리둥절해했다. 나는 홀로인 채 도시의 매연 낀 거리와 폐수로 오염된 개펄을 방황했다. 나는 나를 잃어버렸다. 내 실체만 남고 내 정신은 나로부터 떠났다. 흘러간 시간은 다만 공간이며 흐르는 현재 시간이 진정한 시간이라는 베르그송의 말에 동의한다면, 현재 시간조차 각성치 못하는 상태에서 다가올 시간을 어떻게 믿으랴. 나는 어느덧 삶을 비극의 본질로 받아들이는 데 익숙해졌다. 때때로 자살을 생각해보기에 이르렀다. 그러나 죽음의 선택이 자유스러운 만큼 그 결단은 단순한 사고를 요청하지 않았다. 나는 너무 나약한 심성의 소유자였다. 나는 약육강식의 시대에 아직 내가 맡아야 할 일이 남아 있을 거라며 주위를 살폈다. 그러나 희망적인 낌새는 어디에서도 찾을 수가 없었다. 다만 우리 나이가 중년에 이르렀을 때쯤, 이 시대가 당도할 좌절이나 희망만은 내 눈으로 확인하고 싶었다.

죽음을 유보하면서도 삶답지 못한 생존의 늪에서 허우적거릴 때, 이 도시의 생활환경이 왜 자연을 파손시키느냐 하는 또 다른 문제에 나는 관심을 갖게 되었다. 동진강 하구의 삼각주 개펄에서 새 떼를 만났다. 실의의 낙향으로 술만 죽여내던 깜깜한 생활 안으로 나그네새의 울음이 들려오기 시작했다. 새가 내 머릿속으로 자유자재 날아다녔다. 수백 마리씩 떼를 지어 의식의 공간을 휘저었다. 내가 특별히 관심을 가진 것은 동진강 하구에서 자취를 감춘 도요새였다. 나는 깨어진 내 청춘의 꿈 조각을 맞추겠다고 도요새를 찾아 미친 듯 헤매었다. 도요새 중에서도 중부리도요를 발견하려고 휴일에는 정배 형과 함께, 다른 날은 나 혼자 동남만 일대의 습지와 못과 개펄을 싸돌았다. 봄은 짧았고 곧 초여름으로 접어들었다. 그때는 이미 물떼새 목目의 도요새 과科에 포함된 그 무리는 우리나라 남단부를 거쳐 휴전선 하늘을 질러 북상한 뒤였다. 다시 도요새 무리가 도래할 시절을 기다렸다. 시베리아, 알래스카, 캐나다의 툰드라에서 편도 1만 킬로미터를 날아 남으로 내려오는 그 작은 새 떼의 긴 여정에 밤마다 환상으로 동참했다. 내 사고의 닫힌 문을 도요새가 날카로운 부리로 쪼며 밀려들어, 떠남의 자유와 고통에 대해 여러 말을 재잘거렸다.

우리는 여름을 한대 추운 지방에서 번식해 가을이면 지구 반을 가로지르는 여행길에 오른다. 우리는 떠나야 할 때를 안다. 얇은 햇살 아래 파르스름하게 살아 있던 이끼류와 작은 떨기나무가 잿빛으로 시들고, 긴 밤이 북빙의 찬바람을 몰아올 때쯤이면 여정의 채비를 차린다. 여름 동안 자란 새끼도 날개를 손질하며 출발의 한때를 기다린다. 우리의 여행은 생존에 필요불가결한 자유를 찾기 위한 고통의 길고 긴 도정이다. 처음 떠날 때, 우리는 무리를 이루지만, 창공을 가로질러 쉬지 않고 날 때는 혼자 날 뿐이다. 마라톤 선수가 42.195킬로미터를 완주할 때 오직 자신과 싸우듯, 작은 심장으로 숨 가빠하며 혼자 열심히 난다. 그렇다고 방향이나 길을 잃는 법은 없다. 혼자 날지만 결코 혼자가 아니기 때문이고, 내 유전자 속에는 조상새로부터 물려받은 선험적인 길눈이 따로 있다. 우리는 각각 떨어진 개체지만 나는 속도가 일정하고, 행로가 분명하기에 낙오되거나 헤어지지 않는다. 5백만 년 전 신생대부터 조상새는 고통의 긴 여행을 터득해왔기 때문이다. 인간이 감히 상상할 수 없는 바다와 하늘이 맞물려 있는 무공천지에 길을 열어 봄가을로 두 차례 대이동을 한다. 오직 생활환경에 적응하기 위해서라고 치부한다면 인간도 거기에 예외일 수 없다. 오히려 인간은 환경에 적응한다는 핑계로 사악해지고, 탐욕스럽고, 음란하고, 권력욕에 차 있다. 자연의 환경을 파괴하고 끝내 너희들을 파멸의 길로 이끌 물질문명의 노예가 되지 않았는가……

나는 여름 내내 도요새의 이런 재잘거림을 환청으로 들었다. 가을이 왔다. 이제 동진강 하류의 삼각주에서 중부리도요는 찾아볼 수 없었다. 아니, 중부리도요보다 몸집이 큰 마도요, 등이 불그스름한 민물도요도 볼 수 없었다. 동진강은 공장 지대에서 흘러나온 폐수로 수질이 크게 오염되었다. 많은 철새나 나그네새 중에 공해에 비교적 강한 몇 종류의 철새와 나그네새만 도래할 뿐이다. 바다쇠오리·청둥오리 등의 오리 무리와, 흰목물떼새·꼬마물떼새 등 물떼새 무리가 그들이다.

나는 열 개의 미터글라스가 꽂힌 시험관꽂이를 들고 수질오염도가 높은 동진강 하류 석교천 둑길을 걷고 있었다. 석교천은 이쪽 둑과 건너 둑 사이가 40미터 남짓한 개울이었다. 초등학교 적 소풍을 자주 갔던 진양산이 발원지로, 길이가 5킬로미터 정도였다. 석교 마을은 개울과 동진강이 만나는 기슭에 자리 잡았다. 개울 양쪽은 만여 평의 공한지였고, 개울 상류 멀리로 웅장한 B 공단 공장 건물이 임립해 있었다. 내가 든 열 개의 미터글라스 중 여덟 개는 3분의 2쯤 물이 찼고 두 개만 빈 글라스였다.

석양 무렵이었다. 해안 쪽 하늘에는 새털구름이 점점이 널렸고, 구름 한쪽이 놀빛에 물들어 입체감이 뚜렷했다. 도수 높은 안경알이 놀을 흡수했다. 나는 석교천을 내려다보았다. 개울물은 검은 주단처럼 칙칙했다. 석양 탓만은 아니었다. 이따금 회백색 거품이 냇물 표면에 응어리져 떠내려갔다. 시계를 보았다. 6시 45분이었다. 나는 둑에서 개울가 자갈밭으로 내려갔다. 자갈밭에 쭈그리고 앉아 농구화와 양말을 벗었다. 시험관꽂이에서 집어낸 빈 미터글라스를 들고 검정 바지를 걷어 개울 속으로 들어갔다. 싸한 냉기가 발목에서부터 차올라 검은 개울물이 장딴지를 가렸다. 바지를 한껏 걷고 물 가운데로 들어갔다. 물빛은 더 검어져 숯가루를 뿌려놓은 듯했다. 개울물 가운데 지점까지 오자 물이 정강이 위로 차올랐다. 나는 걸음을 멈추고 미터글라스가 3분의 2쯤 차게 냇물을 떠냈다. 미터글라스를 들여다보았다. 좁은 유리관 속에서 혼탁한 물이 맴돌았다. 물결 소요가 가라앉자 물빛이 회색으로 변했고, 물속에서 검은 수포가 어지러이 움직였다. 검은 유액이 여러 겹의 명주실처럼 긴 띠를 이루어 유리관 벽을 감아 돌았다. 자세히 보니 또 다른 기름 입자가 물속에서 용해되지 않은 채 노랗게 떠돌았다. 그 외에도 유리관 안에는 육안으로 확인할 수 없는 다량의 중금속 불순물이 떠돌고 있을 터였다. 나는 참담한 마음으로 개울물을 내려다보았다. 안경알을 통해 놀빛에 반사된 검은 개울물이 독극물 같았다. 그 독극물이 내 다리의 땀구멍을 통해 전염해오고 있었다. 정배 형 연구실에서 본 사진이 떠올랐다. 육가六價 크롬화로 코의 중앙

연골에 구멍이 뚫린 환자가 치료받고 있는 장면이었다. 초로의 남자 얼굴이 뒤로 젖혔고, 양쪽 콧구멍에 핀셋으로 약솜을 넣는 사진이었다. 그는 일본화학공업이란 직장에서 20년간 근무하다 정년퇴직한 일본인이었다. 육가 크롬이란, 중크롬산소다를 생산하는 과정에서 배출되는 연소의 하나로 폐질환, 신경장애, 관절통, 빈혈, 위궤양, 턱 뼈가 썩는 증상, 이가 빠지고 상하는 증세 등 각종 질병을 일으키는 독극물로서, 크롬이 오염된 땅에는 식물이 자라지 못하고, 그 폐수는 사람 다리를 썩게 할 정도라고 정배 형이 말했다.

"1970년 일본 매스컴을 떠들썩하게 만든 사건이지. 일본 화학공업 네 개 회사, 크롬 회사 여섯 개 공장에서 폐암 등으로 죽은 사람 수만도 39명, 약 백 명이 콧속에 구멍이 뚫리는 비중격천공鼻中隔穿孔 피해를 입는 중증을 보였어."

정배 형은 신문 스크랩북을 펼쳤다.

"우리나라에는 아직까지 육가 크롬화 환자가 있었다는 공식 기록은 없지요?"

"왜, 1973년에 비중격천공의 피해 환자가 나왔지. 그 외에도 모르긴 하지만 다수의 환자가 있었을걸."

"담양 고씨 일가족 전신 마비 사건도 분명 수은중독에서 온 거죠?"

"그렇게 보는 게 일반적 견해지."

정배 형은 1975년 8월의 신문에서 스크랩한 곳을 가리켰다. 일본의 육가 크롬화 사건 기사였다. 도쿄발 특파원의 기사 내용

중 붉은 줄을 쳐 강조한 부분이 있었다. 정년퇴직한 지 5년, 흉부의 심한 고통으로 사경을 헤매는 어느 육가 크롬화 환자 딸의 인터뷰 내용이었다.

예전 우리 집은 고마스가와 1가 다리 밑 고마스가와 제2공장 근처에 있었지요. 낡은 사택이었습니다. 바로 옆에 크롬 찌꺼기의 황색 흙이 산처럼 쌓였고, 게다가 회사의 트럭이 유산가스를 매일 실어다 날랐습니다. 여름에는 남풍이 불어 붉은 먼지 때문에 세탁물을 말릴 수가 없을 정도였어요. 그런 악조건 속에서도 아버지는 태풍 때면 비번임에도 불구하고 공장으로 급히 달려갈 만큼 애사심이 강했어요.

"직무에 그토록 충실했던 근로자의 말로가 어떤 결과를 빚게 되었나. 만년엔 결국 불치의 병에 시달리게 된 게지. 공해병이란 증상이 즉시 나타나지 않는 게 특징이야. 10년이 지나면 신체조직에 천천히 이상이 생기거든. 유전인자를 통해 다음 세대에까지 영향을 미치구." 정배 형이 말했다.

"우리나라도 강 건너 불 보듯 할 얘기가 아닙니다." 내가 말했다.

"일본의 공업화를 답습하는 셈이니 상황이 닮은꼴로 전개된다고 봐야겠지. 벌써 학계의 관심을 넘어서서 심각한 사회문제로 대두됨을 자네도 알지 않는가." 그때 정배 형의 말이 그랬다.

나는 시험관꽂이를 들고 자갈밭으로 되돌아 걸었다. 석교천은 도저히 살아 있는 물이라 부를 수 없다고 생각했다. 석교천

물은 죽어버렸다. 폐유가 결국 동진강으로 흘러들고 있었다. 강폭이 80미터에 가까운 동진강은 몰라도 석교천에는 인체에 치명적인 영향을 줄 만큼 크롬산이나 수은이 다량 섞여 있을 것이다. 석교천 주민이 10년이나 20년 뒤 육가 크롬화의 중병을 앓지 않는다고 누가 감히 장담할 수 있단 말인가. 나는 자갈밭에 앉아 양말을 신었다.

"두고 보라구. 내가 석교천은 물론, 동진강까지 예전의 자연수 상태로 반드시 만들고 말 테니." 누가 들으란 듯 내가 말했다. 이 중얼거림은 스스로도 수백 번을 반복해서 자기최면에 걸린 말이었다. 누가 듣는다면 헛된 집념이라고 비웃으며, 미쳤다고 손가락질할 것이다. 그러나 지구 절반 거리의 무공천지를 한 해에 두 번씩 건너야 하는 작은 도요새의 고통보다 그 일이 결코 어렵게 생각되지 않았다.

우리나라가 1960년대부터 경제성장에 발돋움을 시작해 대망의 중화학공업 시대로 돌입했던 1970년대 벽두, 아홉 해 전이었다. 내가 중학교 3학년 때, 정부는 이 동남만 일대를 대단위 중화학공업단지로 고시했다. 이태 후 가을, 군청 소재지조차 못 되었던 동진읍은 일약 시로 승격되었다. 그 이전까지 읍은 인구 만 명을 웃돌던 동해남부선의 한 작은 역이었다. 석교 마을은 읍내에서도 해안 쪽으로 치우친 변두리였다. 읍내에서 석교 마을까지 나가자면 석교천 둑방길로 3킬로는 걸어야 했다. 내가 중학교에 입학한 그때만도 석교천 물은 속이 환히 들여다보이게 투명했다. 깊은 곳은 허리를 채울 정도였지만 물속에서 눈을 뜨고 내려다보면 물밑의 길동그란 자갈이 맑게 드러났다. 추위도 추위였고 길이 멀어 겨울철은 예외였지만, 학교가 파한 뒤반 애들과 어울려 조갑지나 불가사리 따위를 주우러 바다로 나가곤 했다. 석교 마을 앞을 지나며 냇가에 늘어앉아 빨래하던여자들의 재잘거림과 킥킥대던 웃음소리도 들었다. 1960년대, 그때만 해도 이곳 자연 상태는 완벽하게 보호되었다. 누가 나서서 보호해서가 아닌, 자연 그대로의 상태였다. 40여 호의 석교 마을까지 오면 석교천과 동진강이 합쳐지고, 우리는 거기서부터 넓게 트인 바다를 볼 수 있었다. 동진강 하구에서 시작되는 삼각주 갈대밭과 다복솔 울창한 해안 구릉 사이로 보이는 바다는 철에 따라 색깔이 달랐다. 봄이면 녹청색을 띠다, 여름이면짙푸른 파랑, 가을이면 감청색으로 어두워졌고, 겨울이면 짙은남색으로 변했다. 바다다! 하고 외치던 친구가 노래를 불렀다. "나의 살던 고향은 꽃 피는 산골……" 다른 친구는 바다 노래를불렀다. "초록바다 물결 위에 황혼이 지면……" 노랫소리는 바닷바람이 읍내 쪽으로 몰아갔다. 그 시절, 나는 꿈을 꿀 때도 동진강을 따라 바다로 나갔고, 거룻배를 타고 연안 바다로 떠돌았다. 어떤 날 밤은 고래가 나를 태워 여러 나라로 돌아다니는 꿈도 꾸었다.

나는 석교천 물을 떠온 미터글라스에 종이를 붙이고 볼펜으로 날짜와 시간을 적었다. 코르크 마개로 주둥이를 닫고 시험관꽂이에 꽂았다. 시험관꽂이를 들고 둑길로 올라섰다. 갈대와 풀이 죄 말라버린 만여 평의 공한지가 양쪽으로 펼쳐져 있었다.

벌레는 물론이고 지렁이류의 환형동물조차 살 수 없는 버려진 땅이었다. 이 땅에도 내년이면 연간 5만 톤의 아연을 생산할 아연공장 착공식이 있을 예정이란 신문기사를 읽었다. 내가 중학을 졸업하던 해까지 이 들녘은 일등호답이었다. 가을이면 알곡을 매단 볏대가 가을바람에 일렁였다. 참새 떼의 근접을 막느라 허수아비가 섰고 사방으로 쳐진 비닐 띠가 햇살에 반짝였다. 바다를 끼고 있었지만 석교 마을은 어업보다 농업 종사자가 많은 부촌이었다.

마을 입구 들길에서 나는 산책 나온 임 영감을 만났다.

"이곳도 참 많이 변했죠?" 마을 경로회 부회장인 임 영감에게 물었다.

"공업단지가 들어서고 말이지." 임 영감은 회갑 연세로 석교 마을에서 삼대째 살고 있는 읍 서기 출신이었다. "변하다마다. 10년이면 강산도 변한다지 않는가. 공업단지가 들어선 지도 벌써 8년째네."

"언제부터 농사를 못 짓게 됐나요?"

"공단이 들어서고 이태 동안은 그럭저럭 농사를 지었더랬지. 그런데 이듬해부터 농사를 망치기 시작했어. 못자리에 기름물이 스며들지 않나, 모를 내도 뿌리째 썩어버리니, 결국 폐농했지."

"보상 문제는 어떻게 해결지었나요?"

"관에 폐수분출금지 가처분신청인가 뭔가도 냈지. 그러나 폐농한 마당에 소장訴狀이 문젠가. 용지보상 대책위원회를 만들어

시청과 공단 측에 항의했더랬지. 공장에서 쏟아내는 기름 찌꺼기 때문에 땅을 망쳤다구 말야. 1년을 넘어 끌다 끝장에는 동남만개발공사에서 땅을 사들이기로 해서, 3년 연차로 보상을 받긴 받았지. 우리만 손해를 봤지 뭔가. 옛날부터 그런 사람들과 싸워 촌무지렁이가 이긴 적이 있던가."

"공단 측은 수수방관한 셈입니까?"

"그때나 지금이나 그 사람들 세도는 대단해. 지도에 등재도 안 된 촌이 자기네들 입주로 크게 발전을 했는데 그까짓 피해가 대수롭냐는 게지. 땅값이 천정부지로 올랐으니 팔자 고치지 않았느냐구 우기더군. 이젠 귀에 익은 소리지만 그때만 해도 생생한 수출입국이니, 중공업 시대니, 지엔피니 하는 소리를 귀에 딱지가 앉도록 들었지. 공단 측은 마을 대책위원과 촌로들을 초청해서 술 사주며 선심을 쓰다, 나중에는 마을 청장년을 자기네 공장에 취직시켜주겠다고 해서 흐지부지 끝났어."

"어르신 댁도 혜택을 봤나요?"

"우리 집 둘째 놈이 제대하고 와 있던 참이라 피브이시 공장엔가 들어갔어. 제 놈이 배운 기술이 있어야지. 월급 몇 푼 받아와야 제 밑 닦기 바빠. 딸년은 바람이 들어 서울로 떠났지. 거기서 공장 노동자 짝을 얻어 월셋방 살아." 임 영감이 기침 돋워 가래침을 뱉었다. "여보게 젊은 양반, 이 가래침 봐. 새까맣지 않은가. 서남풍이 불 때면 굴뚝 매연이 이쪽으로 날아와 우리 마을만 해도 해소병처럼 기관지병 걸린 사람이 한둘이 아니라네. 어디 사람 살 동넨가 말일세."

"그 당시 땅값이 올랐으니 땅 팔아 벼락부자 된 분도 많겠네요?"

"목돈 좀 쥔 사람도 있긴 해. 그러나 돈이란 써본 사람이 제대로 쓰지, 어디 그 돈이 온전할 리 있겠나. 이런저런 꾐에 빠져 이태를 못 넘겨 다 거덜 났어. 백수건달 된 치는 도회지로 나가 막노동이나 하겠다며 식솔 데리고 떠났지. 난리가 따로 있겠나. 그것도 난리야."

"석교도 많이 달라졌어요."

"세상이 확 바뀐 게지. 개벽 이래 말일세."

"어르신은 요즘 어떻게 소일하시나요?"

"젊은이가 창피한 것까지 다 묻는군그래. 그 뭔가, 통닭집에 닭 싸주는 봉지 있지? 그 종이를 날라다 풀칠하고 손잡이 끈도 달아줘. 그래도 아직은 정정한데 손 재놓고 놀 수야 있나."

나는 죽은 땅 공한지 건너 공단 쪽을 보았다. 화학공장들로 이루어진 B단지였다. 삼영정유공장, 동산플라스틱공장, 진화화학 석교공장, 동진유기화학 제2공장 등이 거기 모여 있었다. 솟은 굴뚝 여기저기서 연기가 피어올랐다. 검은 연기, 노란 연기, 회색 연기가 바닷바람에 날려 시내 쪽으로 꼬리를 늘였다. 집진기集塵機가 제대로 가동이 되는 공장이 없음을 알고 있었다. 고장으로 집진기가 못쓰게 되었거나 노후화되어 성능이 부실하니 있으나 마나 한 매연 대책이었다.

나는 제방길을 따라 동진강 쪽으로 걸었다. 해안 쪽 하늘은 놀이 자주색으로 침침해갔다. 나는 석탑서점을 들러 오후 3시에 바닷가로 나왔다. 다섯 시간 정도 석교천을 오르내리며 시간 차를 두고 미터글라스에 석교천 물을 수거한 참이라 피로와 허기가 엄습했다. 밤을 몰아오는 바닷바람도 차가워졌다. 점퍼 지퍼를 목까지 당겨 올리며 석교 마을에 눈을 주었다. 잿빛 하늘 아래 눌려 있는 석교 마을은 읍 시절의 옛 모습이 아니었다. 당시 40여 호의 초가는 그새 절반으로 줄었고 알록달록한 기와지붕의 새 동네로 변했다. 포장된 앞길에는 시내버스 한 대가 달리고 있었다. 마을 뒤를 가렸던 언덕의 소나무숲은 매연으로 고사해 민둥산으로 버려져 있었다. 산 뒤로 늘어선 열 동의 5층 아파트가 모서리를 보였다. 재작년과 작년에 걸쳐 신축된 아파트를 석교단지라 불렀다. 지난여름, 엄마가 저 단지 중 18평형 두 채를 빚을 내어 잡았으나, 이어 발표된 부동산 투기억제법에 묶여 매기를 잃어 지금은 전세를 놓고 있었다.

동진강 제방 둑길을 내려가 하구의 삼각주 갈대밭이 멀리로 보이는 지점까지 왔을 때였다. 남자 둘이 이쪽으로 걸어오고 있었다. 거리가 가까워지자 둘의 더펄머리칼이 드러나, 나는 공단 공원으로 짐작했다. 한 녀석은 등산백을 메었고 복장도 등산복 차림이었다. 거리가 50미터쯤 가까워졌을 때, 등산백을 메지 않은 녀석의 걸음걸이가 눈에 익었다. 병식이었다.

"형 아냐?" 병식이가 손을 들며 소리쳤다. 나는 아무 말도 안 했다. "동진강 하구가 형의 서식처니 형 만나지 않을까 생각했더랬지. 예감 적중이군." 병식이 웃었다.

"형, 안녕하슈?" 병식이 친구가 등산모를 들썩하며 알은체했다.

"어디 갔다 오는 길이니?" 아우를 보고 내가 물었다.

"바다 밑에서 곧장 나오는 길이지." 병식이가 농으로 말을 받았다.

"형, 들고 있는 건 뭐요? 냉장고에 넣어 하드 만들려구요?" 정배 형 실험실로 넘겨질 시험관꽂이 미터글라스를 보고 병식이 친구가 물었다.

나는 아우에게 할 말이 없었다. 독서실에 박혀 입시 공부나 하잖고 놀러만 다니느냐는 따위의 충고는 내 역할이 아니었다. 대학을 중도 하차한 나로서는 그렇게 말할 자격이 없었다. 그 점보다 나는 아우의 어떤 면에도 관심을 갖지 않았고, 나를 대하는 아우 역시 마찬가지였다.

아우에게, 가보라고 말하곤 나는 그들 옆을 스쳐 어둠이 내려앉은 바다로 걸었다. 놀빛이 사그라져 바다는 암청색을 띠고 있었다. 싸늘한 바람이 귓불을 훑었다.

"형, 곧장 걸어가면 바닷속으로 들어가." 아우가 등 뒤에서 소리쳤다.

"난 새가 될 텐데 왜 바다로 들어가? 비상을 하지." 내가 말했다.

"형, 새가 되더라도 개펄에 떨어진 콩은 주워 먹지 마슈." 병식이 친구가 외쳤다.

나는 걸음을 빨리했다. 잿빛 하늘을 배경으로 어둠 속에 갈매기가 날았다. 바람 소리 속에 끼룩끼룩 우는 울음이 들렸다. 그 소리는 동료나 짝을 부르는 게 아니라 나를 부르는 소리로 바뀌었다. 나는 정말 새가 되고 싶었다. 새처럼 나를 해방시키고 싶었다. 고통의 원인을 제공한 이 땅을 떠나 이상의 세계로 떠나고 싶었다. 윤회설을 믿지 않지만 이승에서 새로 변신할 수 없다면 내세에서는 새가 되어 태어나고 싶었다. 선택권을 준다면 새 중에서도 시베리아나 툰드라가 고향인 도요새가 되고 싶었다.

나는 동진강 하구로 내려가다 삼각주 갈대밭을 채 못 가 남쪽으로 난 큰길로 접어들었다. 바다를 낀 길로 5백 미터쯤 내려가면 해안경비 파견대 군 막사가 있었고, 그만한 거리를 더 내려가면 웅포리란 옛 포구가 나섰다. 개펄에 작은 배들이 닿는 웅포리는 이제 포구가 아니었다. 동남만 연안이 폐수 오염으로 고기가 잡히지 않을 즈음, 때마침 웅포리까지 포장도로가 닦였다. 처음은 그곳 어민이 포장주막을 차리고 멍게, 해삼 따위를 안주로 술을 팔기 시작했다. 이어, 한 집 두 집 술집과 점포가 들어서더니 네온사인 내단 유흥가로 변했다. 불과 3년 전이었다. 작업복에 안전모 쓴 공장 직공들이 출퇴근용 자전거나 오토바이 편에 이곳으로 몰려들었다. 버스 노선이 생기자, 시내 투기꾼이 웅포리에 여자를 갖춘 룸살롱도 열었다.

나는 웅포리로 가는 참이었다. 그곳으로 가면 자주 찾는 집이 있었다. 유흥가에서 떨어진 암벽 아래 해주집이란 이름의 허름한 술집으로, 칠순의 할머니가 손자를 데리고 국밥과 소주, 막걸리를 팔았다. 할머니는 황해도 해주에서 육이오 때 피난 나온 이북 출신으로, 나는 그 집을 아버지로부터 소개받았다. 서울서 내가 낙향했을 무렵, 어느 날 아버지는 나를 데리고 해주집을 찾았다. 소주잔을 놓고 마주 앉은 아버지가 내게 말했다. "이젠 애비와 같이 잔, 잔 나눌 나이가 되었어. 네 어릴 적엔 난 오늘같이 이, 이런 날을 기다렸어. 내 맺힌 얘기를 들어줄 놈은 맏이밖에 없으니깐."

그날, 나는 아버지와 많은 말을 나누었다.

"……유엔군 포로가 되자, 나는 곧 전향했어. 내 뜨, 뜻에 따라 국군으로 자원입대를 한 셈이지. 6개월 후 금화전투에서 훈장을 받구 소위로 진급했지. 그때가 이, 일사후퇴가 끝난 후니 그로부터 다시 고, 고향 땅을 못 밟고 말았잖은가. 고향 땅이 수복되면 가족 데리구 이남으로 나오려구 꿈꿨던 게 다 수, 수포로 돌아갔어. 내가 변하기 시작한 게 그때부터야. 껍질 깨고 세상에 나오던 벼, 병아리가 다시 달걀집으로 들어가고 싶어 했으나 워, 원상태 복귀가 불가능한 경우랄까……" 아버지는 주머니에서 수첩을 꺼냈다. 수첩을 뒤져 낡은 편지 봉투를 집어냈다. 나는 아버지가 고향 통천에 두고 온 조부모님과 삼촌 두 분, 고모 한 분과 같이 찍은 옛 사진을 보여주는 줄로만 알았다. 나는 그 낡은 사진을 수십 번도 더 보았다. 그러나 아버지가 꺼낸 사진은 통천에 두고 온 가족사진이 아니라, 누렇게 바랜 우표만한 증명사진이었다. "너, 넌 이해할 거야. 이 사진을 보구 날 미워하지 않을 줄……" 아버지는 떨리는 손으로 사진을 내게 건넸다. 모서리가 닳았고 주름져 윤곽이 희미한 사진이었다. 사진은 양 갈래로 머리 땋은 흰 저고리 입은 처녀 모습이었다. 나는 그 사진 임자를 짐작할 수 있었다. "통천의 옛 약혼자군요?" 아버지는 사진을 내 손에서 빼앗아갔다. "다 흘, 흘러간 시절이야. 접장했던 이 여자두 이젠 느, 늙었을 게야." 아버지는 사진을 지갑에 넣었다. "꿈을 파먹고 산다는 게 어, 얼마나 괴로운지 아냐?" 아버지의 주름진 눈이 눈물로 괴었다. 아버지는 어눌한 모습을 감추기나 하듯 떨리는 손으로 술잔을 들었다.

3

병식이는 제 어미로부터 만 5천 원을 타낸 날로 독서실에 박혔는지 사흘째 귀가하지 않았다. 때맞춰 병국이도 집을 비웠다. 우리 내외만 아침 밥상을 받았다.

병국이가 서울서 대학을 다닐 때도 병식이 새벽반 과외 공부를 나가 일요일 외에는 내외가 아침상을 받았는데, 요즘은 가족이 모였어도 호젓한 아침 식사는 마찬가지였다. 우리 내외는 말없이 숟갈질만 해댔다. 처가 가자미조림 간이 맞지 않다고 찬투정을 읊조리다 짜증이 보채는지 한마디했다.

"미친 자식, 어쩜 제 애비 성질내미를 족집게 뽑듯 뽑았을까."

병국이를 두고 하는 소린 줄 알면서도 나는 묵묵부답했다. 처는 날 힐끔 쏘아보곤 젓가락을 소리 나게 놓았다. 치미는 울화를 푼다고 쏘아붙였다. "당신도 병 도질 철이 왔는데 개펄로 안 싸돌아요? 강남 갈 철샌가 뭔가 날아들 시절 아녜요?"

"웬 차, 참견은. 새 구경 나가는 데두 돈 드남."

"개펄까지 나가자면 차비는 공짜요?"

"걸어가지 뭘."

"애비나 자식이나 한통속으로 미쳤어. 병국이도 새나 보며 허송세월을 하니."

"소, 속요량이 있겠지. 방구석에 있기보담 운동도 되니……"

"답답한 양반아, 날아다니는 구름 잡는다더니, 허공에 나는 새에 미쳐. 잉꼬나 십자매를 키운다면 돈이나 되지. 집구석 돌아가는 꼴 보면 복장이 터져. 당신도 햇수로 따져 언제부터요. 이 바닥에 주저앉고부터 봄가을로 새 구경하겠다며 갯벌로 싸대더니 이젠 자식놈까지 그 발광이야." 처가 숭늉으로 입안을 헹구곤 자리 차고 일어났다. "정신 나간 자식이 사흘이나 집구석 찾아들지 않으니 당신도 수소문 좀 해봐요. 꿰다 놓은 보릿자루처럼 방구석 지키면 다요?"

"언제부터 병국이 거, 걱정했소? 당장 뒈졌음 좋겠다 할 땐 언제구."

"오늘 갯벌로 안 나갈 참이오?" 처가 나갈 채비로 외출복으로 갈아입었다.

"그러잖아도 강 회장하고 바람이나 쐴까 하던 참인데……"

"그럼 잘됐수. 나가는 길에 병국이 주릴 틀어쥐고 와요. 참, 나선 김에 웅포리 들러 동해식당 정 마담 만나 이잣돈 8만 원 꼭 받아와요. 은행 이자 갚을 날이 내일이니 받아내야 해요. 독촉할 땐 어물거리지 말고 배짱 좀 부려요."

처음부터 심부름 가라고 이를 일이지, 하고 한마디할까 하다 나는 말을 삼켰다. 상동 큰시장으로 일수 걷으러 나갈 참인지

처는 방 나서기 전에, 차비 쓰라고 백 원짜리 동전 두 개를 방바닥에 던졌다. 아침상 물리고 동전 두 닢을 손바닥에 올려놓자, 나는 또 부질없이 스물다섯 해나 여편네와 한솥밥 먹고 산 억울한 세월을 한탄했다. 사흘을 주기로 처 잠자리 흥이나 돋워주는 역할도 이제 힘에 부쳤다. 앞으로 어떻게 처신해야 할지 아무런 결론도, 어떤 결단도 내릴 수 없었다.

내가 처를 만나기는 휴전되던 해, 상이군경 재활원에서였다. 왼쪽 허벅지에 박힌 다섯 개 파편을 꺼내고 좌대퇴골 이음수술, 좌비복근 이식수술, 바스라진 좌족근골 맞춤수술 끝에 부산 군 통합병원에서 상이제대를 하게 되기가 그해 가을이었다. 왼쪽 다리를 잘룩거리게 되었으나 절단 위기를 넘겼으니 수술은 성공적이었다. 군복을 벗었지만 불구의 내가 찾아갈 곳이 없었다. 수중에 재산이라곤 얼마간의 전역금뿐이었고, 남한 땅에는 친척붙이조차 없었다. 1년여 전쟁터를 떠돌며 생사의 갈림길을 헤맬 때 내 학구열은 거덜이 나버렸고, 이런 시국에 공부 계속하면 병신 주제에 그걸 어디에 써먹느냐는 회의부터 앞섰다. 다행히 장교 출신에 입대 전 대학에 적을 둔 학력 덕에 해운대 지나 송정리의 상이군경 재활원에서 총무 일을 보게 되었다. 백명 남짓한 재활원의 상이용사는 대부분이 미혼으로 척추장애자여서 휠체어에 몸을 의탁하고 있었다. 그러다 보니 거동 불편한 그들의 시중을 드는 심부름꾼과 취사를 맡은 여자들, 잡역부를 합쳐 재활원 연인원이 2백 명에 가까웠다. 1년 남짓 그곳 재산 관리를 맡을 동안 나는 처를 만났다. 처는 재활원에서 부엌

일 보던 종업원이었다. 처는 경기도 개성의 도붓장사 딸로, 전쟁 중 피난길에 가족을 잃고 어쩌다 이 남도 끝까지 흘러온 모양이었다. 처지가 그렇게 한빈했으나 처는 그늘이 없었고 천성이 명랑한 처녀였다. 나와 다섯 살 차이니 당시 스물한 살이었다. 지금도 달라진 점이 없지만, 그 시절 나는 의욕상실자였고 대인공포증마저 보였다. 살아내기가 힘에 겨운 나날이었다. 병상 생활은 언젠가 건강을 되찾아 퇴원할 거라는 희망이 있었기에 배겨낼 수 있었다. 나는 마음을 못 잡은 채 매사에 초조해했고, 사람을 피했다. 그럴 때면 바닷가로 나가 혼자 만취할 때까지 술을 마셨다. 그런 중에도 어서 통일이 되어 고향에 갈 수 있기를 바라는 한 가지 소망만은 품고 있었다. 그러나 그 소망은 차츰 환상으로 변했다. 향수병을 술로 달랬다. 나는 내가 맡은 일만 보았을 뿐 하루 종일 말이 없었고, 말을 더듬는 버릇도 그때부터 비롯되었다. 그런 음울한 내 마음을 밝은 쪽으로 돌려놓겠다는 듯 처가 깔깔거리며 헤집고 들었다. 전쟁 뒤끝 경황없는 세월이라 학력이나 성격이 결혼의 첫째 조건이 되지 않기도 했지만, 내가 우울증에 시달리다 보니 우리 사이가 금방 가까워지지는 않았다. 한울타리 안에서 말 터놓고 지내는 사이 정도였다. 재활원에서 1년을 보낼 동안 바깥 사회도 안정을 찾아 지체가 자유로운 상이군경에게도 취직의 문이 열렸다. 송정에서 동남해안을 따라 15킬로 위쪽에 위치한 동진읍 공립중학교 서무과에 일자리를 구하자 나는 고물 가죽가방 하나 달랑 들고 재활원을 떠났다. 학교 뒤에 방을 얻어 자취 생활을 시작했다. 한 달쯤 지났을까, 처가 홀연히 나를 만나러 왔다. 처는 지금도 이따금, 공일 보내기 심심해 동진읍으로 놀러 갔는데 어쩌다 절름발이한테 걸려들었다고 입방아를 찧지만, 어쨌든 나는 그날 밤 처와 살을 섞었다. 아니, 잠자리는 처의 적극성으로 이루어졌다. 처는 의도적으로 내게 몸을 맡겼으니, 그렇게 일을 저질러선 재활원을 빠져나올 구실을 삼으려는 속셈이었다. 우리는 살림을 차렸다. 그러나 성격 차이에다 도타운 애정이 없다 보니 다툼이 잦았다. 서로 한마디 말 없이 열흘, 보름을 한 지붕 아래서 보내는 날도 있었다. 병국이가 태어나지 않았다면 우리는 갈라섰을지 몰랐다. 자식이란 부부 사이에 화해의 징검다리였기에, 자식이 서로의 말문을 트게 하는 매개 역할을 했다. 그러나 집에선 처 등쌀에 눌려 지냈고, 직장에서도 마음에 맞는 동료가 없어 실향민으로서의 적막감은 가중되었다. 나는 시간이나 쪼아 먹는 한 마리 날개 꺾인 새로 변해버렸음을 알았다. 고향이 따로 있나 정들면 고향이지, 이런 유행가 구절도 있지만, 나는 특별한 취미나 마음 붙일 오락도 갖지 못한, 붙임성 없는 위인이었다. 휴전이 됐지만 언젠가는 통일의 날이 올 것이고 그렇게 되면 고향 통천으로 갈 수 있으려니 하는 희망이 나를 지탱시켜주는 힘이었다. 정을 붙인 곳이 바다였다. 이 타관 땅이 바다를 끼고 있지 않았다면 무엇에 낙을 붙여 지금껏 살아왔을까. 자살해버렸을지 몰랐다. 아니, 그럴 용기조차 없었고, 고향으로 돌아갈 환상이 나를 붙잡는 한 죽을 수 없었을 것이다. 나는 탁 트인 바다를 구경하기 좋아했다. 바다를 보러 다니다 동진강 하구 삼각주가 철새나 나그네새 도래지임을 알게 되었다. 나는 사철을 가리지 않았으나, 특히 봄가을의 환절기가 돌아오면 사흘이 멀다 하고 동진강 하류의 개펄을 찾았다. 퇴근하면 집발이 붙지 않아 도시락 가방에 소주 한 병을 챙겨 넣고 석교천 방죽길로 자전거를 달렸다. 숨겨둔 여자라도 만나러 가는 마음이었다. 개펄에 도착해 모랫바닥에 다리 뻗고 앉으면 수백 마리의 새 떼가 아귀아귀 우짖으며 나를 반겼다. 동진읍에 정착했던 그해 가을, 전쟁 나기 전 고향 땅에 서 본 도요새 무리를 동진강 삼각주에서 보았을 때, 나는 헤어 진 부모와 동기간과 약혼녀를 만난 듯 반가웠다. 너들이 휴전선 위쪽 통천을 거쳐 여기로 날아왔구나. 대답 없는 물음을 던지면 울컥 사무치는 향수가 심사를 못 견디게 긁었다. 나는 술병을 기울이며 새 떼와 많은 말을 나누었다. 내가 말하고, 내가 새가 되어 대답하는 대화를 누가 이해하리오. 새가 고향 땅의 부모님 이 되고, 형제가 되고, 어떤 때는 약혼자가 되어 내게 들려주던 많은 말을 기쁨에 듣떠, 때때로 설움에 젖어 화답하는 순간만이 내게는 진정한 시간이었다. 그러나 세월의 부침 속에 고향에 대 한 향수도 차츰 식어갔다. 개펄도 내 인생과 함께 황혼을 맞았 다. 지금 보는 바다는 예전보다 파도가 높아 내가 헤엄쳐 강원 도 통천까지는 도저히 북상할 수 없을 만큼 아득히 멀어 보였 다. 철새나 나그네새는 휴전선 넘어 자유로이 내왕하건만 나는 그곳에 갈 수 없다는 안타까움이 해가 갈수록 이마에 깊은 주름 을 새겼다.

나는 담배를 피워 물고 여느 날처럼 신문을 폈다. 특별한 읽을거리나 속 시원한 기사가 눈에 띌 리 없었다. 그래도 1면부터 8면까지 샅샅이 읽었고 저녁 텔레비전 프로를 살폈다. 벽시계를 보니 겨우 10시였다. 지금 기원에 나가도 강 회장이 출근했을 리 없었다. 강 회장은 함경도 도민회 회장으로, 나와 15년 넘게 형제같이 사귀는 사이였다. 그의 고향은 부전령 아래 송화였고 나이는 나보다 여덟 해 연상이었다. 흥남철수 때 처와 자식 셋을 고향에 둔 채 홀로 피난 나와 구제품 행상으로 출발해선 오일륙 전에 여기에 정착해 상동시장에서 포목점을 냈다. 동진읍이 시로 승격되자 그는 점포를 키웠으나, 1년 전 고혈압으로 쓰러졌다 일어난 뒤 포목업도 이남에서 새장가 들어 얻은 여편네한테 넘기곤 나와 바둑으로 소일하고 지냈다.

내가 신문 바둑 관전기를 들여다보고 있을 때였다. 대문 초인종이 울렸다. 마루 끝에 앉아 껌을 씹으며 라디오 유행가를 따라 흥얼거리던 종옥이가 대문께로 갔다. 초인종 소리가 길게 울리는 것으로 보아 아들들 같지는 않았고 여편네가 뭘 빠뜨리고 나갔다 되돌아왔으려니 생각했다.

누구냐며 종옥이 철문의 쇠빗장을 열며 물었다. 김병국 있냐고, 바깥에서 무뚝뚝한 소리로 물었다. 종옥이 문을 열자, 장교 하나와 사병 둘이 마당으로 들어섰다. 장교는 중위였다. 그들 거동이 당당한 데다 사병은 총을 멨고 장망 씌운 철모를 쓰고 있었다. 셋이 마당 가운데 서자 금방 내 가슴이 철렁했고 턱이 떨렸다. 육이오 때 철원전투에서 다리에 중상을 입은 후부터 놀랄 때나 흥분할 때면 나타나는 부교감신경의 실조증이었다. 병국이가 제 어미한테 돈을 못 타내 내게 5천 원만 돌려달라던 게 그저께였다. 강 회장한테 돈을 빌려 주었는데 녀석이 그 돈으로 말썽을 피웠나 하는 생각이 들었다. 나는 엉거주춤 마루로 나섰다. 지난여름 일이 후딱 떠올랐다.

작년, 더위가 찔 무렵이었다. B 공단 성창비료 석교공장 노무과장이 장정 셋을 거느리고 집에 들이닥친 일이 있었다. 그날은 종옥이가 시장에 나가 홀로 집을 지키던 참이었다.

"김병국이란 작자가 누구요? 어떤 위인인가 상판 좀 봅시다." 힘꼴깨나 써 보이는 한 장정이 기세등등하게 말했다.

"내 아들놈인데 다, 당신네는 누, 누구요?" 기세에 눌려 내 목소리가 더 더듬거렸다.

"그렇담 마빡 새파란 놈이겠군. 그 새끼 좀 봅시다!" 다른 장정이 윽박질렀다. "아들은 집에 없소. 무, 무슨 일인데 이러오?"

"그 자식 당장 작살낼 테야. 암모니아 가스가 아니라 진짜 똥물을 아가리에 퍼 넣어야 정신 차릴 개새끼!" 또 다른 장정이 방문 열린 큰방과 건넌방을 기웃거렸다.

"소란 피워 죄송합니다만, 병국이란 자제분을 만날 수 없겠습니까?" 마흔쯤 된 노무과장이란 자가 내게 정중하게 말했다.

"마루에라도 앉아요." 노무과장을 상대로 내가 말했다. "병국이를 차, 찾자면 힘들겠네요. 늘 자정쯤 돌아오니, 난들 그놈 행선지를 모르오."

"사실을 말씀드리자면……" 노무과장이 병국이를 찾아온 이유를 설명했다. "선생 자제분이 우리 회사를 상대로 관계 요로에 진정설 냈습니다. 여기 시 보건과에서 접수한 진정서 사본을 보십시오."

마루에 걸터앉은 노무과장이 복사판 서류를 꺼냈다. 방으로 들어가 돋보기안경을 찾아 낄 틈도 없이 어릿어릿한 글자를 대충 훑어보았다.

……성창비료 석교공장은 연간 40억 원 규모의 흑자를 내면서도 폐기 처리 과정에 근본적 개선책이 전무함이 입증되었다. 8월 4일 새벽 2시 20분, 당 공장은 야음을 틈타 암모니아 가스를 다량으로 배출해, 가스가 폐수천(석교천)을 따라 안개처럼 덮쳐 동진강 하류로 확산된 바 있다. 이로 인해 새벽 4시 10분 동진강 하류에서 오징어잡이 나가던 어민 18명이 심한 두통과 구토증으로 실신한 사건이 있었다. 당사는 기계의 밸브가 고장 나서 가스가 샜다고 변명하지만 이런 일이 일주일을 주기로 수십 차례 반복되었음을 입증하며(관계 자료 별첨), 이로 미루어 당사는 고의로 밸브를 틀어 야밤에 가스를 배출함이 객관적으로 입증됨으로써……

"정신병자놈이 쓴 낙서는 더 읽을 필요가 없소." 장정이 진정서를 낚아챘다.

"아, 아들놈이 낸 진정서가 틀림없습니까?" 노무과장에게 물었다.

"분명합니다. 뒷조사해보니 자제분은 이 방면에 상습범이더군요. 6월에는 풍천화학을 상대로 진정서를 낸 바 있었습니다. 풍천화학도 야음에 카드뮴과 수은 등 중금속 물질을 배출시켜 동진강 하류 삼각주 지대에 서식하는 각종 새 3백여 마리와 물고기가 떼죽음을 당했다나요. 사람이 아닌, 한갓 새나 물고기가 말입니다." 노무과장이 '새나 물고기'란 말을 강조했다. 그는 이어, "국민소득 1천 달러 달성에, 오늘날 조국 근대화가 무엇으로 이루어졌는지는 선생도 잘 알지요?" 했다.

"사람이 아닌, 한갓 새와 물고기가 죽었다구 진정을 내? 빈대 잡겠다고 초가삼간 태우겠다는 미친놈 짓거리를 이번에는 아예 뿌릴 뽑아야 해!" 한 장정이 주먹을 내두르며 소리쳤다.

장정들이 병국이 소재를 대라고 이구동성으로 삿대질했고, 병국이 돌아올 자정까지 기다리겠다며 우르르 마루로 올라왔다.

"선생, 진정도 진정 나름입니다. 이번 문제는 명예훼손으로밖에 볼 수 없어요. 더러 기계 고장으로 가스가 새는 수가 있긴 합니다. 그러나 이를 고의로 몰아붙이는 이런 진정에는 우리가 명예훼손으로 자제분을 고발할 수 있어요. 선생도 지난번 반상회엘 나갔다면 우리 B 공단에서 돌린 공문을 보셨을 겝니다. 공단 측에서도 공해 문제에 관심을 가지구 아황산가스 · 일산화탄소 · 폐수 · 풍속 측정기 등, 팔대 공해 검증 기구를 사들이려 예산을 책정했다는 사실 말입니다. 또 오염 가능 지역을 3단계로 분류해 5백여 가구 이주 계획을 세워놓았다는 점도 읽으셨겠죠." 노무과장은 잠시 숨을 돌리더니 담배를 꺼내어 물고 한 개비는 내게 권했다.

그로부터 그들은 한 시간 남짓 집에 머물렀다. 그동안 노무과장은 이론을 앞세운 설득으로, 세 장정은 힘을 과시한 위협으로 나를 곤비케 했다. 그동안 병국은 용케 귀가하지 않았다. 그때도 그는 이틀째 집을 비운 참이었다. 동진강 하류에서 텐트 치고 야영을 하거나, 아니면 야밤에 공단 하수구를 감시하느라 해주집 토방 구석에서 새우잠을 잤음이 틀림없었다.

　"선생이 김병국의 부친 되십니까?" 중위가 정중하게 물었다.

　"그, 그렇습니다만……"

　"보호자로서 저희 부대까지 동행 좀 해주셔야겠어요."

　"병국이는 지금 어, 어디 있습니까?"

　"부대에서 보호 중입니다."

　"녀석이 무, 무슨 사건을 저질렀나요?"

　"아드님이 통금 시간에 군 통제구역 안으로 무단출입했어요. 선생도 아시겠지만 그 시간에 무단출입한 자에게는 군이 발포할 권한까지 있습니다."

　"그, 그럼 발포해서 병국이가 다쳤나요?"

　"그런 정도는 아닙니다만, 하여간 잠시 시간을 내셔야겠어요."

　"부대가 어딘데요?"

　"동남만 일대의 경비를 담당하는 ○○부댑니다."

　나는 방으로 들어가 외출복으로 갈아입었다. 해석을 달리하면 까다로운 사건일 수도 있으나 병국의 경우를 따져볼 때 그리 큰 걱정은 안 해도 좋을 듯했다. 병국이 해안선 따라 남파된 간첩이 아니요, 부대 경계 배치 상황을 탐지하겠다는 첩자도 아닌 이상 무사히 풀려 나올 게 틀림없었다. 녀석은 새에 관한 무슨 조사를 목적으로, 아니면 공해와 관련해서 경계 지구 안으로 잠입했음이 틀림없었다.

대문 밖으로 나오니 군용 지프차가 대기하고 있었다. 나는 뒷좌석 중위 옆자리에 탔다. 차가 시내로 빠져나올 동안 중위가 입을 다물어 나는 무료한 시간을 쪼개느라 내 소개를 했다. 나는 스물여섯 해 전에 전역한 육군 대위 출신이다. 1952년 정월, 철원전투에서 중상을 입어 현재도 상이장교로 연금 혜택을 받고 있다. 현역 시절 무공훈장 세 개를 받은 바 있다. 이런 말을 더듬더듬 엮자 중위가 동지적 친근감을 보이며, 그럼 상관님 되시는군요, 했다.

"파견대장님 소관이라 저는 용건을 전하러 왔습니다만……" 하고 중위는 서두를 뗀 뒤, "아드님이 성인이라 굳이 보호자를 대동할 필요는 없으나 그 언행의 진부와 가족 관계를 파악하려 부르는 것 같아요" 하고 말했다.

"제 아들놈이 철새의 수, 수면 장소나 은신처를 찾으러 통제 구역 안으로 들어간 게 아닌가요? 아니면 동진강 하류의 폐, 폐수 오염도를 조사할 목적으로?"

"둘 중 하나겠죠." 중위는 알 만하다는 얼굴로 나를 보고 빙그레 웃었다.

"겨, 경찰서로 이첩될 건가요?"

"가보면 만나겠지만, 파견대장님은 인간적이십니다."

나는 더 물을 말이 없었다. 중위의 어투로 보아 크게 걱정하지 않아도 되겠다고 스스로에게 안심을 심었다. 담배를 피워 물었다. 차는 시내를 빠져나와 석교천을 끼고 사방이 트인 해안지대를 달렸다. 지프 차창으로 밖을 내다보았다. 황량한 공한지 멀리로 B 공단 공장 굴뚝들이 보였다. 바다에서 불어오는 바람에 밀려 연기가 시내 쪽으로 꼬리를 늘였다. 그중 삼영정유공장으로 짐작되는 굴뚝에는 중동의 유전 지대처럼 가스를 태우는 붉은 불꽃이 혀를 날름거렸다. 불꽃을 휩싼 검은 연기가 분진을 날리며 서쪽 하늘로 흩어졌다. 삼각주 갈대밭과 해안 구릉 사이로 바다가 보이자, 지프는 휘어진 길을 따라 남으로 꺾어 들었다. 나는 차창을 열어 소금내 섞인 바닷바람을 마셨다. 가을 햇살 아래 바다의 잔물결이 반짝거렸다.

"어릴 적부터 병국이 그, 그놈은 바다를 좋아했더랬지요." 중위에게 내가 말했다.

"저도 고향이 인천입니다만, 소년에게 바다는 꿈을 키워주지요."

그랬다, 병국이는 어릴 적부터 바다를 보며 꿈을 키웠다. 두 아들 녀석이 초등학교에 다닐 무렵, 일요일이면 자전거 뒤에는 병국이를, 앞에는 병식이를 태워 동진강 삼각주나 동남만 남쪽 돌기에 자리한 장진포까지 바다 구경을 나갔다. 병식은 어려서인지 별 반응이 없었지만, 병국은 바다로 나오면 큰 배를 보고 싶어 했다. 동남만이 공업화의 물살을 타자 어촌이었던 장진포가 항만 준설공사를 마쳐 몇만 톤급 배가 입항하게 되었는데, 병국은 외국 깃발을 단 큰 배에 열광했다. 바람의 힘으로 움직이는 거룻배나, 통통배라 부르던 발동선은 안중에 없었다.

지프가 부대 정문으로 들어섰다. 본부 막사 앞에 차가 멎었다. 중위는 나를 본부 막사 파견대장실로 안내했다. 파견대장은 서류철을 뒤적이다 우리를 맞았다.

"김병국 군 부친입니다." 중위가 소령에게 말했다. 덧붙여, 예편한 대위 출신으로 육이오전쟁에 참전한 상이용사라고 나를 소개했다.

"앉으십시오." 소령은 나를 회의용 의자들 쪽으로 안내했다.

"부, 불비한 자식을 둬서 죄송합니다. 얘기를 해보셨다면 아, 알겠지만 천성은 착한 놈입니다." 접객 철제의자에 앉으며 내가 말했다.

"어젯밤에 제가 부대서 숙식할 일이 있어 젊은 친구와 얘기를 나눠봤지요. 별난 데는 있지만 똑똑한 학생이더군요."

"요즘 제 딴에는 조류와 공해 문제를 여, 연구한답시고…… 모르긴 하지만 그 일 때문에 시, 심려를 끼치지 않았나……"

"자제분은 군 통제구역 출입이 어떤 처벌을 받는지 알 만한 식견이 있음에도 무모한 행동을 했어요. 설령 그 일이 정당해도 사전에 부대의 양해를 구해야지요."

"야영하다 자신도 모르는 사이에 워, 월경했겠죠. 부대장님의 선처를 바랍니다. 내보내주시면 아비 된 제가 단단히 주의를 주겠습니다."

윤 소령이 당번병을 불러 차를 내오라고 일렀다. 그리고 1968년 11월 울진·삼척 지구의 무장공비 출현과 그들이 저지른 만행을 예로 들었다.

"……야음을 틈타 쾌속정을 이용해서 동해안 따라 남하했던 겁니다." 아울러 국내 유수의 공업단지 보안과 경비의 중요성을 강조했다. "우리는 실전이 없달 뿐 지금도 전쟁 중입니다. 국민이 평안을 원한다면, 그 평안을 확보하기 위해 한시도 경각심을 늦출 수 없어요. 국민복지의 향상과 제반 산업의 발전도 안보의 확립 위에서만 가능합니다."

차를 마시고 나자 소령은 당번병에게, 김병국 군을 데려오라고 말했다. 한참 뒤, 아들이 중위와 함께 파견대장실로 왔다. 쑥대머리에 땟국 앉은 꾀죄죄한 아들놈 몰골이 중병 든 환자 꼴이었다. 점퍼와 검정 바지도 뻘투성이여서 하수도 공사라도 하다 나온 듯했다. 꺼진 눈자위에 번들거리는 눈만이 살아, 나를 보았다.

"넌 도대체 어, 어떻게 돼먹은 놈인가! 통금 시간에 허가증 없이는 해안 일대에 모, 못 다니는 줄 알면서." 내가 노기를 띠며 말했다.

"본의는 아니었어요. 사나흘 사이에 동진강 하구 삼각주에서 갑자기 새들이 집단으로 죽기에, 이유를 좀 캐내보려던 게……" 병국이 머리를 떨구었다.

"그래도 변명은!"

"그만하십시오. 자제분 의도나 진심은 파악했으니깐요." 소령이 말했다.

병국이는 간밤에 쓴 진술서에 손도장을 찍고, 각서를 썼다. 내가 각서에 연대보증을 섬으로써 부자가 파견대 정문을 나오기는 정오가 가까울 무렵이었다. 부대를 나올 때 집으로 찾아왔던 중위가 병국의 물건을 인계했다. 닭털침낭이 묶인 배낭 한 개, 이인용 천막, 손전등, 죽은 바다오리와 꼬마물떼새 한 마리씩이었다.

"죽은 새는 뭘 하게?" 웅포리로 걸으며 내가 물었다.

"해부해서 사인을 캐보려구요."

"폐, 폐수 탓일까?"

아들 녀석은 대답이 없었다.

"시장할 테니 해주집에 가서 저, 점심 요기나 하자."

"아무래도 새를 밀살하는 치가 따로 있는 거 같아요." 병국은 밥에는 관심이 없는지 딴소리를 했다.

"그걸 어떻게 알아?"

"갑자기 떼죽음당한 게 이상하잖아요? 물론 전에도 새나 물고기가 떼죽음당한 경우가 있었지만 이번은 뭔가 다른 것 같아요."

"오염된 수, 수질 탓이야. 이제 동진강은 강물이 아니고 도, 독극물이야. 조만간 이곳에서 새 떼가 자, 자취를 감추고 말 게야."

"새 깃털이나 뼈가 갈대밭에 흩어진 걸 봤지만 이번은 그게 아니래두요." 병국이 말했다. "간밤에 곰곰이 생각해보니 아무래도 병식이 그들과 한패인 듯해요."

"병식이가 새를 죽여?"

"전 밥 생각이 없으니 시내로 들어갈게요. 독서실을 찾아 녀석을 만나야겠어요. 독살 이유를 캐내야 해요." 병국의 말이 단호했다.

지난여름 해주집에서 본 물고기가 생각났다. 중금속에 오염된 이른바 꼽추붕어였다. 저런 물고기가 잡히다니, 세상도 희한해졌다고 해주댁이 말했다. 그걸 끓여 먹었다간 내 등뼈도 휘어지겠다며 당장 버리라고 강 회장이 말했다. 해주댁이 등이 휘어진 꼽추붕어 꼬리를 쥐며, 이걸 먹었다구 죽기야 하겠냐며 아쉬워했다. 강 회장이 해주댁한테서 꼽추붕어를 빼앗아 땅바닥에 패대기쳤다.

4

생명을 가진 것이 죽어버린 상태, 사람이든 짐승이든 시체는 추하다. 그러나 꼬마물떼새는 죽어 있어도 추해 보이지 않았다. 20센티 못 되는 늘어진 작은 몸매가 안쓰럽고 귀여웠다. 등은 성긴 갈색 털로 덮였고 배 쪽 흰 털은 융단 같았다. 검은색 굵은 줄이 목을 감았고, 눈가에도 검은 무늬가 있었다. 살풋 감은 눈꼬리로 노란 둘레 테가 엿보였다.

이 씨는 꼬마물떼새 시체를 집어 도마에 놓았다. 칼자국 흠마다 피가 밴 두꺼운 도마였다.

"도마에 관록이 붙었습니다." 족제비가 이 씨에게 말했다.

"수백 마리는 참살한 형틀이지." 이 씨가 말했다.

이 씨는 메스를 들었다. 오후 4시경의 기운 햇살이 칼날 끝에서 튀었다. 이 씨는 메스로 간단히 꼬마물떼새의 목을 잘랐다.

작은 새라 이 씨 손놀림이 경쾌했다. 병식이와 족제비는 이 씨 뒤에서 그 장면을 지켜보았다.

떨어져 나간 새의 목과 몸통에서 피가 흘러 도마 바닥에 응고되었다. 이 씨가 다리와 날개에 이어 꽁지를 자르자 새는 몸통만 남았다. 꼴을 갖추지 못한 몸통이라 병식이 찡그리며 개수구에 침을 뱉었다. 이 씨는 메스를 놓고 탁구공만 한 꼬마물떼새 대가리를 쥐었다. 잘라낸 목에서 기관과 식도의 심줄을 빼내고, 거기에다 핀셋을 쑤셔 뇌를 뽑아냈다. 뇌는 붉은 실핏줄로 싸발린 둥근 핏덩이였다.

"새대가리란 말이 있듯이, 새들은 뇌가 작지." 이 씨가 말했다.

"새도 새 나름이죠. 그놈은 고향이 시베리아 맞잖아요?" 족제비가 말했다.

"그 먼 데서 예까지 날아와 죽게 될 줄이야."

"죽어도 박제품을 남기니 호랑이가 가죽 남기듯, 쓸모 있는 죽음이죠." 병식이 말했다.

"모든 생명은 혼이 가버리면 끝장이야. 껍데기만 남겨선 뭘해." 이 씨가 말했다.

"우리 주위에 혼 없이 나댕기는 놈이 어디 한둘인가요." 병식은 형을 떠올렸다.

"세상엔 새만도 못한 인간이 많긴 하지." 이 씨가 말했다.

"물떼새는 대단한 놈이야요." 족제비가 그 말을 받았다. "『조류도감』을 보니깐 미국 보스턴 근방에서 다리에 표지標識를 붙여 날려 보냈더니 엿새 뒤에 3천 킬로미터 떨어진 서인도제도 한 섬에서 포획됐대요. 하루 평균 5백 킬로미터를 난 셈이지."

"자네도 이젠 전문가가 다 됐군."

"돈벌이도 주제 정도는 파악해야죠."

"중병아리만 한 놈이 하루 5백 킬로미터를 날아?" 병식이가 감탄했다.

"고속버스지 뭐. 아침 먹고 서울 뜨면 저녁에 부산이지." 족제비가 말했다.

이 씨는 아비산 용액이 묻은 솜을 새의 잘린 목구멍을 통해 빈 기관에 쑤셔 박았다. 핀셋에 집힌 솜 한 뭉치가 다 들어갔다. 이어 이 씨는 새의 몸통을 왼손바닥에 뒤집어놓고 메스로 목에서부터 배를 거쳐 항문까지 갈랐다.

"이제 박피를 시작하는 거야." 족제비가 병식이에게 말했다.

"박피라니?" 이 씨의 손놀림을 보던 병식이 족제비에게 물었다.

"껍질을 홀랑 벗기는 거지."

이 씨가 새의 항문에서부터 껍질을 벗겨냈다. 병식은 지난겨울, 대학 입시 원서를 낼 때가 생각났다. 명함판 사진을 찍어 입시 원서에 붙일 때, 사진 뒷면 한 겹을 벗겨내기가 쉽지 않았다. 면상이 찢길까 봐 침칠하며 한 겹을 두 쪽으로 나눌 때에 비해, 이 씨는 콘돔을 까발길 때처럼 껍질을 익숙하게 벗겨나갔다. 껍질을 벗길 때 얇은 막이 찢어지는 소리가 났다.

새란 날짐승은 원래 필요 없는 살점을 붙이고 있지 않지만, 꼬마물떼새의 경우는 얇게 싸발린 대흉근 안쪽에 용골돌기가 불거져 있었다. 박피를 끝내자 껍질 벗긴 새의 몸통은 무슨 살덩이인지 알아볼 수 없는 형체로 변했다. 이 씨는 새 몸통을 도마 옆으로 던지고 껍질 안면을 도마에 펴놓았다.

"몸통은 내 버리나요?" 병식이가 이 씨에게 물었다.

"내장을 추려내서 볶아 먹자는 거로군."

"참새구이 정돈 안 될까요?"

"마음대로 해. 먹어도 죽진 않을 테니." 이 씨는 솜에 아비산액을 묻혀 껍질 안면을 닦았다. 부패 방지 처리였다. 그 일이 끝나자 새 대가리를 쥐고 박피에 들어갔다. "대가리 박피는 눈·귀·주둥이 부분을 조심해야 돼."

"사자같이 덩치 큰 짐승을 박피한담 모를까, 작은 새는 스릴이 없군." 병식이 말했다.

"그래도 고나나 오리 종류는 낫지." 족제비가 말했다.

"박제도 한물갔어. 야생 조류가 자꾸 귀해지니깐." 이 씨가 말했다.

"그러니 값이 천장 모르고 뛰잖아요." 족제비가 말했다.

"2, 3년 전만 해도 이런 물떼새는 어디 박제감으로 쳤나. 죽은 병아리와 다를 바 없었지." 이 씨가 메스로 꼬마물떼새 주둥이 기부를 도려냈다. "얘기 하나 해줄까. 물떼새나 도요새는 생김새도 닮은 한 종류지만, 이놈들은 꾀가 많지."

"꾀가 많다니요?" 병식이 물었다.

"어미새가 냇가 자갈밭에서 부화될 알을 품고 있을 때 갑자기 뱀이 나타났다 이거야. 그러면 어미새가 어떻게 알을 보호하느냐 하면, 갑자기 절름발이 시늉을 내며 비적비적 걷거든. 그러면 뱀이, 옳다구나 저놈은 날지 못하는 병신이니 저놈을 잡아먹자고 어미새 뒤를 쫓지. 그러면 어미새는 곧 잡힐 듯 절뚝거리며 달아나. 알을 둔 곳에서 멀찌감치 도망가서 뱀이 되돌아가도 찾지 못할 지점까지 가서야 화들짝 하늘로 날아올라."

"거짓말." 병식이는 절름발이 아버지를 생각했다.

"비싼 밥 먹고 왜 거짓말을 해."

"그럴듯한 얘긴데요." 족제비가 머리를 주억거렸다.

"이제 전시장으로 가볼까." 이 씨가 말했다.

전시실은 안채 지하실로, 부엌을 통해 들어갔다. 족제비가 지하실 문을 열자 병식은 쿰쿰한 악취에 순간적으로 숨을 끊었다.

"뭘 쭈뼛거려. 들어오잖구." 족제비가 말했다.

병식이 코를 싸쥐고 뒤따라 들어갔다. 지하실은 건조했고, 화덕처럼 후끈거렸다. 연탄난로가 설치되어 열을 내고 있었다. 병식은 잠시 멈추었던 숨을 내쉬었다. 고깃덩어리가 썩는 역한 내음과 노린내가 코로 스며들었다. 그 냄새만이 아니었다. 지하실은 유황을 태운 듯 매캐한 화기와 텁텁한 구린내, 병원의 소독수 냄새까지 합친, 야릇한 냄새로 차 있었다.

"으스스한데?" 병식이 말했다.

"심령영화 보듯 짜릿한 무엇이 있지?" 족제비가 배시시 웃었다.

맞은편 벽은 3층으로 선반이 있었다. 선반에는 여러 종류의 완성된 조류 박제품과, 철사에 석고를 발라 머리와 몸통이 새와 흡사한 모양틀이 진열되어 있었다. 병식은 조류 박제품 중에 매를 보았다. 매는 큰 날개를 벌린 채 먹이를 덮칠 듯한 자세로 나뭇가지에 앉아 있었다. 매의 날개가 벽면에 그림자를 드리웠다. 의안임에도 전등빛에 반사된 눈매가 매서웠다.

"저 매한테 혼만 불어넣는다면?" 족제비가 병식에게 말했다.

"불가능해. 하느님은 물론, 그 어떤 신도."

"저 고니를 봐?"

"얌전한 폼이 해수욕을 즐기는 것 같군."

"인간도 박제해서 여기다 보관하면 좋을걸."

"미라가 있잖아."

"모든 인간 종자를 말야. 세종대왕이나 나폴레옹보다 마릴린 먼로나 히틀러 같은 치가 보고 싶군."

"저기 흰목물떼새도 있네?"

"죽이긴 내가 죽이고, 이 씨는 저렇게 살려내."

"예술가셔."

"이 씬 죽어도 천당 갈 거야. 지옥으로 떨어질 찰나 새들이 덥 삭 물어 올려 하늘나라로 모셔갈 테니." 족제비가 책상에 엉덩 이를 걸쳤다. 책상에는 가위·바늘·핀셋·철사·핀·솔·코르 크판 따위가 널려 있었다.

"이 씨의 손에 잡히면 중치의 새 정돈 30분 만에 저렇게 완성돼."

"판매 루트는?"

"직업적인 세일즈맨이 있어." 족제비는 담배를 꺼냈다.

"피울래?"

"여긴 숨이 막혀."

"습기가 끼면 박제품은 썩게 마련이야. 그래서 난로를 피워."

"냄새가 지독해."

"바깥도 매연투성이잖아. 썩긴 그쪽이 더할는지 모르지. 여긴 저놈들의 혼이라도 떠도니 엄숙한 셈이야."

"나가." 병식이 입구로 등을 돌렸다.

"나흘치 셈을 받으면?" 족제비가 따라오며 물었다.

"한 번 더 올나이트로 흔들지 뭐."

"너도 철들어 제법이야. 7시에 끝나지? 내가 학관으로 가마."

"오늘도 윤희를 만날 수 있을까?"

"순정파셔. 어디 까이가 한둘이니. 대일밴드(임시 애인)야 바겐세일 아냐."

족제비는 이 씨로부터 만 7천 원을 받았다. 그중 7천 원을 병식에게 주었다. 둘은 이 씨 집을 나와 버스를 탔다. 중앙공원 로터리에서 둘은 헤어졌다. 병식은 시계를 보았다. 4시 반이었다. 5시부터 수업이 시작되니 30분 여유가 있었다. 그는 학관이 있는 역 쪽으로 걸었다. 담배를 피워 물고 맞은편에서 오는 계집애들 얼굴과 몸매를 눈요기했다.

학관 입구는 여느 날처럼 붐볐다. 대부분이 재수생이었고 간간이 교복 입은 학생도 섞여 있었다. 병식이 정문 앞 돌계단까지 갔을 때였다. 열두 개의 계단 맨 위에 병국이 쭈그려 앉아 있었다. 퀭한 눈으로 계단을 오르는 학관생들을 눈여겨보고 있었다. 점퍼와 바지에는 뻘이 묻은 채였다. 병국이 계단을 오르는 아우를 보자 일어섰다. 병식도 형을 알아보았다.

"웬일이야?" 병식이 피우던 담배를 구둣발로 비벼 끄며 말했다. "우리 학관에 선생 자리라도 뚫었나. 그럼 난 무료 패스하겠군."

"너한테 할 말이 있어."

"무슨 얘긴데?"

"어제 오후부터 널 찾아다녔어. 독서실에서 잠 안 잤더군."

"입시까진 바쁜 몸인 줄 알잖아?"

"조용한 데로 가서 얘기 좀 해."

형제는 학관 앞을 떠났다.

"형, 술 할래?" 병식이 물었다. "놀래긴. 나도 성년식 마친 몸이야."

"저기로 가." 병국이 다방 간판을 보고 그곳으로 걸었다.

"내가 한잔 산다는데 그래." 병식이 형 점퍼 허리춤을 잡았다.

형제는 뒷골목 간이주점으로 들어갔다. 해가 지기 전이라 손님은 없었다. 병식이 주모를 불러 막걸리를 시켰다.

"형, 내 친구 종호 알아? 종호 형이 형과 고등학교 동창이라며? 근데 말야. 죽동 사창가 골목에서 형제가 마주쳤다는 거야."

"입 닫아." 병국의 눈빛이 날카로워졌다.

"괜히 엄숙 떨지 마."

"너 그날 석교천 방죽에서 새를 독살하고 오던 길이지?"

"그게 뭘 어쨌다는 거야?" 병식의 표정에서 장난기가 사라졌다.

"뻔뻔스러운 자식. 언제부터 그 짓 시작했어? 왜 새를 죽여, 죽인 새로 뭘 해?" 병국이 언성을 높였다.

"별 말코 같은 소릴 다 듣는군. 날아다니는 새도 임자 있나?

지구의 새를 형이 몽땅 사들였어?" 병식이가 주모가 놓고 간 주전자의 막걸리를 두 잔에 쳤다. "우선 한잔 꺾지. 형제의 우애를 위해서."

"누가 네게 그 일을 시켜? 그 사람을 대." 병국이 잔을 밀치며 소리쳤다.

"형이 고발할 테야? 날아다니는 새 잡아 박제한다구? 그건 죄가 되구, 허가 낸 사냥총으로 새 잡는 치들은 죄가 안 된다 말이지?" 병식이 코웃음 쳤다.

"희귀조가 멸종되고 있다는 건 너도 알지? 인간이 새를 창조할 순 없어."

"개떡 같은 이론은 집어치워. 지구상에는 30억 넘는 새가 살아. 그중 내가 몇 마리를 죽였다 치자, 형은 그게 그렇게 안타까워?"

"박제하는 놈을 못 대겠어?" 병국이가 의자에서 일어나 아우 멱살을 틀어쥐었다.

주모가 달려와 둘 사이에 끼었다. 개시도 안 한 술집에서 웬 행패냐고 주모가 소리쳤다.

"못 불겠다면? 형이 고발해봐. 형 손에 아우가 쇠고랑 차지!" 병식이 형 손목을 잡고 비틀어 꺾었다. "형도 구치소 출입해봤으니 나만 볕 보고 살란 법 있어?"

"말이면 다야!"

병국의 주먹이 아우 턱을 갈겼다. 병식의 머리가 뒷벽에 부딪히자 입술에서 피가 터졌다.

"형이 날 쳤어!"

병식이 형의 허리를 조여선 번쩍 안아 들었다. 그는 마른 장작개비 같은 형을 바닥에 내동댕이치곤 의자를 치켜들었다. 형 면상에다 의자를 찍으려다 그 짓은 차마 못 하겠다는 듯 손을 내렸다.

"오늘은 내가 참아. 다구리 탈 짓을 했담 형한테 맞아주겠어. 그러나 내가 새를 독살한 것도 아니구, 심심풀이로 족제비 따라 개펄로 나갔는데, 치사하게 동생을 고발해!"병식은 백 원짜리 동전을 술상에 놓곤 입술의 피를 닦았다. 가방을 챙겨들더니 출입문을 열어젖혔다.

"병식아, 학관 끝나면 집으로 와!"모잽이로 쓰러졌던 병국이 일어나며 외쳤다. 병식은 주점을 나서버린 뒤였다.

"봐요, 젊은이, 안경알이 깨어졌어." 주모가 병국에게 말했다.

안경의 왼쪽 알이 방사선 금을 그었다. 넘어질 때 술상 모서리에 부딪힌 모양이었다. 병국은 주점을 나섰다. 가로의 건물들이 길 가운데로 그림자를 늘이고 있었다. 병국은 학관을 뒤져 족제비라는 병식의 친구를 찾아낼까 하다 그만두기로 했다. 턱이 뾰조록한 녀석의 생김새는 떠올랐지만 그가 학관에 다니는지 지금 시간에 나왔을지 알 수 없었다. 저녁에 병식이 귀가하면 박제사 집을 알아내는 일이 더 쉬울 것 같았다. 병국은 경찰을 앞세워 박제사 집을 덮치거나 고발할 의향은 없었다. 박제품이 보호조가 아닌 이상 처벌 대상인지 어떤지도 모호했다. 동진강 하구에서 물고기를 잡거나 조개를 채취하는 일과 새를 잡는 일이 무엇이 다르냐고 따질 때 반론을 제시할 근거가 없기도 했다. 나무 한 그루를 베어도 처벌받는 산림법 벌칙이 조류에는 해당이 되지 않았다. 수렵 금지 기간이 따로 있지만, 총포류를 사용하지 않은 이상 그 벌칙에서도 빠져나갔다. 짐승이나 조류의 박제품은 연구용 내지 관상용으로 판매되고 있었다. 자연보호 명목을 원용한다면, 야생 조류의 남획이 경범죄 정도에는 해당될 것 같았다. 병국이 박제사를 만나면 그를 설득해 조류 중에 나그네새나 철새의 박제만은 하지 말라고 말할 작정이었다. 새의 독살은 자기 살점을 뜯어내는 고통과 같았기에 그 목적은 관철시키고 싶었다. 박제사가, 남의 생업까지 왜 막느냐고 벋서면 야생동물보호협회 경남지부와 협의해서 강구책을 세우기로 했다.

병국은 중앙공원 쪽으로 걸음을 옮겼다. 발걸음이 무거웠고 마음도 편치 않았다. 귀가하기도 싫었다. 역시 그가 찾을 곳은 바닷가 개펄밖에 없었다. 황혼 무렵, 바다로 향해 자맥질하는 새떼를 구경하기로 결정했다. 석교 아파트나 웅포리로 가는 버스를 타려고 정류장으로 걷던 병국은 길가의 석탑서점을 보자 걸음을 멈추었다. 신간과 헌책을 함께 취급하는 서점으로, 자주 들르는 곳이었다. 문을 밀고 들어갔다. 주인 민 씨가 안경 낀 친구와 담소하고 있었다.

"동진 시도 애들 키울 데가 못 돼. 성범죄가 사흘 평균 한 번이라잖아." 민 씨 친구가 말했다.

"주로 공단 주변이라며?" 민 씨가 물었다.

"A 공단 삼환합섬 있지, 어제도 뒷골목에서 칼부림이 났다더군. 여공원을 두고 두 놈이 붙은 거지."

"어디 그뿐인가. 수삼 년 사이 중심가에 비어홀과 살롱 늘어난 것 봐. 밤 11시만 되면 거기서 쏟아져 나오는 여급이 수백 명이래. 여관은 꽉꽉 차구."

"B 공단 플라스틱 공장 있잖은가."

"수출용 완구 만드는 공장?"

"거기 여공들이 스트라이크를 일으켰대. 사장은 외제차 타는데 여공들 야근 수당이 석 달이나 밀렸다잖아. 그것까지는 참았는데 나흘 전에 완제품 납품 숫자가 모자란다고 검사과 여공원들 알몸 수색을 했다더군. 여공원들이 울며불며 야단이 났대. 엎친 데 덮친 격으로 납품 숫자를 채울 때까지 검사과 종업원은 퇴근시키지 말라는 지시를 내렸대."

"굼벵이도 밟으면 꿈틀한다는데 아무리 돈 주고 부려먹는 공원이지만 그럴 수가 있나. 제 놈은 그만한 딸애 안 키우는가."

"검사과의 여공들이 결백이 밝혀질 때까지 맞서자고 농성을 시작한 게지. 일이 커지자 회사 측은 밤 11시에 모두 귀가시킨 모양인데, 이튿날 농성을 주도했던 여공 셋이 일방적으로 해고됐다잖아. 근무 태만에 품행이 방정치 못했다나? 그렇게 되자 밀린 노임으로 불만이 많던 참에 농성이 전 종업원으로 확대됐어."

"노조 조직이 있었던 모양이지?"

"어용노조가 있었다더군. 그런데 말야. 사장이 타는 외제 승용차가 마침 사무실 앞에 주차해 있었는데, 공원 몇이 돌팔매를 던져 차에 흠집을 냈어."

"경찰이 출동했겠군?"

"여부가 있겠나. 가까스로 수습은 됐는데 아직 술렁술렁하는 모양이야."

"아저씨." 화제가 매듭지어지자, 병국이가 민 씨에게 말을 붙였다.

"자네 왔군. 요즘도 새와 함께 사는가?" 민 씨가 병국의 깨진 안경을 보았다.

"새와 함께 살다니?" 민 씨 친구가 물었다.

"공장 폐수로 동진강이 오염되자 철새가 날아오지 않는다잖아."

"나도 신문에서 그 기사는 읽었어."

"저 친구가 신문사에 자료를 제공한 걸세."

"제가 부탁한 책 왔어요?" 병국이 민 씨에게 물었다.

"주문서를 냈는데 아직 안 왔어. 책 이름이 뭐랬지?"

"마거릿 미드 여사가 지은『조용한 봄』요."

"아직 도착 안 했어. 일주일쯤 후에 들르게."

"『조용한 봄』이라, 사춘기 애들이 읽는 연애소설인가?" 민 씨 친구가 물었다.

"공해로 멸종되는 새에 대한 관찰기록이라네."

"그럼 가보겠습니다." 병국이 서점을 나섰다.

"저 젊은 친구, 자네 모르나?" 민 씨가 친구에게 낮은 소리로 말했다. "한때 수재로 소문났잖아. 외양은 저래도 똑똑한 애야. 대학교 데모로 말일세……"

병국은 정배 형 학교로 전화를 걸려고 공중전화 부스를 찾았다. 퇴근 시간이라 개펄로 같이 나갈 수 있겠냐고 물어볼 참이었다. 전화 부스를 찾는 사이 버스 정류소에 도착했고, 마침 웅포리행 버스가 와서 승차했다. 뒷좌석에 앉자 그는 눈을 감았다. 피곤에 찌들어 잠을 자듯 늘어졌다. 깜깜한 밤이었다. 멀리로 등대 불빛이 보였다. 감은 눈앞에 도요새 무리가 바다와 하늘 사이 무공천지를 가르며 날고 있었다. 날개를 상하로 쳐대며 바람에 쫓기듯 남으로 내려갔다. 등대 불빛 쪽으로 날던 새 떼가 어둠에 가린 등대 몸체를 미처 못 피해 등대 벽에 머리를 박고 떨어졌다. 다시 낮이었다. 강 하구와 벼를 벤 논바닥에서 도요새 무리가 쉬고 있었다. 하늘 높이 떠 있던 매 한 마리가 수직으로 낙하했다. 매는 쫓음걸음을 하는 도요새 한 마리를 포획했다. 사냥꾼이 도요새를 수렵하고, 중금속에 오염된 폐수와 폐수를 터 삼은 물고기가 도요새에게는 오히려 독이었다. 왜 도요새가 당하는 피해만 환상으로 떠올랐는지 몰랐다.

"종점이에요. 손님 안 내려요?"

병국이 눈을 뜨니 버스 안내원이었다. 그는 쫓기듯 버스에서 내렸다. 웅포리였다. 주차장을 벗어나 바다 쪽으로 걸었다. 시원한 바닷바람이 얼굴을 스쳤다. 지친 그는 모래톱에 주저앉아 바다 멀리 수평선에 시선을 주었다. 서편으로 기운 햇살을 받아 먼바다의 물결이 은빛을 띠고 있었다. 그때부터 먼 데 하늘이 주황빛으로 물들고, 바다가 붉은빛에 반사되어 금빛 어룽으로 번질 때까지 그는 자리를 지켰다. 그동안 갈매기 외에 청둥오리 떼가 동진강 하구로 북상하고, 물떼새들이 암벽이 돌출한 장진 포 쪽으로 점점이 날아가는 모양도 보았다.

바닷물이 암청색으로 변하고 바람이 차가워지자 병국은 일어 났다. 시내 쪽은 어둠이 내렸고 B 공단 굴뚝들도 어둠 속에 잠겨 갔다. 그는 네온사인이 번쩍이는 유흥가를 지났다. 해주집으로 가는 외진 오솔길로 접어들자 다리가 후들거렸다. 허기가 너무 심해 걷기조차 힘에 부쳤다.

해주집 술청은 불이 켜졌고 문이 반쯤 열려 있었다. 병국은 안으로 들어서려다 발걸음을 묶었다. 아버지 목소리가 들렸다.

"……물론 히, 힘든 문제지요." 아버지는 엔간히 취해 있었다.

"아무래도 내 평생 통일은 글렀네. 생이별한 처자식은 못 볼 거야. 30년을 하루같이 기다려오다 백발이 되잖았어." 강 회장 의 허탈한 목소리였다.

"성님, 그렇찮아요. 시국의 돌연한 변혁은 아무도 예, 예측 못 해요."

"마른 땅에 물 고이랴. 평화통일은 어렵네, 서로 강경책만 일 삼으니 언제 형, 아우 하고 지내겠어."

"요즘 바, 밤잠이 없어 한밤중에 잠이 깨요. 그러면 세상이 조 용하고 깜깜한 게 영 갑갑증이 나서 못 견딜 지경입니다. 시간 은 왜 그렇게 더, 더디게 가는지. 이 생각 저 생각 하다 보면 날 이 영 새, 샐 것 같지 않아요. 그러나 어김없이 새, 새벽은 오지 요. 이 고비만 넘기면 토, 통일도 그렇게 찾아옵니다. 설령 죽을 때까지 고향 땅 못 밟는다 해도 아들놈은 바, 반드시 애비 뼈를 고향으로 옮겨 묻어줄 겁니다."

"아우, 자넨 새벽같이 통일이 올 거라고 믿어?"

"다른 사람은 관두고라도 성님하고 저하고 매, 맺힌 한만 합쳐도 하늘이 필경 원을 드, 들어줄 겁니다."

안으로 들어가 아버지를 만날까 어쩔까 망설이다 병국은 발걸음을 되돌렸다. 저들 세대의 맺힌 한에 자신의 말이 아무 도움이 못 될 것임을 알았다.

바다와 하늘은 완전히 어둠에 묻혔고 멀리 장진포 쪽 등대만이 불을 켜고 있었다. 그런데 병국의 눈앞에 도요새 한 마리가 홀연히 날아올랐다. 도요새의 유연한 비상은 아래위로 날개 치는 비행이 아니었다. 날개를 펼친 채 기류의 도움으로 날고 있었다. 상승 기류를 타고 공중 높이 올라갔다가 바람을 옆으로 받아 활공으로 미끄러져 내려오는 율동이 눈앞에서 떠올랐다. 도요새야, 너는 동진강 하구를 떠나 어디에 새로운 도래지를 개척했어? 병국이 중얼거리며 도요새를 쫓아갔다. 그러자 도요새의 비행은 눈앞에서 곧 사라졌다.

(1979)

연

초등학교 4학년 때였다. 바람 쌩쌩 불던 어느 겨울날, 아버지는 방패연을 만들며 내게 이야기했다.

내 나이 열넷에 돌아가신 니 할부지는 젊은 한 시절 방물장수로 떠돌아댕겼지러. 저 울산 땅 마실마실 골짝골짝을 바늘·실·참빗·얼레빗에, 연지·곤지 따위를 등짐 지고 허구한 날 떠돌아댕기다 보이 늘 허리가 꼬부장했어. 남도 육자배기 한 가락은 구성지게 잘 뽑아젖히고 술 또한 대주가라, 팔자에 매인 역마살을 임종 때꺼정 손 씻지 몬해. 어느 해 겨울인가, 오줌독이 얼어 터질 만큼 추분 날 고주망태가 되어 눈밭에서 객사하고 말았잖았는가베. 역마살 낀 집안은 원체 손 귀한 벱이라 슬하엔 내 하나를 남겼고, 니 할무이도 내가 장성하기 전 전쟁통에 하도 굶어 영양실조로 별세했는 기라. 지금도 아부지 모습이 눈에 삼삼하구만. 낡은 맥고모자에 무명적삼을 입고, 그 시절 한창 유행하던 당꼬바지에 짚신을 꿴 채, 깐죽깐죽 뱁새걸음 걷던 키 작

연

은 그 장돌뱅이 말이데이. 부산서 물건 받아다가 그걸 다 팔 동안 달포 정도 집을 비았다 돌아오모, 이틀이나 사나흘 집에 머물곤 했지러. 겨울철이면 그렇게 집에서 쉴 동안 내게 큰 방패연을 만들어주곤 했지러. 분가루같이 곱게 빠순 사금파리를 아교풀에 풀어 그걸 멩주실에 믹이서 연줄 또한 칼날같이 만드셨니라. 그 멩주실에 베이서 귀가 날라갈 뿐한 아도 있었으니께. 그 연줄 감긴 자새와 연을 내게 주곤 등짐 지고 집을 나설 때, 섭섭해 올라 카는 나를 보고 아부지는 노상 이런 말씀을 하셨는기라. 아부지가 보고 싶으모 이 연을 하늘에 훨훨 띄아라. 저 하늘 높이 연이 나는 거기에 아부지가 기실 끼다, 하고 말이다. 나는 엄동 석 달만 아이고 봄·가실에도 연을 날리미, 연맨쿠로 멀리멀리 떠댕기는 아부지를 그리버하며 컸어. 연이 새가 돼서 아주 멀리로 날아가모 내 마음도 연이 돼서 그렇게 넓은 하늘 천지로 떠돌아댕겼제. 내가 니 나이만 했을 때 바람 쌩쌩한 어느 겨울이었어. 내가 날린 연과 마실 아아 연이 싸움이 붙었잖았는가베. 연줄이 서로 섞갈리자 나는 자새 실이 다 풀리도록 연을 멀리로 띄아보냈지러. 자새 실을 빨리 안 풀모 상대방 연줄이 내 연줄 한 군데만 파고드이까 내 연줄이 금방 끊기거덩. 낮짝만 하던 연이 손바닥만큼 작아지고, 마지막에는 장기알만큼 작아져 까마득히 멀리서 가물거릴 때꺼정 연줄을 촬촬 풀어주었제. 연 싸움 구경한다고 둘러선 마실 아아들이 하늘 저 멀리로 바둑돌만 해진 연 두 개를 조마조마하게 치다보았어. 서로 엉킨 연줄을 풀 수가 읎었고, 그렇다고 감아딜일 수도 읎으이께 어느 쪽이든 한쪽 연줄이 끊기야 연싸움이 끝을 보게 되었지러. 그런 데 내 자새 연줄이 먼첨 동이 나뿌린 기라. 인자 더 풀 연줄이 읎으이께 곱다시 내 연줄이 먼첨 끊길 수밖에 읎는 기라. 총알 떨어진 병정 한가지제. 나는 급한 김에 실 떨어진 빈 자새를 든 채 앞쪽으로 쫓아갔거덩. 그러나 쪼매밖에 몬 쫓아가 남으 집 담베락에 마주치고 말았제. 내가 멈춰 서자 탱탱하던 연줄이 갑재기 심이 쑥 빠지더라. 고만 내 연줄이 끊기고 만 기라. 저 하늘 멀리로 콩알만 한 내 연이 너풀너풀 떨어져 날아가더만. 아아들 함성이 터지고, 나는 부끄럽고 분해 쥐구녕에라도 숨고 싶었어. 나는 자새를 던지뿌고 가물가물 멀어지는 내 연을 따라 들길로 쫓아가기 시작했제. 내 연이 어데꺼정 날아가더라도 꼭 찾아오고 말겠다, 이렇게 앙심 묵고 숨질 차게 쫓아갔지러. 겨울바람이 차거분 줄도 모르고 들을 질러 멀리 보이는 산으로 쫓아갈 적에, 내 연은 내가 그때까지 올라가본 적 없는 큰 산 너머로 사라지고 말았제. 한 마장 좋게 끊기나간 연줄만 찾으모 그 연줄 따라가서 내 연을 찾겠다, 하고 그 높은 산으로 허기지게 올라안 갔나. 아부지가 돌아오시모 새로 연과 연줄을 맹글어달라 칼 수 있었지마는, 그때사 와 그렇게 잃가뿐 그 연을 꼭 찾고 싶었는지 몰라. 돌부리에 채어 넘어져도 아푼 줄 모르고 산을 열심히 오를 동안, 어느새 해가 꼬박 지고 산 아래 마실에서는 저녁밥 짓는 연기가 파랗게 피어오르더라. 녹초가 돼서 산꼭대기까지 올라가이까 솔바람 소리가 굉장하더라. 바람이 우째 심하게 부는지 나는 소나무를 꼭 붙잡고 있었지러. 내가 연맨쿠로 날아갈 것만 같애서 말이데이. 추분데도 온몸은 땀으로 흠뻑 젖었지러. 제우 정신을 차리고 산 저 아래로 내리다보이까, 거게는 아주 별세계라. 어둠살이 내리는 속에 마실이 점점이 흩어졌는데 꽁꽁 언 실개천이 하얗게 내리다보이고, 작은 묏등도 있고…… 아, 나는 그만 딴 세상에 정신이 팔리서 연 찾을 생각도 잊아뿌렸제. 마실 밖을 몬 나가본 나는 첨으로, 세상이란 이렇게 넓구나 하고 탄복했지러. 아부지가 타지에서 집으로 돌아와 다른 마실 이바구를 해줄 적엔, 그저 그렇겠구나 했는데 실제 내 눈으로 사방 천지를 내리다보이까 그만 집으로 돌아갈 맘이 안 나는 기라. 그래서 인자 내가 연이 돼서 그 딴 세상으로 훨훨 내려갔제. 밤만 되모 무서버서 통시(변소)도 몬 가는 내가 그때는 웬일인지 무섬증도 읎더라. 그로부터 나는 꼬박 닷새 동안 걸뱅이짓 하미 이 마실 저 마실 돌아댕겼어. 그렇게 정신읎이 딴 세상을 구경하다가 어떤 착한 장돌뱅이를 만내서 제우 집으로 돌아왔는 기라……

오랜 가뭄 끝에 먹장구름이 하늘을 덮었다. 장마가 시작될 모양이라고 마을 사람들은 물꼬를 깊이 트고 논둑을 다독거렸다. 허술한 담장도 손질하고 물이 잘 빠지도록 집 둘레 수채를 쳤다. 낮 동안은 구름이 무겁고 날씨가 쪘지만 해가 진 뒤에도 내릴 듯한 비는 쏟아지지 않았다. 내가 쌀독을 들여다보니 정부미가 한 움큼 정도 남아 있었다. 밥을 짓기에는 양이 부족했다. 그렇다고 8시는 넘어야 장에서 돌아올 엄마를 기다리기엔 배가 고팠다.

엄마도 오늘 저녁쯤 양식이 떨어질 줄 모른 채 어제 아침에 집을 나섰을 터이다. 아니, 어쩜 알고 있을는지 몰랐다. "인자 쪼매 있으믄 개학될 낀데 일우 니 월사금을 우짤꼬." 엄마는 어제 아침에도 내 월사금 걱정을 하며 간고기 담은 무거운 플라스틱 함지를 이고 삽짝을 나섰다. 한 끼 굶는다고 어디 죽기야 하겠나. 엄마는 이런 생각을 했는지 몰랐다. 긴 여름 해가 지고, 순희는 배고프다고 자꾸 보채었다. 나도 한창 먹성 좋은 중학교 2학년이라 주린 배를 참고 있을 수만 없었다. 배 속에서 연방 개구리 울음소리가 들렸고 군침이 입안에 고였다. 나는 신작로 앞 장 씨 가게에서 라면 두 봉지를 외상으로 가져왔다. 엄마 꾸중을 듣게 되더라도 어쩔 수 없었다.

찬으로 아침에 먹다 남은 신 김치를 놓고 순희와 내가 쪽마루에 앉아 삶은 라면을 먹었다. 마침 돌배산 위에 번개가 한차례 깨어지고 난 뒤였다. 삽짝께에서 인기척이 느껴졌다. 눈을 주니 지팡이를 짚은 키 큰 남자가 꾸부정히 서서 읍내 쪽 신작로를 바라보고 있었다. 그는 밀짚모자를 삐뚜름히 눌러썼고 반소매 회색 남방셔츠에 검정 바지를 입고 있었다. 마루에 30촉 백열등이 걸려 있었으나 얼굴을 돌리고 있는 데다 불빛의 반사로 그가 누구임을 알아보지 못했다. 낚시꾼일 테지, 하고 생각하다 곧 아버지임을 알았다. 마당귀 목련꽃이 봉오리를 맺을 때니, 두 달 전에 집을 나간 아버지가 이제 돌아온 것이었다. 집을 떠날 때와 달리 아버지는 어디를 다쳤는지 지팡이를 짚고 있었다.

"아부지, 아부지 아입니꺼?" 내 목소리가 떨렸다.

아버지는 몸을 지팡이에 의지하여 천천히 삽짝 안으로 들어섰다. 어느 쪽 다리도 절름거리지 않았으나 예전보다 더욱 힘없는 걸음걸이여서 마치 달이 구름을 가르고 다가오는 듯한 느낌이었다.

"아이구, 참말로 아부지시네. 우짜다가 짝대기까지 짚고……"

순희가 맨발로 아버지에게 달려갔다. 순희는 아버지 허리에 팔을 감고 울먹였다. 아버지는 수숫대처럼 넋 놓고 멀뚱히 서 있었다.

"어데 많이 다쳤습니꺼?" 아버지가 짚은 지팡이를 보며 내가 물었다.

"어, 쪼매. 그래도 마 괜찮다."

아버지가 처음 입을 떼었다. 예의 낮고 둥근 아버지 특유의 목소리였다.

"마루로 올라가입시더."

내가 아버지 한 팔을 끌 때, 다시 한차례 천둥이 맞부딪쳐 우렛소리를 내며 깨어졌다. 번개가 섬광으로 뻗고, 그 빛에 돌배산 완만한 능선이 하얗게 드러났다. 우리 남매는 놀라 엉겁결에 아버지 허리에 매달렸다. 아버지 몸에서는 마구간의 퀴퀴한 쉰내와 마른 볏짚 냄새가 났다.

"큰비가 올 모양이데이." 아버지가 누이 등을 쓸며 말했다.

"아부지는 어데 갔다가 인자 이래 집에 옵니꺼?"

순희가 물었으나, 아버지는 대답이 없었다.

"밥 잡수셨어예?" 내가 물었다.

"읍내서 묵고 왔어. 엄마는 안죽 안 온 모양이구나."

아버지는 지팡이를 마루 기둥에 붙여 세우곤 마루 끝에 앉았다. 남방셔츠 주머니에서 구겨진 담뱃갑을 꺼내더니 한 대를 입에 물었다. "어제 아침에 나갔는데, 오늘 덕산장 보고 올 낌더. 인자 오실 때가 돼가는데……" 내가 말했다.

나는 쪽마루에 놓인 부채를 집어 아버지에게 드렸다. 아버지는 천천히 부채를 부치며 울 너머 어두운 신작로에 멍한 눈길을 풀어놓았다. 힘없이 벌어진 입과 코에서 남빛 담배 연기가 색실처럼 풀어져 부채 부치는 바람에 날렸다. 순간, 돌배산과 초등학교 쪽 주남저수지 방둑을 가로지르며 뇌성이 쳤다. 우렛소리는 연이어 번개를 튀기곤 딱총 소리를 내다 잦아들었다. 마치 이마를 쪼갤 듯 눈앞에 번갯불이 번쩍이자, 마루에 걸린 전등이 꺼졌다. 천지가 암흑 세상이 되고 말았다. 어둠에 익숙해질 때까지 꼼짝없이 앉아 있을 수밖에 없었다.

"이래 무서분데 어무이는 우째 올꼬." 깜깜한 어둠 속에서 순희가 작은 목소리로 말했다.

"초 읎지러?" 아버지가 물었다. 순희와 내가 대답을 못 하자 아버지는, "순자 소식은 자주 있나?" 하고 누나를 두고 물었다.

"공장이 청계천서 부천인가 어데로 옮겼다 카는 핀지가 왔어예. 돈도 3만 원 부쳐오고. 그기 하매 보름 전임더." 내가 말했다.

누나는 올해 열아홉 살이었다. 누나는 먼저 서울로 올라가 자리 잡은 방구리댁 딸 두남이 편지를 받고 작년 봄에 홀로 상경하여 처음에는 완구 만드는 작은 공장에서 일한다는 편지가 왔다. 작년 추석 때 한 번 다녀가곤 몇 달 소식이 끊겼다가 봉제공장으로 옮겼다는 편지가 온 뒤, 달마다 편지와 함께 집으로 돈을 부쳤다.

"고생이 많을 끼라. 잘 풀리야 될 낀데……" 아버지는 말끝을 죽이곤 한동안 입을 떼지 않았다.

나는 어둠 속에 오직 우리 남매만 처량히 남았고 아버지는 또 집을 떠나버린 듯한 착각에 빠졌다. 아부지, 하고 나는 입속말로 아부지를 불렀다. 그 소리는 공허하게 내 귀를 잠시 울렸을 뿐 아버지 실체가 느껴지지 않았다. 아버지는 집을 비웠을 때도 집 뒤켠 후미진 어디에 숨어 있는 듯했고, 정작 집에 있을 때도 나는 늘 당신이 어디로 떠나고 없는 느낌이었다. 한마디로 아버지는 고질적인 떠돌이 병자였다.

아버지를 처음 본 동무들은 대부분 아버지가 참 유식하게 생겼다고 말했다. 외양만 두고 말하자면 아버지는 우리 학교 교장 선생이나 읍장보다 의젓하고 품위가 있었다. 집 앞 주남저수지에서 낚시를 하다 아버지를 만난 적 있는 우리 학교 영어 선생까지 내가 당신 아들임을 뒤늦게 알곤, 아버지가 어느 대학을 졸업했냐고 물은 적이 있었다. 내가 알기는 아버지가 중학교조차 제대로 졸업하지 못했기에 나는 대답할 수 없어 잘 모른다고 어물쩍 말했다.

아버지는 성큼한 키에 허리와 다리가 길고 살색이 허여멀쑥했다. 길쭘한 얼굴에 이마가 넓었고 곧고 긴 콧날이 우뚝하여, 선량해 뵈는 선비 풍모를 갖췄다. 마흔 살을 넘고부터 앞 머리카락과 귀밑머리가 세기 시작하더니 쉰이 못 된 나이에 머리카락이 온통 은발로 변했다. 아무렇게나 뒤로 넘긴 결 좋은 긴 머리카락이 바람에 날릴 때나 햇살에 반사될 때 고상한 멋까지 풍겨 타지에서 온 낚시꾼도 아버지를 농사꾼으로 보지 않았다. 아버지는 평소 말이 없지만 얘기를 할 때도 목소리가 조용한 중에 은근했다. 걸음걸이도 결코 서두르는 법 없이 천천히 큰 걸음을 떼어, 아버지가 뒷짐 지고 어깨를 앞으로 가벼이 숙여 저수지 방죽길로 산책할 때면, 학자가 어려운 논제의 실마리를 풀려는 사색의 삼매경에 빠진 장면을 연상케 했다.

그런 인상과 외양에 걸맞게 아버지는 이름 대신 '도사'란 별칭이 붙어 동네 사람들은 모두 아버지를 '정 도사'라고 불렀다. 다만 아버지 친구요 주남저수지 관리장인 민 씨는 아버지에 대해 다른 식으로 말했는데, 그 말은 설득력이 있었다.

작년 초여름 어느 날, 저녁 밥상을 받아놓고 내가 아버지를 찾아나서 주남저수지 수문 옆 공터에 있는 밥집 중 하나에 들렀을 때, 민 씨와 젊은 예비군 중대장이 막걸리를 마시며 아버지를 두고 이런 말을 나누고 있었다.

"정 도사 말인가. 그 사람 눈을 보게. 갈색 동자가 들어앉아 우째 보모 우주의 모든 비밀이라도 풀 듯한 눈이야."

"사실 그래요. 늘 무슨 생각에 잠겨 있으니깐 말입니더."

"하지만 사실 그 눈은 죽은 동태 눈깔이네. 눈빛에 심이 읎어."

"듣고 보이까 그럴듯합니더. 숨가놓은 죄를 감춘 사람같이 눈동자가 불안해 뵙니더."

"그러나 사실 그 사람은 이 세상에 보탬이 될 일을 할 수 없고, 하고 싶어 하지도 않아. 그렇다고 잠자리 한 마리 함부로 죽일 위인도 몬 돼. 처자슥 건사조차 제대로 몬 할, 맘씨 여리고 심 없는 사람이야. 생명 있는 것들이 태어나고 죽는 이치대로, 그냥 그렇게 자연의 질서에 순응하며, 살아 있으니 사는 수밖에. 있듯 없듯 말일세."

"그럴까예? 그러나 무신 사무친 과거가 있는 분일 낍니더. 한이 많은 사람 같심더."

"그 점까지사 모르지만, 눈만 두고 말하자모 이 시상 일이 아닌 다른 시상의 일만 생각하는 몽상가의 눈일세. 뜬구름이듯 부평초듯, 시상을 민들레 씨처럼 날리가미 사는 사람의 눈이 대체로 그렇지러."

이튿날로 아버지는 또 집을 나가서는 한 달쯤 뒤에야 행려병자 행색으로 귀가했다.

민 씨와 예비군 중대장의 그런 대화는 빈말이 아니었다. 아버지는 여러 점에서 혼이 빠진 듯한 일면을 자주 보였고, 아버지와 오래 자리해본 사람은 그 점을 쉽게 눈치챌 수 있었다.

"참, 쪼매 전에 머라고 말했지러?"

아버지는 우리 식구 앞에서도 이렇게 같은 말을 되물은 적이 많았다.

"이 주책양반아. 이태꺼정 이바구한 건 어느 쪽 귀로 흘리들었소."

딱하다는 투로 엄마가 면박 주면, 무신 딴생각을 쪼매 하느라 깜박 잊아뿌렀제 하고 말꼬리를 접으며, 예의 그 깊은 눈동자로 상대방을, 정확히 말해 눈을 마주 보는 게 아니고 턱이나 목께 쯤 눈길을 낮춰 바라보았다.

"밥이 될 일인가, 반찬거리 될 생각인가. 무신 늠으 생각할 끼 저토록 많은지. 당신 쪼매 전에 또 무신 생각 했더랫소?" 엄마가 다잡았다.

"머, 하찮은 생각이제."

"하찮은 생각이라니예?"

"지난 가실에 말이데이. 저 진주 쪽 갈대밭에서 본 들오리 떼 가 문득 생각나서. 밤인데 보름달이 참 좋았더랬제. 달빛이 강변 에 쫙악 퍼졌거덩. 들오리 떼가 바람에 쓸리는 갈대밭 우로 날 아가는 모양이 우째 그래 보기 좋던지……" 마지못한 듯 아버지 가 입을 떼었다.

그럴 때, 아버지 눈에는 더 당신을 나무랄 수 없게끔 순박함 과 함께 어스름 녘 산그림자 지는 노을 같은 한이 담겨 있었다.

우리 집안은 일찍부터 논이나 밭뙈기 한 두렁도 가져본 적 없 었으므로, 아버지는 낫이나 호미자루 한 번 잡아보지 않았다. 그 렇다고 일정한 직업을 가져본 적도 없었다. 1년을 따져 평균 아 홉 달은 집을 떠나 어디론가 떠돌아다녔고, 집에 붙어 있는 나 머지 달은 낚시로 소일했다. 이태 전 봄까지만도 우리는 읍내거 리 장마당 부근에 살았다. 그때 역시 엄마는 근동 장터를 떠돌 며 어물장사를 했고, 아버지는 읍내에서 4킬로 정도 떨어진 지 금 우리가 사는 주남저수지에 낚시를 다니며, 늘 집 떠날 궁리만 하고 지냈다. 새마을도로가 확장되는 통에 우리가 세 든 읍내 장터집이 헐리게 되자, 아버지는 엄마를 졸라 주남저수지 옆 민 씨 별채로 이사를 오게 되었다.

"주남저수지는 우리나라에서 알아주는 철새 도래지 아인가. 내가 새를 무척 좋아하거덩." 아버지가 말했다.

"당신이사 땅으로 걸어댕기는 철새인께 날아댕기는 철새가 좋겠지예. 그런데 새 구경하는 거도 좋지만 그 구경 댕기모 밥이 생기요 떡이 생기요?"

엄마는 말도 되잖은 소리란 듯 한숨을 내쉬며 돌아앉고 말았다.

"그거 말고도, 관리인 민 씨 말이 타지에서 오는 낚시꾼들 뒷바라지나 해주모 찬값 정도는 번다 안 카나……"

엄마는 그쪽으로 이사하면 당장 장사 다니는 길이 먼 줄을 알면서도, 어떻게 아버지가 집에 눌러 있을까 싶었던지 그 말에 선선히 동의했다. 그러나 주남저수지 쪽으로 이사 와서 보름을 채 못 넘겨 아버지는 슬그머니 집을 떠나고 말았다. 승용차까지 몰고 들이닥치는 부산과 마산의 낚시꾼들이 떡밥은 물론 술이며 안주 접시까지 심부름시키는 데 아버지는 더 참아낼 수 없었던 것이다. 더러운 세상, 나쁜 놈들이라며 전에는 입에 담지 않던 욕설을 술김에 종종 뱉더니, 기어코 그 떠돌이병에 발동이 걸렸다. 늘 궁금한 일이지만, 아버지는 집을 떠나 떠돌 동안 숙식을 어떻게 해결하고 다니는지 알 수 없었다. 그로부터 두 달 뒤, 여름이 끝날 무렵에서야 아버지는 돌아왔다. 그 행려 끝에 무슨 결심을 굳혔는지 돌배산 자락을 덮은 민 씨네 대나무밭의 굵은 대 몇 그루를 쪄 와 방패연을 만들기 시작했다. 내가 어릴 때 아버지는 더러 방패연을 만들어주기도 했지만, 근래에는 한 번도 없던 짓거리였다. 대나무를 가늘게 쪼개어 햇빛에 말려선, 장두칼로 다듬고, 한지에 바람구멍을 뚫어, 거기에 다섯 개 댓개비를 붙여 방패연을 만드는 솜씨는 아버지가 지닌 유일한 기술 같아 보였다. 천장 가운데 태극무늬나 붉은 원을 오려 붙여 만든 연이 큰 놈은 두 번 접은 신문지만 했고 작은 놈은 교과서만 한 크기도 있었다.

"겨울도 아인데 그 많은 연을 어데다 팔라캅니꺼?" 내가 물었다. "머 꼭 돈이 목적이라서 맹그나. 쓸모없어도 맹글고 싶으이께 맹들제. 참새가 날라 카모 기러기만큼 와 하늘 높이 몬 날겠노. 먼 데꺼정 갈 필요가 없으이께 지 오를 만큼 오르고 말지러." 아버지가 쓸데없이 비유까지 곁들여 말했다.

"옛적에 연 맹글어줬다는 돌아가신 할아부지 생각이 나서 맹글어예?"

"사람은 어데 갈 목적이 없어도 어떤 때는 연맨쿠로 그냥 멀리로 떠나 댕기고 싶은 꿈이 있는 기라. 그런 꿈 없이 일만 하는 사람은 꼭 개미 같아. 사람은 개미가 아이잖나. 돈 벌라고 밤낮으로 일만 하는 사람을 보모 사람 사는 목적이 저런가 싶을 때가 있지러. 그 사람들이 보모 내 같은 사람이 쓸모없이 보일란지 몰라도……" 아버지가 어설픈 미소를 띠어 보였다.

"묵고살기 바쁘모 그래 산천 구경하고 싶어도 몬 떠나는 거 아입니꺼" 하며, 나는 엄마를 생각했다.

"그렇기사 하겠제. 그라고 보모 나는 아매 떠돌아댕기는 팔자를 타고났나 보제." 아버지가 시무룩이 말했다.

아버지는 어떤 날은 며칠 동안 댓개비를 멀리 두고 지내기도 했지만, 신이 바칠 땐 하루에 두 개, 또는 세 개까지 연을 만들 때도 있었다. 어느 일요일이었다. 아버지는 방패연에 한 팔 길이만큼 실을 달아, 열 개 남짓 연을 들고 저수지로 나갔다. 나도 아버지를 뒤따랐다. 엄동 한 철을 빼고 주말이면 저수지에는 언제나 도회지로부터 원정 온 낚시꾼 수십 명이 물가에 점점이 흩어져 있게 마련이었다. 수문 앞에는 술과 밥을 파는 여인숙 겸용 민박집이 있었고, 공터에는 승용차도 예닐곱 대가 늘어서 있었다. 아버지는 그 연을 공터에 늘어놓았다. 저수지 주변에 연을 띄울 아이들도 없는데 웬 방패연이냔 듯 지나다니는 낚시꾼이 걸음을 멈추었다.

"그거 뭐요?" 낚시꾼들은 뻔히 알면서 싱겁게 물었다.

아버지가 잠자코 있으면, 그거 우리 상대로 파는 거요? 하고 다시 물었다. 그제야 아버지가, 파는 연이라고 대답을 흘렸다.

"겨울철도 아닌데 무슨 연을 날려요. 더욱이 도회지 아파트촌에 연 날릴 데가 어데 있다고." 낚시꾼이 핀잔을 놓았다.

"이건 날리는 연이 아이라 민속품으로 집에 걸어두는 연임더. 예로부터 연을 집에 걸어두모 비상하는 기상이 있어 집안에 길조가 있다는 말이 있지예. 그럼 액자맨쿠로 보기도 좋고요." 아버지는 은근한 목소리로 말했다.

"그도 그럴 만하군" 하며, 연을 사가는 낚시꾼이 더러 있었다.

아버지는 큰 연은 3백 원, 작은 연은 2백 원에 팔았다. 낚시꾼들은 그 연을 승용차 뒷자리 선반에 얹어 가기도 했고 등에 멘 낚시 가방에 달고 떠나기도 했다. 그날, 여섯 개 연이 팔렸다.

"연 맹글긴 내가 맹글꾸마 팔기는 니가 팔아라. 학교 안 가는 공일날에 말이다. 나는 몬 나앉았겠더라." 방죽길을 걸으며 아버지가 말했다.

연 장사가 괜찮은 장사거리가 될 리 없었다. 다음 일요일에 순희와 내가 스무 개 연을 들고 저수지 공터로 나갔지만 판 연은 겨우 네 개였다. 미끼로 지렁이나 떡밥을 파는 장사보다 못했고, 낚시꾼들에게 아무 도움을 주지 못하는 연 팔이가 왠지 부끄러웠다. 그때도 아버지는 집에 머문 지 두 달을 못 채워, 북으로부터 도요새, 들오리, 물떼새가 몰려들어 주남저수지가 새 떼 울음으로 분답시끌해질 무렵, 철새처럼 집을 떠났다. 아버지는 그해도 저문 세모가 임박해서야 예의 초라한 행색으로 돌아왔다. 돌아와서 또 연을 만들기 시작했다. 그런 아버지를 보고 엄마는 한숨을 내쉬며, 저건 증말 무신 늠으 미친 짓인지 모르겠다며 아버지를 원망했으나, 아버지가 연을 만드는 일을 방해하진 않았다. 아버지가 돈 한 푼 벌어들이지 않았지만 엄마는 늘 그 정도의 잔소리로 타박을 그쳤다.

뇌성이 치고 전기까지 나간 것으로 보아 아무래도 큰비가 쏟아질 것 같아, 나는 엄마 귀가가 적이 걱정되었다. 어둠 속에서 순희가 나직이 한숨을 쉬었다.

"이래 깜깜한데 어무이가 우예 올꼬." 순희의 혼잣말이 떨렸다.

"아무래도 내가 마중 나가봐야 되겠다."

나는 마루에서 내려섰다. 어둠 속을 더듬어 뒤꼍으로 가선 자전거를 끌고 앞마당으로 나왔다.

"내하고 같이 갈까?" 아버지가 물었다.

"편찮은데 그냥 쉬시이소."

나는 자전거를 끌고 삽짝을 나섰다. 곧 소나기가 정수리를 파며 쏟아질 것 같았다. 지면이 고르지 못한 샛길을 빠져나가자, 읍내로 통하는 포장 안 된 신작로가 나섰다. 길 옆 미루나무가 벌 받는 학생처럼 늘어서서 어둠 속에 판화처럼 찍혀 있었다. 희미하게 트인 신작로에는 비 쏟아지기 전의 팽팽한 긴장만 감돌았다. 불을 켜지 않아도 익숙한 길이라 자전거 페달을 힘주어 밟았다. 조금이라도 빨리 엄마를 만나 아버지가 돌아왔음을 알리고 싶었다. 습기 머금은 눅진한 맞바람이 얼굴을 스쳤다. 내가 타고 가는 자전거는 올봄, 내가 중학교 2학년에 진급하자 누나가 사준 선물이었다. 나는 지금도 그 감격을 잊지 못한다.

밤일을 끝내고 돌아와 라면 끓일 물을 연탄불에 얹어놓고, 이 편지를 쓴다. 베니어판으로 칸칸이 막아놓은 창문 한 짝 없는 다락방에서 열네 시간을 미싱과 씨름하다 돌아오니 몸이 햇솜같이 풀어지는구나. 새벽부터 밤 9시까지 뽀얀 실밥 먼지와 미싱 소리 틈새에서 쉴 틈 없이 일을 해도 한 달에 채 6만 원이 내 손에 들어오지 않는다. 그래도 누나는 일류 미싱사가 되겠다는 꿈이 있기에 오늘도 내일을 믿으며 참고 일한다. 아버지가 돈 벌어 우리도 남 보란 듯 살자는 꿈은 버린 지 오래고, 내게 희망이 남았다면 일우야, 네가 훌륭한 사람이 되는 것이다. 가난의 때를 벗고 우리 집안이 펴이는 길은 네 성공 하나에 달렸다. 일우 네가 1학년 전체에서 수석했다니! 나는 네 편지를 받고 눈이 붓도록 울었다. 그래서 네게 무슨 선물을 사줄까 하고 생각하다 문득 자전거가 떠올랐다. 읍내 중학교까지 십 리 길 걸어 통학하자면 아무래도 한 시간은 걸리겠지. 중고품이나마 자전거를 타고 가면 20분이면 족할 텐데. 내가 자전거를 사준다면 절약한 40분은 공부를 더 할 수 있고, 엄마 장사하는 데 물건도 실어 날라줄 수 있을 것 같구나. 내 처지로 보나 또 우리 집안 형편으론 과분하지만 너에게 자전거를 사주기로 마음먹었단다. 보내는 돈으로 읍내 자전거방에 가서 쓸 만한 중고품 한 대를 사기 바란다……

좌흔 마을까지 나오자 길가에 늘어선 상점들도 전기가 나가 촛불이나 석유 등잔불을 켜놓고 있었다. 나는 마을회관 앞에서 갈라지는 읍내 쪽 포장된 신작로로 내처 자전거를 몰았다. 그 길은 마산과 부산으로 연결된 국도였다. 어두운 신작로에서는 소를 몰고 돌아오는 농부 한 사람 말고 다른 사람을 만나지 못했다. 거기에서 다시 한참을 달려갔을 때야 미루나무 사이 희끄무레한 길로 머리에 큰 함지를 인 키 작은 아낙네 자태를 볼 수 있었다. 엄마였다. 엄마는 함지 속에 든 간고기를 다 팔았어도 그것을 머리에 이고 올 적이 잦았다. 장거리에서 쌀과 보리쌀 몇 됫박, 찬거리를 사서 이고 왔던 것이다. 읍내에서 주남저수지까지는 십 리 길 인데 엄마는 버스비 70원을 아끼려 어두운 밤길을 혼자 타박타박 걸어오고 있었다.

"어무이, 아부지가 돌아왔어예."

나는 엄마 앞에 자전거를 세웠다.

"그래에?"

"짝대기 짚고 쪼매 전에예."

"병은 안 든 것 같고?"

"늘 그렇지 머예. 심 하나 읎이 쓰러질 듯 말입더."

나는 엄마 머리에 얹힌 함지를 받아 자전거 짐받이에 실었다. 아니나 다를까, 함지에는 팔다 남은 간전갱이 몇 마리와 한 말 남짓한 쌀부대가 들어 있었다.

뇌성이 다시 한차례 하늘 복판에서 쪼개졌다. 엄마는 흠칫 어깨를 떨었고, 나는 몸이 오그라드는 듯한 놀람으로 무심결에 자전거 핸들을 눌러 잡았다.

"짝대기라 캤나? 그라몬 어데 다쳤단 말인가?"

"그렇지는 않은 거 같고……"

"늘 배창자가 아푸다더니 속병이 생긴 게로구나. 객지로 돌아댕기며 굶기도 오지게 굶었을 끼고." 그럴 줄 알았다는 듯 엄마는 아무렇지 않게 말했다. "참, 양석 떨어졌을 낀데 너그들 저녁밥은 우쨌노?"

"장 씨 집에서 라면 두 봉지 꿔다 묵었지예."

"아부지는?"

"읍내서 묵고 왔다 캅디더."

자전거 짐받이에 얹힌 함지를 고무줄로 묶고, 나는 천천히 자전거를 몰았다. 함지 쪽에서 쿰쿰한 비린내가 코끝을 따라왔다. 그 냄새는 이미 후각에 익은 엄마의 냄새이기도 했다.

"엄마, 자전거에 타예. 그라몬 퍼뜩 갈 수 있을 낀데."

다른 때 같으면 사양했을 엄마가 오늘따라 아무 말 없이 안장 앞쪽 파이프에 머릿수건을 깔고 올라앉았다. 내색은 않았지만 엄마 역시 빨리 아버지를 만나고 싶은 모양이었다. 힘주어 페달을 밟자 엄마 온몸에서 풍겨나는 비린내가 내 쪽으로 옮겨왔다.

"쯧쯧, 그래도 숨질 붙었으몬 더러 처자슥은 보고 싶은지 집구석이라고 찾아드니…… 원쑤도, 그런 원쑤가 어딨노. 그런 남정네가 이 시상에 몇이나 될꼬. 그래 곪으미 맥 놓고 떠돌아댕기도 우째 안죽 객사를 안 하는공 모리겠데이." 엄마는 한숨 끝에 아버지를 두고 혼잣말을 중얼거렸다.

뙤약볕 아래 장터마다 싸다니느라 까맣게 그을린 엄마 얼굴을 떠올리자, 나는 공연히 코허리가 찡하게 쓰렸다. 엄마는 키가 작고 몸매가 깡마른 데다 살결이 검어, 볼 때마다 안쓰럽고 측은한 마음이 마음 귀퉁이에 그늘을 만들었다. 그럴 적마다 아버지에 대한 원망 또한 반사적으로 감정을 자극했다. 아버지에 대한 원망 섞인 감정은 증오라기보다 썰물이 되어 당신을 내 옆에서 멀리로 밀어내는 작용을 했다. 아버지에 대한 그런 마음은 엄마의 경우도 비슷하리라 여겨졌다. 다만 순환의 법칙을 좇아 한때의 미움도 시간이 흐르면 연민으로 녹아, 끝내 밀물이 되어 엄마 여읜 마음을 다시 채워주리란 점만이 다를 뿐이었다.

우리가 읍내에서 민 씨 아저씨 집으로 이사해온 초여름, 아버지가 집을 떠나 한 달째 소식이 없을 즈음이었다. 마루에 앉아 엄마와 민 씨 부인이 아버지를 두고 나누던 말을 나는 방에서 새겨들었다.

"전생에 무신 늠으 액이 끼었는지, 서방 복 읎다 캐도 이런 팔자는 드물 낍다. 첫 서방은 어장 배를 탔는데 시집간 지 한 달이 채 몬 돼 물귀신이 되고 말았지예. 그라고 3년 뒤에 장사하다 만난 남자가 애들 애빈데, 이 사람은 여태껏 단돈 10원짜리 한 닢 집에 들다논 적이 읎심더. 무신 걸뱅이 혼귀가 붙었는지 늘 그래 밖으로만 싸돌아댕기는 거 아이겠습니꺼. 샛계집 둘 위인이 몬 되는 줄이사 알지마는, 참말로 그 걸뱅이 혼귀는 시상으 명약도 다 소용 읎는 병인 기라예."

엄마가 아버지를 처음 만나기는 마산에서 부산 가는 경전남부선 완행기찻간이라 했다. 해질 무렵 통근차라 찻간은 출입구까지 승객들로 들어차 발 디딜 틈이 없었던 모양이었다. 엄마가 마산 어시장에서 젓거리 멸치를 네 상자 받아 그걸 머리에 이고 비좁은 승강구를 막 올라섰을 때였다. 통학생들이 승강구 입구에까지 빼곡히 늘어서 있어 엄마가 멸치 상자를 미처 내려놓을 틈새를 못 찾고 있을 때, 새댁, 그거 이리 주소 하며 멸치 상자를 받은 이가 아버지였다. 팔소매를 걷은 풀색 작업복에 벙거지를 눌러쓴 아버지는 그때도 역시 정처 없이 떠도는 중이었다. 아버지는 멸치 상자를 내려주는 도움으로 임무를 다했고, 엄마는 고맙다고만 말했다.

"우짜다 그쪽으로 눈이 가서 흘끗 보이까 그 남정네가 맥 놓고 바깥 경치를 바라보고 있습디더. 그쪽이나 이녁이나 그냥 그뿐이었지예. 차가 읍내에 도착해서 나는 멸치 상자 이고 내렸는데, 이튿날 진영장에서 말입니더……"

엄마는 아버지를 다시 만났다. 오후 2시가 넘어 전을 잠시 옆 장사꾼에게 맡기고 길가 포장 없이 벌인 좌판 막국수를 허겁지겁 먹고 있는데, 옆자리 가마니에 털썩 주저앉은 사람이 아버지였다. 아버지가 엄마를 좇아 기차에서 내리지 않았고, 엄마 또한 아버지를 찾아 막국수 좌판을 찾지 않았는데, 우연의 일치였다.

"뒷날에 들어 안 이바구지만, 그때는 저 경북 땅 문경 쪽에서 반년간 탄광일을 해서 춤지에 돈푼깨나 들어 있었답디더. 그라이께 또 마음에 바람이 찬 기지예. 그 양반이사 차비마 쥐모 앉아서 메칠을 배겨내지 몬하니까예. 돈 떨어져 읂으몬 굶고, 정 굶어 머든지 묵어야겠다고 맘묵으면 날품도 팔고 하며 시상 천지를 훨훨 떠돌아댕기는 기 취미 아이겠습니꺼. 새맨쿠로 말입니더. 새사 어데 취미로 날아댕깁니꺼. 지 묵고 새끼 믹일라꼬 벌게이(벌레) 잡으로 죽을 똥 날아댕기지예. 그라이께 그 남자는 떠돌아댕기는 기 취미기도 하지마는 그기 바로 그 사람 살아가는 일인 기라예."

"그라모 아아 아부지가 그때 진영장에는 무신 일로 내맀는공?"

"무신 볼일이 있었겠습니꺼. 장 구경이나 할라고 우째 진영

장바닥에 흘러들어온 기겠지예. 막걸리 한 사발을 시키놓고 멍청히 앉아 좌판 뒤쪽 토담 너머를 넋 놓고 바라보는 꼬라지가 우째 그리 처량해 뵈던지. 담 너머 흐드러지게 핀 살구꽃이 머 그래 새삼스럽다꼬 왜가리처럼 모가지를 빼고 말임더. 그래서 내가, 읍내에 누구를 찾아왔소, 하고 말을 붙였지예."

"그라고 보이 일우 엄마가 그때 마음이 쪼매는 동했나 보네예. 먼첨 말을 걸었으이께." 민 씨 부인이 까르르 웃었다.

"장사하는 여편네가 입 꾸매고 앉아 우째 장사해예. 되는 말이든동 안 되는 말이든동 자꾸 지분대야 괴기를 팔 것 아인교."

"그래도 그렇제, 일우 아부지가 괴기 살 사람은 아이지 않는교."

"하여간에 그 사람이 그제야 내 쪽을 보더니, 새댁이구먼예, 하고 알은체합디더. 머리를 흔들며 멀쭉이 웃는 얼굴이 그래도 세상 물정에 닳지 않은 순박해 뵈는 티가 있어서……" 엄마는 민 씨 부인 묻는 말을 피해 아버지 첫인상을 좋게 말했다.

그로부터 엄마는 아버지와 짝이 된 모양이었다. 아버지는 그때까지 장가를 가지 않았고 엄마는 시집을 갔으나 자식이 딸리지 않은 청상이었다. 이튿날, 엄마가 낙동강변 마을 수산리 장터로 길을 떠날 때, 아버지가 함지를 대신 들고 엄마와 동행했다. 사진 한 장 남아 있지 않은 것으로 보아 예식도 올리지 않고 살림을 시작한 듯한데, 이듬해 누나가 태어났다.

집으로 들어가는 골목 어귀 신작로에서 순희가 엄마와 나를 기다리고 있었다. 어둠 속 미루나무 밑이라 순희를 미처 보지 못했으나, 순희가 엄마와 나를 먼저 알아보았다.

"아부지가 동전 세 개를 주미 초하고 활명수 한 빙 사오라 캐서 갔다 왔어예. 가슴이 답답하다 카더마는 지금 마루에 누버 있어예." 골목길로 들어가며 순희가 엄마한테 말했다.

아버지는 방으로 들어가지 않고 목침을 베고 쪽마루에 몸을 새우처럼 웅크리고 모로 누워 있었다. 그 꼴이 마치 엄마의 지청구를 피할 요량이거나 동정을 받겠다는 불쌍한 거짓 모색 같아 나는 아버지가 미웠다. 머리맡 기둥 옆에는 초 한 자루가 뽀윰하니 타고 있었다.

"그래, 방구석에 기어들어갈 심도 읎는 양반이 또 어데까지 싸질러댕기다가……" 하다 엄마는 말을 끊고, "어데가 그래 아파요?" 하고 물었다.

"멀 잘몬 묵었는지 사흘 전부터 명치가 콱 맥히더니마는 계속 하혈이 심해서 통 묵지를 몬하누만. 인자 내 명도 다했는가 봐."

아버지는 나른하게 몸을 일으키더니, 앉은걸음새로 비적비적 방 안으로 들어갔다. 아버지와 엄마 대화는 그것으로 끝났다. 갑자기 개구리 울음소리가 요란하게 들렸다.

후두두, 마치 키로 콩을 까불듯 굵은 빗방울이 떨어졌다. 이어 세찬 소낙비가 쏟아지기 시작했다. 마당에 금세 뽀얀 물보라가 일고, 마루 끝에 켜놓은 촛불이 바람에 죽었다 살아났다 했다. 비바람에 촛불이 더 견디지 못하고 꺼졌다. 한참 뒤, 담장 밖 도랑물이 콸콸 내려가는 소리가 들렸다. 순희와 나는 마루 끝에 다리를 드리우고 앉아 쏟아지는 비를 구경하고 있었다. 습기 머금은 시원한 냉기가 기분 좋게 얼굴에 닿았다.

"너그들도 인자 마 자거라. 아침 일찍 일어나서 맑은 정신으로 공부해야 효과가 있지러." 부엌에서 목물을 하고 나온 엄마가 우리를 보고 말했다.

아버지가 집에 계시지 않을 때는 엄마와 순희가 큰방에서 함께 자고 나 혼자 골방을 썼다. 오늘은 아버지가 돌아왔기에 순희와 내가 건넌방을 써야 했다. 삼베 홑이불과 베개를 가지고 순희가 건넌방으로 넘어왔다. 싸늘한 맨방바닥에 등을 붙이고 누웠으나 나는 쉬 잠을 이루지 못했다. 잠이 오지 않기는 순희도 마찬가지였다. 우리는 귓전을 치는 줄기찬 빗줄기를 기분 좋게 새겨듣고 있었다.

"오빠야, 우리 아부지는 참말로 이상한 사람이데이 그자. 와 집에 안 붙어 있고 그래 돌아만 댕기는공. 돈 벌어오는 거도 아이면서 말이다." 깜깜한 어둠 속에서 순희가 조그만 목소리로 말했다.

"이상한 거는 이 세상에 참 많지러. 이 넓은 세상 이 많은 사람 중에 니하고 내가 우째 성제간으로 태어났는공? 그런 것도 다 이상한 이치지러. 또 저런 얼비(어리석은) 아부지와 한평생 같이 살면서 죽을 동 살 동 괴기 상자 이고 돈벌이하로 댕기는 어무이 마음도 이상하고."

"어무이가 어데 아부지 믿고 사나, 우리 크는 거 보고 살지러." 순희는 언젠가 엄마가 했던 말을 그대로 옮겼다.

"그렇기사 하지마는, 그래도 엄마가 어데 아부지하고 쌈하는 거 봤나?"

"어무이가 따까(몰아)세아도 아부지가 말대답을 안 하이까 싸움이 안 되는 기제."

"아이다. 그래도 어무이는 마음속으로 아부지를 좋아하는 기라. 나는 어무이 맘을 안데이. 어무이가 우리보담 아부지를 더 좋아하는 거를 말이다. 니는 안죽 모르지마는 부부란 거는 그런 기다. 아무리 쌈을 해도 칼로 물 베기란 말을 니도 들었제?"내가 잰 척 말했다.

"내 짝 경자 아부지는 참 좋은 아부지라. 과수원도 크게 하고. 읍내 갔다 오모 과자랑 책이랑 선물을 꼭 사 오고, 옛날이바구도 잘해주지러. 그런데 우리 아부지는 우리도 어무이도 벨 볼 일 읎는 모양이라. 몇 달 만에 집에 와도 우리가 하나도 안 반가분지 웃지도 않으이까. 돈이 읎으이께로 머 사 오지사 몬한다 캐도 그저 남 대하드끼 안 대하나."

"어무이 보기 미안하고, 아무것도 몬 사 오이 우리 보기 부끄러버 그렇겠제."

"어른도 부끄럼 타나?"

"아부지가 바로 그런 사람인 기라."나는 순희 쪽으로 돌아누웠다. "니는 아부지가 세상에서 머를 젤로 좋아하는 거 같으노?"

순희는 잠시 생각에 잠기더니, "오빠는?"하고 되물었다.

"나도 그걸 생각해보모, 아부지는 하고 싶은 일도, 좋아하는 일도, 그 어떤 희망도 읎는 기라. 지난달에 성구 새이한테 물었지러. 우리 아부지 같은 사람은 무신 직업이 어울릴꼬, 하고 말이다."

성구 형은 마산에서 고등학교를 다니는, 새마을 지도자 종식 씨 맏아들이었다.

"그라이까 머라 카더노?"

"공부를 많이 했으모 예술가가 될 사람이다 카더라."

"예술가라이?"

"음악, 미술, 문학 같은 거 하는 사람 말이다."

"공부 많케 한 예술가들은 다 저래 걸뱅이맨쿠로 돈도 읎이 맥 놓고 떠돌아댕기나?"

"그렇지는 않겠지러. 아부지는 명예도 돈도 욕심이 없으이께. 또 지위 높아 으스대고, 큰집에서 잘 묵고, 옷 잘 차려입는 그런 데 신경 안 쓰이까 하는 소리겠제. 벨로 관심도 읎고. 선생님 말처럼 사람은 큰 뜻을 품고, 그걸 이룰라꼬 물불 안 가리고 매진해야 되는데, 아부지는 그쪽과 담을 싼 사람이거덩."

"경아 말맨쿠로 아부지는 머리가 쪼매 이상한 사람 아일까?"

"미친 사람이사 아니제."

"수수께끼 같은 아부지다. 우리가 풀 수 읎는 수수께끼 말이데이" 하더니 순희는 졸리운 목소리로 중얼거렸다. "아부지가 돌아오이께 인자 누부야가 보고 싶다. 서울서 고생하는 누부야만 생각하모 늘 목이 안 메나. 이분 추석에도 내리올란강……"

작년 추석 때, 누나는 집에서 이틀 밤을 자고 서울로 올라갔다. 큰 가방에 가득 넣어온 선물을 풀어놓고 누나가 집을 나설 때, 나는 마당귀에 선 석류나무 가지 하나를 꺾어 누나에게 주었다. 익어 터져 상큼한 분홍 알을 촘촘히 내보인 석류 여러 개가 달린 가지였다.

"집 생각이 날 때 이 석류나 보며 마음을 달래야제."

누나는 함빡 웃으며 석류 가지를 들고 신작로 길을 나섰다. 순희와 나는 읍내 역까지 누나를 배웅했다. 벼를 거두어들인 뒤라 황량한 들에는 따가운 햇살만 쏟아졌고, 종달새가 어깨춤을 추며 놀고 있었다.

빗발이 좀 가늘어졌다. 어느새 순희가 낮게 코를 골았다. 큰방에서 엄마 말소리가 여리게 들려왔다.

"묵질 몬해 빈속이라 카더마는 당신 그래도 안죽 그 심이사 쪼매 남았구려."

엄마 목소리가 부드러웠으나, 아버지는 아무 말이 없었다.

"참, 오늘 덕산장에서 천상 당신 닮은 늙은이를 만냈구마." 엄마가 말했다.

"내 닮은 늙은이라이?"

"나이가 환갑은 다됐습디더. 쪼맨헌 빽을 들고 어물전을 어슬렁거리다 내하고 눈이 마주쳤지예. 그라더이 그 영감이 내 쪽으로 옵디더. 옷매무시가 꾀죄죄하고 고무신이 흙고물이라, 아매도 길 나선 지 오래된 행색 같습디더. 그런데 그 영감이 내 앞에 쪼구리고 앉더마는 손때 탄 맥고모자를 들썩해 보이는 기 아입니꺼. 내가 알지도 몬하는데 말입디다. 그라더이 그 영감이 춤지에서 꼬깃꼬깃 접은 종이를 내놉디더. 여기 적힌 사람을 본

적 있느냐민서. 나이는 서른다섯 살인데 왼손 등에 불에 덴 흉터 있는 남자 이름이 박 머라 카더라, 그런 사람 찾는다꼬예. 사연을 들어보이까, 고향이 황해도 송화로 일사후퇴 때 마누래와 아들 하나 데불고 피난 내리왔다지 멉니꺼. 그런데 천안 근방에서 아들을 잃아뿌렀다 안 캅니꺼. 그로부터 영감 내외가 스물아홉 해가 지낸 지금까지 그 아들을 찾아댕긴다이, 그 정성이 어데 보통입니꺼. 그동안 고아원, 미군 부대, 어데 안 알아본 데가 읎답디더. 묵고살 만하게 되고부터 아들 찾을라꼬 신문에도 여러 분 광고를 내고예. 그런데 작년에 마누래가 죽고 나자, 장사하던 냉면집도 이남서 낳은 아들한테 물리주고, 인자는 1년 열두 달을 전국 방방곡곡으로 아들 찾아 헤맨다 안캅니꺼. 그 사정을 들어보이 을매나 안됐던지. 나도 눈물이 나올라 캐서…… 마누래가 살았을 적에도 1년이모 네댓 달은 장사도 마누래한테 맬기고 이곳저곳 수소문하고 댕겼다 캅디더. 그 이바구를 들으이까 문득 당신 생각이 나서. 증말 당신도 머 그런 샛자슥 찾아 댕기는 거 아인교? 참말 속 시원케 말해보소."

아버지 대답을 듣고자 묻는 목소리는 아니었다. 엄마가, 쿡쿡 속웃음을 웃었기 때문이다.

"허허, 임자가 내하고 한두 해 살아봤나. 내라는 사람을 임자가 모른다 카모 시상 천지에 누가 알꼬." 아버지의 마지못한 듯한 대답이었다.

"참말 당신은 죽어서도 땅에 묻히서 몬 있을 낌더. 연맨쿠로 어데로 훨훨 떠댕기야 직성이 풀릴 사람인께로."

146

"글씨러, 내 속에 무신 그런 바람잽이 귀기가 끼었는지……
내 마음을 나도 잘 모르겠구마." 아버지의 한숨 소리가 들렸다.

아버지가 다시 집을 떠나기는 그해 추석이었다. 누나가 집으
로 내려왔다 이틀을 쉬고 상경했을 때, 읍내 역까지 배웅을 나
간다고 따라나선 아버지는 끝내 집으로 돌아오지 않았다. 아버
지가 누나를 따라 서울로 올라간 것은 아니었다.

아버지가 돌아가셨다는 속달 전보가 집에 날아들기는 그해
막바지 첫 강추위가 시작되어, 기온이 영하 18도까지 떨어진 무
렵이었다. 아버지는 무엇을 보려고, 무엇을 하려고, 아니면 무엇
을 찾아 그곳까지 흘러들어갔는지, 저 전라도 땅끝 진도에서 떠
돌이 생활을 영원히 마감했던 것이다.

그로써 아버지는 예술가도 되지 못했고, 끝내는 아무것도 아
닌 상태로, 우리 가족을 제외하곤 어느 누구 마음에 기억할 만
한 그 무엇조차 남기지 못한 채 이름 없이 사라졌다. 마침 나는
방학이 시작되어 아버지 시신을 찾으러 나선 엄마와 동행했다.

아버지는 진도군 보건소 영안실에 안치되어 있었다. 보건소
의사 말로는 아버지 병명이 위암이라 했다. 엄마가 동의하자 아
버지 시신은 그곳 화장터에서 소각되었다. 우리 모자는 아버지
의 뼈 몇 조각을 보자기에 싸서 섬을 떠났다.

발동선이 다도해를 빠져 목포가 가까울 즈음, 뱃전에 기대선
엄마는 무슨 생각에선지 보자기에 싸온 아버지 뼈를 바다에 흩
뿌렸다.

"당신, 인자 처자가 보고 싶어도 집으로 돌아올 수 읎으이께

이 넓고 넓은 바다로 마음 놓고 떠돌아댕기소. 떠돌아댕기며 괴기 구경이며 바다풀 구경이나 실컨 하고 사소."

엄마 눈에서 눈물이 흘러내렸고, 머리카락이 몰아치는 바닷바람에 흩날렸다. 엄마는 넓은 바다를 두리번거리며, 마치 죽은 아버지를 파도 높은 물이랑에서 찾듯 한동안 젖은 눈을 먼바다에 풀어놓았다. 엄마가 갑자기 흑, 울음을 삼키더니 쥐고 있던 뼈를 턴 보자기에 얼굴을 묻었다. 엄마는 어깨를 들먹이며 사무치게 흐느꼈다. 나는 엄마 어금니 사이에서 스며 나오는 쇳조각 같은 여문 한 음절을 들을 수 있었다.

"아이고, 내사 인자 누구를 믿고 우예 살꼬……"

(1979)

미망

"또 그는으 잔갈치를 꾸벘구나" 하며 아내를 타박하는 어머니 말소리가 들렸다.

소금에 절인 갈치구이는 할머니가 가장 즐기는 반찬이었다.

어머니와 아내가 호마이카 밥상을 마주 들고 마루로 옮겨놓았다. 준구와 준옥이가 기다렸다는 듯 밥상에 붙어 앉았다.

"묵을 귀신이 씌었나. 꼭 걸귀신 들린 꼴이다."

어머니가 아이들을 보며 혀를 찼다. 그 말이 나오면 언제나 하는 말씀인, 알라들이 걸귀신 들린 드키 묵을라 칼 때는 한창 살림이 쪼들릴 때고 알라들이 밥투정할 때라야 엔간히 살림이 폈을 때라는 말씀은 입에 담지 않았다. 어머니는 아이들이 즐기는 맵지 않은 반찬인 달걀찜과 감자볶음을 개네들 앞으로 옮겨놓았다. 어머니는 수저를 들다 말고 내 쪽을 보았다. 나는 담과 부엌 사이의 좁은 통로에서 막 세수를 마치고 마루로 올라서던 참이었다.

"애비야, 어서 밥 묵거라."

늘 그런 편이지만 오늘 아침 어머니 목소리는 더욱 위엄이 서렸고 냉랭하게 느껴졌다. 어머니 얼굴이 굳어 있었다.

저녁 드시기 전에 두 분이 또 한바탕했어요. 할머닌 저녁 진지도 안 드셨지 뭐예요. 어젯밤 업무 수당 명세서를 작성하느라 야근을 마치고 10시 넘어 귀가한 내게 아내가 대문을 열어주며 하던 말이 생각났다. 아니나 다를까, 어머니는 할머니와 한방 잠자리를 하지 않으려고 요와 이불을 마루로 내어와 따로 주무시고 계셨다. 어머니가 울산 점포를 정리하고 서울 우리 집으로 합가한 지 다섯 달째인데, 그새 할머니와 말다툼은 벌써 여섯 차례였다. 앞으로 한 달 동안 두 분이 별 마찰 없이 지낸다 해도 한 달에 한 번꼴은 다툼이 벌어진 셈이다. 말다툼이라면 서로 삿대질하며 맞대거리해야 마땅하나 두 분의 경우는 그렇지 않았다. 어머니 쪽에서 먼저 발작적으로 할머니의 마땅치 못한 행동거지를 두고 험구했고, 그러면 할머니는 조개가 아가리를 다물듯 침묵으로 며느리의 그 따가운 수모를 묵묵히 견뎌냈으니, 다툼은 일방적이라 말해야 옳았다. 제 분에 못 이긴 어머니가 새삼스레 옛 모화 시절의 케케묵은 과거까지 꺼내어 짧게는 10여 분, 길게는 30여 분을 할머니와 아버지까지 싸잡아 닦달을 놓다 제풀에 지쳐 입을 다물 때까지, 할머니는 자리 뜨지 않고 돌아앉아 그 말을 죄 새겨들으며 담배질로 응어리진 한을 눌러 삭였다. 그쯤에서 할머니가 어머니를 피해 장소를 옮기면 되련만, 할머니는 꾸중 듣는 아이처럼 청승스레 그 험담을 꼼짝을 않고 두 귀로 다 들으셨다. 어머니가 입을 닫은 뒤면 반드시 혼 잣말처럼, 그러나 분명히 며느리가 듣게끔 한마디 말대꾸를 담배 연기 속에 풀어 날렸다. "그래, 그래. 니 말이사 다 맞지러. 등신 같은 이 늙어빠진 시에미가 잘한 기 머 있노. 하나 자슥을 잘 낳았나, 낳은 자슥을 잘 키았나. 아무것도 잘한 기 읎지러. 하늘 보기 부끄러버 거리귀신 돼서 객사하든가, 약이라도 묵고 죽든가 해야지러. 이 짓 저 짓 다 몬 하모 우짜겠노. 호야네한테라도 가야지러. 호야네한테 갈라모 그늠으 차를 또 우째 탈꼬."

호야네란 불광동 고모댁을 이르는 말이었고, 할머니가 차 타기를 두려워함은 심한 멀미가 뒤따랐기 때문이었다. 할머니의 그 푸념은 그만큼 해두고 돌아앉으려는 어머니 울화에 기름을 붓는 격이었다. 어머니가 발끈하여 다시 악을 쓰게 마련이었다. "만날 천날 죽는다 카미 와 몬 죽을꼬. 쪽박 들고 동냥질 댕기모 똑 맞을 그 잘사는 딸네 집에 갈라 카모 말 떨어진 김에 어서 가소. 평생 딸네 집 뒤만 봐줬는데도 딸네는 이날 이때꺼정 와 제 밑도 몬 닦을꼬."

이제 고모까지 들고 나서는 어머니의 빈정거림이었다. 두 분이 그렇게 한바탕 말다툼을 치르고 나면 사나흘 동안 집안은 한겨울 냉방 같은 분위기가 되곤 했다. 방 두 칸에 세 평 남짓한 마루 한 칸이 고작인 아래채 전세에서 두 분이 딴살림하듯 냉전 체제로 들어가면, 한방을 쓰는 두 분의 불편한 잠자리에 내가 화해의 특사나 되듯 부득불 이불과 베개를 옮겨 부엌방으로 건너가야 했고, 어머니는 못 이긴 채 우리 내외가 쓰는 방에서 잠을 잤다. 어느 쪽을 두둔할 수 없는 내 입장은, 두 분을 중재시키기에 여간한 곤혹이 아니었다. 결국 아내가 불광동으로 전화를 걸어 그쪽 단칸 셋방으로 할머니를 며칠 동안 피신시킨 적도 두 차례나 있었다. 고모가 할머니를 다시 모시고 오거나, 아내 전화를 받고 짬을 내어 수유리로 와서는 산전수전 다 겪은 그 수더분한 입심으로 어머니 기분을 넉살 좋게 치살려, 겨우 두 분을 밥상에 마주 앉게 했다. 고모의 그 역할은 대체로 성공률이 높았다.

"다 같이 늙어 파뿌리된 처지에 이날 이때꺼정 무신 원한이 골수에 사무쳤다고 이래 견원지간으로 지냅니꺼. 싸움하는 어무이나 성가(언니)보다 셋방 처지에 두 어른 모시고 사는 조카 내외가 우째 하룬들 마음 편케 배겨내겠는교. 젊은 사람들 봐서라도 을매 남잖은 시월, 인자 서로가 쪼매씩 양보하고 참으미 살아야지예." 고모가 어머니를 설득시키는 데는 반드시 이런 말이 양념으로 쳐졌다. "어차피 장남 집에 올라온 이상 나도 살모 몇백 년 살 끼라꼬 이래 속을 끓이겠노. 그저 모른 체하고 지낼라 캐도 노망도 안 든 늙은이가 하는 짓마다 우째 그래 밉상인지……" 어머니 말이 이쯤에 이르면 마음이 엔간히 풀어졌다는 증거였다.

"할머니는 왜 안 오시냐. 같이 식사하셔야지." 어제 두 분이 한바탕했다면 할머니 쪽에서 으레 어머니와 밥상을 마주하지 않으실 줄 뻔히 알면서도, 밥상 앞에 선 내가 짐짓 한마디했다.

아내가 자기는 먹지 않고 준옥이 밥시중을 들며 조심스레 어머니를 곁눈질했다. 할머닌 따로 차려드려야지요, 하는 말이 입에 맴도는 눈치였으나 아내는 끝내 말문을 떼지 않았다. 이럴 땐 내가 모래 씹듯 몇 숟가락을 숭늉에 말아 아침 끼니를 때우는 곤혹도 그렇지만, 출근해버릴 나와 달리 하루 종일 두 분과 얼굴을 맞대고 있어야 할 아내가 치를 마음고생이란 이만저만 하지 않음을 미루어 짐작할 수 있었다.

"자기 묵기 싫은 밥 억지로 권할 끼 먼가. 굶다 허기지모 그 잘사는 딸네 집에 가서 실컨 포식하겠지러." 어머니가 부엌방에 군눈을 주며 할머니가 들으란 듯 시큰둥 말했다. 내게도 채근을 놓았다. "애비 니나 어서 묵거라. 출근길 늦겠다."

내 입장으로선 어머니 말이라고 덜렁 퍼질러앉아 수저를 들 수 없었다. 아내가 구운 갈치 도막의 뼈를 발겨 준옥이 밥그릇에 올려놓는 걸 내려다보다, 나는 부엌방으로 들어갔다.

할머니는 방 귀퉁이에 허리를 반쯤 접고 앉아 손톱이 타도록 담배꽁초를 태우고 있었다. 1미터 50이 채 못 되는 작은 키에 몸피가 장작개비같이 마른 할머니인지라 무릎을 세워 꼬부장하게 앉은 몰골이 마치 원숭이 같았다. 할머니는 정말 명만큼이나 원숭이처럼 인중이 길었다.

"어제저녁도 안 드셨다면서예? 할무이, 일어서이소. 이라다가 병나겠심더."

"속이 끓어올라 밥이고 머고 몬 묵겠다. 묵을 생각도 읎고. 어서 죽어야제. 굶어서라도 죽어야 이 설움을 안 받지러."

할머니는 숨길이 가쁜지 목에서 가래 끓는 소리가 났다. 필터

끝만 소복하게 담긴 재떨이 옆에는 대형 활명수 병이 있었다. 속이 끓어 복통이 시작되면 늘 조금씩 마시는 할머니 상비약이었다. 어머니가 울산 살림을 정리하고 올라오기 전에도 할머니는 달거리로 속앓이를 하셨는데, 그럴 때면 스스로 한 끼를 거르셨다.

냉동 기술자였던 아우가 2년 계약으로 사우디아라비아로 나가자, 어머니는 그제서야 울산 살림을 정리하고 서울 내 집으로 옮겨 올 뜻을 비쳤다. 그즈음부터 어머니는 고혈압 증세로 뒷골이 아파 어지럽다며 종종 자리에 누우시곤 했다. 그러나 몸 움직일 수 있을 때까지 당신은 혼자 힘으로 사시겠다고 환갑을 넘기고도 군청 앞에서 스물일곱 해째 멸치포 장사를 벌였다. 이웃 사람들은 아들 둘이 다 칠칠하게 사는데 왜 그 나이까지 장사를 벌이고 있냐고 말했지만, 어머니는 환갑을 넘기고도 네 해 동안 그 뜻을 굽히지 않으셨다. 그런데 이자놀이하던 생돈을 두 군데나 떼이고 젊은이들에 밀려 장사일이 힘에 부치자, 비로소 옷 한 벌 제대로 못 해 입고 한 푼 두 푼 평생을 모아 장만한 울산 집을 내놓았다. 방 세 칸에 열댓 평 마당 딸린 작은 집이었다. 제수씨가, 애 아빠가 돌아올 때까지 울산에서 같이 살자고 말했으나, 어머니는 집 판 돈과 여기저기 깔아놓았던 돈을 챙기자 서울로 올라오셨다. 어머니가 서울 내 집으로 올라오기 일주일 전에도 할머니는 속앓이를 하셨다. 앞으로 범 같은 며느리와 한 지붕 밑에서 함께 살 일이 지옥같이 여겨졌던지 지레 겁을 먹고 밤잠조차 설치시더니 기어코 자리보전하여 사흘을 꼬박 앓으셨다. 어머니는 서울로 올라오시자, 늙은이가 지닌 돈 없으면 죽을 때까지 설움받는다며, 수중에 지닌 2천여 만 원을 당신 앞으로 은행에 맡겼다. 서울로 오신 사흘 뒤 고모가 인사 삼아 집으로 왔을 때 어머니는 서울로 옮기게 된 결심을 변명 삼아, "둘째 며느리가 지 서방 귀국할 때꺼정 같이 살자 쪼루고 나도 콧구멍 같은 큰애 셋방에서 시어미 마주 보고 살기 싫었지마는, 자슥한테 얹혀살라 카모 진작부터 장자한테 붙어야지 지차한테 얹혀살다 늙은이 하대당하모 그때서야 무신 낯짝 들고 장자 집에 드가 살겠노. 몬 살아도 큰애 집에 몸 붙여야 죽고 난 뒤 젯상이라도 채리주겠제" 하고 말씀하셨다.

"자, 일어나이소." 나는 할머니 팔을 잡고 일으켜 세웠다. 그러면서 어머니 귀에 들리지 않게 작은 소리로 말했다. "할무이가 좋아하시는 갈치도 꾸벗났심더."

할머니는 평생 소식주의자였고, 하루 세 끼 식사량이 늘 일정했다. 반찬도 잔갈치, 간고등어 등 구운 생선류나 짠 젓갈 종류를 맛보기 하듯 조금씩 찍어 드셨다. 거기에 비하면 체격이 우람한 여장부인 어머니는 폭식주의자였고, 입이 걸어 아무 음식이나 잘 드셨다. 혈압이 높으신데도 돼지고기 두루치기를 즐겼고, 생선찌개 국물에 쌈장 곁들인 상추쌈이 나오면 지금도 한 그릇 넘게 그릇 반을 너끈히 비우셨다. 젊을 때 하도 굶어 나는 그저 많게 묵는 재미밖에 없다고 어머니는 자주 말씀하셨다. 어머니는 고양이처럼 쪼작쪼작 자시는 할머니의 입 짧은 식사 모습을 보곤 눈총을 주며, 저래 좀살궂게 묵으이 평생 식복이 읎어 저 나이가 되도록 남으 눈칫밥이나 묵제 하고 타박을 주곤 했다.

"나는 안 묵는다 카이. 어서 니나 묵고 회사 나가거라."

할머니가 내 손을 뿌리쳤다. 필터까지 반쯤 타서야 담배를 재떨이에 비벼 껐다. 할머니는 기침을 콜록이더니 풀썩 한숨을 내쉬었다.

"부모 복, 서방 복, 자슥 복 다 읇는 이 늙은이를 저승사자가 와 안죽 안 데불고 갈꼬. 생각할수록 원통하고 서러븐 내 팔자야. 그저 자는 잠에 꼴깍 숨 거두모 좋겠구마는……" 할머니가 세운 무릎에 얼굴을 묻더니 여윈 어깨를 떨며 소리 죽여 흐느꼈다.

할머니 지지미 저고리 폭 좁은 등심이 떨렸다. 할머니는 몇 년 전만 해도 머리칼이 순백이었는데 이제 다시 검은 머리가 새로 돋아 어머니보다 덜 반백이었다. 털실 같은 그 머리카락이 깡마른 어깨가 떨릴 때마다 연기처럼 날렸다. 숱이 적은 데다 끝이 몽그라져 쪽머리하기가 어려운데도 할머니는 아침 세수를 마치면 반드시 오랜 시간을 들여 곱게 참빗질을 하셨다. 진작 몬 죽고 이렇게 끼어 붙어 사는 팔자에 손자메누리 일감이나 덜 아야제, 하시며 당신 양말과 속옷은 늘 스스로 빨았고, 남 앞에 정갈하게 보이려 애쓰시는 분이었다. 그런데 오늘은 아직까지 세수나 빗질도 하지 않으셨다.

"어무이 잔소리야 어데 어제오늘 한두 번 듣습니꺼. 험한 세상 살아오다 보이 세상에 대고 풀 분을 식구한테 넋두리하는 기지예. 할무이가 귓가로 흘려들으시고 신경 안 쓰시면 되잖습니꺼. 그만 우시고 어서 나오시이소."

"두 귀가 묵었으모 안 들릴까. 짐생 새끼도 아인데 들리는 말을 우짜노. 서방 잘몬 만내서 너거 에미 평생 고생한 것도 다 알고, 저래 역정 내는 것도 다 한이 맺히서 하는 소린 줄이사 알지마는……" 할머니가 뒷말을 잇지 못했다.

"돈 더 벌 생각 말고 한 끼 입 덜라는 옛말도 있다. 늙은이는 놔두고 니나 와서 묵거라. 노친네란 병으로 죽지 한두 끼 굶는다고 쉽게 죽지사 않는다." 마루에서 어머니가 외쳤다.

어머니 말이 서러운지 할머니가 소매에서 손수건을 꺼내어 물코를 풀곤 주름이 겹져 살갗이 문드러진 눈가를 훔쳤다.

"어서 니나 묵고 회사 나가거라. 속이 끓어 나는 몬 묵는다 카이. 지금은 물 한 모금도 넘길 수 읎다 카인께" 하곤 할머니는 떨리는 손으로 또 담뱃갑을 집어 들었다.

할머니는 담배 한 대를 열 번 정도 껐다 피우는데도 이틀이 멀다 하고 한 갑씩 피워대기 때문에 나는 봉급날 '환희'를 숫제 열댓 갑씩 사서 할머니에게 안겼다. 그래도 담배가 모자라는지 내 재떨이의 피우다 남은 꽁초까지 주워다 필터가 탈 때까지 마저 피우곤 했다. 나는 안방으로 건너와 밥상 앞에 앉았다.

"아빠, 노할머니하고 울산할머니하고 또 쌈했나. 노할머니 막 울었다." 두 달 전에 초등학교에 입학한 준옥이가 수저를 드는 내게 말했다.

"그래, 알았다. 어서 밥 먹고 학교 가야지."

초등학교 3학년인 준구는 이 눈치 저 눈치에 익숙한 철든 애같이 아무 말 없이 다부진 숟가락질만 해댔다. 나는 콩나물국에 밥을 댓 숟가락 말아 어느 때보다도 빨리, 씹지도 않고 먹어치웠다. 이 자리를 어서 벗어나 회사라도 나가버리면 된다는 강박관념이 나를 서두르게 했다.

"그늠으 속앓이병인가 먼강은 담배 탓이지러. 구십이 다 된 늙은이가 무신 담배는 저래 지독시리 꾸버대는지 모리겠다. 내가 시집을 가이까 그때사 안죽 새파란 색시인 니 할매가 야시같이 토구리고 앉아 담배를 빠꼼빠꼼 피우고 안 있나. 내가 을매나 놀랬던지. 그때부터 피아댄 줄담배니까 담뱃값만 모아도 집 한 채는 샀을 끼다." 밥을 먹으며 어머니가 다시 할머니 흉을 잡고 늘어졌다. "엽초를 다져 넣어 장죽으로 빠는 담배는 독해서 몬 피운다고, 담배를 피아도 꼭 마구초 담배마 피우이까 담뱃값이 곱절로 더 들제. 거게다 한분 피았으모 몇 시간은 좀 참으모 어떻노. 껐다 피았다 껐다 피았다 하이 알라들 장난도 아이고 성냥이 오죽 헤푸나. 니 알라 쩍에는 담뱃불을 제대로 안 꺼 집에 불이 날 뻔한 적도 있었지러. 그라이까 큰 성냥통을 사놔도 일주일이 몬 간다 카인께."

"마, 어무이도 그만큼 하이소. 그래 봐야 서로 무신 덕 되는 일이라고 그랍니꺼. 스스로 속이나 끓이는 거지예." 숟가락을 상에 놓으며 내가 말했다.

빠끔 열린 부엌방에서 할머니의 고시랑거림이 들려왔다. 할머니가 어머니 말을 들은 모양이었다.

"말이사 바로 해야제. 내가 담배 피운다고 이날 이쩍까지 니가 은제 시에미한테 담배 한 포 사다 준 적 있었나."

"내가 와 담배 사다 주는교. 담배 많이 태우는 사람 나라에서 상 준다고 사다 주나. 담뱃재 모아 팔모 양석될 끼라고 사다 주나. 돈으로 쌈이나 싸 묵으모 배 속에나 드가제. 돈 디리서 연기로 날리뿌리는 담배 아인가. 무신 집칸이나 논마지기 물리쳤다고 주야장천 태어서 날리뿌리는 연긴데, 시어미 담뱃값을 내가 멋 때문에 대주겠는교!" 어머니가 소리 나게 수저를 놓으며 악을 썼다.

"어머님, 주인집 듣겠어요. 혈압도 높으신데 그만 고정하세요." 아내도 참다 못해 애원조로 한마디했다. 자기가 나섬에 무슨 잘못이나 저지르지 않았냐는 듯 내 눈치를 살폈다.

"할머니, 정말 그만하셔요. 노할머니가 울잖아요." 여태껏 제 밥만 열심히 챙겨 먹던 준구가 불퉁해져 말했다.

손자 말에야 어머니도 비로소 찔끔해하며, "그래, 그만하제이. 네늠도 알라 때 노할망구가 업어 키웠다 보이 팔이 안으로 굽는다고, 저쪽 편익만 들고 나서는구나" 했다.

나는 내 방으로 건너왔다. 방 한 귀퉁이는 온통 털실 꾸러미였다. 중개업자로부터 털실을 받아다 스웨터 한 벌 짜주고 5백 원씩 받는 부업을 아내는 네 해째 계속하고 있었다. 부지런을 떨면 하루 세 벌까지 짤 수 있어 집안 살림에 제법 보탬이 된다고 아내가 말했다.

나는 집에서 입는 허드레옷을 벗고 외출복으로 갈아입었다. 내가 다니는 직장은 외판 회사라 사장이 전 사원에게 늘 정장 차림을 지시했으므로 삼복더위 한철을 빼곤 윗도리까지 입고 다녀야 했다. 와이셔츠와 바지를 입고 넥타이를 맬 때, 아내가 방으로 들어왔다. 나는 창밖 주인집 정원을 내다보고 있었다. 공무원으로 정년 퇴직한 바깥주인이 수도꼭지에 호스를 꽂아 정원의 화단가 큰키나무에 물을 주는 모습이 보였다. 5월 중순의 맑은 아침나절이었다. 정원에는 철쭉꽃이 활짝 피었고, 안채 베란다 위로 뻗어오른 포도나무 새 덩굴순이 깃을 치고 있었다. 새잎 무성한 정원의 푸르름이 내 눈에는 싱싱하게 보이지 않았다.

"어제저녁 답에 어머님이 마루에 걸레질하시다 할머니가 흘린 담뱃재를 봤지 뭐예요." 양복 윗도리를 들고 뒤에 섰던 아내가 말했다. "그래서 어머니가 할머니 들으시라고, 시어머니 담배 끊는 꼴 봤으면 죽어도 원이 없겠다고 한마디하신 게……"

"알았어. 그만해둬." 윗도리를 받아 입으며 내가 건짜증을 냈다.

"정말 속상해서…… 어쩜 좋지요?" 아내가 작은 소리로 투정했다.

"어짜긴 어째. 한 이틀 견뎌보고 정 안 되면 또 고모님을 부르는 거지 뭘."

"당신이 어떻게 한마디해보세요. 가장이란 사람이 늘 윗사람들 눈치만 보니 오히려……"

"이 여편네 이제 못 하는 말이 없어." 내가 아내 말을 막고 눈을 부라렸다. 아내에게 화를 낼 입장은 아니었으나 나는 나 자신에게 역정을 내고 있었다. "두 분 싸움을 나는 못 말려. 하루이틀 보아온 것도 아니고 말이야. 잘못이 있다면 앙숙인 두 분을 모실 수밖에 없는 내 처지지. 이제 와서 어떻게 하겠어." 내 목소리가 어느새 풀이 죽었다. "이런 경우를 두고 운명으로 돌려야 하나? 어떻든 당분간 참고 사는 수밖에 더 있겠어. 할머니가 사시면 얼마나 사실 거라고…… 양쪽 눈치 보기 어렵더라도 당신이 좀 참아줘야지."

나는 아내 어깨를 다독거려주었다. 아내가 얼굴을 떨군 채 머리를 주억거렸다. 참고 순종하는 데는 어느 여자보다 길들여진, 내게는 더없이 고마운 아내였다.

내가 제대하고 울산으로 내려가 어머니 밑에서 빈둥거리다, 자립해서 네 밑은 네가 닦으라는 어머니 닦달질에 견디다 못해 무작정 서울로 올라와 신문 광고를 보고 취직한 곳이 아동물 출판사 월부 책 수금사원이었다. 별 기술도 필요 없었고, 다릿심하나와 성실과 정직으로 버틸 수 있는 직업이었다. 그때 아내는 야간 중학교를 막 졸업하고 집안 형편상 진학을 포기한 채 관리부 사환으로 입사해 있었다. 1년 반을 서울에서, 3년을 전국 지사를 순회하는 지방 수금사원으로 일한 끝에 본사로 올라왔을 때, 아내는 스물이 된 그때까지 사무실 청소하고 책 배달이나 돕는 사환으로 근무하고 있었다. 우리는 눈이 맞았다. 그로부터 3년 동안 길거리에서 만나고 길거리에서 헤어지는, 돈 안 들이고 별 재미없는 연애 끝에 결혼했을 때, 서로는 서로의 가난과 정에 주리며 자란 성장기를 잘 이해하고 있었다. 젊기 때문에 앞으로 더 열심히 살아보자는 꿈 이외 아무 가진 것 없이 우리 신혼은 사글세방에서부터 출발했다. 야채 행상으로 4남매를 키운 장모나, 서른둘로 홀몸이 되어 두 아들을 키워온 어머니로

볼 때, 우리는 서로 밑질 것 없이 잘 만난 한 쌍이었다.

마루로 나오니 밥상은 그대로 놓였으나 어머니와 아이 둘은 보이지 않았다. 집안 분위기를 눈치챈 준구는 재빨리 가방 챙겨 학교로 간 모양이고, 오후반이라 아직 학교 갈 시간이 안 된 준옥이는 어머니가 데리고 골목길로 놀러 나갔을 것이다. 나는 부엌방을 들여다보았다. 할머니는 새우처럼 몸을 웅크려 모로 누워 계셨다. 작고 여윈 몸매라 한 손으로 들어올려도 가벼이 들릴 듯 애처롭고 앙증스러운 모습이었다. 쪼그락진 마른 얼굴에 눈을 살풋 감은 할머니가 문 여는 소리에 눈을 뜨고 나를 올려다보았다. 눈물이 찌쩌그레 고인 할머니의 맑은 눈길에는 힘이라곤 없어, 내 코끝이 찡해졌다.

"어무이가 바깥에 나갔심더. 인자 일어나셔서 눌은밥이라도 한술 드시이소."

할머니는 입술만 달싹거릴 뿐 대답이 없었다. 말할 힘도 없는지 만사가 귀찮아지셨는지, 그것도 아니면 아직도 복통이 심한 건지 짐작할 수 없었다. 된콧숨을 내쉬던 할머니가 어깨를 오소소 떨었다. 오한이 있는 것 같아 나는 윗목에 개어놓은 홑이불을 할머니께 덮어드렸다.

"마 치아라. 속에 불이 나서 이불이고 머고 몬 덮겠다." 할머니가 한 손으로 이불을 걷어내며 말했다. "죽을 때모 한 분은 다 알라 놓을 때맨쿠로 아파 까무러치고, 그 고비마 넘기모 저승사자가 팬팬한 질로 질 안내를 자알해줘서 아주 편안케 숨을 끊는다 카던데, 증말 그랄란지 어떨란지……"

"그라모 저는 회사 다녀오겠습니다. 조리나 잘하시이소."

나는 인사를 하고 부엌방에서 나왔다.

"니 에미한테도 인사는 하고 가거라." 방문을 닫는 내게 할머니가 가랑가랑한 목소리로 말했다.

대문 앞 골목에는 어머니와 준옥이 모습이 보이지 않았다. 도봉산 쪽 숲으로 산보 갔겠거니 하고 생각하며 나는 버스 정류장으로 걸었다. 시계를 보니 7시 반이었다. 8시 반까지 출근이라 걸음을 서둘러야 했다. 내 직장은 을지로3가였다. 내가 사는 동네는 버스 종점이어서 늘어선 줄 꼬리에 붙어 만원인 버스 한 대는 그냥 보냈다. 다음 버스에 오르자 뒷자리 창가에 빈 좌석이 있었다. 버스가 시내로 들어갈 동안 나는 창밖을 내다보며 초라할 수밖에 없는 우리 집안의 내력을, 그중에도 할머니의 과거를 시름겹게 되새겼다.

할머니 연세가 올해로 여든여덟이시니 10년 남짓만 더 사시면 한 세기를 사는 셈이었다. 할머니의 친정은 경주 아래쪽 모화에서 삼대봉이란 해발 6백 미터 남짓한 산허리를 휘돌아 동으로 늘어진 시오리 길을 걸어야 당도하는 하서라는 갯마을이었다. 하서는 방어진과 감포 중간쯤에 위치해 있는 면소재지로 1백여 호 넘는 대촌이지만, 할머니가 살았던 처녀 시절은 서른 가구 정도의 조그만 어촌이었다. 나는 여태껏 할머니 고향 하서에 가본 적이 없었다. 어머니 말씀으로는 당신이 시집온 뒤 시어머니가 친정인 하서로 근친 가는 걸 한 번도 보지 못했다 한다. 아니, 할머니가 당신 친정 이야기나 부모 동기간을 입에 올려 하시는 말씀을 나 역시 들은 적이 없었다. 할머니는 하서에 살았던 자신의 처녀 시절을 철저히 함구하며 살아오신 것이다. 그러므로 내가 알고 있는 할머니에 관한 이야기는 어머니와 고모로부터 흘려들은 말이 모두였다.

열아홉 살 때 할머니는 모화 땅에 사는 상처한 홀아비에게 처녀 시집을 왔다. 할아버지는 손 귀한 집 외동아들로 겨우 호구나 면하는 가난한 소작농이었고, 할머니와 혼례를 치렀을 때는 시쳇말로 이가 서 말이나 된다는 나이 서른하나의 늙은 홀아비였다. 할아버지는 죽은 전처와의 사이에 자식이 없었는데, 뜨내기 방물장수 소개로 할머니에게 새장가를 들었던 것이다. 들은 바로 증조할아버지는 모화 땅 천석꾼인 최부잣집 종이었다 했다. 당신은 당시 개화 바람을 타고 종 신분에서 해방되어 최부잣집 논 다섯 마지기와 밭 두 두렁을 배내기로 타내어 딴살림을 나신 모양이었다. "들은 이바구로 니 할매 친정은 친가 외가를 따져 사촌조차 없는 두 칸 초가에, 삽짝 앞만 나서모 사철 시퍼런 파도가 넘실거리는 바다였다. 니 할매 친정애비는 배를 타다 젊어 물귀신이 됐고, 친정에미가 청상에 과수가 되어 딸 둘을 키우미 미역을 따다 호구나 이었다 카더라. 바다라 카모 하도 원한에 사무쳐 뱃늠한테는 절대로 딸을 안 줄라고 벼르다가 우째 모화 땅으 상처한 니 할배와 혼삿말이 있었던 기라. 지금도 보모 얼굴이 갸름하고 이마가 반듯한 기 할매가 처녀 적은 꽤 새처벘을(예뻤을) 끼라. 니 할매가 시집와서 딱 두 분 친정 걸음을 했다는데, 한 분은 동상이 시집간다는 기별이 와서 갔고, 또

166

한 분은 두 딸을 출가시키고 가랑잎맨쿠로 갯가에서 홀로 살던 친정에미가 쉰이 몬 된 나이에 죽었다는 기별이 와서 하서로 갔단다. 그것도 다 내가 시집오기 전 일이고, 나도 들어서 아는 이바구니라. 내가 시집을 와서 니 할매가 한 분도 친정 가는 걸 몬 봤으이께. 가봐야 누가 있겠노. 그러이께 친정 이바구를 입에 담지도 않았고. 담배 피우며 저 동쪽 하늘을 보다 호문차 눈물짓는 모습이사 수천 분도 더 봤지러. 죽은 부모나 감포 쪽으로 시집가서 소식 읎는 여동상 생각이 나서 그랬겠제. 아아들이 우짜다가, 늙고 늙은 바닷가에 오막살이 집 한 채라 카는 노래 안 있나. 그 노래라도 부르모 그기 듣기 싫은지 귀를 막곤 했지러." 어머니가 내게 들려준 할머니 이야기였다. "추석이나 설날에 제사 지낼 때 니 할매 하는 짓, 니도 봤제? 제사 다 지내모 제삿상을 문 쪽으로 반쯤 돌리놓고 밥 두 그륵을 꼭 따로 떠서 상에 올리놓고 할매 따로 두 분 절하는 거. 그거는 제삿상에 밥 한 그륵 올리놓을 아들을 몬 두고 죽은 친정 부모님 제사를 니 할매가 대신 지내주는 기다." 내가 어릴 때 어머니는 이런 말씀도 하셨다.

회사로 출근하여 일에 쫓기다 보니 나는 잠시 집안일을 잊고 있었다. 11시쯤, 신 계장 전화 받아봐, 하며 부장이 송수화기를 넘겨주었다. 직감적으로 집에서 온 전화구나 하고 생각했다. 아내였다.

"아무래도 할머님이 좀 이상해요. 속앓이라도 전과 다른 것 같아요." 아내 목소리가 떨렸다.

"다르다니?"

"제발 동네 의사를 한 번만 불러달래요. 전에는 그런 적이 없었잖아요?"

사실이 그랬다. 결혼 이태 뒤부터 고모한테 할머니를 인계받아 7년째 모셔왔지만 당신이 속앓이 이외 다른 병을 앓으시는 걸 본 적 없었고, 한 차례도 병원에 가신 적이 없었다. 그 흔한 감기에 걸려도 속이 따갑고 어지럽다는 이유로 약방 약조차 거절하셨다. 그 점에는 어렵게 사는 손자에게 약값 부담까지 줄 수 없다는 당신의 여린 심정도 작용하고 있었다. 자리보전하여 죽으로 연명하며 이틀 정도 보내면 할머니는 어김없이 일어나셨다. 머리 단장, 옷 단장으로 외양을 정하게 갖추어 수챗가로 아장아장 걸어나가 당신 옷을 손수 빨고 마루에 걸레질도 하시곤 했다. 내 어린 두 자식은 아내보다 할머니를 더 따르며 그 등에 업혀 자랐다.

"의사 왕진을? 정말 많이 편찮으신 모양이군. 그래, 당신 어떻게 했소?" 내 목소리가 다급했다.

"그래서 병원엘 왔지요. 여기 시장 앞, 그 윤내과 있잖아요. 어떻게 할까요? 고모님한테도 연락해야 되겠죠?"

단칸 셋방에 다섯 식구가 복작거리는 고모 댁에 전화가 있을 리 없었다. 고모부가 연탄 배달원으로, 명색이 직장이라고 연탄가게에 전화가 있었기에 그쪽으로 연락이 닿았다.

"고모님 오시라 카고, 의사 선생이나 어서 모시고 가."

"퇴근하고 곧장 들어오세요."

"알았어. 무슨 일이 있으면 또 전화해." 나는 전화를 끊었다.

오후 2시가 넘자, 아내가 다시 회사로 전화를 걸었다.

"아무래도 당신이 조퇴하구 들어오셔야겠어요."

큰길에 면한 약국 앞 공중전화를 이용하는지 아내의 숨 가쁜 목소리에 섞여 클랙슨 소리가 들렸다.

"왜, 위독하셔?" 내 목소리도 높아졌다.

"숨길이 가쁘고 진땀을 흘리셔요. 아무래두……"

"의사 선생은 뭐라던가?"

"원체 연세가 많은 노인이라 뭐 특별하게 쓸 약도 없다며 주사 한 대만 놓고 갔어요. 목이 많이 붓고 기관지가 헐었다나요. 아무래도, 오늘내일이 고비실 거라고……"

"알았어. 내 곧 들어가지."

나는 부장에게 할머니가 위독하시다고 말한 뒤 조퇴 허락을 받았다. 버스를 타고 집에 돌아오니 준옥이 학교 공부가 벌써 끝났는지, 어머니가 대문 앞에서 준옥이와 놀고 계셨다.

"할무이가 어째 됐습니꺼?" 내가 어머니께 물었다.

"안 돌아가신다모 돈깨나 까묵게 생겼어. 아푸다고 하도 소리치길래 듣기 싫어 내사 밖에 나와버렸다." 어머니가 냉담하게 말했다. 신록 울울한 앞산을 바라보는 어머니 눈길에 한 겹 시름이 서려 있었다. 어머니는 혼잣소리로 중얼거렸다. "한분 눈 감으모 그만인 목숨, 모지고 질긴 기 명줄이라. 집도 절도 없이 울산으로 나와 내가 어린 너그 성제간 데불고 미군 부대 앞에서 걸뱅이질할 때, 그만 우리 셋이 같이 복 내장이라도 끄리 묵고 죽어뿔라고 결심도 여러 분 했건만, 그래도 몬 죽고 살아왔제.

니 할매도 사무친 원한이 앞산만큼 높아 하눌님도 차마 박정하게 숨질을 몬 끊는 모양 같고……"

마루로 들어서니 고모부가 열무김치를 안주 삼아 소주를 마시고 있었다. 고모부는 환갑을 몇 해 앞둔 연세에, 연탄 배달부였다. 군복 검정물 들인 작업복이야 연탄과 같은 색이라 그렇다치고, 낯은 씻고 왔을 텐데도 고모부 얼굴에는 여기저기 탄가루가 묻어 있었다.

"열이 왔구나. 아무래도 할무이가 마 시상 하직할라 카는 거 같으다." 고모부가 소주잔을 비워내며 허탈하게 말했다.

눈 가장자리에 늘 주기가 가시지 않는 고모부는 근년에 들어 모든 낙을 술에 붙여 알코올중독 현상을 보였다. 눈만 뜨면 해장술부터 시작하여 잠자리에 들 때까지 소주병을 차고 다니면서 안주 없이 짬짬이 마셔댔다. 그래도 손수레 끌고 언덕길도 곧잘 오르는 연탄 배달 일만은 열심이었고, 정신을 잃을 정도로 과음하는 법이 없으니 묘한 주법을 익히고 있는 셈이었다.

나는 목례만 하곤 할머니 방으로 건너갔다. 아무것도 덮지 않고 반듯이 누운 할머니는 잠이 든 듯 눈을 감고 있었다. 반쯤 벌린 입을 통해 목구멍에서 가랑거리는 소리만 나지 않는다면 할머니는 이미 시신과 다름없어 보였다. 주름진 얼굴은 더욱 검게 변했고 눈자위가 움푹 꺼졌다. 할머니 옆에는 아내가, 할머니 머리맡에는 할머니를 닮아 하관이 빨고 콧날이 오똑 선 고모가 앉아 있었다. 아내는 떠다 놓은 세숫대야 물에 수건을 적셔 짜선 할머니 얼굴과 목에서 배어난 진 같은 땀을 닦아내고 있었는데,

이미 눈이 충혈되었다.

"아이구, 마 이래 세상 베리는갑지러. 열아, 우짜다가 할무이가 이 지경이 됐노? 약도 안 사다디리고 병원에도 안 모시고 갔더나?" 고모가 원망 섞인 눈으로 나를 보며 말했다.

"제가 출근할 때까진 말씀도 잘하시고 앉아 계셨습니더." 아내 옆자리, 할머니 발치에 앉으며 내가 말했다.

저승꽃이 군데군데 핀 뼈만 남은 할머니의 작은 발이 잘 씻어 놓은 왜무이듯 깨끗했다. 그러고 보니 할머니 발을 통째 본 게 처음인 듯 느껴져 왠지 못 볼 거라도 본 듯 마음 한 귀퉁이가 쓰렸다.

"밥술이나 묵는 집은 이 지경이 되었으모 입원시킨다 우짠다 카겠구마는 이래 병원 신세 한분 몬 져보고 돌아가시다이. 아이구 원통하고 서러버라. 딸자슥이라고 있어봐야 수중에 돈 몇만 원도 지닌 기 읎으이 그늠으 돈다발은 다 어데서 썩고 잠자는지……" 고모가 오열을 삼키며 푸념했다.

고모네가 고모부 고향인 모화 아래역 호계 역전에서 식당을 할 적만도 할머니를 모셨고, 살림살이가 그런대로 괜찮았다. 그러나 고모부가 남의 보증을 잘못 서 집칸을 날리고 노름으로 패가망신하자, 할머니를 나에게 떠넘겼던 것이다. 서울로 올라오신 할머니가 내게는 말하지 않았지만 손자며느리에게 하신 말씀을 들어보면 그동안 밥을 얼마나 굶으셨던지, "양석은 쪼들리는데 범 같은 자슥들이 셋이나 되제. 그것들이 클라고 한창 묵을 나이 아인가. 그러니 딸네 집에 얹혀 사는 이 늙은 것이사 목이 메서 어데 조밥이나마 제대로 넘어가겠나. 내사 하루 두 끼도 몬 묵을 때가 많았고, 어떤 날은 멀건 수제비 한 끼로 하루해를 넘기기도 했니라" 하셨다. 고모님은 7년 전 할머니를 내게 맡긴 뒤 네 해 전, 좁은 모화에서는 살길이 막막해 서울로 솔가해 왔다. 고모부 사촌이 불광동에 연탄 가게를 벌이고 있어 그 친척을 지팡이 삼아 자식들을 달고 무작정 상경했던 것이다. 고종사촌들도 일터를 구해 나섰다. 큰아들은 노동판에, 스물이 된 여동생은 식당 종업원이 되었다.

"의사 선생님을 한 번 더 모셔올까요?" 고모 눈치를 보며 아내가 말했다.

"내 참말로 이런 말이사 안 할라 캤지마는 성가(언니)가 해도 해도 너무하데이. 보통 사람이 아인 줄이사 알지마는 밉든 곱든 그래도 시어무이인데, 사람이 이래 죽어가는 걸 한 지붕 밑에서 보민서도 우째 낯짝 한 분 안 비칠꼬. 심보가 그래 모질으이께 돈 모우고 살았겠지마는……" 고모가 아내 말이 시답잖은 듯 어머니를 두고 험담했다.

"연세 드신 분들은 자신이 조만간 당할 일 같아 임종을 잘 안 지키시려 합디다. 고모님이 오시기 전에는 어머님이 이 방에 계셨더랬어요." 아내가 말했다.

고모나 아내 말은 할머니의 임종을 이미 기정사실로 받아들이고 있었다.

"그래도 그렇지러. 울산서 집 팔아 아들네 집에 왔으모, 아들 앞으로 집은 때가 일러 몬 사준다 캐도 이럴 때 돈 좀 풀어놓으모 안 되나. 성가도 환갑 넘긴 나이에 살모 백년을 살겠나 천년을 살겠나. 너거나 우리사 입치레도 심드이 내 아무 말 안 하지만, 성가 하는 짓은 증말 패씸하데이. 어데 두고 보자. 관 속에 울산 집 판 돈 싸가주고 가는 꼴을." 열린 방문을 통해 마루를 내다보며 고모가 맵게 말했다.

어머니와 할머니, 고부 사이란 옛말에도 싸움 잘 날이 없다 했지만, 두 분은 평생에 살이 낀 듯했다. 어머니가 갓 시집왔을 때나, 아버지가 집에 붙어 있었을 때는 이웃 눈도 있었으니 어머니가 할머니에게 눌려 지냈음이 틀림없었을 터였다. 그러니 정확하게 말해서 6·25전쟁 뒤부터 할머니의 우리 집 출입은 마지못한 나들이 정도가 고작이었고, 내가 모시기 전까지 할머니는 줄창 식당업을 했던 호계 고모네 집에서 외손자들을 키워주며 사셨다.

우선 신체 조건부터가 어머니와 할머니는 판이했다. 할머니는 여자 중에서도 왜소한 체구였고, 어머니는 여장부답게 몸집이 컸다. 성격 또한 할머니가 꼼꼼하고 찬찬하며 어떤 면에서는 게으른 편이라면, 어머니는 드세고 괄괄하고 남달리 부지런했다. 할머니는 점심식사 뒤 꼭 한 시간 정도 낮잠을 자는 습관이 있었는데, 나는 여태껏 어머니가 앉은자리에서라도 대낮에 눈을 붙이는 걸 본 적이 없었다. 할머니는 음식 솜씨가 없어 어머니 말처럼 멸치젓에 오징어젓이나 잘 담그고 기름간장 발라 생선구이나 태우지 않고 잘 구워낼까. 나물 하나 제대로 무치지를 못했다. 손이 잘아 밥을 하면 딱 알맞거나 조금 모자라기가 십상이었다. "원래 본 바 읎고 배운 바 읎이 청상과부 아래 짠물만 보고 갯가서 자랐다 보이, 시집와서 끼니때마다 밥하라고 쌀을 떠내 줄 때는 바가지는 물론이고 조롱박 한 분 쓰는 법이 읎었니라. 그 조막만 한 손으로 아아들 동두깨비(소꿉장난) 하듯 쌀을 퍼내 주이 내사 노상 눌은밥을, 그것도 반 그륵이 몬 되게 묵었지러. 낮이모 그 험한 논일 밭일에 밤이모 베틀 앞에 앉아, 말만 듣던 매븐 시집살이가 오죽이나 했겠나. 거게다가 니 애비는 그늠으 빨갱이 공부를 하는지 기집질을 하는지 울산이다, 경주다, 부산이다, 외지 출입을 장 구경가듯 나댕겨, 한 해모 반년 넘게 집을 비았을 끼라. 그러이 니를 뱄을 때는 이 큰 뱃가죽이 시래기맨쿠로 주름져 내사 그저 자나깨나 묵는 생각밖에 읎었데이. 먹음직한 음식이 눈앞에 어른거려 자세히 보모 헛것을 본 기라. 그래서 철따라 감자나 고구마나 닥치는 대로 시에미 몰래 삶아 묵었지러. 그라모 니 할매는, 말 같은 여편네가 손이 커서 소도 잡아묵을 상판이니 살림 망쳐묵을 끼라고 동네방네 재잘거리고 댕기니……" 어머니가 읊으시던 초년 시집살이 넋두리였다.

창문과 방문이 열려 있기에 나는 담배를 꺼내 물었다. 담배를 태우며 할머니 얼굴을 보니 눈꺼풀이 잘게 떨리고 있었다. 숨길은 가빠 납작한 가슴팍이 가볍게 오르내렸다. 할머니가 쓰는 재떨이에 담뱃재를 털다 보니 필터까지 반쯤 타들어간 꽁초가 열 개쯤 되었다. 그것이 마치 할머니의 이빨이나 화장火葬 뒤 바스라진 뼛조각 같았다.

낮잠을 주무셔서 그런지 할머니는 밤잠이 별 없으신 편이었다. 새벽 두세 시쯤 어쩌다 변소라도 가려 마루로 나오면 부엌방에 불이 켜져 있을 때가 있었다. 무심코 문을 열고 보면 할머니는 마치 늙은 여우가 호호백발로 둔갑한 듯 눈을 빠끔히 뜨고 오두마니 앉아 담배를 태우고 있었다. 무슨 생각이 깊으신지 할머니는 꼭 심야에 한두 차례 일어나 앉아 담배를 태우며 1, 20분을 보내시다 다시 새우잠을 청하곤 했다. 지난날 굽이굽이 살아온 서러운 삶 한 자락을 펼쳐놓으며 속울음을 삼키고 계신 게 분명했고, 당신이 결코 입 밖에 꺼낸 적이 없었지만 30년 넘도록 소식 한 장 없는 외동아들 생각을 담배 연기 속에 풀어놓고 있었으리라. 사진으로만 보았을 뿐 기억조차 없는 아버지를 떠올리며 나는 그렇게 짐작했다. 할머니가 서울로 오신 얼마 뒤, 내가 할머니께 물은 적이 있었다. "할무이는 언젠가 가장 행복한 시절이었지예?" 할머니는 눈만 깜박거리실 뿐 쉬 대답을 않고 심란한 듯 다시 담배를 입에 무셨다. 당신은 손자의 그 질문을 가슴 깊이 새기신 듯, 그로부터 며칠 뒤 어느 일요일, 이웃집 아주머니와 이런 얘기를 골목길에서 나누는 것을 엿들을 수 있었다. "자슥은 키아놓고 보모 다 소용읎심더. 애써서 공부시킬 때가 젤로 좋은 시절이지예. 대가리 굵어지모 벌씨러 부모 말 안 듣고 어긋나기 십상임더." 무슨 얘기 끝인지 할머니 말에서 나는 아버지를 중학 공부시킬 때 할머니의 기쁨을 미루어 짐작할 수 있었다. 위로 낳은 아들 둘을 홍역으로 내리 잃고 세번째 얻은 아버지를 모화 보통학교에 보냈을 때, 할머니와 나이 많은 할아버지의 즐거움이란 대단했을 것이다. 그 시절, 할아버지는 억척 같은 노력과 근검 절약 끝에 반자작농이 되었다. 아버지는 어릴 때부터 머리가 총명해 향리 보통학교를 1등으로 졸업한 뒤, 해마다 인근 군에서 한둘 입학이 고작이라는 공립울산농업학교에 쉽게 합격했다. 그래서 중학 5년을 모화에서 울산까지 한 시간 남짓 걸리는 거리를 기차로 통학했던 모양이었다. "새북같이 아침밥 해믹여 벤또 싸가주고 영감하고 같이 아들을 사이에 끼고 역까지 바래다주던 그때가 그래도 우리 양주한테는 좋은 시절이었제." 고모님이 할머니 말씀을 흉내 내어 들려주던 말이었다. 그러나 아버지는 농업학교를 졸업하자 그때부터 할머니와 할아버지의 눈 밖에 난 모양이었다. 수리조합이니 면서기니 금융조합이니, 그 좋다는 직장을 다 마다하고 모화에서 야학당을 개설하여 농민운동을 시작했는데, 그 일이 일경 눈에 사회주의적 민족운동으로 지목된 모양이었다. 아버지는 주재소로 들락거리기 시작했다. 그렇게 되자, 결혼이나 하면 아들 마음이 잡힐까 봐 할아버지와 할머니는 아버지 혼인을 서둘렀다. 마침 경주에 재산을 다 날려 백수건달이 된 적빈한 유생 막내딸과 혼삿말이 있었는데, 바로 어머니였다. 당시 외할아버지는 퇴락한 스물네 칸 고가나 지키며, 주야장천 술에 취해 향교에서 벌어지는 시회詩會 모임에 나가고 남의 집 길흉사의 축문과 제문 써주는 일로 소일하고 계셨다 한다. 끼니는 근친 일족들로부터 한두 됫박씩 양식을 얻어먹는 구차한 처지였다. 그러나 기상만은 살아 있어, 때를 잘못 만난 진사감으로 주위의 흠모를 받았다. 막내딸이 너무 크고 말상이라 하여 데려갈 사윗감을 못 찾던 참에

선으로 본 아버지의 명민함이 외할아버지 눈에 들었던 게 분명했다. 외할아버지는 할아버지께 그 혼사를 쾌락하셨다. 혼삿날을 받자, 할아버지는 유생 집안 처녀를 며느리로 맞는다는 사실 하나만으로 종살이 신세의 조상 허물을 벗는다는 기분에 하늘로 나는 듯했을 것이다. 할아버지는 기차편으로 경주 나들이가 잦았고 바깥사돈끼리 권커니 잣거니 약주를 즐겼던 것 같았다. 그러던 어느 날, 할아버지는 경주에서 하룻밤을 쉬고 돌아와 그곳에서 무슨 음식을 잘못 자셨는지 토사곽란의 병을 얻어 약 한 첩 변변히 써보지 못한 채 보름 만에 숨을 거두셨다. 자식 혼인날을 일주일 앞둔 음력 동짓날이었다. 일이 그렇게 되면 흉조라 하여 파혼함도 마땅한데, 외할아버지는 대쪽 같은 고집으로 바깥사돈끼리 회유하다 일이 그 지경이 되었으니 내 딸은 마땅히 신씨 집안 며느리로 그 집 귀신이 되어야 한다며 혼례를 예정대로 강행하셨다. 이런 이야기는 어머니가 내게 들려주며, 아버지 강고집 때문에 그때 당신 팔자를 쫄딱 망쳤다고 늘 한탄하셨다.

"어무이요, 나를 알아보겠습니꺼?" 할머니 눈이 조금 뜨이는 듯하자, 고모가 할머니 귓밥에 입을 대고 큰 소리로 말했다. 할머니는 아무 대답이 없었다. 대추 씨만큼 벌어졌던 눈꺼풀이 잠시 가늘게 떨리더니 다시 닫히고 말았다.

"아직 의식은 있는 것 같으신데예?" 담배를 끄며 내가 말했다. 필터 길이만큼 꽁초가 남은 상태였다. 할머니가 영원히 깨어나지 못한다면 내가 남긴 담배꽁초는 쓰레기통에 버려질 거였다.

"사람 목숨이 가물가물하는 기다. 촛불이 꺼질라 칼 때가 안

이렇더나." 고모가 말했다

나는 멀뚱히 할머니 임종을 지키고 있어야 할지, 아니면 지금부터 장례 준비를 해야 할지, 장례 준비를 하자면 어디서부터 손을 써야 할지 알 수 없었다. 서른일곱 해 동안 내가 주무로 장례를 치러본 적도, 장례를 가까이에서 도와주며 눈여겨본 기억도 없었다. 군대 시절, 실연을 비관하여 휴가 귀대 직후 자살한 동료를 의무대까지 업고 가서 밤을 새워본 적밖에 없었다. 아우라도 국내에 있다면 연락을 취할 텐데 그 점이 못내 아쉬웠으나, 오늘 안으로 울산의 제수씨에게는 전보를 쳐야겠다고 생각했다.

"열아, 나 좀 보자." 마루에서 고모부가 나를 불렀다. 내가 마루로 나가 마주 앉자, 고모부가 반 잔쯤 남은 술을 훌쩍 털어 마시곤 그 잔을 내게 권했다. "니도 한잔 묵거라. 머 애통해할 거는 읎는 기라. 니도 생각해바라. 할무이는 참말로 오래 사셨다. 올해 여든여덟이모 보통 수를 누리신 거 아이데이."

"왜들 이러시는지 모르겠어예. 저러시다 깨어나시모 어떡할라꼬, 할무이가 곧 숨이나 거두실 듯 이러십니까." 내가 한 음절 높여 말했다. 생각해둔 말은 아니었다. 말을 하고 보니 장례 치를 일이 막막했고, 어차피 여든여덟까지 사신 이상 2년을 더 채워 구순까지 사셨으면 싶었다. 마음 한쪽으론, 어느 누구의 짧은 생애보다 할머니의 긴 생애는 삶의 보람이 없는 듯 느껴졌다.

"한분 보모 다 안다. 니 할무이 속앓이가 어데 작년 재작년에 얻은 병이가. 호계 있을 때도 속앓이는 자주 하셨지러. 내가 집에 들어서서 장모님 안색을 척 보이까는 가망이 읎는 것 같앴어"하더니 고모부가 내게, "니 담배 있거덩 한 개비 도고"했다.

나는 담뱃갑을 내놓곤 고모부가 넘겨준 잔에 술을 따랐다. 반 잔을 못 채워 술병이 바닥났다.

"아무래도 의사 선생을 한 번 더 불러야겠심더." 내가 말했다.

"마, 치아라. 니 효성이사 내가 잘 안다. 앞으로 돈 들 일이 태산 같은데 쓸데읎이 왕진비 디리지 말거라. 그 비용도 무시 못 한다 카인께." 고모부가 일어서려는 나를 다시 앉혔다. 고모부가 입에 문 담배에 내가 성냥불을 댕겨드렸다. "그동안 할무이 모신다고 열이 니가 고생 많았다. 층층시하에 질부도 고생 많았고. 그래도 맏손자가 임종을 지키는 데서 돌아가시이까 할무이도 마음 놓고 핀케 눈감을 끼고, 니 정성을 다 마음에 새기실 끼다. 오죽 하나, 아들을 끝내 상면 몬 하고 눈 감는 기 원통할까마는……"

할머니와 어머니 사이가 벌어진 결정적인 이유는, 해방이 되고 아버지가 본격적인 좌익운동에 나서고부터였다. 아버지는 남로당 모화책에 울산지부 조직부장을 맡아 뛰었다. 아버지는 자주 집을 비웠고, 주재소 순경들이 우리 집에 살다시피 했다. 순경과 서북청년단원, 청년방위대원들은 아버지를 찾아내라고 걸핏하면 어머니를 지서로 연행해 갔다. 연행당해 가면 어머니는 얼마나 매질을 당하셨던지 온몸에 피멍이 들어 실신 상태로 돌아왔다. 한번은 실신한 어머니가 가마니에 실려 돌아온 적도 있었다 했다. 그때부터 어머니는 전짓불을 비추며 저들이 또

들이닥칠까 봐 밤을 무서워했다. 밤이 되면 겁에 질려 잠자리에 들지 못했다. 할머니라도 집에 있어주면 그 무섬증이 덜하련만 할머니는 체구처럼 간이 작아 아버지가 좌익운동에 나서고 순경들이 집 출입을 하고부터, 태평양전쟁 말기에 정신대에 끌려가지 않으려고 서둘러 결혼한 호계 고모네 집으로 피해 가선 숫제 거기에 눌러 사셨다. 어머니는 절간 같은 빈집에서 젖먹이인 어린 나를 안고 밤이면 밤마다 공포에 떨며 뜬눈으로 새벽을 맞기가 일쑤였다.

"……내가 니를 업고 호계 시누이 집으로 가서, 니 할매한테 올미불미 을매나 애원했겠노. 지발 집에 오셔서 내하고 같이 계시자꼬 말이다. 그래도 씨가 믹혀 드가야제. 순사도 어데 거게만 가는 줄 아나. 여게가 성모 여동상 집이라고 여게도 자주 와서 분탕을 친다 카미, 거게나 여게나 똑같다고 한사코 안 올라 카더라. 그때는 니 할매가 귀신한테 씌었는지 죽자 사자 내 얼굴을 안 볼라 안 카나. 말 같은 메누리가 이 집 귀신 될라꼬 간택되는 바람에 멀쩡한 서방 죽고 자슥까지도 좌익에 미치갱이가 됐다고 동네방네 나발을 불고 댕기니, 시집 잘못 온 죄밖에 읎는 내 팔자가 와 그래 서럽던동…… 그러던 차에 무신 법이 새로 생기서 자수하지 않는 빨갱이는 몽지리 잡아 영창에 처넣고, 그 중 악질은 총살시킨다 카이, 그때서야 니 애비가 어디선가 모화로 돌아와 지서에 자수를 한 기라. 보도연맹인강 먼강, 거게 가입해서 제우 도망 안 댕기도 되는 길을 찾았지러. 그라이까 시어미가 그제서야 딸네 집을 떠나 우리 집으로 옮겨 오더라. 참말로 사람도 좁쌀만 한데, 하는 짓까지 을매나 얄밉던지…… 보골(화)이 났지마는 그래도 니 할매가 집에 오이께 반갑데. 꼬라지도 보기 싫은 니 애비 사이에서 말도 붙이고 하이께 집안에 읗던 훈기가 쪼매는 돌았지러. 그런데 알고 보이께 니 애비가 자수를 하고도 지서 몰래 그 짓을 계속했던 모양이라. 일제 때는 야학당 한다고 시아비가 안 묵고 안 쓰고 장만한 논마지기를 쪼개서 팔아묵더이, 6·25전쟁이 날 때꺼정 지 에미 몰래 나머지 논마지기를 또 몽땅 팔아서 그늠으 빨갱이 자금으로 쓴 기라. 그라고 전쟁이 터지자, 니 애비가 메칠 만에 온다 간다 말읎이 사라지뿌린 기 아니겠나. 보도연맹 가입자들을 예비검속한다 카는 소문을 어데서 들은 모양이라. 미친늠으 서방. 그늠 믿고 주재소서 온갖 고문 다 당해가미 자슥 둘까지 싸질러가미 산 내가 등신이지러. 니 할매는 지금도 이북 어데서 그 자슥이 살아 있겠거니 하지만서도, 내 생각키로 버얼써 뒈졌다. 홀에미한테 불효하고 처자슥 버리고 도망질 간 늠이 땅에 두 발 딛고 우째 살 수 있겠노. 그렇게 니 애비가 읎어지고 나자, 하메 소식이 올까 기다리는 기 두 달, 시에미마저 보따리를 싸가지고 또 호계 딸네 집으로 가뿌린께 내가 무신 청승으로 빈집을 지키겠노. 남은 논마지기도 읎으이께 하루 두 끼 묵기도 심이 들어, 내 젖이 안 나오이께 니 동상은 비실비실 말라 다 죽어가제, 밤이모 순사들이 또 찾아오제…… 그때사 증말로 약이라도 묵고 죽고 싶더라. 그래서 내가 모진 결심을 안 했나. 이래 죽으나 저래 죽으나 죽기는 마찬가지인께, 이 언슨시러분(지긋지긋한) 모화 땅을 떠나자고 말이다. 너거 두 성제간을 걸리고 업고, 걷고 걸어 울산 읍내로 나갈 때, 들판에 곡식이 자알 익었더라. 가랑잎은 날리고, 곧 엄동은 닥치는데 낯설고 물선 울산으로 나오자, 집도 절도 읎이 두 자슥 데불고 우째 살꼬 싶어 눈앞이 캄캄하더라. 딸린 새끼만 읎었다 캐도 서까래에 목매달아 죽었을 끼라. 울산에서 내가 너거들 데불고 추위는 닥치는데 남으 처마 밑이나 역 대합실이나 헛간이나, 비 피하고 바람 막을 데모 가리지 않고 너거 성제간을 양쪽 가슴에 꼭 붙안고 그 체온으로 삼동 겨울철을 넘긴 그 시절, 츰 이 에미가 한 짓이 먼 줄 아나? 바로 걸뱅이짓이었데이. 깡통 들고 얼어서 퉁퉁 부은 손발로 남으 집이며, 미군 부대며, 문전걸식 동냥질을 했니라. 몸에 이가 수백 마리나 끓고, 열흘이고 보름이고 낯짝도 몬 씻근 얼굴에, 입성이라고는 똥두더기 같은 찌든 이불을 둘러썼으이께 너거 성제간 꼴은 더 말하모 머하겠노. 그때 니가 다섯 살, 니 동상이 두 살이었다. 울산서 내가 호계 사람도 만났으니께 니 할매한테 걸뱅이 질하고 댕기는 메누리 소식도 전해졌을 끼다. 그런데 말하모 뭐하노. 죽으모 제삿상 채리줄 친손주가 그 지경인데도 찾을 생각도 않더라. 남남이라도 어데 그라겠나. 내가 메루치 장사로 방한 칸을 얻을 때꺼정 니 할메는 코빼기도 안 비치더라. 오냐, 내가 이 두 자슥을 질질이 키아서 옛말하고 살 때, 내 괄세한 이늠으 시상, 어데 두고 보제이. 내가 무명지를 깨물어 나올 젖도 읎는 쪼그라진 가슴팍에다 피로써 십자가를 그렸니라. 지금도 보이제, 이 살점 날아간 손가락이……" 내가 고등학교에 입학하던 날 밤, 중고품 교복만 사 입히던 내게 처음으로 새 교복을 맞춰주시곤 어머니는 우리 형제를 앉혀놓고 이 말을 하시며 펑펑 소리 내어 눈이 붓도록 우셨다. 살아온 당신의 역정과 그 울음이 너무 절절하여 나와 아우도 따라 울지 않을 수 없었고, 세 모자는 울음으로 밤을 밝혔다. 거칠고 매정하며, 두 자식을 매질로 키워온 어머니를 내가 절실히 이해하게 된 것이 그날 밤 이후였다. 우리 형제를 솥포대 매질로 키워올 때도, 그 매가 서른둘에 청상이 되신 뒤 홀몸으로 세파를 이겨온 분풀이와 설움의 또 다른 표현임을 알고, 나는 순종으로 어머니의 한풀이를 달게 받아들였던 것이다.

이래저래 마음이 심란하여 나는 반쯤 찬 술잔을 고모부 앞에서 겁없이 비워냈다.

"할무이가 일찍이 화장 이바구는 한 분도 안 하신 걸 보모 아무래도 묘를 써야겠제? 통일돼서 하나 아들이 이북에서 내리오모 엄마 묘 찾을까 봐 그카는지 원…… 니 생각은 어떻노?" 고모부가 물었다.

"묘를 써야지예."

"그라모 장지를 우짜제?" 고모부가 넌지시 나를 바라보았다. 내가 대답이 없자, "할배도 모화 공동묘지에 묘를 썼으이께. 거게 가더라도 어데 덩그런 선산이 있나…… 그렇다고 모화에 친척붙이가 사는 것도 아이고 말이다" 하며, 고모부는 다시 내 의중을 떠보았다.

"공원묘지라도 쪼매 사야지예."

"글쎄, 그것도 문제가 읎는 기 아이데이. 니 보다시피 장모님 장례에 내사 몸으로나 때울까 뭉쳐둔 돈이 읎고, 니도 안죽 집칸 하나 읎이 박봉으로 심들게 사이, 할매 장례비로 따로 모아둔 돈이 어데 있겠나?"

"어떻게 되겠지요. 회사에 가불도 하고 빚도 내지요." 내가 당차게 말했다. 어차피 한번은 당할 일, 할머니 장례만은 조촐하게나마 내 힘으로 성의껏 치르고 싶었다.

"너거 어무이가 돈이 제법 있을 낀데, 이랄 때 우째 좀 안 내놓을란가?" 하며 고모부는 입맛을 다셨다.

"어무이가 스스로 내놓지 않으신다면 강요할 순 없습니더. 어떻게 모으신 돈인데, 그 돈 쉬 축내려 하시겠습니꺼. 우리 애들 사탕 사주시는 것도 다 계산하시는 모양이던데예" 하고 말하자, 내가 어머니의 인색함을 은근히 드러낸 듯 느껴져 얼굴이 화끈 달아올랐다. "그 점은 너무 걱정 마시고, 제가 장례 절차를 잘 모르니 고모부님이 뒷두량이나 해주이소."

나는 말을 마치고 일어섰다.

고모부는 술을 한 병쯤 더 마시고 싶은 눈치였으나 내가 일어서자 따라 일어섰다. 나는 윤내과로 찾아가 의사를 한 번 더 모셔올까 하다 잘못하면 할머니 임종을 놓칠 것 같아 다시 부엌방으로 갔다. 이럴 땐 심부름시킬 아우나 고종사촌이 가까이 없다는 게 아쉬웠다.

"아무리 호구가 바쁜 시상이기로서니 외할무이 별세는 봐야지러. 외할무이가 저거들 업어서 키았는데…… 아무래도 아아들한테는 내가 두루 연락해야겠구먼" 하며 고모부는 마당으로 나갔다.

부엌방에서는 고모의 질펀한 울음 속에 넋두리가 끝없이 풀어지고 있었다.

"아이고, 아이고, 살아생전 호강 한분 몬 해보고, 이날 이때꺼정 대접받는 밥 한 그릇 몬 자시보고 돌아가시다이…… 어무이요, 이 몬난 딸자슥 욕하이소. 마음씨가 여려 딸네 집에 살 때는 사위 보기 미안타미 눈 한분 몬 치켜뜨고 밥상 앞에 앉으셨고, 범상인 메누리는 무섭다고 울산 쪽은 얼씬도 몬 하셨고, 마음씨 고분 손주메누리를 만낸 덕에 몇 년 잘 지내싰는데, 또 원수지간인 메누리 눈칫밥 묵자, 그기 어데 소화나 제대로 됐겠습니꺼. 오매불망 기다리던 아들 얼굴 한 분 몬 보고 마 이래 눈을 감으시다니…… 대역죄인 아들이라고 남한테 잘난 아들 말 한분 속시원케 몬 해보고, 한이 되고 암이 돼도 이날 이때꺼정 보도연맹에 자수해서 재판도 받을 필요 읎는 아들이라며, 오빠 기다리는 정성 하나로 힘들게 목숨 부지해오시다가……"

"고모님, 그만 우시이소." 내가 말했다.

아내가 잠시 부엌으로 나가 자리를 비운 사이, 그 자리에 내가 앉았다. 나는 다시 담배 한 대를 꺼내 물며 무심코 할머니 얼굴에 눈을 주었다. 순간, 나는 할머니가 숨을 쉬고 있지 않다고 판단했다. 얼굴이 평온하고, 구긴 미농지 같은 그 많은 주름도 조금 펴져 있었다. 할머니는 눈을 반쯤 뜨고 있었는데, 그 눈동자가 초점이 없었다.

"고, 고모님, 할무이가······"하고 더듬거리며, 나는 장작개비 같이 마른 할머니 팔목을 잡고 맥을 짚었다. 맥박이 뛰고 있는지 멈췄는지 분간할 수 없었다.

고모님이 할머니 얼굴을 감싸안고 엎어지더니 와락 통곡을 쏟기 시작했다. 내 눈에서도 눈물이 흘러내렸다.

"준구 엄마, 어무이!" 내가 아내와 어머니를 다급하게 불렀다.

부엌에서 아내가 뛰어왔다. 집 안에 계시지 않는지 어머니는 나타나지 않았다.

시장 입구에 있는 장의사와 윤내과에 들르려 내가 골목길을 허겁지겁 뛰어갈 때, 맞은편에서 어머니가 준옥이와 나란히 이쪽으로 걸어오고 있었다. 어머니는 준옥이 손을 잡고, 한 손에 비닐봉지를 들고 있었다. 나의 다급한 걸음과 얼룩진 눈을 보시고도 어머니는 애써 눈길을 피했다. 네 할미가 어찌 됐냐고 물으시려고도 하지 않았다.

나중에 안 일이지만 어머니가 그때 들고 오신 그 비닐봉지 속에는 간갈치 두 마리가 들어 있었다.

그날 저녁, 고모가 할머니 유품을 정리할 때, 할머니가 40여 년을 차고 다닌 낡고 닳아빠진 비단 꽃주머니 속에서 동전 3백 원과 증명서 한 장이 나왔다. 모서리가 닳은 그 증명서는 누렇게 색 바랜 아버지의 손톱만 한 흑백사진이 붙은 '보도연맹 가입증'이었다.

(1981)

깨끗한 몸

그 시절의 기억 몇 가지는 왜 분명하지 않고 흐릿한 부분이 많은지 모르겠다. 전쟁이 난 이태 뒤인 1952년으로, 초등학교 5학년 때이다. 만 여섯 살에 학교에 입학했으므로 5학년 끝 무렵이라면 열한 살이었다. 나이 열한 살이면 철이 들어도 제법 들었을 터였다. 양력으로는 해가 바뀐 2월이었지만 음력 섣달그믐 세밑에 나는 어머니 손에 끌려 읍내에서는 하나밖에 없던 목욕탕에 가게 되었다.

전쟁 전후 우리 가족은 서울 남산 밑 묵정동에 1년 반 정도 살았으므로 그 동네에도 목욕탕은 있었을 터였다. 물론 그때는 아버지가 가장으로 가족을 건사했기에 목욕탕에 갔다면 아버지와 함께 갔을 것이다. 아니, 곰곰이 생각해보니 목욕탕에는 숫제 가지 않았을는지 모른다. 왜냐하면 그런 기억이 남아 있지 않다. 서울살이 때 내가 다닌 영희초등학교의 하얀 시멘트 사층 건물, 그 옆 컴컴하고 질척한 화원시장의 저잣길, 당시 국무총리였던 이범석 씨 사택이 있던 남산 오르막 골목길, 흰 가운을 입은 의사 차림의 면도사가 면도칼을 얼굴에 들이대던 이발관, 두부 사러 다녔던 함석집 두부공장의 콩 불린 비릿한 내음까지 떠오르는데, 목욕탕 위치만은 감조차 잡히지 않는다. 아니다. 아버지의 벌거숭이 몸은 목욕탕과 관계없이 더러 떠오르기도 한다. 아버지는 키가 작았고 살갗이 깜조록했다. 몸이 홀쭉하고 날렵했다. 나는 아버지의 민틋한 아랫배 아래 거웃이 시커멓게 나 있는 걸 보고, 어른들은 수염이 나다 못해 왜 거기에까지 털이 날까 하고 궁금하게 여긴 기억이 남아 있기 때문이다. 어쩌면 그 기억 속의 아버지는 다른 어른이었을는지도 모른다. 어린 시절 목욕탕에서 다른 어른 거웃을 본 게 아버지도 으레 그러려니 하는 연상을 낳게 되고, 그 연상이 머릿속에 자리 잡아 사실로 굳어져버린 것일 수도 있으니깐. 그래서 서울살이 때 내 목욕은 대체로 부엌 뒷문 밖 좁장한 담벽 아래 물을 담은 큰 나무통을 놓고, 그 속에 내가 비좁게 들어앉으면 어머니가 열심히 몸을 씻겨주던 장면이 떠오른다. 겨울철에는 어떻게 목욕했는지 잘 생각나지 않지만 여름 한 철은 저녁 무렵 아우와 주로 그렇게 목욕했다. 찬물이 아니라 반드시 물을 데워 했던 기억이 난다. 어쨌든 목욕탕 하면, 열한 살 그때, 어머니 손에 끌려 가슴 두근거리며 따라갔던 읍내 목욕탕 기억이 내게는 첫 경험으로 남아 있는 셈이다.

인민군에게 내어준 서울을 국군이 되찾기 직전이었으니, 아마 9월 하순이었을 것이다. 며칠 만에 집에 들른 아버지는 짐꾼

편에 지게에 지고 온 쌀 한 가마를 마당에 부려놓곤, 당분간 보기 힘들게 될 거라며 황망히 집을 떠났는데, 그때 마오쩌둥 복장에 납작모자를 쓴 아버지 모습을 본 게 마지막이었다. 세상이 바뀌었지만 어디서든 살아만 있다면 돌아오겠거니 하며 아버지를 기다리기 두 달, 우리 가족은 돈이 될 만한 물건은 다 팔아치운 뒤라 더 어떻게 서울 생활을 버텨내기가 힘에 부쳤다. 네 아버지는 개미 한 마리 마음대로 못 죽이는 위인이라 죄 짓고 다닐 사람이 아니다. 어머니가 이렇게 우겼으나 알 수 없는 일이었다. 퇴각하던 저들을 따라 이북으로 넘어가버렸는지, 탈환하고 후퇴하는 그 갈림길의 아수라판에 비명횡사했는지, 우리 가족은 아버지 소식을 알 수 없었다. 양식이 떨어져 끼니를 거르면서도 겉으로는 느긋했으나 밤마다 대문에 귀 기울이던 어머니도 끝내 아버지를 단념하는 눈치였다. 언제인가 전쟁이 멎는 그날, 아버지가 살아만 있다면 서울 바닥에서 우리 가족을 찾을 수 없더라도 고향으로 소식이 오겠거니 하며, 어머니는 11월의 첫 추위가 닥쳐올 무렵 우리 네 형제와 함께 서울역에서 석탄 따위를 실어 나르는 무개차를 타고 피난길에 올랐다. 다른 피난민처럼 고향을 등진 게 아니라 버렸던 고향을 찾아 알거지가 되어 돌아왔다. 우리 가족이 고향을 등지고 서울로 이사를 갈 때는 세 칸 초가와 가재도구가 모두였던 그 알량한 가산이나마 죄 정리하여 단출하게 떠났기에 다시 고향으로 내려오자 앞으로 살길이 막연했다. 그래서 어머니는 이웃사촌으로 지냈던 읍내 장터 마당에 살던 울산댁에게, 중노미 하나 둔 셈치고 당분간 심부름시키며 거둬달라고 어거지로 나를 떠맡겼다. 울산댁은 내 할머니 나이뻘로, 내외가 장터 마당 입구에서 주막을 열고 있었다. 울산댁 서방 이인택 씨는 외가 먼 사돈뻘이기도 했다. 그런 뒤, 어머니는 세 형제를 달고 이모님 댁이 있던 대구로 올라가 그곳에서 살길을 찾았다. 나만 가족과 떨어진 셈이었다. 어머니는 서너 달에 한 번쯤 나를 보러 대구에서 기차를 갈아타고 경전선 역이 있는, 내가 태어난 진영으로 찾아오곤 했다.

어머니와 세 형제가 낯선 타향 땅 대구에 처음 발을 디뎌 삶을 꾸린 생활은, 내가 훗날 듣게 되었지만, 그 정황이 눈에 선하다. 대구에 막상 정착했으나 전쟁 와중의 난리북새통 세월이라 어머니는 이모님 댁에 늘 얹혀 지낼 수만은 없었다. 외가 쪽 몇 친척집을 동냥하듯 떠돌던 끝에 따로 사글셋방을 한 칸 얻게 되었다. 그러나 하루 끼니조차 제대로 잇지 못하여 자식들과 함께 굶기도 잦았던 모양이었다. 외조부 대에서 철저히 몰락하고 말았지만 어머니는 울산 땅의 문벌 있는 유생 집안 출신이었다. 그렇지만 당장 호구가 급한 판이라 식모로, 직물공장 잡역부로, 닥치는 대로 막일에 나섰다. 그래서 고향으로 내려와 나를 목욕탕으로 데리고 가게 된, 전쟁 터진 이듬해 섣달 그믐께에는 그럭저럭 한 가지 일감을 잡았으니, 그 일이 삯바느질이었다. 지아비 없는 아녀자로서 입에 풀칠할 수 있는 마땅한 일감을 갖게 되긴 했으나 두 평 남짓한 남의 집 문간방 사글세 신세에 봉지쌀을 팔아먹던 처지라 나를 데리고 갈 형편이 못 되었다. 자식이 없던 울산댁 내외가 어머니를 중신한 죄밑 탓인지 나를 친손자같이 보살펴주는 데다, 읍내에서 10리 밖 뜸마을 농사꾼에게 시집간 고모네가 학비를 대어 읍내 학교까지 다니게 해주었으니, 어머니는 맏이를 대구로 데려가야지 하고 벼르면서도 입 하나 던다는 계산에서인지 1년이 넘도록 어물쩍 세월을 벌고 있었다.

읍내 목욕탕은 역에서 장터 마당으로 올라가는 길목에 있었다. 네모난 단층 시멘트 건물로 일제 때 일본 사람이 지은 목욕탕이었다. 두 개 낡은 쪽문 위에 달린 곰보유리창에는 붓글씨로 '男'과 '女'라 쓴 마름모꼴의 창호지가 붙어 있었다.

내 고향은 왜정 초기 일본인들에 의해 읍내 꼴을 갖추게 된 마산과 가까운 지방인 데다, 북으로 훤히 트인 5천 정보의 드넓은 평야를 안고 있었다. 왜정 때는 그 들판 대부분이 일본인 대지주 하사마가 전장인 '하사마 농장' 소유였다. 그래서 한일 강제합병 이후 일본인 농사꾼까지 떼거리로 몰려나와 읍내에 일본인 자녀만을 위한 심상소학교까지 세워졌을 정도였다. 그러므로 목욕탕 역시 일본인이 지어 그들이 주로 이용했다. 우기 잦고 습기 많은 섬나라에서 나온 그들은 목욕을 유독 즐겼던 것이다. 8·15해방으로 일본인이 모두 떠난 뒤, 목욕탕은 한동안 문을 닫았다. 목욕탕은 보수를 하지 않아 시멘트 벽이 헐어져 내리고 문짝도 썩어, 해마다 낡아갔다. "쪽발이놈들 목간 한분 좋아하데." 사람들은 볼썽사나운 목욕탕 앞을 지나치며 한마디씩 빈정거렸다. 그러던 어느 해인가, 객지에서 흘러들어온 돈푼깨나 있던 사람이 목욕탕을 사서 얼치기로 개수를 하더니, 겨울한 철만 문을 열어 손님을 받았다.

그해 여름 설밑 단대목에 어머니는 머리가 짜부라져라 능금을 한 보퉁이 이고 고향으로 내려왔다. 물론 그 능금은 본고장 대구 청과물 도매시장에서 싸게 사들여 고향 장터에 팔기 위한 상품이었다. 명절 아침 제사상 차리는 데 빨간 능금은 반드시 필요한 실과였고, 어머니는 그 이문으로 차삯과 찬값이라도 뽑자는 심산이었다. 어머니는 울산댁 내외에게 선물할 버선 한 벌씩과, 바느질감에서 자투리로 남은 헝겊으로 만든 꽃주머니 두 개를 만들어 왔다. 물론 내 메리야스 속옷 한 벌과 학용품도 능금 보퉁이 사이에 끼워 가지고 왔다.

어머니가 나를 만나러 그렇게 내려올 때, 나는 반가운 마음은 잠시이고 늘 두려움에 떨었다. 전쟁이 어머니 성정을 그런 쪽으로 돌려세웠겠지만, 전쟁 전에도 어머니는 자식에게 위엄을 단단히 세워 내게는 참으로 무서운 분이었다. 고향으로 내려오면 어머니는 그동안 내 행실과 학교 공부 정도를 울산댁과 이웃 사람들에게 염탐하고선 반드시 무슨 이유든 끌어대어 매질로 당조짐을 놓곤 대구로 떠났다. 밤늦게까지 공부는 뒷전이고 장터 마당을 싸돌거나 극장 앞을 기웃거린다, 시골에서도 학교 성적이 늘 중간밖에 못 하는 너를 장자로 믿고 이 어미가 어떻게 살겠느냐, 구슬치기를 얼마나 했기에 손이 까마귀 발처럼 새까맣냐, 제 몸조차 깨끗이 씻지 않는다는 그런 결점을 잡아, 거기에 박복한 당신의 설움까지 덤으로 얹어 곡지통을 터뜨리며 무슨 분풀이하듯 매질을 했다. 매질도 남이 보는 데가 아니라 울산댁네 돼지우리 뒤꼍이나 장터 마당을 벗어나 선달바위산으로 오르는 대밭을 택했다. 너는 이제 아비 없는 집안의 장남이라는 말이 매질 사이사이에 자주 되풀이되었다. 그래서 내게 어머니의 나타남이란 곧 매질로 연상될 수밖에 없었다.

어머니가 새벽 첫 기차를 타고 대구에서 내려온 그날은 마침 대목 장날이라 이고 온 능금은 장이 서기도 전에 중간상인에게 모두 팔렸다.

어머니는 마치 그 일감 하나 때문에 고향으로 내려온 듯 나를 알몸으로 홀랑 벗겼다. 방바닥에 허연 비듬이 등겨 가루같이 떨어져 내렸고, 떨어진 비듬 사이로 굵은 이가 스멀거렸다.

"아이구, 누룽지로 긁어내도 한 냄비는 되겠데이." 어머니가 버썩 마른 내 몸을 훑어보며 말했다.

제 똥오줌에 뒹구는 돼지처럼 내 온몸은 덖은 때투성이일 수밖에 없었다. 울산댁 할머니가 나를 먹이고 재워준다지만, 남의 집살이하는 내 꼴이 깎은 알밤 같을 리 만무했다. 장터 마당이란 데가 원래 제 앞 닦기에도 바쁜 뜨내기 장사치들이 꾀는 곳이라 그들의 규모 없는 살림살이는 물론, 자식들 간수가 귀살쩍을 수밖에 없었다. 들개처럼 내놓아 기르는 아이들의 거친 말투며, 거지 꼬락서니 입성은 너나없이 모두가 한통속이라, 내 덖은 때는 비단 부모 손 떠나 자란 탓만도 아니었다. 그 시절은 전쟁 중이었고, 겨울철이라도 양말이나 버선을 신지 않은 아이가 태반이었다. 그들이 여름철을 빼곤 때를 씻으려 따로 목욕을 할 리 없었다. 먹고무신 꿴 까마귀 같은 내 발은 그렇다 치고 손등은 때가 덕지로 앉았고 칼로 벤 듯 갈라져 피까지 비쳤다. 여름

나고부터 고양이 낯짝 물 바르듯 세수만 했지 목욕을 하지 않아 내가 보아도 부끄러울 정도로 온몸이 뱀 허물 벗는 꼴이었다. 다행히 머리만은 멀끔했다. 이틀 전 이발기계와 도마의자만 들고 다니는 난들 이발사에게 울산댁 할머니가 머리칼을 깎게 해 주어 까까중이었다.

"오늘 목간통이 문을 열었다 카이, 그늠으 때 벳기는 값에 천금이 들더라도 목간통에 가야겠다."

어머니가 벗어놓은 참기름병 마개 같은 내 옷을 마치 터지지 않은 폭약이라도 만지듯 팔을 뻗어 들고 나갔다. 자린고비 어머니가 돈을 들여 목욕탕에 간다니 의아스러웠으나, 어린 내 소견으로도 능금 판 이문이 생각했던 액수보다 많이 떨어졌으리라 짐작되었다.

내가 난생처음으로 목욕탕에 가게 된 날이어서 그런지 그날 기억만은 지금도 오롯이 남아 있다. 그날은 일요일이었고 섣달 그믐 땜을 하는지 날씨가 아주 추웠다. 당시 이승만 대통령은 음력설을 철저하게 못 쇠게 했으므로 우리는 설날에도 책보를 끼고 학교로 갔고, 그날은 방학 때를 넘긴 2월 초순이었다.

알몸이 된 채 건넌방에서 이불을 쓰고 앉은 나는 온몸을 긁어 대기 시작했다. 긁는 쾌감이란, 모르고 싸댈 때는 가렵지 않다가 한번 긁어 그 맛을 들이면 살갗이 마치 벌 떼처럼 아우성을 지르며, 여기저기 손톱 오기를 기다려 열 개 손가락이 모자라게 바쁠 지경이 된다. 나는 한동안 정신없이 온몸을 피가 맺히게 긁어댔다. 그 기분이야말로 훗날 몽정과 수음을 처음 알았을 때의 쾌감과 비슷했다.

몸 긁기도 긁힌 살갗이 쓰라리자 대충 마칠 수밖에 없었다. 방바닥에 기는 이를 손바닥에 올려놓고 동무 삼아 놀기도 잠시, 그 짓에 싫증이 나자 나는 방문 손잡이 옆에 붙은 손바닥만 한 유리를 통해 바깥을 내다보았다. 몸뻬를 입은 어머니가 수챗가에 큰 엉덩이를 접고 앉아 내 겉옷을 빨랫방망이로 기운차게 내리치고 있었다.

대목장이 아니더라도 장날이면 장터 마당을 싸돌고 싶은 참에 이불을 쓰고 냉방에 웅크려 있자니 좀이 쑤실 노릇이었다. 장터 마당 아이들이, "길남아, 약장수패 왔데이. 놀러가자아" 하며 나를 부르러 왔으나 벗어 내어놓은 겉옷이 단벌이라 '나무꾼과 선녀'의 옷 잃은 선녀 신세와 다를 바 없었다. 나는 응답을 못했다.

어머니는 단대목이라 바느질감이 밀렸다며 저녁 차편으로 다시 대구로 올라가야 한다고 했다. 그래서 낮 짧은 겨울 햇발에 아들의 옷을 벗겨놓고 떠날 수 없다고 생각했던지 가겟방 국밥 끓이는 가마솥 아궁이 옆에 쪼그려 앉아 불도 보아줄 겸해서 한 시간 동안 빨아놓은 내 겉옷을 대충 말렸다.

작은 장터 극장에서는 스피커를 통해 낮부터 유행가를 틀어 대었고, 약장수패 꽹과리 치는 소리가 방 안까지 들려왔다. 장사꾼의 외침 소리, 왁자지껄한 웃음소리, 엿장수 가위질 소리도 시끄러웠다. 나는 그 판을 기웃거릴 수 없는 데 안달이 났으나 그렇다고 알몸으로 뛰쳐나갈 수도 없었다. 속이 상해 부아를 끓이기 한참, 나는 겉절이한 푸새처럼 기운이 빠졌고 차츰 두려움에 잠겼다. 추위만도 아닌데 온몸이 떨렸다.

목욕을 마치면 어머니는 틀림없이 내 손을 잡아채어 나를 울산댁네 돼지우리 뒤꼍 채마밭 귀퉁이로 데리고 갈 터였다. 이유를 붙여 댄다면 매 맞을 감이야 한두 가지가 아니므로 어머니는 닥치는 대로 종아리며 등줄기를 사정없이 매질할 것이다. 어머니는 그렇게 매를 들고, 아비 없는 자식이니 집안을 떠맡을 기둥이니 하며 지청구를 떨 게 분명했다. 그 치도곤은 두려움에 떤다고 끝장을 볼 성질이 아니었다. 어머니가 저녁 통근 차를 타러 역으로 떠나야만 겨우 안심을 할 수 있었다. 지난번 가을 햇곡머리에 어머니가 내려왔을 때처럼, 앞으로는 착한 아들이 되겠다고 눈물 콧물로 범벅이 된 채 비손하는 방법밖에 다른 묘책이 없었다. 그 두려움을 자포자기 상태로 삭여내자, 이제는 어머니가 내 몸 씻기는 고역을 참아낼 일이 아득하게 여겨졌다.

어머니의 청결벽은 병적이라고 말해야 옳았다. 고향에 살 때나 서울에 살 적에 어머니는 방·옷가지·살림 도구, 심지어 간장 종지 하나에 이르기까지 그 모든 것을 쓸고 깨끗이 하는 데 하루해를 보낸다 해도 빈말이 아니었다. 서울 묵정동에서 살 때, 우리 집은 전기회사 공장 창고에 달린 방 한 칸을 세 들어 살았다. 대문이 따로 없었고 부엌 쪽문을 밀고 나가면 창고 마당이었다. 그런데 어머니는 날마다 우리 집도 아닌데 그 지저분한 창고 마당까지 깨끗하게 비질을 했다. 방 안 창문은 물론 창틀에 앉은 먼지마저 하루 한두 차례 닦아냈다. 몇 개 안 되는 자잘한 장독, 사과 궤짝 세 개를 포개어놓았던 찬장도 분통 같게 길을 들였다. 제사가 그렇게 잦냐고 이웃 아주머니들이 물었지만, 어머니는 그저 빙긋 웃으며 놋그릇도 사흘돌이 아궁이 재로 닦았다. 그러므로 우리 식구가 밥상을 받았을 때 철부지 동생의 밥풀 흘리는 것은 보아넘겨도, 나와 누나가 반들한 상 위에 밥풀이나 찬을 흘리면 금세 어머니 불호령이 떨어졌다. 집에서는 도무지 말이 없던 아버지가 밥상머리에서 역정 내는 그런 어머니를 늘 못마땅하게 여겨 눈살을 찌푸렸다. 밥 먹기 전 세수할 때와 잠들기 전에는 반드시 소금으로 양치질을 해야 했다. 잠시 골목길에서 놀다 와도 손발을 씻어야 했고, 잠자기 전에 펴놓은 하얀 이불 겉싸개라도 밟으면 어김없이 잔소리가 따랐다. 어느 집이나 겨울철이면 아랫목에 방이불을 깔아놓는데, 이불을 깔아놓으면 눕고 싶어 게으름뱅이가 된다 하여 이불을 깔지 않았다. 어쩌면 어머니는 그 이불을 밟고 다니거나 더럽히는 것이 싫었는지도 몰랐다. 사실 겨울철 이불과 요 겉싸개만은 강풀을 하지 않은 폭삭한 질감이 좋으련만 어머니는 눈이 부실 정도로 빳빳하게 풀을 먹여 잠자리에 들 때면 몸의 온도로 이불과 요를 녹이는 데 한참을 떨어야 했다. 또한 어머니가 가위로 내 손톱과 발톱을 깎을 때면 뿌리까지 바짝 깎는 통에 사흘 정도는 반드시 그 부분이 아렸다. 그러다 보니 우리 형제가 입는 옷은 너무 자주 빨아 금방 해질 정도로 말끔했다. 나일론 계통의 섬유가 나오기 전이라 빨수록 닳아짐은 당연한 이치였다. 빨아서 삶고, 풀하고, 물을 뿜어 오랫동안 밟고, 그것을 다림질하는 과정에서 어머니가 보이는 정성 또한 여간이 아니었다. 빨랫감이 많은 여름 한철이면 저녁밥 짓기 전 한 시간 정도 누나와 나는 번갈아가며 물 축여 차곡차곡 접은 옷을 밟는 일과 숯불다리미로 다림질할 때 맞잡아주는 일로 보내야 했다. 어머니가 밀어대는 불이 벌겋게 핀 숯불다리미가 이불 호청이나 옷의 귀를 잡은 손끝까지 미끄러져올 때 마치 손을 델 것 같은 조마조마함을 늘 참아내야 한다는 게 얼마나 힘들었던지 누나는, 오늘도 비밀 일기장에 그걸 썼데이 하고 내게 여러 차례 말했을 정도였다. 열에 단 다리미가 손끝을 지지더라도 쥐고 있던 천 자락을 놓아버리면 숯불이 온통 다림질하는 천에 쏟아지므로, 용을 써서 잡은 천을 당기는 힘도 힘이지만 그 조마조마함이란 무엇보다 참기 힘든 고역이었다. 빨랫감이 많은 여름철에 주방 쪽에서 탈탈탈 세탁기 돌아가는 소리가 들리면 나는 지금도 그 시절을 뒤돌아보며 잠시 진땀 흐르던 옛 생각에 잠기곤 한다. 강원도 어떤 탄광의 서울 사무소에서 회계 일을 보던 아버지는 무슨 일이 그렇게 바쁜지 늘 자정께에 들어오거나 뻔질나게 집을 비웠다. 저녁밥을 먹고 나면 어머니는 30촉 전등 아래 바느질감을 차지하고 앉았다. 그러면 아버지가 돌아올 그 긴 시간까지 꼼짝을 않고 이 옷 저 옷을 깁고, 일주일 남짓 된 이불 겉싸개의 깃을 새로이 갈곤 했다. 잠을 자다 오줌이 마려워 눈을 떠보면 어머니는 여전히 바느질 일에 골몰하고 있었다. "아부지 안죽 안 왔습니꺼?" "몇 십니꺼?" 내가 물을라치면 어머니는, "1시다" "오늘은 바쁜 일이 있어 못 돌아오시는 모양이다" 하고 냉랭하게 대답했다. 그런 어머니다 보니, 당신의 자식 몸 씻기기는, 누구의 비유인지 모르지만 문둥이가 제 자식 씻겨 죽인다는 말을 들었을 때 얼마나 적절한 비유인지 몰라 절로 머리가 끄덕여졌다. 울산댁 할머니의 말을 빌린다면, "강정댁이 지 새끼 몸 씻기는 거 보모 사람을 쥑이드키 하는 기라. 털 뽑은 닭구 새끼가 따로 읎구로 얼매나 쌔기 씻기는지 아아 새끼를 빨갛게 맹글어놓는다 카이" 하고 말할 정도로, 어머니의 자식 몸 씻기기는 어떤 면에서 일종의 고문이었다.

해 질 무렵이 되어 어머니가 진영을 떠날 때까지 내가 어머니로부터 당해내야 할 두 가지 일로 나는 이래저래 풀이 죽어 그 두려움으로 떨고 있었다. 마 칵 죽어뿠으모, 할 정도로 살기가 싫어져 멍청하게 앉아 있자니 불난 데 부채질하는 꼴로 오줌까지 마려웠다. 방 안에는 요강이 없었고 벗고 앉은 몸이라 참고 견딜 수밖에 없었다. 그럴 때면 무슨 재미있는 궁리를 생각해내야 할 텐데 떠오르는 감도 없었다. 한참을 무료하게 앉아 있다 겨우 짜내게 된 생각이, 바로 읍내에 하나밖에 없는, 내가 곧 끌려가게 될 목욕탕이었다.

나는 한 차례도 들어가본 적 없는 목욕탕 안 구조부터 떠올려보았다. 언뜻 생각나는 게 바로 한 반 애인 찬호네 집 복욕탕이었다. 찬호네 집은 일제 때 우체국 앞에서 잡화상을 열었던 일본인 모리 씨가 살던 적산가옥이었다. 적산가옥 구조가 그렇듯 다다미방이 몇 개 붙어 있었고, 삐걱이는 골마루를 따라 컴컴한 뒤쪽으로 돌아가면 마루청에 붙어 변소가 있었고, 변소 옆이 목욕탕이었다. 목욕탕은 바닥과 벽을 시멘트로 발랐는데, 그때로서는 허드레 물건을 넣어두는 고방으로 쓰고 있었다. "여게 목간통이 있었데이, 군인이 쓰는 철모 있제이, 그 데스까부도 같은 엄청나게 큰 솥이 여게 걸려 있었는 기라. 그 데스까부도에 물을 열 지게쯤 붓고 밑에다 장작불을 막 때모 물이 끓는 기라." 불에 그을린 채 빠끔하게 뚫려 솥 걸었던 자리만 보이는 컴컴한 데를 찬호가 가리키며 하던 말이었다. 그 큰 놋쇠솥은 일제 말기 집집마다 성전聖戰 헌납 명목으로 놋숟가락까지 거두어갈 때 공출당했으므로 남아 있을 리 없었다. 철모보다 수백 배나 클게 분명한 목욕통을 떠올리자 나는 제풀에 놀라 진저리쳤다. 생각해보면 그 솥 아래 전봇대만 한 장작불을 지펴 물을 끓일 터였다. 그 속에 사람이 알몸으로 들어가서 앉는다면 얼마나 뜨거울지 상상하자 온몸이 불에 데기라도 한 듯 따가워 진저리쳤다. 물론 철모처럼 아래는 둥그스름한 바닥에 살평상같이 얼금얼금한 나무판을 깔아놓았을 것이다. 나는 그때까지 물을 따로 끓여 찬물과 섞어 수도꼭지를 통해 욕조에 더운물을 흘려넣는다는 생각을 못 했다. 전쟁 전 서울 생활 때 수도꼭지를 보았지만 그건 어디까지나 차가운 물이 졸졸 나오는 꼭지였다.

대구에서 사 온 새 속옷을 입히자니 내 몸꼴이 말이 아닌지라, 어머니는 가겟방 아궁이에서 채 덜 말린 윗도리와 바지를 나에게 입으라 했다.

"이가 붙었을지 모른께 몸을 싹싹 훑고 입거라."

나는 마른 때와 함께 떨어지는 비듬을 대충 털고 옷을 입었다. 시간은 정오가 되었는데 옷은 그때까지 꿉꿉했고 솔기 부분은 물기가 그대로 남아 있었다. 해마다 키는 멋대로 자라는데 옷은 매양 그 품이라 윗옷은 강동소매에 바지는 발목이 훤히 드러났다. 팔꿈치와 무릎께는 구멍이 났으나 그것을 제때 곰바지런하게 기워줄 사람이 없어 살이 훤히 들여다보였다. 목욕을 갔다 오면 어머니가 그 구멍을 메워주고 떠날 터였다. 늘 달고 다니는 누런 풀코를 소매끝으로 닦아보니 그 부분은 마치 절어빠진 가죽같이 늘 반질거렸는데, 어머니가 잘 빨아 깨끗했다.

"어서 목간통에 가자." 어머니가 즐겁게 말했다.

내가 중학교에 다니던 대구 시절 일이다. 옆방 새댁이 아기 똥기저귀 빨기가 무엇보다 싫고 귀찮다 말했을 때, 어머니가 이런 말을 한 적 있었다. "인자 우리 아이들은 다 컸지만 시골 살적에 내사 아아 똥 싼 기저귀를 거랑(냇물)에 헹구모 노르께한 똥이 물에 동동 풀려나가는 기 와 그래 재미있고 우습던지. 하얗게 빨아 말린 폭신한 기저귀를 차곡차곡 접는 일도 즐겁고……" 어머니는 그렇게 무엇이든 깨끗이 하는 데는 이골이 난 분이었다. 그러니 그런 즐거운 일감 중에 하나로 온몸에 덕지덕지 때를 바르고 있는 자식을 데리고 목욕탕으로 가는 발걸음이 가벼울 수밖에 없었다. 설령 돈이 얼마쯤 들게 되더라도.

빨랫감이 든 함석대야를 능금 싸 왔던 보자기에 싸서 들고 어머니는 내 손을 낚아챘다. 장날이기에 가겟방에서 더운 국밥이라도 한 그릇 얻어먹고 갔으면 싶은데, 어머니는 오히려 가겟방 큰솥 앞에 앉은 울산댁 눈에 띌세라 재빨리 삽짝을 나섰다. 낮

깨끗한 몸

시간이라 가겟방이 손들로 북적댔고, 울산댁 할머니는 우리 모자가 집을 벗어나 장꾼들 사이에 섞여드는 모습을 보지 못했다. 점심때인지라 마음 씀씀이 넉넉한 울산댁 할머니가 우리 모자를 봤다면 그냥 둘 리 없었다. 내가 가겟방 쪽을 힐끔거리자, 그런 내 마음을 알아챈 듯 어머니가 윽박질렀다.

"대구에서는 우리 식구 모두 점심을 굶는다. 니 누부도 벤또 안 싸가지고 학교 가고, 그 대신 저녁밥을 빨리 해묵제."

햇발은 있었으나 날씨가 춥고 바람이 세차게 불었다. 덜 마른 겉옷을 입고 걷자니 아르르한 느낌도 그랬지만 곧 옷이 얼마르기 시작했으므로 뻣뻣해졌다. 뻣뻣한 솔기에 스친 살이, 여름철 강풀한 셔츠를 입을 때 목덜미에 닿는 느낌만큼 따가웠다. 걷기 싫은 걸음이 더욱 더디어 마치 도살장에 끌려가는 소가 이런 심정이리란 생각까지 들었다.

대목장이라 왁시글덕시글한 장터 마당을 벗어나 역으로 내려가는 길을 걷자, 저만큼 아래 목욕탕 벽돌 굴뚝이 보였다. 그을음을 탄 높은 굴뚝에서 피어난 연기가 바람에 싸안겨 흩어졌다.

목욕탕을 10미터쯤 앞둔 데까지 오자 나는 무엇에 놀란 듯 멈추어 섰다. 참고 있던 오줌까지 흘리고 말았다. 목욕탕 쪽문 두 개를 보자 그제서야 어머니가 나를 여탕으로 데리고 들어갈 작정임을 불현듯 깨달았던 것이다. 건넌방에서 이불을 싸고 앉았을 때, 어머니와 함께 목욕탕에 간다면 여탕에 가게 된다는 그 뻔한 이치를 왜 미처 깨닫지 못했는지 한심한 생각조차 들었다. 목욕탕 안 광경을 연상했을 때 나는 자연스럽게 남자들 알몸만 떠올렸을 뿐이었다. 이제 곧 6학년이 될 텐데 이렇게 다 큰 몸으로 여탕에 들어간다고 생각하자 내 얼굴은 숯불이 되었다. 가슴까지 활랑거렸다. 매를 얼마만큼 맞게 될지 모르지만 나는 매를 맞는 쪽을 택했지 여탕에만은 들어갈 수 없다고 단단히 결심했다.

"어무이, 나는 목간 안 할랍니더." 더듬는 말로, 그러나 단호하게 내가 말했다. 한 발자국도 움직이지 않으리라, 나는 발끝에 힘을 주었다.

"몸이 까마구 같은데 목간 안 할라 카다이."

별소리를 다 듣겠다는 듯 어머니가 내 얼굴을 내려다보았다.

"나는 여자만 목간하는 덴 안 드갈랍니더. 여자만 빨가벗고 있을 낀데 우째 들어갑니꺼. 절대로 나는 몬 합니더."

내 눈앞에 5학년 여자반 계집애들의 단발머리 얼굴이 모아놓은 구슬처럼 떠올랐다. 틀림없이 여자반 계집애가 한둘쯤 여탕에 있을 거였다. 내가 알몸으로, 역시 알몸인 그 계집애들을 절대 마주 볼 수는 없다고 다짐했다. 계집애들은 나를 보고 비명을 지르며 사추리 사이를 손으로 가리고 몸을 돌릴 터였다. 내가 여탕에서 목욕했다는 소문은 장터 마당 주위에 금방 퍼질 터였다. 학교에까지 알려지기는 시간문제였다.

도망치려는 내 뒷덜미를 어머니가 낚아챘다. 어머니가 주먹으로 내 머리통을 쥐어박았다. 눈앞에 불이 켜지는 아픔보다도, 여탕에 들어갈 수 없다는 강한 반발심에서 나는 큰 소리로 울음을 터뜨렸다.

"꼴값하는구나. 길남아 바라, 때 씻는 기 머가 그래 부끄럽노.

니 나이 몇 살인데 벌씨러 여자 목간통에 못 들어가겠다는 기고. 아닌 말로 니 거게 털이라도 났나? 사내사 도둑질 안 한 다음에사 이 세상에 부끄러운 기 없는 기라. 잘 묵고 잘사는 사람들이나 그런 체면 따지제, 지금 우리 처지에 체면 따질 기 머가 있다고. 앞으로 니가 집안을 떠맡을 기둥인데 사내자슥이 그래 부끄럼 타서야 눈 뜨고 코 베어갈 세상에 장차 무신 일을 하겠노 말이다."

어머니가 내 머리통에 꿀밤부터 먹이고 허리춤을 단단히 쥔 채 목욕탕 쪽으로 마구 끌고 갔다. 키가 크고 몸집이 우람하여 여장부로 통하던 어머니는 그 억센 힘으로 나를 사정없이 끌어당겼다. 아무리 뻗대어도 말라깽이 나로서는 어머니 힘을 당해낼 수 없었다. 나는 소리 내어 울었다. 내 허리춤을 잡았던 어머니 주먹이 두 차례나 더 머리통에 알밤을 먹였다. 나는 이제 아픔이나 부끄러움도 잊었고 모든 게 그저 서럽기만 했다.

"바라, 니만 한 아아도 저게 여자 목간통으로 안 드가나. 사내자슥이 머가 그래 부끄럽다고. 그라모 내가 목간 가자 칼 때 니 호문차 남탕에 보낼 줄 알고 따라나섰나? 이런 얼삐(얼간이)를 믿고 내가 죽을 동 살 동 눈 팔아 바느질하모 머하겠노."

어머니 말에 나는 눈물을 닦던 손을 떼고 목욕탕 쪽을 보았다. 나 정도는 아니지만 초등학교 3학년쯤 되어 보이는 사내애가 제 엄마 손에 끌려 여탕 안으로 들어서고 있었다. 그런데 그 사내애 역시 나처럼 울음을 빼어물고 여탕에 들어가지 않겠다고 앙버팀을 해댔다. 내가 잠시 목욕탕을 바라보는 사이 어머니는 그 기회를 잡아 쫓음걸음을 놓듯 나를 이끌었다. 나는 이제 부끄러워 학교도 다니지 못하게 되리라. 차라리 죽어버리는 게 낫지 않을까. 나는 그렇게 방정맞은 생각까지 하며 울음을 짰다.

큰 소리로 울며 들어가지 않겠다고 버티는 나를 어머니는 여탕 쪽 문 앞에 세웠다. 어머니가 숨을 고르며 그윽한 눈길로 나를 내려다보았다.

"길남아, 작년 늦가실, 지붕 없는 고빼차 타고 피난민 떼거리에 섞여 서울서 내려올 때, 부모 잃고 굶고 떠도는 아아들을 니도 많게 봤잖나? 니만 한 아아 시체 또한 한두 번 봤나. 그래 고아 거러지(거지) 되고 폭격 맞아 죽었으모 목간인들 우째 하게 되겠노. 아부지사 잃었지마는 그래도 니한테는 이 에미가 있잖나. 에미가 어데 자슥한테 하모 안 될 일, 나쁜 일을 억지로 시키겠나. 이 세상 살아갈라 카모 니도 앙심 단단히 묵어야 되는 기라. 게을러빠지지 말고, 거짓말 안 하고, 그 세 가지마 잠들모사 몰라도 눈뜨고 있을 때 명심하모 되는 기라."

어머니 목소리는 어느덧 축축하게 젖었다. 그랬다. 어머니 말이 맞았다. 뚜껑 없는 무개찻간에 앉아 사흘 밤 사흘 낮이 걸려 서울에서 삼랑진까지 내려왔을 때, 나는 많은 고아와 시체를 보았다. 역마다 깡통 든 걸레 입성에 몸이 까마귀 같은 아이들이 먹을 걸 달라고 애걸했다. 논두렁에, 또는 산자락에 내던져진 시체에는 어김없이 솔개나 까마귀가 달려들고 있었다. 나는 내 또래 시체의 뼈 앙상한 가슴팍을 차고 앉아 눈인지 코인지 쪼던 수리 한 마리를 본 적도 있었다. 만약 나 역시 그렇게 고아가 되거나 죽고 말았다면 이 땅에 살아 있지 않기에 부끄러워할 그 어떤 것도 없을 터였다.

어머니에게 떼밀리기도 했지만, 나는 이빨을 앙다물고 목욕탕 안으로 성큼 들어섰다. 신발 벗는 좁은 공간과 안쪽 마루청 사이에는 검정색 가리개천이 드리워져 있었다. 돈을 받는 창문 앞에 살찐 아주머니 한 분이 앉아 있었다. 서 있는 어른조차 내려다볼 수 있는 위치였다. 아주머니는 마침 남탕 쪽으로 난 창을 통해 어떤 남자 어른에게 거스름돈을 내어주고 있었다. 조금 전에 울며 들어간 사내아이는 보이지 않았다.

"다리를 쪼매 꼬부리라. 몇 살이고 물으모 아홉 살, 3학년이라 캐라." 어머니가 귀엣말로 말했다.

나는 무릎관절을 조금 접었다. 3학년은 무엇하지만 4학년쯤으로는 보일 것 같았다. 목욕탕 안에서도 이렇게 꼬부장하게 행동한다면 그렇게 어린애로 보아줄는지 모른다는 생각이 들었다. 나는 벌 서는 아이처럼 아주머니와 눈을 마주치지 않으려 머리를 숙였다.

"어른 하나, 아아 하나." 어머니가 말했다. 어머니는 스웨터 주머니에서 돈을 꺼내어 아주머니에게 셈을 치렀다.

"쟈는 어른표 끊어야 함더." "쟈는 남탕에 들어가야지 여탕에는 안 됨더." 이런 말이 아주머니 입에서 떨어질까 봐 나는 조릿조릿한 마음으로 떨고 있었다. 그러나 아주머니 쪽에서는 아무 말도 들리지 않았다. 목욕탕도 대목장 날을 맞아 한창 성시를 이루어, 아주머니가 정신을 못 차리고 있는지 몰랐다. 문이 열리고 썰렁한 바람과 함께 네댓 살 된 계집애를 데리고 젊은 여자가 목욕탕 안으로 들어왔다.

"빨랫감을 그래 많이 들고 오모 됩니꺼. 몸 씻을 물도 모자라는 판인데." 목욕탕 아주머니가 등을 돌리는 어머니에게 말했다.

"통만 컸지 머가 있다고. 보소, 여게 아아 내복 하나밖에 더 있는교?" 어머니가 함석대야 싼 보자기를 뒤집어 보이며 대꾸했다.

나는 고양이 앞의 쥐처럼 어머니 옆에 붙어 서 있었다. 목욕탕 아주머니는 나를 두곤 이렇다 할 말이 없었다.

"들어가자" 하며 어머니는 가리개천을 젖히고 마루청으로 올라갔다. 고무신을 챙겨 들고 곱송거린 채 서 있는 내 어깻죽지를 어머니가 당겼다.

예닐곱 평 됨직한, 옷 벗고 입는 마루청은 북새통을 이루었다. 눈앞에 갑자기 뭉글뭉글하고 번들거리는 살덩이들이 일렁였다. 여자 알몸 중 큼지막한 젖퉁이와 엉덩판의 움직임이 내 눈에는 엄청난 크기로 다가들었다. 여자 그 부분이 그렇게 큰 줄, 옷 입고 있을 때는 몰랐다 벗은 몸을 보고서야 나는 처음으로 남자들과는 판이하게 다른 여자 몸 구조를 알게 되었다. 나는 숨조차 제대로 쉴 수 없었다. 학교 계집애들이 나를 보면 어쩔까 하는 부끄러움으로 얼굴을 숙인 채 어머니 버선발만 놓치지 않겠다고 따라붙었다. 어머니가 가리개천을 열어젖혔을 때 얼핏 내 또래 계집애들도 눈에 띄었던 것이다. 냉랭한 공기 속에 비누 냄새와 후텁지근한 습기가 코끝에 묻었다.

"와따, 목간하는 사람도 많네. 옷 넣을 장도 읎구마는." 어머니가 혼잣말을 했다.

옷장 앞에서 한참을 서성이던 어머니가 막 옷을 챙겨입고 빠져나가는 아낙네가 썼던 장 하나를 차지하게 되었다. 옷을 벗으라고 어머니가 말했지만 나는 한참을 꾸물거렸다. 굴뚝을 빠져나온 듯 덖은 때를 남에게 보이기 부끄러웠고, 어머니 벗은 몸을 보아내야 할 내 마음 또한 난감하게 여겨졌다. 나는 옷장 정면으로 바짝 붙어 섰다. "아이구 오메, 길남이 쟈가 여게 들어왔네." 계집애 입에서 터져나올 이런 비명은 끝내 들리지 않았다. 생각해보면 부끄러워 몸을 감추기는 그쪽이나 내 쪽이나 별 차이가 없으리라 여겨지기도 했다. 아니, 계집애 쪽에서 먼저 나를 보자마자 너무 부끄러워 몸을 숨길는지도 몰랐다.

"니는 옷 안 벗고 머하노."

어머니 채근에 나는 얼마른 윗도리부터 벗었다. 옷이래야 벗을 것도 많지 않았다. 윗도리 벗고 허리띠 매지 않은 바지만 까내리면 되었다. 내가 허리를 접은 채 옷을 벗었으므로 등 뒤에서 누가 나를 보고 있을는지 알 수 없었다. 그러나, 저런 큰 머슴애를 여탕으로 데리고 들어온 여편네가 도대체 누구냐는 핀잔 말은 귀를 곤두세웠으나 들리지 않았다.

물론 내 뜻으로 구경하게 된 건 아니지만, 지금도 여탕에 들어갔던 그때를 생각하면 눈앞이 아찔해진다. 사춘기 시절, 한 반 동무가 학교에 몰래 숨겨온 미국 대중잡지에서 도색적인 서양 여자 알몸을 처음 보았을 때, 나는 고향에서 여탕에 들어갔던 기억을 떠올리기도 했다. 그러나 이상하게도 목욕탕 연상이 성욕과 결부되지는 않았다. 능청이 아닌 솔직한 고백으로, 그때 고향 목욕탕에서 본 고향 여자들의 알몸을 두고 그 당시는 물론 그 뒤에도 상상으로나마 탐했던 기억은 없다. 쓸쓸하고 아련한 추억 속, 가난하고 슬픈 육체의 여인 군상으로만 떠올랐다. 그 시절로 돌아가, 열한 살 나이에 여자 알몸을 보았다면 무엇을 느꼈으리오. 신문 해외토픽을 보면 유럽 어느 해안 지방에는 나체촌이 있다는 소식도 실리고, 일본은 개화되기 전까지 웬만한 시골로 들어가도 남녀 혼탕이 있었고, 독일은 지금도 혼탕이 있다는 사실로 미루어볼 때, 한 소년이 여탕에 들어갔다는 게 무슨 대단한 일일 수는 없다. 또한 당시는 전 국토가 전쟁의 아수라에 휘말려 하루하루의 삶이 명줄 잇기의 고단한 세월이었다. 어머니 말처럼, 요컨대 체면이 밥 먹여주는 세월이 아니었다. 그러나 그런 방면의 염치를 유독 '남녀칠세부동석'이란 말로 따져온 우리나라로서는 어머니 처사를 흉으로 잡아 하릴없는 사람들의 이야깃감은 될 법했고, 나로서는 사실 적잖게 충격적인 '사건'이었다. 그렇지만 그 사건이 어떤 호기심과 연루된 기대감으로는 전혀 작용하지 않았다.

어머니의 엉덩판은 큰 박통 두 쪽을 엎어놓은 듯했다. 그것은 마치 푹 쪄놓은 호박이듯 이미 탄력을 잃고 있었다. 나는 주름 잡힌 어머니의 펑퍼짐한 그 엉덩판에 붙어 서서 살 사이를 손으로 가린 채 한껏 몸을 움츠려 목욕탕 안으로 들어갔다. 물기에 불어터진 나무문짝을 당기고 탕 안으로 들어서자 확 끼얹어오는 더운 습기가, 그렇잖아도 괴로운 숨길을 막았다. 목욕탕 안은 계단을 하나 내려가게 되어 있었는데 그 계단을 미처 발견하지 못한 나는 어머니 허리를 잡지 않았다면 앞으로 고꾸라질 뻔했다.

목욕탕 안이 증기로 꽉 차 있는 데다 귀를 먹먹하게 할 정도로 시끄럽고 혼란스러운 점이 내게는 큰 위안이 되었다. 증기가 얼마나 찼던지 몇 발 앞 사람조차 구별할 수 없었고, 목욕탕 안은 한마디로 아비규환이었다. 아무도 내게 관심을 갖지 않고 자욱한 증기가 내 몸을 숨겨준다는 게 천만다행이었다. 물을 퍼내거나 좌르르 붓는 소리, 아이들 울음소리, 나무통이 부딪치는 소리, 더운물을 더 넣어달라고 손뼉 치며 왜자기는 앙칼진 고함도 들렸다. 그렇게 만원인데도 출입문은 계속 여닫히며 사람들이 드나들었다. 나는 문득 지옥을 연상하지 않을 수 없었다. 지옥은 전생에 죄지은 사람들이 벌거숭이로 빼곡히 들어차 유황불과 유황물 세례를 받으며 고통에 찬 비명을 지르는 곳이라고 선생님이 말했던 것이다.

작년 여름, 더위가 푹푹 찔 무렵이었다. 내가 근무하는 월부책 판매 출판사의 영업부장직에서 퇴사한 뒤 도서판매센터를 독자적으로 경영하여 기반을 다진 백정구 씨가 점심시간에 때맞추어 내가 책임자로 일하는 편집실에 들렀다. 백 씨가 식사도 할 겸 어디 시원한 데 쉬러 가자 하여 나는 그가 운전하는 차에 올랐다. 백정구 씨는 한남대교를 넘어 영동으로 차를 몰았다. 차를 댄 곳이 역삼동 '큐피터 사우나클럽'이었다. 그 일대는 여관과 호텔이 즐비했고 대형 사우나탕과 헬스클럽도 여러 개 있었다.

8층짜리 현대식 건물의 큐피터 사우나클럽은 건물 전체가 통째 사우나탕이었다. 미끈한 외제 대리석으로 바닥과 벽을 치장한 현관으로 들어서니 제복을 입은 젊은이가 우리를 엘리베이터로 안내했다. 엘리베이터를 타자 팔등신으로 쭉 빠진 아가씨가, 객실은 5층까지 이미 만 원이라며 우리를 6층에 내려주었다. 엘리베이터에서 나오자 널찍한 공간에 하늘색 제복을 입은 여종업원이 열 넘게 대기하고 있다 일제히, 어서 오세요, 하고 공손한 절로 우리를 맞았다. 백정구 씨는 젠체 어깨를 으쓱했으나 그런 대형 사우나탕에 처음 들어온 나로서는 촌닭처럼 주위를 두리번거리며 그저 백정구 씨를 따라 하는 수밖에 없었다. 왼쪽 턱에 점이 있는 귀염성스러운 여종업원이 차곡차곡 접은 가운과 열쇠를 들고 우리를 앞서서 안쪽 객실로 안내했다. 붉은 카펫이 깔린 복도를 기역자로 굽어 돌며 뒤따라 들어가자, 틈이 보이는 객실 안에서 화투장 두들기는 소리가 들렸다. "터져봐야 3점 아냐, 투 고다." 고스톱을 치고 있는 모양이었다. 몇 시부터 와서 놀이판을 벌이는지 모르지만 객실마다 화투장 치는 소리가 들렸다. 스무 살쯤 되었을까. 우리를 안내하는 여종업원은 원피스 아랫단이 허벅지가 훤히 보이게 짧아 도톰한 엉덩이의 흔들거림이 꽤 도발적이었다. 빈 객실 안으로 들어서자, "에어컨을 켜둘까요" 하고 여종업원이 물었다. "낮잠 잘 시간이 어딨어. 먹고살기에도 바쁜데." 백정구 씨가 여종업원 엉덩판을 치며 시큰둥 말했다. 그는 옷을 훌훌 벗었다. 여종업원이 벗은 옷을 받아 옷장 옷걸이에 걸었다. 나도 돌아서서 옷을 벗었다. 러닝셔츠를 벗을 때면 나가려니 했으나 여종업원은 백정구 씨가 팬티를 까내릴 때까지 바짝 뒤에 서 있었다. 이 정도쯤이야 늘 보는 것 아니에요, 하듯 여종업원은 스스럼없이 백정구 씨의 알몸이 된 등 뒤에 가운을 걸쳐주었다. 러닝셔츠를 벗은 나는 돌아서서 가운을 걸치고 가운 안에서 팬티를 벗었다. 우리는 다시 엘리베이터를 타고 욕장이 있는 이층으로 내려갔다. 엘리베이터에서 내리자 초대형 고급 샹들리에 조명등 아래 반나半裸 여인 석상 넷이 있는 출입구에 이르렀다. 2백 개 가까운 고급목재 라커가 놓인 탈의실에서 가운을 벗고 욕장 안으로 들어서니 저쪽 벽이 까맣게 보일 만큼 실내가 넓었다. "동현사우나 가봤어요? 거긴 여기보다 규모가 더 크지요. 12층이 모두 사우나탕이니깐." 백정구 씨 말이었다. 150평 넘음 직한 욕장은 온통 조각품으로 장식되어 있었다. 온탕 중앙에 설치된 대형 남녀 어린이 조각 군상, 벽면 기둥을 이룬 남녀 석상들, 정교한 고대 고리스 양식 기둥 조각, 돔식 천장에 아기 천사상, 한쪽 벽에는 열대어와 비단잉어가 노니는 수족관이 설치되어 있었다. 한쪽 벽면을 보니 라돈자력실·열증기실·원적외선실·고온실·표준실 따위의 한증실과, 냉탕·냉안개실까지 갖춰져 있었다. 피둥피둥 살이 찐 목욕객이 서른 명 정도 욕장을 채우고 있었다. 나는 어안이 벙벙했다. 영화를 누렸던 옛 로마 목욕탕도 이쯤이면 무색하리라는 생각과 더불어, 나는 문득 어머니 손에 끌려갔던 고향 목욕탕을 떠올렸다. 그곳의 첫 느낌이 지옥이었다면 이곳은 천당일까. 사우나탕이 어쩌면 살아서 누릴 수 있는 천당을 흉내 낸지도 모른다는 생각이 들었다. 샤워기를 틀어 샴푸로 머리부터 감을 때, 백정구 씨가 말했다. "이 사우나탕을 만들려 사장이 직접 외국을 돌며 자료를 수집했대요. 돔식 천장은 프랑스 베르사유 궁전을 본뜬 것이고, 장식비만도 10억 원이나 들었다지 뭡니까." 내가 더 놀란 것은 녹용과 여러 종류의 약초를 매달아 그 증기를 쐬는 한방약초실에 들어가 땀을 뺄 때 들려준, 백정구 씨 말이었다. 객실에서 여종업원에게 안마를 받고 섹스를 즐기는 데 2만 원이면 족하다는 것이었다. "그래요? 그렇담 여기가 고급 매음장 아니오?" 내가 놀라자, 백정구 씨는 샌님이 따로 없다는 듯 한술 더 떠서 말했다. 먹고 놀자 판에 섹스가 해결 안 되는 곳이 어디 있으며, 이 사우나탕에 여종업원으로 취직하려 해도 쭉 빠진 계집애들이 이력서를 들이밀고 대기 상태에 있다고 했다. 그래서 보증금이 5백만 원에서 이제 7백만 원으로 뛰었다는 것이다. "안 쓰고 착실히 버는 애들은 한 달 수입이 150에서 2백이랍니다. 그렇게 2, 3년만 일하면 작은 아파트 한 채를 사거나 조그만 카페를 자영할 수 있다는 계산 아니오." 나는 백정구 씨 말을 들으며, 한때 물의를 일으켰던 외국인 섹스 관광을 떠올렸다. 발바닥부터 시작하여 똥구멍까지 혀로 핥아준다는 그 짓거리를 누구한텐가 들었을 때 치미는 구역질을 애써 참았는데, 지금도 서울 어디에서 이 백주에 그 짓거리가 자행되고 있을 터였다. 순진한 소녀를 꾀어 그런 죄악의 구렁텅이에 팁이란 미끼를 던져 수치심을 마모시켜 끌어들이는 이게 바로 자본주의의 말세적 작태인가, 아니면 황금알을 낳는 식의 자본주의의 꽃인가. 내가 이런 생각에 잠겨 있을 때 백정구 씨가 물었다. "이 형은 마사지실에 들어가본 적 있나요?" "아니, 없습니다. 별난 데란 말은 들었지만." "미녀들 서비스가 대단하지요. 아주 끝내줍니다. 사실 한순간에 끝나버리는 떡치기야 그게 뭐 재미가 있나요. 그러나 보디마사지를 한번 받아보면 섹스 테크닉의 참맛을 알게 되지요. 고자라도 스케줄 끝까지 참아내기가 힘들 정돕니다. 조루증은 아예 처음에 항복해버리고, 노련한 녀석도 중간쯤에서 녹아떨어져 버리고 말지요" 하더니, 그는 자랑스럽게 이 바닥 실정 한 자락을 주워섬겼다. "영동에는 여성 전용 대형 사우나탕도 여러개 있지요. 보배 사우나탕은 6층 건물인데 특수 설계한 인공폭포가 볼만하대요. 1억 원 이상 들여 수입한 살빼기와 몸을 날씬하게 가꾸는 운동기구가 갖추어져 있고, 미제 · 일제 제품의 효소 · 미네랄 발생기가 욕조에 설치되어 있답니다. 미네랄탕에는 수입 향수를 혼합한 인공 온천수도 있고요. 물론 특실 우유탕도 있지요." 나는 백정구 씨 말을 건성으로 들었다. 향락과 사치가 그 방면으로 치달으면 어디 그 정도에서 그치랴 싶었다. 인간이 누릴 수 있는 육체적 쾌락은 끝없이 개발될 것이다. 서울 바닥에서 어느 한 부류에게는 이제 목욕이 단순하게 때를 씻는 곳이라는 상식에서 졸업한 터였다. 목욕탕은 살을 부드럽게, 그 어떤 식물성 섬유보다 더 부드럽게 풀어놓음으로써 긴장의 느즈러짐에 따른 쾌감을 즐기는 곳으로 변용되고 말았다. 백정구 씨와 나는 한방약초실에서 나왔다. 일본 북해도 온천 지방에서 개발했다는 일제 라돈 발생기는 수입 가격만도 4억 원이 넘는다 했다. 본전을 뽑으려면 반드시 그 라돈 발생기를 이용해야 한다는 백정구 씨 말을 좇아 나 역시 그 엄청난 돈의 시설물로 살을 부드럽게 풀었다. 냉탕·온탕을 한 차례씩 들랑거린 뒤 면도기로 수염을 대충 밀고, 휴대용 칫솔과 치약이 있었으나 사용을 생략한 채, 우리는 욕장에서 나왔다. 삼층에는 70평 정도의 극장식 휴게실이 있었다. 에어컨이 시원하게 작동되었고, 푹신한 소파들 앞쪽 레이저빔 영사 시설을 갖춘 대형 스크린에서 총잡이들이 설쳐대는 미국 서부영화가 상영되고 있었다. 우리는 극장 휴게실 옆 식당으로 들어갔다. 백정구 씨는 꼬리곰탕을 시켰고, 나는 냉면을 먹었다. 가운을 걸친 스무 명 정도의 혈색 좋은 중년 사내들이 한창 먹기에 열중하고 있었다. 대부분 꼬리곰탕이나 도가니탕에, 입가심으로 시원한 맥주를 곁들이고 있었다. 한증탕에서 체중을 뺀 만큼 돌아서서 영양을 보충하고 있는 셈이었다. 삼층 일부는 수면휴게실, 자동안마기를 갖춘 건강휴게실, 맹인 안마휴게실, 마사지실, 터키탕이 있다고 백정구 씨가 꼬리뼈에 붙은 살을 이빨로 찢으며 말했다. "이렇게 실컷 땀 빼고 먹고 만 5천 원 정도라면 싸지 않아요? 소주 한 병 마시려 해도 그 돈은 드는데 말입니다. 오후에 일터에서 돌아온 사원들 붙잡고 입씨름하려면 이 정도 체력은 보강해놓아야 해요." 백정구 씨가 사우나탕을 나서며 말했다. 그는 일시적 기분 전환을 위해 살을 부드럽게 푸는 사우나탕 출입을 두고 체력 보강이란 말을 썼다. 그의 말을 듣자 나는 왠지 부끄러웠다. 그 부끄러움은 가난한 내 어린 시절과 이제 이 땅에 숨 쉬고 있지 않은 어머니가 떠올랐기 때문이었다.

어머니는 사람들 틈을 비집고 곰보유리창이 있는 벽을 따라 안쪽으로 들어갔다. 창으로 부윰한 빛살이 밀려들었다. 나는 어머니 엉덩판에 바짝 붙어 서서 원숭이 꼬락서니로 뒤를 따랐다. 목욕탕 가운데에 평상 크기의 욕조가 있었다. 욕조는 내가 추측했던 철모와 같은 둥근 놋쇠가 아니었고, 무릎 높이로 벽을 세운 네모진 시멘트 구조물이었다. 그 욕조를 둘러싸고 머리칼을 감거나 때를 씻는 여자들이 촘촘히 붙어 앉아 있었다. 더운 김이 푸짐하게 오르는 욕조 속에도 여자들의 술 취한 듯한 붉은 얼굴이 와글거렸다. 더러 머리칼을 물에 풀어 흩뜨린 여자의 모습은 달밤에 나타남 직한 귀신 꼴이었다.

지옥이다, 지옥. 나는 속으로 그렇게 중얼거리며, 저 끓는 물속에 여낙낙하게 들어앉은 여자들이야말로 그 어떤 건강한 농사꾼이나 군인들보다 용감하다고 감탄했다. 욕조 속에서 내 또래 계집애 하나가 힐끔 내게 눈을 주었다. 단발머리에 턱이 뾰족한 계집애였다. 아랫장터 극장 어귀에서 독장수를 하는 한 첨지 막내딸로, 이름은 알 수 없었으나 5학년 여자반 아이가 틀림없었다. 나는 제풀에 놀라 얼른 외면했으나 얼굴이 숯덩이처럼 화끈했다. 이제 내 정체가 들통나고 만 셈이었다. 될 대로 되라는 자포자기의 마음밖에 들지 않았다. 여탕이 남탕과 붙었는지 창문과 반대쪽 위가 트인 벽 건너편에서 남자들 목소리와 물 붓는 소리가 들려왔다. 벽이 담장보다 높아 타 넘어갈 수 없다는 게 아쉬웠다.

"아지매요, 쪼매 찡기 앉읍시더. 단대목이라고 우째 사람이 이래 많은지. 1년 묵은 때를 몽땅 다 벳기는 거 같심더."

어머니가 꼬부장한 할머니에게 양해를 구하곤 욕조 벽 앞 함석대야 놓을 만한 바닥에 비비대고 앉았다.

"난 누구라고, 강정댁이네. 대구 산다 카더마는 제사 지내로 왔나?"

할머니가 자리를 내주며 반갑게 말했다. 머리에 젖은 수건을 싸매고 있어 내가 미처 알아보지 못했는데 도랑골 술이 할머니였다.

"제사는 대구서 지냅니더. 볼일이 있어 댕기로 왔심더."

할아버지와 아버지가 내리 독자였으므로 우리 집은 제사를 모실 큰집이 없었다.

"참, 그렇제. 제사는 강정댁이가 지내겠구마는. 그래, 그 후로 이 서방 소식은 읎나?"

"서방요? 잊아뿔고 자식하고 삽니더. 전쟁통에 죽은 남정네가 어데 한둘입니꺼" 하더니 어머니가, "앉제, 머하고 섰노?" 하고 나에게 분풀이나 하듯 쏘아 말했다.

"이래 좁은데 우째 앉습니꺼."

도대체 앉을 만한 자리가 없었다. 내가 끼어 앉을까 싶은지 옆 여자가 내 쪽으로 엉덩판을 밀어붙여 빠끔하던 자리나마 발 딛고 설 틈밖에 없었다. 마려운 오줌을 참으며 나는 손으로 살을 가린 채 주위를 두리번거리며 우물쭈물했다.

"아무 데나 찡기 앉는 기제. 누가 목간통 자리 돈 주고 샀나."

어머니가 버럭 역정을 냈다.

내 마음 같아선 발가벗은 채 달아나고 싶었으나, 행동만은 엉뚱하게 그 자리에 퍼더버리고 앉았다. 옆 여자의 미끈거리는 물컹한 살이 닿자 쥐구멍에라도 숨고 싶은 심정이었다. 그런데 이치가 묘했으니, 분명 발 디딜 틈밖에 없었는데 자리를 차지해 앉아버리자 엉덩이를 붙인 터가 저절로 마련된 셈이었다.

"아이구, 이렇게 질대 같은 머슴아를 여탕에 델고 들어오모 우짜는교. 남사시럽지도 않는가베." 내게 자리를 밀차인 아주머니가 돌아보며 쏘아붙였다.

그 말은 내가 여탕에 들어와서 남한테 당한 첫 수치였다. 나는 세운 무릎 사이에 얼굴을 틀어박았다. 초등학교에 다닌 여섯 해를 통틀어 가장 부끄럽던 기억 중 하나가 그때 아주머니의 그 말이었다. 1학년 때 나는 학교에서 바지에 오줌 싼 경험이 있었고, 생쌀 씹는 맛에 장날이면 싸전에서 빗면으로 깎은 대통을 쌀가마니에 찔러 쌀을 훔치다 싸전 주인에게 들켜 혼구멍이 났고, 참외나 감 서리를 하다 붙잡혀 두 시간이나 뙤약볕 아래 꿇어앉는 경을 치렀지만, 그때 아주머니의 그 말만큼 나로 하여금 부끄러움을 느끼게 해주지는 않았다. 전쟁과 아버지와의 이별, 그로 하여 겪게 된 가난이 어머니를 그렇게 만들었겠지만, 우선 수치를 당한 나로선 여탕으로 기어코 끌어들인 어머니의 뻔뻔스러움과 몰염치가 미웠다. 울산할아버지와 함께 설밑에 반드시 남탕에서 목욕을 하게 될 거라고 어머니에게 말하지 못했던 불찰이 큰 후회로 가슴을 쳤다. 그러나 내가 할아버지와 목욕탕에 갈 거라고 말했더라도, 먹이고 재워줌도 고마운데 그런 신세까지 져서야 되냐고 어머니가 몰아세웠을 게 분명했다. 청결벽과 더불어 결벽증 또한 알아줄 만하여 어머니는 그 가난 속에서도 남에게 진 신세를 외면하지 않고 어떡하든 갚으려 노력하는 분이었다.

내가 고향에서 초등학교를 졸업하고 대구로 올라가 우리 식구와 합류한 뒤에, 세끼 밥 걱정을 면했을 때부터 어머니는 4년 동안 나를 키워준 울산댁 내외의 신세를 두고두고 갚았던 것이다. 우리가 잘살기 때문에, 아니면 울산댁 노친네 내외가 갑자기 살기가 힘들어져 그랬던 게 아닌데, 어머니는 대구에서 고향으로 내려갈 때마다 양주의 새 옷이나 속옷·버선 따위를 마련해 갔고, 고깃근을 사다 주었고, 올라올 때는 쌀을 댓 말쯤 팔아주고 왔다.

"니가 커서 성공할 때까지 그 노친네 양주가 살아 계신다면 예전 그 은공을 잊으모 사람 새끼가 아이다. 내 눈에 피눈물 날 때 피붙이조차 외면했지만 그 노친네는 혈연이 아니면서도 니를 친손자같이 키아주신 분이다. 편안하게 살 때 서로 도와주는 기사 누구나 할 수 있지만 내 굶을 때 더운 밥 한 끼 믹이주는 사람은 마음에 깊이 새겨두어야 하느니라."

훗날 어머니는 내게 그런 말을 자주 했다. 그러나 울산할아버지는 어머니와 함께 목욕 갔던 그 이듬해 갑작스레 별세했고, 내가 결혼한 직후 아직 생활의 터를 확실하게 잡기 전 울산댁 할머니마저 별세함으로써 나는 어머니의 말을 실천할 기회를 영영 놓치고 말았던 것이다. 한편, 어쩜 어머니는 대구에서 내려올 때부터, 길남이 몸을 푸른 대추처럼 씻겨놓고 떠나야지 하는 즐거움에 들떠 있었는지도 몰랐다. 곧 알게 된 일이지만 어머니는 정말 그런 분이었다.

어머니는 아주머니의 쏘아붙인 말이 돼먹잖은 강짜라는 듯 들은 척도 않았다. 함석대야에 담아온 내 빨랫감을 집어내어 옆에 놓고, 대야를 싸 왔던 수건으로 당신 허리 아래를 덮었다. 나도 얼른 빨랫감 하나를 주워 아랫도리를 가렸다. 어머니가 쓰고 왔던 머릿수건이었다. 나는 이제 더 참을 수 없었다. 어차피 지옥에 떨어진 몸, 될 대로 되라는 식으로 참았던 오줌을 눠버렸다. 시원하기야 그지없었지만 주위에서 뜨뜻한 오줌 벼락을 맞고 지청구를 떨까 봐 수꿀하기도 했다. 때맞춰 어머니는 대야로 탕 속 물을 가득 퍼내더니 그 물을 내 머리통에 좌르르 부었다. 화끈한 뜨거움이 전기처럼 온몸을 저렸으나 씻겨 내려갈 오줌을 생각하니 견딜 만한 뜨거움이었다. 입속으로 흘러드는 물을 푸푸 뿜으며 나는 손으로 얼굴을 훑어내렸다. 탕 속 물이 생각했던 만큼 뜨겁지는 않았다. 나는 눈을 비비고 눈썹에 맺힌 물기를 털어내느라 깜박이던 눈을 떴다. 그제서야 나는 눈앞에 늘어진 어머니 젖퉁이를 똑똑히 볼 수 있었다. 울산댁 할머니 젖처럼 쭈글쭈글하지 않았지만 오뉴월 쇠불알처럼 늘어진, 볼품없게 말라버린 젖이었다. 전쟁이 났던 해 4월, 막내아우가 태어났을 때, 나는 아우에게 젖꼭지를 물린 어머니 젖을 자주 보았다. 그때만 해도 정말 만져보고 싶도록 탱탱하게 솟은 탐스러운 큰 젖이었다. 그 젖을 혼자 차지하여 쪼물락거리는 막내아우를 보면 은근히 부아가 끓어오르기도 했다. 파란 힘줄이 흰 젖퉁이에 얼비치던 불룩한 젖이 1년도 채 지나지 않은 사이 홀쭉 마른 채 주름진 뱃가죽 양쪽에 늘어져 있었다. 새알심처럼 젖꼭지만 큰 늘어진 젖을 보자 나도 젖먹이 때 저 젖을 빨며 자랐으리라 여겨지지 않았다. 공연히 콧마루가 시큰해지고 어머니가 가엾다는 생각이 들었다. 내 책갈피에 보관된 누나 편지가 떠올랐다. 두 달 전, 누나가 내게 편지를 보낸 적이 있었다. 나는 그 편지를 읽고 울었다.

길남아, 우리 형편에 어디 우표 살 돈이 있겠니. 학교에서 전방 국군 아저씨에게 위문편지를 쓰다 옆짝이 내게 우표 한 장을 공짜로 주었단다. 누구에게 편지를 보낼까 곰곰이 생각하다 마땅히 편지 보낼 곳이 없던 참에 길남이 너 생각이 났지. 여기 외가 친척은 우리 처지에 계집애를 중학교에 보냈다고 어머니를 모두 비웃지만, 어머니는 굶어도 배워야 한다며 나를 학교에 넣어주셨단다. 어머니는 자정이 넘게까지 바느질 일을 하시지. 그러면 나는 그 옆쪽 책상(사실 우리 식구의 밥상이란다)에 붙어앉아 공부를 한단다. 재봉틀을 박을 때 옷감을 당겨주거나 바늘귀도 꿰어주면서. 그래서 지난 첫 시험에는 전교에서 둘째를 했지. 우리 집이 아직도 한 말 쌀을 팔아두고 먹을 처지는 못 되지만 이제 방세만은 제때에 꼬박꼬박 내니깐 쫓겨날 걱정은 안 해도 돼. 하루 두 끼, 반찬이래야 간장에 허연 김치 한 가지로 때

우지만 이모님 집에 양식 얻으러 다닐 때보단 얼마나 떳떳하냐. 길남이 너도 공부 열심히 하거라. 어머니는 눈만 뜨면 길남이 너 얘기를 하신단다. 부모 형제 떨어져 얼마나 서럽겠냐면서. 아버지를 합쳐 우리 식구가 언제 배부르게 한솥밥을 먹게 될지. 그날이 오기까지 열심히 공부하거라.

내가 누나 편지를 받고 울었던 건 대구 식구들에 비해 내 생활이 너무 자족하여 부끄러웠기 때문이다. 울산댁 국밥집에서 나는 세끼 밥을 눈치 안 보고 먹었으며 닷새장마다 쇠고기국밥까지 포식했다. 그뿐만 아니라 내가 어지럼병이 있다 하여 울산댁 내외는 도살장에서 갓 잡은 소 생지라와 생간을 얻어와 참기름소금에 찍어 먹게 했다. 나는 누구의 간섭도 받지 않는 망나니로 장터 마당 주위 아이들과 어울려 저녁 마을도 자유로이 싸다녔다. 그러다 보니 공부는 뒷전이라 학교가 파한 뒤에는 책 한번 펼쳐보는 짬 없어 석차를 중간이나마 유지하는 게 가상타 할 정도였다.

나는 조금 측은한 마음이 되어 어머니의 처진 젖을 보고 있었다. 어머니도 여느 아주머니들처럼 저렇게 시들어가는구나, 하는 생각이 들었다. 어머니는 서른 중반, 그 나이쯤 여자들이 보여주는 따뜻한 모성애, 너그럽고 풍만한 아름다움을 잃어가고 있었다. 당시 어머니는 아버지가 없는 우리 집안의 생계를 떠맡아 애옥살이 고생에 시달리느라 행복과 먼 거리에 있기도 했다. 자식을 안 굶기고 먹이려 당신은 하도 굶어 매운 성깔만 남았을 뿐, 몸은 이미 부대자루처럼 늙은이가 되어가고 있었던 것이다. 뒷날, 어머니는 그 시절을 뒤돌아보며 말했다. "그때 내 심정은 악으로만 꽉 차 있었데이. 사는 게 무언지 돌아볼 짬이 읎었고, 그저 어떡하모 너그들 밥 안 굶기고 공부시킬꼬, 그 일념밖에 읎었느니라." 그런 경황에서도 고향으로 내려올 때 이미 내 몸을 씻겨주기로 작정하고 있었으니, 어머니의 청결벽은 갸륵하다 할 만했다.

어머니는 내 몸에 몇 차례 뜨거운 물을 끼었었다. 나는 몸을 움츠리고 있었다. 까맣게 덖은 때를 누가 볼까 봐 창피했다. 사실 요즘 그런 몸으로 목욕탕에 간다면 모두 한마디씩 입을 대거나 눈 흘김을 보내겠지만, 그 시절이야말로 도회지 사람인들 한 달에 한 번 목욕탕 가면 제격이었다. 여름철 목욕탕 행차는 사치였고 모두 그렇게 홑옷 한 벌 입은 셈치고 때를 끼고 살았던 것이다.

"이래서야 욕 묵을까 바 어데 탕에 들어가겠나."

어머니는 오른손 엄지로 내 몸의 겉 때를 벗기기 시작했다. 슬슬 문지르는데도 밀려 떨어지는 까만 때가 마치 수채에서 기어 나온 구더기 같았다. 내 팔다리·등짝·가슴팍·목의 겉 때를 물을 끼었어가며 대충 벗겨내자, 어머니가 말했다.

"인자 탕에 들어가서 앉거라. 뜨신 물에 우묵이 되도록 몸을 푹 불가라."

내가 수건으로 아랫도리를 가리고 일어서자 어머니가 그 수건을 낚아챘다. 탕 안에는 열댓 명 정도의 여자들이 들어차 살을 익히고 있었으나 내 한 몸 끼워넣을 틈은 충분했다. 나는 한 손으로 고추와 불알을 가리고 몸을 웅송그린 채 욕조 낮은 벽을 타 넘었다. 두 발부터 물속에 담갔다. 발끝에서부터 신경을 타고 뜨거움이 찌르듯 몸으로 번져왔다. 물속에는 벽을 따라 앉기 좋은 계단이 한 칸 있었다. 계단 아래 바닥에 발을 딛고 정강이 위까지 물에 담그자 잠긴 부분의 살갗이 가렵고 따가웠다. 더 이상 탕 속에 들어가 윗몸까지 물에 담글 용기가 나지 않는데, 물은 자꾸 더 뜨거워졌다. 흘끗 보니 틀어놓은 수도꼭지에서 더운 물이 쏟아지고 있었다.

"니 몇 살인데 누구하고 여게 들어왔노?" 앞에 앉았던, 앞니 빠진 할머니가 나를 보고 물었다.

장터 마당에서 더러 본 듯한 얼굴인데 잘 모르는 할머니였다.

"쟈가 장텃걸 울산떼기 집에 얹혀 지내는 길남이 아인가. 그런데 쟈가 누구하고 여탕에 들어왔을꼬. 장날이라 울산떼기는 장사하고 있을 낀데." 할머니 옆에 머리만 내놓고 있던 식이 엄마 말이었다. 영식이는 3학년으로 식이 아버지는 읍사무소 서기였다.

"저래 큰 머슴아를 여탕에 델고 들어오모 되는강. 델고 온 사람도 문제지마는 돈만 알고 저런 아아를 여탕에 딜이보낸 주인도 문제가 있는 기라." 낯선 아주머니의 구시렁거리는 말이었다.

나는 여러 사람의 지청구가 듣기 싫어 얼굴이 빨갛게 되어 몸을 바깥쪽으로 돌리고 말았다. 마치 그런 지청구에 복수라도 하듯 눈을 감고 유황불 지옥 속에 팽개치듯 몸을 뜨거운 물에 풍덩 담갔다. 사내자슥은 도둑질 아이모 부끄러운 기 없는 기라. 어머니 말을 이제 내가 되뇌었다. 그러나 물이 엄청 뜨거워 다시 불끈 일어서자, 언제 알아차렸던지 어머니 손이 내 여윈 어깻죽지를 꾹 눌렀다.

"애비 읎는 설움이 어데 한두 가진가. 참아야 한다. 훗날 웃으면서 이런 말 할라 카모 다 참고 이겨야 한다." 욕조 안에 있는 여자들이 들으란 듯 어머니가 큰 소리로 말했다.

내게는 형이 없었다. 형만 있어도 형과 함께 남탕에 갈 수 있을 텐데, 분한 마음을 삭이며 나는 살갗을 찌르는 뜨거움을 애써 참았다. 가쁘던 숨길이 차츰 진정되자 아늑하고 혼곤한 느낌이 살갗을 천천히 풀어갔다. 어떤 나쁜 환경이라도 더 나쁜 환경과 견주어 견디다 보면 자기 환경에 차츰 익숙해져 처음 불편을 잊어버린다는 원리가 탕 속에 처음 들어갈 경우임을, 그 평범한 진리를 나는 그 뒤 목욕할 때마다 깨닫곤 했다. 여름에도 찬물로 등물을 못 하는 체질인 내가 결혼 뒤부터 목욕탕에 가면 냉탕에 들어갈 수 있게 되기까지 나는 늘, 처음을 견디면 된다며 용기를 냈고, 그때마다 고향에서 어머니와 함께 여탕에 갔을 때를 회상해보곤 했다.

탕물은 더러웠다. 바닥이 보이지 않을 만큼 물이 뿌옇게 흐렸다. 햇살에 떠도는 먼지처럼 불순물이 들끓었고 때가 버캐같이 거품을 이루어 떠다녔다. 머리카락도 섞여 있었다. 그러나 아녀자들은, 어 시원타, 조옹구나 하며 욕조의 뜨거움과 더러움을 함께 즐겼다. 석탄 백탄 타는데 연기만 퐁퐁 나구려, 하며 타령을 읊거나, 하나에 둘이요 둘에 셋이요 셋에 넷이요, 하며 뜻없는 셈을 구시렁거리는 늙은이도 있었다. 욕조 안에서 바깥을 살펴보니 삼면 벽의 낮은 위치에 수도꼭지들이 붙어 있었다. 그러나 찬물만 나오고 더운물은 나오지 않는지 모두 욕조 물을 퍼내어 썼다.

머리카락을 감고 있는 어머니에게, "인자 나가도 됩니꺼" 하고 내가 두 차례나 물었으나 어머니는 대답이 없었다. 한참 뒤 다시 물으니, 꼼짝 말고 더 있으라고 말했다. 어머니는 지겹지도 않은지 빨랫비누로 머리카락을 네 차례나 감으며 참빗으로 긴 머리채를 긁어내렸다. 내 얼굴이 술 취한 듯 달아오르고 어지럼증으로 눈앞이 핑그르르 돌 때야 어머니의, 나와도 좋다는 허락이 떨어졌다. 욕탕에서 나오자 내 손바닥과 발바닥이 지도 등고선을 그렸다. 뜨거운 물에 불리면 손가락과 손바닥이 오돌오돌해지는 변화를 자주 보아왔지만, 볼 때마다 신기했다. 뜨거운 물에 오래 담갔다 꺼내면 왜 그렇게 되는지, 그 뒤 누구에게 물어도 확실하게 대답해준 사람은 없었다. 거짓말을 하거나 죄를 지었을 때도 한동안은 없어지지 않는 표적이 그렇게 남는다면, 하고 생각하자, 그렇게 되었으면 좋겠다는 느낌보다 두려운 마음이 더 앞섰다.

어머니의 때 씻기는 일에는 반드시 일정한 차례가 있었다. 먼저 수건을 빨아 불끈 짜선 그것을 마치 두루미 알처럼 손아귀에 넣기 좋게 둥글게 뭉쳤다. 뭉친 수건에 때밀이수건을 한 겹 쌌

다. 지금은 손에 끼워서 때밀이에 쓰는 수세미같이 빳빳한 때밀
이수건이 따로 있어 힘 덜 들이고 한결 수월하게 때를 밀어내지
만, 그때만 해도 때밀이수건은 물론 감촉 좋은 보풀한 타월조차
구경하기 힘들었다. 수건이라면 대체로 무명이라 머리에 쓰거
나 땀을 닦았고, 밥술 걱정을 놓은 사람이래야 겹으로 짠 무명
수건이 고작이었다. 그러나 어머니는 늘 때밀이로 쓰는 수건을
따로 준비해두었는데, 그날도 예외는 아니어서 약탕관 약 짜는
데 쓰기에 알맞은, 손수건만 한 거친 삼베수건을 가지고 왔던
것이다. 그 수건은 고향 바닥에서 당장 준비할 수 없었으므로
대구에서 가져온 게 틀림없었다. 어머니는 고향 목욕탕이 문을
여는지 어쩐지 몰랐겠지만, 물을 데워 울산댁 뒤꼍에서라도 내
몸을 씻겨주려고 대구에서부터 단단히 벼르고 내려왔음을 나는
그 수건을 보고서야 알아차렸다. 서울에서도 어머니는 우리 형
제를 목욕시킬 때 꼭 삼베 때밀이수건을 따로 두고 썼다.

　내가 고향 울산댁 국밥집을 떠나 대구로 올라가기는 초등학
교를 졸업한 해 4월이었다. 그때는 이미 입학 시기가 끝나서 나
는 이듬해가 되어서야 신설된 공립중학교에 입학하게 되었다.
학생 수는 마흔 명 남짓했고, 선생이라곤 교장을 합하여 다섯
명이 관련이 있는 여러 과목을 섞어 가르쳤다. 대구 생활이란
놓아 먹이던 망아지와 같았던 고향 생활의 청산을 뜻했고, 그때
부터 어머니의 엄격한 통제 아래 철저하게 규칙적인 생활을 하
게 되었다. 나는 대구로 올라간 해 신문팔이를 거쳐 석간신문
배달 일자리를 구했으므로 학교 생활과 오후 한때 바깥으로 나

도는 시간을 빼곤 사사건건 어머니 잔소리와 간섭을 받았다. 남의 집이므로 큰 소리로 웃어선 안 된다, 발소리 죽여 마당 출입하거라, 대문은 꼭 잠그고 다녀라, 밤 11시 전에는 잠잘 생각을 말라는 따위에서부터, 세 든 사람들이 쓰는 변소 사용 방법, 밥먹는 버릇, 앉음새, 코 풀 때 아껴 써야 하는 휴지 문제에 이르기까지 간섭을 받게 되었다. 그래서 고향 울산댁 주막에서 자유스럽게 지냈던 생활이 절로 떠올라 그쪽 하늘을 보며 눈물 글썽인적도 한두 번이 아니었다. 특히 그 시절 잊지 못할 추억이 한 가지 있었다. 건식이네 집에 우리 식구가 세 들었던 건넌방은 함석 처마가 길게 나왔고, 한켠이 노천 부엌이었다. 어느 여름날낮, 어머니가 실과 동정 따위의 바느질 부속감을 사러 시장으로나가고 없었다. 때마침 소낙비가 쏟아져 함석 처마 때리는 빗소리가 시끄러웠다. 누나와 나는 주인이 사는 안채에까지 들리지않겠지 하며, '바우고개'니 '켄터키 옛집'이니 하는 노래를 목청돋워 불렀다. 그때 그 노래가 뒷날까지 두고두고 잊히지 않았다.어머니에게 매인 그런 생활이다 보니 목욕 문제만 해도 더위가쪄오는 6월에서부터 찬바람이 소슬한 9월까지는 밤중에 부엌앞에서 목욕을 했지만, 나머지 추운 계절은 공동 목욕탕을 이용할 수밖에 없었는데, 나는 한 달에 한 번씩 길중이를 데리고 큰길에 있는 목욕탕으로 갔다. 그때까지 막내아우 길수는 학교에입학하기 전이었기에 어머니가 여탕에 데리고 다녔다. 우리 형제가 목욕탕에 가는 날은 정해져 있었다. 한 달 마지막 주 일요일 새벽이었다. 깨끗한 첫 물에 목욕해야 좋다며, 잠자리에서 일어나 이불을 개고 나면 어머니가 목욕수건과 비누를 챙겨주었다. 타월 한 장, 예의 때밀이에 쓰는 손수건만 한 삼베수건, 빨랫비누, 그리고 미제 아이보리 비누였다. 평생 옷 한 벌 마음 놓고 해 입지 않았고 늘 먹고 싶어 하던 돼지고기 한 근 들떡지게 포식 못한 어머니가 그때로서는 과분하다 할 만큼 세숫비누는 반드시 미제 아이보리를 썼던 것은 지금 생각해도 묘한 느낌이 든다. 국산 세숫비누 질이 좋지 않을 때이기도 했지만, 미제 아이보리 비누는 잘 닳지 않고 거품이 잘 나며 우선 크기가 마음에 든다고 어머니가 말했다. 그 비누는 빨랫비누만큼 컸으므로 늘 두 도막을 내어 한쪽은 은박지를 붙였고, 닳아져 딱지만큼 납작해지면 새 비누에 붙여서 썼다. 어머니는 목욕탕에 가는 나를 붙잡아 세우곤 분이 섞인 목소리로 늘 판에 박힌 말을 했다. 내가 너를 따라 남탕에 못 가니 내가 너 씻겨줄 때처럼 목욕탕 값 아깝지 않게 철저히 때를 씻고 와야 한다. 너는 물론이고 동생 때를 씻겨줄 때도 마찬가지다. 2시간 반 이내 돌아올 생각 말아라. 목욕 갔다 오면 시간을 따져보고 얼마나 잘 씻었는지 몸검사를 하겠다. 때를 밀기 전 탕 속에 15분은 들어앉아 몸을 푹 불려야 한다. 머리는 네 번 감고, 특히 사추리 사이를 잘 씻어라. 비누는 쓰고 난 뒤 물에 젖지 않도록 반드시 마른 데 두고, 세숫비누는 아껴 써야 하니 낯 씻을 때 이외에 써선 안 된다. 낯을 씻을 때도 세숫비누를 손바닥에 풀어 거품을 내지 말고 반드시 불끈 짠 수건에 비누를 칠해 낯판때기를 빡빡 문질러라…… 나와 아우는 어머니의 이런 당부 말을 듣고 집을 나섰다. 그러나 목욕탕까지 가는 시간과 오는 시간을 빼고 2시간 30분 정도를 목욕탕에서 보내기란 참으로 고역이어서, 탕에서 한 시간쯤 지나면 할 일이 없었다. 그래서 나는 아우와 욕탕 안에서 장난질로 시간을 보내며 탈의장 벽시계를 자주 훔쳐보곤 했다. 어머니와 약속한 시간을 겨우 맞추어 허기진 배를 안고 집으로 돌아오면, 어머니는 그 특유의 감사나운 눈길로 나와 아우 몸을 꼼꼼하게 살폈다. 한번은 귓바퀴에 비눗물을 그대로 묻히고 돌아와 숯포대 회초리로 종아리까지 맞은 적이 있었다. 그러나 겉살갖은 물론 위장 또한 깡그리 빈 상태에서 개운한 기분으로 늦은 아침밥을 먹을 때의 상쾌감은 지금도 잊히지 않는 추억으로 남아 있다.

어머니는 두루미 알처럼 둥글게 뭉친 수건 겉면에 역시 물기 적게 불끈 짠 때밀이 삼베수건을 덧씌웠다. 그렇게 준비를 마친 뒤 왼손으로 내 오른손 손가락 끝을 잡고 엄지부터 때를 밀어내기 시작했다. 다섯 개 손가락을 판장이가 판다리에 옻칠 올리듯 한 차례가 아니고 두세 차례에 걸쳐 꼼꼼하게 때를 밀곤 다음 차례 손가락 사이와 손바닥으로 옮겨갔다. 손바닥에도 묵은 때가 앉을 틈이 있는지 모르지만 어머니는 반드시 손바닥까지 씻어주었고 발바닥은 간지러움으로 몸을 비트는 나를 꾸짖어가며 목욕탕 바닥에 굴러다니는 구멍 숭숭한 돌을 찾아 박박 밀어주었다. 그렇게 하여 양쪽 팔이 모두 끝나면 머리·목·겨드랑이·가슴·등·엉덩이·허벅지·다리로 차례에 따라 꼼꼼하게, 지극한 정성을 들여 때를 밀었다. 때밀이할 때 어머니의 표정이나 그 힘쓰는 공력은 마치 불공대천 원수를 만난 듯 피를 말리는 싸움을 방불케 했다. 아니면 살갗의 얼룩점까지 지워내겠다는 가증스러운 모짊이었다. 이 말은 과장이 아니라, 나는 어머니의 때밀이 때 그 용쓰는 행동거지를 그렇게 표현할 수밖에 없었다. 자식들 몸을 씻기고 났을 때 당신 스스로 탈진이 될 정도였으니, 늘 하는 말처럼, 너들 씻기고 나모 널치(어원을 알 수 없지만 경상도 남부 지방 사투리로, 기력이 다하여 넋이 빠질 정도라는 뜻)가 난다는 말이 제격이었다. 새같이 마른 자식 몸에 때가 붙었다면 그 때가 얼마만큼 덖었기에 어머니는 뭉쳐 싼 삼베수건이 해져라 뼈가 아릴 정도로 살갗을 그렇게 학대했는지, 구천의 넋이 된 당신을 두고 지금도 그 공력을 헤아려보면 나는 이상한 감회에 잠긴다. 겨울철에도 냉수마찰하는 사람처럼 살갗을 튼튼하게 해주기 위해서? 지나친 청결벽? 이렇게 두 가지로 어머니의 때 씻기기를 따져보면 처음은 아예 해당이 되지 않고, 두번째가 그런대로 적중한 해석이다. 거기에 덧붙인다면, 잠잘 때 외에는 쉬어본 적 없는 그 '부지런함'과, 그런 방법으로라도 '자식을 강하게 키워야 한다'는 답을 끌어댈 수 있을 것이다.

어머니 때밀이는 살갗이 발갛게 부풀어 오르고 붉은 실핏줄이 비칠 때까지 계속되니, 그 고문을 당하는 입장에서는 절로 신음이 터지게 마련이었다. 비죽거리거나 비명을 지르면 어머니는 어김없이 내 팔과 허벅지를 꼬집었다. 그래서 나는 어머니가 이렇게까지 모질게 때를 씻기는 걸 보면 무엇인가 맺혔을 당신의 원한을 엉뚱하게도 자식에게 풀고 있는 게 아닐까 하는 의구심마저 들었다.

어머니에게 들은 이야기지만 유아 때부터 나는 누구든 머리에 손을 대는 걸 싫어했다 한다. 머리를 감길 때면 숨넘어가듯 파랗게 자지러지므로 마치 터지려는 풍선 다루듯 조심하지 않으면 안 되었다는 것이다. 사물을 기억할 나이가 되고도 누구든 내 머리에 손을 대는 것을 나는 싫어했다. 심지어 어른들이 사랑스럽다는 뜻으로 머리를 쓰다듬어주려 할 때도 손부터 얼른 머리꼭지에 얹어 어른 손을 피하는 버릇이 있었다. 그러나 목욕탕에서 어머니가 내 머리를 감겨줄 때는 그 엄살이 통할 리가 없었다. 어머니 손톱이 마귀할멈 그것처럼 머리통을 피가 날 정도로 사정없이 박박 긁어대면 코가 아리다 못해 콧물과 눈물까지 쏟아졌다. 입 밖으로 표현이야 못했지만 '좆도, 씨팔' 소리를 어금니로 짓씹어도 분이 풀리지 않았다. 사실 어머니가 그렇게 머리통을 씻기고 나면 나는 얼굴을 찡그리는데도 그쪽 살갗이 당기는지 머리통이 따끔따끔 아팠고, 어떤 때는 골속으로 바람 소리가 들리며 어지럼증마저 찾아오곤 했다. 그런데 그만한 고역이 또 있었으니 살갗 중에 부드러운 부분, 이를테면 목덜미와 겨드랑이, 허벅지 안쪽의 때를 삼베수건으로 밀 때, 그 쓰라림이란 견디기 힘든 고통이었다. 어머니는 귀 하나를 씻길 때도 삼베수건을 집게손가락에 돌돌 말아 귓바퀴의 미로를 몇 차례나 닦아내었고 귓구멍은 손가락을 돌려가며 송곳으로 파듯 쑤셔댔다. 그래서 한쪽 귀를 닦아내는 데도 1분 넘게 시간을 잡아 먹었다.

나는 터지려는 비명과 울음을 어금니로 깨물며 고문에 못지 않은 어머니 때밀이를 참아냈다. 적게 잡아도 40분은 넘게 걸렸을 그 때밀이가 내게는 한 시간도 넘게 지루했다. 어머니 손길이 가슴팍에서 이제 배 쪽으로 넘어가려니 하고 졸갑증을 내면, 웬걸 그 손은 다시 가슴팍을 세 차례째 되풀이하여 밀어대곤 했다. 무르팍과 팔꿈치처럼 살갗 주름이 많고 때를 잘 타는 부분은 속새로 나무결을 곱게 다듬듯 삼배수건을 제자리에서 돌려가며 문질러댔다. 과장을 보탠다면 그 때밀이야말로 대패질로 살 깎아내기에 다름 아니었다.

그렇게 털 뽑은 닭처럼 살갗에 피멍이 들도록 때를 씻긴 뒤에는 어머니도 기진해져, 탕 속에 들어가라는 허락이 떨어졌다. 그제서야 나는 마치 지옥 굴에서 빠져나온 듯 안도의 큰숨을 내쉬었다. 뜨거운 물이 살갗에 닿으면 더 쓰라릴 것 같았으나 어머니가 또 붙잡고 늘어져 혹시 놓친 부분, 미진한 부분을 다시 씻길까 봐, 다른 한편으로는 알몸을 감추기 위해 얼른 탕 속으로 들어가 몸을 감추었다. 탕 안에 있는 여자들 보기가 민망하여 나는 벽으로 몸을 돌렸다. 불에 달구는 듯 온몸이 뜨겁고 쓰라렸다. 거기에다 머릿속에 돌개바람이라도 몰아치는 듯한 어지럼증으로 나는 탕 벽에 이마를 기대고 눈을 감았다. 알 수 없는 고통과 슬픔이 기운이 빠져버린 온몸의 숨구멍을 죄어오고, 차라리 고아가 되었으면 좋겠다는 자포자기의 상태에서, 나는 잠시 동안 콧숨으로 흐느꼈다.

내 나이 삼십대 중반이었으니 자식 둘이 있을 때였다. 그때만 해도 자정이면 사이렌이 부는 통행금지가 있었다. 자정 가까이 술에 취한 채 한길을 건너다 과속으로 달려오던 택시에 치어 나는 팔과 다리뼈를 부러뜨리는 중상을 당했다. 그 무덥던 여름 한철을 회사 근무도 쉬며 두 달 동안 꼼짝없이 병상에 누워 지내는 신세가 되었다. 퇴원한 뒤에도 한 달 동안은 통원 치료를 받았다. 깁스를 풀고 목욕탕에 갔을 때는 실로 석 달 만이었다. 병원에 있을 때나 통원 치료를 받을 때 얼굴과 목과 가슴은 부분적으로 닦아내었으나 온몸을 씻기는 그때가 석 달 만에 처음이었다. 목욕탕에서 때밀이에게 뚱뚱한 몸을 맡기고 간이침상이나 의자에 늘어진 사람을 볼 때, 튼튼한 제 팔과 손을 두고 자기 몸을 남에게 맡기는 그 흉측한 꼴을 나는 절대 저지르지 않으리라 결심했고, 그때까지 목욕탕에 가면 내 몸은 내가 씻었다. 때밀이 청년에게 자신의 몸을 맡긴 채 널브러져 있는 사람을 보면 나는 늘 화집에서 본 폼페이 벽화를 연상했다. 제정 로마 초기, 영화의 극치를 누렸던 폼페이는 베수비오 화산의 대폭발로 땅속에 묻히고 말았지만, 한마디로 그 대참사는 인간의 쾌락 추구에 따른 하늘의 징벌이었고, 그 쾌락은 바로 남녀가 진수성찬으로 먹고 마시고 알몸으로 함께 희롱한 '목욕탕 문화'라고 일컬어도 좋을 타락의 한 표본이었다. 그래서 나는 석 달 동안 쓰지 않았던 오른팔이었지만 내 힘으로 때를 씻기로 마음먹었다. 여름 한철 동안 목욕을 못한 탓인지 밀어도 밀어도 때는 나오는데, 오른팔이 힘에 부쳤다. 온몸에 진땀이 흐르고 기운이 빠져 한쪽 팔과 다리를 씻는 데도 나는 지쳤다. 어떡할까, 나는 잠시 망설였다. 그러나 나는 곧 내가 병자라는 사실에 억지 이유를 붙였다. 때밀이 젊은이에게 몸을 맡기기로 결정을 본 것이다. 막상 내 몸을 남에게 맡기고 나자, 소년 시절 고향 목욕탕에서 어머니가 때를 씻어준 뒤 탕에 들어갔을 때 그 알 수 없던 고통과 슬픔이 온몸의 숨구멍을 죄어왔던 경험을 다시 느끼게 되었다. 교통사고를 당했던 그즈음, 어머니를 내가 모시고 있었다. 집으로 돌아가면 나는 어머니 얼굴을 바로 볼 수 없다는 생각이 들었다. 어머니에게 죄를 짓는다는 아픔이 때를 열심히 미는 남의 손을 통해 살갗을 훑었고, 나는 콧숨으로 흐느끼며 어머니 손길이 아닌 남의 손을 밀쳐내지 못하는 내 자신이 부끄러웠다. 나는 때밀이를 돈을 주고 샀다는 사실을 어머니에게 고백할 수 없음은 물론, 이제 다시 폼페이의 벽화를 욕질할 수 없는 입장임을 깨달았던 것이다.

'널치'가 나도록 나를 씻겨놓은 어머니는 이제 당신 몸을 씻기 시작했다. 그 시간의 소비란 몸 체격과 비례하므로 실히 내 몸 두 배는 넘음 직한 어머니는 한 시간 넘게 공력을 썼다. 이미 술이 할머니는 나가버려 없었기에 어머니는 그 자리를 차지하고 앉은 옆 아주머니와 말을 터 서로 등의 때를 품앗이로 밀어주었고, 대야에 담아온 내 속옷까지 죄 빨았다. 빨랫감은 비단 어머니만 가져온 게 아니었다. 목욕값 밑천을 뽑겠다고 다른 여자들도 한 통씩 빨랫감을 가지고 와서 더운물에 흥청망청 빨래를 하고 있었다. 겉옷 입은 중씰한 여자가 들어와 물을 아껴 써라, 빨래를 그렇게 많이 하면 안 된다고 잔소리를 했지만 미안쩍어하는 사람은 없었다. 다들 돈 내고 들어왔는데 무슨 말인가

하듯 그 여자를 곱지 않은 눈길로 흘끗거렸다.

어머니가 당신 몸을 씻을 동안, 내게는 지루한 시간이었지만 어머니 손에서 놓여난 기분을 즐기며 목욕탕 안을 두루 구경하는 짬을 낼 수 있었다. 그동안 사람이 조금 빠져나가 목욕탕은 들어올 때만큼 붐비지 않았다. 이제는 나와 비슷한 또래의 계집애를 보아도 철면피가 되어 무덤덤히 바라보았다. 네가 학교에서 소문을 낸다면 나도 소문을 내리라는 알량한 뱃심으로 바라볼 양이면 저쪽에서 오히려 눈길을 피해버렸다.

아무리 설밑이라지만 목욕탕에 올 만한 읍내 사람은 그래도 생활 정도가 나은 편이었다. 그러나 대부분 여자들 몸꼴이야말로 말이 아니었다. 내 나이 아래 계집애들은 그렇다 치더라도 어른들마저 팔과 다리는 보습의 성에처럼 홀쭉 말라 꺼칠했고 어깨뼈가 윷가락 같게 드러나 있었다. 밋밋한 가슴팍에 젖은 축 늘어져 달렸고, 갈비뼈는 숭숭한데 필요 없게 퍼져 내린 굵은 허리통에 엉덩판만은 널찍이 자리 잡고 있었다. 주름살로 늘어진 쭈글쭈글한 배 아래 거웃 사이를 열심히 씻는 아낙네를 보자 추하다는 느낌마저 들었다. 특히 허리가 꼬부장한 늙은이들 몸이란 좁장한 등판까지 겹주름이 져 그 긴 세월의 살아냄이 나무의 나이테처럼, 결과적으로 주름살을 만드는 과정으로 여겨졌다. 그 나이 때만도 나는 늙어감이나 늙음 끝에 닿게 되는 죽음에 대해 생각해본 적이 없었다. 사람이 스물 전후의 꽃다운 나이를 넘기면 성장에 따른 활동을 멈추고 늙기 시작한다는 육체의 퇴화 과정을, 나 역시 그 장거리 경주를 열심히 뛰고 있다고 깨닫게 되기는 내 나이 서른여덟 살, 어머니가 고혈압으로 쓰러져 의식불명의 상태로 보름 동안 중환자실에 입원해 있을 때였다. 나는 그때서야 식물인간으로 누워 있는 어머니를 통하여 비로소 죽음에 이르게 되는 그 실체를 보았던 것이다. 나도 언제인가 저렇게 죽게 되려니, 하는 두려움이 온몸으로 엄습해왔다.

더러운 옷이지만 옷을 입고 있을 때보다 그 옷을 홀랑 벗어버릴 때 사람이란 이렇게 추한 몰골이구나. 나는 그런 생각을 하며 목욕탕 안의 볼품없는 여자들 알몸을 흘낏거리며 관찰하고 있었다. 그런데 내 그런 생각을 바꾸어놓을 만큼 아주 특별한 여자를 보게 되었다. 젖은 머리칼을 틀어올려 수건으로 동여맨 스무 살 정도의 처녀였다. 마침 그 여자는 탕 속에 앉아 있다 돌연 나타난 선녀처럼 불쑥 일어서더니 허리를 굽혀 욕조 벽을 타넘곤 내가 바라보는 맞은쪽 자리로 옮겨갔다. 유난히 희고 미끄러운 살결이 내 눈을 끌었는데, 그 여자는 마른 몸이 아니었고 그렇다고 살이 찐 몸도 아니었다. 한마디로 곱게 빠진 예쁜 몸이었다. 몸 어디에도 주름이 없었고, 각진 데가 없었다. 어깨에서 허리로, 허리에서 다리로 흘러내린 선이 부드러운 곡선을 이루었고 알맞게 찐 살이 뼈를 잘 감추고 있었다. 잘 익은 수밀도처럼 볼록한 젖과 탄탄한 엉덩판도 아름다웠다. 한마디로 그 여자의 살결은 성당 뒤뜰 선교사 사택 담장을 따라 핀 분홍 장미같이 신선하게 고왔고, 물에 탄 구호품 분유처럼 농밀한 부드러움을 지니고 있었다. 이 시골에도 저렇게 고운 살결의 여자가 있었던가. 나는 입까지 벌린 채 감탄했다. 그 감탄은 내가 좋아

하는 여선생이 나만을 바라볼 때의 가슴 뛰는 황홀함과 같은 성질이었지, 성적 충동 같은 어떤 다른 뜻을 포함하고 있지 않았다. 아니, 무의식이나 잠재의식 속에 그런 욕구가 가냘프게 가쁜 숨을 쉬고 있었는지 몰랐다. 훗날 그 어둡고 축축한 사춘기를 보내며 몽정과 수음을 체험했을 때, 내 머릿속에 처음 자리 잡은 성적 상상력의 대상이 바로 그때 본 그 여자의 아름다운 알몸이었기 때문이다. 사춘기 적 나는 처음으로 그 여자를 통해 부드럽고 아름다운, 내가 소유하고 싶은 확연한 실체를 눈앞에 그려보게 되었던 것이다. 그전까지 부드러움이란 늘 물이나 바람과 같은 무형의 형태라 생각했다. 물과 바람은 잘 만져지지 않는데도 부드러움을 무엇보다도 뚜렷하게 실감시켜준다. 그러나 물이나 바람은 무한대의 체적만 있지 형태가 없다. 컴퍼스로 그리는 곡선은 형태가 있으나 체적이 나타나지 않는다. 거기에 한술 더 떠서 부드러움에 아름다움까지 결부시킨다면 그 실체는 더욱 잘 떠오르지 않는다. 기껏해야 바람결에 나부끼는 꽃을 통해 바람과 꽃을 연결 짓는 인상 정도이다. 그런데 내 사춘기 적 아련하게 떠오르는 그 여자의 몸이야말로 그 두 낱말이 그대로 어울려 만들어낸 완벽한 작품이었던 셈이다. 인간이 아닌 신이 만든 작품, 그렇지만 내 사춘기 때에 그 처녀는 이미 아이를 낳고 아낙네가 되었을 수도 있을, 멀리 떠나버린 기억 속의 여자였기에, 더욱 가슴을 애달프게 하는 구원의 그리움이었다.

"인자 나오너라. 비누칠하고 가야지러." 멍해져 있는 내 귀에 어머니 말소리가 들렸다.

빨랫비누칠한 수건으로 몸을 닦아줄 때도 어머니는 여느 사람의 경우와 달랐다. 물론 비누칠할 때만은 삼베수건을 쓰지 않았다. 두루미 알처럼 뭉쳤던 무명수건에 비누칠을 했다. 어머니는 비누를 아끼느라 불끈 짠 수건을 엄지를 뺀 네 개 손가락의 친친 감은 부분에만 비누칠을 했다. 먼저 몸의 가장 윗부분인 이마부터 다식판에 떡 누르듯 힘을 주었다. 어머니가 방바닥에 걸레질을 할 때는 뽀드득 소리가 날 만큼 힘을 주어 문질렀는데, 한 손으로 머리 뒤를 받치고 이마를 문지를 때도 마찬가지였다. 이마에서 코로, 코밑으로, 뺨으로 숨쉴 짬도 주지 않고 힘을 주어 문질러대면 내 얼굴판이 절로 뒤틀렸다. 내가 숨을 쉴 짬은 어머니가 수건에 비누칠을 다시 할 때뿐이었다. 귀를 씻어줄 때는 역시 집게손가락에 붕대 감듯 수건을 말아 귓바퀴 미로에 빠뜨리는 구석이라도 있을세라 홈마다 후벼 팠다. 어머니가 그렇게 한참 귀를 문질러대면 열이 날 수밖에 없어 귓바퀴가 화끈거리고 얼얼할 정도였다. 특히 비누칠한 수건으로 팔을 씻길 때는 당신 손아귀에 수건을 감고 뼈를 추려낼 듯이 밀어대는데, 어머니 아귀힘이 얼마나 센지 뼈가 아렸다. 비누칠하여 빡빡머리를 감겨줄 때도 세 차례나 되풀이했고 손톱으로 바닥을 사정없이 박박 긁었다. 손톱 길게 기르고 다니는 여자 꼴은 천하에 못 봐낸다는 당신의 버릇말처럼, 어머니 손톱이 뭉그라졌기에 망정이지 손톱이 길었다면 내 머리통은 밭고랑이 되어 줄줄이 피를 흘렸을 터였다. 포경이었던 내 고추를 홀랑 까서 비누수건으로 여러 차례 씻어내고, 사람 몸 중에 가장 깨끗하게 간수해야 할 부분이라며 목욕탕 벽에 붙은 수도마개를 틀어 맑은 찬물을 받아와 씻기고 또 씻겨줄 때, 항문 쪽으로 뻗친 오줌줄기까지 쌔끔쌔끔해지고 고추 끝이 끊어져라 쓰리게 아팠던 기억은 지금 뒤돌아보아도 찬물을 끼얹듯 으스스해진다.

"이라다간 차 시간 늦겠데이. 니 옷도 깁어놓고 가야 할 낀데 말이다." 비누칠을 마친 어머니가 이 말을 했을 때는 짧은 겨울해가 설핏 기울어 곰보유리창에 그늘이 드리워졌을 때였다.

목욕탕 안은 사람이 절반으로 줄어버렸고, 욕조에 더운물도 더 공급되지 않아 내가 그 속에 들어앉더라도 어깨를 채 못 가릴 정도였다. 욕조 안으로 뜨거운 물을 공급하는 수도꼭지는 하나뿐이었다.

"몸을 헹궈야 할 낀데……"

어머니가 말하며 앉은걸음으로 그쪽으로 가서 수도꼭지를 틀었으나 이미 물은 끊어져 있었다. 어머니가 더운물을 넣어달라고 몇 차례 고함을 지르고 손뼉까지 쳤으나 바깥에서는 아무 대답이 없었다. 자리로 돌아온 어머니는 욕조 안의 물을 들여다보더니 난감한 표정이 되었다. 내가 보아도 그 물은 너무 더러웠다. 물속에 엉겨 다니는 때가 장구벌레처럼 눈에 들어왔다.

"이 더러분 물로 우째 헹구제."

어머니가 무슨 결심을 한 모양이었다. 벽에 붙은 수도마개를 틀어 함석대야에 찬물을 받았다. 비누칠했던 수건을 대야 찬물이 깨끗해질 때까지 여러 차례 빨았다. 그리곤 대야 가득 물을 받아 내 옆으로 왔다.

"찬물로예?"

나는 몸부터 떨었다.

"쪼매 참더라도 참아라. 한겨울에 바깥에서 냉수마찰하는 사람도 있는데 사내자슥이 이쯤도 몬 참아서야 되겠나. 일사후퇴 피난 내려온 사람들 이바구로는, 그 추운 한뎃바람을 맞으며 목에까지 잠기는 얼음물에 피난짐을 이고 지고 강을 건넜다 카더라."

말은 그렇게 했지만 어머니는 대야 찬물을 내 머리꼭지에 좌르르 붓지 않았다. 머리를 감기곤 찬물에 빤 수건으로 내 몸을 닦아내렸다. 온몸에 소름이 돋고 수건이 살갗을 스칠 때마다 따가웠으나, 이제 나는 목욕이 끝났다는 기쁨으로 참아냈다. 그런데 물에 뛰어들기 전 준비운동처럼 내 몸을 얼추 식힌 어머니는 아니나 다를까, 찬물을 새로 받아 내 몸에 좌르르 부었다. 찬물이 튀자 내 옆에 앉은 아낙네가, "그라다가 아아 감기 들겠심더" 하고 말했으나, 당신 자식이나 감기 조심시키란 듯 어머니는 대꾸하지 않았다. 어머니가 저녁 차편에 바삐 떠나자면 나에게 매질로 당조짐할 시간이 없겠거니, 하는 기쁨으로 나는 턱까지 떨며 어머니가 퍼붓는 찬물 세례를 이겨냈다.

"밖에서 기다리거라. 내 얼른 비누칠하고 나가꾸마." 비틀어 짠 수건으로 내 몸에 묻은 물기를 살살이 닦아주곤 어머니가 말했다.

드디어 나는 어머니로부터 해방되었다. 샅을 가려야 한다는 염치를 차릴 겨를도 없이 나는 불알을 덜렁이며 목욕탕을 빠져

나왔다. 눈여겨 보아두었던 23번 장을 열고 바지부터 입었다. 탕 안에 있을 때보다 밖으로 나오니 추위가 한결 심해 나는 와들와들 떨며 옷을 입었다. 이제 여자 탈의장에서 어머니를 기다려야 할 이유가 없었다. 고무신을 챙겨 신고 나는 재빨리 목욕탕을 나섰다.

한길로 나오니 어느덧 해는 중앙산 쪽으로 설핏 기울어져 있었다. 바람이 스산하게 불어 흙먼지가 날리는 속에 설 쇨 장을 보고 돌아가는 먼 마을 사람들이 목욕탕 앞길을 메워 지나가고 있었다. 설빔의 자기 몫으로 먹고무신이라도 한 켤레 샀는지 부모한테서 떨어질세라 앙감질걸음을 바삐 놀려 따라붙는 아이들도 있었다. 나는 몸이 날아갈 듯 개운하여 청노루마냥 바람을 가르며 어디로든 내닫고 싶었다. 그러나 그 많은 때와 함께 기운조차 다 빠져나간 듯 몸이 나른했고 배가 고팠다. 울산댁 주막으로 달려가 국밥이라도 한 그릇 얻어먹을까 했으나 밖에서 기다리라던 어머니 말을 생각하고 나는 방금 남탕에서 나오기라도 했다는 듯 남탕 앞 바람막이 된 문간에 서 있었다. 어머니는 저녁 통근열차 편에 삼랑진으로 올라갈 터였다. 마산에서 출발하여 삼랑진으로 돌아 종착점 부산까지 가는 통근열차가 진영역을 거치기는 오후 5시 전후였다. 기운 해를 가늠하자 3시 반은 되었을 것 같았다. 나는 그 자리에 쪼그려 앉아 귀갓길을 재촉하는 장꾼들을 구경했다. 중부전선에서는 전쟁이 계속되고 있었지만 닥쳐올 설은 역시 설이었기에 장꾼은 장 본 물건을 머리에 이고 손에 들고 바삐 걸었다. 장꾼들은 활발히 걸음을 떼놓으며 장 시세를 두고, 군에 간 자식에 대해 동행과 이야기를 나누며 내 앞을 지나쳤다. 험한 입성에 때에 덖은 몰골이지만 따라붙는 코흘리개 아이들의 표정이 한결같이 밝았다. 나는 불현듯 설날 아침에 대구에서 지내는 제사에 끼일 수 없는 처지임을 깨달았다.

"길남아, 길남이 어됐노?" 어머니가 주위를 두리번거리며 나를 불렀다.

"여깄심더" 하고 대답하며 나는 어머니 곁으로 다가갔다. 쪼그려 앉아 있었던 탓인지 양말도 신지 않은 발가락에 쥐까지 나서 나는 절뚝걸음을 걸었다.

"와 그라노?"

"쥐가 났나봅니더."

"목간하이까 깨분하제?"

꽃물 들인 듯 활짝 핀 붉은 얼굴에 따뜻한 미소를 보이며 어머니가 내게 물었다. 정다운 목소리였다.

"깨분합니더."

나는 정말 새처럼 몸이 가벼웠고 날아갈 듯 개운했다.

"가자, 어서 가야제. 내복도 안 입어 춥겠다."

어머니가 내 손을 잡고 장터 쪽으로 걸음을 옮겼다. 어머니 큰 손을 통하여 따뜻한 느낌이 내 손으로 전해왔다.

"더러운 세월 만나 애비 없는 설움으로 니가 비록 남으 집에 얹혀 얻어묵고 있지마는 씻은 몸처럼 늘 마음도 깨끗하게 지녀야 하니라. 깨끗한 몸맨쿠로 정직한 마음으로 어른이 돼서……"

어머니가 잠시 말을 끊고 물코를 들이켰다. "길남아, 우리 식구가 한지붕 아래 몬 살미, 이 고생하고 살았을 때를 먼 뒷날 웃으며 이바구할라 카모 니가 우째 마음 결심하고 살아야 되는 줄 알고 있제?"

어머니 그 목소리가 어느 때보다 엄숙했으나 물기를 머금어 간곡한 호소를 담고 있었다. 나는 대답 않고 묵묵히 걸었다. 나는 어머니가 할 다음 말을 이미 알고 있었다. 매질 뒤에는 어김없이 그 말이 따랐기 때문이었다. 그 말을 옹골차게 실천할 자신감이 없었으므로 꺾인 내 고개가 들리지 않았고, 나는 어머니를 마주 볼 수 없었다. 겨드랑이에서 돋아나려던 빳빳한 날개가 갑자기 소금에 절인 푸새처럼 힘없이 처져 내림을 느꼈다.

"우짜든동 니가 열심히 공부해서 훌륭한 사람이 되는 길밖에 읎데이."

(1987)

마음의 감옥

금년으로 일곱번째 맞은 '모스크바 국제도서박람회'에 한국이 처음으로 570여 종의 도서를 출품하게 되었다. 그 사무를 주관할 대한출판문화협회는 도서박람회의 참관과 소련 시찰을 목적으로 모스크바 파견 대표단을 모집한 결과, 스물두 개 회원 출판사 대표가 참가신청서를 내었다. 나도 그 일원으로 지원했다. 모스크바에서의 도서박람회 개최 기간은 일주일이었으나 한국 대표단의 일정에 따라 나 역시 레닌그라드와 키예프를 둘러보는 열이틀 동안의 소련 여행을 마치고 돌아왔다. 김포공항으로 마중을 나온 아내가 안부말 끝에 현구 소식을 알려주었다.

　"그쪽은 국제전화도 힘들고, 공연히 걱정만 안고 다니실 것 같아 당신이 레닌그라드에선가 전화했을 때 그 말은 하지 않았어요. 근데, 일주일 전에 삼촌이 경북대 의대 부속병원에 입원했어요."

　현구의 병에 따른 감정유치鑑定留置 명령이 드디어 법원으로부터 떨어진 모양이었다. 나는 아내 말에서 아우 병이 전문의의 지속적인 관찰이 요구될 만큼 나빠졌음을 짐작할 수 있었다. 현구는 1심 공판에서 징역 1년 6개월이 선고되어 고법에 항소 계류 중에 있었다. 그러나 감정유치가 너무 늦은 감이 있어 나는 법원의 그 조치를 선의로만 해석할 수 없었다. 10년 전 아우는 간염을 앓은 적이 있었다. 1979년 그해, 1년 8개월 형을 살고 형집행정지로 석방된 직후였다. 눈 흰자위에 노르끄레한 황달 증세가 나타났으나, 누이 집에서 쉬며 가까운 개인병원 통원 치료로 쉽게 회복되었다. 아우의 허우대가 건장하다 할 수는 없지만 그렇다고 허약 체질도 아니었기에 그 뒤 그는 별 탈 없이 바쁘게 그의 삶을 살아왔던 셈이다. 그런데 이번 사건으로 구속된 뒤, 경찰에서 검찰로 넘어가고부터 그는 그 알량한 그곳 식사조차 제대로 소화를 못 해 늘 속이 쓰리고 기운이 없어 앉아 있기조차 힘들다고 면회자에게 호소했던 터였다. 첫 장마절기에 들어 날마다 비가 뿌리던 7월 초순 어느 날, 내가 대구로 내려가서 면회를 통해 아우 얼굴을 보자, 그를 못 본 지 불과 한 달 사이에 보기 딱할 정도로 야위었고 혈색 또한 좋지 않았다. 얼굴색이 검누렇게 찌든 데다 광대뼈가 도드라져, 다시 단식이라도 시작한 듯 영양실조증이 완연했다. 다섯 해 전 아우가 안동교도소에 수감되어 있을 때, 교도소 당국의 양심범 가혹 행위에 항의하여 일주일 동안 물만 먹고 단식한다기에, 내가 그를 면회 갔을 때가 꼭 그랬다. 그때는 얼굴색이 창백했지 검누렇지는 않았다. 일거리도 없을 이 장맛비에 주민들은 뭘 먹고 지낼까 걱정을 하다

보면 잠이 오지 않았는데 마치 꿈이나 꾸듯, 내가 석방되어 산동네로 막 뛰어올라가고 있잖아요. 그 말을 하며 아우는 나이에 어울리지 않게 수줍은 미소를 머금었다. 그의 표정 중 한 특징이라 말해야 할 그런 미소를 지을 때, 입가에 메마른 살갗이 겹주름까지 져서 서른아홉 살의 한창 나이인 그가 마치 늙은이 같아 보였다. 아무래도 위장이나 간장에 문제가 있는 것 같다며 진찰을 받았느냐고 내가 묻자, 아우는 소화제를 타 먹는다며, 달리 아픈 데는 없으니 곧 낫겠지요, 하고 힘담 없게 대답했다. 나는 아우 담당 변호사 주영준을 만나, 현구가 병이 있으니 병원 감정유치를 청구하여 종합병원에서 진찰과 치료를 받게 해달라고 부탁하곤 상경했다. 내가 소련으로 떠날 때까지 현구의 감정유치 허가는 떨어지지 않았다.

공항을 떠나 집으로 돌아오는 차 안에서 아내는, 그저께 당일치기로 대구에 다녀왔다며, 현구 종합검진이 진행 중이더라고 말했다. 의사 말로는 병이 위가 아니라 간 쪽이며, 자기가 보기에도 상태가 아주 좋지 않더라는 것이다.

"복수가 심해 배에 찬 물부터 뽑았는데, 체중이 한꺼번에 6킬로그램이나 빠졌대요. 차마 마주 볼 수 없을 정도로 여위었어요. 검사를 받느라 미음조차 먹지 못하니…… 간병하시는 어머님이 몸져누우실까 걱정됩니다. 그렇다고 애들 때문에 내가 내려가 있을 수도 없잖아요. 아무리 바쁘더라도 당신이 속히 한번 다녀와야겠어요" 하며 손수건으로 눈을 훔치던 아내가 문득 생각이 났는지, "지난번 것하고, 이번 힘써준 사례비며 변호사 비용 백만 원은 대구 아가씨가 냈어요" 하고 말했다.

차창 밖으로 8월 중순의 불볕더위가 끓고 있었다. 가로수 잎이 후줄근히 늘어졌고 멀리 보이는 아파트 단지는 증발하는 증기로 무너져 내릴 듯 흐물거렸다. 그 흐물거리는 뒤쪽, 현구의 여윈 모습이 물 아래 가라앉은 탈색한 가랑잎이듯 얼비쳐 보였다. 아우와 나는 여덟 살 나이 차이로 속 깊은 대화는 나누어보지 못한 채, 여지껏 떨어져 살아온 세월이 더 길었다. 그와 함께 생활하기는 내가 고등학교를 졸업할 때까지였다. 그가 중학교에 다닐 때 나는 서울에서 대학을 다녔고, 그가 고등학교에 다닐 때 나는 입대했으며, 그가 대구에서 대학에 다닐 때 나는 이미 사회인이 되어 서울에서 직장 생활을 하고 있었다.

이튿날 아침, 아파트 주차장에 보름째 덮개를 쓰고 있는 자가용을 그대로 두고 나는 좌석버스 편으로 출근했다. 회사에 나오자 나는 국외 여행으로 자리를 비운 동안의 판매 실적 장부부터 살폈다. 모두 산과 바다를 찾아 빠져나갔을 지난 두 주일, 따분한 읽을거리가 잘 팔릴 리 없었다. 가을 출간을 목표로 진행하던 신간 세 권의 편집 진행 현황도 살폈다. 그리고 모스크바에서 가져온, 초판이 현지 시중에 나온 지 불과 달포밖에 되지 않은 아나톨리 리바코프의 소설 『1935년과 그 이후』 첫째 권 번역을 서둘러 착수해야 했기에, 『아르바트의 아이들』을 번역했던 러시아어과 교수를 만났다. 『1935년과 그 이후』는, 고르바초프의 페레스트로이카 정책에 힘입어 소련에서 출간되자마자 곧 서방세계 여러 나라 말로 번역되어 세계적인 명성을 획득한 리바코프 만년의 대작 『아르바트의 아이들』 제2부 첫 권에 해당되는 소설이었다. 3백여 쪽 분량의 원서를 두 달 안으로 번역을 마쳐달라는 내 부탁에, 교수는 더위를 핑계로 난색을 표명했다. 조급한 마음 같아선 우리보다 한발 앞서 이미 시판되고 있을지 모를 일어판을 구해 서너 토막으로 나누어 여럿에게 중역을 의뢰했으면 싶었으나 내 출판 기본 방침이 그러하지 않았기에 제1부 역자와 밀고 당기는 설득전을 벌일 수밖에 없었다. 그의 꼼꼼한 번역은 믿을 만했다. 인원 아홉 명을 거느린, 내가 경영하는 소규모 단행본 출판사는 그동안 80여 종의 책을 출간했으나 작년 이후로 내세울 만한 상품이 없어 현상 유지가 빠듯했던 게 사실이었다. 그 점에는 영업부장의 은근한 투정도 있었듯, 시류에 영합하는 청소년 취향의 감상적인 읽을거리를 출판에서 배제한 내 출판 방침에도 원인이 있었다. 그런데 리바코프의 『아르바트의 아이들』 세 권이 근래 도하 신문 외신란과 특집란을 거의 덮다시피 하는 소련의 민주화 개혁정치 소개 기사에 힘입어 4개월 만에 총 9만여 권의 판매 실적을 올려, 운영 자금에 큰 도움을 받고 있었다. 마침 소련에서 열린 국제도서박람회에 내가 선뜻 나서게 된 것도 '소련작가동맹' 산하 '소련저작권협회'와의 사무 협의와 리바코프 면담에 주 목적이 있었다. 한편, 문화 해빙기를 맞아 재평가를 받는 스탈린 치하 강제수용소 실태를 고발한 바를람 샬라모프 소설 『콜리마 이야기』의 원전을 입수해 오기도 했다. 그래서 저녁 시간에는 다른 러시아어과 교수를 만나 샬라모프 소설 번역을 교섭하느라 식사와 곁들여 맥주도 마셨다. 아침에 집을 나설 때 이미 아내에게 말해두었기에, 나는 떠난다는 전화 한 통만 집에 걸고 대구로 가는 밤기차를 탔다.

동대구역에 도착하니 짧은 여름밤이 지나고 역 광장이 희뿌옇게 트여왔다. 손가방을 든 나는 빈 택시에 올라, 기사에게 대학병원으로 가자고 말했다. 이제 대구에도 의과대학이 여러 개 생겨 대학병원이라면 어느 의과대학 부속병원을 가리키는지 혼동되겠지만, 대구에 오래 터를 잡은 사람에게 대학병원은 으레 시 중심부 삼덕동에 있는 경북대학교 의과대학 부속병원을 가리키기 마련이었다. 길 하나를 사이에 두고 넓게 터를 잡아 마주 보는 의과대학과 부속병원은 대구에서 이제 몇 남지 않은 연조 깊은 서양식 벽돌 건물이었다. 동대구역에서 대학병원까지는 기본요금 거리였다.

택시에서 내리자, 미명 속에 의과대학과 부속병원 사이의 좁장한 한길은 한적했다. 불현듯 중학 시절이 생각났다. 중앙지 조간신문을 배달할 때, 내 구역이 삼덕동과 동인동 일대였다. 길은 물론 주위의 풍경까지 그때와 변한 데가 없었으나, 그 시절은 사차선 팔차선 도로가 없던 때여선지 널찍한 큰길이었다. 나는 사람 자취가 없는 휑한 이 길로 신문 덩이를 끼고 새벽별 보며 종종걸음 쳤다. 의과대학에서 신문 여섯 부, 부속병원에서 일곱 부를 구독했는데, 양쪽 수위실에 신문 열세 장을 문틈에 밀어넣고 나면 마치 배달을 절반쯤 마친 듯 끼고 있는 신문 덩이가 가뿐했다. 그 시절이 1955년이던가. 아우가 사변둥이이니 다섯 살이었으리라. 어머니가 양키시장에서 미제 물건을 팔아 3남매를 키웠고, 다른 피난민들도 그렇게 힘들게 살았듯 우리 역시 전후 애옥살이한 시절이었다.

안이 훤하게 들여다보이는 낮은 벽돌담 안 양쪽 구내는 예전 그대로 넓은 뜰에 숲이 울창했다. 한길을 지붕으로 덮다시피 한 무성한 플라타너스 가로수는 새벽 이슬에 젖어 있었다. 기차 안에서 숙면을 못 한 탓인지 골이 패였고 피곤으로 발걸음이 희뜩거렸다. 따지고 보면 모스크바와 서울의 일곱 시간 시차를 극복하기에는 그 날수가 이틀이 채 되지 않기도 했다.

병원 정문 안쪽 수위실에는 파리한 형광등 불빛 아래 제모 쓴 수위가 고갯방아를 찧으며 졸고 있었다. 그에게 현구가 입원한 병동 위치를 물으려다 그만두고, 저만큼 육중하게 버틴 일제 때 지은 우중충한 본관 건물을 향해 숲 사이로 난 아스팔트 길을 걸었다. 새벽의 신선한 공기가 콧속으로 스며들었다. 아우를 만날 생각으로 마음이 무거워, 골치를 무릅쓰고 담배를 피워 물었다. 한쪽 숲속 어디에서인가 깊이 가라앉은 정적을 흩뜨리며 잠을 털 새가 날카로운 소리로 울었다.

아내가 일러준 현구가 입원한 병동은 다른 병동과 뚝 떨어진, 담쟁이 덩굴로 벽면이 덮인 뒷담장과 붙은 후미진 데 있었다. 마지못해 그를 감정유치로 옥에서 내주며 유폐된 정신병동에 처넣어버린 느낌이었다. 단층 병동으로 들어서자 컴컴하고 긴 통로가 나를 맞았다. 멀리 보이는 복도 끝 뒷문 채광창 두 개가 안경같이 뽀윰하게 트여 있었다. 아우가 제집처럼 들랑거린

옥사로 들어선 듯 으스스했다. 다섯 걸음 정도마다 창을 낸 앞쪽은 숲이 짙은 널짱한 뜰이었고 뒷담장 쪽은 칸칸으로 나뉜 병실이었다. 7, 80년을 견디어낸 건물이라 회칠한 천장과 벽은 그을음과 먼지에 절었고 시멘트 바닥도 여러 차례 땜질해서 누더기가 된 형편이었다. 병원 특유의 크레졸 냄새에 눅눅한 곰팡이내음이 섞여 있었다. 뿌연 형광등이 이따금 걸린 어둑신한 복도를 걸으며 나는 아우 병실을 찾았다. 문짝에 바짝 붙어 서서 병실 호수를 읽어야 했기에 복도를 헤매는 내 발소리가 유독 크게 울렸다. 더위 때문인지 어느 병실은 문을 반쯤 열어놓아, 안에서 통증을 호소하는 환자의 여린 신음이 새어나오기도 했다. 그 소리가 깊은 지하에서 솟아오르는 절망의 하소연 같아, 내 어두운 마음을 더 무겁게 눌렀다. 복도 벽에 붙여놓은 긴 의자에는 더러 환자 가족이 아무것도 덮지 않고 새우잠에 들어 있었다. 처음에는 그들 중에 어머니나 동수 엄마가 있나 싶어 나는 잠든 사람 얼굴을 가까이에서 들여다보기도 했다. 두 사람째 그렇게 눈여겨보다, 아내 말이 아우 병실은 특실이라 했기에 그럴 리 없다 싶어 더 살피지 않았다.

"큰애 오는구나. 에미다."

얼굴을 구별하기 힘든 침침한 회색 공간임에도 어머니는 모성 특유의 감각으로 멀리서 걸어오는 나를 알아보았다. 복도 의자에 한쪽 무릎을 세워 꼬부장히 앉은 어머니의 표정은 볼 수 없었고 쉰 목소리만 들렸다.

먼 길을 잘 다녀왔느냐는 어머니 안부말이 있고, 왜 밖에 앉아 계시냐고 내가 물었다. 어머니는 병실 쪽을 흘끗 돌아보며, 꼴 보기 싫은 자가 버티고 있어 여기서 잠시 눈을 붙였다고 대답했다. 아우가 주거 제한 감정유치 허가를 받은 미결수이기에 입원실은 간수가 지키고 있음을 알았다.

"윤구야, 어찌 뭔가 잘못 돌아가는 것 같으다. 감정유치 명령이 뭔가 모르지만, 관할서에서 높은 양반이 와서 입원비와 치료비는 걱정 말라더라. 나라에서 다 부담한다구. 사람을 큰 쇠판에 십자가처럼 매달아 붙여선 빙빙 돌리는 그런 고문 같은 종합검사도 끝난 모양인데, 담당의사는 함구만 하구…… 모두들 간경변증인가 경화증인가 그렇다지만 어쩐지……"

무엇인가 목울대를 치받는지 어머니는 말을 잇지 못했다.

그렇다면 암이냐고 나 역시 물을 수 없었다. 나는 어머니 옆에 앉았다. 지금 시간, 잠들어 있기 십상인 아우를 위해 특별한 대책을 세워오지도 않은 형으로서 그를 서둘러 깨울 이유가 없었다.

"너 대학병원에 동기생 의사 있지?" 어머니가 물었다.

"예, 다들 서울로 올라와버렸으나 한 친구가 있어요."

고등학교 졸업반 때 우리 반만 해도 경북대학교 의과대학에 진학한 급우가 다섯이었다. 그동안 넷은 서울로 올라와 종합병원 과장급이 되었고 개인병원을 개업하기도 했다. 함근조만은 스무 해째 아직 여기 병원 임상병리과에 남아 있었다.

"설마 네 불알친구까지 속이랴. 너가 한번 그 친구를 만나봐야겠다. 그런데 만약 그 입에서……"

어머니는 작은 몸을 더욱 움츠려, 회한이 사무치는지 울음을 삼켰다. 하얗게 센 앞 머리카락이 형광등 희뿌연 빛에 반사되어 잘게 떨렸다.

평안북도에서도 오지에 속하는 희천, 거기에서도 50여 리 산골에 들어앉은 40여 호 한재 마을에서 개척교회를 열었던 아버지가 종교의 자유를 찾아 직계가족만 데리고 월남하여 서울에 정착하기는 내가 초등학교에 입학하기 전해인 1947년 가을이었다. 3년 뒤에 전쟁이 터지자, 당시 서울 시민 모두가 그랬듯 우리 가족도 피난을 못 갔고, 아버지는 내무서에 연행당했다. 9·28 서울수복 직전, 아버지가 퇴각하는 인민군에 끌려 북행하자, 어머니는 북진하는 국군을 뒤따라 만삭의 몸으로 어린 두 자식을 달고 아버지가 간 길을 뒤쫓았다. 황해도 사리원을 못 미처, 아버지와 함께 납치되어 끌려갔던 일행 중 용케 탈출에 성공하여 서울로 되돌아오던 몇 사람을 만날 수 있었다. 그중 한 사람이, 경기도 연천 어름에서 박 목사를 비롯한 스무여 명이 미군기 폭격으로 사망했다는 소식을 들려주었다. 잘못 보았을 수도 있어 어머니는 그 말을 곧이곧대로 믿지 않아 발길을 연천으로 되돌렸고, 기어코 아버지 죽음을 확인했다. 어머니는 그곳에서, 피난을 떠나 빈집으로 남은 토방에서 유복자를 낳았다. 바로 현구였다. 어떻게 목숨이 붙었는지 모른 채 가위눌려 남북으로 동분서주했던 그해 1950년, 어머니는 젊디젊은 스물아홉 살에 청상이 되셨다. 중공군의 참전으로 국군이 다시 밀리기까지 어머니가 겪어야 했던 수난은 훗날 당신 말로, 필설로써 어찌 다 기록할 수 있냐고 했다. 엄동의 혹한이 몰아치는데 삼남매를 이끌고 물 설고 낯선 대구까지 흘러 내려왔으니, 당시 초등학교 3학년이던 내 기억에도 추위와 굶주림과, 끝없는 보행과, 발가락이 떨어져나갈 듯 아프던 그 쓰라림만은 지금도 또렷하게 남아 있다. 어떤 경우에는 여자가 남자보다 강기 있다는 말처럼, 불평 없이 옹골지게 따라붙던 어린 숙영이의 다부진 모습 또한 눈에 선하다.

피붙이라곤 남한 땅에 남은 세 자식을 오로지 기둥 삼아 오늘에 이르기까지의 홀어미 생애를, 나는 내 나이 마흔일곱이니 이제 넉넉한 마음으로 짐작할 수 있다. 그렇게 키운 세 자식 중 하나를 어쩌면 애물로 저세상에 보내지 않을까 하는 벼랑에 선 모정을, 나는 넋 놓고 앉은 당신의 주름 많은 어두운 모습에서 읽을 수 있었다. 내가 이렇게 울어서는 안 되는데, 하며 혼잣말을 하던 어머니 눈에 먼빛이 그 물기에만 강하게 응집되어 번쩍임을 볼 수 있었다. 세 자식을 보듬고 타관의 모진 세파를 이겨올 동안 모짊으로 쌓아 올린 그 강인한 성채도 어느 순간 저렇게 머릿돌부터 흔들리는구나, 하고 나는 생각했다. 아니, 당신은 한 시절, 육순을 넘긴 연세에도 아랑곳 않고 갇힌 아우를 구해내겠다며 머리와 어깨에 띠를 두르고 '민가협' 모임에도 부지런히 나다니는 열성을 보였다. 유복자로 태어난 현구였기에 어머니는, 서로 몸뚱이는 다르지만 저 막내만은 자나 깨나 지아비와 함께 내 몸속에 있다는 말버릇처럼, 감옥이 아닌 바깥세상에도 당신은 현구가 들어앉은 감옥 한 칸을 마음에 마련해두었던 것이다.

"현구와 내가 스물아홉 나이 차라, 작년에 남들이 말하는 그 험한 아홉수를 서로가 그런대로 넘긴다 싶더니……" 어머니가 맞은편 창밖을 바라보며 중언부언했다.

어머니가 셈하는 아홉수는 전래의 우리식 나이 계산법이었다. 얼마나 속울음을 지우셨는지 겪센 가라앉은 그 목소리에서, 열렬한 사랑을 쏟는 만큼 반비례로 돌아오는 허탈감을 읽을 수 있었다. 나는 할 말을 잃고 어머니의 눈길을 좇았다. 히말라야시다의 넓게 벌린 가지와 넓은 뜰 건너, 뚝 떨어진 앞 병동의 이층 벽돌 건물 사이로, 조각 져 보이는 하늘을 바라보았다. 새들 울음이 빛살처럼 뿌려지는 새벽하늘이 맑게 트여왔다. 이 병동 안에 한 생명의 불꽃이 지금 사그라지고 있는데도 저 땅끝에서부터 해는 늘 그렇게 무심히 떠오르고 있었다.

나는 가방을 들고 말없이 일어났다. 병실 문에는 '관계자 외 일절 출입금지'라는 큼지막한 팻말이 걸려 있었다. 나는 병실 안으로 들어섰다. 침대 발치에 걸어놓은 '절대 안정'이란 또 다른 팻말이 먼저 눈에 들어왔다. 현구는 링거 주사기를 팔에 꽂은 채 눈을 감고 있었다. 병실 중앙에는 탁자를 가운데 두고 비닐로 씌운 철제 응접의자가 셋이었다. 한쪽 벽에 켜진 반투명 전등 불빛이 창으로 밀려드는 빛살에 사위어갔다.

긴 의자에서 신을 신고 잠을 자던 제복 입은 젊은이가 잠귀도 밝게 벌떡 일어나 앉으며, 돌연한 침입자를 쏘아보았다. 허리에 수갑과 방망이를 차고 있었다.

"현구 형 됩니다." 내가 목소리를 낮추어 말했다.

나는 가방을 빈 의자에 놓고 침대로 다가갔다. 아우는 팔뚝에 꽂힌 주삿바늘에 묶여 있기라도 하듯 갈고리같이 마른 손을 홑이불 밖에 얌전하게 포개어 얹고 잠들어 있었다. 땀으로 찌든 긴 머리카락 아래 경성드뭇이 자란 수염 자리가 안쓰러웠다. 더 깎았다간 뼈를 다칠 듯, 얼굴은 나무로 빚은 모습이었다. 환자복 사이로 보이는 빗장뼈도 집어낼 만큼 돌기졌다. 육질이 제거된 그의 흉상이 내게는 탈속한 경건함까지 느끼게 했다. 대구 중심부 장관동 단칸 셋방에 살며 현구와 내가 집과 가까운 제일교회에 다닐 때, 아우는 초등반이었고 나는 고등반이었다. 부끄럼 잘 타는 현구가 기도할 때만은 '우리 어머니, 우리 어머니' 하며 어찌나 잘 읊는지 신통하더라는 초등반 교사 말을 들은 적 있었다. 어릴 적에 그는 나이답잖게 어머니를 끔찍이 섬겼고, 그래서 위로 우리 남매보다 당신의 사랑을 더 도탑게 받았다. 땅거미가 낄 때쯤 일 마치고 돌아오는 어머니와 함께 저녁밥을 먹겠다며 한길로 나가 장맞이도 곧잘 하던 그였다. 우리 막내 효자가 엄마하고 밥 먹겠다고 여지껏 기다렸다 안 그러나, 하며 어머니는 현구 손을 잡고 대문을 들어서곤 했다. 잠에 든 아우의 평화로운 얼굴을 보자 마음이 착한 자는 나이가 들어도 그 얼굴에 소년티의 순진성이 남아 있듯, 어릴 적 그의 모습이 떠올랐다.

잠이 든 현구를 깨울 수 없어 나는 빈 의자에 앉았다. 어느새 어머니가 병실 안으로 들어와 있었다. 상고머리에 얼굴이 각진 젊은이가 자기소개를 했다. 간수 최는 방명록에 내 이름·주소·전화번호를 기록하곤, 이것저것 여러 말을 물었으나 심심풀이 질문이라 나는 건성으로 대답했다.

병실 문이 소리 없이 열리고 머릿수건 쓴 아낙네가 플라스틱 물통을 들고 조심스럽게 들어왔다. 소매를 걷은 군복 윗도리에 몸뻬 차림이었다.

"상주댁이구려. 일찍도 나왔네." 어머니가 반갑게 그네를 맞았다.

"7시 반부터 일을 시작해요." 볕에 까맣게 그을린 상주댁이 죄지은 사람처럼 조그맣게 대답했다.

상주댁은 뒷산 약수터에서 갓 받아온 생수라며 물통을 한편에 놓았다. 그네는 잠이 든 현구 모습을 멀찌감치에서 바라보다 조심스럽게 의자에 앉았다. 권사님, 기도하세요, 하고 상주댁이 말하곤 손을 여며 잡았다. 어머니가 그네와 머리를 마주 대어, 현구를 살려달라는 간곡한 기도를 했다. 상주댁은 10분 정도 병실에 머물다 발소리 죽여 돌아갔다. 그동안 간수 최는 밖으로 나가 세수를 하고 왔다.

"너도 현구 공판 때 상주댁을 봤을걸. 상주댁이 사글세 든 집을 철거반원들이 허물 때 그 사달이 벌어졌으니, 저 여편네가 저렇게 정성으로 마음을 쓰는구나. 세 자식과 거동 불편한 시어머니를 거느리구 살다 보니 신새벽에 공사장에 나가, 삼층 사층까지 엉성한 철다리를 밟고 모래와 벽돌을 져다 올려."

어머니가 상주댁이 가져온 물통을 현구가 누운 침대 밑에 옮겨놓으며 말했다.

262

현구가 잠에서 깨어나기는 30분쯤 뒤로, 복도에 발소리가 분주하게 들릴 때였다.

"형님, 언제 귀국했어요?"

아우가 말문을 떼곤 내게 나직나직 여러 말을 물었다. 20세기 마지막 대결단이라 일컬어지는 소련의 민주화 개혁 추진, 70년 간 소련을 장악해온 볼셰비키 보수파에 의해 실각이 우려된다고 보도되는 고르바초프의 현지 지지도, 무너져버린 동서독 장벽과 동구 여러 나라의 탈이념 조치에 따른 소련의 반응 따위였다. 탁자의 전화기와 성경책 옆에 신문이 여러 장 있어 외신을 통해 들어와 날마다 실리는 그런 기사를 그가 읽었을 텐데도 내 입으로 직접 목격담이 듣고 싶은 모양이었다. 아니면 진보도 보수도 아닌 회색 중산층 지식인의 반응이 궁금했는지도 몰랐다. 이념을 절대 가치로 앞세운 패권주의를 청산하고 소련은 지금 탈사회주의화로 과감하게 수정하고 있으며 고르바초프 인기가 대단하더라고 대답하기에는 나 자신도 그 단정이 성급할 수 있었다. 또한 그런 쪽 문제를 남한의 현실과 결부하여 스무 해 가까이 실천운동으로써 그 해답을 얻겠다고 고군분투해온 아우에게 주마간산 격이었던 내 관찰이 섣부른 판단으로 들릴 수 있었다. 그래서 나는, 사회주의가 인민의 삶을 좀더 향상시키기 위해 지금껏 굳혀온 교조주의적 체질을 바꾸고 있는 갈등의 현장을 보았다고, 애매모호한 표현으로 뭉뚱그려 대답했다. 생필품의 부족 현상으로, 모스크바는 물론 레닌그라드도 백화점이든 상점이든 장사진을 이룬 구매자의 긴 행렬 따위는 언급하고 싶지 않았다. 신문에 이미 보도된 소련의 그런 현상을 두고, 정치의 일방통행식 관료주의 체질, 모든 생산 공장의 국영화에 따른 경쟁 없는 사회가 안고 있는 형편없는 제품의 수준, 생산과 수요의 차질, 균등한 배급제에 따른 노동자의 타성적인 근무 태도를 장황한 설명으로 보충해야 했기 때문이었다. 아우는, 절대 수정될 것 같지 않던 마르크스 경제 이론도 그렇게 수정되는데, 어찌 우리나라만이 남북 어느 쪽도 기득권을 빼앗길세라 한 치의 양보도 없는지 모르겠다며 힘없이 머리를 저었다. 링거 속에 진통제가 주입되어 있는지, 간은 자각 증상이 없어서 그런지, 아우는 말을 하면서도 고통은 느끼지 않아 보였고, 목소리는 기가 빠졌으나 표정은 밝았다.

"모스크바의 교외에 작가동맹 주택단지가 있더군. 고리키가 레닌에게 부탁하여 1933년에 건설한 문학가들의 이상촌이지. 소련 펜클럽 회장인 노작가 리바코프가 거기에 살아. 별장식이라 뜰은 넓은데, 낡은 목조 가옥에는 방이 두 개밖에 없어. 하나는 침실이요 하나는 집필실이라, 거실 겸 식당에서 대화를 나누었어. 소련 인민의 가정이 다 그렇겠지만 노대가 집도 검소함이 한눈에 보이더라. 한국에서도 선생님 소설이 많이 읽힌다고 말하니 기뻐하더군. 일흔일곱 살의 노익장인데, 목소리가 힘이 있고 안광이 빛나. 그러니 『아르바트의 아이들』 같은 대작을 써낼 수 있었겠지. 그는 다른 지식인과 마찬가지로 고르바초프를 열렬히 지지하더군. 고르바초프는 전 인민에게 제한 없는 여행의 자유와 말할 권리를 주었고, 예술가들에게도 무한대의 표현의 자유를 주었다면서 말이야. 사실『아르바트의 아이들』이 스탈린 시대 일인 독재 공포정치를 고발한 내용인데, 그런 내용이 빛을 보는 시대가 됐으니 그럴 수밖에 없겠지. 그분 말로는, 스탈린 독재 치하 스물두 해 동안 지식인을 포함해서 7천만 명이나 처형되고 유배되었다더군. 그래도 우리는 살아남았다, 아랍 민족과 몽골로부터 침탈당했을 때의 2, 3백 년 노예 생활을 묵묵히 견디어왔듯, 슬라브 민족은 참고 견디는 데는 어느 민족보다 강하다, 하며 열변을 토하더군. 그분이 왜 그런 말을 했냐 하면, 지금 소련에서 벌어지는 페레스트로이카는 결국 슬라브인의 그런 인내심이 수십 년 만에 피워낸 꽃이란 뜻이겠지.”

귀국을 갓 한 탓인지 해외 여행담을 늘어놓다 보니 내 말이 길어졌다.

“형님이 차입해준『아르바트의 아이들』세 권을 읽었죠. 러시아 문학의 스케일은 역시 다릅디다. 그런데 그 책에 실린 리바코프의 약력을 보았더니, 스탈린 시대 대학 재학 중 3년간 시베리아 유형에 처해진 적은 있으나 그 뒤부터는 체제 순응자가 되어 스탈린이 죽기 직전 ‘스탈린상’도 수상했더군요. 그로부터 30여 년 동안 이렇다 할 작품도 쓰지 않고 보신책으로 긴 침묵 끝에, 표현의 자유 시대가 도래하자 드디어 필을 들어 스탈린을 공격한다! 이게 뭡니까? 만약 그가 이런 대변혁이 오기 전, 7년 전쯤 70세로 사망했다면 어찌 되었을까요?”

현구가 리바코프를 신랄하게 공격했다. 내가 그렇게 말한다면 부르주아 지식인의 탁상공론이라는 비난깨나 받겠으나, 아우로서는 그렇게 말할 자격이 충분했다.

"그래서 작가는 시대를 타고난다는 말도 있지."

궁색해진 내 답변을 묵살하며, 현구가 화제를 바꾸었다.

"사회주의 이념은 원래 도덕적 정의에 기초를 두잖습니까. 레닌이 볼셰비키 혁명에 성공하자 공정한 분배를 원칙으로 계급 평등부터 실현했잖아요. 고르바초프는 정치·경제의 다원주의를 도입하여 그 기반 위에 삶의 질을 서유럽 수준으로 높여보자고 글라스노스트와 페레스트로이카를 실천하고 있는 줄 아는데요?"

"볼셰비키 혁명에 성공한 1917년 시점에서는 사회주의 경제이론이 맞아떨어졌지만, 이제는 그 한계에 봉착한 셈이지. 국영 백화점에 그 흔한 전자계산기 하나 없이 판매원은 아직도 수판으로 셈을 하고 있는 실정이니깐."

"거기 사람들은 어때요?"

"자본주의 관점에서 보자면 대체로 가난해. 백화점에 있는 상품 질은 우리나라 1960년대 중반쯤 될까. 그러나 사회복지가 잘 돼 있고 기본적인 의식주 걱정은 없는 것 같애. 그 사회의 장점이라면, 네 말처럼 윤리적·도덕적 측면에서 청결하다는 점일 게야. 그쪽 사람들은 정직하고 순박할 수밖에 없지. 당 고위층은 모르지만, 부정부패가 없고, 거짓말·사기·폭력·쟁의 따위가 안 통하는 세상이니깐."

"문제는 바로 거기에 있어요. 소련이 서구 선진국보다 생활 수준 면에선 2, 30년 뒤떨어졌다 하더라도, 삶의 질에서는 평균

화가 이루어져 있잖아요. 설령 더디더라도 그 평균화된 질을 한 단계씩 높이는 일이 중요하지, 우리나라처럼 소수 독점자본가와 권력자, 거기에 기생하는 소수 유한 계층 질만 높이면 뭘 합니까. 우리 현실을 보세요. 가진 자는 너무 가져 불로소득으로 호의호식하고 빈민층은 지하실 단칸 셋방에서 일고여덟 명이 복작대며 살고 있으니, 지옥과 천당이 따로 없지요. 제가 말하는 것은 사회주의를 이 땅에 꼭 실현하자는 강경론이 아닙니다. 사회주의 국가가 정치적으로는 독재요, 문화적으로는 획일적이요, 경제적으로는 낙후성을 면치 못하는 단점을 저도 인정합니다. 그러나 우리 현실을 직시할 때, 당장 눈앞에 벌어지는 이 악순환만은 빨리 시정되어야 해요. 우리 사회도 이제 성장 초입에 들어섰으니, 350만 정도로 추산되는 소외 계층인 빈민층에 따뜻한 눈길을 돌려야 해요. 이 시점에선 성장이나 수출이 더 급한 게 아니라 분배 정의부터 제 궤도에 올려놓아야 한다는 말입니다. 그러자면 사회주의와 자본주의가 만나는 꼭지점이 있을 겝니다……" 말하기도 힘든지 현구가 헐떡거렸다.

"얘야, 그만하거라. 흥분하면 몸에 좋지 않으니 그만큼 해둬. 네가 하는 그런 말도 2천 년 전 말씀이신 성경에 이미 다 기록되어 있지 않더냐. 부자가 천국에 가기는 낙타가 바늘구멍으로 들어가기보다 힘들다 했으니, 주님이 먼저 다 알고 계신다." 듣고만 있던 어머니가 말참견을 했다.

나도 그 문제에 대해서는 더 하고 싶은 말이 없었다. 현실 속으로 들어가 몸소 싸우는 자 앞에 나는 방관자밖에 되지 못했다.

"좋은 세월입니다. 형님이 국외 첫 나들이로 사회주의 종주국부터 다녀오게 됐으니……" 현구가 지친 목소리로 말끝을 흐렸다.

현구는 자신의 일로 하여 형인 내가 당한 고통을 잘 알고 있었다. 그가 감옥에 있지 않은 도피 시절에는 나 역시 당국으로부터 늘 감시 대상이었고, 경찰서 정보과로 잡혀가 아우의 거처를 대라며 저들로부터 폭행을 당한 적도 두 차례 있었다.

현구가 대구에서 대학에 입학하여 서클 활동으로 처음 나선 일이 '기독교학생연맹'이었다. 이는 아버지가 목사였으므로 우리 삼남매가 유아세례를 받고 어릴 적부터 교회에 나가게 된 이력이 먼 인연이라 할 수 있었다. 그는 곧 기독교의 현실 대응 논리를 '민중적 해방신학' 쪽에서 그 답을 얻었고, '억압과 가난'으로부터 민중의 해방을 위해 반정부 집회와 시위에 참가하기 시작했다. 내성적이며 착하기만 하던 그가 그렇게 변할 줄은 어머니를 비롯한 주위의 누구도 짐작조차 못 했다. 그러나 궤변론자 말을 빌리지 않더라도 내성적이기 때문에 그렇게 변할 수 있다는, 뒤집어 생각해보기에 일리가 있는 변화였다. 아우는 몇 차례 수배를 당하고 구류를 산 뒤에, 3학년 때 강제징집당해 입대했다. 최전방 특수부대에서 냉대를 톡톡히 당한 끝에 만기 제대하고, 1년 뒤였다. 졸업을 앞둔 1976년, 아우는 서슬 푸른 긴급조치 9호 위반으로 수배되자 도피 생활을 하던 중, 이듬해 대구 근교 경산읍 건축 공사 현장에서 날품을 팔다 체포되었다. 징역 2년 자격정지 4년을 선고받고 복역을 시작한 지 1년 8개월 만에 그는 형집행정지로 석방되었다. 그 뒤부터 그는 노동운동판에 뛰어들었다. 졸업은 포기한 채 학력을 낮추어 대구 비산동에 있는 염색공단 동영염직 양성공을 출발로, 그는 식구에게 거주지도 알리지 않고 노동자로, 노동야학 교사로, 빈민운동가로, 대구 검단공단·제3공단·비산동 염색공단·성서공단·월배공단에서 동가식서가숙했다. 나 역시 1980년 그해 해직 기자가 되어 4년 뒤 출판사를 시작할 때까지 생계에 타격이 컸으나, 그 당시는 물론 그 뒤에도 현구 소재를 파악하려는 수사기관의 출입이 내 서울 집과 출판사로 간단없이 이어졌다. 박현구가 있는 곳에는 반드시 쟁의와 파업과 생계대책 빈민 시위가 뒤따른다는 출입 형사의 말이었다. 그동안 그는 두 차례 옥고를 겪었고, 그가 옥에 갇힘으로써 활동할 수 없을 때만은 우리 집에도 수사기관의 출입이 끊어졌다. 그가 마지막으로 투옥되기는 금년 봄, 대구 비산동 달동네 재개발지 철거 과정에서, 철거반원과 주민 사이의 분쟁에 뛰어든 결과였다. 그는 아내와 함께 그 달동네에서 빈민운동에 헌신하고 있었는데, 철거반원 중 한 명의 중상과 또 한 명의 경상에 따른 피의자 고발로 구속되었던 것이다. 당국에서는 그를 대구 지방 대표적인 문제 인물로 파악하고 있었으나, 내게는 현구의 폭행이 사실로 믿기지 않았다. 내가 보아온 아우는 외유내강의 한 전형으로, 누구에게나 늘 겸손했다. 그는 내게 빈민운동의 마음가짐을 이야기하며 봉사·헌신·사랑을 늘 강조했다. 그런 그가 철거반원의 쇠지레를 빼앗아 그들에게 휘둘렀다는 사실은 믿을 수 없었으나 증인도 인정했고, 법정에서 아우도 시인했다.

작년 6월 중순이던가. 자기 체면도 조금은 살려달라는, 숙영이의 두 차례에 걸친 장거리 전화질에 못 이겨, 나는 누이 막내시동생 결혼식에 참석차 대구로 내려간 적이 있었다. 현구로 하여 김 서방까지 자주 경찰서로 불려 다니는 누이로서 시가 쪽에 유일하게 내세울 점이라면, 오빠는 그래도 서울에서 사장 소리를 들으며 모범적 시민으로 살고 있다는 자랑이었다. 나는 어머니와 함께 결혼식에 참석하고, 어머니 뜻을 좇아 현구가 빈민운동에 헌신하는 달성공원 뒤쪽 비산동 산동네로 나섰다. 오후 2시쯤이었다. 택시를 타자는 내 말에, 어머니는 어림없는 소리라며 한사코 버스를 고집했다. 나는 조카 동수에게 줄 선물로 제과점에서 케이크를 하나 샀다. 버스에서 내린 비산동 산동네 입구는 개천을 복개한 길이었다. 인도는 사람이 다닐 수 없을 정도로 노점 행상이 전자리를 벌이고 있었다. 싸구려 옷장수를 비롯하여 과일 장수, 풀빵 장수, 장난감 장수, 나물을 파는 아낙네, 플라스틱 가정용품을 늘어놓은 젊은이 외에도, 온갖 잡동사니를 벌여놓은 장수들 호객 소리에 귀가 따가울 정도였다. 토정비결과 손금 그림판을 펼쳐놓은 점쟁이도 있었고, 면봉·이쑤시개·때밀이수건·고무장갑을 파는 양다리 없는 불구자, 코흘리개를 앞에 앉혀두고 누운 채 까만 손바닥을 편 동냥꾼도 한몫을 차지했다. 좋게 말한다면 활달한 생존경쟁 현장을 보는 셈이고, 그렇지 않은 관점으로는 호구가 무엇인지 살아남기 위한 비탄의 아우성을 듣는 셈이었다. 어머니를 따라 골목길로 들어서서 부동산 소개소·약국·여인숙·미장원 간판이 붙은 가게와 상점을 지나자, 빈민촌이 시작되는 언덕길이 나섰다. 뒤에서 밀어주어야 할 리어카나 지겟짐 이외에는 아무 차도 올라갈 수 없게 비탈이 30도는 될 듯했다. 기왓장과 시멘트 골판을 지붕으로 덮은 집들이 주위로 촘촘하게 들어찼고, 두 사람이 비켜갈 수 있는 좁은 골목길이 옆으로 가지를 쳤다. 골목길에는 쓰레기통은 물론, 작은 단지와 무엇이 들었는지 사과 궤짝 같은 살림 도구까지 내다 놓은 집도 있었다. 그런 좁은 골목에도 러닝셔츠와 팬티만 입은 여윈 아이들이 맑은 웃음을 터뜨리며 싸대었고, 골목 담장 그늘에는 노친네들이 앉아 한담을 나누고 있었다. 거기서부터 나는 빈민들의 생활을 후각으로 먼저 느꼈다. 수채 내음이 섞였고, 지린내가 섞였고, 털을 태우는 노린내도 섞인 듯한, 그런 모든 냄새가 함께 버무려진 역한 내음이 초여름의 후텁지근한 공기 속에 녹아 있었다. 초년병 사회부 기자 시절 나는 상계동 난민촌이며 사당동 산동네에도 취재를 다녔는데, 강남 중산층 아파트로 옮겨 살게 된 지 5, 6년 사이에 까맣게 잊어온, 이제 낯이 선 철저히 소외된 지역이었다. 길은 차츰 좁아지고 굽이로 휘돌았는데, 비탈이 갑자기 45도는 되게 가팔라졌다. 수도관이 급한 비탈을 타고 올라가는지, 쓰레기와 변소 오물은 어떻게 처리하는지, 하수물은 어디를 통해 빠져 내려가는지 알 수 없었다.

　—큰애야, 여기 사는 사람들 직업을 따지면 공장 직공·미장이·목수는 그래도 반반한 축들이지. 막노동·행상꾼·무직자가 6할이 넘는단다. 나머지는 뭔지 아냐? 다쳤거나 몸이 아파 일을

할 수 없는 병자들이지. 성경에도 보면 그렇지 않더냐. 가난한 마을에 병자와 병신이 많이 살듯, 여기도 그렇게 영육의 괴로움으로 신음하는 사람들만 모여 산단다. 그러나 주님은 언제나 그렇듯, 부자를 보지 않고 불쌍한 이웃들을 지켜보고 계시지.

어머니가 무릎에 손을 짚고 꼬부장히 한 발 두 발 내디디며, 헉헉 내쉬는 숨길 사이로 뱉는 말이었다. 어머니는 가압장이 설치된 공동 수도장에서, 잠시 다리쉼을 하자며 걸음을 멈추었다. 수돗물을 받으려는 물통이 골목길 가장자리로 50미터는 좋이 늘어섰고 물통 임자들이 뙤약볕 아래 줄을 서서, 멀끔한 차림의 내 모습보다 손에 들린 케이크 통을 내려다보았다. 부스럼딱지 같은 층층의 지붕들 사이로 발쪽한 구석마다 널어놓은 빨래가 시골 초등학교 운동회의 만국기같이 걸려 있었다. 더운 볕살이 그 위로 자글자글 끓었다. 어머니가 손수건으로 땀을 닦으며 내게 말했다.

──큰애야. 새벽부터 일터 나가는 사람이 도시락 싸 들고 이 골목길을 메워 걸어 내려오는 것도 볼만하지만, 해 질 무렵에 집으로 돌아오는 사람들과 밤일 나가는 사람들을 여기에 앉아 보고 있으면, 왜 그렇게 눈물이 나는지…… 밀가루 한 봉지나 쌀 한 봉지 사 들고, 또는 연탄 서너 장 새끼에 꿰어들고 올라오는 사람들의 그 허기진 퀭한 눈이란, 배부른 사람은 이해하지 못할 거다. 야근 나가는 젊은 애들이며, 화장 짙게 하고 술집에 나가는 처녀애들은, 언덕길 허덕대며 올라오는 사람들에게 비켜서서 길을 내어준단다. 그게 여기 사람들 인사법이지.

현구 집과 탁아소가 아직 멀었냐고 내가 물었다. 어머니가 웃으며, 하늘나라와 가장 가까운 곳이 이 세상에서 가장 가난한 사람이 사는 곳이야, 하고 말했다. 어머니는 산마루를 올려다보았다. 그 위로 게딱지 같은 집들이 층을 이루며 다닥다닥 이어져 있었다. 어머니와 나는 물지게 지고 땀 흘리며 오르는 아낙네들을 비켜가며 다시 비탈길을 올랐다. 가압장 아래쪽은 한 집 평수가 30평은 넘어 보였는데, 그 위쪽부터는 대체로 20여 평 정도여서 마당이래야 고작 처마 밑에 신발 벗어놓을 터밖에 없었다. 어머니 말로는, 그래도 한 가구에 일곱 자 정도 크기지만 방이 세 개는 된다고 했다. 두 개는 주인이 쓰고 하나는 세를 놓거나, 주인이 한 칸만 쓰고 방 두 개를 세로 놓고 있다는 것이다. 현구가 사는 방은 물론 사글셋방이었다. 처마 밑에 쪽마루가 있고, 쪽마루 한쪽에 간이 찬장과 개수통이 있었다. 그 옆이 연탄 아궁이로, 부엌이 따로 없었다. 방 안에 아무도 없음을 알고 있었던지 어머니가 방문을 열었다. 컴컴한 방 안에는 낡은 서랍장 하나, 가방이 세 개, 서랍장 위에 이불이 얹혀 있었다. 그리고 앉은뱅이책상이 고작이었다. 그 방에서 그래도 값이 될 만한 물건은 방구석에 켜켜이 쌓인 책 더미였다. 살림살이래야 리어카 하나로 실어내면 족할 분량이었다. 그나마 나머지 발쫌한 공간은 어른 셋이 누우면 꽉 찰 크기였다.

——현구네는 이렇게 산단다. 그 애가 자청하여 이렇게 사는데 뭘 도와주랴. 숙영이가 텔레비전이라도 한 대 사 줄까 했으나, 현구 말이 그걸 볼 시간조차 없다며 거절했단다. 가진 것이

없으니 마음이 홀가분하다니, 그 애야말로 이 세상 사람이 아니지.

어머니는 방문을 닫고, 동수 보러 빨리 가야겠다며 탁아소로 걸음을 옮겼다. 탁아소는 소나무와 잡목이 듬성듬성 섰는 산꼭대기에 있었다. 한때는 넝마주이들이 움집을 엮고 살다 그들이 떠난 뒤 쓰레기장이 되었는데, 이태 전 쓰레기장을 흙으로 묻고 현구가 천막으로 시작했다는 탁아소였다. 블록으로 벽을 쌓고 시멘트 골판으로 지붕을 덮은, 그래도 번듯하게 큰 건물이었다. 아이들의 재잘거림이 바깥까지 왁자하게 들렸다. 교실 두 개가 각 열 평씩, 마당이 스무 평 정도 되었다. 마당은 물론, 교실도 아이들로 초만원이었다. 보모 셋이 그 아이들 시중을 들고 있다. 자원봉사 여대생들이 교대로 동수 엄마를 돕는다는 말을 들었기에 그녀들이겠거니 여겨졌다. 아이구, 아주버님까지 오셨네 하며, 교실에서 나온 동수 엄마가 우리를 맞았다. 마당에서 뛰놀던 아이들이 케이크 상자 주위로 몰려들었다. 어머니는 방 안을 기웃거리다 고만고만한 아이들 속에서 동수를 찾아내었다. 제 할머니 품에 안겨드는 동수에게 나는 케이크 상자를 넘겼다. 동수 엄마 말로는, 이 산동네에 살며 동협제작소에 나가는 견습공이 성형연마기에 왼손 손가락 두 개가 절단되어 현구는 산재보험 문제로 아침 일찍 나갔다 했다. 그래서 결혼식에도 참석 못 했다는 것이다. 전 국민 의료보험화가 되기 전 언제인가, 서울로 올라와 내게 30만 원을 마련해달라던 끝에 현구가 했던 말이 그때 문득 생각났다.

— 형님, 가난한 사람들이라고 다 선량하지만은 않습니다. 때로는 그들을 철부지 어린아이나 노망 든 노인이나 정신병자로 생각해야 할 때도 있어요. 경우에 없는 생떼를 쓰고, 걸핏하면 싸우고, 거짓말하고, 심지어 도둑질까지 하지요. 살아가는 데 너무 지쳐 마음마저 그렇게 황폐해져버린 겁니다. 그 어리광과 투정과 사나움을 탓하기에 앞서, 그 괴로운 삶만큼 나도 그들과 함께 아파하지 않으면 그들을 진정 이해할 수 없습니다. 어머니는 살인한 자식조차 조건 없이 사랑하듯, 그런 마음을 가지지 않곤 하루인들 여기서 배겨내지 못해요. 그러니 처음은 벗에게 봉사한다는 정신에서 출발하여, 한몸이 되어 함께 뒹굴며 희생하다 보면, 대가를 바라지 않는 사랑의 실천과 종된 자로서의 겸손이 최상임을 깨닫게 되지요. 여기로 들어올 때 전 자존심 따위는 아주 버렸어요. 안사람한테도 내가 그 점을 늘 강조하지요. 조금 다른 이야기지만 며칠 전, 선생님이 무조건 살려주셔야 한다며 골수암으로 죽어가는 소년을 업고 달려온 어머니가 있었습니다. 그 어머니와 함께 이틀 동안 내가 소년을 업고 병원을 여덟 군데나 뛰었습니다. 한결같이 입원 보증금이 없다고 퇴짜를 놓더군요. 이틀째 저녁 무렵, 소년은 끝내 내 등판에서 숨을 거뒀어요. 막막한 분노로 그 엄마와 나는 큰길에 주저앉아 목놓아 울었습니다. 이번에도 그런 처지에 놓인 딱한 가정이 있어서 한 아이를 꼭 살려내야겠기에, 이렇게 형님을 찾아와 손 벌리게 됐습니다……

그때의 현구 말을 떠올리며, 탁아소 안을 둘러보던 내 눈에 올망졸망한 아이들 모습이 멀어지고, 핑글 눈물이 돌았다. 빈민촌 탁아소에서 동수 엄마도 현구만큼 힘든 일을 하고 있음이 한눈에 들어왔던 것이다. 탁아소 건물 옆에 가건물 한 동이 있기에 열린 창문 안을 들여다보니 아녀자들이 스무 명 정도 늘어앉아 한쪽에서는 조화를 만드는 참이었고, 한쪽에서는 싸구려 목걸이 구슬 꿰기에 열중하고 있었다. 빈민촌 아녀자가 일용직 막노동이나 파출부나 행상으로 나서지 않으면 들어앉아 할 수 있는 부업이란 스웨터 뜨기, 봉투 붙이기, 조화 만들기, 목걸이 구슬 꿰기 정도였다.

8시 반이 되어서야 동수 엄마가 동수를 탁아소에 두었는지, 음식 싼 보자기를 들고 병실로 들어왔다. 눈 아래 주근깨 많은 깜조록히 탄 얼굴에 생머리를 뒤로 빗어 핀으로 질끈 묶었고, 헐렁한 무명셔츠 윗도리는 소매를 걷어붙였다. 여름이어서 그런지 그동안 내가 보았을 때마다 줄기차게 입고 다니던 청바지가 아닌 무릎 덮은 통치마 차림이었다.

동수 엄마는 제 서방에게, 잘 주무셨느냐, 밤새 어디 불편한 데는 없었느냐고 사근사근 묻곤, 내게 인사 삼아 말했다.

"아주버님은 노독도 안 풀리고 회사 일로 바쁘실 텐데 이렇게 와주시니 자꾸 빚만 느는군요. 고 3 엄마는 1년 동안 피가 마른다던데, 중 3에 고 3이 겹쳤으니 서울 형님 고생이 오죽하겠어요."

동수 엄마는 그동안 서방 옥바라지와 그네가 꾸려가는 탁아소 일로 바쁘기가 다른 여자 서너 배는 될 터인데, 언제 보아도 표정이 밝았고 몸놀림이 가벼웠다. 악의는 없지만 말을 덜렁덜렁 함부로 하여 어머니 빈축을 사는 점 또한 그네의 스스럼없는 성격 탓이었다.

　— 탁아소만 해도 그렇지. 온갖 병균과 악취가 진동하는 빈민촌에, 그 부모가 어디 자식인들 제대로 챙기겠냐. 밥벌이로 모두 일터에 나가면 그 애들을 받아 씻기고, 먹이고, 글 가르치고, 병원에 데려가고…… 어디 동수 엄마가 그 일뿐이냐. 탁아소를 중심 삼아 빈민촌 부녀운동도 하고 있잖아. 취업 상담에서부터 사글세 방값 문제까지, 저렇게 발 벗고 나서서 뛰니 내가 보아도 테레사든가, 그 수녀가 따로 없어. 저 애라고 어디 몸이 무쇠인가. 저러다 쓰러지면 어떡할는지 모르겠어.

　어머니가 작년에 서울에 와서 계실 때 동수 엄마를 두고 내게 들려준 말이었다.

　대구 노원동 제3공단에서 현구가 노동야학을 열고 있을 무렵, 동수 엄마는 시골 종합고등학교를 졸업하고 그곳 안경테 만드는 공장 총무부에 근무하며 야학 일을 돕다 아우와 사귀게 되었음을 나는 알고 있었다. 그렇게 만났음인지 아우와 나이 차이가 아홉 살이나 졌다. 원형섭 목사 주례로 노곡동 산동네 교회에서 결혼식이 있던 날이 떠올랐다. 결혼식에는 노동야학에 다니던 공원들과 빈민촌 주민들이 하객으로 참석했다. 결혼식 날 당사자의 가슴 두근거리는 기쁨이야 누구나 마찬가지겠지만, 그날 신부 얼굴은 시종 미소 띤 밝은 표정이었다. 어른들 말로 혼례식 날 신부가 웃으면 흉으로 잡힌다 했는데, 그네는 서른 살을 훨씬 넘긴 나이 든 신랑을 맞으면서도 기쁨을 감추지 않았다.

젊은 간수 최가 나이 지긋한 간수 홍과 교대하고, 곧 전문의와 인턴들이 뭉쳐 다니는 오전 회진이 있었다. 잘 깎은 밤처럼 깔끔하게 생긴 현구 담당의인 마흔 중반의 민 박사는 환자 상태를 잠시 관찰하더니, 인턴과 저희들이 쓰는 의학 전문용어를 몇 마디 주고받은 뒤 병실을 떠났다. 내가 뒤쫓아나가 민 박사에게 현구의 종합검진 결과를 물었다. 민 박사는, 결과를 종합하여 분석 중이라고만 대답했다. 동수 엄마가 민 박사에게, 집에서 마련해온 묽은 녹두죽을 환자에게 간식으로 먹여도 되냐고 물었다. 민 박사는, 필요한 영양제를 공급하고 있으며 병원 측 식단도 그렇게 짜여 있으니 무엇이든 사식은 안 된다며, 심지어 일정량의 보리차 외에 주스류도 먹여서는 안 된다는 주의를 주었다. 그들은 우르르 옆 병실로 옮겨갔다. 잠시 뒤, 간호팀이 회진을 돌 때도 담당 간호사는 민 박사의 주의를 다시 환기시켰다.

"어머니, 아침밥 잡수셔야지요. 저와 잠시 나갔다 오시죠."

내가 권했으나 어머니는 아침밥 한 끼니를 금식한 지가 오래되었다며 거절했다. 병원 밖으로 나가더라도 아침 식사가 되는 음식점을 찾아야 했기에 나 역시 한 끼를 건너뛰기로 했다.

나는 고등학교 동기생 함근조를 만나려 임상병리실을 찾았다. 그곳은 본관과 가까운 다른 병동이었다.

"아, 박윤구 아닌가. 전화도 없이 아침부터 불쑥 자네가 웬일이야. 지방 병원에 처박혔다구 사람 아주 무시하기니. 그래, 출판사 일은 어때? 책 잘 팔려?"

근조가 나를 반갑게 맞았다. 그를 만난 지 2년이 넘은 것 같았다. 우리는 본관 건물에 딸린 구내 휴게실로 옮겨 앉아, 그는 생강차를 나는 우유를 마시며, 동기생들 근황을 두고 한동안 잡담을 나누었다. TK로 알려진 지방 명문고 출신이라 동기생들 중에는 정계와 재계에서 출세한 자가 많았다. 해직 기자 생활을 거친 뒤 재경동기회에 잘 나가지 않았던 터라 그들과 교우가 없었으나, 근조는 서울에 있는 출세한 동기생 근황을 훤히 꿰뚫고 있었다. 해직 기자도 복직하거나 창간된 신문사에 흡수되던데 너는 조그만 출판사에 매달려 도대체 뭘 꼼지락거리냐며 근조가 진담 반 농담 반 말했다. 지난번 역시 현구 일로 내려와 대구 동기생 몇을 만났을 때도 그가 비슷한 말을 했던 기억이 났다. 해직 기자도 곧잘 정당 쪽에 붙거나 투사가 되더라만, 너는 출신이 TK라 반정부투사 쪽은 글렀고 전공이 사회학이니 여당 쪽은 어떠냐고 내게 물었던 것이다. 네가 뜻만 있다면 그쪽에서 붙여줄 친구들이 많지 않느냐고 말하기도 했다. 삶의 길이 그런 공명심의 충족에만 있지 않다고 근조에게 대답하기에는 내가 세상 물정을 너무 모르는 맹한 사람으로 취급당하기 알맞아, 나는 멋쩍게 웃기만 했다.

내가 해직 기자의 추레한 모양새로 그 협의회 모임에 나다니며 농성으로 더러 외박도 할 무렵, 어머니는 아예 대구 생활을 작파하고 서울 내 집에서 기거했다. 저렇게 남다른 길을 걷는 현구를 보나, 피난 내려와 너희들만 믿고 살아온 이 어미를 보더라도 장자인 너만은 제발 험한 길 스스로 찾아 나서지 말라는 당신의 간곡한 호소를 이틀이 멀다 하고 듣고 살았다.

— 내 살아생전 통일될 그날, 이 어미 등에 업고 봄철이면 진달래 지천으로 피는 고향산천을 꼭 구경시켜주겠다고 너 대학 들어갈 때 굳은 약속 하지 않았느냐. 어미는 너가 돈 많이 버는 일도, 남처럼 높은 사람 되어 낮은 사람 시기 사는 것도 원치 않는다. 너가 그저 부부 금슬 좋게 오순도순 다숩게 살며 자식 건사 잘하고 건강만 하다면야 그 이상 소원이 없다고 나는 늘 하나님께 기도한단다.

어머니는 그런 말도 했다. 어머니가 철야기도에 금식까지 단행하며, 장자인 내가 제발 가정적인 안정을 찾게 되기를 기원드릴 때, 나는 다른 어머니들과 구별해야 직성이 풀리는 그 모성애와 현실 사이에서 갈등도 적잖이 겪었고, 주량이 약한 나로서 소주도 꽤나 마셨다. 제5공화국이 들어선 직후던가, 현구가 '대구 지방 노동운동 실태와 현장 사례'라는 제목의 원고 묶음을 들고 나를 찾아와 출판 문제를 상의했을 때, 내가 거절한 것도 아우가 부탁한 책을 형 출판사에서 낸다는 계면쩍은 점보다, 아우가 관계하며 원고의 편자로 되어 있는 '대구 지방 민주노조'의 그 활동이 당시의 시국에 견줄 때 다분히 문제시될 수 있다는 염려가 더 강하게 작용했다. 그 원고는 대구의 경제 변천 과정, 산업구조, 제조업 현황, 노동계급 실태에 절반을 할애하고, 나머지는 열악한 노동현장에서 일하는 저임금 노동자들의 눈물겨운 생존권 투쟁을 기록한 것이었다. 당국의 방해로 대부분의 중소 공장들이 노동조합을 결성하지 못한 상태에서, 친목회 단

위로 사용자 측을 상대하여 노동자들이 공동투쟁에 임한 일지日誌식 사례가 공장 단위별로 분류되어 있었다. 신문사 통폐합에 따른 관제 언론화의 획책에 맞서서 내가 솔선하여 그 투쟁에 나섰다기보다, 나는 내 양심의 뜻에 좇아 해직 기자의 길로 나섰던 셈이다. 그런 나의 전력으로 보아도 비록 내 출판사가 진보적인 사회과학서를 10여 종 출판하긴 했으나, 역시 노동 현실을 다룬 책은 그런 종류의 책을 전문적으로 내는 출판사라야 동류항으로서 성격이 부각되게 마련이었다. 그러나 나로서는 현구에게 출판사를 천거할 입장이 아니었다. 나는 당시의 경색된 시국 전반을 들먹이며 아우에게 출판을 보류하라고 강력하게 권고했다. 아우는 어느 쪽으로도 자기의 마음을 보이지 않았고, 바쁜 형님 시간 빼앗았다며 예의 그 수줍은 미소를 보이곤 원고를 찾아갔다. 그 원고는 석 달 만에 책이 되어 나왔고, 보란 듯 내게 한 권이 우송되었다. 역시 내 예상대로 그 책은 발매와 동시에 당국에 전량이 압수되는 수난을 겪었다. 아우는 물론, 출판사 대표와 편집 책임자가 보름 동안 구류를 살고 나왔다.

"윤구야, 너 이진서 소식 들었냐? 건설업 하는 뚱뚱한 친구 말이야. 진서가 죽었어." 근조가 말했다.

"그 친구가 갑자기 왜?"

"과로로 인한 심장마비야."

이진서는 고등학교 3학년 때 급우였다. 나 역시 그가 그렇게 쉬 죽으리라곤 전혀 생각지 못했다. 문득 1960년 그해 2월 28일이 떠올랐다. 당시 야당인 민주당 선거강연회에 고교생이 참석

할까 봐 당국이 학교 측에 일요일 등교를 종용했다. 그 발상법 조차 우스꽝스러운, 영화 관람이 미끼였다. 우리들은 일요 등교에 항의하여 고등학교로는 전국 처음인 가두시위를 벌였다. 오후 1시 5분, 3학년이 주동이 되어 수백 명이 교문을 빠져나와 어깨를 겯고 반월당 네거리에 이르는 대구 중심 관통로를 내달았다. "학생들 인권을 옹호하라!" "민주주의를 소생시켜라!" "우리는 학원에 개입하는 정치권력에 반대한다!" "우리는 비굴하지 않다!" 우리는 이런 구호를 외치며 주먹을 내둘렀다. 대학 입시에 매달렸던 나는 그 시위를 촉발시킨 주동자 중 하나는 아니었다. 그러나 나 역시 장기 집권을 음모하는 이승만 정권의 비민주적인 작태에 의분을 느끼고 있었다. 개체에서 공동체 운명으로 결속되자 모두 힘에 넘쳤다. 우리는 계속 산발적인 구호를 외치며 중앙통을 거쳐 도청 광장을 향해 질주했다. 그때 나와 어깨 겯었던 동무가 진서였다. 물론 근조도 동참했다. 진서를 마지막으로 본 지가 벌써 3년이 넘었다. 그는 소규모 건축업자답게 사십대에 들자 몸이 났고, 말끝마다 바빠서 미치겠다는 푸념이었다. 집에서는 식구로부터 하숙생으로 내몰리고, 낮이면 현장에서 뛰고, 밤이면 그 스트레스를 푸느라 술판 앞에 앉게 된다는 것이다. 그렇게 몸을 돌보지 않고 뛰니 주택 경기가 좋은 시절이라 그가 짓는 다세대 연립주택이 잘 팔렸다.

　　—세끼 밥 먹기는 마찬가진데 돈 몇 푼 더 벌겠다고 내가 꼭 이렇게 미친놈 널뛰듯 허둥대야 하냐? 난 정말 속물이 다 되어버렸어. 윤구, 우리 그 시절 좋았잖아. 도청 앞까지 진출했을 때

말이야. 그때 대구경찰서로 무더기 연행당해 꽤나 얻어터졌지. 4·19혁명은 우리가 그렇게 도화선에 불을 붙였는데, 길 닦는 놈은 따로 있고 세단 타고 지나가는 놈 따로 있으니 젠장. 이상은 멀고 현실은 가까워. 출세하구, 잘 먹구 잘살라지. 지금 우리는 뭐냐. 난 집장수가 되고, 넌 그래도 식자 소리 듣는 출판쟁이가 됐으니 나보다는 낫다. 자, 마시자구. 먹는 게 남는 거 아냐.

진서가 맥주잔을 들며 떠들던 불쾌한 모습이 떠올랐다. 나 역시 4·19세대의 일원으로 대학 1학년 그해, 학우들과 함께 경무대 앞까지 진출했다. 그러나 4·19의 순수한 의미는 그 뒤 계속된 군사정권에 의해 퇴색되었다. 이 땅에 참다운 민주주의의 소생을 바라며 소박한 정의감만으로 뛰쳐나갔다 총탄에 쓰러진 185명의 영령은 역사의 뒷장으로 물러나 수유리에 밀폐되었다. 그 '미완의 혁명'을 열심히 들먹이던 우리 세대의 일부는 혁명 주역으로 자처하며 정권에 유착되어 영달에 급급했고, 4·19 이름을 욕되게 하는 자도 계속 생겨났다. 그러나 4·19가 순수하고 정직한 젊은이들의 의분만으로 사령탑의 전략 전술 없이 시작되었고 끝났기에, 참여자 대부분은 본래의 자기 직분으로 돌아갈 수밖에 없었다. 나 역시 4·19정신을 계승하려는 그 어떤 노력에도 몸 바치지 않은 채, 결혼하여 가정에 안주해버림으로써 봉급쟁이 기자로 평범하게 살아간 나날이었다. 후진국의 종속적 정치 행태를 탓하며 나까지 혁명을 팔아먹기에는 자신이 너무 초라하게 느껴져, 나는 여지껏 어느 자리든 4·19세대로 떳떳하게 자처한 적이 없었다.

사십대 사망률이 세계 1위라는 말끝에 근조는 한국인의 지나친 성취 욕구, 물신 숭배의 이기심, 거기에 따른 맹렬한 저돌성과 조급증을 통박했다.

　"한창 일할 나이인 사십대에 쓰러진다고 생각해봐. 자식이 뭔지, 이제부터 시집 장가 보낼 때까지 돈이 다발로 들어가는 나이 아냐. 일할 나이만 믿고 천방지축 뛰다 진서도 그렇게 쓰러진 게야. 예전에는 삼시 세끼만 먹어도 족했는데, 먹고살 만하게 되니 모두들 왜 이러는지 모르겠어. 잘사는 놈들은 제 배 터지는 줄 모르고 돈과 땅에만 혈안이지만, 반대쪽에 선 학생놈들과 노동자들은 또 어떤가. 그렇게 폭력을 앞세워 죽자 살자 나선다구, 제 배 부른 자들이 나누어 먹자며 백기 들고 나서겠어? 이 정경유착의 방만한 시대에 말이야. 혼란만 오구, 경제나 망치는 게지. 노동자가 파업투쟁해서 임금 쬐금 올려놓으면 정부가 그 노동파업에 신경 쓰는 사이 물가가 더 뛰어 노동자 가계를 덜미 잡는 것, 그들이 그걸 모르니 탈이란 말이야. GNP만 달러까지만 좀 참으면 안 되나……"

　논리가 서지 않는 근조의 주절거림은 끝없이 이어졌다. 그는 다시 진서 죽음으로 말머리를 돌리더니, 고 3인 딸애가 서울대학교를 목표로 피아노를 배우는데 일주일에 두 번씩 비행기로 왕복하며 서울의 모 유명 교수 밑에서 두 시간씩 개인교습을 받는다고 했다. 그 수업료가 자그만치 매달 큰 것 한 장이니 밑 빠진 독에 물 붓기라고, 그는 오늘의 교육제도까지 마구잡이로 헐뜯었다. 상류층 속물로 주저앉아버린 근조를 두고 4·19세대라면, 그의 말은 꼴사나운 작태가 아닐 수 없었다. 다만 그가 남들처럼 TK를 앞세워 세속적 욕망으로 뭉쳐진 서울 바닥에 껴붙지 않고 고향에 남아 있다는 점은 신통했다. 어쩌면 그 끼어들지 못함의 화풀이를 그렇게 짓찧는지 몰랐다. 그의 말을 들을 만큼 들어주었다 싶어 내가 말을 꺼냈다.

"너도 알고 있지. 내 동생 말이야. 현구 여기 입원했어."

근조는, 그 문제 많은 동생? 하며 떨떠름한 표정이었다. 언젠가 지방신문에서 법정에 선 현구를 사진으로 보았다고 그가 말했다. 아마 비산동 재개발지역 철거민들이 몰려와 법정 소란을 벌였던 아우의 이심 공판을 두고 하는 말 같았다.

"구속 중인 줄 아는데, 어디가 안 좋아?"

나는 현구 병력을 설명했다. 종합검진이 끝난 모양인데 지금 상태가 어느 정도인지, 앞으로 병원 측에서 어떤 조치가 있을는지 알아봐달라고 부탁했다. 그는 잠시 뜸을 들이다, 그렇게 해보마고 시무룩이 대답했다.

"점심이나 같이하지. 내가 입원실로 찾아가마."

나는 그의 말을, 그때까지 현구에 대해 알아오겠다는 뜻으로 받아들였다.

현구 병동으로 돌아오니 입원실 복도에 아낙네 다섯이 의자에 앉거나 쪼그려 앉아 동수 엄마와 무슨 이야기인가 나누고 있었다. 모두 표정이 어두웠다.

"친구분 만나셨어요?" 동수 엄마가 내게 물었다.

"점심시간에 이쪽으로 오기로 했어요. 그때 무슨 소식이든 알아오겠지요."

"아주버님, 그럼 그 시간에 제가 여기로 전화하겠어요. 만약 외출하신담 어머님께 귀띔해주세요."

동수 엄마가 내게 말하곤 입원실로 들어갔다 나오더니, 일터는 어찌하고 이렇게 몰려오면 어떡하냐며, 그들과 함께 바삐 병동을 떠났다. 복도를 걸으며 아우 병실 쪽을 돌아보던 한 아낙네가, 선생님이 어서 회복되시고 풀려나야 될 텐데, 하며 손등으로 눈꼬리를 훔쳤다. 아낙네들은 동수 엄마가 운영하는 빈민촌 탁아소 어머니들임에 틀림없었다. 하나같이 까맣게 그을린 얼굴에 주름살이 고랑으로 패어 있었다. 상주댁처럼 몸뻬 차림에 흙가루 뒤발한 남자용 작업복을 입어, 공사판 일용직에 나섰음이 한눈에 짚여졌다.

내가 복도 의자에 앉아 담배를 피우며 찐득하게 괴는 목덜미의 땀을 손수건으로 훔칠 때, 저만큼에서 숙영이 양산을 접으며 걸어왔다. 누이는 초급대학 시절 그런대로 반반한 외모와 활발한 성정 덕인지 약학대학에 다니던 시골 출신 김 서방과 연애를 하더니, 졸업 뒤 곧 결혼했다. 지금은 세 아이를 두었고, 시 외곽 아파트 단지에서 약국을 열고 있었다. 1년으로 쳐서 어머니가 서울 내 집에서 두세 달을 보낸다면 대구에서는 주로 숙영이네 살림집에 기거하며, 현구네가 사는 비산동 산동네로 그 노구를 이끌고 마치 등산이나 하듯 반찬거리를 싸 들고 다녔다. 어머니는 내 집으로 올라와 열흘쯤 계시면, 아파트 생활이 닭장 같고 감옥 같다며 푸념하기가 일쑤였다. 그럴 때쯤이면 어김없이 누이로부터, 서울에 웬만큼 계셨으니 어머니를 보내달라는 장거리 전화가 걸려왔다. 김 서방이 약국을 비우면 누이가 개인주택 살림집과 3백 미터쯤 떨어진 약국으로 나가 대신 자리를 지킬 때가 잦으니, 학교에서 돌아온 아이들 밥을 챙겨 먹이랴, 잡다한 집안 살림을 맡아줄 사람이 필요했다. 한편, 장사로 서른 해 가까이 시장바닥에서 보낸 바지런한 '니북녀자'인 어머니로선, 비록 타관이긴 하지만 오래 정이 들었던 대구요, 아직도 교동시장(예전의 양키시장)에는 벗들도 있었고, 늘 위태로워 보이는 막내아들 생활이 마음에 걸려 서둘러 서울을 떠났다. 홀어머니는 죽 쑤어 먹을 처지라도 되면 맏이 집에 살아야 한다던데 내가 이 무슨 주책인고 하시면서, 출근길에 내가 승용차 편으로 고속터미널까지 모셔다 드릴 때는, 그 자그마한 몸집에 떠나는 발걸음이 가벼웠다. 그러나 현구가 다시 구속된 뒤로는 아주 대구에 주질러앉아 버리셨다. 아우 옥바라지가 어머니 몫이었던 것이다.

"오빠, 김 서방이 여기 아는 의사가 있어 알아봤는데, 상태가 좋지 않은 것 같다고만 말하지 구체적인 답은 회피한대." 숙영이 들고 있던 양산 날개를 모두어 똑딱단추로 채우곤 말했다. 밝은 성격처럼 그 목소리에는 늘 그늘이 없었다.

"이제 와서야 보석을 허가해줄 정도니 그렇다고 봐야지. 시국사범으로 몰아붙이면 사람 목숨 하나야 사육하는 가축쯤으로 아는 세상 아냐."

"오빠도 알지? 간질환이 일단 경화로 넘어가면 양의로서는 치료제가 없다잖아. 잘 먹고 푹 쉬고…… 그래도 위와 신장 기능이 자꾸 떨어져 소화도 안 되구 소변이 시원치 않게 되면……"

간장약은 잘 팔면서 약사 아내가 아는 지식이나 내가 알고 있는 상식에는 별 차이가 없었다. 내가 말이 없자 숙영이, 엄마 안에 계시지 하며 입원실로 걸음을 돌렸다. 나는 누이를 불러 세웠다.

"지난번에 고마웠어."

나는 지갑에서 접은 봉투를 꺼냈다.

"뭔데?"

"너가 대납한 현구 변호사 비용이야."

"뭘 그런 걸 다 돌려주고 그래. 우리가 어디 남이야."

숙영이 정색하며 내 손을 밀쳤다. 순간적으로, 우리는 정말 남다른 동기간이구나 하는 정감이 내 가슴을 뿌듯이 채웠다.

현구의 감정유치가 결정되었을 때, 나는 소련에 나가 있었다. 내가 집에 들여놓는 월 90만 원으로 가계를 꾸려가는 아내로선 백만 원을 자기 통장에서 현찰로 선뜻 찾아낼 여축금이 없었다. 출판사 경리 최 양에게 어떻게 돈을 변통하려고 회사에 전화를 하는 사이, 대구에서 누이가 백만 원을 내놓은 모양이었다. 그러며 올케에게 전화로, 출판사가 다들 어렵다는데 오빠가 귀국하더라도 그 돈 걱정은 말라는 단서까지 달았다고 아내가 말했다. 그러나 그 문제의 해결이야말로 출가외인인 누이 몫이 아니었기에 나는 대구로 내려오며 당좌수표 한 장을 가져왔던 것이다.

숙영이는 한사코 봉투를 받지 않겠다고 우겼다. 자기야말로 여지껏 시가와 친정을 따로 저울질해본 적이 없으며, 시집은 갔지만 그만 한 돈은 낼 능력이 있다고 말했다. 잠시 실랑이 끝에,

나는 누이가 팔에 걸고 있는, 마로 짠 손가방에 봉투를 쑤셔넣고 병실로 돌아섰다.

정오를 조금 넘겨 위생복을 벗은 함근조가 왔다. 그는 내가 궁금하게 여긴 현구 문제는 언급 않고, 모처럼 만났는데 괜찮은 데로 안내하겠다며 나를 이끌었다. 어머니는 동수 엄마가 가져온 밥과 빨리 먹지 않으면 쉬어버릴 녹두죽이 있어 병실에서 누이와 함께 식사하겠다 하기에, 나는 근조를 따라나섰다. 건물 안에 있을 때는 눅눅했던 더위가, 볕살 아래 나서자 금세 살갗 땀구멍마다 물기를 자아내었다. 해는 머리맡에서 작열했다. 말복을 넘겼는데도 알아줄 만한 대구 불볕더위였다.

"너 고기 먹지?" 근조가 자기 승용차에 나를 태우고 시동을 걸며 물었다.

"물론이지."

근조는 경산읍으로 빠지는 외곽도로로 차를 몰았다. 대구도 변두리로 계속 고층아파트가 늘어나고 있었다. 한낮의 더위 탓도 있겠지만 이제 시내고 시 외곽이고 구별이 없는 서울에 비한다면 대구는 그런대로 교통 소통이 원활했다. 근조는 여름 한철만의 영양탕에 대해 풍월을 읊었다. 그는 자기들이 안 먹는다고 우리를 야만인 취급하는 서양인의 오만한 편견을 성토하며, 각 민족의 고유한 음식 관습과 식성은 존중되어야 마땅한 기본적 향유권이라고 주장했다. 근조는 병원에도 사십대가 중심이 된 동우회가 있는데, 그 먹자판 모임에는 결석자가 없으며, 자신이 그 회 간사라고 자랑스레 말했다.

대구와 경산 접경지대 야산 숲속에는 영양탕과 염소탕을 전문으로 하는 대형 식당이 드문드문했다. 승용차들이 넓은 주차장에 들어찼고, 옥내 옥외 가릴 것 없이 넥타이 풀어헤친 우리 나이 또래의 식도락 패가 땀을 흘리며 열심히 젓가락질을 하고 있었다. 갈대를 지붕으로 얹은 평상 한 귀퉁이에 자리 잡자, 근조는 주인과 잘 아는 사이인지 '목살' 세 근을 전골로 주문했다.

"내과 쪽에서 뭐라 그래?" 전골냄비에서 야채와 고기가 익을 동안 내가 물었다.

"글쎄 말이야. 경화가 심하다면서도 모두 쉬쉬하대. 그게 단순한 폭행 사건이 아닌 데다 재판에 계류 중이라……" 근조가 꼬리를 빼다 말을 이었다. "내가 후배 한 놈을 다잡았지. 간경화라면 뻔한 병 아냐. 그렇다면 재수감은 불가하고 장기 요양 조치가 필요하잖냐고 말이야. 그러자 후배 녀석이, 가족 승낙이 있어야겠지만, 담당 의사들이 수술을 권유하는 쪽으로 의견을 모으고 있다나……"

"그렇다면?"

나는 숨을 죽였다.

"수술이람 캔서로 봐야지. 종양 크기가 벌써 4센티미터쯤 된다나 어쩐다나……"

현구가 간암이라니! 발달한 현대의학도 간암 완치까지는 이르지 못했고, 간암 진단을 받은 환자가 1년 이상 수명을 연장하는 경우가 흔치 않음을 나는 알고 있었다. 그들은 병원으로부터 가정 요양을 권고받았고, 그럴 경우 서너 달이 마지막 고비였다.

아니면 수술 도중, 또는 수술 직후 합병증으로 사망하기 예사였다. 내 나이 또래의 사망 소식을 전화로 접할 때, 교통사고가 아니면 간질환이 많았다. 나는 상갓집에서, 간염의 시작에서부터 죽음에 이르는 과정을 여러 차례 들은 적이 있었다. 그 임상강의를 새겨듣다 보면, 한국인에게 사십대 후반에 주로 발생하는 간질환이야말로 아닌 밤중에 불시로 달려드는 흉악범의 비수와 같았다. 간은 자각 증상이 없으므로 아무런 동통을 수반하지 않은 채 잠복하다, 어느 날 느닷없이 '급성 간경화'란 계고장으로 날아들었다. 죽음을 남의 일로 여기고 열심히 사회 활동하는 자에게 날아드는 사형집행 예고장과 다를 바 없었다. 그래서 내 상식으로 간질환이야말로, 반드시 내가 죽고 너도 죽이겠다는 맹독성이 간을 터 삼아 자생력을 기르다, 결정적 시한에 당도하면 스스로 폭발해버림으로써, 간은 물론 주위의 장기까지 일시에 파괴시켜 몸뚱이를 통째 휴지休止화시키는 정예 결사대로 여겨졌다.

"만약에 수술한다면?"

"가능성도 많지. 물론 조기 발견일수록 성공률이 높지만, 내가 알기로 수술 후 3, 4년 버틴 사람도 있고 아주 정상인으로 산 사람도 있으니깐. 간은 그 무게가 1.4킬로그램이나 되는 가장 큰 장기 아냐. 그러니 자생력이 강하고, 간이 3분의 1만 기능을 해줘도 정상인과 다름없이 활동할 수 있으니깐."

찬 물수건으로 땀을 닦던 근조의 무심한 대답이었다.

"그렇다면 현구도 수술을 받아야 할까?"

"메스를 대지 않는다면 식이요법과 휴식밖에 더 있겠어?"

"수술해야 할 만큼 악화되었다는 거냐?" 쓸데없는 질문인 줄 알면서 나는 어눌한 목소리로 자꾸 물었다. 미끄러운 나무줄기에 매달려 한사코 떨어지지 않으려 버둥거리는 나를 보는 듯했다.

"네 동생이 재판에 계류 중이라 그 점에서 선뜻 단안을 못 내리는 눈치라. 사실 간질환도 조기 발견만 하면 완치가 가능하지만, 병원을 찾을 땐 이미 한발 늦은 뒤거든. 그러므로 꼭 교도소 당국을 탓할 수만도 없지. 어제까지 멀쩡한 사람이, 요즘 과로로 피곤하다며 종합검진이나 한번 받겠다고 병원에 왔다가 간경변이란 진단을 덜컥 받게 되는 게 보통이니깐. 그리고 3, 4개월, 길면 1, 2년 이내 끝장을 보게 되지……"

근조 말이 내 귀에 들어오지 않았다. 몸과 마음이 촛농으로 녹아내리듯 기운이 빠졌고 주위의 사물이 눈앞에서 멀어졌다. 충분한 보양만이 장수의 지름길이듯 이열치열의 화식火食을 즐기는 식도락 패도, 그들의 지껄임도 내 눈과 귀에 닿지 않았다. 사망을 남의 일로 알고 병상에 누워 수줍은 미소를 짓고 있던 현구의 마르고 찌든 얼굴만이 떠올랐다. 아니, 나는 그의 모습에서 어쩌면 이런 상태가 되기까지 아주 무관하다고만 볼 수 없는 그의 유년 시절 한 토막을 회상할 수 있었다.

우리네 식구가 1950년부터 이듬해에 걸쳐, 겨울의 눈보라를 가르고 동두천에서 서울을 거쳐 천안·오산으로 정처 없는 남행길을 재촉할 때, 숙영이와 나조차 영양실조로 꼬치꼬치 말라가던 처지인데, 어머니야말로 제대로 입에 들어갈 건더기가 없었다. 현구를 산파의 도움 없이 낳았으나 젖이 말라 젖퉁이는 늘어진 빈 주머니였다. 아직 핏덩이와 다름없던 현구는 오디 같은 어머니 젖꼭지를 피멍 들게 빨았으나 젖이 나올 리 없었다. 누이와 나는 꽁꽁 언 버려진 밭을 헤매며 서리 앉아 얼어붙은 누런 배춧잎도 소중히 거두어 삭정이를 지핀 불에 데쳐 허기를 끌 때, 어머니는 밀고 내려오는 중공군 공세에 쫓겨 다시 피난 짐을 싸던 가가호호를 방문하여 아우의 애처로운 모습을 팔아 동냥죽을 구걸해야 했다. 동냥젖이 아니라 죽이었고, 끼니때에 앞서 만나 좁쌀죽마저 제대로 못 얻어먹일 때는 잦아지는 죽물을 얻어 어린 목숨을 연명시켰다. 생명력이란 모질었다. 어머니가 2, 30리쯤 걷다, 등짝에 온기가 느껴지지 않는다며 내게 포대기를 들쳐보라 했을 때, 꺼지지 않는 불씨로 한 생명이 거기에 아슬아슬하게 붙어 있었다. 현구는 그렇게 여린 숨줄을 이어 대구까지, 마치 혹처럼 붙어 달려올 수 있었다. 대구에 도착하여 피난민 수용소에서 겨울을 넘기고 신암동 산비탈에 거적집을 짓자, 어머니는 양키시장으로 싸돌며 양담배와 미제 비누 따위를 팔았다. 나는 방과 후면 탈지분유나 옥수숫가루 한 봉지를 얻으려 코쟁이가 운영하던 구호 급식소에서 늘 줄을 서야 했다. 헛걸음치는 날도 있었지만 서너 시간 기다려 얻어오는 그 구호물자 한 봉지는 현구에게 요긴한 양식이었다. 아우에게 이상한 증세가 나타나기 시작하기는 그의 나이 세 살 때였다. 그즈음에는 행상이 아니라 양키시장 골목길 모퉁이에 좌판을 펴놓고 장사를 벌이던 어머니는 일터로 나갈 때 현구를 늘 데리고 다녔다. 그러나 하루 종일 발목을 잡아 매어둘 수 없다 보니 어머니가 물건을 팔 때나 잠시 다른 데 눈을 돌리면 현구가 없어지곤 했다. 아우는 어느새 안짱걸음으로 골목길 쓰레기통을 뒤지고 있었다. 마치 신생아 때 굶은 벌충이라도 하듯, 여름철이면 길바닥에 버려진 수박이나 참외 껍질을 닥치는 대로 주워 먹었다. 그러므로 현구의 몸에 나타난 헛배 부른 증상은 이상한 게 아니라 충분히 그럴 소지가 있었다. 현구 배는 올챙이처럼 탱탱하게 부풀었고 푸른 심줄이 요철처럼 도드라졌다. 어머니는 그제서야 아우를 데리고 위생병원으로 갔다. 유동식으로 식사량을 줄이고 규칙적인 식사를 해야 한다는 의사의 말과 함께 산토닌 몇 알을 얻어왔을 뿐 달리 조치는 없었다. 아우는 산토닌을 먹자 엄청난 양의 회충을 설사로 쏟아내었다. 밑을 닦아주니 실지렁이 같은 회충이 까맣게 묻어 나왔다고 어머니가 말했다. 그로부터 아우의 배는 차츰 꺼졌다. 노랗던 얼굴도 핏기가 돌았다. 그러나 유아기 건강이 여든까지 간다는 말을 어느 책에서 읽었듯, 아우는 유아 때의 굶주림으로 오장육부가 발육 단계부터 부실할 수밖에 없었음이 자명한 이치였다.

낮술이라 무엇하지만 영양탕에는 소주로 입을 헹궈야 한다며 근조는 오이채를 섞은 소주 한 병을 주문했다. 그는 넥타이를 느긋이 풀고 끓는 탕에서 고기를 건져 갖은양념으로 버무린 접시에 열심히 찍어 먹었다.

"간병에는 고단백질의 충분한 공급이 급선무인데, 영양탕이야말로 고단백 덩어리 아닌가. 그런데 경화로 진행되어 간이 굳기 시작하면 육질은 소화를 못 시켜 단백질 분해 능력이 떨어지는 게 탈이란 말이야." 근조가 말했다.

근조는 목뼈 한 토막을 냄비에서 건져내어 젓가락으로 게살 파먹듯 뼈에 붙은 살을 발기어 먹었다. 나는 아침밥을 걸렀는데도 입안이 썼고, 식욕이 동하지 않았다. 아직은 간에 별다른 이상이 없음을 알고 있지만 그 간을 보호하겠다고 고단백질을 밝히는 내 식탐이 간질환을 앓는 현구에게 죄를 짓는 마음도 들었다. 고기 몇 점을 먹고 국물을 안주로, 나는 평소 낮술을 하지 않았으나 소주를 석 잔이나 마셨다.

현구가 있는 병동으로 돌아오니 병동 현관 앞에는 뙤약볕 아래 대학생인지 공원인지 얼핏 구별이 가지 않는 젊은이 여덟 명이 이열종대로 줄지어 서 있었다. 그들 중에는 여자도 둘 끼었다. 한 젊은이의 선창에 따라 다른 젊은이들이 후렴 구호를 외쳐댔다. 구호를 외칠 땐 불끈 쥔 오른손을 힘차게 앞으로 뻗었다.

"박현구 선생을 살려내라!"

"살려내라, 살려내라!"

"박현구 선생을 당장 석방하라!"

"당장 석방하라, 석방하라!"

"당국은 빈민촌 철거민 대책을 조속히 세워라!"

"조속히 세워라, 세워라!"

나는 주위에 모여 구경하는 사람들과 함께 농성에 나선 그 젊은이들의 외침을 잠시 구경했다. 현구의 나이 어린 동지들을 보며 나는 묘한 감정에 사로잡혔다. 4·19 때 내 모습도 저렇게 용감했을까, 문득 그런 생각이 들었다.

복도로 들어서자 전투경찰대원 셋이 나를 막았다. 무전기를 든 상급자가 내게 신분증 제시를 요구했다. 나는 주민등록증을 보이며 박현구 형이라고 말했다. 그는 내 통과를 허락하더니 무선전화기로 어디론가 바삐 연락했다. 전투경찰대원 둘이 병실 앞을 지켰다.

병실에는 천장에 붙은 선풍기가 소리를 내며 돌아갔다. 하사관생 같던 간수 최에 비해 사람이 물러 보이는 나이 든 간수 홍은 열린 창밖을 무료하게 내다보다 나를 맞았다. 흰 노타이에 감색 바지 차림의, 머리를 치켜 깎은 뚱뚱한 사내가 의자에 다리를 꼬고 앉아 신문을 보다 내게 감사나운 눈길을 던졌다.

"누구시오?" 신문을 보던 사내가 수사관 말투로 물었다.

"현구 형 됩니다."

내 말에 그는 잠자코 신문에 다시 눈을 옮겼다.

어머니와 숙영이, 그리고 소매 짧은 여름용 점퍼에 이마가 벗겨진 사내는 현구가 누운 침대 쪽에 몰려 있었다. 마침 이마 벗겨진 사내가 기도를 하던 참이었다.

"……하나님께서 말씀하시지 않으셨습니까. 저희는 하나님의 백성이 되고 하나님은 친히 저희와 함께 계셔서 모든 눈물을 그 눈에서 씻기시매 다시 사망이 없고 애통하는 것이나 곡하는 것이나 아픈 것이 다시 있지 아니하다 하셨으니, 우리 형제의 이 아픔과 눈물을 씻겨주옵소서. 보라, 내가 만물을 새롭게 하노라 하셨듯, 능멸한 것은 치시고, 썩을 것은 땅속에 묻으시고, 선

하고 힘없는 사람은 새롭게 태어나게 하소서……"

성경책을 두 손에 받쳐 든 어머니가 기도 중간에 간절하게 아멘을 애소했다.

훤한 정수리에 몇 가닥 머리카락이 푸스스하게 엉킨 낡은 점퍼 차림의 그는 원형섭 목사였다. 현구가 빈민촌 개척교회로 뛰어들게 만든 장본인으로 현구 결혼식에 주례를 섰던 그는, 대구 노곡동 산동네에 교회를 열고 있었다. 아우가 대학교 다닐 때 공판정 피고석에 아우와 나란히 앉아 있던 당시 원형섭 전도사를 본 게 그와의 첫 만남이었다. 불온 유인물 소지죄로 잡혀 들어간 기독교학생연맹 소속 대학생 셋과 원 전도사는 그 재판에서 실형 2년을 선고 받았지만 집행유예로 석방되었다. 당시 민완기자 소리를 들으며 시건방도 곧잘 떨었던 나는 다방에서 원 전도사와 몇 마디 이야기를 나눈 적이 있었다. 지금도 일요일 낮 예배는 아내와 함께 빠지지 않지만, 나는 내가 생각해도 독실한 신자로 자부할 입장은 못 되었다. 그즈음에는 지금만큼도 교회에 열성을 보이지 않을 때였다. 다방에서 나는, 원 형은 예수님의 부활을 믿습니까 하고 당돌한 질문을 던졌다. 그런 종류의 질문은 누가 내게 던졌을 때 그 답변이 가장 궁한, 두려운 질문이기도 했다. 원 전도사는 별 어려움 없이 그 대답을 풀어나갔다.

—부활을 믿지 않고 어떻게 목회자의 길을 한평생 걸을 수 있겠습니까. 예수님이 십자가에 못 박혀 죽으시고 장사한 지 사흘 만에 살아나신 사건은 사실입니다. 그분 주위에 있던 여

러 추종자들이 살아나신 예수님을 똑똑히 보았다고 증거했지요. 제자 도마만은, 십자가에 못 박힌 예수님의 그 못 자국을 직접 손으로 만져보지 않고는 그분의 부활을 못 믿겠다고 말했지요. 냉철한 이성과 과학을 앞세우는 오늘의 현대인도 도마와 같은 그런 의심을 마음속에 품고 있을 겁니다. 예수님이 친히 도마 앞에 나타나셔서, 내 손을 만져보고 네 손을 내 옆구리에 넣어보아라, 그래서 의심을 떨치고 믿음을 가져라, 하고 말씀했지요. 도마가 그제서야, 나의 주님, 나의 하나님! 하고 대답했습니다. 그러나 저는 지금 도마가 살았던 그 시대에 살고 있지 않으므로 그분의 피 묻은 못 자국 흉터를 직접 볼 수는 없지요. 훗날 나 같은 사람을 위해 주님은 도마를 통해서 말씀하셨습니다. "너는 나를 보았으므로 믿느냐? 나를 보지 않고도 믿는 사람이 복이 있다."

원 전도사의 다음 말은 그 비약이 심했음에도, 나의 폐부를 강하게 찔렀다.

— 저는 예수님의 못 박힌 그 핏자국을 가난한 자의 신음과 그들이 흘리는 눈물을 통해 지금도 보고 있습니다. 예수님은 이 지상의 고통받는 자들 속에서 다시 부활하신 겁니다. 너희들을 대속하여 내가 십자가에 달려 죽을 때의 모습이 이러하다고, 예수님은 많은 빈자와 사망에 이른 병자들의 모습으로 지금도 부활하여 도마 앞에 보여주듯 우리에게, 너희들이 나를 위해 할 일이 무엇이냐고 물으십니다……

기도를 마치자 눈을 뜬 네 사람이 나를 보았다. 원 목사와 나는 인사를 나누었다. 악수를 할 때 상대방 손을 쥐지 않고 맡기는 그의 버릇은 여전했다. 원 목사는 언제 보아도 그 복장이 노동자나 지게꾼 같았다. 후줄그레한 바지에 싸구려 운동화를 신고 있었다.

"민 박사가 보호자를 찾기에, 너가 오면 함께 가기로 했다. 그래, 친구가 뭐라든?" 어머니가 눈물 괸 겹주름진 눈꺼풀을 슴벅이며 물었다.

"그 친구도 잘 알지 못하고…… 나중에 말씀드리지요."

나는 현구에게 눈을 돌렸다. 복수를 뽑았다는데도 홑이불 아래 그의 배가 마른 몸만큼 꺼져 있지 않았다. 아우가 나와 눈을 맞추며 미소를 띠었다. 선풍기가 돌아가고 있음에도 병실이 무더운 탓인지 그의 얼굴과 목에는 찐득한 땀이 번질거렸다. 나는 보조탁자에 놓인 젖은 수건으로 그의 이마와 목을 닦아주었다.

"어디 불편한 데는 없고?"

"여기로 오기 전에는 코피가 자주 났지만 그건 그쳤는데, 허리가 계속 결려요."

"내가 좀 주물러주랴?"

"어머니가 해주셨어요."

매미 울음소리를 가르며 바깥에서 외치는 구호가 조금 더 크게 들렸다. 그쪽에 신경 쓰던 뚱뚱한 사내가, "저 새끼들……" 하고 이빨 사이에 욕설을 으깨며 병실 밖으로 뛰쳐나갔다.

"내가 나가 저 애들을 돌려 보냈으면 좋겠는데, 병실 밖으로는 허가 없이 나갈 수 없다니……"

현구가 말하자, 그 말에 이어 원 목사가 내게 보충설명을 했다.

"조금 전에 한바탕 소동이 났습니다. 학생 둘과 공원 하나가 병실을 노크하며 현구 씨 면회를 요청했지요. 간수 저이가 안 된다며 병실 문을 잠가버렸습니다. 그러곤 어디로 전화를 걸자 전경대원들이 나타나고, 퇴짜 맞은 학생들은 자기 패를 불러 모으고……"

"나 때문에 주위에서 이렇게 걱정하니 미안해서…… 어서 회복되어야 할 텐데…… 뭐 살 가망이 없다 해도 순종해야지, 그런 생각도 하지요. 그동안 열심히 살았고, 제가 했던 일을 후회하진 않으니깐요. 이 나라 이 땅에 다시 태어난다 해도 현실이 지금 상태에서 개선되어 있지 않다면 역시 제 할 일은 이 일이겠거니, 그런 마음밖에 들지 않아요."

현구 말이 꼭 유언처럼 들려 마음이 아팠다. 그의 말에는, 태어날 때부터 마음 한 귀퉁이에 자기가 들어앉을 감옥 한 칸을 마련해놓고 살아온 듯한 달관이 느껴지기도 했다. 후회 없는 삶은 아름답지만, 현구의 경우는 아름다운 만큼 안타까움도 더했다.

"얘야, 그런 말 말아라. 넌 이 어미보다 스물아홉 해는 더 살 거다. 너는 명줄을 길게 타고났으니깐. 큰애들은 그때 나이가 어려 잘 모를 거다. 현구가 유아세례를 받을 때 제일교회 이 목사님이, 박 목사님을 하늘나라로 데려가시며 이렇게 한 생명을 대신 주셨으니 이는 아브라함의 자손처럼 아버지 몫까지 살아 대대로 번창할 거라고 하시지 않았겠냐. 나는 지금도 그 말씀을 똑똑히 외고 있단다. 연전에 팔순을 넘기신 이 목사님을 병문안 가서 예전 그 말을 했더니 문 권사님은 기억력도 좋다며 웃으시더라." 어머니가 말했다.

현구의 유아세례 이야기는 여러 차례 들은 말이었다. 어머니는 그 말을 스스로에게 최면이라도 건 듯 철저히 믿었고, 지금도 말을 할 때 그 목소리가 확신에 차 있었다. 그 누구도 나로부터 현구만은 빼앗거나 떼어놓을 수 없다는 신념은 절대적 신앙만큼이나 옹골차, 아들이 옥에 갇혔을 때나 수배당할 때, 민가협 모임에서도 어머니는 누구보다 강단 있고 당당하게 대처했다. 꼭 그런 결과의 답은 아니겠지만, 어머니는 끝내 아들을 당신 품으로 돌려받았다.

"어머니, 그럼 민 박사 뵈러 갑시다." 내가 말하자, 현구가 일어나려는 몸짓을 했다.

"형님, 소변이……"

나는 현구를 부축하여 일으켜 앉혔다. 주삿바늘로 팔목과 연결돼 있는 링거병을 들고 그를 부축하여 실내 화장실로 데리고 갔다. 아우는 주삿바늘이 꽂히지 않은 손으로 환자복 오줌 구멍을 더듬어 시든 연장을 꺼내었다. 그가 용을 썼으나 오줌이 쉬나오지 않았다. 요기가 있는데도 늘 이렇다니깐 하고 그는 중얼거리며, 다리를 떨고 한동안 서 있었다. 불룩한 배가 가쁜 숨길 탓으로 경련을 일으켰다. 한참 만에야 뜨물이듯 고름이듯 몇 방울 탁한 오줌이 변기에 떨어졌다. 이뇨제를 쓰고 있을 텐데 신장 기능이 그 도움조차 받아들일 수 없다면? 수술로써 그가 회복되리라는 한 가닥 기대마저 내 마음에서 무너짐을 어쩔 수 없었다. 나는 어머니처럼 신념화되지 못했으나, 현구가 여기에서 생을 고별한다곤 믿기지 않았다. 그는 숱한 역경에도 굴하지 않고 몸과 마음을 튼튼하게 버티어왔다. 또한 그는 이 땅에 사는 어느 누구보다 그 쓰임새에서 소중한 머릿돌이었다. 그는 서울 올림픽 이후, 노동운동에선 한발 물러서서 빈민운동 쪽에 열성을 쏟아왔다.

— 노동자들은 그래도 좋은 세상 만나 이제 자기네 스스로 조합을 만들어 공동투쟁으로 대처하는데, 일용직이 대부분인 빈민들이야말로 일정한 봉급을 받나요, 조합을 만들 수 있나요. 거기에다 빈민들 가족 구성을 보면 결손가정이 아니면 한둘씩 병자나 노약자가 있기 마련이거든요. 정박아나 지체부자유아, 그 외 심신장애아도 빈민층에 집중되어 있습니다. 이제 나는 평생 그들을 위해 살기로 했어요.

현구가 내게 했던 말처럼, 그의 그 '가난한 자를 위한 사랑의 실천운동'이야말로 하나님이 누구보다도 귀히 여기고 있을 것임에 틀림없었다. 한마디로 그는 소명召命을 받은 자였다.

침대에 다시 뉘어놓은 현구를 숙영이와 원 목사에게 맡겨두고, 나는 어머니와 함께 민 박사를 만나러 갔다.

우리가 긴 복도를 질러 가자, 현관 입구에서 전투경찰대원들과 두 노인이 실랑이를 하고 있었다. 들어가겠다, 못 들어간다는 말씨름이었다. 밀짚모자 쓴 콧수염 기른 노인이 어머니를 알아보곤, 문 권사님 안녕하세요 하고 인사를 했다. 창길이 할아버지시구먼요, 하고 어머니가 알은체 절을 하며 반겼다. 현구 주위 사람들이 다 그렇듯 외양을 보니 산동네 비산동 주민인 듯했다.

"아, 글쎄 박 선생 면회가 안 된다잖아요. 젊은이들은 그렇다 치구, 노인들 문병까지 왜 막습니까. 면회도 못 할 만큼 박 선생이 그렇게 위독한가요?"

"이 사람들이 안 된다면 난들 어쩌겠어요. 위독하다는 말은 거짓말입니다. 현구는 절대 위독하지 않아요." 어머니가 또렷하게 말했다.

"어머니, 가세요."

나는 어머니 팔을 끌었다. 구호가 끊긴 바깥으로 나서니 학생들은 뙤약볕 아래, 겉옷이 땀에 흠뻑 젖은 채 가부좌 틀고 앉아 있었다. 침묵 시위를 벌이는지 말없이 앉아 있는 그들의 땀에 젖은 모습이, 마치 선정禪定에 임한 고행하는 승려들 같았다.

"너희들 중에 학생도 있는 것 같구나. 지성인이라 자부한다면 다른 환자들도 생각해얄 게 아냐. 여기가 어디 시장바닥인가. 또한 현구 씨도 지금 몸 상태가 아주 나빠. 직계가족 이외 일절 접견을 금지하라는 의사의 엄명인데, 이렇게 고함까지 질러대면 그분이 심리적으로 안정이 되겠어? 만약 또 구호를 외쳤다간 모조리 연행할 테니 그리 알아!" 뚱뚱한 수사관이 훈계하곤 병동 안으로 걸음을 돌렸다.

본관 건물로 걸을 때야 나는 근조가 들려준 말을 어머니에게 옮겼다. 신앙으로 다져진 신념이 어머니를 굳게 붙들고 있는 이상, 뒤에 받게 되는지 모를 큰 충격을 나눈다는 뜻에서 사실대로 들려줌이 좋을 것 같았다. 경화에 종양까지 발견된 상태라는 내 말에 어머니는, 하나님 맙소사 하고 신음을 흘렸다. 어머니는 쪼그라진 입을 굳게 다물고 다른 말을 더 묻지 않았다. 무엇인가 곰곰이 생각하는 냉정한 모습이라 나 역시 말을 붙일 수 없었다. 어머니는 부지런히 걸음을 옮겼으나 옮겨 딛는 고무신 코끝이 떨렸다.

나는 내과 안내실에서 민종학 박사를 찾았다. 간호사는 '내과 3'을 찾아가라고 일러주었다. 민 박사가 자리를 비우고 없었다. 바깥 외출이 아니고 병원 안에 있다기에 어머니와 나는 진찰실 안쪽 개인 방에서 그를 기다렸다. 에어컨이 가동되어 실내가 시원했다. 20분이 지나서야 민 박사가 나타났다. 그는 가족을 위로시킬 속셈인지, 앞으로 지게 될 부담을 덜려는지, 난치병으로서의 간질환을 자상하게 설명했다. 현구를 지목하진 않았으나, '치명적'이라는 용어를 사용하는 그 빈도만큼, 위협적인 내용이었다. 어머니가 암이냐고 대놓고 물었다. 민 박사는 상냥하게, 굳어진 부분에 더욱 굳은 팥알 크기가 발견되었다고 완곡하게 표현했다.

"……우리의 소견으로 최선의 방법은, 수술과 방사선 치료를 병행해야 한다는 데 1차 합의를 보았습니다. 물론 확률은 절반이지요. 만약 당사자나 가족 측이 동의하지 않는다면 인슐린 요법과 식이요법에 의지하는 수밖에 없긴 합니다만……"

"박사님." 나는 민 박사 말을 잘랐다. "방사선 치료라면, 종양이 다른 부위까지 퍼졌다는 말입니까?"

"그렇게 악화된 상태라면 수술을 종용하지 않고, 차라리 자가 요양의 퇴원을 권고하겠습니다."

"검찰 쪽에도 병원 측 복안을 통보했습니까?"

"우리는 검진 결과에 따른 후속 조치로서 의견만 밝혔습니다."

민 박사 표현은 사무적이었으나, 여유가 있었고 목소리는 부드러웠다. 나는 어머니 얼굴을 보았다. 어머니는 뚫어지게 민 박사를 쏘아보았다. 에어컨 바람을 타는지 하얀 머리카락 몇 올이 주름진 이마 앞에서 나풀거렸다.

"수술은 안 돼요. 현구 몸에 칼을 댈 수 없어요. 칼을 대느니 차라리 안수로 그 간을 정케 하겠어요. 누가 뭐래도 하나님은 우리 아이 편이니까요!" 어머니가 갑자기 소리쳤다.

어머니는 튕기듯 의자에서 일어섰다. 조그마한 몸이지만 넘어질 듯하여 내가 어머니를 부축했다.

"박사님, 일단 변호사를 만나보겠습니다. 당장 수술을 할 만큼 그렇게 위급하진 않지요? 그렇게 위급하다면 지연된 감정유치 허가가 현구 생명을 빼앗은 겁니다." 내가 바삐 말하곤 어머니 허리에 팔을 둘러 진찰실 쪽으로 나섰다.

환자 가족에게 점진적인 충격요법의 1차 단계 통보를 끝냈음인지, 등 뒤에서는 아무 말도 들리지 않았다.

어머니는 현구 병동 쪽으로 걸으며, 막내를 공기 좋은 기도원으로 데리고 가면 어떠냐고 내게 물었다. 안수로 말기암 환자까지 완치시킨 신령한 목사가 있다는 것이다. 간질환에 소양이 있는 교회 권사 한 분이 오늘 저녁 토룡탕 한 병을 가져오기로 했는데 그걸 싸 들고 가서 먹이며 주님께 의지하면 현구 병을 깨끗이 완치시킬 수 있다고 장담했다. 어머니는 간질환에 관해 웬만한 식견을 가지고 있었으나 의외로 그 목소리는 카랑카랑했고, 걸음걸이도 힘이 있었다. 눈물을 비치지 않는 점으로도 어머니는 아우의 병을 애써 절망적으로 생각지 않고 있음이 분명했다. 내 그런 판단은 어머니의 다음 말을 통해 금방 드러났다.

"외국에서 갓 돌아와 너도 바쁠 텐데 여기서 이렇게 어정거려서야 되겠냐. 올라가서 네 일 보거라. 급한 다른 일이 있으면 또 연락하마. 서울에서 대구까지 오는 데야 네 시간 반밖에 더 걸리느냐. 전에도 동수 엄마와 내가 다 옥바라지했고, 그때마다 현구를 구해냈다. 옥 안이 아니고 병원까지 빼냈는데 설마 기도원이나 집으로 못 데려가려구. 내가 변호사를 만나마. 그 젊은이도 교회 집사고, 내 말을 잘 듣더라."

어머니가 내 걱정까지 했다. 변호사는 내가 만나보겠다고 말했다. 변호사가 수술 가부를 판단해주지는 못할 것이다. 누구보다 현구와 가까운 동수 엄마의 의견이 어떨는지 모르지만, 나로서는 수술에 반대하고 싶은 입장이었다. 간 수술은 최후의 수단으로서 마지막 걸게 되는 한 가닥 희망이 아닐 수 없었다. 그러나 내 상식적 판단은 내 자신도 믿을 수 없었기에, 나는 밤 기차편으로 상경하여 내과 전문의 동기생을 만나 다시 자문을 구해보기로 마음먹었다.

나는 법원 앞에 있는 변호사 사무실을 찾아 인권 변호사로 시국사범을 많이 맡아온 주영준을 만났다. 그는 현구 나이 또래였다. 나는 그에게 현구의 종합검진 결과를 알려주었다. 간질환은 서울대학교병원이 권위가 있으니 현구를 그쪽으로 옮기면 어떠냐고 내가 물었다. 내 생각으론 서울대학교병원에서 종합검진을 한 번 더 받고, 수술 문제를 그때 결정할 수도 있었다.

"내가 보기에 여기서의 수술은 이판사판으로 해보자는 거고, 가족이 수술을 거부한다면 시간이나 끌겠다는 배짱 아닙니까. '유치 장소 변경신청서'를 법원에 내겠어요. 서울대학교병원과 비산동 거주지 두 군데로 말입니다. 그러나 법원이 서울대학교병원 쪽은 모르겠지만 집으로는 허가해주지 않을 겁니다. 비산동 일대 빈민 지역과 그 주변 공단은 현구 씨 생활 터전이니깐요. 현구 씨 문제가 밖으로 알려질수록 당국으로선 골치 아픈 문제가 발생할 테니 이로울 게 없지요." 주 변호사가 말했다. 그는 내일 아침에 유치 장소 변경신청서를 법원에 청구하겠다고 내게 약속했다.

대학병원으로 돌아오니 어느덧 여름의 긴 해가 기울어 석양에 당도해 있었다. 현관 앞에서 농성을 벌이던 학생들은 돌아가버렸고, 오늘부터 만약의 사태에 대비하여 야간근로까지 설 요량인지 병동 현관과 병실 앞은 여전히 전투경찰대원들이 지키고 있었다.

병실에는 간수가 젊은 최로 다시 교대되었으나, 뚱뚱한 수사관은 없었다. 숙영이와 원 목사 역시 돌아갔고, 조카 동수를 데리고 계수씨가 와 있었다. 그네는 침대 뒤로 돌아가 옆으로 누운 아우의 허리를 주먹으로 가볍게 치거나 주물렀다. 아우는 아들을 침대 가장자리에 앉히고 정다운 대화를 나누고 있었다. 동수 엄마는 미소 띤 얼굴로 부자간의 대화를 들었다.

"나는 이담에 의사가 될 테야. 그래야 아빠 병도 고쳐줄 수 있으니깐요." 네 살배기 동수 말이었다.

"아빠 병도 고쳐주어야겠지만 우리 산동네에도 아픈 사람이 많잖아. 그 사람들 병도 고쳐주어야지."

"꼭 의사가 되겠어요. 아빠, 아파서 걸을 수 없으면 택시 타고 집에 가요. 버스 말고 택시. 난 택시 안 타봤거든. 탁아소에 붙은 내 그림도 보여줄게요."

동수가 혀 짧은 소리로 제 아버지를 조르자 돋보기 끼고 성경을 들치던 어머니가, 조 앙증맞은 것 하며 눈을 흘겼다.

병실 안은 어디에도 죽음의 그림자가 없었다. 저 젊은 아내와 어린것을 두고 현구가 눈을 감는다면…… 쉰을 바라보는 나이인데도 내 마음이 감상에 젖어 코끝이 찡해왔다. 그제서야 가방에 들어 있는, 소련에서 사 온 선물이 떠올랐다. 어머니, 숙영이, 동수 엄마 몫의 양털로 짠 숄과 동수에게 줄, 함석으로 만든 장난감 자동차 두 개였다. 하나는 병원차였고 하나는 소방차였다. 나는 장난감 자동차를 동수 손에 쥐여주었다.

"와, 좋다! 내일 애들한테 자랑해야지. 큰아버지 고맙습니다." 동수가 장난감 자동차를 머리 위로 쳐들고 우쭐거렸다. 기쁨이 얼굴 가득 피어났다.

나는 담배를 피우러 복도로 나왔다. 창밖 뜰에는 해 진 뒤의 그늘이 넓게 퍼져 있었다. 나무 사이로 보이는 하늘이 주황빛으로 물들었다. 바람기가 있는지 나뭇잎이 흔들렸다. 넓은 뜰 여기저기에 휠체어를 탄 환자들이 더위가 꺾인 저녁 한때의 시원함을 즐기려 산책 나온 한가로운 모습도 보였다. 가까이에서 도란도란 나누는 이야기 소리가 들렸다. 창틀 옆에 바짝 다가서서 내다보니 바로 창 아래 그늘에 노인 네 사람이 모여 앉아 한담을 나누고 있었다. 두 노인은 어머니와 내가 민 박사를 만나러 갈 때 어머니에게 인사했던 낯이 익은 분들이었다.

"……A지구 철거할 때 말이야. 아 글쎄, 양같이 순한 박 선생이 그렇게 화를 내는 걸 처음 봤다니깐. 앓는 할머니가 집 안에 있다며 선생이 몇 차례나 엄 씨네 집 입구를 막아서서 두 팔 벌렸지. 한 시간만 여유를 달라고 말일세. 그런데 그 무지막지한 철거반원들한테 박 선생 호소가 먹혀들 리 있겠어. 공무를 집행한다며 인정사정 볼 게 없다는 태도였지. 철거반원들이 선생을 사납게 밀어뜨리고 함마와 쇠지레로 판자벽을 내리치기 시작하더군. 그러자 안에서 비명이 터지고, 상주댁이 어린 자식을 품에 안고 쪽문으로 뛰어나왔어. 집 안에 어머님이 계시니 잠시만 기다려달라고 상주댁이 외쳤지. 그러나 철거반원들은 들은 척도 않더군. 그때, 함마질에 튕겨나간 판자 조각이 상주댁 어린 자식 이마를 때려버린 거라. 어린것 이마에서 피가 줄줄 흘렀어. 그 광경을 보던 박 선생 얼굴이 갑자기 험악해지더군. 내가 옆에서 보니 선생 눈에 불이 번쩍하더라. 이거 무슨 일이 터지겠구나 싶었는데, 아니나 다를까, 박 선생이 철거반원에게 달려들어 쇠지레를 빼앗더니 마구 휘두르기 시작했지 뭐냐. 눈물을 철철 흘리며 미친 사람처럼, 너들도 인간이냐며 철거반원을 치지 않았겠어."

"내가 보았대도 가만있잖았겠다. 피도 눈물도 없는 종자들 같으니라구."

"원 목사 그 양반도 현장에 있었는데, 박 선생이 구속되고 난 뒤, 그때 그 장면을 두고 묘한 말을 하대. 뭐라더라, 그 있잖은가. 예수께서 성전에서 매매하는 자를 내쫓고 돈 바꾸는 자며 비둘기 파는 자들 의자를 둘러엎으셨다는 그 말씀, 바로 그 장면을 보는 듯하더라고 말이야."

"이 시대가 아까운 사람 하나 죽이는군. 20년 가까이 감옥이다, 노동운동이다, 빈민운동이다 하며 뛰었으니 어디 세끼 밥인들 제대로 챙겨 먹었겠어. 우리 집 애 말로는 박 선생이 감방에서 단식도 숱하게 했다더군. 그러니 간이 쪼그라든 게야."

"글쎄, 못 먹고 고생한 사람 간도 멀쩡하기만 하던데, 나이 한창인 젊은이가 그렇게 운이 없을 수 있나."

"박 선생이 만약 어찌 된다면 가만있잖겠다고 벼르는 주민들이 많더군. 성인염직에 다니는 공원들하고, 한국경전기에 다니는 여공들 있지? 그 애들이 앞장을 서서 치료비 모금운동을 벌일 모양이라……"

나는 노인들 대화를 듣다 담뱃불을 끄고 병실로 들어갔다. 전등불이 들어와 있었다. 나는 동수 엄마를 복도로 불러내어 민 박사한테 들은 현구 수술 문제를 두고 의논했다. 동수 엄마도 현구가 간경변증과 암이 병치되어 있음을 이미 알고 있었다. 그네 역시 수술에는 일단 반대 의견을 표시했다. 그렇다고 법원

허가 없이 미결수를 당장 어디로 옮길 수 없으니 며칠 동안 환자의 상태와 경과를 지켜보겠다는 것이었다.

"저도 여러 곳에 알아보고 있습니다. 글피가 주일이니 그때까지 어떤 결정이든 내려야겠지요. 종양이 작을 때는 셀루핀과 같은 얇은 막으로 종양을 밀봉하여 확산을 막는 새로운 치료법도 개발되었다던데, 상경하시면 그 점도 알아봐주세요. 내일 아침 변호사와 함께 법원에 들어가겠어요." 동수 엄마의 담담한 말이었다.

갈라터진 입술을 꼬옥 깨문 동수 엄마의 얼굴이 엄숙하여, 이미 최악의 경우까지 예상하고 있는 듯한 다부진 모습이었다. 그네가 이 위급한 사태에도 흔들리지 않고 이성적으로 대처하고 있음이 다행이었다.

"동수 어머니, 우리들 여기 있어요. 선생님 면회가 안 되면 동수 어머니라도 이리로 나와보세요. 꼭 드릴 말이 있습니다." 동수 엄마 목소리를 들었는지 노인 하나가 창틀에 얼굴을 들이밀고 말했다.

"아직 안 가셨군요. 예, 제가 나갈게요."

그날, 자정 가까이 출발하는 서울행 새마을호 편으로 나는 동대구역을 떠났다. 출판사 일은 내가 없더라도 잘 돌아가게 아퀴를 짓고, 예정으론 사흘 뒤 다시 내려오리라 작정했다.

서울로 돌아온 이튿날, 나는 출판사 일과 현구 일로 동분서주했다. 대구의 현구 병실과 숙영이네 약국으로 전화를 걸어 그쪽 사정을 문의하기도 했다. 현구 병세는 별 달라진 점이 없으나 소변을 보지 못하고 허리 통증이 더 심해진다고 어머니가 알려주었다. 하루를 그렇게 넘기고 자정 가까이 집으로 돌아온 나는 얼굴과 손발 씻기도 포기한 채 잠에 곯아떨어졌다. 나로서는 보름 넘어 처음으로 맞는 숙면이었다.

숙영으로부터 다급한 장거리 전화가 걸려오기는 이튿날 오후 1시 반쯤으로, 내가 서울대학교병원을 막 다녀왔을 때였다.

"오빠, 어쩌면 좋아. 현구가, 현구가 혼수상태로…… 빨리 와줘야겠어. 날이 새고부터 못 견디겠다며 통증을 호소하더니…… 깨어났다 까무러치던 끝에 끝내……"

또렷하게 들리는 숙영의 울부짖음인데도 내 귀에는 아득히 먼 메아리로 들렸다. 갑자기 기운이 쭉 빠졌다. 드디어 올 것이 왔는데 어쩌해야 하나. 나는 전화기를 던지듯 놓고 망연자실 멍해지고 말았다. 좋잖은 소식이냐고 경리 최 양이 조심스럽게 물었으나, 나는 잠시 눈을 감은 채 된숨만 내쉬었다.

"주택은행 통장 있잖아. 어서 가서 잔고 있는 대로 빨리 찾아와. 현찰 50, 나머지는 수표로." 내가 최 양에게 일렀다. 나는 집으로 전화를 걸었다. 아내에게 현구의 상태를 알리고 지금 곧 대구로 내려가겠다고 말했다. 아내는 친정집에 연락하여 친정어머니가 상경하는 즉시 아이들을 맡겨놓고 뒤따라 내려가겠다고 다급하게 대답했다.

"차 몰고 가지 마세요. 꼭 그래야만 돼요. 흥분 상태로 차를 몰면…… 아시죠?" 아내는 몇 차례 다짐하곤 전화를 끊었다. 나는 그 점까지 미처 생각지 못했는데 여자란 역시 세심하고 영악

한 데가 있었다.

강남 고속버스 터미널보다 서울역이 회사와 가까웠기에 나는 기차를 타기로 했다. 기차가 영등포를 벗어나자, 차창 밖으로 들과 산이 희뜩희뜩 나타났다. 푸나무들은 더운 햇살만으로 푸르게 살아나는데, 죽어가는 사람도 저렇게 싱그럽게 살아날 수 있다면, 문득 그런 생각이 들었다. 온몸이 식은땀에 전 채 삶과 죽음 사이를 마치 그네 타듯 오락가락하고 있을 현구의 검누런 여윈 모습이 떠올랐다. 허약자에게는 여름 그 자체가 견디기 어려운 고역인데, 한증막 같은 더위가 끝내 현구를 부패시켜버린 것이리라. 냉장고에 돌연 전기가 나가버렸을 때, 아니 전압이 떨어져 냉장고 안이 미적지근하게 되었을 때, 밀폐된 공간의 내용물은 빠르게 부패할 것임에 틀림없었다. 지금 현구 몸을 냉장고로 비유한다면 코드를 뽑았다 끼웠다 하는 상태여서, 몸 안의 내용물인 간은 물론 신장·위장·허파가 그렇게 부패되고 있지 않을까. 생각만 해도 끔찍한 현상이었다. 차라리 나는 현구에 관하여 다른 장면을 떠올리는 편이 나았다. 지금 기차가 달리고 있는 이 방향으로 그해 겨울, 우리 가족이 남행을 재촉할 때, 어머니의 등짝에 묻힌 작은 불씨 하나가 그때는 끝내 꺼지지 않았다. 그 시절 살아남음과 서른여덟 해 뒤, 지금의 죽음과는 무슨 차이가 있을까. 자식 하나를 후대에 남겼다 함일까. 아니면 그가 장성하여 벌인 아름다운 일을 하나님이 보고 싶어 했을까. 이제 너는 현세에서 네 몫을 다했으니 내 곁으로 오라고 하나님이 그를 불러가려 함일까…… 나는 신의 섭리를 알 수 없었고, 어쩌면 냉혹한 현실은 신의 섭리와 무관하게 진행되고 있었다. 나는 식당차로 옮겨 앉아 점심 대신 맥주 두 병을 비워냈다.

동대구역에 도착하자 오후 6시 10분으로, 해가 도회 건물 뒤로 기운 저녁 무렵이었다. 나는 택시 편에 서둘러 대학병원으로 향했다. 대학병원 정문은 닫혔고, 정문 옆에는 창문에 철망을 친 전투경찰 수송용 버스 두 대가 대기하고 있었다. 발쭘하게 열린 비상용 쪽문을 전투경찰대원 여럿이 지켰다. 문 앞에 사람들이 줄을 서서 차례를 기다렸다. 전투경찰대원에게 방문 목적을 밝히고 주민등록증을 제시한 뒤 안으로 들어가는 줄이었다. 나도 그 줄 꼬리에 섰다. 병원에 무슨 사고가 났구나 하는 의문보다 직감적으로 현구 때문이겠거니 여겨졌다. 내 차례가 오자, 나는 현구가 입원한 병동과 병실을 밝혔다.

"입원 환자와 어떻게 되는 사입니까?" 내 주민등록증을 보며 전투경찰대원이 물었다.

"현구 형이오. 급히 연락을 받고 서울에서 방금 도착한 참이오."

"그분 들여보내." 수위실 앞에 섰던 자가 전투경찰대원에게 말했다. 그저께 현구 병실에서 보았던 뚱뚱한 수사관이었다.

나는 뛰다시피 걸었다. 본관 모퉁이를 돌자, 현구가 입원한 병동 쪽에서 합창으로 부르는 노랫소리가 땀에 찬 얼굴로 홧홧 끼얹어왔다. 노래에 맞추어 치는 손뼉 소리도 들렸다.

저 들에 푸르른 솔잎을 보라
돌보는 사람도 하나 없는데

비바람 불고 눈보라 쳐도

온누리 끝까지 마음껏 푸르다……

 현구가 입원해 있는 병동 앞 넓은 정원에는 불만한 광경이 벌
어지고 있었다. 완전무장한 전투경찰대원들이 겹겹이 에워싼
가운데, 학생과 노동자, 빈민촌 아주머니 들이 쉰 명 정도 줄지
어 앉아 손뼉을 치며 노래를 부르고 있었다. 창문에 철망을 씌
운 지프 옆에는 경찰 간부인 듯 무선전화기를 든 건장한 중년
남자 둘이 지켰는데, 동수 엄마가 그들에게 손짓해가며 무슨 말
인가 열심히 떠들고 있었다. 둘은 농성하는 사람들에게 한눈을
팔 뿐 묵묵부답이었다. 농성 중인 사람들 뒤쪽에 머릿수건 쓴
아낙네 둘이 맞잡아 들고 있는 현수막 글자가 얼핏 눈에 들어왔
다. 한 아낙네가 상주댁이었다.

 '빈자의 등불, 박현구 선생 만세!'

 구경꾼으로 그 대치 광경에만 한눈을 팔 때가 아니었다. 나는
농성 무리들 속에 섞여 앉아 노래를 따라 부르는 원형섭 목사에
게 잠시 눈을 주다, 병동 안으로 들어섰다. 병동 현관을 지키는
전투경찰대원과 병실 앞을 지키고 섰는 전투경찰대원에게 나는
현구 형임을 밝혔다. 나는 병실로 뛰어들었다. 병실 안에 있던
여러 눈길이 내게로 쏠렸다. 나는 아무와도 인사를 나누지 않고
현구와 어머니가 있는 침대 앞으로 다가갔다.

 "현구야!"

 깊은 잠의 수렁에 빠진 듯 현구는 대답이 없었다. 그의 얼굴

은 이미 살아 있는 자의 살색이 아니었다. 녹두색이 땀구멍 숭숭한 얼굴 전체에 번져 있었다. 현구는 악몽이 괴로운지 간헐적으로 미간을 찌푸리며 된숨을 몰아쉬었다. 홑이불 아래 불룩하게 솟은 배는 사흘 전과 확연히 다르게, 만삭의 임산부를 방불케 했다. 요독증이 핏줄을 타고 온몸에 번진 증거였다. 나는 아우 손을 잡았다. 축축한 그의 마른 손이 온기를 잃어 서늘했다. 내 얼굴에서 땀인지 눈물인지가 침대보에 떨어졌다. 나는 터져나오는 오열을 가까스로 삼켰다.

"실낱같은 가망도 없나 봐. 오늘 밤이 고비래. 이제 그 어느누구도 이 애를 살릴 수 없다니…… 도무지 믿어지지 않는 의사의 그 말을 이제 믿어야 하다니…… 젊디젊은 너희들 아비를 그렇게 했듯, 하나님이 이 애를 천당에서 더 요긴한 데 쓰시려구 데려가려 하시나 봐. 이 불쌍한 늙은 어미를 남겨두고…… 그분이 주장하시는 일은 순종해야겠지만…… 이리도 절통한 사연이 이 세상에 또 어디 있을꼬……" 젖은 수건으로 현구 얼굴을 닦으며 어머니가 말했다. 흘리는 눈물의 양만큼 그 엉절거림은 말이 아니라 차라리 피눈물로 쏟아내는 통곡이었다.

혼수상태로 들어간 현구를 지켜보는 어머니도 이제는, 막내가 당신 몸속에서 함께 산다는 억지를 부리지 않았다. 어머니는 현구가 덮은 홑이불을 허리께까지 내렸다. 환자복 단추를 풀더니 그의 가슴을 열었다. 땀에 젖은 앙상한 갈비뼈가 드러났다. 그 가슴은 흙색으로 검누랬다. 어머니가 수건으로 아우 가슴에 찬 땀을 천천히 닦았다.

"애비도 못 보고 태어나, 이제 그렇게도 그리던 제 애비를 보러 가겠다고 이러나. 서른셋에 죽은 네 애비가 젊디젊은 그때 모습으로 거기 천당에 있나……"

천장에 달린 선풍기가 왱왱 소리를 내며 돌아가는데 땀에 전 현구의 긴 머리카락은 한 올도 움직이지 않았다. 아우는 몸 안의 수분을 다 뱉듯 온몸의 땀구멍마다 식은땀을 쏟아내고 있었다. 잦아져 곧 멈출 것 같던 아우의 숨 쉼이 다시 폭발하듯 코 푸는 소리로 다급해졌다. 그럴 때, 아우가 슬며시 눈을 뜨고 예의 그 수줍은 미소를 띠며 천천히 일어나 앉을 것만 같았다. 숨소리는 다시 낮아졌다. 아우의 눈에서 한 줄기 눈물이 눈꼬리를 타고 흘러내렸다.

"혼수상태가 언제부터 계속됐나요?" 내가 어머니에게 물었다.

"벌써 반나절이 넘었다. 그 후로는 영 깨어나지 않는구나. 우리 아들을 풀어주지 않으니 기도원 안수도 못 받고…… 내가 달려들어, 우리 아들 풀어달라고 싸우고 애원했지. 맨발로 금호산 기도원까지 내가 이 자식 등에 업고, 피난 올 때처럼 달려가려 했건만…… 나는 그때서야 이 애를 살릴 수 없다고……" 어머니는 손으로 얼굴을 가리고 머리를 흔들었다. "오, 하나님, 이 애를 보세요. 이 세상 못사는 사람들의 근심과 한숨을 다 맡아 떠나자니 저도 힘이 드는지, 이렇게 고된 숨을 쉬며 울고 있잖아요……"

나는 현구 침대 옆에서 물러났다. 그제서야 병실 안을 둘러보니 동수를 무릎에 안고 반쯤 틀어 앉은 숙영이가 손수건으로 눈을 가려 어깨를 들먹이며 훌쩍이고 있었다. 내가 준 장난감 자동차를 양손에 쥔 동수가 붉게 충혈된 검먹은 눈으로 나를 흘끗 곁눈질했다. 나이 든 간수 홍과, 수사관인 듯 여름용 점퍼 차림의 중년 사내가 묵묵히 나의 거동을 지켜보았다.

바깥에서 이제 구호가 터지고 있었다.

"양심수 박현구 선생을 즉각 석방하라!"

"즉각 석방하라, 석방하라!"

"양심수 박현구 선생을 우리에게 돌려달라!"

"우리에게 돌려달라, 돌려달라!"

내가 넋 빠진 사람 같게 멍하니 섰자, 창밖을 내다보던 간수 홍이 손가락질하며 투덜거렸다.

"저, 저 못된 놈들 수작 보더라구, 담을 넘어 들어오다니!"

내가 열린 창밖에 눈을 주니, 담쟁이덩굴이 올라간 담을 대학생인지 노동자인지 여럿이 타 넘어오고 있었다. 그 모습을 보던 수사관이 더 참을 수 없다는 듯 밖으로 달려나갔다.

바깥은 구호 소리와 매미 울음으로 시끄러운데, 후텁지근한 더위와 병실의 무거운 침묵에 나는 숨이 막힐 것 같았다. 어머니가 무슨 말인가 현구를 내려다보며 중언부언 읊는 침대 쪽으로 차마 눈길을 줄 수 없었다. 나는 병실에서 빠져나왔다. 담배를 피워 물고 흐린 눈으로 창밖 뜰을 내다보았다.

"7시 반까지 해산하지 않으면 모두 연행하겠습니다. 앞으로 25분 내로 모두 돌아가십시오!" 지프 쪽에서 중년 경찰 간부가 확성기를 들고 말했다.

농성하던 사람들이 그 말에, 우우 하며 야유를 보냈다. 그들은 다시 노래를 합창하기 시작했다. 손뼉만 치는 게 아니라 이제 둥둥 북소리까지 들렸다.

전투경찰대원들이 울을 친 뒤쪽에서 동수 엄마가 바삐 걸어왔다. 주위에 젊은이 셋이 그네를 따랐다. 젊은이들을 떨어뜨려놓고 동수 엄마만 병동 안으로 들어섰다. 바깥은 이미 그늘이 짙게 내린 만큼 복도가 어두컴컴했다. 복도를 질러 온 동수 엄마가 내 앞에서 걸음을 멈추었다.

"기대를 하지 않았지만, 운명할 때까지 여기에서 한 발짝도 떠날 수 없대요. 주민들은 동수 아빠가 운명하시기 전에 집으로 모셔 산동네 빈민장으로 장례를 치르자고 했으나, 그게 안 되게 됐어요. 무슨 폭동이라도 일어날까 봐 저들이 어디 그 조그만 우리들 소망이나마 들어주겠어요. 어쩌면 시신조차 내주지 않고 저들이 마음대로 화장해버릴는지 몰라요." 동수 엄마 말투는, 그네 역시 이제 남편의 소생에 가망이 없음을 인정하고 있었다.

"설마 그럴 리야 있겠어요. 장지 문제는 내가 김 서방하고 의논해보리다" 하고 말하자, 이제 현구의 죽음을 기정사실로 받아들여 그 뒤치다꺼리를 읊조리는 나 자신이 서글펐다.

생각에 잠겼던 동수 엄마가 눈빛을 세웠다.

"아주버니, 그래서 우리는 그 어떤 일이 있더라도 동수 아빠를 운명하기 전에 집으로 모셔가려 해요. 오후에 이미 그렇게 하기로 결정을 보았어요." 그네가 주위를 둘러보더니, 내게 조

그렇게 말했다.

나는 동수 엄마 말이 무슨 뜻인지 알 수 없어 멍하니 바라보기만 했다. 동수 엄마가 병실로 총총히 걸음을 옮겼다.

어느새 농성하는 사람들이 60여 명으로 불어났는데, 돌연 새로운 구호가 터져 나왔다.

"운명 직전에 있는 박현구 선생을 당장 석방하라!"

"당장 석방하라, 석방하라!"

"빈민장으로 장례를 치를 수 있는 조치를 허가하라!"

"귀가 조치를 허가하라, 허가하라!"

선창을 외치는 자가 조금 전 동수 엄마와 함께 따르던 젊은이였다. 그의 구호는 절규였고, 동수 엄마와 그 어떤 묵계가 된 듯 느껴져, 조금 전 그네의 말과 함께 퍼뜩 짚이는 생각이 있었다. 젊은이 구호가 그만큼 자극적인 탓인지, 앉아 있던 사람들이 모두 일어나 주먹을 내두르며 소리쳤다.

"정말 돌아가시게 됐어?" "이거 어찌 된 거야." "병세가 그렇게까지 악화되다니" 하고, 농성하던 사람들이 쑤군거리며 당황해하는 모습이 역력했다.

"당국은 박현구 선생 죽음을 책임지라!"

"죽음을 책임지라, 책임지라!"

구호가 더욱 다급해졌다.

농성 무리 앞쪽은 젊은이들이 자리했는데, 그들이 돌연 양팔을 옆 사람 목 뒤로 둘러 어깨를 겯기 시작했다. 곧이어 모두 어깨를 겯고 거센 파도를 이루어 앞을 막은 전투경찰대원들의 두

꺼운 벽을 뚫을 듯 움직였다. 방패막을 앞세운 전투경찰대원들은 콘크리트 벽이듯 꿈쩍을 않았다.

"해산하지 않으면 연행한다!"

확성기가 숨 가쁘게 외칠 때, 뒤쪽에서 지프를 향해 화염병이 날더니, 펑하고 터졌다. 뒤쪽에서 와와, 어샤어샤 하는 함성이 뒤따랐다. 드디어 어깨를 결은 사람들이 전투경찰대의 벽을 뚫겠다고 맹렬한 기세로 전진했다.

"폭력은 안 됩니다. 자제해요. 폭력으로 해결될 거라곤 아무것도 없습니다!"

사람 모습은 보이지 않았으나 그 외침은 원 목사 목소리가 분명했다.

펑펑, 화염병이 연달아 터졌다. 여기는 거리가 아니고 병원이라고 외치는 원 목사 목소리도, 군중들 고함 소리도 잦아들었다. 인내에 한계가 있다는 듯, 병원이라는 사실에 아랑곳하지 않고 드디어 최루탄도 퍽퍽 소리를 내며 터졌다.

"모두 연행해!" 확성기를 통해 경찰 간부 명령이 떨어졌다.

벽이듯 움직이지 않던 전투경찰대원들이 한마디 명령에 농성 무리 속으로 밀려들더니 무차별 연행을 시작했다. 고함과 비명 소리로 넓은 뜰은 한순간에 아수라장을 이루었다. 병실 앞을 지키던 전투경찰대원들도 요란한 발소리를 울리며 복도를 거쳐 밖으로 뛰어나갔다.

내 코에는 최루탄 내음이 스며들었다. 눈물이 돌고 재채기가 쏟아졌다. 나는 황급히 병실 안으로 들어갔다. 그때였다. 뒤쪽 창문으로 복면을 하고 각목을 든 젊은이가 병실 안으로 뛰어들었다. 한 명이 아니고 네댓 명이었다. 그들은 한꺼번에 몰려들어 각목으로 간수 홍을 내리칠 듯 위협했다. 파랗게 질린 홍이 입을 벙긋 벌린 채 항복하듯 손을 들고 떨었다.

"사모님, 갑시다. 어서 나서요! 병원 후문에 봉고를 대기시켜 놓았어요." 작업복 차림의 젊은이가 동수 엄마에게 외쳤다.

"얘들아, 뭐냐? 어, 어디로 가자구?" 다칠세라 현구를 끌어안듯 팔을 벌려 보호하던 어머니가 어마지두해져 말을 더듬었다.

"어머님, 동수 아빠를 비산동 우리 방에서 돌아가시게 하고 싶어요. 동수 아빠는 죄인도 아니고, 그러기에 여기에 갇혀 감시받는 자리에서 돌아가시게 할 수는 없어요!" 동수 엄마가 발통 달린 침대를 끌어내며 빠르게 말했다. 단속적으로 여린 숨을 내쉬는 현구를 보는 그네의 눈이 눈물로 빛났다.

"그래, 그래야지. 네 말이 맞다. 현구는 죄인이 아냐. 동수야, 우리가 앞장서자. 너와 내가 앞장서야 해!"

며느리 말에 어머니도 정신이 번쩍 드는 모양이었다. 어머니가 숙영이로부터 동수를 빼앗아 덥석 등에 업었다.

"할머니, 아빠 정말 집으로 가는 거예요?" 동수가 또랑한 목소리로 물었다.

"그래, 집으로 가는 거다. 이제는 네가 아빠가 되는 거다. 현구가 못다 한 일을 네가 하는 거야. 네가 이제 이 할미의 막내다!" 어머니가 신들린 듯 외쳤다.

어머니는 그해 겨울 현구를 업고 남행길을 재촉했듯, 꼬부장한 줌은 등판에 김장독 같은 동수를 업고 앞으로 나서며 병실 문을 활짝 열었다. 간수 홍은 어느새 몸을 피하고 없었다.

"오빠, 이래도 되는 거예요?" 얼떨떨한 표정으로 숙영이가 나를 보고 물었다.

"어쩔 수 없잖아. 상황이 이렇게 된걸. 자, 우리도 같이 나가자." 숙영의 말에 어리벙벙해졌던 나는 홀연히 정신을 차렸다. 나는 누이 등을 밀었다.

"앞쪽은 안 돼요. 뒷문 쪽으로, 어서!" 하더니, 숙영이도 결심을 한 듯 어머니 뒤를 따랐다.

저물한 속에 복도는 벌써 최루탄 내음으로 매캐했다. 바깥뜰은 매연이 자욱했고 난장판 소요가 계속되고 있었다.

동수 엄마가 침대를 앞으로 당기고, 젊은이들은 침대를 옆에서 당기고 뒤에서 밀었다. 복도로 나서니 어둑발이 내리는 속에 현구의 모습은 보이지가 않았다. 나는 초조했다. 언뜻 한 가지 결단이 전류처럼 머리를 때렸다. 이제 현구는 우리 모두의 마음에 자신이 들어앉아 살아 숨 쉴 감옥 한 칸을 짓기 시작했다는 깨달음이었다. 나는 비로소 현구를 거주제한구역 안에서 운명하게 해서는 안 된다는 결론을 내렸다. 폭행죄와 공무집행방해죄로 구속된 이번 사건의 상징성이 말해주듯, 설령 비산동 사글셋방까지 현구를 데려갈 수 없다 하더라도 그가 살아 있는 동안, 자유로운 구역까지 내보낼 책임이 나에게도 있음을 알았다. 나는 동수 엄마와 나란히 침대머리 손잡이를 힘주어 잡았다.

최루탄 내음이 들어찬 복도로, 침대가 좌르르 굴러갔다. 동수를 업은 어머니와, 어머니 허리에 팔을 두른 숙영이는 뒷문을 향해 저만큼 앞장서서 종종걸음 치고 있었다. 그때, 뒷문 밖에서 대기하고 있었던지 젊은이 몇이 그 문을 활짝 열어젖혔다. 막혔던 통로가 자유를 향한 출구처럼 훤하게 뚫렸다. 어머니와 함께 우리 오누이 셋이 그해 겨울 그렇게 남행길을 재촉했듯, 우리들은 마치 포연을 뚫고 진군하듯, 최루탄 연기를 헤쳐 침대를 끌고 밭은걸음을 걸었다. 그제서야 4·19 그날, 우리 모두 어깨 겯고 경무대를 향해 내닫던 그 벅찬 흥분이 되살아남을 나는 가슴 뿌듯이 느낄 수 있었다.

(1990)

나는 누구인가

1

한 여사는 화장대 앞에 앉는다. 처음 하는 일은 마른 수건으로 거울의 먼지 닦기이다. 늘 자주 닦아 먼지 앉을 짬이 없건만 거울에 티 한 점, 얼룩 하나 없어야 직성이 풀린다. 한 여사가 거울 앞에 앉아 허리를 펴 곧은 자세를 취하자 등줄기가 당기고 가쁜 숨길이 목젖에 걸린다. 다시 허리를 꼬부장히 낮추어 편한 자세를 취하지 않을 수 없다. 할미꽃같이 꼬부라진 늙은이가 안되어야지 하고 다짐하건만 그 실천이 쉽지 않다. 그네는 거울에 비친 자기 모습을 꼼꼼히 들여다본다. 이마 위며 정수리에 검불처럼 성글게 남아 있는 흰 머리칼이 흉하다. 그네는 얼른 머리통에 잘 손질한 가발을 씌워 본머리를 감춘다. 흰 머리카락을 조금 섞어 전체적으로 은회색이 되게 만든 숱 많은 가발이 잘 어울려 보인다. 부드럽게 물결치는 듯한 가발을 남아 있는 생머리에 여러 개의 핀으로 붙여서 고정시킨다. 새카만 가발은 한 여사님한텐 어울리지 않아요. 연세는 드셨지만 헤어스타일만은 마님다운 기품이 자연스럽게 배어나야죠. 머리방 최 마담이 가발머리를 빗질로 가꾸어주며 말했다. 그래야 어디에 나서도 귀부인답다는 말이죠? 거울에 비친 머리 모양새를 살펴보며 한 여사가 쪼그락진 입으로 호물짝 웃었다. 맞아요, 한 여사님은 누가보더라도 한눈에 영국 왕실의 귀부인다운 품위가 느껴져요. 일본의 왕족 마님답다면 화가 났을 텐데 최 마담이 분명 영국 왕실 귀부인답다고 말했다. 왕족다운 품위 있는 귀부인이라니, 듣기 좋은 말이라 그네의 쪼글쪼글한 입가에 미소가 번진다. 한 여사는 부풀릴 데는 올리고 낮출 데는 다독거리며 가볍게 가발을 빗질한다. 점아가, 머리를 자주 감아. 참빗질만 한다고 머릿니가 빠지겠니. 창포물에 머리를 감으면 머릿니가 빠지고 윤기가 나지. 옛적 그 시절 엄마가 말했다. 열여덟 살에 집을 떠났으니 열예닐곱 살 적인지도 모르겠다. 등판에 두 줄로 꼬아 내린 검은 머리채가 삼단같이 치렁했다. 보통이 하나 가슴에 안고 짚신발로 방물장수 아줌마를 따라 집 떠나던 날, 아버지는 곰방대물고 삽짝 앞에서, 대처는 촌구석과 다르니 몸 하나는 잘 챙겨야 한다는 말로 하직했다. 엄마는 당산나무 서 있는 고갯마루까지 배웅하며 내내 물코를 훌쩍거렸다. 서리를 하얗게 쓴 마른 옥수숫대가 아침 바람에 서걱거렸고 하늘은 구름이 켜켜로 덮여 우중충했다. 늙은 당산나무 허리에 감긴 색색의 헝겊이 바람에 너풀거렸다. 며칠 전, 돈 많이 벌어 몇 해 안에 금의환향하게 해달라고 비손하며 새끼줄에 걸어둔 빨간 댕기는 눈물에 가려 겹겹으로 걸린 띠들 사이 어느 가닥에 섞였는지 보이지 않았다. 잎 떨어진 당산나무에는 빈 가지마다 말똥 붙듯 올라앉은 까마귀들이 아침부터 까악까악 청승맞게 울었다. 배고파 못 살겠다, 굶어 죽은 송장 없냐. 까마귀 떼의 울부짖음이 그녀에겐 그렇게 들렸다. 점아가는 등마루 저쪽의 까마득한 들녘과 첩첩한 산을 보자 그 너머 먼 곳, 꿈에서도 본 적 없기에, 바닷가에 있다는 부산이란 대처가 상상으로도 잘 그려지지 않았다. 방물장수 말에 따르면, 드넓은 푸른 바다에서 많은 외국 배들이 드나들며, 그 배는 희한하고 요상한 갖가지 박래품을 실어 나르고, 밤에는 전기란 번갯불이 켜져 집들이 빼곡한 거리가 대낮같이 밝다고 했다. 십오 리 길인 면청 소재지 장터밖에 나가본 적 없는 그녀로선 먼 길 나선 첫걸음이라 마음이 참새 걷듯 콩닥콩닥 뛰었다. 건빵공장에 취직하면 건빵은 배가 터지도록 먹을 수 있어. 일본 병정들에겐 그 건빵이 우리네 떡처럼 한 끼 요기요 새참거리지. 주머니에 넣어 다니다 길을 걸으면서도 먹을 수가 있거든. 점아가 네가 명절 맞아 집에 올 때 한 보따리 싸가지고 오면 들일 하다가 새참으로 먹을 수도 있어. 어디 그뿐인가. 건빵공장에 취직하면 하루 세끼 감투밥 먹고 다달이 받는 월급 차곡차곡 모아뒀다 부산의 하이칼라 신식 총각한테 시집갈 수도 있어. 방물장수가 너스레를 떨었다. 점아가는 밀가루 반죽을 골무처럼 작게 토막 내어 큰 기계로 한꺼번에 수백 개씩 구워내어 만든다고 말한, 딱딱한데 씹으면 고소하고 짭조름하다는 건빵 맛이 어떤지 알지 못했다. 건빵 만드는 과정을 구경하고 그 과자를 빨리 맛보고 싶다는 조바심도 켕겼지만, 막상 집을 떠나게 되니 눈물이 앞을 가려 걸음이 허공을 밟는 듯했다. 귓가에 따라오는 까마귀 울음조차 왠지 자신의 앞날을 내다보는 듯 음험하게 들렸다. 점 아가야, 대처에서는 부디 삼시 세끼 쌀밥 먹고 호강하며 잘살거라. 설과 추석 명절 잘 새겨뒀다 잊지 말고 꼭 집 찾아오고. 서양 떡인지 뭔지 건빵이란 그런 건 안 가져와도 돼. 우린 그냥저냥 먹고살잖아. 엄마가 당산나무 앞에서 걸음을 묶으며 말했다. 엄마, 나 그럼 갈래요 하고 나자, 대처 나가면 동생들이 보고 싶어 어찌 살꼬요 하는 말은 설움에 잠겨 입 밖에 떨어지지 않았다. 그렇게 방물장수 따라 홀홀히 집을 떠난 뒤, 그녀는 떠날 때의 고향 정경과 그 땅에 살던 사람들을 다시 보지 못했다. 세월이 흘러도 엄마는 집 떠날 때의 마마 자국 숭숭한 까맣게 그슬린 아낙네 모습 그대로 남아 있었다. 집 떠난 뒤 그녀는 고향을 다시는 찾지 않기로, 나는 고향 잃은 나그네새지, 하며 체념하고 살았는데, 나이 들자 결심이 허물어지고 마음이 변했다. 더러 오밤중에 잠이 깨면 부모며 동기간 모습하며, 대숲에 싸인 스물여호의 산촌 마을과 냇가에서 빨래하며 재잘대던 동무들 모습, 동구 등마루에 섰던 당산나무가 아삼하게 떠올랐다. 더 늦기 전에 고향에 한번 들르기로 작정하기가 제과점 문을 닫고 난 뒤였으니, 예순을 바라볼 나이였다. 큰집 조카 칠복이 승용차 편에 고향 가까이 갈 때까지 그네는 고향 땅 골짜기 일대가 큰 저수지로 변해버려 마을이 자취도 없이 수몰된 줄을 몰랐다. 방문이 살그머니 열린다. 이불을 일광욕시키러 들고 나갔던 윤 선생이 바가지에 물이 찰랑찰랑 넘치게 담아 들고 조신스러운 걸음으로 들어온다. 한 여사는 거울을 통해 등 뒤의 윤 선생을 본다. 윤 선생은 창가 턱에 내놓은 화분 여러 개에 바가지에 떠 온 물을 준다. 모두 앙증맞게 자잘한 꽃을 피우는 야생초다. 들국 화분, 은방울꽃 화분, 솜다리 화분, 어수리 화분, 엉겅퀴 화분, 며느리배꼽 화분 들이다. 들국은 보라색 꽃이 소담하게 피었다. 윤 선생은 날마다 정성 들여 작은 화분 여러 개를 돌본다. 그네는 창문을 조금 열어 방 안 공기를 환기시킨 뒤, 자기 흔들의자를 창가로 옮겨놓고 앉는다. 야생초의 숨소리라도 듣겠다는 듯 화분을 들여다본다. 사설 양로원인 한맥기로원韓脈耆老院 가동 자치회장 직분을 맡고 있는 윤 선생은 말수가 적고 매사의 행동이 고양이처럼 소리 없이 움직여 한방을 써도 늙은이가 있는 듯 없는 듯하다. 한 여사는 윤 선생이 안경을 돋보기로 갈아 끼고 활자 큰 성경책을 펼쳐 드는 모습을 거울을 통해 본다. 하얗게 센 머리칼에 쥐색 개량 한복을 입은 단정한 모습이 정물인 듯, 한 폭의 그림 같다. 한 여사는 다시 자신의 얼굴을 본다. 가발로 본머리를 감추었으나 거울에 비친 얼굴은 주름살투성이다. 물기 빠진 무 같은 얼굴은 자신이 보기에도 민망하다. 언제 내 꼴이 이토록 늙은이로 변했나 싶어 슬며시 부아가 끓는다. 며칠 전 방바닥을 걸레질하던 초정댁이 한 여사가 들으라고 구시렁거렸다. 이봐, 그렇게 횟가루 바르듯 떡칠한다고 쪼글쪼글한 면상이 새색시로 둔갑해? 늙은 개도 안 쳐다볼 할멈을 누가 봐준다고.

광대댁도 윤 선생 본 좀 보라고. 윤 선생은 화장을 안 해도 얼마나 곱게 늙었어. 한 시절 요조숙녀가 얼굴에 그대로 묻어나잖아. 시래기는 삶아도 시래기밖에 더 돼? 횟가루 제발 그만 처발라. 초정댁이 뭐라고 지분대든 난 눈감을 그날까지 날마다 곱게 화장을 할 테야. 천방지축 껍죽대는 할멈 말을 새겨서 뭐 해. 잘난 체하는 아가리로 실컷 재잘거리라지. 윤 선생처럼 입 다물고 지내면 누가 뭐라나. 한 여사는 가발 위에 헤어밴드를 맨다. 수렴화장수 뚜껑을 열기 전 남아 있는 분량을 눈으로 가늠한다. 분량이 어제 쓴 만큼 남아 있다. 그네는 며칠 전 초정댁과 말다툼을 했다. 분명 자기 수렴화장수가 손톱만큼이나 표 나게 양이 줄었는데, 초정댁은 자기 짓이 아니라고 딱 잡아뗐다. 윤 선생은 세수하고 로션크림이나 바를까 화장을 하지 않으니 그럴 리 없고, 한방을 셋이 쓰는데 초정댁 짓이 아니라면 귀신이 와서 수렴화장수를 썼단 말인가. 기가 찰 노릇이었다. 한 여사는 수렴화장수로 얼굴 피부를 촉촉하고 매끄럽게 다듬는다. 주름살과 땀구멍에 수분이 스며들게 수렴수 찍은 화장용 솜으로 피부를 가볍게 다독거린다. 손이 떨리는 탓인지 솜 쥔 손이 헛놀기도 하고 토닥거리는 간격이 일정치 않다. 솜을 치우고 건성 피부에 수분이 잘 스며들게 손바닥으로 토닥거려준다. 한 여사는 사무장 김 씨 말을 떠올린다. 한 여사가 화장 곱게 하고 나서니 환갑 전후 연세로 봬요. 남에게 나이보다 젊게 뵌다는 건 기분 좋잖아요. 꽃 보듯 남이 그렇게 봐주면 한 여사도 젊어지는 마음이겠고. 마음이 상쾌해지면 체내에 엔도르핀이 돌지요. 엔도르핀이 작용하면 몸과 마음이 젊어지고 피부도 고와진대요. 40년 가까이 도서관에 묻혀 책과 함께 살다 정년퇴직했다는 김 씨는 모르는 게 없을 정도로 박식했다. 말이면 다 같은 말인가. 아 다르고 어 다르지. 나이는 들었어도 사무장은 상대의 마음을 즐겁게 해주는 예의가 몸에 배었어. 지식과 교양이 있는 사람은 보는 안목이 다르고 몇 마디 말을 나누어도 출신 성분은 물론 그 사람의 수준을 알아볼 수 있지. 나도 적잖게 나이를 먹은 건 사실이야. 그러나 아무 일에나 덤벙대고 자기 것 남의 것 가릴 줄 모르는 노망 든 파파할멈은 아냐. 자잘한 글씨가 빼곡 찬 소설은 이제 눈이 아려 못 읽지만 나는 지금도 아름다운 시를 읽고 고상한 음악을 듣잖아. 명상하며 자유롭게 산책도 즐기지. 내 손으로 속옷 빨아 입고 예쁘게 화장도 하고. 난 아직까진 남 손에 얹혀사는 천덕꾸러기 늙은이가 아냐. 한 여사는 화장하기 전 얼굴은 자기 얼굴이 아니라고 생각한다. 화장을 하고 물색 고운 옷 차려입고 나서면 사무장 말처럼 20년쯤은 젊게 보인다고 그네는 확신한다. 얼굴과 목에 수렴수가 제대로 먹은 듯하자, 수분이 피부에 흡수될 얼마 동안 한 여사는 카세트를 켜고 테이프를 작동시킨다. 그네가 오전에 즐겨 듣는 음악은 오페라 아리아 모음집이다. 한국말로 번역된 「별은 빛나건만」 한 소절이 테너의 우렁찬 목소리에 실려 고음으로 치닫는다. 거울 한쪽 귀퉁이에 자리 잡은 윤 선생이 노랫소리에 고개를 돌렸다 거둔다. 그네가 성경에서 눈을 떼고 흔들의자 등받이에 머리를 기댄다. 음악을 들으며, 그 음악이 떠올려주는 아련한 추억에 잠기는 모습이다.

윤 선생은 평생 결혼하지 않고 초등학교 교사로 일하다 정년퇴직한 독실한 기독교도이다. 말수가 적고 속내를 내보이지 않아 혼자 살아온 그네의 과거지사를 한 여사가 묻기도 그렇고, 물어봐야 지분지분 말 보퉁이를 풀어놓을 노파가 아니다. '오, 달콤하던 그날 밤의 키스……' 노래가 감미롭게 흐른다. 달콤한 키스, 말만 들어도 한 여사는 가슴이 뛴다. 젊은 시절의 키스는 정말 달콤했지. 꿀맛이 따로 없었어. 새끈새끈 들뜨는 가슴에 생과자 앙꼬처럼 혀 끝에 살살 녹아드는 맛이지. 달콤한 키스 끝에 홍이 기침을 쿨럭이며 말했다. 하늘도 무심하셔. 야속하게도 우린 너무 늦게 만났소. 이 땅에서 맺어질 수 없는 사랑이기에 난 무덤까지 한양의 사랑을 간직한 채 갈 거요. 까마득한 세월 저 건너라, 한 여사는 망토 걸치고 사각모 쓴 전문대학 학생 이름이 떠오르지 않는다. 성씨는 홍가가 분명했다. 생김새조차 가물가물한 그 창백했던 애젊은이 모습이 떠오르자 한 여사의 귀에 관부연락선 뱃고동 소리가 아련히 들린다. 양손에 커다란 가죽 트렁크를 들고 뱃전으로 오르던 홍의 뒷모습이 보인다. 저렇게 떠나가면 방학이 되어야 연락선 타고 나올 테지. 한시적 이별일지라도 헤어짐은 늘 애절해 뜨겁게 뺨을 적시는 눈물이 앞을 가렸다. 부웅부웅. 오륙도 쪽으로 멀어지던 뱃고동 소리가 구슬펐다. 이 나이까지 살아올 동안 슬픔으로 괴로워했던 시간도 많았지만, 난 눈물이 유독 흔했지. 한땐 눈물쟁이 울보 소리도 들었잖아. 한 여사는 추억의 실마리를 더듬으며 테너의 아리아 음조를 마음에 새긴다. 그네가 눈을 감고 한동안 멍청해져 있다 눈을 뜨니 거울에 비친 윤 선생이 서가에서 다른 책을 뽑아낸다. 그네가 주로 읽는 책은 종교 서적과 성인이나 현자의 명상집이다. 책을 읽지 않을 때는 사진첩을 들치거나 바둑판만 한 간이 책상을 펴놓고 편지지나 공책에 무엇인가 쓴다. 한 여사가 지나치다 흘낏 공책을 보면 글씨가 깨알 같고 기록량이 많다. 그런 윤 선생을 두고 초정댁이 말했다. 선생질로 늙었다는 저 여편네는 참말 알 수가 없어. 편지지에 쓰는 건 가르친 제자들 편지에 대한 답장질일 테지만, 공책 기록은 자서전인가 뭔가, 그런 건지도 모르지. 시집 한번 안 갔다니 기껏해야 허구한 날 코흘리개 애들 가르친 게 전부일 텐데, 읽어줄 사람도 없는 그런 걸 써서 남기면 뭘 해. 내 언제 저걸 한번 훔쳐봐야지. 틀림없이 비밀스러운 내용이 들어 있을 거야. 그러나 그네에게 그런 기회는 좀체 오지 않았다. 윤 선생은 그 공책을 화장함에 넣곤 열쇠를 채워둔다. 열쇠고리는 허리띠에 매어 지참하고 잠잘 때도 허리띠는 차고 잔다. 그런 그네를 두고 한 여사가 초정댁에게 으쓱해하며 말했다. 윤 선생 화장함에 그런 공책이 여러 권 있는 걸 봤어요. 저 나이에 소설 같은 걸 쓰지는 않을 테지. 그렇다면 자기 일생을 글로 줄줄이 엮어낸다? 나처럼 살아온 나날이 행복으로 넘칠 듯 가득 찼던 일생이라면 오죽 쓸거리도 많아. 그걸 소설로 엮어낸다면 열 권도 넘을걸요. 처녀 시절부터 난 당시로서는 귀족 신분이라야 먹을 수 있는 그 귀한 서양 빵에 나마가시(생과자)와 모찌를 입에 달고 살았으니깐. 한 여사의 재는 말에 초정댁이 말 같잖은 자랑이란 듯 입술을 삐쭉 내밀었다. 바깥 마당에서 남녀가 어울린 웃음소리가 터진다. 그 웃음소리가 공허하게 들려 김빠진 맥주 같다. 늙은이들의 웃음은 마디가 없고 텅 비어 바람 새는 소리 같다. 광대댁, 윤 여사, 게이트볼 안 해? 여기 모두 모였다고. 말라비틀어진 번데기 꼴에 떡고물 처바른다고 어디 광이 나겠어? 시래기는 삶아도 시래기야. 윤 선생도 여기 나와보라고. 선생질 했다니 호루라기 불며 심판이라도 봐줘. 또 그놈으 총각 예수와 미아이(맞선) 보러 만리장성을 쌓나? 창밖에서 초정댁의 외침이 들린다. 광대댁이라니. 저 늙은이는 날 꼭 그렇게 불러. 내가 어디 광대패 출신인가. 초정댁의 칼칼한 외침에 윤 선생도 별 반응을 보이지 않는다. 그네는 아침 식전에 단전호흡과 맨손체조를 한다. 오전에는 독서를 하거나, 나동으로 가서 병중인 환자들에게 예수를 믿으면 죽은 후 주님 계신 천당에 갈 수 있다며 열심히 전도를 하며 돌아다닌다. 오후에는 홀로 산책을 하는 외, 여럿이 어울리는 놀이나 운동은 쳐다보지도 않는다. 한 여사도 게이트볼은 하지 않는다. 나가봐야 늙은이 예닐곱이 공채 잡고 삐뚜로 나가기 일쑤인 공을 치며 말이 되잖는 잡담이나 지분거릴 터이다. 한 시절은 얼마나 잘나갔다느니, 고대광실에 잘 처먹고 늘어진 개팔자로 산다는 자식 자랑이 늘어질 테지. 초정댁은 또 골백번 했던 너스레를 늘어놓을 것이다. 나 이래 봬도 면소(면사무소) 장터거리 술도갓집 딸로 태어나서 추수 5천 석 하던 부잣집에 시집갔다오. 서방이 서른 중반에 세상 떠났지만, 서방 살았을 적엔 우린 한날한시도 떨어져 살아본 적 없이 원앙 한 쌍으로 지냈지요. 한 여사는 어서 화장이나 마치고 보겠다며 다시 거울을 본다. 뺨을 손바닥으로 토닥거리니 그사이 물기가 증발해버렸는지 피부가 까칠하다. 그네는 초정댁과는 한방을 쓸 수 없다고 생각한다. 사무장 김 씨한테, 윤 선생처럼 조용한 늙은이로 룸메이트를 바꿔달래야지. 아무리 나잇살 먹었다지만 교양머리가 그렇게 없을 수 있어. 뻔한 소리만 주절거리고. 뭘 캐겠다고 형사같이 빠끔히 쏘아보며 묻긴 왜 그렇게 꼬치꼬치 물어. 알고 싶은 게 많으니 먹고 싶은 게 많은 게지. 그러니 만날 식당 반찬 투정이 입에 발렸잖아. 자식들이 경찰 간부 출신이고 박사면 뭘 해. 싸가지 없는 자식들이니 어미 모실 생각은 않고 늙은이를 양로원으로 내친 게지. 그렇게 당해도 싸. 어쩜 자식 자랑도 다 거짓말일는지도 몰라. 초정댁만 아니라 가동 식구들 제 자랑은 진담인지 농담인지 확인할 수 없으니, 거짓말을 입술에 적당히 바르고 살잖아. 그렇게 떠벌린다고 없던 품위가 갑자기 생기나. 사람의 품위는 평생 닦아온 교양에서 저절로 우러나서 은연중에 광채를 띠게 되는 건데. 예수쟁이 윤 선생은 남들처럼 거짓말을 입에 달기 싫으니 아예 입 다물고 지내는 게야. 한 여사는 영양크림 통에서 장지로 크림을 찍어 이마, 양 뺨, 콧등, 턱에 흰 점을 찍는다. 양 손가락으로 원을 그리며 피부에 크림이 고르게 스며들게 오랫동안 마사지한다. 다음은 분첩을 열고 촉촉한 피부에 파우더 가루를 퍼프로 토닥거려준다. 그네가 사용하는 밝고 옅은 핑크 톤은 피부가 깨끗하고 싱싱한 느낌을 주는 색이다. 닭볏같이 검붉고 주름이 엉긴 목도 빼놓을 수 없다. 꼼꼼하고 세밀하게,

주름살에 더 신경을 써서 분을 먹이면 고랑이나 금이 어느 정도 감추어진다. 깊은 주름은 아무래도 손가락을 사용하지 않을 수 없다. 그네는 떨리는 손가락으로 분가루를 문지르고 쓸어 붙인다. 뺨 화장은 짙은 핑크 톤을 살짝 올려준다. 한 여사가 그렇게 얼굴 화장을 하는 데는 한 시간 정도 걸린다. 얼굴 화장이 대충 끝나면 얼굴과 목에 주름살이 얼마나 감추어지고 분가루가 피부에 자연스럽게 먹었느냐를 확대 거울로 확인한다. 몇 해 전까지만도 확대 거울은 솜털과 땀구멍까지 죄 보여 애벌레를 보듯 징그러워 사용하지 않았으나, 이젠 눈이 많이 침침해져 그 거울을 요긴하게 쓰는 참이다. 한 여사는 확대 거울을 통해 자기 얼굴이 본 모습을 찾았다고 만족할 때까지 화장을 수정한다. 넌 어릴 적부터 피부가 고왔어. 시골애치고 점아가 너처럼 피부가 고운 처녀는 면소 장터에 나가 색실전에 모인 처녀들을 둘러보아도 찾아보기 힘들 거야. 그러니깐 방물장수가 너를 점찍은 게지. 새첩고 귀엽다고. 등 너머 마을 서씨 집안에 출가한 뒤 젖먹이 칠복이를 업고 친정 동네에 다녀갈 때 큰집 사촌언니가 말했다. 사촌언니 말에 뺨이 화끈했지만 점아가는 기분이 좋았다. 다랑이밭 몇 두렁으로 아홉 식구가 호구하다 보니 사촌언니 얼굴은 힘든 농사일로 찰흙처럼 익고 거칠어져 처녀 적 고운 살결이 간데없었다. 점아가는 그해 고향을 떠난 뒤, 사촌언니를 전쟁 통에 부산 국제시장에서 만났다. 통행인 많은 길가에 미나리 함지를 놓고 앉은 젊은 아낙네가 시르죽은 목소리로, 청정한 미나리 사이소 하며 호객을 하고 있었다. 한경자는 미나리란 말만 들으면 늘 고향 마을 앞 맑은 물에 이른 봄이면 파릇하게 줄기를 키우던 미나리꽝을 떠올렸다. 고향을 떠난 뒤 시장에서 미나리단을 보면, 미나리를 솥뚜껑이나 번철에 넓적하게 부쳐선 손으로 길게 찢어 양념간장에 찍어 먹거나 생미나리 숭숭 썰어 고추장에 꽁보리밥 비벼 먹던 고향 살 적이 떠올라 한 단씩 사서 장바구니에 담곤 했다. 청정한 미나리란 말에 그녀가 눈을 주니 미나리 장사꾼이 바로 큰집 사촌언니였다. 세상이 좁다더니 이런데서 이렇게 만날 줄 몰랐다며 자매는 통행인이 보건 말건 얼싸안고 울기부터 했다. 사촌언니는, 네가 고향을 떠난 이듬해 작은아버지가 북해도 탄광으로 돈 벌러 떠난 뒤 소식이 없고, 이듬해 물난리에 숙모가 돌아가셨다고 말했다. 점아가 아래 남동생은 해방 직후 삼남을 휩쓴 호열자로 죽고, 둘째는 보도연맹에 연루되어 전쟁 난 해 7월 어디론가 끌려가 총살당했고, 형 당한 꼴에 놀란 셋째는 국군에 입대한 지 석 달 만에 전사통지서가 날아들었다 했다. 막내 여동생만이 이웃 김 첨지 아들 실근이한테 시집가서 고향 땅에 사는데, 그 뒤 친정집에 걸음을 하지 않아 어찌 됐는지 뒷소식은 모른다고, 사촌언니가 울음 끝에 저간의 한경자 집안 소식을 알려주었다. 시아주버니 두 분이 전쟁전에 숨어서 무슨 동맹인가 남로당인가, 그걸 하지 않았겠나. 북쪽에서 전쟁이 났다는 소문이 들리자 마을에서 사라졌는데, 풍문이 진짠지 가짠지, 두 분이 북쪽 편에 섰대. 그 사달로 서방과 시동생이 치안대 손에 끌려간 뒤 한동안 소식이 없더니, 그만 생매장을 당했대. 네 동생 학구가 당했듯이 그렇게 죽잖았냐. 썰렁한 빈집을 마을 사람들이 저주받은 빨갱이집이라 쑥덕대니 고향 땅에서 발붙이고 살 수가 있어야지. 동서도 자식 셋 데리고 친정으로 갔고 자기도 고향을 아주 등지고 말았다고 사촌언니가 말했다. 그날, 한경자는 사촌언니를 가게로 데려와, 속마음 펼쳐놓고 또 한번 실컷 목 놓아 울었다. 용두산 자락 판자촌 한 칸 방에 사글세를 사는 사촌언니와 조카 칠복이를 그날부터 내가 집으로 불러들여 거두게 되었지. 국제시장에서 미제 물건 장사로 재미를 보던 때라 집안일은 사촌언니에게 맡겼고, 구두닦이 하던 칠복이는 내 힘으로 남만큼 공부를 시켰잖았나. 윤 선생, 바깥 날씨가 너무 좋잖아. 함께 산책이라도 나가요. 한 여사가 말했으나 등 뒤에서 대답이 없다. 가을은 짧아요. 시원한 바람 불고 햇살 좋은 날씨가 빤짝하다 곧 동장군이 닥치잖아요. 그럼 콩나물단지 꼴로 방구석에서 우두커니 지낼 수밖에 없는데 말이에요. 한 여사가 거울 귀퉁이를 보니 흔들의자만 덩그마니 놓였고 그새 윤 선생 모습이 사라졌다. 방문 여닫는 소리가 없었는데 언제 밖으로 나가버렸는지 알 수 없다. 조금 전까지 책을 읽고 있었는데 내가 헛것을 보았나, 연기처럼 사라지다니. 무슨 생각을 하다 내가 윤 선생을 놓쳤지? 맞아. 죽은 사촌언니를 생각했지. 윤 선생은 움직여도 기척조차 내잖는 그림자 같은 여편네야. 게이트볼에는 끼지 않을 테고 나동으로 가서 임종 앞둔 노친네들 상대로 종교 상담을 하려니 여겨진다. 윤 선생은 한 여사에게도, 진정으로 예수님을 마음에 받아들이면 죽은 후 천당에 갈 수 있다고 말했다. 그러나 한 여사는 천당이나 극락을 믿지 않는다. 숨 끊어지면 한 생명체의 영혼은 이 세상을 두 번 다시 볼 수 없게 하직하고, 육체는 썩어 흙이 되고 마는 게 불변의 진리라 믿는다. 내한테는 아무리 예수 믿으라고 권해도 소용없어요. 내 생사관은 몇십 년 전부터 흔들림이 없어요. 헛공사하지 말고 나동에나 가보세요. 한 여사가 몇 차례에 걸쳐 탁 쏘아붙이며 거절하자 윤 선생도 전도를 포기하고 말았다. 죽은 뒤 천당에 가든 어쨌든, 윤 선생은 죽을 때도 조금 전처럼 누구의 눈에도 띄지 않게, 해가 정수리로 오르면 그림자가 없어지듯 살그머니 사라지겠거니 싶다. 한 여사는 윤 선생 생각을 털고 다시 화장에 몰두한다. 분가루 토닥거리는 짓을 끝내면, 눈썹과 입술 화장 차례다. 얼굴이란 게 피부로 싸발렸지만 여기저기 굴곡을 이루며 다른 모양으로 붙어 있는 기관이 많다. 그런 곳에 적당한 악센트를 주어야 얼굴 윤곽이 오롯이 살아난다. 늙은이들이 제 나이 먹은 줄 모르고 젊은애들처럼 눈두덩을 브라운으로 짙게 먹이면 눈 주위가 꺼져 해골 같아 보이므로 파운데이션보다 조금 그늘지는 그윽한 색으로 덧칠해주고 아이라인은 옅은 브라운으로 아래위를 확실하게 그려준 뒤, 검은 액체 연필로 마스카라를 진하게 발라준다. 마스카라를 바르는 속눈썹은 어느 해부터인가 몽그라져 두번째 심은 지가 10년이 넘는다. 어쨌든 눈은 얼굴의 포인트이므로 섀도, 아이라인, 아이브로, 마스카라의 색상이 서로 조화를 이뤄야 하고, 그런 만큼 다른 어느 부분보다 공을 들여 매만져야 한다. 한 여사는 이젠 손이 떨려 눈 화장도 예전 같게 쉽지가 않다. 제 지점을 정확하게 찍어주지 못

하니 먹선이 번지고 얼룩이 져 속이 상할 때가 많다. 솜으로 닦아내고 다시 해보지만 역시 마음에 들지 않는다. 낯짝을 씻고 처음부터 새로 시작하지 않는 한 어쩔 수 없고, 그렇게 시간을 허비한다고 해서 마음에 들게 된다는 보장 또한 없다. 그럭저럭 눈 화장을 마치면 악극단의 남장 배우처럼 콧대에 악센트를 주는 짙은 보라색을 올린다. 육십 줄에 들 때까지 콧대가 오뚝하고 곧아, 한 여사 콧대는 파리가 낙상하겠다는 말을 들었는데 어느 때부턴가 모래산이 풍화로 주저앉듯 날이 꺾이고 왼쪽으로 휘어지기까지 했다. 그러므로 예전 콧날로 원상 복귀시키자면 오른쪽 콧날의 비탈에 그늘을 강조해야 한다. 이번만은 그럴 듯하게 보라색이 먹어 콧날이 서 보여, 예전만은 못하지만 화장의 효과가 드러난다. 뺨도 옅은 분홍색을 올려 핏기가 도는 듯 다듬어준다. 마지막 화장 차례인 입술은, 루주로 가운데 부분을 동그랗게 그려주고 입가에 유독 몰린 겹주름을 감추기 위해 꼬리를 위로 살짝 치켜준다. 그래야만 미소 띤 표정으로 주름이 자연스럽게 잡힌 듯 보인다. 루주 색깔을 진홍이나 자극적인 색을 쓰면 아이들 말대로 쥐 잡아먹은 입술에다, 입과 입 주위가 확연하게 드러나고 입술 주위의 주름이 강조되기에 입술 보푸라기가 해살해살 살아 있게 핑크 색조를 쓰는데, 그런 색깔이 노년기 여성에게는 우아한 품위와 생동감을 돋보이게 한다. 한 여사가 아침마다 공을 들여 하는 화장 시간은 짧게 잡아도 한 시간을 넘긴다. 그네는 어떤 땐 화장을 끝내고 거울을 통해 자신의 얼굴을 오랫동안 바라본다. 거울 속에 자신의 모습이 판에 찍힌 듯 박혔으니, 그네는 그 모습이 지금의 자기 모습이라고 자신에게 우기며 다짐한다. 화장 탓이 아니야. 화장으로 늙음을 감춘 게 아니라고. 기본적 바탕은 워낙 좋았는데 나이를 먹어 조금 구겨졌으니 주름을 펴고 피부를 윤택하게 하느라 착색했을 뿐이지. 다리미질로 옷의 주름을 펴듯 그네는 그렇게 긍정한다. 그렇다면 내 젊었을 적 모습이 이랬나 하는 의문이 들자, 갑자기 거울 속의 얼굴이 생판 다른 사람 같게 여겨지기도 한다. 곡마단의 어릿광대가 거울 속에서 자기를 뚫어지게 보고 있다. 제과점 시절부터 자주 만나선, 한 여사님은 우아한 귀부인 같아요 하고 칭찬 말을 입술에 바르던 많은 사내 얼굴 중에 한 사람이 거울 속의 자신 모습을 빤히 보며 비웃는다. 한 여사님도 팔순에 이르렀으니 외모고 뭐고 이젠 다 틀렸다고. 중년까지만도 내 얼굴은 정말 아름다웠고 몸매 전체가 품위로 넘쳐났지. 크림색 원피스나 투피스에 가화 장미꽃 꽂아선 진주 목걸이 하고 로코코풍 고전적인 의자에 한 다리 걸치고 몸 살짝 돌려 앉아 있으면, 영국의 백작 부인 같다느니, 세계적인 명화 모나리자의 실물을 보는 것 같다느니 하는 말도 숱하게 들었지. 화가와 사진작가가 자기 그림이나 사진의 모델이 되어달라고 통사정했으니 그들이야말로 미에 감식안이 있는 전문가 아니던가. 그런데 지금 나는 누구일까? 한 여사는 잠시 헷갈리는 생각을 정리하느라 눈을 감는다. 사십대, 아니 오십대까지의 모습은 싱싱하고 아름다웠어. 모두 그렇게 말했으니깐. 종씨였던 생물학자 한 교수, 클라리넷을 잘 불던 동그란 무테안경 낀 음악 선생, 사십에 머리카락이 반백이 된 성씨도 잊어버린 산부인과 전문의, 전국 곳곳에 별장을 둔 땅부자 주먹코, 그들 면면이 빠른 화면으로 스쳐간다. 서로 몸을 섞으며 한때를 즐긴 얼굴들이지만 그들은 즐길 때 그때뿐이었고, 마음에 감미로운 추억으로 남아 머물지는 않았다. 지금은 어디에 살아 있는지 벌써 죽어버렸는지 소식조차 모른다. 외로움과 피곤에 젖은 낯색으로 운전기사를 먼저 귀가시키고 혼자 제과점에 자주 들르던 노老회장이 뜬금없이 떠오른다. 노회장만은 열여덟 살 이후, 코끝에서 떠난 적 없는 빵 굽는 그윽한 풍미와 함께 그 인자한 모습이 달콤하게 다가온다. 한 여사는 재색을 겸비해 젊었을 땐 뭇 남성들로부터 선망의 대상이 되었겠어. 한 여사 솜씨로 빚어낸 이 빵의 그윽한 풍미가 한 여사한테서도 풍겨. 갓 구워낸 따뜻하고 말랑한 빵에서 풍기는 내음은 어릴 적 큰솥 뚜껑에서 푸짐하게 새어나오던 김 내음 같은 소싯적 정감이 있어. 건빵공장 포장부에서 이태를 일하다, 직속 상관이었던 모리 과장이 사직을 하고 관부연락선 선착장 앞에 '라이라이껭제과점'을 개업하자, 점아가는 모리 상의 권고로 제과점 종업원으로 자리를 옮겼다. 내 인물이 포장부 다른 애들보다 워낙 출중했으니 모리 사마(사장)가 나를 점찍어 자기 제과점 종업원으로 뽑은 게지. 종업원이 청순미가 있고 상냥해야 단골손님이 꾀는 건 그 시절이나 지금이나 마찬가지야. 모리의 의견에 따라 이름도 경자로 개명했고, 그는 나를 게이코 상이라 불렀지. 모리는 제빵 기술자였다. 그는 옥수수 식빵, 우유 식빵에서부터 단과자 빵, 팥앙금 빵, 꽈배기 도넛은 물론, 나마

344

가시와 모찌도 점포 뒤 주방에서 앞치마 두르고 직접 만들었다. 그는 제과점을 찾아오는 세라복 여중학생한테까지 하이, 하이 하며 허리를 90도로 숙여 곱송그렸고, 제빵의 오묘한 맛을 감식하듯 여자 다루는 솜씨가 보통이 아니었다. 게이코는 그로부터 남녀가 정분 터서 나누는 성의 짜릿한 맛과 이치를 배우고 깨쳤다. 모리 사마는 여자를 모찌처럼 살살 다루었다. 그는 그렇게 꿈같은 한 시절과 함께 사라졌다. 노회장을 만나기는 일본이 망하고, 전쟁을 겪고, 그로부터도 긴 세월이 흐른 뒤였다. 돈 좀 여축해뒀다고 이렇게 축 처져 살면 겉늙어. 사람은 무슨 일이든 열심히 활동해야 생기가 돌고 사는 재미가 생기지. 사촌언니의 닦달질에 못 이겨 취미 생활을 한답시고 음악회니 독서회니 쫓아다니느라 이태를 쉬다 제과점 문을 다시 열었다. 쉰 줄 폐경기로 들어선 나이라 심신이 피곤하고 짜증에 들볶일 무렵에 백마를 탄 기사같이 자기 앞에 나타난 분이 노회장이었다. 노회장은 팥앙금 빵 두 개, 우유 한 잔, 커피 한 잔을 마시며 한두 시간쯤 제과점에서 쉬다 갔다. 그는 홀아비가 된 뒤 사업체를 장자에게 물려주고 은퇴한 분이었다. 한경자가 늘 노회장님이라 불렀기에 이제는 성씨가 뭐였는지조차 떠오르지 않는다. 제과점에 출입한 지 1년여가 지나자 노회장은 그네에게 제주도 동반여행을 제안했다. 노회장이 정기검진으로 종합진찰을 받고 나서였다. 풍광 좋은 제주도 서귀포 호텔에서의 열흘은 나이 든 즐거움이 이런 건가 하고 새길 정도로 행복했다. 싱싱한 해물요리를 한껏 먹었고 차를 세내어 제주도 일주 여행을 즐겼다.

바다가 훤히 보이는 테라스에 의자 내놓고 나란히 앉아 어두운 수평선에 마음을 얹어놓고 밤이 깊도록 와인을 홀짝거렸다. 그때만도 비아그라 같은 약은 구경도 못 하던 시절이라 노회장의 연장이 시든 고추로 고드러져 교접에는 실패했지만 서로를 품에 안는 살의 접촉을 즐겼고, 사람의 한평생과 인생이 무엇인지 살아온 경험을 짚어가며 점잖게 대화를 나누었다. 한경자는 노회장에게, 미 군사고문단 문관이었던 남편을 6·25전쟁 때 잃고 하나뿐인 아들을 미국으로 유학 보낸 자신의 과거를 담담하게 말했다. 자식이 미국에서 대학을 졸업하자 서양 색시와 결혼해 거기에 주저앉아버렸으니 믿었던 도끼에 발등 찍힌 격으로, 사는 보람이 허무하게 사라졌지요. 그네가 나직이 한숨을 쉬자, 노회장이 말했다. 우리 세대는 고생이 많았어. 나야말로 대한제국 순종 임금 시대부터 박정희 시대까지 살고 있으니 얼마나 험난한 굽이굽이 세월을 넘겨왔겠어. 돌이켜보면 우리 세대는 누구나 영욕의 파란만장한 일생을 산 셈이야. 자식들이 쉬쉬하며 나를 속이지만 난 내 병명을 알아. 전립선 쪽 말기 암이 틀림없어. 살날이 얼마 안 남았다구. 일흔일곱 살이면 짧게 산 세월이 아냐. 노회장의 말은 맞았다. 당시 내 나이 노회장보다는 한참 밑이었지만, 우리 연배도 파란만장한 일생을 살았지. 노회장이 마지막으로 제과점을 찾아온 날, 내 앞으로 외상이 꽤 달렸을걸 하며 그네의 예금통장 번호를 물었다. 그로부터 며칠 뒤 노회장 사진이 신문에 실렸다. 사진 옆에는 그가 죽으며 유산 중 10억 원을 불우학생 장학기금과 사회복지재단에 기부했다는 미담 기사가 실려 있었다. 한경자는 이상한 예감이 들어 은행으로 가서 자신의 예금통장을 확인했다. 노회장으로부터 적잖은 돈이 입금되어 있었다. 그랬어. 노회장은 나를 아직도 시들기에는 이른 난숙한 꽃이라 했어. 지금도 내 마음만은 제주도 서귀포에서의 그 시절 그대로야. 그네가 긴 생애 중 행복한 날들만을 꺼내어 떠올리는 중에 노회장과의 1년여 만남도 빼놓을 수 없이 한 자리를 차지했다. 호텔 방에서 눈뜬 아침이면 그분이 내 침상에 허리를 숙여 이마에 다정하게 뽀뽀해줬지. 내 가슴 웅기에 있는 큰 점을 쓰다듬어줬어. 아침 바람 쐬요. 내 말에 그분은 트레이닝복을 입고 나섰다. 바다 위로 먼동이 터오면 우리는 손을 잡고 모래톱을 거닐었지. 그분의 육체가 이미 쇠하여 우린 플라토닉한 사랑을 나누었어. 그래, 맞아. 노회장과의 만남은 겨울날 얼음 언 호수 앞에 서듯 깨끗하고 서늘한 추억으로만 남아 있지. 한 여사는 거울 속의 환한 모습 위에 아침 안개를 뚫고 이슬 머금은 채 송이송이 피어나는 장미꽃을 본다. 손톱 화장은 며칠 전에 분홍으로 칠했으니 이제 향수만 뿌리면 된다. 그네는 20여 년 전부터 샤넬 넘버 파이브만 애용한다. 목덜미에 한 방울, 윗도리 양쪽 깃에 한 방울씩 친다. 화장이 끝났으니 고운 옷 차려입고 생각 속의 장미 정원을 천천히 거닐 차례다. 한 여사는 두 줄 진주 목걸이를 목에 건다. 목걸이는 상대의 시선을 목께로 모이게 하지만 목 주름살이 어느 정도 감추어진다. 한 여사는 화장대 서랍에서 새끼손톱만 한 비취색 귀고리를 꺼내어 양쪽 귓밥에 단다. 흰 바탕에 수선화 무늬가 병렬식으로 박힌 원피스를 입고 꽃 장식이 달린 밀짚모자를 가발이 구겨지지 않게 머리에 사뿐 얹는다. 거울에 비춰보니 옷차림이 계절은 물론이려니와 화장과 잘 어울린다. 그네는 핸드백과 파라솔을 챙겨 들고 방을 나와 식당으로 간다. 식당에는 설거지가 끝났는지 중국에서 벌이 나온 동포 아주머니 둘이 배추를 다듬고 있다. 귀부인 할머니, 오늘은 어디로 나가십네까? 동포 아줌마가 인사를 한다. 미국 아들한테 편지 답장을 부쳐야 하고 시내에 볼일이 있어요 하곤, 그네는 보온병의 보리차를 플라스틱 빈 병에 채운다. 따뜻한 보리차 병을 핸드백에 넣는다. 한 여사는 현관을 나서다 사무실 유리창 안을 흘끗 본다. 사무원 곽 씨와 백 서방은 보이지 않고 사무장 김 씨가 돋보기안경을 끼고 무슨 책인가 읽다 한 여사와 눈을 맞춘다. 김 씨는 한맥기로원 설립자인 김형준 이사장 삼촌으로, 팔순을 앞둔 나이인데도 늘 책을 코앞에 펼쳐놓고 지낸다. 그는 내가 누구입네 하며 제 자랑하지 않고 천성적으로 양순하고 겸손해 가동 원생들로부터 신임이 두텁다. 양로원이 아닌 기로원이란 이름도 그가 지었다. 예순이 넘은 나라 공신이 은퇴하면 임금이 그를 기로소耆老所에 들게 하여 책을 읽으며 남은 생을 보내게 했다는데, 거기서 따온 말이라고 김 씨가 말했다. 한 여사는 김 씨에게 할 말이 있었는데 갑자기 생각이 나지 않아 돋보기안경 너머로 치켜뜬 김 씨의 옴팍눈을 본다. 눈을 맞추면 외면하고 싶은 사람이 있고 싫지 않은 사람이 있다. 김 씨 나이가 일흔몇이랬나, 들었는데 잊어버렸지만 늙은 이치고 아직은 눈빛이 맑다. 눈은 마음의 거울이라 했다. 젊은 시절엔 연인과 마주 보고 앉아 말없이 오랫동안 눈만 바라보고 있어도 행복했다. 홍과 사랑을 나눌 때가 그랬다. 보리 익을 철과 바닷물이 차가워지는 추석 절기, 크리스마스와 음력 설을 넘길 때, 그가 부산 바닥에 나타나기를 날짜를 꼽아가며 기다렸다. 그렇게 마음 졸이던 어느 날, 큰 트렁크를 양손에 들고 그가 불쑥 라이라이껭제과점 안으로 모습을 보이면 처음은 말문이 트이지 않아 창백한 얼굴의 남자 눈만 바라보았다. 마주 보고 앉았어도 가슴만 활랑거릴 뿐 무슨 말부터 꺼내야 할지 몰랐다. 홍은 양가 부모의 뜻을 좇아 열네 살에 혼인하여 고향에 처와 아들을 두었으나, 처가 구식 여자라 한방 쓰지 않은 지 몇 해째라 했다. 그녀는 모리 상의 애첩이었기에 홍과는 진해 벚꽃놀이 구경이 고작이었으나, 부평초 같은 그 사랑은 오래가지 못했다. 열흘이 멀다 하고 부쳐오던 홍의 편지가 어느 해 봄부터 끊겼고, 현해탄 건너 도쿄에 있는 대학에 다니려면 방학 전후에 관부연락선을 이용할 텐데 제과점에 나타나지 않았다. 폐병으로 그가 죽었다는 말을 그의 학교 친구로부터 듣기가 연락이 끊긴 지 반년 만이었다. 홍군은 각혈 끝에 눈감는 순간까지 경자 씨를 애타게 그렸습니다. 도쿄에서 하숙 생활을 같이했다는 홍의 동무 말이었다. 김 씨가 유리창 아래쪽 창구를 열고 내다본다. 한 여사님, 오늘따라 훤하십니다. 공작새가 날개를 활짝 편 듯하군요. 시원해 뵈는 양장 차림도 이 가을에 썩 어울리고요. 김 씨가 치사한 뒤, 오늘도 아파트 놀이터로 나가시냐고 묻는다. 시내에 나갔다 미국 아들한테 지난번 편지의 답장을 보내야 하고,

광복동 백화점에 들러 외제 화장품도 구입해야 해요. 윤 선생 제자분이 화장품 코너를 열고 있는데 세계적인 유명 메이커 화장품을 다 갖추고 있어요. 사십대 미망인인 진 여사라고, 윤 선생 뵈러 한 달에 한 번씩은 맛있는 음식 해가지고 여기 들르잖아요. 지난번엔 전통떡 상자를 갖고 와서 사무장님도 몇 개 먹었을 텐데요. 한 여사가 말한 뒤 마당을 내려서려다 그제야 김 씨에게 할 말이 떠오른다. 참, 사무장님, 저와 한방 쓰는 초정댁 있잖아요. 그 할멈을 어떻게 다른 방으로 바꿔줬으면 하고요. 한여사 말에 김 씨가, 초정댁이 어때서요? 하고 묻는다. 어떻다기보다 같이 지내기가 그러네요. 룸메이트론 호흡이 안 맞아요. 사무장님도 알다시피 전 클래식 음악 감상과 독서가 취미잖아요. 윤 선생도 저를 닮아 조용한 분이고. 우리 둘은 늙은이들이 모여 남의 얘기 시시콜콜 지분대는 데 끼이지 않고 홀로 명상을 즐기는 차분한 성격인데 초정댁은 어찌나 수다스럽게 말이 많은지, 그 말을 다 듣다 보면 머리가 산란해져요. 들어주는 사람이 없어도 혼잣말로 끊임없이 주절거리지 뭐예요. 거기다 말을 꺼냈다 하면 어디서 듣고 왔는지 저질스러운 와이담만 깔깔대며 늘어놓잖아요. 고상한 나나 윤 선생이 듣기 싫대도 눈치 없이 그렇게 수다를 떤답니다. 그네는 손아귀에 힘을 주어 파라솔 날개를 활짝 편다. 회장님은 아무 말씀이 없던데요? 김 씨가 반문한다. 윤 선생요? 원체 조용한 분이라 그런 말 까발기지는 않지만 사실은 내 마음과 같아요. 그렇게 말 많은 여자는 처음 봤다는 말을 나한테 넌지시 비쳤고요. 김 씨가 입주름을 잡으며 민망한 미소를 흘린다. 옥이 할머니와 짝을 바꾼 지가 불과 달 포밖에 되잖았잖아요. 그럼 벌써 네번쨉니다. 한 여사는 3호실을 거쳐간 세 늙은이 중 옥이 할멈이나 떠오를까 앞서 같이 있었던 두 늙은이는 모습조차 잡히지 않는다. 네번째든 다섯번째든 싫은 사람과 스물네 시간을 어떻게 함께 자며 쳐다보고 살아요. 부부지간도 서로 싫으면 갈라지는데. 김 씨는 한 여사 말을 알아들었다는 듯 머리를 끄덕이곤, 토를 단다. 한 여사님이 원체 고상하시고 깔끔하신 분이라 그렇지, 초정댁도 사귀어보시면 괜찮은 분입니다. 활달하고 시원시원해 영감님들한테는 인기가 많고요. 나이 들면 이래저래 우울증이 따르는데 세상 소문 밝고 육담도 잘해 원생들을 즐겁게 해주니 다들 초정댁을 좋아하잖아요. 남을 두고 흉잡는 소리 안 하는 사무장의 무던한 성격을 알지만 그 말에 한 여사의 표정이 새침해진다. 그네는 말없이 토라진 얼굴로 마당의 뙤약볕으로 나선다. 박식하고 점잖다지만 저 늙은이도 속이 엉큼한 너구리 심보일는지 몰라. 아무리 음전한 늙은이래도 사내들이란 너나없이 짐승 속성을 가졌으니 함부로 정 주며 마음 놓았다간 큰코다치기 십상이야. 초정댁이 나보다 두서너 살 밑이니 저 홀아비 늙은이가 은근히 마음에 두고 있는지도 몰라. 초정댁이 사내를 볼 때 눈웃음치는 게 보통이 아니거든. 한창 시절에는 샛서방 한둘쯤 감춰두고 그 짓을 꽤나 밝혔을 거야. 제 서방은 등잔 밑이 어두우니 까맣게 몰랐을 테고. 지저분하고 천박한 여자 같으니라고. 산전수전 다 겪은 내 눈을 속이겠다고. 어림없지. 사무장도 그래. 색녀가 몸 꼬며

추파를 던지는데 가만있을 사내가 세상에 몇이나 되게. 사내란 너나없이 똑같다니깐. 여자가 꼬리 치면 사족을 못 써. 전화벨이 울리자 김 씨가 송수화기를 든다. 한 여사는 현관 앞에서 주위를 살피는 체 걸음을 멈추고 뒤쪽의 김 씨 말에 귀를 기울인다. 예? 또 말썽이라고요? 왜 가동으로 연락하세요. 나동엔 어디 직원이 없나요? 구청에 들어갔다고요? 명단 찾아 일단 가족한테 연락하고 소명병원 구급차부터 불러요. 그렇다면 할 수 없지 뭐. 손쓸 사람 없다니 내가 그리로 가리다. 김 씨가 전화를 끊는다. 곽 씨와 백 서방은 어디 갔나. 이 사람들은 찾을 때마다 없어. 김 씨 말에, 한 여사는 오늘 또 나동에 송장 다 된 늙은이 하나가 구급차에 실려 나가려니 짐작하며 치를 떤다. 가동 노인들이 제 힘으로 생활을 꾸려나갈 수 없게 되면 구청 보건복지과가 운영을 맡은 나동으로 옮겨가야 하고, 나동에서 자원봉사 간병인의 도움을 받으며 생활하다 끝내는 자기가 누구인지, 죽음이 언제 닥치는지조차 모르는 어벙한 상태에서 숨 모두어 세상을 하직한다. 한 여사는 자기를 싣고 갈 구급차와 맞닥뜨리기라도 할 듯 얼른 사무실 앞을 떠난다. 생각만 해도 끔찍해. 한 여사는 나동 쪽엔 눈길조차 줄 수가 없다. 침대에 웅크리고 앉았거나 누워 있을 나동 노인들은 숨을 쉬니 살아 있긴 한데 제 생각을 조리 있게 말하고 수족 놀려 기동하는 인간이 아니다. 혼잣말로 쉼 없이 주절거리고, 똥오줌을 함부로 싸고, 자기가 누구이며 어디에 있는지조차 모른 채, 어느 날 앰뷸런스에 실려 홀연히 나동을 떠나면 그것으로 끝이다. 지상에서 영원히 볼 수 없다. 한 여사는 시멘트 담장 사이 한맥기로원 뒷문을 나선다. 마흔 줄의 아줌마 넷이 재잘거리며 이쪽으로 온다. 아파트촌에 사는 나동 자원봉사 간병인들이다. 할머니 안녕하세요. 한 아줌마가 한 여사에게 인사를 한다. 난 나동이 아니라 가동 3호실에 있다오. 한 여사가 자기는 간병인의 신세를 지지 않는다는 뜻을 강조하려 힘주어 말한다. 알아요. 늘 곱게 화장하고 나들이하시는 분 아니셔요. 오늘도 곱게 단장하셨네요. 아줌마가 방긋 웃으며 칭찬한다. 자원봉사 간병인들은 늘 친절하고 상대의 기분을 잘 맞춰준다. 윤 선생이 나동으로 놀러 가자고 말했을 때, 우리도 언젠가는 거기로 갈 텐데 뭣 땜에 그 생지옥을 미리부터 방문해요, 하며 한 여사는 손을 내저었다. 그러나 나도 저 여편네들 나이라면 나동에 나다니며 간병인 일을 하고 싶다. 저 나이 땐 죽음이 얼마나 무섭고 원통한지 그 실체를 잘 모르며 자기들은 영원히 살 거라고 믿는다. 가동 원생들이 밤이면 불면증에 시달리며 얼마나 죽음의 공포로 슬퍼하는지 그 속내를 알 리 없다. 자신도 저 나이 땐 그랬다. 그러나 지금은 나동이란 말만 들어도 소름이 돋을 정도로 무섭다. 한 여사는 논 사이로 뚫린 흙길을 따라 아장아장 걷는다. 간병인들이 자기를 두고 도란도란 나누는 말이 뒤꼭지에 따라온다. 저 여편네들 나이 때만도 세상은 장미색이야. 낮은 낮대로, 밤은 밤대로 인생이 즐겁지. 내게도 그런 시절이 있었어. 꽃을 찾아 나비와 벌이 모여들 듯, 뭇 사내들이 내 꽃을 꺾으려 모여들었지. 그러나 너들도 내 나이쯤 살아보라고. 세월은 사람을 기다려주지 않아. 한 여사는 하늘을 본다. 햇빛이 맑고 선선한 바람이 분다. 얼굴을 스치는 바람결이 부드럽다. 남의 도움이나 지팡이에 의지하지 않고 두 발로 이렇게 걸을 수 있다는 건 행복하다. 햇대추같이 반듯하게 생긴 소명종합병원 젊은 의사는 친절했다. 많이 걸으셔야죠. 그보다 좋은 운동이 없습니다. 다리가 아프고 고단하더라도 노인네들 장수에는 걷는 게 최곱니다. 많이 걸으면 혈액 순환에 좋고 다리에 힘이 생기죠. 밥맛도 나고 밤이면 잠이 잘 옵니다. 젊은 의사는 노인을 상대할 줄 알았다. 의사가 한 여사의 윗도리 단추를 풀게 하고 겉옷과 속옷을 걷어 올리게 했다. 그네는 의사의 말을 따랐다. 청진기를 든 의사의 손이 잠시 멈추었다. 이 연세에 브래지어를 하고 있는 분은 처음 봅니다. 의사가 놀랐다는 듯 미소를 띠었다. 귀부인은 나이를 먹어도 몸을 단정히 하고 가릴 덴 가려야죠. 품위란 남이 알아주기 전에 스스로 챙겨야잖아요. 여자는 몸단장과 몸 간수가 첫째 아니겠어요. 집 떠날 때 아버지가 삽짝 앞에서, 대처는 촌구석과 다르니 매사에 조심하고 몸 간수 잘하라고 무뚝뚝이 말했다. 그게 아버지로부터 들은 마지막 말이었고 다시는 아버지를 보지 못했다. 한 여사는 젊은 의사에게 융기의 점을 보이기 싫어 브래지어는 끝내 벗지 않았다. 할머니, 옳은 말씀이십니다. 저희 어머니는 몇 해 전 육순 잔치를 치렀죠. 집에 가면 어머니께 할머니 뵈온 걸 말씀드려야겠어요. 진찰을 받으러 한 여사 뒤에서 대기하던 늙은이들이 쑤군거렸다. 광대댁은 못 말려. 쭈글쭈글 처진 납작한 젖에 가릴 게 뭐 있다고 젖가리개까지 해. 팔순 고개턱에서 별난 요조숙녀 다 보겠네. 한 여사가 어떻게 살짝 간 것 아냐. 환장한 듯 낯짝에 화장을 떡칠하고. 저러다 대왕대비로 처신할까 겁나네. 그러기 전에 스스로 알아 나동으로 이사 나야지. 거기서 벽에 똥칠이나 하다 화장장으로 직행해야 해. 주위의 할멈들이 빈정거리는 소리를 한 여사는 못 들은 체했다. 입이 뚫렸다고 나오는 대로 지껄이는 싸가지 없는 것들은 상대 않기로 오래전에 작정한 터였다. 할머니, 여기 노인들에게 무슨 운동을 하냐고 물으니 에어로빅과 게이트볼이라던데, 운동은 안 하십니까? 젊은 의사는 피부가 쭈글쭈글 늘어진 한 여사의 횡격막에 청진기를 대며 물었다. 전 그런 운동 안 해요. 음악 듣고, 독서하고, 틈틈이 산책하지요. 한 여사의 말에, 아직도 독서를 하시다니 시력이 좋으신 모양이군요, 하고 의사가 말했다. 마음의 양식이 될 아름다운 시를 읽지요. 한 여사가 대답하며, 젊은 의사가 주로 어떤 시를 읽느냐고 물어주기를 은근히 기대했다. 의사는 고개를 끄덕이며, 나이 드셔도 교양이 몸에 밴 분이십니다,라는 말만 해서 그네는 서운했다. 한 여사는 소월, 윤동주, 영랑, 목월, 미당 시집과 워즈워스, 하이네 시집 외에도 여러 권의 시집을 가지고 있었다. 노회장에게 시를 읽어줄 때가 좋았어. 이제 낭랑한 목소리로 읊는 내 낭송을 들어줄 사람이 한 분도 남아 있지 않다니. 한 여사는 드높은 푸른 하늘이 갑자기 서럽다. 다리만 아프지 않다면 햇볕과 바람 속으로 한정 없이 걷고 싶다. 시간의 역순으로 그렇게 걷다 보면 온몸의 주름이 다리미질에 다려지듯 한 꺼풀씩 사라지고 늘어진 거친 피부도 탱탱하게 윤기를 띨 것 같다. 걸을수록 나이를 거

꾸로 먹는 그런 생명의 길이 있다면 발바닥에 피멍이 맺히고 무릎이 꺾일 때까지라도 걷고 싶다. 그 길을 따라가면 헤어진 사람, 이미 이 세상을 뜬 사람까지 청정한 모습으로 모두 만날 수 있으리라. 한 여사는 꿈길을 걷듯 추억 속의 얼굴들을 떠올리며 아장아장 걷는다. 지난 시절로 돌아간다 해도 악몽 같은 장면이나 얼굴은 모두 지우고 행복했던 순간과 그리운 얼굴들만 떠올려본다. 저만큼 떨어져 고층 아파트 여러 동이 야트막한 산자락을 끼고 서 있다. 길가에는 색색의 코스모스가 도열하듯 늘어서서 내가 잘났다, 너보다 내가 더 예쁘다며 바람을 타고 긴 목을 흔들어댄다. 그런 모양새에 눈이 즐겁고, 그 즐거움이 마음을 가볍게 한다. 한 여사는 코스모스 곁을 스쳐 걸으며 손으로 꽃대궁을 훑는다. 연한 줄기가 손가락을 희롱한다. 자주색 꽃 한 송이를 꺾어 바람에 띄운다. 삐끗, 갑자기 어깨 관절에서 통증이 온다. 팽그르르 원을 그리며 손에서 꽃송이가 떠나자 낮게 날던 잠자리들이 놀라 흩어진다. 그네는 어깻죽지의 아픔을 참으며 힘이 빠져나간 팔을 늘어뜨린다. 논에 벼가 잘 익었다. 추수가 시작되었는지 한쪽에선 탈곡기로 낟알 떨기가 한창이다. 참새 떼가 분주히 나부대며 볏대 속을 뒤진다. 점아가, 요령줄을 흔들어야지. 털지 않은 볏단 한 짐을 지게에 지고 꼬부장히 허리 숙인 채 가던 이웃집 아저씨가 말했다. 아저씨 배고파요. 필식이도 젖 못 먹어 울다 지쳐 잠들었고요. 동생들도 안 보이고. 저도 이젠 집에 가도 되겠죠? 점아가는 새끼줄을 흔들다 울먹이며 물었다. 배가 너무 고파 말할 힘도 없었다. 줄에 달린 요령들이 짤랑 짤랑 소리를 내자 참새들이 화르르 하늘로 날아오르다 다른 논으로 옮겨 앉았다. 내가 네 엄마한테 그래 말하마. 참새 떼가 기승을 부리니 그동안 좀더 있어야겠구나. 삽살개도 연장 들고 나선다는 어느 해 바쁜 추수 무렵, 점아가는 셋째 동생 필식이를 업고 아침부터 해가 질 때까지 긴긴 낮 동안 동무들과 놀지 못하고 참새 쫓기를 했다. 엄마가 새참 내어 올 음식도 없는지 깜빡 잊었는지, 내내 굶었다. 개울 물로 배를 채운 게 고작이었다. 허리가 한 줌도 안 되게 접혔으나 아무도 자기를 부르러 오지 않았다. 둘째 동생부터 막내까지 내리 내 손으로 업어 키웠으니 허구한 날 내 등짝에는 동생 업히지 않는 날이 없었지. 늘 배가 고픈, 하루 해가 길고 긴 날들이었어. 그 시절엔 생미나리에 꽁보리밥 비벼 먹어도, 김치에 된장국만으로도 꽁보리밥이며 좁쌀밥이 얼마나 맛있었어. 그네는 갑자기 미나리전이 먹고 싶다. 풋고추 썰어 넣고 솥뚜껑이나 번철에 콩기름 둘러 미나리전을 부쳐 양념간장에 찍어 먹으면 한결 원기가 솟을 것 같다. 미나리는 피를 맑게 하지, 하며 그네는 경운기 소리가 들리는 쪽을 본다. 살기 좋은 세상이야. 기계로 벼베기에서 탈곡까지 함께 하고, 싼 먹을거리가 널렸으니 배곯지 않는 세상이 됐어. 한 여사의 쪼작걸음이 더욱 느려진다. 등솔기로 땀이 배고 다리가 아프다. 땀에 묻어 얼굴 화장이 흘러내리면 꼴불견이다. 속이 탄다. 좀 쉬어가고 싶지만 길가에는 앉을 만한 데가 없다. 미국엔 길거리 곳곳에 의자가 있어 쉬어가며 오가는 사람들을 구경하겠던데, 한국은 세금 거둬 어디 쓰는지 그런 편의시설을 만드는

데 인색해. 어디 저들은 안 늙고 세세만년 청춘을 구가하나, 젊은 관리들은 도무지 노인 입장을 생각 안 하니 이 나라 복지정책은 아직 멀었어. 한 여사가 아들을 만나러 미국 오하이오주로 들어가기가 전쟁 이후 내내 안살림을 맡아주던 사촌언니가 죽고 제과점 문을 닫은 뒤, 예순을 넘겨서였다. 그네는 열이틀을 아들 집에 머물다 귀국했다. 아들의 양부모는 타계한 뒤였고, 아들 내외는 시내에서 꽃가게를 열고 있어 먼동 트기 전에 차 몰고 함께 가게 일터로 나갔다. 손자 둘도 학교에 가버리면 집 지키고 앉아 있기가 감옥인 듯 적적했다. 하릴없이 동네를 배회하다 길을 잃어 집을 못 찾았는데, 몇 마디 떠듬거리는 영어를 경찰관이 알아듣지 못해 수모를 당하기도 했다. 다행히 목에 영어로 된 주소와 이름이 적힌 개패를 걸고 있었던 터라 아들네 집으로 돌아올 수 있었다. 마을에는 한국인 서너 가구가 있었으나 아들네 집과는 내왕이 없었고, 자신이 먼저 인사 청하며 찾아가기도 싫었다. 병약해 뵈는 히스패닉계 며느리가 만들어주는 서양 음식이 입에 맞지 않았으나 까탈을 부릴 수 없었다. 한국에서 가지고 간 고추장에 빵과 야채를 찍어 꾸역꾸역 먹었다. 친엄마를 처음 모셔보는 아들은 성의껏 한다고 했고 한 달 정도 더 있기를 권했지만 그네는 한국으로 빨리 돌아가고 싶었다. 아들과 손자들 본 것만으로도 만족했다. 한 여사는 쉬지 않고 기를 써서 걸어 어린이 놀이터에 이른다. 어깻숨을 내쉬며 플라타너스가 그늘을 내린 벤치에 앉는다. 파라솔을 접고 모자를 벗은 뒤 핸드백에서 손수건을 꺼내어 얼굴과 목의 땀을 찍는다. 핸드백에서 플라스틱 병을 꺼낸다. 식당에서 분명 보리차를 한 병 가득 담았는데 반 병밖에 남아 있지 않다. 그동안 보리차를 마신 적이 없다. 그제야 핸드백 놓은 무릎께가 촉촉하게 젖어옴을 느낀다. 핸드백 안에 손을 넣으니 물이 흥건하고 손지갑, 통장, 아들 편지, 건포도, 식빵 조각과 사탕이 물에 흠뻑 젖었다. 병뚜껑을 느슨하게 잠그는 따위의 실수로 낭패감이 들기가 한두 번이 아니다. 다음에는 이런 실수를 하지 않겠다고 다짐을 하지만 깜빡 까먹고 실수를 되풀이하게 된다. 그러나 실수를 오래 새겨두면 스트레스를 받고 건강에 좋지 않다. 그네는 핸드백을 옆자리에 놓곤 보리차로 탑탑한 목을 축인다. 유치원에 다닐 나이가된 아이들 몇이 둘러앉아 모래로 집짓기 놀이를 하고 있다. 두아이는 미끄럼틀에 올라가 미끄럼을 타고 한 아이는 그네에 앉아 다리를 대롱댄다. 그네에 혼자 앉은 아이가 외로워 보인다. 걔는 미국에서 엄마 보고 싶어 얼마나 고독한 시간을 견뎌냈을까. 그네에 앉아 있는 아이 얼굴 위에 아들 얼굴이 겹쳐진다. 미국이란 낯선 땅에서 얼굴 색깔도 다른데, 얼마나 외로웠겠어. 한여사는 아들 생각만 하면 목이 멘다. 크레용으로 칠한 할머니또 오셨네. 또 오실 거라고 내가 말했잖아. 날마다 여기에 온다니깐. 할머니, 안녕하세요? 모래집을 짓던 아이들이 한마디씩한다. 그래, 너들 보러 왔지. 여기가 늘 내 자리니깐. 한 여사는손수건으로 목덜미의 땀을 찍는다. 저 나이 때 나는 뭘 했나. 노파는 아지랑이같이 가물거리는 까마득히 먼 저쪽 세월을 헤집어본다. 밤이 오면 무서웠다. 바람이 불면 집 뒤란 대숲이 수런

거렸다. 대숲엔 새들이 많이 살아 밤낮없이 우짖었고 저물녘이면 잠자리를 찾아드는 새들의 퍼득대는 날갯짓 소리가 그치지 않았다. 어느 날, 죽순을 따려는 엄마 뒤를 따라 대숲으로 들어갔다 죽은 새를 보았다. 내장에는 작은 벌레들이 빼곡히 들어차 꼬물대고 있었다. 점아가는 그 뒤부터 대숲에 들어가지 않았다. 말 안 듣는 아이 혼내주러 도깨비가 대숲에서 나온다고 엄마가 말했다. 비가 오던 날, 뚝배기만 한 큰 두꺼비 한 마리가 마당에 어기적거리며 나타나 놀랐던 게 떠오른다. 두꺼비가 뱀도 잡아 먹는다는 말을 듣고부터는 더 무서웠다. 똥통에 빠져 허우적댈 때 막내삼촌이 작대기를 내려 구해준 적이 있었다. 며칠 동안 몸에서 똥내가 나서 식구는 물론 동무들도 자기를 피해 서럽던 기억도 떠오른다. 한 여사는 한 장면씩 아무런 연결 없이 불쑥 불쑥 떠오르는 옛 기억의 갈피에서 헤맨다. 파파할머니, 텔레비전에 나오는 배우 하셨어요? 모래집을 짓던 사내아이가 얼굴을 들고 묻는다. 배우? 그래, 늙었어도 아직 배우 티가 나는 모양이군. 그러나 배우를 한 적은 없어. 젊었을 땐 모두 날 보고 배우보다 예쁘다는 말은 했지. 건빵공장에 다닐 땐 정말 활짝 핀 부용화 같아 인기가 많았지. 그네는 푸른 하늘을 보며 꿈결인 듯 나직히 말한다. 피, 거짓말. 파파할머니가 화장했으니 요술할멈 같단 말이에요. 배우 흉내쟁이 말이에요. 어린 너들한테 내가 왜 거짓말을 해. 어쨌든 할머닌 나이도 많은데 화장을 너무 많이 하셨잖아요? 화장을 했기로서니 내 화장이 어때서 그래? 처녀적엔 화장을 안 했어도 얼마나 예뻤는데. 할머닌 만화영화에 나오는 요술할멈 같아요. 난 귀부인일 따름이지 요술 같은 건 부릴 줄도 몰라. 그러자 아이들이 제각기 한마디씩 외친다. 만화영화에서 할머니 닮은 마귀할멈을 봤어요. 눈이 찢어지고 턱이 뾰쪽했어요. 요술 지팡이한테 주문을 외면 하늘을 날 수도 있어요? 할머닌 입에서 불을 뿜어낼 수 있어요? 로켓처럼 지팡이 타고 하늘로 날아올라 별나라로 가보세요. 뭐든지 척척 해결해주는 요술 지팡이는 왜 안 짚지요? 컴퓨터 지팡이는 어디 됐어요? 아이들의 재재거림에 한 여사는 머리가 어지럽다. 그네는 아이들과의 대화를 포기한다. 아이들이 있을 땐 이쪽으로 걸음하지 않아야지, 하고 늘 하던 다짐을 또 한다. 놀림감이 된다고 아이들을 혼내줄 수도, 그럴 힘도 없다. 그럼 어디로 가서 다리쉼을 할까? 혼자 생각에 잠길 수 있는 호젓한 장소가 떠오르지 않는다. 아파트 노인정은 3년 전, 기로원 가동에 입주할 때 딱 한 번 가보고 발을 끊었다. 화투 치고, 술 마시고, 쩨쩨한 문제로 입싸움질 하고, 외제 차 탄다는 자식 자랑에다 시시껄렁한 잡담이나 하며 시간을 때우는 천박한 늙은이들과 어울릴 수가 없었다. 곱게 늙으셨네. 우리 새 친구를 환영합시다, 하며 노인정 남자 노친네들이 박수를 치며 주접을 떨었으나 자신은 천박한 그들과 다른 부류라는 생각에 같이 시시덕거리며 놀기가 영 껄끄러웠다. 한 여사는 갑자기 찾아나설 곳을 잃어버린다. 어디로 가서 길고 긴 낮 시간을 때워야 할는지 막막하기만 하다. 그네가 입을 다물고 멍청한 표정으로 하늘을 보고 있자, 아이들은 언제 그랬냐는 듯 제 놀이에 열중한다. 한 여사는 앞쪽 동산으로 눈을 돌린다. 야산 아랫도리를 두른 아카시나무와 허리에 걸쳐져 띠를 이룬 메타세쿼이아의 노란 잎이 시나브로 지고 있다. 꽃이 포도처럼 송이송이 피었던 지난봄, 그네가 아카시나무 숲을 거닐 때는 향기가 사방에 진동했다. 그 뭉클한 향기에 취해 날마다 산책을 나와 즐거워했던 지난날의 추억만을 떠올렸고, 꽃이 질 때까지 꽃그늘에 자리 펴고 쉬며 싸 온 도시락을 혼자 야금야금 먹기도 했다. 소형 카세트에 가곡 테이프를 걸어놓고 노래를 들으며 머릿속에 그려온 아련한 추억에 잠겨 시간을 보냈다. 아비 없는 외동아들을 금이야 옥이야 고이 키웠던 시절이며, 초등학교 적부터 전체 수석을 놓치지 않았던 아들이 대학 졸업 후 미국 유학을 떠나자, 그리움에 애태웠던 마음을 헤아려보기도 했다. 아들이 끝내 미국에 주저앉아 그곳 여자와 살림을 차렸다는 편지를 받자, 키울 때 자식이지 성년에 이르면 어미는 안중에 없고 제 갈 길 찾아 떠난다는 말을 실감하기도 했다. 그때부터 끓던 물에 얼음덩이가 들어차듯, 내 인생은 외로움을 타기 시작했지. 사촌언니가 세상을 뜨고 칠복이도 결혼해 신접살림 차려 떨어져나가자, 나는 차츰 여위고 시들어갔어. 어느 날 홀연히, 내가 왜 이렇게 말이 없어져버렸지 하는 생각이 들어 주위를 둘러보니 몇 날 며칠을 집 밖에 나가지 않고 혼자 생활해온 자신을 발견하곤 소스라쳐 놀랐다. 독서와 음악에 정을 붙이고, 새들이 나뭇가지를 물어와 집을 짓듯 나는 내 안에다 나만 사는 집을 짓기 시작했지. 한 여사는 나직이 한숨을 쉰다. 슬픔이 마음속에서 잔잔한 물결을 일으킨다. 그네는 무료할 때면 하는 버릇

대로 구구단을 외우기 시작한다. 한 번도 막힘 없이 구단 마지막, 9×9는 81까지 외우기란 무리이고, 두세 번쯤 멈칫거리면 그날은 그런대로 일진이 좋고, 대여섯 번 멈추면 보통 일진이요, 3단부터 혼란이 오면 일진이 나쁜 날이다. 그네가 구구단을, 4×5는 20까지 정신을 집중하여 별 막힘 없이 술술 외웠을 때 아파트 쪽에서 맥고모자 쓴 늙은이가 지팡이 짚고 쪼작걸음으로 놀이터에 나온다. 강 씨다. 안짱다리 걸음으로 다가오는 그를 보느라 노파는 4×5는 28로 중얼거린다. 4×6은? 거기서부터 숫자가 머릿속에 뒤죽박죽 엉킨다. 오늘 강 씨를 만난 게 일진이 좋잖다고 안면을 찌푸린다. 강 씨는 어깨와 허리가 굽었다. 뿔테안경을 걸쳤고 팥알 붙이듯 콧수염을 길렀다. 얼굴은 검버섯으로 덮였고 더 잡힐 주름이 없을 정도로 쪼그라졌다. 체크무늬 남방에 회청색 양복을 입어 차림은 멀끔하다. 김 여사님, 오늘도 만수무강에다 안녕하슈. 강 씨가 모자를 들썩해 보이며 인사를 한다. 내가 어디 김가요? 하며 한 여사가 새침해한다. 그럼 이 여산가 하며, 강 씨가 핸드백 옆 벤치에 살점 없는 엉덩이를 걸친다. 오늘 이 여사는 정말로 하늘에서 내려온 천사 같아요. 어쩜 그 연세에도 이렇게 젊고 싱싱해 보이는지. 오, 코끝에 스치는 이 은근한 향수! 정말 미치고 환장하겠군. 내 나이 열 살만 젊어도 무릎 꿇어 꽃다발 바치며 오, 사랑하는 영자 씨, 하고 풀포쳐해버렸을걸. 그네는 강 씨 말이 듣기 싫지 않았으나 대꾸는 않고 냉랭한 표정으로 한눈을 판다. 프러포즈? 한창땐 당신 같은 얼간이들이 꽃다발 들고 줄을 섰지만 나는 돌아보지도 않았다오, 하고 말해줬으면 싶은데 강 씨에게는 그런 말조차 아깝다. 이성을 보면 어느 쪽으로든 호기심이라도 생겨야 하는데 언제 보아도 강 씨는 물기 하나 없는 고목 등걸 같다. 상판조차 삐뚜름하게 틀어져 그 몰골이 가관이다. 코가 크면 뭣도 크다던데 코야 주저앉기 전이지만, 이젠 그 연장도 삶은 오이가 되어 맥없이 대롱거릴 터이다. 사십 초반에 만난 땅부자 주먹코는 근력이 좋았다. 밤마다 잠자리에 들면 나를 녹초가 되도록 흔들어줬지. 뱀탕을 장복한다는 말에 정나미가 떨어졌고 자기가 가진 것이라곤 오직 돈과 시간과 정력밖에 없다는 그 속물 근성이 싫었지만, 깊은 밤 불을 끄고 침대에 누우면 남자 품이 그리웠던 시절이라 밤농사 상대로는 맞춤했다. 두어 해 남짓 밀회 끝에 집 한 채를 얻자, 마침 그가 스물 후반의 딸 같은 계집애와 눈이 맞아 자연스럽게 떨쳐낼 수 있었다. 나 말이오, 아파트 110층에서 이쪽을 내려다보고 있었죠. 이 여사가 양산 쓰고 오는 걸 보자 심장이 마구 두근거리고 손에 뜨르르 쥐가 나지 않겠소. 이 나이에도 내가 흥분을 하니 주책이다 싶습디다. 사실인즉 이 여사 미모가 워낙 출중하니 흥분이 안 된다면 사내자식이 아니지. 그래서 며느리가 냉장고 돌리는 새 얼른 아파트를 몰래 나섰죠. 이 여사가 대꾸를 않자 강 씨가 멋쩍어져 슬며시 말길을 바꾼다. 날씨 한번 조오습니다. 이런 좋은 날 아파트 방구석에 처박혀 있자니 좀이 쑤셔서. 몸 움직일 수 있다면 어디든 나서야지요. 일정 때 만주 땅 누볐던 청춘은 아니지만 노인정이든 어디든, 하여간 나서고 봐야지요. 참, 이 여사, 만주 땅 홍콩에 가보셨소? 한 여사는 대답을 않고 강 씨 말을 듣고만 있다. 난 그 시절 저 남양 땅까지 가본걸요, 하는 말을 그네는 입안에 삼키고 만다. 그 시절 1년 남짓은 떠올리기조차 싫은 악몽이다. 박 여사, 우리 어디 바람이라도 쐴까요? 만주 홍콩은 너무 멀지만 빠스 타고 탑골공원에라도 가봅시다. 거기 가면 우리 같은 늙은이들 이 구름같이 모인대요. 만담이며 연설도 하고, 만병통치약도 아 주 싸게 판답디다. 신경통엔 고양이를 통째 삶아 먹으면 효험이 있대요. 난 신경통이 고질병이라오. 가자 해도 따라나서지 않겠 지만 한 여사가 듣자 하니 자기 성을 바꿔 부르고, 하는 말이 좌 충우돌이다. 구역질 치받치는 소리만 뱉는데, 부산에 탑골공원 이 있다니. 강 씨도 이젠 쉰내가 날 정도로, 애들 말대로 뿅 가버 렸다. 여기도 그런 공원 있어요? 한 여사가 쏘아붙이자, 강 씨가 고개를 갸우뚱하더니, 그럼 부산이 아니고 마산에 있나? 하고 어리둥절해한다. 그네는 더 참을 수 없어 탑골공원은 서울에 있 다고 말해준다. 머쓱해진 강 씨가 머리를 주억거리더니, 참, 박 여사, 거기 양로원의 입주금이 얼마랬지요? 하고 묻는다. 강 씨 이 사람도 아흔 줄에 접어드니 노망에 들었다며 그네는 치를 떤 다. 그네는 엉덩이를 옮겨 강 씨와 베개 길이만큼 거리를 더 둔 다. 여자는 몸가짐을 단정히 해야지. 강 씨는 경계의 대상이야. 빈털터리 주제에 입만 살아서. 노망기를 핑계로 덥석 덮칠는지 도 몰라. 덮친담 밀쳐버려야지. 벤치에서 나가떨어지면? 머리가 깨지며 뇌진탕으로 사망할는지 몰라. 재수 없게 이 나이에 사람 을 죽이다니. 그네가 쓰잘데 없는 상상까지 달아가며 입속말로 좋알댄다. 아무래도 거기에 들어가야겠소, 자식한테 얹혀선 더 못 살겠어. 언제부턴가, 며느리가 밥을 두 끼밖에 안 줘. 그것도 참새 눈곱처럼 적게. 그래서 어젯밤엔 화장실로 밥통 안고 들어가서 남은 밥을 먹어치워버렸죠. 세탁기도 뒤져 먹고. 세탁기엔 내 밥상에 안 오르는 반찬이 가득합디다. 그것도 몽땅 먹어치웠죠. 그럼 밥 따로 찬 따로요? 내가 그랬나? 화장실에서 밥통 밥 먹어치웠다 했잖아요? 내가 언제 그랬소? 박 여사가 노망 들었나, 말 막 꾸미네. 물을 서너 말이나 마셔 밤새 뒷간 출입이야 했지요. 뒷간 들랑거리느라 잠도 제대로 못 잤지만. 싸가지 없고, 못된 며느리 같으니라고. 자기는 안 늙나, 두고 봐. 네년 죽을 때까지 내가 두 눈 똑바로 뜨고 네년 늙어 수족 못 놀리는 꼴 옆에서 봐가며 살 테니깐. 강 씨가 분김을 못 참아 씩씩댄다. 내가 노망에 들렸다니, 기가 막혀서. 강 씨 말을 계속 들어주다간 복장이 뒤집혀 스트레스를 받을 것 같아 한 여사는 의자에서 일어선다. 그 집엔 화장실에 밥통과 세탁기를 둬요? 세탁기에 반찬을 넣어두다니! 한 여사 말에 강 씨가 눈을 치켜뜨며, 내가 주방이라 그랬지 언제 변소라 그랬고, 냉장고라 그랬지 언제 세탁기라 그랬냐며 맞받아친다. 평생 허기지게 살아온 사람 늙으면 먹자 타령만 한다더니 강 씨가 그 꼴이구려. 난 시내 나가 미국 아들한테 답장도 보내야 하고, 오늘 무척 바빠요. 한 여사는 핸드백과 물병을 든다. 박 여사, 내 묻지 않았소, 거기 입주금이 얼마냐고? 한 여사가 힘을 주어 파라솔을 편다. 지난번에도 말했잖아요. 종신회원권 1억5천에, 월 생활비가 40만 원이라고. 한 여사가 쏘아붙이곤 천천히 자리를 뜬다. 지난번엔 회원권이 천백만 원이라 하지 않았소? 30년 새 그렇게나 올랐나, 내가 뭘 잘못 들었나? 강 씨가 엉거주춤 일어서며 구시렁거린다. 내 있는 기로원엔 훔쳐 먹을 밥도 없으니 아들네 아파트에 그냥 눌러 사세요. 노인 모시는 착한 며느리 욕질이나 실컷 하며. 그리고 내 한마디 더 하겠는데, 인생이란 자신이 만들어가기에 달렸어요. 아들이나 며느리가 뭐라든, 자신이 자기 인생을 얼마든지 만들 수 있잖아요? 실제론 그렇지 않더라도 마음으로 말이에요. 머릿속에다 내가 만든 나를 그려봐요? 얼마나 멋있는가? 한 여사가 쏘아주곤 천천히 놀이터를 떠난다. 박 여사, 여기 모, 모자 가져가야지 하고 강 씨가 등 뒤에서 말한다.

2

어디에선가, 사방에서, 방향이 몰려온다. 숨이 막힌다. 한 여사는 정신이 아득해진다. 기분 좋은 취함이다. 뭉클한 향기는 코를 통해 포도당 주사 맞을 때처럼 혈관 구석구석까지 따뜻하고 화끈하게 스며든다. 향기에 취해 정신은 흐리마리하고 몸은 녹작지근 녹아져, 향기와 희롱하며 즐기고 싶다. 온몸을 어르던 향기가 몸 아래쪽으로 쏠린다. 무엇인가, 이파리 같은 게 살랑살랑 흔들리며 간지럼을 피운다. 미나리꽝이 장대비로 물이 넘쳐나자 미나리가 뿌리째 떠서 흘러 내려와 음모 사이를 헤집고 든다. 미나리가 뿌리를 질 벽에 착근시키자 질 벽 속으로 파고드는 실뿌리가 간질간질한 쾌감을 전해온다. 파릇하게 돋아난 미나리의 여린 잎순이 흔들리며 질 벽에 간지럼을 피운다. 한 여사는 횡재를 만난 듯 즐거움에 취해 온몸을 떤다. 숨길이 가빠진다. 참으로 야릇한 일이다. 까마득히 잊어버린, 떠올려도 예전의 느낌조차 아슴아슴하던 성감이 이 나이에 다시 살아나다니. 그네는 코앞에 떠도는 향기를 살며시 끌어안는다. 향기가 풍선처럼 질량감 있게 품에 안긴다. 그네는 코맹맹이 소리로 흠흠대며 향기를 맡는다. 그 즐거움도 잠시, 갑자기 풍선에 바람이 빠지듯 향기가 슬그머니 빠져나간다. 날 따라와. 점아가야, 지팡이 짚는 쪼작걸음으로 날 따라올 수 있겠어? 향기가 약을 올리며 문틈으로 빠져나가 꼬리를 감춘다. 미나리의 여린 이파리가 흔들리며 일으키던 질 안의 성감이 향기를 뒤쫓아 문틈 사이로 빠져나간다. 미나리가 뿌리째 뽑혀 질을 탈출해버리니 쾌감이 언제였나 싶게 사라져버린다. 놓쳐선 안 돼. 널 잡아야 해. 널 놓치면 난 영원히 송장이 되고 말아. 모든 감각이 마비되어 숨 끊어질 시간만 기다리는 식물인간이 되고 말 거야. 널 놓치지 않고 꼭 잡을 테야. 한 여사가 겨우 일어나 앉는다. 뼈마디가 욱신거리고 장작개비같이 마른 다리가 후들거린다. 지난겨울 들고 기온이 뚝 떨어지기도 했지만 어린이 놀이터에 나갈 기운마저 쇠잔해져버렸다. 날씨가 추워지니 아이들도 놀이터에 나오지 않았고, 가지만 앙상한 나무들과 서리에 젖은 채 찢겨져 나뒹구는 낙엽을 보기도 마음이 언짢았다. 공들여 하던 화장마저 손이 떨려 얼굴을 온통 환칠하는 꼴이 되고 말았다. 입술보다 너무 넓게 루주를 칠해 가동 늙은이들의 놀림감이 되기도 했다. 기억력도 떨어져 생각이 헷갈리고, 금방 한 일이나 이 일을 해야겠다고 나선 일조차 무얼 하려 했는지 우두망찰 선 채 오도 가도 못하는 멍청이가 되어버렸다. 겨우내 실내에서 꼼지락대다 따뜻한 봄이 찾아와 바깥나들이를 시작하자 한 여사는 지난 몇 달 사이 체력이 현저히 떨어졌음을 실감했다. 걷기에도 힘이 들어 지팡이를 짚지 않을 수 없었다. 한 여사는 지팡이를 찾으러 어둠 속을 더듬는다. 바깥은 깜깜하고, 지팡이를 어디에 뒀는지 생각나지도 않는다. 참, 복도 끝 신발장 앞에 두었지. 그네는 용케 기억을 되살린다. 향기를 놓치기 전에 어서 나가야 한다. 한 여사는 무릎걸음으로 기어 문틀 손잡이를 겨우 잡고 힘들게 몸을 일으킨다. 문을 열자 벽에 설치된 안전대에 의지하여, 한 손으로 허공을 더듬으며 복도를 나선다. 지팡이는 물론 신발 찾아 신을 생각도 잊은 채 건물을 나선다. 하늘엔 별조차 숨어버려 보이지 않는 깜깜한 어둠 속을 두리번거린다. 봄밤의 대기가 훈훈하다. 문득 어둠 속에 명주실 타래 같은 희끄무레한 게 들을 가로질러 간다. 품에 품고 놓지 않았던, 미나리 뿌리를 질 안으로 들이밀던 향기가 분명하다. 명주실 타래가 야산 쪽으로 꼬리를 늘여 사라진다. 어딜 가, 날 깨워놓고. 미나리 뿌리와 이파리로 잔뜩 흥분만 시켜놓고, 잊고 살아왔는데 맛만 살짝 보여주고 왜 달아나. 한 여사는 맨발인 채 지친거리며 들을 질러 사라지는 향기를 뒤쫓는다. 명주실 타래가 아까시나무 숲속으로 빨려든다. 꼬부장한 허리로 숨 가쁘게 걷던 그녀는 둑을 넘다 지쳐 쓰러진다. 가쁜 숨이 목구멍을 막는다. 이래선 안 돼. 아까시나무 숲까지 가야 해. 난 그 향기를 붙잡고 말 테야. 한 여사는 다시 일어나 길짐승처럼 무릎걸음으로 엉금엉금 기기 시작한다. 난 갈 테야. 갈 수 있어. 갈 수 있고말고. 그녀는 헉헉대며 그 말만 되뇐다. 한 여사는 이윽고 야산 아래 지점의 아까시나무 숲에 이른다. 숨이 턱에 닿고 가슴이 찢어지듯 아프다. 무릎뼈는 떨어져나갈 듯 통증이 심하다. 그녀는 하늘을 향해 반듯이 누워 가쁜 숨길을 조절한다. 보이지 않는 향기가 온몸을 감싸더니 콧속으로 흠씬 스며든다. 그녀는 향기에 취해 눈을 감는다. 빵 굽는 그윽하고 구수한 냄새가 난다. '접근하면 발사함'이란 영어와 한글 팻말이 붙은 미군 부대 철조망 주변을 난 영영 떠났지. 국제시장 난전에서 미제 물건을 팔다 빵 익는 풍미를 못 잊어 내가 차린 첫 제과점 이름이 뭐였나? 귀부인, 궁궐, 공주? 공주의 비련? 아니지. 제과점을 할 때 난 그 노래를 좋아했어. 축음기에다 날마다 그 판을 걸어놓고선 심취해서 귀 기울이곤 했지. 사랑을 위하여 왕실도 버리고, 그대 따라가리라 기약했건만 이다지도 세상은 말이 많은가…… 그런데 제과점 이름은? 늘 떠오르던 제과점 이름조차 헷갈린다. 점아가, 내가 점포 뒷일은 다 봐줄게. 보송하게 빵 만드는 건 너한테 차차 배우기로 하고. 사촌언니가 말했다. 난 미군 부대 있는 그쪽으론 침도 안 뱉을 거야. 뱉는 침조차 아까워. 소다와 이스트의 작용으로 빵이 봉긋하게 부풀 듯, 한 여사의 몸이 가벼워진다. 육신이 향기가 되더니 연기처럼 피어오른다. 생각지도 않았는데 어둠 속에 엄마가 슬며시 나타난다. 점아가야, 넌 지금 풀밭에 누워 행복한 모양이구나. 그렇게 편안히 죽을 수만 있다면 그게 행복이지. 송진처럼 질기게 살아온 인생 끝장에 아무 고통 없이 죽을 수만 있다면 말이다. 점아가 널 대처로 떠나보내지 않았어야 했는데 방물장수 말에 솔깃해 그놈의 건빵공장에 왜 널 떠나보냈을까. 네 아비와 내가 미쳤지. 포원하던 쌀밥 실컷 먹고 살라고 그렇게 떠나보냈어. 그래, 대처로 나가 배는 곯지 않았지? 그러나 마음고생이 주림보다 몇 배 견디기 힘들었을 게야. 촌구석에 처박힌 우린 너처럼 그런 험한 꼴 안 당해봤지만. 넋두리를 늘어놓는 엄마 얼굴의 얽은 자국마다 옹달샘처럼 눈물이 고여 반짝인다. 여기에 너 빼고 우리 식구 모두가 일찍 함께 와 있어. 네가 알다시피 우리 식구는 모두 제명껏 못 살고 억울하게 죽었어. 그러나 여기로 와선 하늘님이 공짜로 주신 논밭 부치며 오순도순 함께 잘살아. 점아가야, 보름달이 하늘을 건너듯 어서 여기로 건너오렴. 더러운 세월을 살아오며 더 볼 무슨 낙이 남아 있다고, 넌 너무 명이 길구나. 그 험한 세상에서 무슨 영화를 누리겠다고 나보다도 두 배 넘게 이승에 살고 있어? 한 여사는 엄마의 푸념조 말을 듣다 도리질한다. 전 이 땅에서 더 살 테야요. 살아온 세월이 너무 원통해서, 그 원한 때문에 이쯤에선 도저히 눈감을 수 없어요. 향기가 다시 내 몸속으로 스며들잖아요. 이 이승의 향기가 얼마나 좋아요. 엄마도 맡아보세요. 아랫도리를 감싸고 파고드는 이 향기가 근력 좋은 남자보다 더 좋아요. 그런 재미를 두고 내가 왜 죽어요. 한 여사는 열락에 취해 잠옷을 헤치고 고쟁이 안으로 손을 넣는다. 미나리가 뿌리를 내리려 찾아들 듯, 장지를 질에 박고선 그 속을 쑤셔댄다. 코로 숨 가쁘게 향기를 빨아들인다. 건조한 질 속이 따갑고 쓰리다. 그네의 흐릿한 의식에 쑤군대는 노친네들 말소리가 들린다. 망측하게, 손가락은 거기다 왜 쑤셔박고 있지? 맨발로 여기까지 와서 이렇게 자빠졌다니. 잠결에 귀신이 이 여편네를 불러냈나 봐. 초정댁 말소린지 윤 선생 말소린지 알 수 없다. 얼굴을 마당 삼아 기어 다니는 저 개미 떼봐, 가렵지도 않나 봐. 무슨 힘으로 기어서 예까지 아등바등 나왔을까? 피딱지 좀 보라고, 무르팍이 온통 까졌어. 정강이뼈가 다 보이네. 얼마나 아플까, 쯔쯔. 노망 들면 아픈 걸 어떻게 알아. 제 똥도 찐빵인 줄 알고 먹는다는데. 벽에 똥칠은 약과야. 여러 사람의 떠드는 소리를 들으며 한 여사가 코를 씰룩인다. 찐빵? 찐빵이라 했지. 빵 굽는 향긋한 내음이 난다. 밀가루 반죽이 노릿노릿 익는 풍미가 코에 닿는다. 그런데 참말로 무엇 하러 여기까지 기어왔을까? 야밤에 만날 사람이라도 있었나? 가을까지만도 저 아파트 쪽 어린이 놀이터에서 머리가 해까닥 가버린 노인과 자주 데이트를 하는 눈치던데. 노인이 손을 잡으려 하자 이 여편네가 뿌리치다 벤치에서 떨어지는 걸 봤어. 한때 치근대는 남자들 추파 안 뿌리쳐본 여편네 어딨어. 주책맞은 소린 집어치워. 아이고, 흉측해. 손을 빼내어 제자리에 얌전히 놓아두고 잠옷으로 거기나 좀 가려주라고. 누가 여편네를 업어, 업어서 옮겨야지. 제 한 몸 주체도 힘든데 저 여편네 업을 힘이 남은 할멈이 어딨다고. 사무장이든 곽 씨든, 오늘따라 청소원들도 안 보이네. 어서 불러와야지. 이렇게들 섰지 말고, 누가 빨리 가봐요. 우선 흔들어서 깨워보라고. 아직 숨 거두진 않았잖아. 글쎄, 사람 한평생이 이렇다니깐. 귀부인 출신이라며 꽤나 몸치장이며 얼굴을 가꿔쌓더니만, 이젠 아주 갔어. 망령도 가지가지라더니, 좀 특별한 여편네였어. 이제야말로 나동으로 옮겨 가야겠지? 우리도 저 꼴 되어 나동으로 가기 전에 어서 눈감아야지. 주위의 웅성거림에 한 여사는 가까스로 깨어나 실눈을 뜬다. 나뭇잎 사이로 푸른 하늘이 보인다. 하늘이 너무 눈부시게 푸르러 실눈을 찌푸린다. 아까시꽃 향기가 코에 묻는다. 어젯밤 그네는 잠결에 그 향기에 취했다. 벌 떼들이 윙윙대며 꽃 사이로 난다. 팔랑팔랑 나는 흰나비도 보인다. 살아서 부지런히 몸 움직이는 저것들이 부럽다. 한 여사는 꼭 나비 같아. 내 나이 열다섯만 안쪽이라도 그 나비를 품에 품고 어르며 살 텐데. 노회장이 말했다. 내려다보는 많은 늙은이 얼굴들이 한 여사의 실눈 앞에서 흐릿하게 지워진다. 그네는 눈을 감는다. 이년아, 넌 한경자도, 게이코도, 한안나도 아니야. 넌 한점아가야. 이름을 그렇게 바꿔갈 동안 네 인생길은 깊이깊이 수렁으로 빠져들었어. 인생을 쫄딱 망쳤다고. 내 너 같은 딸을 두지 않았다, 몹쓸 년! 어디에서, 언제 나났는지 어둠 속에 낫을 쳐든 아버지가 소리친다. 여름 땡볕 아래 소꼴을 베어 지게에 한 짐 지고 삽짝으로 들어선 아버지 얼굴이 노기로 찼다. 그래요. 난 당산나무 섰는 동구 앞 고갯마루 떠난 그날부터 점아가가 아니었어요. 내장이며, 쓸개며, 간까지

내주고 살아왔어요. 부엌에서 물사발을 들고 나온 엄마가 아버지를 맞았다. 저 땀 좀 봐. 여보, 냉수로 목부터 축이시구려. 벗고 수챗간에 엎드려요. 점아가, 샘물 길어 아버지 목물 좀 해드려. 점아가는 아무리 아버지지만 남자 몸에 손 대기가 싫었다. 모리가 내 맨살에 처음으로 손을 댄 남자였지. 게이코 상은 몸매도 진짜로 아름답구나. 빵 익는 풍미가 온몸을 감싸고, 모찌같이 말랑말랑한 유방도 탐스러워. 제과점 뒷방에서 모리가 게이코의 옷을 한 겹씩 벗기며 말했다. 난 싫어요. 엄마가 아버지 목물해드려요. 죽은 내가 쏠게. 셋째 동생을 업은 점아가는 어둑신한 부엌으로 들어갔다. 부엌 안은 솔가리 타는 매캐한 내음이 눈을 못 뜨게 했고 등짝의 동생이 재채기 끝에 울음을 터뜨렸다. 부엌은 화덕처럼 더웠다. 아침부터 바람 한 점 없이 날씨가 쪘다. 마당에서 엄마가 부르는 소리가 들렸다. 오시이레(잠깐), 게이코 상! 누군가 큰 소리로 자기를 불렀다. 한경자는 시장 바구니를 들고 시장으로 가던 길이었다. 누군가 뒤에서 따라온다고 느꼈으나 흔히 있는 얼빠진 건달이라 여겨 그녀는 신경을 쓰지 않았다. 잡화상 미도리상점 앞을 꺾어 돌다 한경자는 흘끗 뒤돌아보았다. 한 사내는 당꼬바지에 흰 셔츠를, 한 사내는 납작모자를 쓰고 카키색 반소매를 입었는데, 작달막한 지휘봉을 든 둘이 무어라고 말을 맞추며 잰걸음으로 따라오고 있었다. 오시이레, 게이코 상! 하고 한 사내가 다시 한경자를 불렀다. 잠깐 거기 서보라니깐. 내 말 안 들려! 사내 둘이 그녀에게 다가왔다. 게이코 상, 저쪽 큰길 가에 있는 라이라이껭제과점 여급 맞잖아?

당꼬바지가 말을 걸었다. 그런데…… 한경자는 그들이 어떤 일을 하는 자인지 얼른 짐작이 갔다. 당꼬바지는 몇 차례 제과점에 들른 적 있는 야마구치 형사였다. 지금 당장 우리와 함께 주재소에 가줘야겠는걸. 게이코 상에 대해 조사할 게 있어. 납작모자가 한경자의 팔을 낚아챘다. 조선인 형사 보조원인지 그는 일본 말이 서툴렀다. 무언가 잘못 걸렸다 싶어 그녀는 잡힌 팔을 떨쳤다. 무슨 조사를요? 제게 조사할 게 있다면 모리 사마를 만나보세요. 나를 데리고 있는 주인이니깐. 전 제과점에서 먹고 자는 종업원이잖아요. 야마구치가 한경자의 볼록한 가슴께를 탐하는 눈초리로 더듬었다. 물론 그래야겠지. 그러나 게이코 상이 우선 우리를 따라가줘야겠어. 게이코 상도 들었겠지? 지금 시국이 야마도 다마시 정신에 입각해 신민 모두 충성을 맹서한 총동원령 전시 체제야. 게이코 상도 알고 있지? 야마구치가 말했다. 알아요. 귀에 딱지가 앉도록 듣는 소린걸요. 일본 말이 서툴다 보니 한경자가 조선 말로 말했다. 지금 시국이 카페며 제과점 문 열어놓고 여급 두고 노닥거릴 태평성대가 아냐. 업소에 종사하는 여급이며 작부들은 정신이 틀려먹었어. 게이코 상은 금지령이 내려 처벌 받는 조선 말까지 쓰잖아. 조사할 게 있으니 우릴 따라와. 야마구치가 명령조로 강단지게 말했다. 듣는 말은 귀가 조금 트였으나 하는 말은 서툴러서…… 그제야 한경자가 떨며 말했다. 어쨌든 가자고. 주재소에 가서 얘기해. 납작모자가 한경자의 팔을 잡고 한사코 끌었다. 그녀는 시장 바구니를 든 채 그렇게 끌려갔다. 그녀는 그길로 군량미로 보낼 조선 쌀을 재어둔 부둣거리 미창에 수용되었다. 미창에는 한경자처럼 여러 곳에서 연행당해 온 또래의 조선인 젊은 여자들이 바글거렸다. 8월 초, 여자들은 간편한 홑 유카타를 지급 받아 입었고, 병졸들의 삼엄한 감시 아래 부두로 끌려갔다. 부두에는 큰 배가 정박해 있었다. 관부연락선이 아닌 유령선처럼 칠이 벗겨지고 낡은 배로, 마치 지옥행 연락선 같았다. 배의 갑판에는 누더기를 걸친 해골에 뼈다귀뿐인 많은 형체들이 바글거리며 부두를 향해 뼈마디 팔을 흔들고 고함을 질러댔다. 나 어봉공이 되어 이제 죽으러 떠나! 아버지, 엄마, 잘 계셔요! 성은에 보답하러 이렇게 떠나면 이제 영영 못 볼 거야! 오늘을 죽는 날로 잡아 내 제사나 지내줘. 해골과 뼈다귀들이 아우성을 지르는 중에, 망토 걸친 홍이 그 무리에 섞여 있었다. 부두에서 벌어진 무훈장구 출정식의 전송자들 사이에 끼여 목을 빼고 갑판을 살피던 한경자가 홍을 알아보았다. 폐병으로 죽었다는 홍이 학도 지원병으로 전선에 끌려가다니. 그녀는 도무지 영문을 알 수 없었다. 그녀의 눈과 홍의 눈이 마주쳤다. 홍이 손을 흔들며 한 양, 경자씨, 나 홍이오, 여기, 여기에 있어요 하고 애타게 불렀다. 팔을 쳐들고 흔드는 뼈만 남은 손가락이 보기 싫었다. 안면이 마르고 창백했을 뿐 이목구비 반듯했던 미남이 저렇게 변해버리다니. 무덤 속에서 살아나 바깥세상으로 나왔다면 저렇게 변해버릴 수도 있겠지. 세월이 많이 흘렀다. 그런데 홍과 해골들이 저 낡은 유령선을 왜 타고 있는지 알 수 없다. 허깨비들이 유령선을 타고 남양 전장터로 떠나다니. 한 양, 어서 타요. 이 배를 놓치면 우린 또 이별입니다! 갑판에서 홍이 허리 숙여 허수아비처럼 흔들거리며 한경자를 불렀다. 전 다른 배를 탈래요. 그 배는 타고 싶지 않아요. 그녀는 그를 만나도 예전 같은 살가운 정이 느껴질 것 같지 않았다. 우선 홍을 품에 안으면 산산히 바스러질 것 같은 뼈다귀가 섬뜩했다. 그 배는 관부연락선이 아니라 남양전선으로 가는 철갑선이잖아요. 전 그 배를 타지 않고 다른 배를 탈래요. 만국기 나부끼며 오대양을 누빌 멋진 유람선을요. 전 귀부인이라 그런 호화 유람선을 타고 세계를 일주할 거예요. 전쟁이 없는 평화로운 나라에 가서 교양 있고 돈 많은 젠틀맨을 만나 귀부인으로 영영세세 뾰족탑 있는 궁궐에서 행복하게 살 거예요. 그때, 풀색으로 도장한 군함 한 척이 부두로 미끄러져 들어오고 있었다. 군함이 부두에 닿자, 하역 인부들이 발판을 뱃전에 걸쳤다. 지키고 있던 병졸들이 유카타 입은 여자들을 배 갑판에 오르는 발판으로, 돼지 몰듯 몰아세웠다. 비명과 아우성으로 부두가 난장판을 이루었다. 보퉁이를 한 개씩 가슴에 안고 발판으로 오르는 여자들에 떠밀려, 한경자는 게다짝이 벗겨지는 줄도 몰랐다. 난 보퉁이 하나 가슴에 안고 그렇게 고향 땅을 떠났지. 당산나무에 앉은 까마귀 울음이 왜 그렇게 음충맞던지. 점아가야, 대처에선 부디 삼시 세끼 살밥(쌀밥) 먹고 호강하며 살아. 엄마가 말했다. 보퉁이 하나 껴안고 군함을 타자, 한경자는 눈물이 쏟아져 앞을 가렸다. 이렇게 부산 부두를 떠나다니, 고향 산천을 언제 다시 보게 될까? 그런 날이 살아생전에 또 올까? 한 여사가 갑자기 온몸을 떨더니 눈 부릅뜨고 외친다. 날,

제발, 거기로, 보내지, 마. 난, 아, 안, 갈 테야! 나, 남양 거기, 사철 한여름 더위만 끓는다는 거기로 안 갈 테야! 그때만도 그녀는 자신의 처지가 그렇게 될 줄 몰랐다. 한 여사의 다리가 경련을 일으킨다. 칠흙같이 깜깜한 땅속에 묻힐 처지에 남향이고 북향이고 가릴 처지야? 초정댁이 그녀의 두 다리를 누르며, 안 가겠다고? 죽음에는 나이고 뭐고 순서가 없어, 없다구! 하고 계속 쫑알거린다. 다 죽어가며 웬 힘은 이렇게 세. 초정댁이 정강이뼈가 부러지라고 그네의 다리를 꾹꾹 누른다. 한 여사가 나동으로 가기 싫은가 봐. 임자보고 나동으로 가라면 가겠어? 허긴 그래. 남향이긴 하지만 나동은 송장 대기소니깐. 그러나 어쩔 수 없이 가게 될 날이 오겠지. 가는 세월을 누가 막아. 둘러선 늙은이들이 탄식한다. 죽는다는 게 얼마나 무섭고 골수에 사무쳤으면 저럴까. 누군 가고 싶어 가나, 억울하고 원통해도 어쩔 수 없이 눈감지, 하고 한 늙은이가 말한다. 난, 안 가. 그, 남양 땅 지옥에는, 안, 갈 테야, 하는 한 여사의 외침이 잦아진다. 이젠 향기가 그녀의 콧속으로 스며들지 않는다. 온몸에 찢어질 것 같은 통증이 엄습한다. 난, 차라리, 홍 씨가 탄, 유령선을, 탈, 거야. 지옥에 가더라도, 군함은, 안, 탈 테야! 한 여사가 안간힘 쓰듯 다시 외친다. 아닌 밤중에 홍두깨라더니, 무슨 배를 탄다구? 홍이 누구야? 혹시 아파트에 사는 노망난 노인이 홍 씨 아냐? 주위의 늙은이들이 말한다. 부웅부웅. 뱃고동이 울었다. 군함이 미끄러지듯 바다 가운데로 나가자 용두산공원과 부둣거리가 차츰 가물가물 멀어졌다. 남양이란 데가 어디야? 몇 날 며칠 배를 타고 가야 한

담서? 거긴 사철이 여기 한여름보다 더 덥대. 밀림이 하늘을 가리고 온갖 짐승과 벌레에다 왕모기 떼, 왕파리 떼가 우글거린대. 전방 야전병원 보조간호원과 취사원으로 징발당한 조선인 처녀들이 뱃전에서 더위가 타는 망망대해를 바라보며 낮은 소리로 속달거렸다. 한 여사의 흐릿한 시야 앞에 꽃송이를 매단 아까시나뭇잎이 멀어진다. 벌이 윙윙대며 나는 소리가 들린다. 밤낮으로 닷새 동안 바다를 가르며 군함에 실려갈 때, 하늘에는 비행기 편대가 벌 떼처럼 윙윙대며 남으로 내려갔다. 대일본제국 히코기다. 반자이, 만세! 갑판에 나선 해군병들이 날아가는 비행기를 향해 두 손을 흔들며 소리쳤다. 야자나무 큰 이파리 사이로 푸른 하늘이 보였다. 오색 무늬의 부리 큰 새가 이상한 소리로 울며 창공을 날았다. 쪼그라진 늙은이들 얼굴 위로 병졸들의 땀 번질거리는 구리색 얼굴들이 겹쳐졌다. 웃통을 벗어젖힌 거칠한 사내들이 씩씩대며 몰려서 있었다. 왜들 이래요. 우리가 무슨 잘못을 저질렀나요? 병졸들의 구리색 윗몸이 땀으로 번질거렸다. 위쪽 나뭇가지에서 작은 도마뱀이 사내 어깨에 떨어졌다. 철커덕, 장총을 마루청에 내던지는 쇠붙이 소리가 났다. 땀으로 번질거리는 몸뚱이와 퀭한 눈동자가 번들거렸다. 그 눈들이 구석에 몰려 움츠리고 있는 여자들에게 쏠렸다. 여자들은 비바람에 후들거리는 야자나무처럼 떨며 공포에 질렸다. 군모 쓴 몇은 누런 대문니를 드러내고 킬킬거렸다. 너들은 느, 늑대야. 늑대보다, 더 흉측한, 인간 사냥개야. 한 여사가 헐떡이며 중얼거린다. 지금 뭐랬나? 우릴 보고 늑대라잖아. 한 여사 죽은 서방이 홍 씬

지 몰라. 서방과 함께 배 타고 가던 젊었을 적 장면이 떠오르나 봐. 서방을 욕질하고 있잖아. 첫 서방이 하도 망나니 짓을 해서 일찍 헤어졌을 거야. 꼴 보기 싫은 것부터 헛깨비로 보이는 모양이야. 사람이 굶으면 헛 게 보인다는데. 초정댁, 한 여사 요즘 식사를 잘 안 챙겨 먹던? 누군가 묻는다. 안 챙겨 먹다니. 자기 신분이 귀부인인데 시중 드는 종년이 어디 갔나 보다고 고시랑대며 고양이처럼 쪼작쪼작 잘도 먹던데. 광대댁이 어디 끼니때 빠지고 굶을 여편넨가. 구구단 외우고, 음악 듣고, 시집 나부랭이 읽으며 오래 살겠다고 얼마나 기를 쓰는데. 한 여사는 귓가를 스치는 초정댁의 말을 들으며, 네년의 주둥아리는 말릴 수 없다며 이를 간다. 당장 일어나 한마디 쏘아주고 싶다. 그러나 병졸들에 갇혀 꼼짝달싹할 수 없다. 오키나와에선 좋았는데 말라카로 온 후부터 우린 줄곧 아랫도리 굶었잖아. 뭣들 하고 있어, 빨리빨리 끌어내잖고. 먼저 찍은 놈한테 우선권이 있어. 어서 끌어내! 그들이 큰 소리로 짓떠들자, 병졸들이 구석에 몰린 여자들을 향해 우르르 몰려들었다. 저 계집은 내 차지야. 손댔단 닛본도로 손모가지를 잘라버릴 테야! 턱주가리와 뺨이 구레나룻으로 덮인 광대뼈 불거진 오장이 소리쳤다. 오장이 자신을 지목하자 게이코는 사추리 사이를 두 손으로 가리며 기겁을 했다. 개만도 못한 놈. 네놈들은 짐승보다 못해! 게이코가 울부짖었다. 군인들이 여자들을 끌어내자 아우성과 비명이 터졌다. 여자들 머리채를 잡아채고, 다리를 버둥대는 여자를 중화기처럼 어깨에 메고, 병졸들은 금방 내린 소나기로 질척한 숲을 헤치고 눅눅한 밀림으로 들어갔다. 전리품을 챙겼다는 듯 그들은 씩씩대며 낄낄거렸다. 여자들의 비명이 낭자했다. 푸드득 날개 치는 소리가 났고, 머리깃털 붉은 새들이 놀라 야자수 위로 날아올랐다. 까악거리며 머리깃털 붉은 새가 기분 나쁜 소리로 울었다. 어디선가 산발적인 총소리가 들렸다. 분초가 있는 쪽 숲길에서 인기척이 났다. 탄띠를 어깨에 걸친 소좌가 숲속 길을 걸어왔다. 그의 군복은 비에 젖었고 질흙이 발려 있었다. 소좌는 병졸들의 작태에 빙긋 웃으며, 부드럽게 다뤄, 여자를 들짐승 사냥하듯 거칠게 다루면 되겠냐 하고 말했다. 그가 머리채 잡혀 끌려가는 한 여자를 보더니 걸음을 멈추었다. 찢어진 유카타 사이로 가슴에 큰 점이 있는 여자였다. 어이, 이봐, 오장. 그 여자는 내려놔. 손대지 말라고. 소좌가 명령했다. 내가 차지한 계집이라구요. 내가 점 찍었어요. 군복 윗도리 단추를 풀어헤친 오장이 풀숲에 가래침을 뱉으며 불퉁거렸다. 안 돼, 절대 안 돼! 약속이 틀리잖아. 우린 취사원과 보조간호원으로 남양까지 왔어. 우리 모두 죽자고. 혀 깨물어 자결해버려. 이렇게 몸을 버릴 수는 없다구. 한 여자가 일본 말로 외쳤다. 어쨌든 그 여자는 풀어놓으라고 내가 말했잖아. 상관 명령을 거역할 작정인가? 오장은 다른 여자를 차지하면 되잖아. 짝이 정 안 맞으면 돌려가며 할 수도 있잖아. 그 여자는 적절하게 쓸 데가 있어. 게이코는 오장의 손아귀에서 빠져나와 질퍽이는 땅을 짚고 소좌 쪽으로 무릎걸음을 걸었다. 장교님, 살려줘서 고마워요. 이 은혜는 평생 잊지 않겠어요. 게이코가 소좌의 흠씬 젖은 바짓가랑이를 잡고 매달리며 쓰러졌

다. 자, 장교님, 저를, 빨리, 여기서 빼, 빼내줘요! 한 여사가 외친
다. 빨리 와요! 어서 한 여사를 업어요. 윤 선생이 곽 씨를 보고
말한다. 달려온 곽 씨가 한 여사를 추슬러 등에 업는다. 한 여사,
정신이 좀 드오? 어쩌자구 한밤중에 그렇게…… 그래도 우리가
찾아냈기에 다행이지. 곽 씨를 따라가며 윤 선생이 말한다. 게이
코 상은 내가 발견했기에 다행인 줄 아시오. 당신을 장교 숙사
취사원으로 쓰겠소. 저녁엔 장교 숙소에서 잠을 자도록 해주지.
장교들은 덜 야만스러우니깐. 여자를 부드럽게 다루지. 허허, 스
스로 혀를 깨물었군. 내가 피를 닦아주리다. 소좌가 말하자, 초
정댁이 그 말을 받아 쫑알거린다. 쯔쯔, 혀를 깨물었군. 아무리
죽기로 각오 했어도 염라대왕이 불러야 저승길에 들지. 광대댁
은 크림통에 똥 채워 그걸 얼굴에다 처바를 때까지 살 거야, 호
호. 한 여사가 말이 되잖은 소리를 내지른다. ≒×÷≠∂∝∈
¿!…… 그게 무슨 말이야? 웬 귀신 씻나락 까먹는 소리를 내질
러. 새소린가 본데? 아냐, 서양 말인걸. 광대댁이 무슨 주문을
외고 있어. 늙은이들의 말을 초정댁이 받는다. 광대댁이 명문가
출신이라며 우릴 속였어. 분을 덕지덕지 처발라 화장하는 꼴이
무당이나 점쟁이 출신일는지도 몰라. 내가 물어봤지. 인간 운명
을 점쳐주는 사주팔자의 도사라면 내 신수도 봐달라고. 그랬더
니 이 여편네가 길길이 뛰며, 자기는 교양 있는 귀족 집안 출신
이라나. 사대부 집안 출신이라면 양반 마님 행세를 해야지, 귀족
은 또 뭐야? 안 그래요? 무당·광대패·기생, 셋 중 하나 출신이
틀림없어. 화장하는 버릇 보면 젊었을 적을 안다니깐. 초정댁 말

에 누군가 나선다. 누가 변호사 아니랄까 봐 죄다 아는 체해, 초
정 여사는 말도 참 많네. 객소리 치우고 어서 의사를 불러요. 그
러자 여러 늙은이들이 떠든다. 의사가 어딨어. 오늘은 왕진 안
오는 날이잖아. 최 간호사는 어디 갔어? 수건을 물에 적셔 가져
와요. 신상카드도 가져오고. 보호자에게 연락을 취해야지. 곧 죽
을 사람도 아닌데 보호자한테 연락은 뭘. 국내에 보호자라도 있
는지 몰라. 한 여사는 사무장 김 씨 목소리도 섞여 있는, 이런저
런 말을 흐릿한 의식으로 듣는다. 윤 선생이 물수건으로 한 여
사의 흙 묻은 얼굴을 닦아준다. 화장이 지워지자 그네의 그물같
이 주름진 얼굴이 찌그러진다. 한 여사는 의식이 가물가물해진
채 몸인지 영혼인지, 천길 구덩이로 떨어진다. 주위에는 깎아지
른 벼랑인데 바닥 모를 아래로 한정 없이 추락한다. 부웅부웅.
아래쪽에서 뱃고동 소리가 들렸다. 군함 한 척이 두레박 줄에
매여 깜깜한 구덩이에서 지상으로 올라온다. 추락하던 한경자
는 군함 갑판 난간을 덥석 잡아선 겨우 추락을 면한다. 그렇게
목숨을 건져 군함 이물 바닥에 주저앉는다. 멀리로 오륙도가 보
였다. 부산 부두가 이제 지척이었다. 1년 남짓 만에 남양에서 살
아 돌아온 게 기적만 같았다. 한경자 할머니, 정신이 듭니까, 듭
니까, 니까, 까? 묻는 소리가 에코로 사방에 튄다. 난 양색시가
아냐, 귀부인이야, 귀부인이야, 이야, 야. 누군가 내지르는 소리
가 까마득한 공간으로 사라진다. 한 여사의 입술이 풍 만난 듯
떤다. 그네는 틀니가 빠져 튀어나올까 봐 입을 앙다문다. 난 안
갈 테야. 난 다시, 그런 곳에, 안 살 테야. 제발, 제, 발 날 그런 곳

에, 보내지 마. 한 여사가 울부짖는다. 그네의 눈에 눈물이 고랑을 이룬다. 한 여사, 나요. 윤 선생이오. 걱정 말아요. 나동에 안 가고 3호실에서 저랑 같이 그대로 살 수 있을 테니 진정해요. 이렇게 흥분하면 건강에 해로워요. 한 여사가 가느다랗게 신음을 흘린다. 나, 난 야, 양갈보가, 아니에요. 귀, 귀부인이라니깐. ≒ ×÷≠∂∝∈¿ …… 이건 또 무슨 말이야? 양, 갈, 보? 그럼 광대 출신이 아니고 양갈보 출신이었나? 어쩐지 행동거지가 좀 요상스럽다 했지. 초정댁이 머리를 주억거리며 혀를 찬다. 초정 여사, 좀 가만있어봐요. 헛소리겠지만 한 여사 말을 좀더 들어보게. 사무장 김 씨가 손으로 제지한다. 한 여사의 입술이 꼼지락댄다. 그러나 속엣말을 읊는지 주위 사람들이 알아들을 수가 없다. 갑자기 한 여사가 발작을 일으킨 듯 사지를 버둥거린다. 상사, 너 사람 잘못 봤어. 난 남편이 있다고. 주는 대로 돈 받고선 아무 양키나 상대하는 여자가 아냐! 길 건너 텍사스클럽으로 가봐. 거기 클럽에도 여자들이 많잖아. 난 이제 거기서 노는 여자가 아니라니깐! 영어를 섞어 말하며 한안나가 흑인 상사를 한사코 밀쳐냈다. 근육질의 사내가 완강한 힘으로 한안나를 껴안고 덮쳤다. 알코올 냄새가 지독했고, 그는 취해 있었다. 안 돼. 안 된다고 했잖아! 남편이 네 상관이야, 윌슨 대위가 남편이고, 이 애 아빠야. 한안나의 영어가 서툴렀던지 사내의 완력은 막무가내였다. 치마폭이 찢어졌다. 매가 닭을 채듯, 육중한 팔다리로 잡아채 누르는 사내의 힘에 그녀는 꼼짝달싹할 수 없었다. 주위의 소란에 잠을 깬 토미가 놀라 소리쳐 울었다. 이 아기를 봐서라도 네놈이 이럴 수 있어? 애가 울잖아. 깜둥이 녀석, 이게 무슨 짓이야. 꺼져, 꺼져버려. 아니, 제발 날 살려줘. 순간, 방앗공이가 내리찍듯 무엇인가 쑤시고 들어오자 아랫도리가 찢어질 듯 아팠다. 한안나는 흑인 상사가 남편의 심부름으로 온 줄 알고 문을 따주었다. 레이션 박스를 들고 모자를 들썩해 보이며, 마담 하, 안녀하니카 하고 찾아왔을 때, 그를 방으로 들인 게 잘못이었다. 짐승만도 못한 인간, 모두 그런 인간들이었다. 끝장에는 윌슨 대위도 마찬가지였다. 나쁜 놈들. 피해자는 늘 힘없는 여성들이야. 그녀는 자신도 짐승만도 못한 인간이 되기로 결심했다. 마흔 줄의 안경 낀 여자 상담원이 한안나에게 물었다. 친자 양육을 포기하겠다는 결심에는 흔들림이 없지요? 한안나는 손수건으로 눈물을 찍으며 머리를 끄덕였다. 아기 아빠가 갑자기 오키나와로 전근 발령을 받고 떠났어요. 눈 파란 이런 애를 이 땅에서 제 혼자 힘으로 어떻게 키워요. 한안나는 품에 안은 토미를 내려다보았다. 쉼 없이 흘러내린 눈물이 아기 옷깃에 떨어졌다. 토미가 방글방글 웃으며 빈 우윳병을 양손으로 잡고 우유 꼭지를 빨았다. 친자 포기 각서를 쓰면 법적으로 혈연이 끊어지며, 아기를 영원히 만날 수 없어요. 그래도 포기 각서에 사인하겠어요? 상담원이 다시 한안나의 결심을 재촉했다. 그녀는 토미를 내려다보았다. 토미가 입을 비죽거리더니 울음을 터뜨렸다. 입양이 된다면 수속이 끝나 언제쯤 미국으로 떠나게 되나요? 다음에 여기를 찾으면 토미 양부모 될 분의 미국 주소는 알 수 있어요? 그녀가 토미를 어르며 상담원에게 물었다. 미국으로 입양될지 다른 어느 나라로 갈는지는 아직 미정이며, 친자 관계가 끝나는데 양부모 주소는 알아 뭘 해요? 상담원이 친자 포기 각서 용지를 내밀더니 연필로 동그라미 친 부분에 기입하라고 말했다. 한안나는 토미를 옆자리 빈 책상에 눕혀놓고 핸드백에서 사진 한 장을 꺼냈다. 며칠 전 사진관에서 토미를 안고 찍은 사진이었다. 갈색 머리칼에 푸른 눈동자가 댕그랗고 입술이 오목한, 화가의 붓을 빌린다면 아기 천사의 모습이었다. 이 사진을 토미와 함께 양부모 될 분에게 전해줘요. 토미가 자라 철이 들면 자기를 낳아준 생모가 궁금할 게 아닙니까. 사진 뒤에는 토미 생년월일과 출생지, 부모 이름을 적어뒀어요. 한안나는 사진 뒤에다, 엄마의 젖 사이에는 큰 점이 있다라는 글과 '코리아, 경남 김해 태생. 한경자, 아명 한점아가'라는 한글도 써두었다. 이 아기가 어른이 된 후 사진 들고 친모 만나러 한국으로 찾아올 것 같아요? 이런 혼혈아 말고, 전쟁 고아가 수만 명이나 외국에 입양되는 마당에. 상담원의 말에 한안나가 맞받았다. 토미는 반드시 찾아올 거예요! 토미가 나이 들면 전쟁 통에 겨우 목숨 건져 살아남아선 어쩔 수 없이 그길로 나선 어미 심정을 이해할 겁니다. 상담원이 우는 토미를 말끄러미 내려다보더니 말했다. 아기가 너무 귀엽네요. 힘들더라도 직접 키우시죠. 포기 각서를 쓰곤 며칠 후에 여길 다시 찾아와선 애를 돌려달라는 엄마도 더러 있어요. 모성이란 본능적이어서 혈연의 정을 끊기가 힘드니깐요. 상담원이 말을 끊고 뒤쪽 곱슬머리에 피부가 까만 혼혈아를 업고 서 있는 젊은 여자에게, 잠시만 기다려달라고 말했다.

아기를 절대 찾지는 않겠어요. 토미가 생모를 찾으면 몰라도, 전 아주 포기하겠어요. 한안나가 말했다. 한마디 상의는커녕 매정하게 떠나버린 대위 그 새끼를 봐서라도 난 이 자식을 키울 수 없어. 제 새끼를 버리는 짐승만도 못한 그놈 얼굴이 떠올라 이 자식을 어떻게 키워. 윌슨이 그렇게 훌쩍 떠나고, 날마다 대문 앞에서 우체부를 기다렸지. 돌아올 때까지 10년이든 100년이든 기다리라는 편지만 왔어도 난 토미를 혼자 키울 수 있었어. 고향 땅 떠나 부산으로 나온 뒤 산전수전 다 겪었잖나. 혼혈아 자식을 뒀다고 세상 사람의 조롱을 사더라도 난 견뎌낼 수 있었어. 한안나는 이젠 마지막이라고 다짐하며 토미를 품에 안았다. 토미로부터 젖내가 묻어왔다. 다시 토미를 찾지 않겠어요. 이 애를 떠나보내도 건강과 행복을 멀리서나마 빌고 살겠어요. 제 이름과 주소를 델게요. 어서 대신 쓰세요. 한안나는 자신도 새끼를 버린 짐승만도 못한 인간이 되기로 했다. 한 여사의 초점 없는 눈동자가 허공의 한 점에 매달려 있다. 그네가 갑자기 입을 열더니 떠듬거리며 말한다. 이, 이바요. 사시런요, 말슴을 드리자믄요, 내 아들 토미 말이요. 대한국대학교 입학하고 미국요, 그 대국 유악을 가서는 말요, 박사를요, 땄다고요. 걔는 수재고 천재요. 다달이 미국서 돈, 만이 부쳐요오. 백화점 외제 화장품을 사고…… 그 자식 얼마나, 이 어미 위하는데요. 난 배 타고, 가야해요. 남양, 거긴 너무너무 가기 실혼 거, 있죠. 안 갈 테요. 미국 말이에요, 그 자식 만나려고…… 한 여사의 목구멍에서 고양이가 갸릉거리듯 가래 끓는 소리가 난다. 번히 뜬 그네의 눈에 눈물이 흥건하게 고인다. 발음이 또록하지 못해 주위에 둘러선 사람들은 그 소리를 겨우 알아듣는데, 조리가 서지 않는 내용이라 이해가 곤란하다. 저엉말, 거긴, 다시 가고, 싶지 안하요. 너무 더, 더워서. 짐승만도 몬한, 인간들. 한국으로 돌아오려, 밀림 속을, 헤매고 다녔죠. 자식이, 넓은 천지 미국에서 헤매다, 요옹케, 사진을 보고, 어미 찾겠다고…… 무슨, 신문이던가, 사진과 펴, 편지를, 보내, 생모를 수소문한 모양이으요. 젖 사이, 점이 있는, 여자가…… 겨우 지옥을, 빠져나왔죠. 장교들, 조옷만 앞세운, 그 개새키들, 짐승보다 몬했어요. 해방되던 해, 배 타고, 무더위에 지쳐 갑판에 늘어져, 지옥에서 겨우 빠져나왔죠. 자식이, 어미 찾아, 애태우다, 우린, 편, 편지하게, 되었죠. 젖 사이에, 점이 있어, 점아가라고. 브라자를 벗고, 사진 찍어서, 미국으로, 보내었어. 편지, 사진 받고, 토미가, 히코기 탔대요. 저는, 군함 타고, 남양서 돌아왔죠. 점아가야, 무식한 우리가 속아 널 대처로 떠나보낸 게, 원통해. 엄마가, 눈물로 밤을, 새았대요. 당산나무, 까마귀는 울고. 젖먹이 자식을, 그렇게 떠나보낸 게, 얼마나 원통하던지. 도망치듯 달아난 양코쟁이 개새끼. 얼굴도, 안 떠올라. 그리고, 말이에요. 입양아 신세, 얼마나 불쌍해요. 핏줄은, 못 속인다고, 다 커서, 생모 찾아, 너른 그 땅에서 헤매고. 늑대가 여자 사냥하러, 밀림을 뒤지며, 눈이 벌게 헤매잖아요. 그리고, 말이에요, 사실은요, 저는요, 고대광실 큰 집에서, 공주같이, 자랐지요. 대동아전쟁, 해방조차 모르고, 꽃밭에서, 나비처럼 행복하게, 자랐죠. 남편은 말이에요, 미 군사고문하는, 문관 자리, 높은

관리였는데, 6·25전쟁이 원쑤예요. 친정 동생도, 전쟁 때, 둘이
나 죽었어요. 양쪽으로 갈려선…… 어쨌든, 그러나, 천재 아들
둔 덕에, 미국으로, 유학 보내고, 나도 미국에…… 한 여사의 목
소리가 잦아지더니 살풋 눈을 감는다. 숨길이 낮아진다. 도대체
무슨 소리야? 말이 영 안 되잖아? 귀부인이라더니 품위 없게 쌍
욕까지 입에 담고. 내 그럴 줄 알았어. 출신 성분에 의심이 간다
니깐. 광대댁이 완전히 돌아버리니 드디어 본색을 드러내는군.
양공주 출신 맞죠? 윤 선생, 안 그래요? 내 짐작이 맞을 거예요.
공주로 자랐는지 어쨌는지는 모르지만, 양공주도 공주 아니에
요? 6·25전쟁 때 집안이 폭삭 망해 반반한 얼굴 팔아 양공주 신
세가 됐고. 어쨌든 공주라니깐, 자기가 귀부인 출신이라고 착각
한 게 아닐까요? 착각도 자유니깐. 양공주 현지처가 되어 자식
하나 얻고선 그 미군과 헤어지자 눈깔 파란 자식을 미국에 보냈
다? 추리가 그럴듯하잖아요. 큰소리치던 초정댁의 쪼그락진 입
가에 득의의 미소가 흐른다. 윤 선생은 혼곤히 까무러친 한 여사
를 내려다볼 뿐 말이 없다. 초정 여사, 제발 아는 체 나서서 떠들
지 말아요. 사무장 김 씨가 초정댁에게 핀잔을 주곤 한 여사 입
에 귀를 가져다 대며 말한다. 미국과 남양이라? 해방되던 해 그
어디, 외국에서 귀국했다는 소리 아닌가? 남편은 6·25 때 죽고,
토미란 아들이 미국에 있는 건 분명한데 말이야. 한 여사가 자랑
삼아 핸드백에서 내놓은 미국에서 온 편지 봉투를 내가 직접 봤
으니깐. 한 여사 과거지사가 잡힐 듯한데, 다 듣고 나면 영 아리
송하단 말씀이야. 그만큼 한 여사 말에는 많은 암시가 숨어 있어

요. 앞뒤를 맞춰보면 이건 심심풀이로 푸는 신문 퀴즈보다 더 어려워. 한 여사 말처럼, 미국에서 천재 학위를 따야 풀 수 있는 퀴즈가 아닐까? 내 머리까지 핑핑 도네. 김 씨가 고개를 갸우뚱한다. 그는 한 여사의 중언부언이나마 더 듣고 싶은데, 그네가 그만 입을 다물자 안타깝다는 표정이다. 윤 선생, 갑시다. 벌써 점심시간이네. 입이 포도청이라고, 먹어야 살지. 오늘 밤부터 3호실엔 우리 둘만 자게 됐네. 광대댁이 떨어져나가니 속이 시원해. 초정댁이 말한다. 새 입주자가 없다니 당분간은 그렇게 되겠지요. 어서 쾌차하셔서 돌아와야 될 텐데, 기도를 더 많이 해야겠어요. 윤 선생이 나동 입원실을 나선다. 어느덧 해가 중천에 올랐는데, 바람을 타고 아까시꽃 향기가 기로원까지 몰려온다.

3

누, 누구라고? 조, 조카? 조카라니, 조카가 누구야? 나한텐 아무도, 혈육이라곤 개미 새끼도, 딸린 사람이 없어. 고향 떠난 후난 혼자였어. 늘 홀몸으로 살아왔어. 부모도 동기간도, 고양이새끼 한 마리 없었어. 고양이는 키우다 새끼 때 죽었지. 그러고안 키웠어. 불쌍해, 어미 없는 새끼는 불쌍해. 토미 넌 어미 없이컸잖아. 내가 죽일 년이야. 눈물로 밤을 지새우고, 그렇게 세월이 흘렀지. 차츰 난 널 내 생각대로, 널 상상하며 내 새끼를 새롭게 만들었어. 귀부인 자식으로 말이야. 그게 마음 편했거든. 그래서 널, 내가 금이야 옥이야 키, 키운 거지. 미 군사고문단 문관으로 있던 이혼남, 귀족적으로 잘생긴 그이가 날 자기 호적에 처로 올려줬지. 그이가 전쟁 때 그만 교통사고로 죽자, 난 미망인으로 연금을 받게 됐지. 다달이 나오는 딸라, 그 돈으로 토미 널 들녘 미루나무같이 헌칠하게 키웠잖아, 미국에 유학까지 보냈지. 큰집 사촌이, 언니라니? 나한텐 글쎄, 언니가 없었는데, 없었대도. 나, 그런 사람 몰라. 너, 돈 뜯으러 왔나? 세상이 그래. 여자 호, 혼자 살다 보면, 무서워, 사람이 무서워. 모두 내 재산을, 내 몸까지 뜯어먹으려 했어. 여자가 평생 혼자 사는 건, 팔잘까? 난 팔자를 안, 안 믿어. 그놈으 팔자 고치자고 난 고향을 떠났지. 그런데 보자, 너 토, 토미 아냐? 토미 맞지? 미국서 언제 돌아왔어? 바다 건너 비행기로? 배 타고, 나, 남양, 거기서 왔어? 난 거기, 지옥에 빠졌다가 살아 나왔지. 거긴 너무 더웠어. 펄펄 내리는 고향으 눈, 그 새하얀 눈이 보고 싶었어. 흰 눈이 꽃같이 펄펄 내리는 땅, 그런 나라가 있잖니. 난 안 죽어. 난 주, 죽을 수 없어. 내 새끼 토미야. 한 여사는 침대 머리맡에 선 칠복이의 얼굴이라도 만지려는 듯 손을 내민다. 그네의 거미발 같은 손가락이 경련을 일으킨다. 네가 이렇게 쭈, 쭈그러지고 늙었다니, 말이 안 돼. 내보다 너가 더 늙다니. 하, 할아버지가, 다 됐구나. 너도 늙어 이마가 훌렁 벗겨졌네. 가엾은 것, 쯔쯔. 인생이 이, 이렇게 시들었다니, 슬프구나. 한 여사는 들었던 손을 홀이불 위에 힘없이 떨어뜨린다. 그네의 왼쪽 옆자리 침상의 남자 노인은 몽그라진 이로 열심히 손톱을 뜯고 있다. 그 건너 남자 노인은 아까부터, 엄마, 잘못했어요, 용서해줘요 하는 엉절거림을 줄곧 반복한다. 이모님, 자주 찾아뵈었어야 하는데 이렇게 늦게 와서 죄송해요. 저도 상처를 했기에…… 침상 앞에 선 칠복 씨가 말한다. 토미 네가, 편지에 그렇게 썼지. 한 여사의 귀에 토미 목소리가 들린다. 늘 골골 앓던 처가 죽고 저는 홀아비가 됐죠. 애 둘은 따로 나가 살아요. 저도 예순 나이라, 꽃집도 문을 닫았죠. 몇 해 후에나, 어떻게 연금 탈 나이가 되면 그 돈으로 양로원에 들어갈까 해요. 어머니를 자주 찾아뵙지 못해, 한국에 있는 어머니를 떠올릴 때마다 늘 죄송한 마음이 들어요. 토미가 고개를 꺾고 여윈 어깨를 떤다. 가엾기도 해라. 얘야, 울다니. 슬퍼하지 마. 인생은 말이다, 다 그렇게 늘, 늙고, 짐승도 사람도 늙어, 결국에는 죽잖니. 다들 그렇게 죽고 슬픔이 얼마나 끈질기던지 그걸 끊지 못하고, 나, 나만 살아남았어. 남양서, 그 쩜통 속에서 난 살아, 악몽 같은 기억을 끊지 못한 채 살아서 돌아왔지. 귀국선 뱃머리, 넋이 나가, 넋 놓고 갑판에 퍼질고 앉아, 그렇게 돌아오게 될 줄이야. 그런데 너, 조금 전 우리말 하잖았니? 죄송하다니, 그 말 미국에서 언제 배웠어? 난 말이다, 난 양키들 말, 본토(일본) 말도 조금은 했지. 이젠 다 까먹었어. 지긋지긋한 놈들. 진작 까먹길 잘했지. 다 까먹었지만, 네 마음은 알아, 너, 넌 순종 양키가 아냐. 한국인 피를 반쯤은 받았어. 누가 뭐래도 넌 효, 효자였어. 토, 토미야, 넌 미국 유학 가서 박사가 됐고, 어릴 때부터 처, 천재였잖아. 한국에 있는 내게 편지며, 돈 부쳐주지 않았냐. 내 아들아…… 한 여사가 그윽한 눈길로 칠복 씨를 올려다본다. 눈에는 눈물이 그렁하다. 그네의 침상 머리맡에 선 칠복 씨가 한 여사의 잘게 떨리는 손을 홑이불 아래 넣어준다. 그는 점퍼 차림에 머리카락을 까맣게 염색했으나 예순을 넘긴 나이라 얼굴은 주름이 그물을 짰고 마른 어깻죽지가 꾸부정하다. 그가 의자에 다리를 꼬고 앉은 사무장 김 씨를 본다. 이모님한텐 토미라고, 미국에 입양한 아들이 있긴 하지요. 20년쯤 됐나, 그 시절엔 더러 편지 왕래가 있긴 있은 모양인데 그 후론 어떻게 됐는지 모르겠어요. 여기 면회를 올 때마다 이모님이 토미로부터 다달이 용돈을 받는다고 말씀했으나 전 한쪽 귀로 듣고 흘려버렸지요. 사무장도 그런저런 개인 사정 정보쯤은 대충 아시겠지만…… 칠복 씨가 말을 끊고 겹주름진 입가에 배시시 미소를 머금는다. 사무장 김 씨가 고개를 갸우뚱한 채 대답을 않자, 칠복 씨가 말을 잇는다. 글쎄, 어떻게 말해야 될까요, 이모님은 늘 꿈속에서 사신 분이라, 하는 말씀을 듣다 보면 당최 어디까지가 진짜고 어디부터가 꾸며낸 건지 저로서는 판단이 힘들어요. 그냥 그런가 보다 하고 들어야지, 50프로도 사실로 믿을수가 없어요. 나도 이제 나이가 들어 이모님 말씀 들으면 진짜가 가짜 같고 가짜가 진짜 같아, 놀이공원 요지경 열차를 타는 기분이 들거든요. 그러나 어쨌든 명색이 제가 이모님의 하나뿐인 혈육으로 법적 보호자지만, 이제 저마저 알아보지 못하니, 이거 낭패로군요. 그러자 한 여사가 일어나 앉으려는 듯 어깨를 힘들게 조금 들고 목에 힘을 주며 눈을 크게 뜬다. 이, 이놈이, 내 돈 빼, 빼내려 왔나 봐. 내 알량한 유산은 토미한테 줄 건데.

토미한테 보내줘야 해. 불쌍한 내 새끼. 절대, 절대로 인감도장
내주면 안 돼. 노회장님, 내 말 맞지요? 아무도 돌봐줄 자 없는
나로서는 수중에 남은 돈밖에 믿을 게 없잖아요. 나도 살아야지.
수중에, 내 통장에 돈 떨어지면 불쌍하고 처량해. 세상으로부터
쓰레기로 천대받아. 자식은 머, 멀리 있고, 거지는 슬퍼. 그냥 꼬
부라져, 휴지 접히듯 그렇게 접혀서 죽는 게지, 굶어 죽고 말아.
아무도 불쌍하다고 여기지 안, 않아. 하, 화장품을 사야지. 영양
제도 사고. 난 곱게 화장할 테야. 출신이 귀부인이거든. 내 시,
신분이 보통 여편네가 아냐. 어디서나, 몸단장부터 해야지. 토미
야, 미안해. 어미가 부끄러워. 난 짐승만도 못해. 이 어미는, 죄
가 많아. 널 그렇게 떠나보내고, 그때 나, 내 처지로는 보낼 수밖
에 없었어. 개새끼, 개새끼만도 못한 놈을, 믿은 게 잘못이야. 널
낳지 않아야 했어. 고생 끝에 낙이 온다? 해, 행복이 온다? 난 시
를 읽고, 음악 듣고 살아야지. 무, 뭇 양키놈들, 보란 듯이 잘살
아야지. 난 기어코 한번 찾아온 그 행운을, 두레박 줄 잡듯, 놓치
지 않고 기를 쓰고 잡았어. 노, 놓치면 내 인생은 끝장이야. 우리
집 우물 알지? 가뭄에도 맑은 물이, 늘 찰랑찰랑 넘쳤어. 엄마,
엄마 어딨어? 난 대숲에 안 가. 대숲엔 새들이 살아, 조그만 새
시체에는 내장을 파먹는 구더기가 꼬물대. 어릴 적엔 또, 똥통에
빠졌잖아? 아니야, 아니고말고. 모두들 나를, 우아한 귀부인이
라 부, 불렀어. 거짓말 아냐. 구, 궁궐 같은 집에서, 말랑말랑한
하, 하드롤에 마가린과 그렇지, 치즈, 앵두? 아니, 딸기야. 딸기
쨈이 좋지. 식칼로? 무식하긴. 나이프지. 나이프로 딸기쨈을 찍

어, 말랑말랑한 식빵에 발라, 입맛 없을 땐, 고추장을 발라 먹어도 돼. 빵 굽는 향기는 얼마나 그윽해. 한 여사가 입맛을 다신다. 그네의 침상 오른쪽 할멈이 자는 줄 알았는데 큰 소리로, 밥 줘, 배고파, 엄마 밥 줘, 하고 외친다. 김 씨가, 봐요, 빵 애기를 할 땐 멀쩡하잖아요. 어떤 땐 아주 그럴듯하게, 마치 소설처럼 말할 때도 있어요, 한다. 칠복 씨가 생감 씹는 표정으로, 이모님이 나를 의심하는 듯한데, 내 나이도 예순을 넘겼어요. 아무리 치매에 들었다지만 이모님 말씀 한번 듣기가 거북하구먼. 연세 드셔도 그렇게 정신 초롱하고 염치 차리던 분이 어찌 갑자기 이렇게 되셨는지. 그런데 말이 나왔으니 하는 말인데, 사무장 어른, 우리 이모님 저금통장 확인해보셨어요? 제과점을 쭈욱 경영해오다 문 닫은 지는 오래됐지만, 지참금이 꽤나 될 텐데요? 생활비를 지참금에서 빼내어 납부하셨을 테니 줄잡아 억대에서 몇천만 원쯤은 안 될까 싶어요. 저한테 그런 자랑 말씀을 은근히 비치기도 했으니까요. 미국에서 아들이 돈 부쳐온다는 말은 공연히 하는 소리겠지만⋯⋯ 칠복 씨 말에 김 씨가, 당신 의도쯤은 짐작하겠다는 듯 헬끔하게 치켜뜬 경계의 눈빛을 보낸다. 한 여사의 귀중품 일체는 사무실 금고에 보관 중입니다. 기로원 원생이 치매로 이성적 판단이 마비되었다고 결론 내리면, 그 명세서를 기록해서 영치해두는 게 여기 규칙이지요. 칠복 씨가 묻는다. 치매라? 그렇담 의학적으로 완진 치매에 들었다는 결론은 누가 내리나요? 옆자리 할멈의 배고프다는 하소연이 수그러든다. 보호자분이 지금 눈앞에서 직접 보고 있잖아요. 보면 모릅니까? 가동엔 아직 정신 멀쩡한 원생들로 조직된 자치회가 있습니다. 그 위원들과 담당 의사가 공동으로 입회해서 판정을 내리지요. 한 여사와 방을 함께 쓴 3호실 윤 선생이 자치회 회장이니 누구보다도 한 여사를 잘 알고 있습니다. 그분은 평생 처녀교사 출신으로 누구보다 정직하고 청렴한 분입니다. 김 씨 말에 칠복 씨가 다잡아 다시 묻는다. 이모님의 귀중품은 가족이나 보호자가 오면 공개하겠군요? 그래야 마땅하겠고. 군기침 끝에 칠복 씨가 말한다. 물론 그렇습니다만, 경찰관의 입회 아래 공개합니다. 잠시만, 하며 김 씨가 한 여사를 본다. 한 여사의 혼잣말 중얼거림이 이어진다. 그런데 말이야, 토, 토미야, 어느 날 내가, 장교 식당에서 식빵을 훔치자, 훔쳤다고 장교가 식칼, 아니, 나이프로 딸기잼이 아니라, 내 손을, 나를 찍으려 했어. 위안소에 있는 조센징, 우리 처녀들 너무, 너무나 불쌍해, 조금 나눠주려고. 나 말이야, 밀림 깊숙이 도, 도망쳤지. 야자, 사과, 빵, 크림, 바나나 따먹고 사흘을 구, 굶었어. 독사와 뭍짐승이 우글거리는 미, 밀림 속에서. 우기에 그 열병, 뭐라더라? 여섯이나 죽고 가, 갖은 고생 하잖았니. 빵? 빵 굽는 냄새야 좋지. 모리 사마는 계집 밝히는 간사한 도꾸, 개였어. 아니야. 거짓말이야. 나는 귀부인이야. 모두 나를, 그렇게 불렀지. 모나리자, 우아하고 아름다운 그림 같은, 푸, 품위 있는 귀부인으로. 음악 듣고 시를 읽고, 사람 한평생, 이만하면 됐지 뭐. 초정댁, 제발 떠들지 마. 망할 년. 내 화장품을 몰래 썼잖아. 나, 난 더 바라지 않아. 지옥에도 가보고 천당과 극락이란 데도 가봤으니깐. 두루 구경했으니 더 바랄 게 뭐 있겠냐. 한 여사가 눈을 번히 뜨고 천장을 보며 입속말로 떠들거린다. 이모님이 저를 전혀 알아보지 못한 채 망령 든 소리만 주절거리니, 이거 낭패로군. 이모님이 언제부터 앞에 있는 사람조차 알아보지 못합니까? 칠복 씨가 김 씨에게 묻는다. 열흘쯤 됐나. 밤중에 몽유병자처럼 맨발로 저기, 저쪽 야산까지 기어가서 쓰러져선 정신을 잃었죠. 뭣이 씌어 잠옷 바람으로, 잘 걷지도 못하는 노친네가 어떻게 거기까지 갔는지 모르죠. 그 후 나동으로 옮겨온 후부터 줄곧 이래요. 똥오줌도 못 가려 간병인이 뒤치다꺼리를 하죠. 김 씨 말에 칠복 씨가, 내가 한발 늦었군, 보름쯤 전에 왔어야 했는데, 하고 투덜거린다. 김 씨가 한 여사입 가까이에 귀를 대어 그네의 낮아진 중얼거림을 새겨듣는다. 나, 거기로, 갔어. 토미 너 팔러, 아주 팔아버리러 찾아갔지. 물어서, 어디더라? 거기로 울며, 포대기에 애를 싸 안고서. 미나리를, 장떡도, 괜찮아. 호박잎쌈, 알아? 토미, 너 그런 거 알아? 당산나무, 댕기가 펄럭여서, 까마귀가 청승맞게 울고. 엄마, 잘못했어요. 고생하는 네 생각이 나서 건빵은 절대 안 먹어. 날 거기로 보, 보내지 마. 나 남양 지옥에 안 갈 테야. 미군 부대 철조망에, 달이 걸렸어. 개새끼들, 술 취해 건들거리며, 휘파람 불며, 긴 가죽채찍 휘두르는 카우보이처럼 사냥질을 하지. 텍사스촌, 나이트클럽의 재즈, 그 미친 광란의 춤. 검둥이들은 설치고, 백인 그 새끼, 뒈졌는지 살았는지. 중위? 아니지, 대장? 아냐, 장교였어. 그렇게 버려두고 홀쩍 비행기 타고 내빼버렸으니 토미가 불쌍치. 노회장님, 지금 어디에 계셔요? ≒×÷≠∝ ☆¿……

한 여사가 뼈만 남은 두 손의 손가락으로 얼굴을 가리고 아이처럼 훌쩍인다. 눈 가장자리의 갈래 많은 주름 사이로 눈물이 흘러내린다. 이제 영 말이 안 되네. 무슨 말인지 도무지 감조차 못 잡겠는걸. 횡설수설도 단어는 조각 말인데 이젠 그것도 아냐. 김 씨가 답답하다는 듯 미간을 찌푸린다. 이모님이 여기 위탁보증금 조의 종신회원권 조건으로 1억5천만 원 낸 줄 알고 있는데, 만약 이모님이 별세하시면 그 돈은 어떻게 되나요? 칠복 씨가 김 씨를 보고 묻는다. 입주계약서 쓸 때 보호자로서 입회하지 않았나요? 입회하셨다면 정관을 읽었을 텐데요. 정관엔 본인 사망 시 입주금은 반환해주지 않는다고 똑똑히 못 박혀 있습니다. 김 씨가 사무장답게 사무적으로 말한다. 그럼 계약서 쓰고 입주한 후, 그 이튿날 바로 별세해도 1원 한 푼 반환이 안 됩니까? 칠복 씨 말에 김 씨가 의자에서 일어선다. 그거야말로 운명이지요. 작은 운명은 몰라도 생사가 달린 운명은 누구도 비켜 갈 수 없습니다. 나도 내일 아침까지 살아 있다는 보장이 없잖습니까. 오늘 밤 돌연 송장이 되는지 누가 장담해요? 생과 사는 신도 예언할 수 없는 운명적인, 일생일대의 순간적인 결과 아니겠어요? 한편, 70세에 입주해서 희년 넘게 살아도 기로원 측이 그분을 임의로 퇴출시킬 수 없습니다. 먹이고 입히고 운동시키고 놀리고, 의료 시설 혜택을 이용할 수 있는, 그런 보호자 역할로서의 의무를 지고 있지요. 김 씨 말에 칠복 씨가, 생활비로 월 얼마씩 따로 내고 있는 줄 아는데…… 하고 혼잣말을 중얼거리며 고개를 갸우뚱한다. 그렇다면 뭔가, 상식에 어긋난달까, 불공평하잖습니까? 1억5천만 원이라면 서른 평 아파트를 한 채 살 돈으로, 적은 금액이 아닌데 말입니다. 칠복 씨가 한 여사를 내려다본다. 그네의 알아들을 수 없는 중얼거림이 그쳤고 고요히 잠에 든 듯하다. 그건 그렇고, 아직은 산 사람인데, 면전에서 꼴사납게 이런 문제로 따질 게 아니라, 갑시다. 사무실에서 얘기해요. 김 씨가 나동 환자실을 나선다. 며칠 사이 건너쪽 야산의 아카시꽃이 눈이 내리듯 깨끗이 져버렸다. 바람결에 실려오던 향기가 기로원까지 닿지 않는다. 오후 시간에 자원봉사 간병인이 두 차례 다녀간 뒤, 저녁에 들자 선들바람이 분다. 윤 선생이 나동 환자실을 찾았을 때, 한 여사는 눈을 번히 뜬 채 동자가 고정되어 있다. 나요, 윤 선생이오. 한 여사, 정신이 드오? 윤 선생이 그네 얼굴 가까이에 허리 숙여 물었으나 대답이 없다. 한 여사, 이제 예수님을 받아들일 마음의 준비가 됐나요? 윤 선생이 자기 손수건으로 한 여사 콧등에 맺힌 땀을 찍어주며 묻는다. 한 여사는 역시 대답이 없다. 미라처럼 표정이 경직되었다. 화장을 하지 않은 그네의 맨얼굴이 화장독 탓인지 백랍이다 못해 푸른 기가 돈다. 촘촘히 갈라진 주름과 낯빛이 청자를 닮았다. 윤 선생이 손수건으로 한 여사의 눈에 맺힌 눈물을 닦아주며, 한 여사, 이젠 할 말도 없나 봐? 맺힌 한이 골수에 사무쳤다더니만…… 한다. 윤 선생 말에도 그네는 시신인 듯 꼼짝을 않는다. 낮게 숨을 쉬던 한 여사의 입술이 꼼지락거린다. 나,, 이, 세,, 가, 알, 테, 야. 거, 기,, 가, 아, 서,, 사, 알, 테, 야. 거, 기,, 거, 기, 로,, 보, 내, 줘. 윤 선생이 한 여사 얼굴을 들여다보며 미소를 띠고 묻는다. 천당 말씀이에요? 한 여사는 이 세상의 영욕을 두루 겪었으니, 이 땅에서 승리하신 주님 앞에, 나 진실로 자복합니다라고 한마디만 하시면 주님 계신 그곳에 오를 수 있어요. 다른 누구보다도 한 여사를 보시면 주님이, 내 딸아, 어서 오너라, 내 너를 기다렸다며 예뻐하실 겁니다. 그러나 윤 선생 말이 귀를 통해 의식으로 들어오지 않는지 한 여사의 굳은 표정에는 변화가 없다. 한참 뒤, 그네의 표정이 찌그러지더니 입술이 다시 꼼지락거린다. 나, 주, 으, 며,, 가, 아, 데, 야. 거, 거, 기, 로,, 다, 시,, 가, 아, 데, 야. 아, 무, 도,, 어, 으, 느,, 거, 기, 로,, 보, 내, 주, 으. 다, 시,, 오지,, 아, 흐, 데, 야. 어, 마, 아,, 나, 느,, 누, 구, 야? 내, 가,, 도, 대, 체,, 누, 구, 냐, 고? 나, 는,, 누구인가?

(2001)

비단길

대한적십자사 본사로부터 한 통의 편지를 받게 되기는 추석을 보름 앞둔, 가을로 접어든 절기였다. 늦더위가 물러가고 아침 저녁 바람이 한결 시원해졌다. 거실에서 돋보기를 끼고 조간신문을 읽다 초인종 소리에 현관 앞의 액정 화면을 보니 우편배달부 청년이었다. 우편배달부가 내 이름을 말하며, 등기 편지에 접수 서명을 부탁했다. 발신처가 대한적십자사인 편지였다. 봉투를 개봉하여 편지를 읽어보니, 북한에 생존해 있는 아버지가 남한의 어머니와 내 이름, 아우 이름을 지목하며, 금년 추석 전후에 이루어질 제17차 이산가족 상봉에 남한에 살고 있는 가족을 만나고 싶다는 신청을 받아 이쪽으로 통보해왔다는 것이다. "김영환 씨는 이 편지를 받아보는 즉시 대한적십자사 본사 박문식 과장에게 연락을 바란다"는 추신이 달려 있었다. 꼭 60년 전인 1950년 9월에 고향 집을 떠난 아버지가 북한에 살아 있다는 소식에 나는 아연 놀랐다. 우선은, 밝은 대낮에 과연 이런 일이 일어날 수 있을까란 강한 의문부터 들었고, 그다음에는 만져서는 안 될 그 무엇을 손에 든 듯 편지를 쥔 손끝에 경련이 왔다. 잠시 뒤, 내가 꿈을 꾼 게 아니라는 사실을 인식했다. 눈앞의 글자들이 어릿어릿 흔들렸다. 누구로부터 머리통을 한 대 맞기나 한 듯 정신이 자우룩했다. 혼란한 마음을 수습하자, 이 놀라운 소식을 어머니께 먼저 알려야 함을 깨달았다. 나는 편지를 쥔 채 어머니가 거처하는 건넌방 방문을 열었다. 어머니는 요대기에 모로 누운 채 졸린 눈으로 텔레비전의 아침 연속극을 보고 있었다. 내가 전할 아버지의 생존 소식에 어머니가 놀라 까무러칠지 모른다는 생각을 미처 못한 채, 내 입에서 그 말이 떨어졌다.

"어머니, 아버지한테서 소식이 왔어요."

내 말에 어머니는, 애비가 무슨 말을 하느냔 듯 눈만 껌벅거리며 나를 멀거니 쳐다보았다. 근년에 들어 가는귀가 좀 먹긴 했으나 내 말을 분명히 알아들은 표정인데, 도무지 믿을 수 없다는 눈치였다.

"북한에 아버지가 살아 계신단 말입니다."

"애비가 지금 무슨 소리했노? 그이가 무신 재주로 연락을 해와? 아닌 밤중에 홍두깨라더니……" 순간적으로 어머니의 작은 몸이 용수철이 튀듯 벌떡 일어나 앉았다. 매사에 동작이 느린 침착한 늙은이가 그렇게 재빨리 몸을 움직이는 걸 나는 오랜만에 보았다. "니가 지금 한 말이 사실 맞나? 애비야, 다시 한 번 더 지금 그 말 해봐라."

"북한에 살아 계신 아버지가 연락을 해왔습니다."

내 말에 어머니는 좁은 어깨를 떨더니 요대기에 그대로 쓰러졌다. 나는 황급히, 정신 차리시라며 어머니를 흔들었다. 내 세치 혀가 경솔했다는 걸 깨달았다. 만약에 아버지가 북한에서 살아 계셔서 우리 식구를 만나고 싶다는 연락이 오면 어머니는 아버지를 만나러 가셔야지요, 하며 서두부터 뗀 뒤 편지 내용을 차근차근 알려 어머니가 갑자기 당할 충격에 완충 역할을 예비해야 했음이 짚였다. 어머니의 감긴 눈이 홉뜨이더니 검은 동공이 위로 올라붙었다. 가쁜 숨길이 불규칙했다. 나는 처를 부르며, 물 좀 떠오라고 외쳤다. 처가 어린 친손자를 봐주러 가야겠다며 아침밥 먹은 설거지를 끝내곤 서둘러 아들네 집으로 외출했음을 깨달았다. 내게는 자식이 둘이었는데 딸과 아들은 출가해 딴살림을 냈으므로 우리 내외가 어머니를 모시고 살았다. 나는 주방에서 보리차 한 컵을 가져왔다. 어머니를 안아 일으켜 앉혀선 물 한 모금으로 목을 축이게 했다. 어머니가 깨어나기는 잠시 뒤였다. 정신을 차린 어머니가 먼저 꺼낸 말이, 내가 조금 전에 했던 말의 재차 확인이었다.

"북한에서 그이가 통지를 해왔다고?"

나는 그게 사실이라고 말하곤, 대한적십자사에서 보내온 편지 내용을 알렸다.

나는 박 과장에게 전화를 냈다. 박 과장은 내 신분을 확인하곤, 올해 83세인 김명도란 분이 6·25전쟁 때 북으로 간 부친이 틀림없느냐고 물었다. 박 과장이 말한 아버지 이름과 만으로 따진 나이가 사실 그대로였다. 본적이 경상북도 예천군 감천면 덕율리 25번지가 맞느냐는 박 과장 말의 우리 집 본적지 지번도 틀림없었다. 박 과장 말이, 북한적십자사에서 상봉 신청을 해 온 명단 1백 명 중에 신청인의 처 이름과 나이, 아들 둘의 이름 과 나이가 통보되어 왔기에 신청인이 밝힌 본적지에 조회한 결 과 김영환 씨의 서울 거주 주소를 알게 되어 연락하게 되었다는 것이다. 정확히 60년 전 9월 13일 전후, 인민군이 예천 지방에서 퇴각할 무렵 그들에 섞여 집을 떠나버린 아버지였다. 그해 내 나이가 만 3세였고 아우는 첫돌이 갓 지났을 무렵이었다. 그로 부터 60년 세월이 흐를 동안 아버지의 생사 여부는 알려지지 않 았다. 우리 집안에서는 그해 의용군으로 뽑혀 나갔던 작은집 삼 촌과 함께 잠시 몸을 피해야 되겠다며 마을에서 사라져버린 아 버지를 두고, 6·25전쟁으로 인민군이 예천 읍내로 들어왔을 때 의용군 강제징집을 피해야겠다며 전쟁 전 폐병을 다스린다고 정양차 더러 머물렀던 주마산 부근의 먼 친척 집으로 피신한 후 로 행방불명이 되었다고 에둘러 말해왔었다. 우리 집이나 사촌 네 집은 그때 이후 두 분의 생사 여부를 몰랐기에 여태 호적 정 리조차 못 한 상태였다. 아버지와 작은집 삼촌이 퇴각하는 인민 군을 따라 북으로 갔을 거라고 짐작했으나, 집안에서는 그 사실 을 쉬쉬해왔다. 어릴 적 나는 아버지가 6·25전쟁의 혼란기에 돌 아가신 줄로만 짐작했고, 중학생이 된 뒤에야 집안 어른들의 쑥 덕거림을 통해 아버지가 북으로 갔음을 알았으나 남 앞에서 그 사실을 곧이곧대로 밝히지 않았다. 구차한 설명을 달아야 하는 그런 말은 꼬치꼬치 밝히지 않고 사는 게 신상에 좋다는 할아버지의 당부가 있기도 했다.

판문점에서의 남북 적십자 회담 결과 열흘쯤 전부터 제17차 이산가족 상봉이 이번 추석 전후에 금강산에서 성사될 것이라고 매스컴이 떠들었으나 나는 그 상봉이 우리 가족과는 상관없는 일이라 여겨 무관심했던 게 사실이었다. 우리는 해방 공간과 6·25전쟁 전후 북에 가족을 남겨둔 채 월남한 실향민이 아니었고, 아버지가 6·25전쟁 때 북으로 납치당하지도 않았기에, 그동안 대한적십자사에 남북한 이산가족이라며 아버지를 두고 상봉 신청을 한 적이 없었다. 우리 집안은 그해 9월 인민군 철수 전후 행방불명되었다고 말해왔으나, 당국은 우리 집안의 두 사람을 찍어 자진 월북자로 간주했기에 우리 집이나 사촌네는 연고제에 매여 사회적 불이익을 당하며 살아왔던 게 사실이었다. 결혼 전후 젊은 시절 나는 시험 문제집을 달달 외웠을 정도로 공부깨나 열심히 해서 공무원 시험의 필기 점수는 늘 합격선에 들었으나 서류 면접 과정에서 번번이 퇴짜를 맞았다. 아버지의 부재 탓이었다. 한편, 최근에 들어 아버지와 작은집 삼촌이 모두 고령이라 설령 북에 살아 계시더라도 생존 여부를 두고 의심해왔기에, 작년 추석 성묘차 고향에 갔을 때 집안에서는 아버지와 작은집 삼촌이 집을 떠난 날을 잡아서 그날을 기일 삼아 제사를 모시는 게 어떠냐는 말까지 돌았다. 그런 아버지가 북한에 지금 살아 계셔 남한에 있는 가족을 만나겠다고 북한적십자사를 통해 상봉 신청을 해온 것이다.

"만약 김영환 씨가 아버지를 만날 의향이 없으시다면 우리가 북한적십자사에 그런 뜻을 전하겠으니, 가부를 알려주십시오. 당장 그 결정을 할 수 없다면 내일 오전까지 제게 전화를 주셔도 됩니다." 박 과장이 말했다.

나는 어머니가 아직 생존해 계시니 어머니와 의논해서 내일 오전까지 연락을 드리겠다고 말했다. 더불어 나는 작은집 삼촌 이름을 대며, 아버지가 작은집 삼촌과 함께 그해 9월 고향을 떠났는데, 김충도 씨라고 그런 분은 신청자 명단에 없느냐고 물었다. 박 과장이 잠시 기다리라더니 명단을 확인하고는, 신청자 중에 그런 이름은 포함되어 있지 않다고 말했다. 전쟁 난 그해 봄에 결혼했던 숙모님은 의용군으로 뽑혀 나갔던 작은집 삼촌이 그렇게 북으로 떠난 뒤 5년을 더 기다리다가 포기하고 재가했다. 고향을 떠난 뒤 동해안 삼척에서 애 둘을 낳고 그럭저럭 산 다던 숙모님은 처음 몇 년 동안은 고향에 들렀으나 지금은 아주 소원해진 상태였다. 사촌 집안도 모두 살던 곳을 떠나 명절 때나 고향에서 상면하는 처지였다. "니 아부지가 북한에 살아서 우리를 만내자 카면, 친성제 간이라고는 남은 분이 대구 고모님 아인가. 거게부터 어서 통지해봐라." 어머니가 말했다. 아버지의 형제 3남 1녀 중 남한에 유일하게 살아 있는 분이 형제 중 막내 여동생으로 올해 76세인 대구 고모님이었다. 아버지는 우리집안의 장남이었다.

나는 대한적십자사로부터 온 편지 내용을 대구에서 아들 식구와 함께 사는 고모님께 알렸다.

"고모님, 놀라지 마세요. 다름이 아니라, 아버지가 북한에 살아 계신답니다." 내가 침착하게 말했다.

"선재 애비가 그걸 우째 알았노?" 고모님 목소리가 높아졌다.

"저쪽 적십자사에서 대한적십자사를 통해 우리 가족을 만나자고 연락해왔답니다."

"니가 지금 머라 카노?" 고모님 역시 내 말을 믿지 못하겠다는 투였다. "적십자사가 너거 집 주소와 이름을 잘못 알고 통지해온 기 아이냐?"

나는 이번 추석 절기에 금강산에서 열릴 이산가족 상봉 때, 아버지가 남한의 가족을 만나러 온다는 사실을 다시 알렸다. 그게 정, 정말이냐며 말을 더듬는 고모님에게, 만나고 싶지 않다면 안 만나도 된다는 뜻을 저쪽 적십자사에 알려줄 수도 있다는 박 과장의 말을 전했다.

"야가 시방 무신 소리 하노. 만나야제. 니 아부지 나이가 올해로 여든네 살 맞제? 그 연세에 아직도 정정하니까 통지해온 기다. 꼭 만나야제. 오래 살다 보이 별 히안한, 꿈같은 소식도 다 듣는구나. 성님이 독수공방하매 오매불망 기다린 보람이 있다. 세상으 인간사를 굽어살피시는 하나님이 성님으 지극정성을 알아본 기라. 이번에 못 만나면 영 끝이다. 우리 나이가 얼맨데. 성님은 팔순 줄에 들었잖나." 고모님이 터뜨린 감격의 울음소리가 전화기를 통해 쏟아졌다. 울음을 가까스로 진정한 고모님이 말했다. "그 소식 얼른 일가친척한테 알려야제. 제사까지 지낼라 캤던 명도 옵빠 여태 북에 살아 계시다고…… 주님, 이 은혜 참말로 감사합니다."

우리 집은 유가의 전통을 그대로 답습해 특별한 종교를 믿지 않았으나 고모님은 출가 뒤 시댁의 종교를 좇아 하나님을 받아들였고, 교회에서는 권사로 봉사하고 있었다. 나는 아들이 다니는 회사에도 전화를 내어 대한적십자사에서 전해준 소식을 알렸다.

"할아버지가 북에 살아 계시다니. 우선 할머니가 얼마나 놀라셨겠어요. 퇴근길에 제가 집에 잠시 들르겠습니다. 우리 집에 때 아닌 경사가 났네요."

선재가 큰 소리로 말했다. 내가 전한 소식에 그의 호들갑이 유난스러워, 한 다리가 천 리라고 손자 대에는 할아버지의 생존 소식에 현실감 없이 드라마의 한 장면처럼 보였다는 느낌으로 들렸다.

"이럴 때 할머니나 아버지는 냉정하고 침착하게 사태에 대처하셔야 합니다. 할아버지 만나실 동안 건강부터 잘 챙기십시오."

나는 다시 대한적십자사 박 과장에게 전화를 걸어 아버지를 만나겠다고 알렸다. 박 과장이 이번 상봉에는 직계가족 네 명까지 참석이 가능하며, 추후 일정을 다시 알려주겠다고 했다. 나는 아버지를 만날 네 명을 마음속으로 어머니, 나, 장손인 아들, 고모님으로 점찍었다.

*

나는 아버지를 상봉하기 전에 고향부터 한 차례 다녀오기로 했다. 작년 추석 성묘 이후로는 고향에 못 내려갔으니 이번 걸음이 1년 만의 귀향이었다. 문경군 감천면 덕율리는 한 시절에 방성천을 끼고 40여 호가 옹기종기 모여 우리 집안 집성촌을 이룬 적도 있었지만 6·25전쟁 전후와 1960, 70년대의 산업화를 거치며 젊은이들이 도시의 일터를 찾아 고향을 떠났고, 그들이 성례하여 객지에서 자리 잡자 늙은이들마저 자식들 쫓아 대처로 나갔기에, 고향에는 일가붙이 몇만 남아 있었다. 퇴락하여 을씨년스런 몰골의 빈집도 숱했다. 그나마 고향을 지키며 남아 있는 사람도 예순 넘은 늙은이가 태반이었다. 고향 집은 지금 막내 삼촌 숙모님과 사촌 아우와 그 아래 조카가 본가와 선산을 지키고 있었다. 6·25전쟁 전까지는 자식들을 상급 학교에 보낼 정도로 논마지기도 제법 되었으나 전쟁 직전 농지개혁으로 떨려나간 후, 지금은 논밭을 합쳐 2천5백 평 남짓을 사촌 아우가 부쳐먹었다. 나는 우선 선산부터 찾아 조선님을 찾아뵙고, 아버지를 60년 만에 상봉하게 되었다고 알릴 겸, 고향에 남은 일가붙이에게 대한적십자사에서 알려온 소식을 전할 작정이었다. 그리고 상봉할 아버지께 보여줄 60년 전 그대로인 고향 산천과 조선님들 묘, 아버지와 내가 태어나고 자란 본가가 초가에서 기와집으로 바뀌었으나 뼈대는 아직 그 형태대로 남아 있음을 사진으로 찍어 전해주기로 했다.

대구 고모님 댁에 나의 고향 방문을 알리니 고모님은 아들 차로 자기도 모처럼 옛 친정집에 들르고 싶다고 해서, 고향에서 합류하기로 했다. 고종사촌 춘규는 정년이 아직 몇 해 남아 대구의 중학교 교감으로 있었다. 우리는 토요일 오후 두세 시쯤 고향에서 합류하기로 했다. 나는 아들에게도 전화를 내어, 고향 방문에 너도 합류하면 어떻겠느냐고 물었다. 나는 근년 들어 운전 감각이 떨어져서인지 장거리 운전에는 왠지 운전대를 잡기가 싫어졌다. 선재 말이, 자기도 토요일은 휴무니 자기 차로 나를 모시겠다기에, 나는 아들의 승용차를 이용하기로 했다. 어머니는 아버지보다 연세가 세 살 아래로 올해 만 80세라 허리가 굽었으나 아직도 총기만은 분명한 분이었다. 그러나 장거리 여행은 무리라 집에 계시라고 일렀다. 아버지 소식을 듣고부터는 줄곧 마음에 안정을 잃어 식사를 놓다시피 했고 밤잠조차 잘 주무시지 못하는 처지라 고향 사람을 만나면 죽은 줄로만 알았던 아버지를 60년 만에 만나게 되었다며 흥분할 게 틀림없어, 감정의 과잉 분출이 노인 건강에 좋지 않을 듯해서였다.

"나도 갈 끼대이. 시부모님 면전에서 당신 아들이 북에 여태 살아 계신다는 소식을 고해야제. 막내 삼촌 묘며, 영식이 무덤도 둘러보고, 오랜만에 니 고모도 만내서 회포도 풀고, 친척한테 그이 소식도 두루 전해야제. 이번에 못 간다면 살아생전 언제 다시 덕율리 땅을 밟아보겠노. 애비야, 내사 꼭 갈란다. 영식이한 테도 저거 아부지 소식을 전하고 싶대이." 어머니가 간청했다.

당신을 버려두고 아들과 손자가 훌쩍 떠날까 보아 밤중에도 내 방으로 건너와 새삼 당부하는 어머니 말씀이 하도 간절해 내가 차마 박절하게 그 청을 더 거절할 수 없었다. 근년에 들어 어머니는 자신이 마치 새댁 시절로 돌아간 듯 두 돌이 되기 전에 홍역으로 죽은 아우가 살아 있기나 한 듯 영식이 이름을 자주 입에 올렸다. 북한 땅에 살아 계신 아버지는 전쟁 난 그해 해동 무렵에 태어난 아우의 이름을 영식이라 지어 읍사무소로 가서 호적에 올렸기에 아우가 여태 살아 있을 줄 알고 상봉자 명단에 끼워 넣었음이 틀림없었다. 예전 그대로인 고향 집을 방문해 어머니와 함께 찍은 사진도 아버지께 전해줄 겸 나는 어머니를 아들 승용차 편에 모시기로 했다.

나는 조부모님 묘 앞에 진설할 제기 몇 개와, 어머니와 처가 준비한, 제수 상차림에 놓을 북어포며 전, 떡 꾸러미를 가방에 담았다. 경상도 북부 지방은 삶은 문어를 제상에 올렸기에 문어도 한 마리 챙겼다. 성묘 때 진설할 술과 과일은 현지에서 조달하기로 했다. 아버지의 사진 액자와 카메라도 챙겼다. 책자 크기의 흑백 액자 사진은 유일하게 남은 아버지의 흐릿한 모습이었다. 바지저고리나 양복 차림의 열 명 가까운 남정네들이 앉거나 서 있는 중에 뒤쪽 가장자리에 선 아버지의 얼굴만 가려내어 확대한 사진이었다. 아버지와 헤어진 전쟁 났던 해에 나는 너무 어려서 당신을 기억하지 못했다. 사진으로만 남은 아버지의 젊었을 적 모습을 익히는 것으로 영상으로나마 아버지를 보듬고 살아온 셈이다. 아버지는 폐결핵을 앓았기에 읍내 국민학교 교사직에서 휴직해 집에서 요양 중에 있었다고 했다.

"안동사범 강습과를 나와서 1년 남짓 선생을 하셨제. 덕율리에서 읍내까지가 시오 리 길인데, 집에서 자전거로 출퇴근했으이 얼마나 고단하셨겠어. 땀에 등솔기가 늘 후줄근히 젖은 채 자전거 끌고 귀가하시곤 했지러. 밤이면 식은땀을 흘리며 기침을 쏟아냈고. 그 출근길이 그이 병을 도지게 하지 않았나 싶어 훗날 늘 마음에 걸렸다. 그 시절엔 모두가 살림이 에러버서 벤또에 계란 하나 부쳐 넣지를 못했제. 쌀은 조금 섞고 팅팅 분 보리밥 싸서 찬으로는 마늘장아찌만 넣어줬지러. 요새 같으면 흰 쌀밥에다 소고기 장조림에 맛난 반찬도 챙겨줬을 낀데. 그런 허약한 몸으로 부득부득 집을 영 떠나뿌렀스이……"

어머니가 늘 애운해하시던 말이었다. 흐릿한 사진으로 남은 아버지 모습은 홀쪽한 안면에 머리칼을 짧게 깎았고 국민복 차림이었다. 전쟁 난 그해 어느 봄날 근동에서는 경관이 좋은 주마산 기슭의 한천사寒天寺에서 있었던 문중 친목계 모임 때 찍은 사진이라 했다. 한천사는 덕율리에서 영양 쪽으로 10리 상거한 절이었고, 부근에 먼 친척붙이의 화전집이 있었다.

"남정네들은 술통 메고 집안 여편네도 갖가지 먹을거리를 채반에 이고 따라갔제. 여편네들은 내숭 떤다고 사진은 박지 않았어. 그때 니도 따라나섰다가 한 마장도 몬 가서 다리가 아푸다고 짜싸킬래 내가 업고 먼 길을 걸었지러." 어머니가 말했다.

햇살 좋은 청명한 가을날 토요일 오전이었다. 아들이 등산복 차림에 승용차를 몰고 송파구 내 아파트로 왔다. 선재는 우리 집안 남자들 중에서도 허우대가 좋아 키가 180센티미터가 넘었다. 아들은 딸애에 이어 이태 전에 결혼하자 분가하여 아들 하나를 두고 있었다. 63세인 나는 오랜 직업인 입시 학원의 국어 선생직에서도 은퇴해 작년부터 집 안에 들어앉아 삼식이로 소일하는 처지였다. 어머니는 아침 일찍 일어나 머리채 감고 새 한복으로 단장하더니 베란다에서 아파트 마당을 자주 내려다 보며 손자가 차를 가지고 오기만을 기다렸다. 선재 혼례를 앞두고 사돈댁에서 예물로 보내온 옷감으로 지어 입은 물색 고운 연두색 한복이었다. 그 위에 손수 뜨개질한 스웨터를 걸치고 있었다. 성긴 흰 머리칼을 단정히 빗어 쪽 찐 머리 뒤꼭지에는 예의 옥비녀를 꽂고 있었다. 어머니는 평생 미장원 출입을 마다한 채 조선 아녀자의 머리채 그대로 비녀 꽂는 쪽 찐 머리채를 고수했던 것이다.

"어머님이 차려입고 나서시니 남들은 환갑 연세로 보겠어요."

아파트 마당까지 배웅에 나선 처가 어머니께 덕담을 했다. 어머니가 시집을 갓 왔을 한 시절에는 덕율리에서 김씨 집안에 들어온 새 첩은 (예쁜) 새댁 소리도 들었다고 했다. 어머니는 일제 시대 당시로서 드물게 읍내의 5년제 중학교를 3학년까지 다닌 여성으로, 유교 가례를 중히 여기는 집안 출신이었다. 어머니는 좋은 혼처가 났으니 시집을 가라는 집안 어른들 재촉에 중학교를 마저 못 마친 것을 두고 늘 섭섭해하셨다.

우리 세 식구는 처의 전송을 받으며 승용차에 올랐다. 아들이 운전대를 잡았기에 어머니와 나는 뒷좌석에 나란히 앉았다.

승용차는 외곽 순환도로를 거쳐 중부고속도로를 탔다.

"할머니 아직도 「봄날은 간다」가 십팔번이세요? 제 초등학교 적 할머니가 뜨개질하시며 곧잘 그 노래 흥얼거렸잖아요."

선재가 물었다.

"인자 노래 가사도 다 잊어뿌렸어. 예전에사 3절까지 다 외웠는데 말이다. 그 노래가 왠지 내 심금을 울리더래이."

"그래서 제가 할머니를 생각해서 그 노래 테이프를 준비해 왔어요. 차 안에서 심심하실 텐데 백설희부터 조용필·한영애·장사익까지, 그들이 메들리로 부르는 노래 한번 들어보실래요?"

"그래, 오래간만에 한번 들어보까."

선재가 테이프를 차 카세트에 꽂았다. 먼저 백설희가 부른 원곡이었다. 백설희 특유의 애수에 젖은 가느다란 목소리가 은은히 흘러나왔다.

연분홍 치마가 봄바람에 휘날리더라/오늘도 옷고름 씹어가며/산제비 넘나드는 성황당 길에/꽃이 피면 같이 웃고/꽃이 지면 같이 울던/알뜰한 그 맹세에 봄날은 간다……

어머니는 정말 「봄날은 간다」란 가요를 좋아했다. 고향 집에 살 때 어머니는 일을 하면서도 곧잘 그 노래를 조그만 소리로 좋얼거렸다. 백설희가 부르는 노래는 3절을 끝으로 조용필 목청에 실려 옮겨갔다. 곡조의 간절함이 조용필 특유의 꺾어 회오리 치는 절절한 음색에 잘 어울렸다. 내가 옆자리를 보니 어머니는 눈을 지그시 감은 채 노래에 취해 있었다. 어머니는 지난한 세월을 그 노래에 실어서 삭여내며 시집살이의 한과 시름을 달래 왔던 것이다.

승용차는 영동고속도로로 옮겨 타고 원주까지 가서, 원주에서 중부고속도로로 잠시 내려가다가, 선재가 점심때라며 치악산휴게소에 차를 세웠다. 우리는 안동 국시로 간단한 점심 요기를 했다. 어머니는 고향을 방문하는 흥분이 가라앉지 않은 탓인지 양이 적은 국수마저 다 비우지를 못했다.

"그 체격에 국시 한 그릇으로 우째 양에 차겠노. 내 것 좀 묵어라." 어머니가 손자에게 말했다.

"됐습니다. 최근에 체중이 늘어나 다이어트 중이에요." 선재가 굵은 허리를 툭툭 치며 껄껄거렸다.

나는 집에서 준비해온 상비약 청심환 한 알을 어머니께 권했다. 어머니는 이유를 묻지 않고 내가 내민 청심환을 받아 선재가 가져온 물로 삼켰다. 나와 아들은 커피를 한 잔씩 마시곤 다시 승용차에 올랐다. 영주 인터체인지에서 나와 예천읍으로 가는 28번 국도로 꺾어 들어 잠시 달리면 읍내에 닿기 십오 리 전이 내 고향 예천군 감천면 덕율리였다. 추석을 앞둔 가을이라 단양에서 풍기를 거쳐 영주로 갈 때는 첩첩한 연봉을 이룬 소백산맥의 울긋불긋한 단풍에 저절로 눈길이 갔다. 산자락을 끼고 있는 다랑이 천수답은 아직 볏단을 거두기 전이라 영근 벼 이삭이 고개를 떨구고 있었다. 기후의 온난화 영향으로 1990년대 들어 사과의 주 생산지가 대구 쪽에서 북상하더니 경상북도 북부 지방은 야산을 개간한 사과밭 단지가 많아, 과수원마다 수확을 앞둔 주먹만 한 붉은 사과 무게에 가지가 처졌다. 등받이에 기댄 어머니는 내내 말이 없더니 고갯방아를 찧으며 살풋 졸았다. 노인은 잠이 짧은데, 간밤에도 숙면을 이루지 못했음이 분명했다. 영주가 가까울 무렵부터 도로가 산등성이를 타며 비탈길이 굽어 돌자 차체가 흔들려선지 어머니는 잠에서 깨어나 단풍이 들기 시작하는 바깥을 내다보았다.

"고향 땅이 가차바지니 여게는 높은 산도 많고 남구도 울창하구나. 고향 산천 경계가 이래 좋은 줄 인제사 알겠다. 애비야, 시원한 공기 좀 마시게 창문 쪼매 니라라." 어머니가 말했다.

"할머니, 여긴 고산지대라 바람이 차요. 갑자기 찬바람 마시면 감기에 걸립니다. 영주 빠져나왔으니 곧 덕율립니다." 선재가 내게 창문을 내리지 말라고 했다.

소백산맥에서 빠져나와 국도로 접어들자 주위의 산들이 높이를 낮추기 시작했다. 벼 이삭 드리워진 누른 들이 희끗희끗 차창 밖에 스쳤다. 그해 9월, 낙동강 전선에서 패퇴하여 퇴각을 시작한 인민군 대열이 예천을 거쳐 올라왔을 때 그들은 이 길을 따라 북상했을 테고, 풍기에서 소백산맥 능선을 타고 동진하여 태백산맥을 거쳐 강릉 쪽으로 북상했을 것이다. 예천과 영주는 영천과 다부동까지 내려갔던 인민군이 퇴각한 북상 루트이기도 했다. 병중이었던 아버지도 그 무리를 쫓아 첩첩한 이 길을 헉헉대며 걸어 넘었을 터였다. 내가 들은 바로는, 아버지 외에도 인공에 점령당했던 남한 땅에서는 국군이 북진해 왔을 때 받게 될 좌익 혐의가 두려워 북으로 넘어간 사람들이 다수 있었다.

서울의 내 아파트에서 덕율리까지는 휴게소에서 한 차례 쉬긴 했으나 네 시간이 채 걸리지 않았다. 덕율리 앞을 흐르는 방성천이 나타났다. 개울물은 말라 자갈이 드러났고 가을 가뭄 탓인지 수량이 적었다. 내 어린 시절에 방선천은 사철 수량이 풍부했고 나는 그 냇가에서 동네 아이들과 물장구치며 가재 잡고 우렁 줍고 물속 돌에 붙은 다슬기를 따며 놀았다. 어느 해 여름 홍수로 큰물 진 뒤, 옆집 아이가 방성천에서 멱을 감다 익사하는 사고가 나기도 했다.

"길이 헷갈리네. 아버지, 저쪽 길로 가야지요?"

나를 따라 덕율리에 더러 다녀가기만 했을 뿐 살아본 적이 없는 선재가 내게 물었다. 나는 방앗간이 있던 마을 앞에서 왼쪽 길로 커브를 틀라고 일러주었다.

"눈에 익은 마실 길이네. 한사코 지 에미한테서 안 떨어질라는 어린 니를 데불고 종종걸음 치며 논일 밭일 나댕기던 게 꼭 어제 일 같은데 세월이 어지가이 빠르기도 하다. 시집살이가 아무리 고단했어도 내사 그이를 언젠가는 꼭 만낼 끼라는 일편단심이 있었기에 아무렇지도 않았다. 그 세월이 60년이라니, 마치 여름 한나절 꿈을 꾸다 소내기 소리에 깨어난 듯하구나." 어머니의 목소리가 조금 들떠 있었다.

"그런 말씀 들을 때마다, 대단하신 우리 할머님입니다. 그런 할머니를 두신 할아버지야말로 떨어져 살았어도 복 받은 분입니다. 할머니는 할아버지가 보고 싶어 그 긴 세월을 어떻게 넘겼어요?" 선재가 감탄했다.

나는 목이 메어 아무 말도 할 수가 없었다. 어머니는 당신의 말씀대로, 한결같이 그런 옥마음을 간직해온 분이셨다. 20세 청상과부가 된 후 어머니가 거쳐온 그 길고 길었던 밤의 고적이

암암하게 되짚어졌다. 아들 세대는 어림없겠으나 우리 세대로
서도 감히 그 에움길을 걷기가 쉽지 않은, 일부종사한 정절이었
다. 열여섯 살에 시집 와서 아버지와 꼭 네 해를 살아본 부부의
연이었지만 어머니야말로 아버지를 만나 하룻밤에 만리장성을
쌓았다는 말이 맞았다.

선재가 옛 우리 집 돌담 앞에 차를 세웠다. 담쟁이넝쿨이 빨
갛게 타는 해묵은 돌담은 예전 그대로였다. 내가 어머니를 모시
고 반쯤 열린 삽짝 안으로 들어섰다. 검둥개 한 마리가 쪼르르
달려 나와 꼬리를 흔들었다. 인기척을 듣고 부엌에서 숙모님이
물 묻은 손으로 뛰어나왔다.

"큰성님도 오셨네예. 이기 얼마 만입니꺼. 석삼년째네. 기쁜
소식 들어선지 신상이 좋아 보입니더. 영환이 도련님은 작년에
봤고. 이게 누군고. 선재는 언제 봐도 우리 집안 장군감이 맞아."
숙모님이 어머니와 우리를 맞으며 반가워했다.

"여개도 연락 받았지러, 이북서 소식 왔다는 거?" 어머니가
숙모님의 손을 잡고 말했다.

"그 소문이 벌써러 퍼져 우리 집에 경사 났다고 동네 사람들
이 잔치라도 벌이자며 난리라예." 숙모님이 어머니 손을 잡고
끌었다. "큰성님, 어서 듭시다. 우시내 마루에 좀 앉아예. 큰집
식구, 대구 성님까지 오신다기에 지가 괴기 좀 삶고 전을 부치
는데, 먼첨 쪼매 내올께예." 숙모님이 말했다. 가을걷이철이라
아들 내외와 조카 내외가 총출동하여 과수원에 나갔는데 곧 돌
아올 거라고 했다. 작년 늦겨울, 몇 해 전에 조성한 사과밭이 이

제 제법 소출을 낸다며 사촌 아우가 사과 한 상자를 서울 내 아파트에 택배로 보내오기도 했다.

대구에서 예천까지라면 두 시간 정도면 올 텐데 고모님은 아직 도착 전이었다. 어머니는 마루 끝에 꼬부장이 앉아 집 안을 두루 둘러보았다. 부엌과 두 개 방 사이에 마루가 있는 네 칸 기와집이다. 예전에는 안방이 할아버지 내외분의 차지였고 부모님이 건넌방에 거처하셨는데, 건넌방은 내가 태어난 방이기도 했다. 아래채 방 두 개는 어머니가 서울 내 집으로 올라오기 전까지 막내 삼촌 내외와 조카가 거처했다. 고향 집을 방문할 때마다 느끼는 심사지만 집안의 장손으로서 고향 집을 지키지 못한 채 객지로만 떠돈 불충함과, 막내 삼촌에게 고향 집을 넘기지 않을 수 없었던 회한이 마음을 저몄다.

"고향 산천은 변함이 없어. 모든 기 다 예전 그대로구나." 어머니가 말했다. 대문 옆 양지바른 곳의 주춧돌 위 가지런한 장독대며, 그 옆에 까치집을 두 개나 얹고 서 있는 세 그루 감나무, 채마밭이 있는 뒤꼍으로 돌아가는데 서서 지붕 위까지 가지를 드리운 늙은 감나무 두 그루, 이제 사용하지 않는 우물 주위의 철쭉, 개나리, 석류나무도 예전 그대로였다. 일손이 달리는 농촌이라 열매를 거두지 못한 감나무는 올해도 가지가 휘어져라 익은 감을 달았다. "남구는 다 이래 오래오래 제자리에 살며 가실이면 이파리를 떨과도 새봄이 오면 다시 파랗게 피어나샪나. 집안으 화초도 철 따라 꽃이 지면 다시 피고. 그런데 떠난 사람, 가뿌린 사람은 와 다시 못 돌아올고……" 내 중학 시절, 줄기마다 개나리꽃이 노랗게 피는 이른 봄이나 개나리꽃이 지고 나면 진분홍색 꽃을 불꽃처럼 피워내는 철쭉꽃 앞에서 빨래하던 어머니 모습이 떠올랐다. 그럴 때면 어머니는 혼잣소리로 가만가만 노래를 불렀다. ……꽃이 피면 같이 웃고/꽃이 지면 같이 울던/알뜰한 그 맹세에 봄날은 간다.

나는 가방에서 카메라를 꺼내어 마루에 앉아 계신, 바른 가르마 타서 넘긴 하얀 머리칼의 아담한 어머니 자태를 사진 찍었다. 선재가 오랜만에 고향 집에서 할머니와 함께 사진을 찍겠다며 나란히 앉았다. 사진을 찍고 나자 선재가 카메라를 받아 어머니와 나를 마루에 나란히 앉게 했다. 감나무에 까치 몇 마리가 날아들더니 감나무 가지에 앉아 홍시가 되기 전의 붉은 감을 부리로 쪼았다.

나는 위채, 두 칸 아래채와 그 옆에 달린 헛간채, 고샅길과 밤나무 숲에 싸인 뒷동산을 원경으로 두루 사진 찍었다. 나는 사촌 아우의 휴대폰에 전화를 걸었다. 과수원에서 일을 하다 전화를 받은 사촌은 곧 집으로 들어오겠다고 연락해왔다. 대문 밖에 승용차 한 대가 멈추어 섰다. 대구의 고모님과 고종사촌이 마당으로 들어섰다.

"성님이 먼첨 도착했네예." "이게 얼마 만인가, 대구 고모 아닌가베." "대구 성님도 오니껴." 부엌에서 나온 숙모님까지 합쳐 세 늙은이가 반갑게 손을 잡고 서로 안부를 물었다. 숙모님은 고모님과 동년배였다. 신사복 차림에 넥타이를 맨 고종사촌은 보자기로 싼 큰 선물 상자를 들고 있었다. 바깥에 경운기 멈쳐 서는 소리가 들리더니 작업모에 작업복 차림으로 사촌 아우 내외에다 조카 내외가 사과 딴 플라스틱 상자를 옮기며 집으로 들이닥쳤다. 첫애를 가진 필리핀 출신 조카며느리의 배가 도도록했다. "무리하면 안 될 낀데 서방 돕는다고 따라나섰나 보제" 하며 어머니가 조카며느리를 보고 안쓰러워했다. 자그마한 키에 눈이 크고 가무잡잡해 야무져 보이는 스무 살 전후의 조카며느리는 얼굴만 붉힐 뿐 대답이 없었다.

이번 추석 전후에 금강산에서 상봉할 아버지 이야기로 한동안 집 마당이 왁자해졌다. 집 안의 소란스런 소리를 들었는지 이웃 사람들이 들이닥쳤다. 일가붙이들이었다. 수동이 할머니도 유모차를 지팡이 삼아 밀며 들어와 할머니와 고모님의 고향 나들이를 반겼다. 때아니게 집 마당에 즐거운 함성과 웃음소리가 파다해졌다.

우리는 선산의 성묘부터 서둘렀다. 조카가 지게를 지고 나서서 삿자리와 묘 앞에 상차림 할 음식 담긴 채반을 실었다. 사촌 제수씨가 과실과 가용주 오미자 술병, 물병과 수저, 잔을 챙겼다. 조카가 성묘까지는 안 따라나서도 된다고 말했는지 그의 어린 처는 부른 배를 앞세워 대문간에서 배웅을 했다.

덕율리는 밤나무가 많아 붙여진 지명대로 뒷동산이 밤나무 숲으로 덮여 있었다. '제상에는 덕율리 밤만 올린다'는 말이 있을 정도로 밤알이 굵고 여물었다.

"깊은 밤 뒷산 밤나무 숲에 소쩍새가 피 맺힌 소리로 울면 그 소리가 꼭 그이가 날 부르는 소리 같았어. 그런 밤에 나는 시부모님 명주 옷감을 콩닥콩닥 다듬이질하며 소쩍새 울음소리에 「봄날은 간다」로 화답하곤 했지러." 어린 시절 나를 옆에 앉혀 두고 어머니가 말했다.

선산은 집 뒤쪽 동산의 밤나무 숲을 질러 오르면 산 중턱 양지바른 곳에 있었다. 고조 대부터 아버지 대까지 조선 분들이 차례로 봉분을 쓴 채 누워 있었다. 고모님과 숙모님은 아직 정정했기에 산으로 오르기에 별 무리가 없었으나 어머니 걸음으로는 산길 성묘가 힘에 부쳤다. 우리가 성묘를 마치고 올 동안 집에서 기다렸으면 좋으련만 어머니는 고향에 왔으면 삭신이 내려앉더라도 선산부터 찾아야 한다며 기어코 산을 오르시겠다고 부득부득 마당으로 나섰던 것이다. 장정들이 앞서서 길을 열면 당신은 뒤처져 쉬어가며 오르겠다고 했다. 노친네의 강고집을 꺾을 수 없어 나와 사촌 아우가 양쪽에서 어머니 손을 끌며 부축했다. 그렇게 되자 걸음이 더딜 수밖에 없었다. 주위의 오솔길에는 익은 밤송이가 터진 채 널려 있어 넘어지기라도 했다간 밤송이 가시에 무릎이나 손을 다치기 십상이었다.

"이래선 안 되겠어요. 제가 할머니를 업고 가는 게 낫겠어요." 선재가 들고 있던 제물 싼 보퉁이를 내게 넘기곤 어머니 앞에 쪼그려 앉아 넓은 등판을 내밀었다.

"우리 장손이 나를 업겠다면, 업혀서라도 가야지러." 어머니가 손자 청을 받아들였다.

선재가 어머니를 덥석 업고 큰 걸음으로 앞장섰다. 뒤따르던 고종사촌이 어머니를 업고 산으로 오르는 선재를 보곤, "꽃필 시절이 아닌데 장사익의 「꽃구경」 그대로네" 하고 중얼거렸다. 밤나무 숲이 끝나는 데서부터 길섶에는 일행을 맞이하듯 보라색, 흰색의 들국화가 무리 지어 피어 가을바람에 고갯짓을 하고 있었고 무리 지어 핀 흰 억새꽃이 햇빛에 반사되어 은빛으로 너울거렸다.

따스한 가을 햇살 아래 봉분들이 탈색한 누른 잔디를 덮고 있었다. 나는 고향을 지키며 선산을 잘 가꾸어온 사촌 보기가 부끄러웠다. 가용에 보태라며 사촌 손에 쥐여줄, 안주머니에 든 돈 봉투가 생각났다. 사촌 아우가 할아버지와 그 옆에 나란히 선 할머니 묘 상석 앞에 삿자리를 깔고 갖추어온 음식을 놓았고, 내가 무릎 꿇어 술잔을 올렸다. 여자들은 절을 같이 하자는 어머니 말에 고모님과 숙모님, 사촌 제수씨가 따라나섰다. 어머니와 숙모님은 두 손을 이맛전에 올리고 큰절을 했으나 고모님은 기독교 신자라 두 손 모아 머리 조아려 묵도를 했다. 어머니의 숱 적은 뒷머리채에 꽂힌 옥비녀가 내 눈에 들어왔다. "어느 날 니 아부지가 읍내 장에서 사다 준 옥비녀가 있는데 내가 와 머리채를 신식으로 싹둑 자르고 남들처럼 지지고 볶아야 하노." 내가 어릴 적부터 들어온 어머니의 한결같은 주장이었다. 어떤 의미에서 이제 골동품이 된 값진 그 옥비녀야말로 지아비를 떠나보내고 아들 하나 키우며 60년을 수절해온 어머니 정절의 표징이기도 했다. 내 코끝이 시큰해졌다. 다음 차례가 나와 사촌 아우, 고종사촌이었다. 고종사촌은 교회 장로였기에 역시 절은 하지 않고 묵도를 했다. 마지막으로 선재와 조카가 큰절을 올렸다.

"어무이, 눈깜으시기 전까지 그리도 보고 싶어 하시던 큰아들이 북녘 땅 어디메에 살아 계시답니다. 어무이가 새벽 별도 지기 전에 잠 깨서서 우리 집 첫 우물으 정한수를 두레박질해선 장독간에 올려놓고 큰아들 무사히 집에 오게 해달라고 무르팍이 썩도록 빌어쌓더니만……" 어머니의 옹얼거림에 이어 고모님이, "아부지 어무이, 이번 추석에 지도 옵빠 만내로 금강산에 갈 낍니다. 만내서 자슥 기다리다가 마 먼첨 떠난 아부지 어무이 기일도 알려드리겠십니더" 했다.

나와 숙모님, 사촌 아우 내외, 조카는 막내 삼촌 무덤으로 자리를 옮겨 성묘를 했다. 그동안 어머니는 선대 묏자리 아래의 영식이 묘를 둘러보며 조그만 봉분의 시든 잔디를 껴안듯 두 손으로 쓸었다.

"옹알이하며 한창 재롱 떨던 불쌍한 이것아, 내 인자 니 아부지 만내면 니 그래 마 애석하게 숨을 거뒀다고, 이 에미 잘못 만내서 이승을 떠났다는 소식을 전해주꾸마. 인자 소원 풀었으이 저세상에서 살더라도 영이나마 팬케 눈감아라."

어머니의 절절한 흐느낌에 내 마음이 아렸다. 휴게소에서 어머니께 청심환을 권했던 게 잘한 일로 여겨졌다. 막내 삼촌 묘에는 사촌 아우가 술잔을 올렸다. 성묘를 마치자 가족사진을 찍고, 할아버지 묘 앞 삿자리에 둘러앉아 노친네들은 가져온 전붙이와 사과와 감을 깎아 먹었고 남자들은 과실주로 음복을 했다. 할아버지 묘 밑 아버지 대에는 아버지가 묻힐 자리와 첫째 삼촌 자리가 빈 채, 막내 삼촌 묘만 덩그러니 만들어져 있는 게 내 눈에 아프게 박혔다.

전쟁이 난 그해 7월, 인민군이 파죽지세로 충청도와 강원도를 점령해서 내려오자 우리 집안은 소달구지와 지겟단에 덩이덩이 봇짐을 싣고 피란길에 나섰다고 했다. 어느 쪽 세상이 되든 아버지와 첫째 삼촌이 징병 해당자라 집안 어른들은 소집 영장이 나오지 않을까 마음을 졸이던 시절이었다 한다. 나 역시 피란길에 따라갔겠으나 그 시절을 기억 못 하기에 뒷날 어른들에게 들은 이야기였다. 그러나 우리 가족이 의성읍을 지났을 때, 추풍령 쪽을 넘어 김천시를 점령한 인민군 주력부대에 덜미가 잡혔다. 8·15해방 기념일 전에 나라 전체가 조선인민공화국으로 통일될 것이라는 소문이 파다했다. 피란을 더 내려가보아야 소용이 없다고들 말해, 우리 가족은 의성 읍내를 벗어나다 발길을 돌려 고향으로 되돌아왔다. 8월에 들자, 승승장구하던 인민군은 경북 왜관과 영천 어름에서 발이 묶이더니 더 이상 전진을 못 했다. 밀어붙였다간 되빼앗기는 전투로 낙동강 전선이 고착되었다. 예천군 임시 인민위원회에서 아버지 나이 또래의 청년들 앞으로 의용군 징병 영장을 보냈다. 아버지는 처자식을 둔 집안의 장자요, 폐결핵을 앓고 있었기에 징병 보류 신청서를 냈다. 스무 살이 넘는 남자가 있는 집은 한 가구 한 명씩은 의무적으로 의용군 차출이 강제되었기에, 첫째 삼촌이 의용군에 뽑힐 21세로 적령자였다. "시국이 이러이 어쩔 수 없잖습니껴. 성님 대신에 지가 나가지예. 지는 안죽 장가를 안 가서 처자식도 없는 몸이니 홀가분하잖아예. 으용군으로 나가는 집은 대문간 앞에다 '영

용전사 집'이란 팻말을 붙여주고, 전쟁이 끝난 담에는 공훈 집안으로 대접해준다잖습니껴." 첫째 삼촌이 의용군으로 뽑혀 집을 떠난 게 8월 초순이었다. 마을 청년 넷과 함께였다. 그들 중에는 작은집 삼촌도 끼어 있었다. 소집된 지 일주일 남짓, 첫째 삼촌은 읍내에서 제식훈련과 총기 조작 방법을 숙지하곤 곧 왜관 전투에 투입되었다. 6·25전쟁사에 가장 치열했던 전투로 알려진 다부동 전투에 총알받이로 참전한 지 보름이 채 안 되어 첫째 삼촌과 이웃집 남식이 아저씨가 전사했다는 소식이 마을에서 같이 떠난 동료에 의해 고향에 전해졌다. 장자인 아버지는 자기를 대신해서 인민군으로 참전했다 전사한 손아래 동생 탓에 주눅이 들어 막내 동생마저 징집되지 않을까 전전긍긍하며 집안 사정을 지켜볼 수밖에 없었다. 마음이 여린 분이라 그즈음 못 마시는 술을 통음하며, 내 때문에 종도가 죽었다며 괴로워했다고 한다. 9월 중순 들어 인민군이 낙동강 전선에서 퇴각할 때, 그들 속에 섞여 아버지는 집을 떠났다. 이듬해 1951년에 들어 다시 남한 땅이 된 예천에서 스무 살이 된 막내 삼촌이 징병 해당자였다. 막내 삼촌은 예천 농고를 졸업하고 집안 농사일을 돕고 있었다. "종도 성님이 인민군으로 끌려 나갔다가 죽었으이 인자 지가 국군으로 전선에 나갈 차렙니더. 그래야 실추된 집안으 명예가 회복되지 않겠십니껴." 막내 삼촌이 입대를 자청했다. 막내 삼촌은 입대한 지 1년 만에 강원도 중부 전선 전투 중에 중상을 입고 후송되어 상이군인으로 의병 제대를 했다. 온몸에 파편으로 흠집투성이였으나 그나마 목숨은 부지하여 한쪽 다리를 저는 불구자가 되어 고향으로 돌아왔다. 첫째 삼촌 시신은 그때까지 수습하지 못한 채였다. 할아버지는 휴전을 앞두고 아들과 함께 의용군으로 출정했다 포로가 되어 거제도에서 반공 포로로 석방되어 귀환해 있던 승모 아저씨를 앞세워 왜관 다부동 전투의 유학산을 찾았다. 그러나 산자락에 묻힌 허구많은 유골 중에 어느 것이 아들 유골인지 식별해낼 수 없었다. 인민군으로 참전했기에 국군 무명 묘지에 묻힐 수도 없어 뼛조각조차 가져오지를 못했다. 상이군인이 된 막내 삼촌은 읍내의 어느 과수댁 외동딸과 선을 보아 장가를 들었다. 그해가 1957년으로 내가 초등학교 학생이었기에 덕율리에서 읍내까지 시오 리를 동네 아이들과 함께 걸어서 통학했고, 집 마당에서 치른 막내 삼촌의 구식 혼례식을 어른들 사이에 섞여 구경했던 기억이 남아 있다.

여름내 통통해진 미꾸라지가 추석 절기에는 몸보신에 좋다는 사촌 아우의 말대로, 오랜만에 먹어보는 저녁 추어탕이 별미였다. 숙모님은 물론이고 어머니와 고모님도 추어탕 한 그릇을 비워냈다. 저녁 식사를 끝내고, 남자 따로 여자 따로 마루와 마당의 평상에 나누어 앉아 인사 온 친척들, 이웃분들과 아버지의 금강산 상봉을 두고 설왕설래 담소를 나눈 뒤 그들이 제 집으로 돌아가자, 여자들은 안방으로 옮겨갔고 남자들은 앉은자리에서 술판을 벌였다. 사촌 아우가 작년에 담근 술이라며 매실주를 내왔다. 수육, 문어, 추어탕에, 깎아 내어 온 감과 사과로 안주가 푸짐했다. 술잔이 오고 갔고, 대화는 자연스럽게 아버지와 작은집 삼촌의 월북에 따른 의문으로 풀려나갔다. 아버지와 작은집 삼촌은 거기서도 자주 만나는지? 두 분은 북한 땅 어디에 사는지 모르겠다. 북한은 교통 사정이 좋지 않아 다른 지방에 떨어져 산다면 만나기가 쉽지 않을 것이다. 두 분 다 북한에서 재혼했을 텐데 자식은 몇이나 두었는지 알고 싶다. 작은집 삼촌이 이산가족 상봉 신청을 안 한 걸 보면 그새 별세했을지도 모른다. 1997년 전후 북한 경제가 아주 힘들어진 '고난의 행군' 시절 3백만 명 이상의 주민이 굶어 죽었다는데 폐병을 앓던 아버지가 여든 살 넘게 살아남은 게 용하다. 이산가족 상봉이 17차나 진행될 동안 왜 이제야 불쑥 남한 가족 만남을 신청하게 되었을까? 남에서 올라간 사람들은 늘 감시 대상이요 푸대접 신세를 못 면한다는데 생활 형편은 괜찮은지 모르겠다. 장님 코끼리 더듬듯 그런 추측이 오고 갔다.

"큰집 할배가 그 시절 진짜 공산주의자가 맞습니껴?" 조카가 내게 불쑥 물었다.

"둘째 할아버지는 의용군으로 나갔으니 제껴놓고, 저도 할아버지 월북 동기가 늘 궁금했어요. 평소에도 그쪽 사상에 경도된 분인지 어떤지 하고요." 선재가 말꼬리를 달았다.

"글쎄……" 내 대답이 망설여졌다. "나도 너무 어릴 때라 들은 말을 옮길 수밖에 없다만…… 당시의 부패한 이승만 정권에 불만을 가졌을지는 모르지만, 공산주의자는 분명히 아니었던 것 같애. 어머니 말씀으로는, 인민군이 죽령고개를 넘어오기 전이니 7월 중순껜데, 아버지가 시국이 어떻게 돌아가는지 알아본다며 하루는 읍내에 자전거 타고 나갔다가 땀을 뻘뻘 흘리며 돌아와서는, 읍내가 지금 공포 분위기라며 치를 떨더라는 게야. 보도연맹에 가입한 자, 말깨나 하던 배운 자들을 좌익 혐의로 몰아 무더기로 연행해선 백마산 골짜기로 끌고 가서 모두 총살시켜버렸다니, 이런 천인공노할 세상이 어딨느냐며 분개하더라나. 그래서 심약한 분이라 지레 겁부터 먹곤 다시 남한 세상이 되면 경칠 일을 당하지나 않을까 싶어 그쪽 길을 선택했을지도 모르지. 세상이 조용해질 때쯤에나 집으로 돌아오겠다며."

"그럼 인민군 후퇴 길에 작은집 할아버지가 고향 집을 거쳐 가게 되자 큰집 할아버지를 만난 김에 동반 월북하자고 설득하니 그길로 따라나선 게로군요." 선재가 그럴듯한 해석을 달았다.

"그 문제를 두고 두 분이 만나 시국 문제를 두고 그런저런 상의는 했겠지. 국군이 들어와도 어차피 수사기관에 조사받거나 잘못하면 목숨을 잃을지 모른다고 예단해서 저쪽에 기대어 당분간 몸을 피하고 보자며 그 길을 택한 게 아닐까 싶어. 지금 따져보면 판단 착오였겠으나, 당시로서는 그렇게 생각했던 사람이 내 주위에도 더러 있었어. 시국이 동서를 분별할 수 없을 정도로 갈피를 잡을 수 없게 혼란스러웠으니깐." 고종사촌이 알은체 의견을 냈다.

"그럼 공산주의가 여기보다 살기 좋은 세상이라고 월북한 건 아니군요?" 사촌 아우가 큰 걱정거리라도 던 듯 말했다.

"그 시절은 대부분 사람들이 사회주의 체제나 자본주의 체제를 속속들이 알지 못했고, 선전 삼아 떠드는 소리에 혹한 게지.

그래서 내놓고 말은 안 했지만 자기 마음이 솔깃해지는 쪽에 줄을 섰다고 봐." 내가 두루뭉술 말했다.

"어머님 말씀으로는, 예천이 적 치하가 되었을 때 예천군 인민위원회에서 외삼촌에게 군당 정치위원 후보를 맡아달라고 해서 잠시 몸담았다고 들었는데요. 그래서 예천에 국군이 들어오기 전에 후환이 두려워 저쪽으로 넘어간 게 아닐까요?" 고종사촌이 물었다.

"인공 치하 두어 달 동안 당에서 아버지가 학교 선생 출신이라 이용 가치가 있다고 판단했던지 그런 후보 제안을 했으나 며칠 못 가서 병환 중이라 사양하곤 그로부터 두문불출했대. 활동은 하지 않은 셈이지. 어머니 말씀으로는 벌레 한 마리도 못 죽일 만큼 마음이 여린 샌님이었다는데, 그런 일 맡아서 남 앞에 나설 기질도 아니었던 것 같고." 나는 그런 이야기가 더 발전되지 않기를 바랐다. 인공 시절, 장자인 자신을 대신해 아래 동생이 의용군으로 나가 전사한 게 아버지에게는 큰 부담이 되어 월북을 택하게 된 원인을 제공했을 수도 있었다. 그러나 나는 그런 설명까지 첨부하고 싶지는 않았다.

어느새 밤이 깊었다. 시나브로 떨어져 내린 감나무 잎이 평상에까지 날아오고 서늘한 야기가 목덜미에 닿았다.

"운전수들은 내일 아침 일찍이 떠나자면 잠 좀 자둬야제. 술은 그만들 마시고 어서 잠자리에 들거라." 방 안에서 고모님 숙모님과 대화를 나누던 어머니가 스웨터를 걸치며 마루로 나앉았다.

"그러네요. 이제 일어서야겠습니다." 술잔을 받아 목만 축였을 뿐 술은 별로 마시지 않은 고종사촌이 엉덩이를 일으키며 말했다.

"나는 내일 차 운전 안 하니 다들 먼저 들어가. 모처럼 고향에 오니 쉬 잠이 올 것 같지 않아." 나는 모과주 잔을 들었다.

승용차를 몰고 온 고종사촌과 선재, 조카가 그럼 먼저 일어서겠다며 건넌방으로 들어가고, 사촌 아우와 나만 남았다.

"한 잔 들게." 내가 그의 잔에 술을 쳤다. "자네와 조카가 고향 집과 선산을 이렇게 지켜주니 얼마나 든든한지 몰라. 장손이라고 집안을 위해 한 일이 없으니 늘 미안한 마음이라." 나는 이때가 기회이기나 한 듯 주머니에서 돈 봉투를 꺼냈다. "이것 받아. 빈손으로 온 데다, 자주 못 내려와서 미안해. 곧 태어날 조카 애 기저귀 값이야."

"와 이러십니껴. 그만한 돈은 지들도 다 준비해두었습니더." 사촌 아우가 손사래 치며 한사코 봉투 쥔 내 손을 밀쳤다.

나는 부득부득 봉투를 사촌 아우 손에 쥐여주었다.

할아버지가 위암으로 돌아가시기 전, 임종을 예감했던지 서울에 사는 나를 불렀다. 나는 우리 집안의 종손이라 일찍 장가를 들어, 당시 이미 슬하에 어린 남매를 두고 있었다. 나는 읍내 고등학교를 졸업하자 대구로 나가 고모님 댁에 기숙하며 낮이면 학자금을 마련하러 아르바이트로, 밤이면 4년제 대학 야간부에 적을 두었다. 재학 중 사병으로 입대해서 병역을 치렀고, 대학에 복학해서 졸업장을 쥐자 상경하여 영등포 학원가의 강사로 취업했다. 그즈음 나는 덕율리 집으로 불려 내려가 영주 출신 간호사 여자와 맞선을 보고 결혼했다. 팔순을 앞둔 연세라 앙상히 마른 할아버지는 자리보전한 채 면전에 무릎 꿇어앉은 나와 막내 삼촌을 보고 유언 삼아 말씀하셨다.

"우리 양주가 죽으면 이 집은 응당 맏이 차지가 되겠으나 니도 알다시피 맏이는 여태 살았는지 죽었는지 알 수 없는 자식인데, 재가를 않고 여태 우리 양주를 모셔온 맏며누리가 이 집 주인이 되는 기 도리에 맞아. 그러나 며누리도 환갑 나이라 언제까지 이 집을 지킬지 알 수 없는 처지 아니냐. 따지고 보면 이 집과 얼마 안 되는 전답은 집안으 장손인 니가 물려받아야 마땅하겠지만……" 할아버지가 가쁜 숨을 멈추고 나를 넌즈시 올려다보았다. 나는 할아버지의 다음 말을 기다렸다. "그런데, 불구으 몸으로 여태 이 집을 지키며 우리 양주를 모셔온 막내 삼도가 있잖은가. 위로 두 성이 그렇게 되뿌리자 장자 몫을 대신해서 말이다. 그러이 이 집과 전답은 삼도 앞으로 넘가주는 기 옳치 않을까 하는데, 니 으견도 들을 겸 서울 생활이 바쁠 텐데 이래 불렀다. 니 어무이는 내 뜻에 따르겠다는 언질이 있었고. 이 집과 논밭 합쳐야 2천5백 평 정도으 땅마지기지만 내 죽은 후에 그 문제로 왈가왈부하는 사달이 없어야 집안 모두가 평안하겠기에 말이다. 영환이 니는 서울에서 그런대로 자리를 잡았고 어무이도 언젠가는 서울서 모셔야 할 낀데, 니 생각은 어떠노?"

할아버지가 젖은 눈으로 나를 쳐다보았다. 옆에 앉은 막내 삼촌은 고개를 숙인 채 말이 없었다. 그 점에 대해서는 나도 생각한 바가 있었기에 망설임 없이 대답했다.

"그러셔야지요. 위로 형님 두 분을 일찍 여의었으니 삼촌이 집안으 독자 아닙니까. 모르긴 해도 저야 고향에 내려와 살 입장이 못 되니, 누가 보더라도 이 집은 삼촌이 맡으시는 게 당연지사지요. 어머니도 언젠가는 제가 서울로 모셔가겠습니다."

막내 삼촌은 두 형님을 대신해서 국군에 입대해 상이군인이 된 몸으로 고향으로 돌아와 농사일하며 여태 조부모님을 모셔 온 게 사실이었다. 내가 비록 아버지 없는 집안의 장손이지만 나는 집안 재산 문제를 두고 탐심을 가져본 적이 없었다. 막내 삼촌과 숙모님은 부모님을 잘 모신 효자였다.

"니 생각이 그렇다이 고맙기 짝이 없구나."

말씀을 마치자 할아버지는 눈을 감았다. 입가에는 잔잔한 미소가 머물렀다.

"조카가 그래 선한 마음을 묵었다니 정말 고맙네. 부모님 타계하신 후로도 형수님이 고향에 계실 동안은 내가 부모님 모시듯 잘 보살피겠네."

막내 삼촌이 내 손을 덥석 잡았다.

"아닙니다. 그래 될 날에는 제가 어머니를 서울로 꼭 모시고 가겠습니다."

할아버지는 한 달 남짓 더 연명하다 별세하셨다. 서울에서 급거 내려온 나는 할아버지 장례식을 마치자 어머니에게, 이제부터 내가 어머니를 서울에서 모시겠다고 말했다. 어머니는, 거동이 불편하신 시어머님이 계신데 어찌 내가 매정하게 여기를 떠나겠느냐며 한사코 고향에 남으시겠다고 했다. 그때 어머니는 고향 집 텃밭에서 손수 가꾼 밭작물이며 고추, 참깨, 참기름 따위를 바리바리 꾸려 서울의 내 아파트에 여러 차례 다녀가면서도, 아파트란 궤짝 같은 집 안에 갇혀 지내자니 숨통이 막힌다며 일주일을 못 채워 하향하곤 했다. 할머니는 조석으로 어머니의 수발을 받으며 할아버지 별세 후 일곱 해를 더 사셨다. 할머니마저 별세하자 어머니는 그제야 오랜 시집살이에서 헤어나 서울의 내 아파트로 자리를 옮기셨다. 고향 집을 지키며 농사를 짓던 막내 삼촌이 별세하기는 10여 년 전으로, 고향 집과 얼마 안 되는 전답은 사촌에게 대물림되었다.

"새하얀 눈썹달이 감나무 가지에 걸렸네. 내 어린 시절 저런 달 쳐다보며 마실 아아들과, 남구는 제자리에 섰는데 달이 가나 구름이 가나 하고 내기도 했더랬제." 마루에서 달을 쳐다보며 어머니가 말했다. "서리 내릴 철이면 해마다 저래 가지가 뿐 질러져라 감이 주렁주렁 열렸지러. 이맘때면 아버임이 장대로 감을 따고, 딴 감을 어무임과 내가 여게 햇살 좋은 마루에 앉아 곶감으로 만들어선 처마에 주렴처럼 내걸곤 했지러. 니 아부지가 없어진 그해도 감이 억수로 많이 열렸더랬어. 한 해가 그렇게 가고, 니 동상이 돌림병으로 마 죽어뿔고, 두 해가 시름겹게 또 가고, 가실이면 감이 또 억수로 달리고, 그 감을 장대로 거둬들이고, 낙엽마저 져버려 감나무가 헐벗는 엄동 철이면, 밤마다 감나무 가지에서 우는 센 바람에 문풍지 흔들어대는 소리가 꼭 니 아부지가 목이 메어 날 부르는 소리로 들렸다. 긴긴 겨울밤이 언제쯤이나 끝날고 하며 마음 졸이다 보면 어느새 또 새봄이 날 보란 듯 새날 같게 찾아와 산천이 푸르게 물들고 말이다. 그렇게 기다린 세월이라니……"어머니의 한숨 소리가 평상에까지 들려오는 듯했다.

나는 감나무 가지에 걸린 초승달을 바라보았다. 감나무 가지에 달린 감에 겹쳐진 삐뚜름히 걸린 초승달의 음영이 절묘한 조화를 이루고 있었다. 바람이 불 때마다 낙엽이 맴돌며 떨어져 내렸다. 나로서는 몇 해 만에 보게 되는 고향 집의 밤 정경이었다. 아버지를 기다려온 어머니의 60년 세월이 감나무 가지에 매달려 간동대는 잎이듯 그렇게 달려 있었다. 남은 잎도 조만간 다 떨어질 터였다. 장자인 아버지를 대신해 의용군으로 입대한 첫째 삼촌의 전사, 잠시 몸을 피해야겠다며 어느 날 밤중에 집을 떠나버린 아버지, 좌익 집안이란 혐의를 대갚음하겠다며 국군으로 입대해 상이군인이 되어 돌아온 막내 삼촌, 어머니는 그런 집안의 액운을 맏며느리로서 숨죽이며 지켜보아야 했던 애젊은 새댁이었다. 김명도 한 사람 때문에 집안이 망하고 말았다는 동네 사람들의 쑤군거림을 귓가로 들으며 오직 나 하나에 정을 붙이며 살얼음판을 밟듯 살아온 세월이었다.

"친정과 시댁 모다 법도를 따지는 집안이라 재가는 아예 엄두도 몬 냈으이, 젊디젊은 생과부로서 내 행실은 남 앞에서 조신이 첫째고, 둘째도 조신스런 몸가짐이었대이. 내 눈앞에서 죽지 않아 어디서든 눈 퍼렇게 뜨고 살아 있을 사람을 두고, 자식까지 둔 몸으로 재가라니? 나는 꿈에서도 그런 생각을 해본 적이 없대이. 내가 당한 액은 내가 이고 가야 한다는 마음으로, 당신들 앞서 먼저 보낸 두 자식을 오매불망 그리워하는 시부모님을 모셨지러. 우리 때는 여필종부가 대단한 자랑거리도 못 되는 시절이었고. 이 지방에 사는 여편네들은 다들 전쟁으 엄청시런 한 시절을 그렇게 넘겼으니깐." 내 중학 시절 언젠가 들려준 어머니의 말이었다.

"어머니는 불과 네 해를 같이 사신 아버지의 어떤 점이 가장 생각나십니까?" 내가 물었다.

"니 아부지한테 내가 잘한 것은 아들 둘을 낳아준 것밖에 없는데, 그 하나 아들마저 잃가뿔고 말았으이…… 아무것도 잘한 기 하나도 없느니라. 잘못한 것만 자꾸 생각나. 집에서 귀염받고 자라다가 열여섯 나이에 시집온 내가 뭘 제대로 알기나 알았겠노. 철없던 가시나였지. 더욱이 시부모님, 시할머님 눈치 보느라 내가 서방한테 아무것도 잘해줄 틈이 있었나. 복날 마실 사람들이 추렴하여 황구라도 잡아 개장국을 펄펄 끓여 노나 먹을 때면, 폐병에 좋다는 개장국을 한 그릇 장복 못 시킨 게 두고두고 후회되고, 가실에 햇곡으로 쌀밥을 지을 때면 쌀밥 한 그릇 못 올린 게 후회되고, 긴긴 겨울밤 말랑말랑한 곶감 먹을 때면, 어느 겨울 춥던 밤 곶감을 숨카놓았다가 내게 불쑥 내밀었던 기 생각나고. 어무이가 고뿔 들어 누워서 내가 정지에서 밤늦게 죽을 쑬 때 남자는 부엌 출입을 금했는데 너거 아부지가 살쩨기 햇밤을 소복히 가져와, 니는 죽도 지대로 못 먹을 텐데 얼매나 배가 고푸겠냐며 아궁이 불에 같이 꾸버 묵던 어느 가실밤이 떠오르고…… 세월이 쌓일수록 그런 따스븐 추억과, 부끄럽고 미안했던 게 생각나. 지금이라도 따뜻한 쌀밥에 고깃국 한 그릇 바쳐 올렸으면 참말로 소원이 없겠다."

"저 달이 커져서 보름달이 될 때쯤 어머니도 드디어 아버지를 만나게 될 겁니다. 60년을 기다린 보람이 있었습니다." 나는 그 말밖에 달리 할 말이 없었다.

"큰성님, 야심한데 어서 들어오이소. 감기 들리겠십니더." 숙모님이 마루로 나왔다.

"제가 일어서야 어머니도 잠자리에 드실 모양입니다." 나도 술판을 끝내기로 했다.

내 말을 알아들었던지 그동안 부엌에 있던 조카며느리가 뒤뚱거리며 마당으로 나섰다. 낯선 남의 나라 땅으로 시집와 충충시하에서 시집살이를 하는 어린 조카며느리가 마치 어머니의 새댁 시절을 보듯 마음이 찡했다.

*

금강산에서의 제17차 남북한 이산가족 상봉은 추석을 넘겨 10월 30일부터 11월 5일로 날짜가 짜였는데, 먼저 이틀 동안은 남한에서 북한 측에 상봉을 신청한 1백 명의 가족에게 만남이 배려되어 이틀에 걸쳐 남북한 가족의 상봉 행사가 이루어졌다. 남측 방문단은 유고자를 뺀 94명이었고, 북측은 부모 형제자매를 포함한 313명이었다. 그들의 만남이 끝난 다음에야 북측에

서 상봉을 신청한 97명의 남측 가족들 573명의 만남이 이루어
지게 일정이 짜여 있었다. 그래서 우리 가족은 11월 4일과 5일
로 상봉 날짜가 잡혔다. 11월 2일에는 금강산에 갈 가족이 대한
적십자사 주관으로 서울에 소집되었고, 그날 두 시간에 걸쳐 통
일부와 국정원에서 나온 강사들을 통해 안보 교육과 상봉 시 주
의 사항을 교육받았다. 주의 사항은, 액수를 정해주지는 않았지
만 미화 1천 달러 이상은 가능한 제공하지 마라, 남북한이 체제
가 다르니 쌍방의 통치 방법이나 이념 문제의 대화는 피하는 게
좋다, 선물로 옷은 무방하다, 영양제는 모를까 특정 의약품의 선
물은 안 된다, 변질될 우려가 있는 식품 전달은 피하라는 따위
의 일반적인 주의 사항이었다. 중환을 앓고 있거나 기력이 너무
떨어진 고령자는 별도로 국립의료원에서 간단한 건강 검진을
받았다.

늦가을로 접어들어 날씨가 쌀쌀해졌으나 더없이 쾌청한 3일
오전 일찍, 아들이 내 아파트로 승용차를 가지고 왔다. 아버지를
상봉하면 전해줄 선물 꾸러미로 바퀴 달린 여행용 큰 가방 두
개를 차 트렁크에 실었다. 어머니는 아버지를 만나면 따뜻한 쌀
밥 한 그릇에 소고깃국을 끓여 올리고 싶다며 전기 밥통에 가스
레인지까지 싣겠다고 고집을 부렸으나 상봉 시 취사가 불가능
하다는 당국의 말이 있었기에 그런 가전제품을 싣지 못한 걸 내
내 아쉬워했다.

"할머니, 교육받을 때 강사가 하는 말이, 우리 쪽이 북의 가족
을 칙사 대접하듯, 북측도 최대한 성의 보여 우리를 진수성찬으

로 대접할 테니 잘 먹을 거라지 않습디까. 개인 상봉 때 먹을 것
도 현대아산이 경영하는 편의점에 다 갖추고 있어 별도로 구입
할 수 있다잖아요. 술과 과일은 물론이고 햇반에 김밥까지 있답
디다.” 선재가 말했다.

상봉 첫날은 북한의 초대로 점심을 겸한 단체 상봉, 이튿날은
가족별로 야외에서 점심 식사를 하는 개별 상봉 자리가 따로 있
었다.

“그래도 예전 고향 음식을 드시게 하고 싶다. 상하지 않을 음
식으로 내가 다 준비할 테니 니들은 간섭하지 마” 하신 뒤, 어머
니는 며느리와 손을 맞추어 명절이나 집안의 제삿날 맞이하듯
하루를 꼬박 걸려 음식을 장만했다. 밤과 생굴을 넣어 담근 김
치 세 포기에, 각종 전과 소고기를 다진 산적, 문어 한 마리를 삶
고 편육을 빠뜨리지 않았다.

선재가 운전하는 차에 내가 옆자리에 앉고, 뒷자리에 어머니
와 고모님이 탔다. 고모님은 소풍이나 가듯 들뜬 표정으로 여러
말을 재잘거렸으나 어머니는 대꾸 없이 입을 다물고 있었다. 표
정이 굳어 있어 벌써부터 긴장하고 있음이 짚였다. 차 안의 공
기가 무거워지자 고모님도 입을 닫았다. 차가 영동고속도로로
들어섰다. 도로변 산을 덮은 나무들은 막바지 가을을 넘기느라
단풍이 절정이었다. 푸른 잎의 소나무들 사이로 붉게 타오르는
단풍나무, 인동 무리, 누른 잎을 한껏 펼친 떡갈나무, 상수리나
무가 어우러진 차창 밖은 한 폭의 수채화였다.

“전쟁 났던 그해가 내 나이 열일곱 살 아니었겠나. 옵빠 만나

도 기억이 가물가물하겠네. 사람들 사이에 섞여 있다면 얼른 못 알아볼 것 같데이. 그새 세월이 얼만데." 오랜 침묵을 깨고 고모님이 말했다.

"고모할머니는 할아버지 만나면 첫번째 질문이 뭐예요?" 차를 몰며 선재가 물었다.

"곰곰이 생각해봤다만 그 질문이 너무 에럽다. 거게서 새장가 들었지요, 하고 물어볼까도 싶으나 옆자리에 앉았을 성님 마음 생각하니 입이 떨어질 것 같지가 않고…… 이 생각 저 생각하다가, 살아 있는 얼굴 한 번 보면 다지, 뻔한 그쪽으 에럽은 생활을 두고 입장 곤란하게 뭘 꼬치꼬치 묻겠노 싶기도 하고. 자나 깨나 장자 기다리다 눈감으신 부모님 소식 전하면 울음보가 터질 낀데 싶기도 하고…… 몇 해 정도 못 만내야 물을 끼 있제, 태어난 알라가 환갑을 맞는 장장 60년 세월이 아닌가베. 그래서 직접 보고 그때 내 입에서 떨어지는 대로 말해버리자고 마음먹으니 차라리 속이 편해다 편해."

고모님 말에 우리는 아무 말도 하지 않았다. 선재가 장가들기 전 어느 날 밤이었다. 우리 식구들이 거실에서 텔레비전을 보고 있었다. 6·25전쟁 때 처와 자식을 둔 몸으로 입대해선 전선에서 포로로 납북되었다 노년에 들어 천신만고 끝에 중국을 거쳐 남한으로 탈출해온 어느 노인의 북한 생활 회고담이었다. 때마침 선재가 직원 회식으로 한잔 걸쳤다며 불콰한 얼굴로 귀가했다. 귀환한 노인의 말이, 북한에서 새장가 들어 처와 자식 셋을 두었다는 것이다. 선재가 취중에 텔레비전을 보는 할머니에게 불쑥, "만약 할아버지가 북한에 살아 계셔 거기서 재혼했다면 할머니 심정은 어떻습니까?" 하고 물은 적이 있었다. 나도 그런 말을 묻고 싶었지만 차마 어머니의 심기를 불편하게 하고 싶지 않아 삼갔던 질문이었다. 어머니는 한참 대답이 없더니, "살아만 있다면…… 여태 거기서 혼자 살았다면 더 좋겠지만 남자란 여자와 다르잖느냐. 여편네가 있어야 밥해주고 빨래 빨아주지러. 궁상떨며 홀아비로 평생을 어째 살아. 새장가를 갔든 말든, 난 그냥 살아 있다는 소식만이라도 듣고 싶다" 하고 오랫동안 숨겨왔던 말을 했다.

소사휴게소에서 모두 화장실을 이용한 뒤, 아들과 나는 커피한 잔씩을 마시고, 승용차는 다시 출발했다. 차가 본격적으로 첩첩한 산과 산 사이 태백산맥 준봉을 빠져나가기 시작했다. 막바지 가을이라 우리는 차에 갇힌 채 황홀한 단풍 숲을 뚫고 한없이 빠져 들어가는 느낌이었다. 모두가 입을 닫고 차창 밖의 경치만 보고 있는데, 어머니가 실크로드 이야기를 꺼낸 게 차가 대관령휴게소를 지났을 때였다.

"서울 아들네 집으로 와서 살 때니 횟수가 제법 되었네. 언젠가 텔레비에서 중국으 대상 행렬이 낙타를 거느리고 사막을 건너 멀고 먼 서역 만 리로 길을 가는 프로였어……" 속력을 내는 차바퀴가 지면에서 붕 뜨듯, 어머니의 목소리가 들떠 있었다. 나는 다섯 차례에 걸쳐 매일 밤늦은 시간에 방영된 교양프로 실크로드 다큐멘터리의 전편은 다 보지 못한 채 두 회분인가 보았기에, 어머니가 꺼낸 실크로드 이야기를 처음 듣게 된 셈이었다.

내가 힐끗 뒤돌아보니 차창을 내다보는 어머니의 표정이 마치 서역 만 리로 길을 나선 듯 비장했다. 어머니는 60년 만에 아버지를 상봉하러 가는 지금이 아니라면 영원히 가슴에 묻어두기라도 했다는 듯 목소리가 회고조에 빠져들었다. "옛날 옛적 중국으 대상들이 낙타 등에 비단을 바리바리 실꼬 한 해 넘게 걸렸다는 그 길을 하염없이 걷고 걷는 그대로를 따라 해보는 프로였지러. 차도 없던 시절이라 한정 없이 걸어가다 보면 길을 잃을 때도 있고, 메칠 동안 물을 못 먹어 목은 타는데 야자수가 자라는 오아시스가 안 나타날 때도 있고, 강도 패를 만나 도망가느라 일행이 산지사방 흩어졌다 엉뚱한 다른 고장에서 만내기도 하고, 하늘에 걸린 높디높은 벼랑길을 넘다 지쳐 쓰러지기도 하고…… 그렇게 천신만고 끝에 장화 모양으로 생긴 이태린가, 서역 그 어디메에 도착하는 여행기 말이다. 며칠에 걸쳐 방영한 그 프로를 보며, 만약 그이가 멀고 먼 서역 만 리에라도 반드시 살아 있기만 하다면야 어떤 고난을 겪더라도 나도 그 대상들 따라나설 수 있겠다는 엉뚱한 생각도 해보았제."

"다큐멘터리 실크로드를 할머니 생각으로 재해석했군요." 숙연해진 분위기를 깨고 선재가 말했다.

"그런데 말이다, 그날 밤 내가 정말 실크로든가 하는 그 꿈을 꾸었어. 하늘과 땅 사이가 온통 사막인데 그 가운데로 주황색 비단이 지평선 끝까지 쭉 깔려 있었어. 물동이 같은 거를 인 새댁인 내가 맨발로 그 비단길을 타박타박 걸어가는 게 아니겠어." 어머니의 목소리가 들떴다.

"성님, 그래서 어째 됐어요? 맨발로 비단 깔린 길을 걷고 걸어 끝장에는 꿈에서라도 옵빠를 만났십니껴?" 고모님이 물었다.

"비단길을 하염없이 걸어가다 그만 꿈에서 깨어났어예. 그이를 만내지도 못했고. 참 이상한 꿈도 다 꿨다며 거실로 나와 보니 밖이 훤하게 밝아오는 새벽이었어예."

"맞아요. 주님이 그 텔레비 프로를 통해 성님한테 이번에 상봉이 있을 게라고 예언한 거라예. 먼지 폴폴 나는 흙길이 아니라 비단 폭이 깔린 길이란 좋은 징조로 해석해야지예. 참 성님 꿈이 신통하기도 하네." 고모님이 맞장구쳤다.

승용차가 대관령터널로 들어서자 주위의 자연 경관이 순식간에 사라지고 깜깜해졌다. 선재가 차의 전조등을 켰다.

아들이 운전하는 승용차는 강릉시 우회 도로를 빠져 동해안을 따라 북상했다. 차가 해안 도로를 달렸기에 차창으로 보이는 짙푸른 바다는 높은 파도를 타고 있었다. 첩첩한 산을 빠져나와서인지 툭 트인 바다가 시야에 시원하게 펼쳐졌다.

"난 저 파도를 볼 때마다 대지가 살아 있는 생명체라 인간들에게 온갖 먹을거리를 마련해주듯, 바다도 살아 있는 생명체 같아. 저 바다 밑에서 누가 무슨 힘으로 저 육중한 파도를 계속 만들어내게? 바로 하나님이야. 만물을 창조하신 하나님이 파도를 일으키고, 저 바다에서 온갖 물고기를 길러." 고모님이 바다를 보며 하나님의 신통력을 두고 말했으나 누구도 그 말을 받지 않았다.

나는 망망대해 그 바다가 북한과 닿아 있고, 육지처럼 철조망 같은 게 없기에 물고기들은 땅 위 하늘을 나는 새처럼 마음대로 월경이 가능하리라 생각했다. 그러나 인간은 지척인 북한을 눈 앞에 두고 60년 만에야 가족 상봉을 이루어내다니. 고모님 말대로라면 분단의 세월도 하나님이 만들었을까 하는 의문이 들었다. 우리 민족이 출애굽 시대의 이스라엘 백성이 아닐진데, 하나님의 뜻치고는 너무 잔인한 형벌이었다.

"오늘로 우리도 할아버지 만나러 북한 영해로 넘어갑니다. 마음대로 가고 오는 세월이 어서 와야지요." 선재가 말했다.

"어쩜 지금쯤 옵빠가 우리를 만나러 금강산에 와서 대기하고 있을지도 몰라." 고모님이 말했다.

비단길 발설 이후 어머니는 시종 아무 말이 없었다. 아버지를 만나는 데 따른 무슨 생각을 곰곰이 간추리고 있었을 것이다. 나는 내일이면 아버지를 만난다는 사실에 새삼 가슴이 두근거렸다.

승용차가 속초시 선착장 여객 터미널에 도착하기는 오후 1시 반이었다. 대한적십자사에서 마련해준 상봉 일정표에 따르면 3일 오후 3시까지 속초 선착장에 있는 여객 터미널에 도착하여 대한적십자사에서 나와 있는 안내원을 통해 입북 수속에 따른 절차를 밟아달라고 했다. 선착장 도착 시간이 점심때였고 시간적인 여유가 있어 우리는 식당을 찾아들었다. 선착장 주변에 늘어선 식당은 대부분 횟집이었다.

"당일로 북한 땅에 들어간다니 심장이 떨려 난 뭘 먹고 싶은 마음도 없다." 고모님이 말했다.

내 마음도 마찬가지였으나 끼니때니 어쨌든 빈속을 채워야 했다. 식당들이 비슷비슷한 메뉴판을 붙여놓았기에 눈에 먼저 띄는 식당으로 들어갔다. 어머니가 맵고 짠 음식을 기피했기에 맑은 국물의 대구탕을 주문했다. 어머니는 탕국에 밥을 조금 말아 드셨을 뿐, 먹는 양이 적었다. 식사를 마치고 여객 터미널 안으로 들어가자 우리 가족처럼 금강산으로 갈 상봉단 가족들로 붐볐다. 대체로 연세 든 분들로 집안 결혼식에라도 온 듯 할아버지들은 양복 차림에 넥타이를 맸고, 여자들은 양장에 코트를 걸쳤거나 한복을 차려입었다. 그들은 대형 가방이나 보통이로 선물 꾸러미를 잔뜩 꾸려 그 짐을 옮기는 데도 시간이 걸렸다. 대한적십자사 마크가 달린 노란색 제복에 모자를 쓰고 완장을 찬 남녀 안내원들이 접수대를 길게 차려놓고 입북할 이산가족의 신청을 받고 있었다. 접수처는 서울특별시와 각 도의 팻말이 따로 붙어 있어 우리는 서울특별시 접수처 줄에 섰다. 안내원이 각자 주민등록증을 제시해야 한다고 말했다. 우리 가족도 순서를 기다려 대한적십자사에서 마련해준 목줄 달린 신분증명서 패찰을 하나씩 받았다. 우리 가족 넷은 모두 67이란 번호가 씌어진 패찰이었다. 잠잘 때만 빼고는 귀국할 때까지 그 패찰을 늘 목에 걸고 있어야 신분이 확인된다며 분실하면 안 된다는 주의가 있었다.

북측의 가족과 상봉할 남측의 이산가족 573명과 대한적십자 실무진을 태운 여객선이 뱃고동 소리를 울리며 속초 여객 터미널 선착장을 떠나 북한 장전항으로 출발하기는 오후 4시를 넘어 설악산 쪽으로 해가 설핏 기울었을 무렵이었다. 바깥은 바닷바람이 세차 어머니와 고모님은 객실로 들어가 의자에 자리를 잡았고, 선재와 나는 바다 경치도 구경할 겸 난간에 나란히 섰다. 여객선이 바다 가운데로 천천히 미끄러지자 속초항이 시야에서 차츰 멀어졌다. 갈매기 몇 마리가 바람을 타고 끼룩거리며 여객선을 줄곧 따라왔다. 바다를 건너 북한 땅으로 아버지를 만나러 왔다는 게 비로소 실감이 났다. 여객선은 해안을 따라 곧장 북행하는 것이 아니라 공해로 나가 반원을 그리며 우회하여 북한 영해로 들어섰다.

여객선은 한 시간 반이 채 못 걸려 금강산의 외항 장전항에 입항했다. 아무런 장애 없이 단숨에 넘어올 수 있는 거리인데 분단 60여 년 휴전선은 요지부동으로 바다마저 갈라놓았다는 게 안타까웠다. 말굽꼴로 오목하게 들어앉은 천연 요새 장전항은 어촌보다는 규모가 큰, 남한의 동해안에 널린 많은 어촌 중에, 주문진 정도의 어항이었다. 외금강을 끼고 있어서인지 나지막한 해안의 밋밋한 바위산은 키 낮은 소나무가 듬성듬성 박혔고, 함석으로 지은 창고형 건물 몇 동이 보였으나 사람들은 별로 눈에 띄지 않았고 정박 중인 고깃배도 많지 않아 한산한 느낌이었다. 멀리로 톱날같이 솟은 외금강의 산세가 눈앞에 다가왔다. 여객선은 뱃고동 소리를 울리며 선착장으로 들어섰다. 여객선의 승객들이 줄을 지어 하선을 시작했다. '환영 제17차 이산가족 방문단'이 적힌 흰 띠를 두른 버스 열몇 대가 선착장의 공지에 대기하고 있었다. 버스 앞 유리창에는 몇 번부터 몇 번까지 타라는 표시가 있어 우리는 여덟번째 버스에 올랐다. 1998

년부터 "남한 동포의 금강산 관광 여행이 성사된 뒤 '현대아산' 이 온정리에 지은" 해금강호텔로 갈 동안 나는 두근거리는 가슴을 쓸어내리며 처음 대하는 차창 밖의 북한 산야를 내다보았다. 외금강의 바위산들이 키를 낮춘 주위의 둔덕은 소나무만 몇 그루씩 섰을 뿐 민둥산이 이어졌고, 늦가을이라 그 아래 자드락밭은 황량했다. 포장이 안 된 2차선 도로가 가지를 칠 때마다 간이 초소가 나섰는데, 총을 멘 인민군 보초병이 지키고 있었다.

"아버지, 소년병 같잖아요? 죄 쬐끄만합니다." 내 옆자리의 아들이 조그만 소리로 말했다.

금강산은 북한이 선전하는 국제적인 관광 명소라 이 지역에 배치된 군인은 특별한 선발 과정을 거쳤을 텐데 내가 보아도 정말 중학생이 누른 군복을 입은 채 큰 총을 메고 있는 듯이 보였다. 키가 160센티미터를 넘지 않아 보였다.

버스에서 내린 이산가족 일행은 대한적십자사 안내원과 현대아산 직원의 영접을 받으며 해금강 부근에 있는 현대연회관 앞에 모두 내렸다. 안내원 말은 저녁 식사부터 하고 숙소로 이동한다고 말했다. 회관은 단층 건물인데 남한의 금강산 관광객을 받기 위해 건설된 식당으로, 웬만한 강당만큼 넓었다. 식사는 뷔페식이었다. 나는 어머니를 긴 줄 꼬리에 세워 차례를 기다리게 하지 않고 식사 자리부터 정해주었다. 뷔페 음식은 한식 먹을거리와 양식, 중국식 일부까지 고루 갖추고 있었다. 나는 어머니의 식사로 녹두죽 한 공기와 부드러운 나물 반찬과 부침개를 선택했다. 접시에 밥과 튀김, 각종 전에 갈비까지 넘치게 담아 나른 고모님은 식사를 하며, 식재료를 모두 남한에서 가져왔는지 우리 먹을거리와 똑같고 맛도 입에 맞다며 뷔페에 나온 음식 칭찬이 늘어졌다. 어머니는 아버지를 만나기 전까지는 뭘 입에 넣기도 싫고 말도 아껴야 한다는 듯, 죽만 몇 모금 넘겼을 뿐 이내 숟가락을 놓았다. 기력을 차려야 할아버지를 만날 게 아니냐며 선재가 더 들기를 권했으나, 어머니는 그런 기력은 남아 있으니 걱정 말라며 한사코 수저를 다시 들지 않았다.

식사를 마치자 상봉할 가족들은 각자 타고 온 버스에 다시 올라 고성항 가까이 바닷가에 있는 해금강호텔로 이동했다. 짧은 가을 해가 기울어 사방은 어느덧 저녁 이내가 깔리고 있었다. 연봉으로 솟은 금강산이 적막한 어스름 속에 가려지고 있었다. 이 부근 어디에 있다는 북한 방문단이 머문다는 저들의 숙소인 금강산호텔에 아버지도 고단한 여정을 풀고선 60년 전 남녘땅 고향에 두고 온 남한 가족을 만날 설렘으로 마음 부풀어 있을 터였다. 남한의 금강산 관광객 숙소로 이용하기 위해 현대아산이 지은 해금강호텔은 서울의 여느 호텔만큼 큰 9층짜리로, 현대적 시설을 갖추고 있었다. 우리는 침대가 있는 방이 아닌 온돌방을 원해 네 식구가 한방에 들었다. 이곳에서 하룻밤을 잔 뒤 내일 점심 식사 때 드디어 장소를 옮겨 금강산호텔에서 남북 이산가족의 상봉이 이루어진다고 했다. 어머니와 고모님은 화장실에서 몸을 닦은 뒤 이부자리를 펴고 일찍 잠자리에 들었다. 아들과 나는 이런저런 대화를 나누다 약속이나 한 듯 가져온 트렁크에서 슬그머니 소주 팩과 삶은 문어를 꺼내어 초장과 함께 소주 판을 벌였다. 호텔 바깥은 북한 땅으로 초소마다 인민군이 경비를 서고 있어 출타를 금지했기에 아침까지는 어차피 객실에 갇혀 배겨내야 했다. 그러자면 한잔 마셔야 쉬 잠을 이룰 것 같았다.

"내일 할아버지 상봉에 지나친 기대를 갖지 마세요. 불과 이틀 만나면 또 이별할 게 아닙니까. 기대가 크면 실망도 그만큼 큰 법이니까요." 선재가 할머니가 누운 쪽을 살피며 작은 소리로 내게 말했다.

"나보다 어머니가 걱정이야. 내일 아침 진정제와 청심환을 드시게 해야지. 나는 아버지 얼굴도 모른 채 자라 그냥 담담하게 뵐 수 있을 것 같애." 내가 그렇게 말했지만 막상 아버지를 만나면 과연 태연할 수 있을까란 의문이 들었다.

내가 철들고부터 어머니나 조부모님, 친척으로부터 들은 아버지에 관한 이야기나, 집안의 대소사 문제를 두고 선재와 두런두런 이야기를 나누다, 자정께야 잠자리 들었다. 밤중에 소변을 보기 위해 나는 잠을 깼는데, 어머니가 취침용 불빛 아래 오도카니 홀로 앉아 계셨다. 잠이 안 오시는 모양이지요, 하고 내가 묻자, 새벽 4시구나 너나 더 자둬라 하곤, 당신도 다시 자리에 누었으나 잠에 든 것 같지는 않았다. 온갖 상념이 들끓으니 잠을 다시 자지 못할 모양이었다.

이튿날 아침에 선재와 내가 잠을 깼을 때, 어머니와 고모님은 이미 세수를 마치고 머리 손질에 가벼운 화장까지 끝낸 뒤였다.

아침 8시부터 9시 사이에 상봉 가족들은 객실을 나서서 버스

편에 현대연회관 식당으로 이동해 미역국으로 간단한 아침 식사를 했다. 어머니는 미역국에 밥을 몇 숟가락 말아 먹었다. 나는 어머니께 청심환 한 알을 권했다. 식사를 마치자 우리는 다시 해금강호텔로 돌아왔다. 11시까지는 자유 시간이었고, 11시 반에 집결하여 버스 편에 상봉 장소인 금강산호텔로 이동해 북한에서 베푼 점심 식사 자리에서 만남이 이루어지게 일정이 짜여 있었다.

어머니는 일찍 잠에서 깬 뒤부터 여태 별 말씀이 없었다.

"오늘은 가방 하나에 가져온 할아버지 옷만 담아 전달해요. 내일 나머지 것을 모두 드리기로 하고요. 사진들은 가져가도록 하시죠. 사진을 보면 대화가 자연스럽게 풀릴 테니까요." 선재가 말하곤, 여행용 가방 하나에 오늘 가져갈 물건들을 꾸렸다. 오리털 점퍼 세 벌, 겨울 내의 네 벌, 털목도리 다섯 개, 겨울용 남녀 양말 열 켤레, 털장갑 따위였다.

객실마다 설치된 안내 방송을 통해 상봉자 가족이 이동할 버스의 승차를 알렸다. 나와 선재도 아버지를 만날 때 선보일 새 양복에 넥타이를 맸다. 각자 목에다 67번 패찰을 걸었다. 선재가 여행용 가방을 끌고 먼저 객실을 나섰다. 연보라 공단 치마저고리로 치장한 고모님이 뒤따르고, 내가 연두색 한복에 토끼털로 안을 댄 색동 배자를 걸친 어머니를 부축했다.

"지금 마음이 어떠세요?" 내가 어머니께 묻고 나니 괜한 말을 꺼냈나 싶었다.

"벌써러 마음부터 할랑거리는구나. 만내기도 전에 가슴이 터지면 우짤고 그 걱정이 앞선다." 뛰는 심장을 조절하려는지 어머니가 배자 가슴께를 누르며 심호흡을 했다.

나는 급히 객실로 다시 들어가 물 한 잔과 진정제 한 알을 어머니께 권했다. 무슨 약인지 아는 듯 어머니가 말없이 약을 삼켰다.

우리는 지정된 버스에 올라 금강산호텔로 떠났다. 만남의 장소인 금강산호텔은 12층 건물이었다. 호텔 앞에 색깔 옅은 물색 옷 차림의 꽃다운 북한 아가씨들이 꽃다발을 들고 나란히 서서 우리를 환영했다. 그들은 모두 북한 인공기가 그려진 배지를 달고 있었다.

"남조선 동포를 렬렬히 환영합네다" 하며, 북한 아가씨가 내민 꽃다발을 어머니가 받았다.

우리는 제복 입은 북한 남자 안내원의 안내를 받으며 붉은 양탄자가 깔린 돔식 계단을 밟고 호텔 2층 민족식당으로 올라갔다. 레드 카펫을 밟는 순간, 어머니가 꿈에서 보았다는 서역 만리로 가는 비단길이 떠올랐고, 이 비단길을 밟기 위해 어머니가 60년을 수절하며 기다려왔나 싶었다. 위쪽은 벌써부터 왁자한 울음과 탄성이 터지고 있었다. 천장 높이 대형 샹들리에가 달렸고 뒤쪽 벽에는 탁구대보다 큰 금강산 안내판 대형 그림이 걸려 있었다. 넓은 식당은 우리보다 먼저 올라온 남측 상봉 가족과 그들을 맞는 북측 가족이 뒤섞여 혼란스러운 가운데, 극적인 상봉 장면이 이루어지는 참이었다. 나는 많은 관중이 지켜보는 무대 위로 등 떼밀려 올라선 듯 정신을 차릴 수 없었다. 둥근 식탁에는 음식의 일부가 이미 차려졌고, 정장한 안내원과 음식을 나르는 접대원 아가씨들로 북적거렸다. 흰 상보가 덮인 식탁마다 가운데에 각 가족의 번호판이 깃대처럼 세워져 있었고 그 번호판 앞에 역시 북한 국기와 번호가 씌어진 패찰을 목에 건 북한의 상봉자들이 대기하고 있음을 알았다. 하나같이 중절모 쓰고 뻣뻣한 양복에 넥타이를 맨 노인들이 남한 가족을 맞으러 기웃거렸다. 나는 그들 중에서 내 상상의 기억 속에 새겨진 아버지를 찾으러 눈을 굴리며 식탁 위의 67번 번호판부터 찾았다.

"저기 있다. 옵빠가 맞데이!"

고모님이 저쪽 어느 자리를 가리키며 손짓했다.

"성님, 맞잖소. 저분."

"아이구, 저렇게 폭삭 늙어버렸어……"

어머니 입에서 가느다란 탄식이 흘러나왔다.

나는 고모님이 가리키는 곳을 보았다. 중절모를 쓰고 지팡이를 짚은 중키의 노인이었다. 상상 속의 아버지가 맞는 것 같기도 하고, 길거리에서 흔히 볼 수 있는, 앞으로 살아 있을 날이 그리 길지 않은 연세에 이른 평범한 노인의 모습이기도 했다. 흰 와이셔츠에 넥타이를 맨 적갈색 양복 차림이지만 좁고 꾸부정한 어깨에, 온갖 고초를 이겨내며 그 나이에 이르렀다는 듯 뺨에까지 잡힌 굵은 주름, 동테 안경 안쪽의 침침해 뵈는 눈, 뭉그러진 콧날, 덤덤한 듯 보이지만 조금은 멍청해 보이는 표정이, 마치 허수아비가 서 있는 자태 같아서 여태 내가 상상해온 아버지와는 영 다른 모습이었다. 이분이 내가 평생 그리워해온 아버지의 참모습일까 싶자 실망감이 설핏 마음에 그늘을 지우는데, 곧이어 그런 아버지의 모습에서 참을 수 없는 연민이 가슴을 채우며 밀려왔다.

"아버지……"

이 말은 내 입안에서 궁글인 말이었지 입 밖으로 나온 소리는 아닌, 내가 여태 당신을 대면하여 불러본 적 없어 내 귀에도 어색한 울림이었다.

나는 어머니의 표정을 살폈다. 어머니는 아버지에게 시선을 고정한 채 눈 한 번 깜박이지 않고 강력한 자석에 당김을 받은 듯, 아니면 미혹한 무엇에 끌린 듯 식탁과 사람 들 사이를 빠져 그쪽으로 허둥지둥 걸어갔다. 완장을 찬 남측과 북측 방송국 요원들이 촬영기를 들고 테이블을 누비며 상봉 현장을 촬영하느라 분주했고, 아나운서는 상봉 가족 앞에 마이크를 들이대며 당사자들의 소감을 묻느라 생중계에 바빴다. 여기저기 플래시 터지는 빛과 소리로 혼란스러웠다.

"왔구려."

어머니를 보고 아버지가 가래 끓는 듯한 힘없는 소리로 말했다. 손이라도 잡을 듯 앞으로 내민 팔이 힘없이 떨렸다.

"안해도 가시주름 잡힌 늙은 동무가 됐구려."

어머니는, 임자가 내가 그리도 그렸던 그이가 정말 맞소 하고 묻듯 타는 눈길로 아버지를 바라보기만 할 뿐 입을 떼지 못했다.

"옵빠, 나 정순임더. 전쟁 났던 그해가 머리 땋은 열일곱 살이었잖아예."

고모님이 덥석 아버지의 손을 잡으며 울먹였다.

"정순이라. 그래, 알지. 너두 나이를 먹어 머리칼은 까만데 얼굴은 가시주름이 많게 잡혔네. 이렇게라두 만나니 반갑다."

"머리칼은 염색을 했지예. 거게도 늙은이들 염색하겠지예?"

"너이가 영환인가, 영식인가?"

아버지가 내게로 눈길을 돌렸다.

"큰아들 영환입니다. 얘는 제 아들이고요."

내가 옆에 선 늠름한 선재를 지목했다.

"할아버지 큰절 받으셔요." 선재가 말하곤 내게도, "할아버지께 아버지 큰절 올립시다" 했다.

그제야 마땅히 그래야겠다는 듯 나는 엉겁결에 꽃무늬 양탄자에 무릎을 꿇어 큰절을 올렸다.

"내가 어데 너희들 절 받을 자격이나 있나."

아버지가 안경을 벗어 소매로 눈자위를 훔치며 객쩍어했다.

"기다린 값이 있긴 있었구나."

"옵빠 앉으이소. 앉아서 차근차근 밀린 이야기하입시더."

고모님이 아버지의 지팡이를 받으며 의자에 앉혔다.

그럴 동안 북한의 접대원 아가씨들이 사근사근한 목소리로, 영양 좋은 북조선 음식 많이들 드시라요, 하며 탁자 위로 음식 접시를 계속 날랐다. 식탁을 둘러보니 가운데 놓인 색색의 꽃으로 장식한 꽃병 주위로 음식 그릇이 가득 널렸고, 차림표 종이가 있었다. "식빵(빠다와 쨈), 떡 합성, 남씨 합성, 닭고기, 어물 합성(대합과 문어), 오이숙장졸임, 섬죽, 오곡밥, 얼러지토장국,

칠색송이구이, 소고기완자, 도마도즙, 사과에……"대동강맥주며 산삼주, 사이다, 오차도 있었다.

"영식이는 왜 안 보여? 내가 떠날 때 첫돌을 났는데."

"둘째 애는 전쟁 난 이듬해에 홍진으로 죽었심더." 어머니가할 말을 고모님이 대신했다.

"만나면 꼭 하구 싶었던 말이, 임자에게 미안하다구…… 평생그 말 한마디 꼭 하구 싶었다우. 이제 내 소원이 풀렸구만."

아버지가 기침을 콜록거리며 비로소 어머니께 눈길을 돌렸다.

"백수 넘기시기를 바라지는 않았으나…… 아부지 어무임은언제 별세하셨수?"

"오매불망 소식이 올까 기다리시다가…… 아범님은 1987년섣달 초사흘에 세상을 뜨고 어머님은 1994년 4월 보름날 별세하셨습더. 아들 대에 와선 모두 양력을 따르기에 제사는 기일맞춰 양력으로 모시고예."

어머니가 고개를 숙이고 외워두기라도 한 듯 조그만 소리로대답했다.

"가난살이에 어른들 모시느라 고생이 많았겠소. 이 불효자는할 말이 없어. 부모님 생각하며 남녘 하늘 보고 내가 흘린 눈물이사말루 대동강 강물만큼은 될 거우."

아버지가 허공에 눈물 괸 눈을 풀어놓으며 나직이 한숨을 내쉬었다. 아버지의 와이셔츠 위로 솟은 주름진 여윈 목을 보자,마음이 여린 분이었다는 어머니 말이 생각났다.

"막내 삼도 옵빠 죽은 것도 모르지예?" 고모님이 아버지께 말했다. "큰옵빠 집 떠나기 전 둘째 종도 옵빠가 인민군으로 나가서 전사한 줄은 알 테고…… 큰옵빠 집 떠나고 삼도 옵빠가 두 옵빠를 대신해서 국군에 입대했잖았어예. 전투에 큰 부상을 입고 제대해선 두 옵빠 대신 부모님을 모시고 살았지예. 보자, 니 작은아부지가 언제 돌아가셨노?" 고모님이 내게 물었다.

"벌써 7, 8년은 되었을걸요."

"성님이 이날 입때꺼정 옵빠 기다리며 영환이 쟈 하나 보고 독수공방해왔다우. 하나님이 그 정성을 갸륵하게 여겨 이렇게 만나는 경사를 허락하셨나 봐예."

고모님이 아버지 옆에 앉은 어머니를 힐끗 보더니 더는 참을 수 없다는 듯 기어코 그 말을 꺼냈다.

"그런데 옵빠는 거게서 여태꺼정 홀애비로 사셨어예?"

"……"

입술만 떨 뿐 말을 못하는 아버지의 주름진 얼굴이 울음을 터뜨릴 듯 일그러졌다.

어머니는 아버지의 옆모습을 말끄러미 쳐다보기만 할 뿐 입을 떼지 않았다. 아버지 이야기가 나오면 4년간의 신혼 시절 추억담을 곧잘 재잘거리던 어머니가 갑자기 벙어리가 되어버리고 말았다. 말을 대신하듯 어머니는 손수건 말아 쥔 손만 식탁 위에서 떨어댔다. 어머니는 하고 싶은 말이 없어서 말하지 않는 게 아니라, 하고 싶은 말이 너무 쌓여 억장이 막혀 속울음만 삼키고 있는 게 분명했다. 나 역시 아버지께 특별히 묻고 싶은 말이 달리 없었다. 나도 어머니가 아버지 없이 나 하나를 믿고 살아온 역정의 세월을 다 말하자면 며칠이 걸려도 모자랄 것이다. 그러나 별세하실 때까지 아버지를 모시지 못할 바에야 그게 다 쓰잘데 없는 하소연이고 넋두리란 자책이 입을 무겁게 했다.

"새장가 가신 모양이구려. 그쪽에서 자식은 몇이나 두었소?"

"아들은 못 두구 딸 둘을 뒀디. 여기 사진 박아 가져왔어."

아버지가 양복 안주머니에서 사진 석 장을 꺼냈다. 한 장은 독사진, 두 장은 북한의 딸 둘, 사위, 그 아래 손자 손녀 다섯이 앞뒤로 앉고 선 가족사진이었다. 백지 한 장에는 딸과 사위 들, 손자 손녀 다섯 명의 이름과 생년월일이 연필 글씨로 또박또박 적혀 있었다. 어머니가 사진 석 장을 나란히 놓고 꼼꼼히 들여다보았다. 사진에 새어머니 얼굴은 없었다.

"제가 사진을 찍을게요. 할머니, 고모님, 할아버지 옆에 바싹 붙어 앉으세요." 선재가 카메라를 들고 뒤로 물러섰다. "할아버지, 할머니 손이라도 잡으셔야 어울리지요."

"가장 책임을 다 못 한 내가 어디 렬녀 손 잡을 자격이나 있나."

아버지가 어색하게 탁자 위의 할머니 손등에 자기 손을 얹었다. 나도 아버지 뒤에 섰다. 울음을 억지로 참는 내 표정은 내가 보지 않아도 어색할 것이다.

"음식상 한번 대단하네. 옵빠 먹으면서 이야기하입시더." 고모님이 아버지께 젓가락으로 대합을 집어 손수 아버지에게 먹여주었다. "옵빠, 지금은 어데 사세요?"

"서평양 하당에서 조금 떨어진 변방이디. 큰딸 식구와 같이 살아. 둘째 집난이(시집간 딸)는 남포 부근 어촌에 살구."

"어부인도 함께요?"

"작년에 병으로 그만……"

"그래서 이제야 남한 가족에게 연락할 마음이 생긴 게로군요." 고모님이 넘겨짚었다.

그 말에 아버지는 대답 없이 안경 안쪽 눈자위를 훔쳤다. 고개를 숙이고 있던 어머니가 아버지 말에 잠시 고개를 들었는데, 나는 무심해 뵈는 어머니 눈에서 반짝이며 흘러내리는 눈물 한 방울을 보았다.

"평양 시민은 지방보다 선택받은 특별한 시민이라던데, 할아버지도 공화국에 크게 공헌하신 모양입니다." 선재가 말했다.

"그게 다 위대하신 지도자 동지님 덕분이지."

"할아버지, 북한에서 그동안 무슨 일을 하셨어요?" 선재가 물었다.

"처음은 발편잠(편안한 잠) 못 자구 개고생깨나 했으나 해방전쟁 후로는 사회안전부 지소에서 서기 일을 보았디. 아무 생각두 안 하기루 하구 맡은 일만 노력하니 세월이 기냥 가. 약두 별루 못 썼는데 그때부텀 몸두 점차 좋아졌구."

"그해 같이 넘어간 작은집 충도 옵빠는 어쩨 됐어예?" 고모님이 고물떡 하나를 들며 물었다.

"충도 말인감? 딴 세상으로 갔지. 51년 여름인가, 미제으 항공 폭격으루 많이들 희생됐는데 그때…… 황해남도 해주 부근인데, 남조선에서 올라온 청년들루 편성된 후방을 미제 쌕쌕이가 공습한 통에. 지금은 거기 전사들 묘에 묻혀 있어."

선재가 식사하며 보라고 가져온 사진 봉투를 꺼냈다. 고향 집 풍경과 여러 장의 가족사진이었다. 흑백사진은 오래전에 찍은 사진들이요, 컬러사진들은 찍은 날짜가 박힌 최근 사진이었다. 아버지가 사진을 한 장 한 장 안경알 너머로 꼼꼼히 볼 때마다 고모님이 설명을 달았다.

"옵빠, 봐예. 고향 우리 집. 지붕만 바뀌었을까 예전 그대로잖아예. 감나무도 그 자리 섰고예. 지금은 막내 오빠 안들(처)과 그 자슥들이 삽니더. 옵빠 눈에도 고향 집이 전쟁 난 그 시절과 하나 변하지 않았지예? 이 사진은 뒷산으 부모님 묘지입니더."

"늘 눈에 삼삼하던 그대로야. 장대 꼬챙이 끝에 자루 달아 홍시 따던 감나무두 그냥 그 자리에 섰구. 뒷동산 밤나무들도 여전히 칠칠하구먼. 여기는 해방전쟁 때 미제놈들 쌕쌕이들 무차별 폭격으루 시골도 남아난 집과 나무가 없을 정도였어. 전쟁 후 살 집을 집체 건설하느라 인민들이 허리띠 졸라매구 고생깨나 했다."

"이건 영환이 대학 졸업식 날에 찍은 사진이네. 뒤쪽에 선 애가 제 아들이라우. 지금은 중학교 교감 선생임더. 서문시장서 포목점 하던 지 서방은 3년 전에 죽었고……"

나는 아버지 잔에 맥주 한 잔을 올렸다. 아버지와 고모님과 아들이 식사를 했으나 나는 입맛을 잃어 아무것도 먹고 싶은 마음이 없었다. 젓가락 쥔 손을 조금 떨었지만 밥을 먹는 아버지의 숟가락질이 게걸스러울 정도로 아귀찼다. 어머니는 아버지의 그런 식사 모습을 대견하다는 듯 말끄러미 바라보다가, 오곡밥을 젓가락으로 낱알을 세듯이 떠먹었다. 선재가, 북한 음식이 이렇게 성찬일 줄 몰랐다며 오곡밥에 섬죽 한 그릇까지 비워냈다. 음식이 풍성했으나 언제 만들었는지 더운 기가 없이 식어 있었고 간이 내 입에 맞지 않았다. 나는 오곡밥에 남새합성을 반찬 삼아 몇 술을 떴다. 답답한 속을 맥주 한 잔으로 달랬다.

식사 시간은 한 시간 남짓 걸렸다. 할머니도 말씀 좀 해보시라고 선재가 몇 차례나 말했으나 어머니는 아버지의 식사 모습만 지켜볼 뿐 끝내 아무 말도 하지 않았다. 나는 그런 어머니 모습에 부아가 끓었으나, 아버지 앞에서 반편 노릇을 하기는 나도 마찬가지였다. 주위의 식탁 둘레에서는 아직도 감격을 주체 못한 듯 흐느낌 소리, 어느 자리에서는 아리랑 합창까지 터져 나왔다. "팔놀림(춤가락에 맞추어 팔을 흔드는 모습) 한번 요란하구먼" 하며 박수를 쳐대는 북측 노인도 있었다. 연방 플래시 터지는 소리가 요란했다.

"오늘 상봉은 그만 끝내야 할 시간입니다. 이제 10분 남았습니다. 식사를 마저 끝내주십시오. 내일 또 만날 것을 기약하며 오늘은 마무리 짓겠습니다." 식당의 소란스러움을 가르고 남측 적십자 안내원의 마이크 소리가 들렸다.

그제야 선재가 옆에 놓인 여행용 가방을 아버지한테 넘기며, 가족들 옷을 몇 가지 가져왔다고 말했다. 그러자 아버지는, 위대하신 지도자 동지님께서 다 일별로 내려주시는데 이런 건 일없다고 사양했다. 지금 입고 있는 양복도 다 지도자 동지님이 내리신 전표로 양복 상점에서 맞추어 입었다고 했다.

"우리들의 자그마한 성의입니다. 가셔서 당에 바치게 되더라도 꼭 받아주세요." 아들이 강요하듯 다졌다.

아버지는 아무 말 없이 옆에 놓인 가방을 내려다보았다.

내가 어머니를 부축해서 계단을 내려올 때, 어머니는 이렇게 헤어지고 만다는 탓에 걸음을 떼기조차 힘들다는 듯 온몸을 내게 의지했다.

"애비야, 나는 아직도 내 정신이 아니데이. 시간이 어떻게 간지 모르겠고, 니 아부지를 만난 게 꿈인지 정말인지 아직도 헷갈리는구나." 어머니가 간신히 말했다.

나는 온몸에 힘이 한꺼번에 빠져나가듯 허탈했다. 이건 꼭두각시들을 불러놓고 연출하는 전시용 볼거리란 생각이 들었다. 혈연의 만남이 자기가 태어나고 자란 고향이나 각자가 살고 있는 장소가 아닌 엉뚱한 곳에서, 한정된 인원이 불과 하루에 한두 시간, 그것도 이틀로 끝내고 다시는 만나지 못할 각자의 처소로 떠난다는 게 막장 드라마를 보듯 비정하다 못해 잔인한 형벌이 아니고 무엇이냐는 분개심이 끓어올랐다.

남측 이산가족은 외금강호텔 숙소로 돌아오려 각자 타고 왔던 버스에 올랐다. 창가에 앉은 고모님이 창문을 열고 손을 내밀어 흔들며 밖에 선 아버지에게, 내일 또 만나자고 말했다. 아버지는 손을 흔들며, "냄내기(인사 차려 보내다)가 이래 섭섭할 줄이야" 하고 엉절거렸다. 어머니는 고개 숙여 손수건에 얼굴을 묻고 오열을 쏟을 뿐 차 밖에 지팡이 짚고 꾸부정하게 선 아버지 모습을 끝내 보지 않았다. 나는 아버지와의 짧은 상봉과 헤어짐에서 도무지 현실감을 느끼지 못한 멍한 상태가 되었고, 나역시 잠시 꿈을 꾸지 않았느냐란 착각마저 들었다. "이렇게 생기롭고 설설한(성격이 탁 트여 시원함) 장손을 두어 무엇보다 반갑군. 나는 여기서 친손자를 두지 못했는데, 임자가 고생이 많았네. 다 지도자 동지님이 무언의 교시를 내린 은덕이야." 작별을 하러 계단을 내려오며 아버지가 선재 어깨를 두드리며 했던 마지막 말이 내 귀에 맴돌았다.

이튿날 이산가족의 개별 상봉은 오전 11시부터 오후 2시까지 점심 식사를 겸해 이루어진다고 했다. 번호표 50번까지 1진은 해금강 바닷가에서, 51번부터 2진은 삼일포 호수였다. 금강산 면회소에서 아침밥을 먹고 난 뒤 우리는 개별 상봉으로 점심때 먹을거리를 구입하러 구내 편의점에 들렀다. 햇반과 김밥, 막걸리 한 병, 사과, 늦가을인데도 탐스러운 온실 재배 딸기, 초콜릿이었다. 깔개가 필요할 것 같아 휴대용 돗자리도 구입했다.

"호텔에는 전자레인지가 없습디더. 이 햇반 따숩게 데워주이소." 어머니가 점원에게 말했다. 그래서 점원이 전자레인지로 데워준 햇반 네 그릇을 준비해온 겹보자기에 여며 쌌다.

이튿날 아침, 오늘이 마지막이니 하고 싶은 말 후회 안 되게 실컷 하시라는 고모님과 아들의 여러 차례 당부를 받고도 어머니는, 관격에 들린 듯 가슴이 꽉 막혀 도저히 말문이 터지지 않더라 했다. 어머니는 간밤도 제대로 잠을 이루지 못한 데다 먹는 게 시원찮으니 중병을 치른 듯 안색이 핼쑥했고 눈 주위가 부어 푸석했다.

호텔로 돌아오자 아버지에게 전해줄 물건들로 여행용 가방을 가득 채웠다. 아버지가 60년 전에 입었던, 이날까지 어머니가 장롱에 고이 간직했던 모시 바지저고리와 무명 두루마기 한 벌, 난방 시설을 제대로 갖추지 못했다는 그쪽은 얼마나 춥겠냐며 손수 마련한, 솜을 두둑이 넣은 공단 바지저고리 한 벌, 남녀 각 두 개씩 손목시계 네 개, 홍삼 진액 다섯 박스, 홍삼차 세 갑, 우리 고장의 명물 곶감 두 쾌, 밤 한 되, 건삼과 말린 전복 한 꾸러미, 미역과 김 세 톳, 아스피린과 각종 상비약 따위였다. 나는 미화 1천 달러를 안주머니에 넣었다. 1백 달러 다섯 장, 50달러 열 장을 신권으로 준비했다. 아들은 등산용 가방에 집에서 장만한 먹을거리와 편의점에서 산 먹을거리를 챙겼다. 나와 아들은 양복을 벗고 소풍 가듯 등산용 파카와 바지를 입었다.

우리는 호텔 주차장에 대기한 버스에 올라 삼일포로 떠났다. 서늘한 바람이 불었으나 하늘은 구름 한 점 없이 쾌청했다. '심산 속의 호수'란 말대로 삼일포는 주변 경치가 절경을 이루었다. 외금강 줄기로 뻗어 내린 장군대 연화대의 멧부리들이 울근불근 솟아 호수를 싸고 있었고 등을 낮추어 물에 발치를 뻗은 거뭇한 바위산에는 소나무가 울창했다. 호수 가운데는 여러 개의 작은 섬이 빼어난 수석이듯 물 위에 그림자를 드리우고 있었다. 멀리로 산과 산 사이 호수 위에 걸쳐진 밧줄로 엮은 구름다리가 선경을 이루어, 아닌 말로 금강산이야말로 북한이 내세울 만한 명산임에 확실했다. 삼일포 주차장에 내리자, 북측 이산가족들 사이에 섞여 지팡이 짚고 멀거니 서 있는 아버지를 만날 수 있었다. 양복 위에 파카를 걸쳤고 손가방을 들고 있었다.

우리 가족은 호숫가 노송 앞 햇빛 받기가 좋은 시든 잔디에 깔개를 펴고 앉았다.

"나두 말만 들었지 금강산은 처음인데 정말 천하 명산이로군. 마가을바람(한 고비를 지나 부는 가을바람)두 시원해 좋구." 아버지가 갈대 나부끼는 삼일포를 둘러보며 말했다.

서로 가져온 먹을거리를 깔개 가운데에 내놓았다. 아버지는 가방에서 감자떡, 만두가 소복히 든 찬합, 북어포와 고추장, 삶은 밤, 불로주 한 병, 맥주과자를 주섬주섬 꺼냈다. 우리가 가져온 먹을거리를 합치니 앞자리가 음식 그릇들로 푸짐했다.

"별것은 못 되지만 선물루 가져왔소. 이거 모다 집 뒤 밭에서 내가 손수 개별 생산한 것이라우. 선물은 정성이요 마음씨라 했는데……" 아버지가 손가방에서 종이 봉지 몇 개를 마저 내놓았다. "이것두 개별 생산한 강냉이 한 되, 무말랭이, 가지말랭이, 이것은 도라지와 참깨요."

어머니가 아버지 정성에 감복했다는 듯 고개를 끄덕이곤 그 봉지들을 소중히 챙겼다. 나는 어머니 입가에 처음으로 번지는 수줍은 미소를 보았다.

"우리도 이것저것 준비해왔어요. 나중에 확인하시고 할아버지가 쓸 것은 빼고 나머지는 가족분들 나누어 주십시오." 아버지의 소박한 선물에 비해 우리가 가져온 잡다한 걸 꺼내놓고 자랑하기가 민망스러웠던지 아들이 여행용 가방째 아버지 쪽으로 넘겼다.

"어제도 많게 줬는데 또 뭘 이렇게······ 지도자 동지님께서 인민들을 배려하여 윤택하게 살도록 해주시는데."

"덕율리 고향 집 뒷산에서 딴 밤도 한 되 넣었심더. 식구들과 꾸버 먹으이소." 어머니가 말했다.

"남쪽을 선전할 어떤 것도 들어 있지 않으니 당에서 품목을 조사받더라도 괜찮으실 겁니다. 걱정하지 마십시오." 내가 말했다. 나는 어제 옆자리 식탁에서 하던 곁귀로 들은 말이 상기되었다. "우리는 두 주일을 당에서 남조선 동포들 만날 때으 교양 학습을 받았습네다" 했다.

"옵빠, 그 속에는 지가 성경책도 넣었심더. 평양에는 교회가 두 군데 있다던데, 옵빠도 예수교 신앙을 꼭 받아들이이소. 예수님을 열심히 믿으면 장차 천당에 가서 내외분이 새로 백년해로 할 낍니더. 지는 교회 권사 직분에 있고, 아들은 교회 장롭니더." 고모님이 말했다.

아버지는 그런 말을 덤덤히 받곤 딴청 부리듯 쨍하게 맑은 하늘을 쳐다보며, "날그리(날씨) 한번 좋다"고 했다.

어머니가, 그새 식었다며 햇반 그릇의 플라스틱 뚜껑을 개봉하고 김밥 싼 은박 종이를 풀어 아버지 앞에 가지런히 놓았다. 나는 아버지 앞에 놓인 잔에 막걸리 한 잔을 올렸다. 어제도 맥주를 한 모금밖에 드시지 않았기에 연세도 있는지라 술은 마시지 않는 듯했다. 점심밥 드시면서 얘기하자고 고모님이 말을 꺼낸 뒤, 지난 60년 동안의 집안 대소사를 주워섬기기 시작했다. 아버지는 간간이 덕율리에 살던 친척과 이웃들의 저간 소식을 물었다. 어제의 다소 서먹서먹하고 뻣뻣하던 아버지가 비로소 긴장을 푼 듯했으나 말을 하다가 누가 듣기라도 하듯 주위를 둘러보곤 했다. 고모님이 미처 대답을 못할 때만 어머니가 나서서, "장출이네요? 오래전에 집안 모두가 대구로 이사를 갔십니더" 하고 보태는 말 이외는, 여전히 별로 말을 하지 않았다. 대신 아버지의 버쩍 마른 모습이 지난 세월 동안 당신이 잘 거두어 먹이지 못한 탓이기나 한 듯, "그 시절에는 소고기가 귀해 명절이나 제사상에만 올렸던 산적입니다." "예전에 자셨던 우리 김치 맛이 어떤지 들어보이소." "덕율리 우리 집 감나무에서 딴 감으로 맹근 꼬감이라예. 말랑말랑한께 먹기가 좋을 낍니더." "이건 야들 고모가 대구에서 만들어온 깁니더" 하며, 먹을거리를 두고 플라스틱 접시째 아버지 앞자리로 옮겨놓았다. 우리가 동석하지 않은 자리라면 젓가락질로 손수 아버지 입에다 넣어줄 듯이 안달을 내는 어머니 모습은 내가 보기에도 안쓰러울 정도였다. 아버지는 어머니가 권유하는 대로 햇반 갑을 맛있게 다 비워냈고 반찬도 어머니가 권하는 대로 열심히 먹었다. "남조선으 김치 맛이 색깔두 곱구 건건달싹해서 좋구만" 하기도 했다. 박아넣은 금니가 몇 개 보이긴 했으나 치아 상태가 괜찮아 아직도 여문 걸 씹을 만하고 소화력도 좋은 모양이었다. 그런 점이 팔순 중반의 아버지 건강을 지탱시켜주는 힘이 되지 않을까 싶었으나 과식을 하고 있지 않나 염려스러울 정도였다. 아니나 다를까, 그동안 얼마나 식사가 열악했으면 이렇게 달게 자실까 싶은지 어머니가 눈치 빠르게 핸드백에서 소화제 갑을 꺼냈다.

"이것 소화젭니더. 먹은 게 체할 수도 있으니 잡쉬두이소."

"난 괜찮아요. 어제두 아무렇지두 않던데."

"혹시 모르니 넣어뒀다 나중에 드세요."

"남조선 음식이 참 맛다르네. 갈라진 60년 새 북남이 음식 맛두 이렇게 변했구려. 세월이 무상하우." 아버지가 바람 빠지는 풍선처럼 허탈하게 웃으며 슬그머니 소화제 갑을 받아 주머니에 챙겼다.

연세가 너무 들어 겸양이고 뭐고 다 잊은 듯 식탐하는 그런 아버지가 조금은 미련해 보여 내 상상 속의 수줍음 많이 탔다던 마음 여린 샌님과는 다른 아버지 모습으로 비쳤다. 북녘에서 보낸 60년 세월이 음식 맛만 아니라 사람의 형상까지 저렇게 바뀌게 했을까 싶자 새삼 민족의 분단이 아프게 마음을 찔렀다. 콧마루가 시큰해지고 눈물이 핑글 돌았다.

선재는 그런 식사 광경의 이모저모와 호수 주위의 아름다운 풍광을 카메라에 담느라고 바빴다.

나는 손목시계를 보았다. 어느 사이 오후 1시가 넘어서고 있었다. 쓰잘데 없는 이야기로 아까운 시간을 물 쓰듯 버리는 것이 나는 초조했다. 그러나 따지고 보면 아무리 오랜만에 가족이 만났어도 그런 이야기 이외 다른 무슨 더 중요한 이야기가 있으랴 싶기도 했다. 소시민의 평범한 기쁨이란 어쩌면 이런 사소한 데 있지 않을까 하는 서글픈 생각마저 들었다. 국정원의 강사로부터 상봉 교육을 받을 때 가능한 남북 체제나 이념 문제는 언급하지 말라는 주의가 있기도 했지만, 그때 왜 아버지가 가족을 남겨둔 채 단신 북한으로 가셨느냐고, 그 길 이외에 다른 방법은 정말 없었느냐고 묻고 싶었다. 그렇지만 지금 물어서 얻어낼 수 있는 답이 무엇일까? 아버지도 60년 전 그때 일을 두고 딱 부러진 답을 말하지 못한 채 어물거리거나 위대하신 어버이 수령 동지님을 찾아서 월북했다는 판박이 말이나 앵무새처럼 읊을 게 뻔했고, 아버지가 그 어떤 대답을 하더라도, "그 말씀 한번 속 시원합니다"라고 할 만한 진심 어린 고백을 들을 수 없을 것이다. 아니, 그런 질문부터가 깨진 사기그릇을 붙이려는 헛된 시도요, 엎질러진 물을 다시 담으려는 안간힘에 다름없었다.

"남측 가족 여러분은 이제 10분 이내로 상봉을 끝내고 각자 타고 오신 버스에 승차해주시기 바랍니다. 다시 한 번 당부합니다……"

제복에 모자 쓰고 적십자 표시 완장을 찬 남측 안내원이 핸드마이크를 들고 호수 주변을 돌며 왜자겼다. 그 말에 우리 가족은 곧 헤어져야 한다는 냉엄한 현실에 갑자기 표정이 굳어진 채 말을 잃었다. "마 이래 끝나는구나." 고모님이 낙담하며 핸드백을 들고 자리에서 일어섰다. 우리는 서둘러 널린 음식을 모으고 깔개를 걷어 상봉을 끝내야 했다. 어머니가 음식을 챙기기 시작했다. 우리가 가져온 것, 아버지가 꺼내놓은 것을 따로따로 꾸렸다.

"선재야, 할아버지가 들고 오신 가방에다 이것 챙겨드려라. 가서 자시게. 그리고 니 가방은 이리 도고." 어머니는 우리가 꺼내놓은 음식과 과일을 선재에게 담게 하고 아버지가 가져온 강냉이 한 되며 말린 무 따위는 선재 등산 가방에 담으며, "두고두고 생각하며 잘 먹겠십니더" 하고 당신 자신에게 말하듯 조그만 소리로 중얼거렸다.

"할아버지를 만나면 장손으로서 무슨 선물을 할까 곰곰이 생각하다가 제가 이걸 준비해 왔어요." 선재가 주머니에서 군청색 벨벳 갑 두 개를 꺼냈다. 한 돈짜리 금반지 한 쌍이었다. "남에서 유행하는 커플 반집니다. 60년 만의 재회 증표로 할아버지가 할머니 손가락에 끼워드리고, 할머니가 할아버지 손가락에 끼워드리세요."

사전 그런 언질이 없었기에 나는 어리둥절할 수밖에 없었으나 아들의 기특한 착상이 흐뭇했다. 할아버지와 할머니는 금반지를 멀거니 내려다볼 뿐 어찌할 바를 몰라 했다. 선재가 반지를 끼워주는 장면을 사진으로 찍겠다며 카메라를 들고 일어나 물러섰다.

"종손이 뜻깊은 선물을 준비했네. 뭘 그래 서먹서먹해합니껴. 손부터 맞잡고 맞는 손가락에 끼워줘보이소." 고모님이 갑에서 금반지를 꺼내 아버지와 어머니께 나누어주었다.

아버지가 먼저 어색하게 어머니 주름진 손을 슬그머니 잡더니 왼손 셋째 손가락에 금반지를 끼웠고, 어머니도 할아버지의 가느다랗게 여윈 둘째 손가락에 반지를 끼웠다. 두 사람이 그 장면을 실현할 때는 마치 처음 만난 사람의 손가락을 우격다짐으로 잡은 듯 손을 떨었다. 선재가 그 모습을 카메라로 찍었다. 나는 어머니의 쪽 찐 머리에 꽂힌 옥비녀를 보며, 아버지가 저 옥비녀에 담긴 긴 사연을 알기나 하랴 싶었다.

이제 헤어져야 할 시간이라 깔개를 걷어 챙길 때, 아들이 파카 주머니에서 테이프 한 장을 꺼냈다.

"할아버지, 이것도 가져가세요. 할머니가 할아버지를 기다리며 평생 혼자 읊으시던 노래가 수록돼 있어요. 전쟁이 끝난 이듬해 작곡된 유행가인데 요즈음도 노래방에서 자주 불려요." 할아버지가 테이프를 받을까 말까 망설이자, 선재가 재빨리 눈치채고 덧붙였다. "당국에 테이프를 압수당해도 곧 돌려받을 겁니다. 당시 유명한 여가수가 부른, 내용이 그저 그런 「봄날은 간다」니까요."

나는 파카 안주머니에서 달러가 든 두툼한 봉투를 꺼내었다.

"미화 1천 불입니다. 요긴할 때 살림에 보태 쓰십시오." 나는 아버지 손에 봉투를 쥐여주며 말했다.

"미제 돈 1천 불?" 그 액수가 북한 돈으로 얼마인지 감이 잘 잡히지 않는다는 듯 아버지가 물었다. 그러나 곧이어, "우리 인민은 지도자 동지님의 은덕으로 잘 먹구 잘 입구 아무 부족한 것 없이 사니 이런 미제 돈은 일없어. 그냥 가져가서 남조선에서 사용하지그래" 하고 봉투를 내게 다시 돌려주었다.

당국의 사전 교육이 있었는지는 모르지만 체면을 차리겠다는 겸양인 줄 알아채고 내가 부득불 다시 봉투를 아버지 두 손에 쥐여주었다.

"아들로서 아버지께 처음 해드리는 선물이니 전혀 부담감을 갖지 마세요. 꼭 받으십시오. 북조선식 혁명절개를 렬렬히 지켜오신 아버지 마음을 충분히 이해합니다." 나도 북한식 용어를 써보았다.

고모님이, "하나 아들으 성의를 그래 무시하면 저 애가 돌아가서 두고두고 괴로바할 끼라예"하고 말하기도 했지만, 두 손으로 바쳐 올리는 간곡한 내 청을 더는 거절할 수 없었던지 아버지가, "그럼 절반만 쪼개서 받지 뭘"하고 수정 제의했다.

나는 얼른 봉투에서 1백 달러짜리 다섯 장을 빼고 사용하기 편하게 50달러 열 장이 든 봉투를 아버지께 넘겼다. 아버지는 고맙게 받겠다고 했다. 나는 아버지 면전에 무릎 꿇고, 만수무강하시라며 큰절을 올렸다.

우리는 버스가 대기한 주차장으로 걸었다. 선재가 등산 가방을 메고 아버지에게 넘길 여행용 가방을 끌었다. 내가 우리 쪽 먹을거리를 담은 아버지의 가방을 들고 따랐다. 남측 이산가족들이 하나둘 버스에 올랐다. 헤어지기가 못내 섭섭한 가족의 일부가 버스에 오르기 전 버스 문 앞에서 서로 부둥켜안고 이별의 통곡을 쏟기도 했다. 먼저 버스를 탄 가족은 차창 밖으로 손을 내밀어 흔들며 작별의 설움을 쏟아냈다. 휠체어를 탄 어느 노인은 북의 남편을 끌어안고 울음보를 터뜨렸다. 나도 아버지께 가방을 넘기곤 마지막 절을 하곤, 부디 건강하시라고 한마디했다.

"할아버지 남북이 통일이 되는 날 또 만나요! 그때까지 사셔야 합니다."선재가 가방을 할아버지에게 넘기곤 큰 소리로 말했다.

"이래 헤어지면 또 언제 다시 만낼고, 이래 짧게 만낼 바에야 아예 아니 만난 것보다 못해."고모님이 내내 훌쩍거렸다.

"어디 첫입에 배부르랴. 섭섭한 마음이야 하늘을 넘지만 또 만날 날이 오갔디. 그때를 기약해." 아버지가 끄윽 신음을 삼키며 겨우 말했다.

어머니는 손수건에 얼굴을 묻은 채 오열을 쏟을 뿐 아무 말이 없었다.

우리가 버스에 올랐고, 기사가 출발을 알리는 시동을 걸었다. 창가에 앉았던 고모님이 창밖으로 얼굴을 내밀고 밖에 선 아버지를 향해 흐느끼며 잘 가시라는 작별의 말을 하자, 옆자리에 앉았던 어머니가 고모님을 제치며 윗몸을 창밖으로 내밀었다. 어머니가 두 팔을 내두르며 갑자기 미친 듯 울부짖었다.

"여보, 날 거기로 데려가주이소. 여생을 당신과 함께, 조석으로 따뜻한 밥 대접하며 보내고 싶심더. 제발 날 거기로 데려가주이소!"

버스가 출발하여 지팡이 짚은 아버지의 손 흔드는 자태가 사라지자, 어머니는 의자에 털썩 주저앉더니 그길로 실신하고 말았다.

*

아버지를 상봉하고 돌아온 어머니는 그 충격으로 서너 달을 통원 치료를 받아야 할 정도로 심하게 앓았다. 신체 어디에 특별한 장애가 온 것이 아니라 전신 무력증이었다. 60년 만에 아버지를 보았지만 이틀 만에 다시 생이별했고, 이제 살아생전 다시는 만날 수 없으리라는 정신적 충격 때문이었다. 노래를 부르지는 않았지만 선재가 구해준 「봄날은 간다」의 메들리 테이프 노래를 침상에서 듣곤 했다. 식음을 거의 놓다시피 하자 정신마저 혼미해지는지, 아버지가 전해준 북한에서 최근에 찍었다는 독사진과 그쪽 가족사진을 앞에 놓고 알아들을 수 없는 헛소리를 중언부언 읊었다. 몸이 무너지는 이상으로 정신 또한 흐려졌다. 그로부터 체력은 물론 정신력까지 급격히 떨어지더니 나와 처가 무엇을 물어도 말귀를 알아듣지 못한 채 초점 흐려진 멍한 눈으로 바라보기만 할 뿐 대답을 못했다. 그때부터는 「봄날은 간다」 노래도 들리지 않는지 아무런 반응이 없었다. 작은 몸이 장작개비같이 마르고 누가 부축하지 않으면 제대로 걷지를 못했다. 2013년에 들어서는 대소변마저 처의 도움을 받아야 하는 처지가 되었다. 아버지를 만나고 4년이 지나 2014년에 들어섰으나 제17차를 마지막으로 이산가족 상봉 행사는 다시 열리지 않고 있었다. 우여곡절 끝에 3년 4개월 만에 상봉 행사를 하기로 하였는데 그러나 기어코 변고가 찾아들었다. 어머니가 완전한 치매 상태로 들어간 것이다. 4년이나 지나 아버지의 생사 여부를 알 길 없는 게 기억을 상실한 어머니로서는 차라리 다행인지도 몰랐다. 정신이 나가버리면 아들인 나조차도 알아보지 못했다. 그래서 한순간에 내가 아버지로 보이고 사막의 비단길이 눈앞에 펼쳐지기라도 한 듯 아기처럼 어리광을 부리며 애원하곤 했다.

"이 길로 임자 따라나서서, 쌀밥에 고기 반찬으로 모시고 싶습니다."

(2014)

연처럼, 새처럼

— 김원일의 소설 시대와 분단문학의 매트릭스

우찬제
(문학평론가)

1. 연

바람 불어 좋은 날, 산골 마을에서 연을 날리다 보면 어느덧 하늘의 연처럼 저 멀리 날아가버리고 싶다는 생각이 들 때가 있다. 연줄을 툭 끊어버리면 연은 바람 따라 저 산 너머로 훌쩍 비상해버리는데, 그걸 따라 산 넘고 물 건너 새로운 세상을 구경하고 싶은 욕망이 용솟음치게 마련이다. 예전에는 그런 날이면 산골에서 집을 나가는 아이들이 더러 생기곤 했다. 이청준의 「빗새 이야기」나 「새와 나무」에서도 그렇고, 김원일의 「연」에서도 그렇다. 「연」에서 서술자의 아버지는 필경 떠돌이 역마살을 타고난 인물처럼 보이는데, 그 도화선이 연을 따라나선 경험이었다. "마실 밖을 몬 나가본 나는 첨으로, 세상이란 이렇게 넓구나 하고 탄복했지러. 아부지가 타지에서 집으로 돌아와 나른

마실 이바구를 해줄 적엔, 그저 그렇겠구나 했는데 실제 내 눈으로 사방 천지를 내리다보이까 그만 집으로 돌아갈 맘이 안 나는 기라. 그래서 인자 내가 연이 돼서 그 딴 세상으로 훨훨 내려 갔제"(p. 122). 연을 쫓아 높은 산을 오르고 또 올라 높은 곳에서 아래를 내려다보니 이전에서 보지 못했던 세상이 보이더라는 얘기다. 그래서 스스로 연이 되어 "딴 세상"으로 훨훨 날아갔다는 것이다. 이렇게 '밖'의 "딴 세상"을 경험하면 이전처럼 '안'에서의 평화를 구하기 어렵다. '안'에서만 만족하기 어렵다. 그러니 연처럼, 바람만 불면 비상하려 한다. 떠나려 몸부림친다.「연」의 아버지가 바로 그런 인물이었다. 연처럼 바람결에 떠돌다 바람이 잦아들면 잠시 집을 찾아들지만, 끝내 정주를 알지 못한 채, 마치 바람의 기운을 잃은 연이 추락하는 것처럼, 객지에서 떠돌이 삶을 마감한다.

「연」의 이야기는 세 가지 점에서 김원일 소설의 핵심적 특징을 가늠해보게 한다. 첫째, "딴 세상"을 경험한 이는 집에 머물지 못한다는 것. 김원일 소설에서 이 역할의 담당자는 주로 아버지인데, 아버지가 경험한 "딴 세상"은 좌익 이데올로기다. 그것 때문에 아버지는 집에서 없는 존재가 되고, 이로써 남은 가족은 고통스럽다. 아버지는 문제적인 것들에 두루 걸쳐진 부재하는 원인이다. 둘째, 없는 아버지로 인해 당하는 가족의 고통은 주로 어머니와 장자에게 주어지는 것으로 전경화된다. 어머니는 아비 없는 자식들을 키우느라, 이상을 좇는 아버지와는 달리 매우 현실적인 캐릭터가 될 수밖에 없다. 또 어머니는 장자에게 서둘러 가장의 역할을 맡아야 한다는 점을 주입하는데, 이것이 장자에게는 더할 나위 없는 억압이 된다. 셋째, 이런 문제적 상황이기에 아들은 아버지처럼 연을 날리지도, 연처럼 날아가면서 딴 세상을 보고 싶어 할 엄두도 내지 못한다. 대신 그 아들은 왜 자신은 아버지처럼, 아버지의 연처럼, 살 수 없었는가, 하는 것을 이야기로 풀어낸다. 작가로 성장하는 것이다. 분단 시대의 대표적인 작가 김원일은 그렇게 탄생한다.

잘 알려져 있다시피 김원일은 분단과 전쟁 체험을 인상적으로 소설화한 작가다. 분단 시대 한국 문학의 드라마틱한 별자리다. 1942년 경남 진영에서 출생하여 한국전쟁의 와중에 아버지와 생이별하고 편모슬하의 장남으로 대구에서 성장한 김원일은,「어둠의 혼」『노을』『불의 제전』『겨울골짜기』『마당 깊은 집』『푸른 혼』『전갈』등 현대사와 분단 상황에 관한 굵직한 이야기 산맥을 쌓아 올렸다. 선우휘·오상원·하근찬 등 성년의 몸과 의식으로 전쟁을 직접 체험한 세대와는 달리 어린 시절의 전쟁 체험을 바탕으로 분단문학 2세대를 형성하며, 분단 상황에 대한 서사적 상황의 넓이와 깊이를 달리했다. 가령 분단 주제와 생태 정의 문제를 가로지른「도요새에 관한 명상」, 분단 문제와 사회적 정의 문제를 강렬하게 환기한「마음의 감옥」같은 소설을 보면, 김원일은 오로지 분단 시대 한국 작가만이 쓸 수 있는 특징적인 소설을 매우 인상적인 방식으로 형상화한 작가라는 사실을 절감하게 된다. 이데올로기라는 "딴 세상"을 좇아 떠난 아버지, 그에 따른 가족의 고난과 어머니의 간난, 편모슬하의 장자 의식 등으로 인해 개인 김원일의 초년 운은 상당히 불우했다. 그러나 그 불우한 삶에서 비롯된 그의 소설은 불후한 명작으로 빛나게 되었다. 그가 빚어낸 그의 소설 시대는 한국 문학의 웅숭깊은 절정이며, 분단 시대 한국 작가가 세계 문학에 발신한 뜨거운 상징이다.

2. 가족

김원일 소설에서 아버지는 이데올로기의 표지이자 욕망하는 대문자로 형상화된다. 그는 자기 욕망에 따라 이데올로기를 좇을 수 있는 존재다. 이런 아버지의 욕망에 따라 어머니나 장자는 주로 결핍의 기호로 나타난다. 자전적 장편소설인 『마당 깊은 집』에서 아버지는 마산상업학교에서 수학한 다음 진영읍 금융조합의 서기를 지내다가 서울 수복 직전 가족과 헤어진 것으로 되어 있다. 아버지가 등장하는 여러 가족 서사에서 아버지의 이력은 그런 범주 안에서 다소간의 변주를 보이며 반복된다. 실제로 작가의 아버지는 남로당의 주요 인물이었다고 하는데, 이데올로기라는 "딴 세상"을 좇아 월북한 아버지에 대해 가장 사무친 이는 물론 어머니였을 것이다. 어머니는 "사상에 미쳐 처자식 놔두고 이북에 간 애비는 미친놈이다"[1]란 옹이 진 넋두리

---

1   김원일, 「젊은 시절의 괴로움」, 『사랑하는 자는 괴로움을 안다』, 문이당, 1991,
    p. 98.

를 자식들 앞에서 거듭했던 것으로 김원일의 자전적 에세이는 전한다. 남편에 대한 원망과 자식들과 더불어 살아남아야 한다는 절박한 강박감이 어머니를 무척 고통스럽게 했을 터이다. 그런 까닭에 어머니는 「미망」「깨끗한 몸」『마당 깊은 집』 등에서 분명하게 드러난 것처럼, 철저한 현실주의자가 되지 않을 수 없었으리라. 아들 또한 없는 아버지나 있는 어머니나 할 것 없이 모든 가족 상황이 원망스럽고, 잘못 태어났다는 환상으로부터 벗어나기 어려웠을 것이다.

그래서일까. 김원일의 소설 시대 초기의 인상적인 단편소설인 「어둠의 혼」(1973)에서 작가는 아버지의 존재를 아예 소거한다. 소년 '갑해'의 시선을 통해 한국전쟁 직전의 이데올로기적 혼란상과 그로 인한 가족의 곤경과 상흔을 극적으로 점묘한 소설이다. 어린 갑해에게 이데올로기는 매우 불확실하고 불가해한 어떤 것이었다. 차라리 굶주림은 구체적이고 확실한 육체적 고통과 두려움으로 절실하게 다가왔다. 가족을 이렇게 허기와 불안의 고통에 빠지게 한 원인으로 아버지를 지목한 갑해는 아버지를 미워하게 된다. 이런 갑해의 증후는 보라색 혐오증으로 전경화된다.

대추나무 뒤쪽 하늘은 짙은 보라색이다. 나는 보라색을 싫어한다. 손톱에 들이는 봉숭아 꽃물도, 닭볏 같은 맨드라미도, 코스모스의 보라색 꽃도 싫다. 어머니 젖꼭지 색깔까지 싫다. 보라색은 어쩐지 아버지가 바깥에서 숨어 다니며 하는 그 일과,

어머니의 피멍 든 모습을 떠올려준다. 말라붙은 피와, 깜깜해질 징조를 보이는 색깔이 보라색이다. 옅은 보라에서 짙은 보라로, 세상의 모든 형체를 어둠으로 지우다, 끝내 아무것도 볼 수 없는 밤이 온다는 게 두렵다. 이 세상에 밤이 있음이 무섭다. 밤이 없는 곳이 있다면 나는 늘 그 땅에서 살고 싶다. 나는 환한 밝음 아래 놀다 그 밝은 세상에서 잠자고 싶다. 아버지는 어둠 속에서 총살당할 것이다. (pp. 15~16)

보라색은 갑해에게 아버지가 하는 일을 떠올리게 하고 어머니의 피멍 든 얼굴을 생각나게 한다. 그래서 불안하고 싫다. 좌익 활동가인 아버지를 색출하기 위해 경찰이 늘 집을 감시하고 밤마다 수색을 한다. 아버지를 찾지 못한 경찰은 종종 어머니를 지서로 연행해 폭행을 가하는 등 분풀이를 한다. 이런 상황이어서 갑해에게 집은 편안한 실존의 둥지일 수 없다. 불안과 고통의 플랫폼이다. 특히 아버지나 경찰이 집에 오는 시간이 주로 밤이기에 보랏빛 어둠은 특히 불안의 기호가 된다. 아버지가 하는 일은 불안의 대상이자 원인이다. 아버지가 밤에 집을 찾아왔을 때, "날 쥑이고 가, 쥑이고 가란 말이다. 이 미친 사내야, 자슥 새끼들하고 날 쥑이고 내빼"라고 외치는 어머니의 목소리에도 불안에 떨고, 밖을 나가 도망치는 아버지를 뒤쫓는 "쥑이라, 쥑여! 갈겨버려!"(p. 33)라고 고함치는 순경들의 목소리에도 불안에 떨 수밖에 없다. 불안 때문에 소년은 후들후들 떨며 소변을 보고 소리 내어 운다. 잘못 태어났다는 환상과 더불어 아버지를 상실할지도 모른다는 불안에 포획된다. 보랏빛 혐오증, 보랏빛 불안은 보랏빛 어둠 속에서 아버지가 총살을 당할지도 모른다는 것으로 수렴되었는데, 결국 아버지는 체포되어 지서 뒷마당에서 총살당하고 만다. 자신이 가장 싫어하는 보랏빛을 아버지의 시체에서 본 소년은 아버지의 죽음을 애도하는 가운데 더 큰 불안에 빠진다. 그렇게 더 큰 고통의 세계로 입사하면서도 소년은 "이제 집안을 떠맡는 기둥으로 버티어나가지 않으면 안 된다"(p. 38)는 생각을 한다. 이 다짐은 주인공의 성장의 계기를 나타내는 징표다. 분단 상흔으로 인해 너무나도 이른 나이에 어른이 될 수밖에 없었던 역설적 성장의 이야기다.

「어둠의 혼」에서 아버지의 죽음을 절정의 서사 단위로 배치한 것은 부재하는 것으로 늘 집안에 영향을 미치는 집 밖의 아버지에 대한 불안 때문이었을 터이다. 그토록 불길한 불안에 대한 대항 기제였는지 모른다. 부재하는 원인을 아예 소거함으로써 남은 가족만으로 새롭게 꾸려나가는 가족 서사를 소망한 결과일 수도 있겠다. 그러나 소망은 차연되고, 부재하는 원인은 계속 미끄러지며 이후의 가족 이야기에도 여전히 작동한다. 그러니까 김원일의 가족 서사에서 아버지의 자리는 공집합 Ø이자, 역설적으로 무한히 잠재된 가능태로서 무한대 ∞에 가깝다.『마당 깊은 집』이나 그 직전 이야기인「깨끗한 몸」은 부재하는 아버지로 인해 아버지나 아들이 얼마나 애면글면하게 살아야 했는가를 보여준다. 어머니는 늘 마음 단단히 먹고 "열심히 공부해서 훌륭한 사람이"(p. 246) 되라고 했다.「깨끗한 몸」의 결말에 간략히 시사된 어머니의 교시는 『마당 깊은 집』에서는 더욱 분명한 교육으로 반복된다.

"[……] 니는 인자 애비 읎는 이 집안의 장자다. 가난하다는 기 무신 췬지, 그 하나 이유로 이 세상이 그런 사람한테 얼매나 야박하게 대하는지 니도 알제? 난리 겪으며 배를 철철 굶을 때, 니가 아무리 어렸기로서니 두 눈으로 가난 설움이 어떤 긴 줄 똑똑히 봤을 끼다. 오직 성한 몸뚱이뿐인 사람이 이 세상 파도를 이기고 살라 카모 남보다 갑절은 노력해야 겨우 입에 풀칠한다. [……] 지금부터라도 악심 묵고 살아야 하는 기라. 내가 보건대 우리 처지에서 니 장래는 두 가지 길밖에 읎다. 한 가지는, 공부 열심히 해서 배운바 실력이 남보다 월등하여 훌륭한 사람이 되는 길이다. [……] 또 한 가지, 니가 이 세상 파도를 무사히 타 넘고 이기는 길은, 세상살이를 몸으로 겪어 갱험을 많키 쌓는 길이다."[2]

「어둠의 혼」에서 스스로 결의에 찬 다짐을 했음에도 불구하고 어머니가 이렇게 다잡을 때마다 아들은 억압을 느끼며 저항하고 싶어 한다. 『마당 깊은 집』에는 어머니의 억압으로 인해 아들이 얼마나 고통스러웠고, 또 얼마나 어머니를 미워했던가가 상세히 드러난다. 그런 아들이 이제 성인이 되고, 어머니를 이

2   김원일, 『마당 깊은 집』, 문학과지성사, 2018[초판 1988], pp. 29~31.

해하고 모시는 시기를 배경으로, 어머니와 할머니의 고부간 갈등의 이야기를 다룬 「미망」에서도 여전히 부재하는 원인인 아버지가 갈등의 중심에 자리한다. 우람한 여장부 스타일인 어머니는 폭식주의자에 가깝다. 입이 걸어 아무 음식이나 잘 드신다. 반면 아담한 할머니는 소식주의자다. 음식을 잘 드시지 못한다. 둘 사이의 고부 갈등은 「어둠의 혼」 시절로 거슬러 올라간다. 아버지를 찾으러 경찰이 밤마다 출몰할 때 젊은 새댁이었던 어머니는 무서우니 시어머니가 와서 그 보랏빛 밤을 함께 지내주었으면 했다. 그런데 딸네 집에 가 있던 할머니는 그러지 못했다. 그게 원한이 되었다. 할머니는 할머니대로 며느리에 대한 서운함과 빨갱이 아들을 둔 미안함이 겹쳐져 며느리에게 마음을 열지 못했다. 할머니가 타계하기 직전 마지막 며칠 동안 그 사연을 곡진하게 풀어놓은 소설이 바로 잊을 수 없는 「미망」이다. 아들의 혼사를 앞두고 갑작스레 남편을 잃은 할머니, 이데올로기로 인한 생이별로 졸지에 청상이 된 어머니, 이 두 '미망未亡'인 사이의 갈등 원인은 '미망迷妄'했던 시절의 혼란 탓이기도 했다. 그 시절에 한 미망인의 아들이자 한 여인의 남편으로서 아버지가 그렇게 "딴 세상"으로 훌쩍 떠나버리지 않았더라면, 이 가족의 고부 갈등 양상은 없거나 달라졌을지도 모른다. 그러나 가족적으로는 불행한 이야기지만 민족사적으로는 넓게 조망해보아야 할 '미망彌望'의 시기의 위기사를 함축하고 있음에 틀림없다. 요컨대 이 집안에서는 결코 잊을 수 없는 '미망未忘'의 이야기를 통해 김원일은 안타까운 민족사의 단면을 곡진하게 풀어 보이고 있는 셈이다.

ø이자 ∞에 가까운 아버지는 오랫동안 이 집안의 불안과 불화를 야기하는 부재하는 원인이었다. 그럼에도 어머니는 물론 아들도 북으로 간 아버지를 어찌 그리워하지 않을 수 있었으랴. 「비단길」에 이르면 마침내 이 가족들이 잠깐이나마 만나게 된다. 금강산에서 있었던 남북 이산가족 상봉 행사에서 극적으로 아버지를 만나는 이야기가 이 소설의 줄거리다. 아버지가 월북하기 전 신혼 초에 읍내 장에서 사다 주었다는 옥비녀 하나에 의지해 60년을 청상으로 지낸 어머니가 보이는 일련의 심리적 신체적 반응과 그 변화들도 인상적이지만, 아들에 의한 아버지 찾기 모티프의 극적 환기가 웅숭깊다. 어렸을 적 집을 나간 아버지였기에 이렇다 할 속정도 없는 아버지지만 그럼에도 한없는 그리움의 대상이기도 했는데, 막상 상봉한 아버지의 모습을 본 아들의 심사는 매우 복합적이다. 상상계와 실재계 사이에 어마어마한 사막이 가로놓여 있었던 까닭일까? "상상 속의 아버지가 맞는 것 같기도 하고, 길거리에서 흔히 볼 수 있는, 앞으로 살아 있을 날이 그리 길지 않은 연세에 이른 평범한 노인의 모습이기도"(p. 454) 한 아버지. "좁고 꾸부정한 어깨에, 온갖 고초를 이겨내며 그 나이에 이르렀다는 듯 뺨에까지 잡힌 굵은 주름, 동테 안경 안쪽의 침침해 뵈는 눈, 뭉그러진 콧날, 덤덤한 듯 보이지만 조금은 멍청해 보이는 표정이, 마치 허수아비가 서 있는 자태 같아서 여태 내가 상상해온 아버지와는 영 다른 모습"(pp. 454~55) 앞에서 아들은, "이분이 내가 평생 그리워해온

아버지의 참모습일까 싶자 실망감이 설핏 마음에 그늘을 지우는데, 곧이어 그런 아버지의 모습에서 참을 수 없는 연민이 가슴을 채우며 밀려왔다"(p. 455)고 토로한다. 실망과 연민의 복합 감정 속에서 아들은 아버지에게 오랜 세월 그토록 묻고 싶었던 질문을 차마 입 밖에 내지 못한다.

그때 왜 아버지가 가족을 남겨둔 채 단신 북한으로 가셨느냐고, 그 길 이외 다른 방법은 정말 없었느냐고 묻고 싶었다. 그렇지만 지금 물어서 얻어낼 수 있는 답이 무엇일까? 아버지도 60년 전 그때 일을 두고 딱 부러진 답을 말하지 못한 채 어물거리거나 위대한 어버이 수령 동지님을 찾아서 월북했다는 판박이 말이나 앵무새처럼 읊을 게 뻔했고, 아버지가 그 어떤 대답을 하더라도, "그 말씀 한번 속 시원합니다"라고 할 만한 진심 어린 고백을 들을 수 없을 것이다. 아니, 그런 질문부터가 깨진 사기그릇을 붙이려는 헛된 시도요, 엎질러진 물을 다시 담으려는 안간힘에 다름없었다. (p. 470)

비록 부자간의 실질적인 문답 풀이는 이루어지지 않았지만, 아들에 의한 아비 찾기는 어느 정도 이루어진 것처럼 보인다. 당연하게도 아주 오래전 신화에서 유리태자가 아버지 고주몽을 찾았을 때처럼 드라마틱한 광휘는 재현되지 않았다. 아니 결코 그럴 수 있는 상황이 아니었다. 만날 수 없어 의식적으로 ∅처리를 했던 아버지, 그럼에도 무의식적으로 끊임없이 소환되었던

∞ 아버지, 비록 그 아버지가 선택한 이데올로기의 현실적 성취 여부를 떠나, 아들은 ∅와 ∞ 사이의 복합적 카오스 속에서 아버지를 찾고 또 이제껏 아버지를 찾아왔던 자신을 새롭게 성찰하게 되는 것이다. 이전에 「미망」 「깨끗한 몸」 『마당 깊은 집』 등에서 어머니 찾기를 통한 자기 성찰을 시도했던 것처럼 말이다. 그러니까 김원일의 가족 서사는 아버지/어머니 찾기를 통한 아들의 자기 정체성 찾기를 모색하는 도정의 이야기라고 해도 좋을 것이다. 그러나 이미 말한 것처럼 그것이 단지 개인사나 가족사의 이야기에서 그치는 것이 아니라 민족사의 문제적 핵심으로 육박해 들어가는 서사적 동력이 있는 것이어서 그 소설사적 의미는 매우 뚜렷하다.

3. 새

김원일 소설은 한반도 분단 상황에 대한 선이 굵은 탐색의 서사이면서, 사회 생태적인 문제의식으로 확산 심화하는 경향을 보였다. 그중 「마음의 감옥」은 도시 빈민 문제를, 「도요새에 관한 명상」은 환경 생태 문제를 심원하게 천착한 소설이다. 「마음의 감옥」에서 주인공 윤구의 아버지는 평안북도 희천 개척교회 열었던 목사로 월남했다가 전쟁 중에 사망했다. 이 소설의 초점 인물인 현구는 유복자로 태어난 동생이다. 전쟁 통에 허망하게 남편을 보내고 얻은 아들이어서 어머니에게는 무척 각별한 아들이었다. 어머니는 "서로 몸뚱이는 다르지만 저 막내만은 자나 깨나 지아비와 함께 내 몸속에 있다"(p. 259)는 말버릇을 계속했거니와, 언제나 자기 마음속에 막내의 자리를 마련해두고 있었던 것이다. 현구는 대학 시절 기독교학생연맹에서 활동하며 민중 해방신학을 접한 이후 "가난한 자를 위한 사랑의 실천 운동"(p. 302)을 소명처럼 받아들였다. 줄곧 빈민운동을 가열차게 전개하던 그는 철거반원들의 부당한 처사에 맞서 싸우다가 감옥에 갇히는 몸이 된다. 그러던 중 건강이 악화되어 병원으로 이송된다. 봉사 헌신 사랑으로 빈민들과 함께했던 현구를 위해 빈민들과 운동권 동료들이 병원으로 몰려들어 즉각 석방을 요구하는 연좌 시위를 벌인다. 물론 당국은 거부한다. 간경화가 간암으로 발전했다는 얘기를 들은 가족들은 운동권 동료들과 함께 당국자들의 눈을 피해 현구를 빼돌려 집으로 탈주하는 장면으로 소설은 끝난다. "이제 현구는 우리 모두의 마음에 자신이 들어앉아 살아 숨 쉴 감옥 한 칸을 짓기 시작했다는 깨달음"으로 말미암아 "현구를 거주제한구역 안에서 운명하게 해서는 안 된다는 결론"(p. 323)을 내렸기 때문이다. 이 「마음의 감옥」에서 아버지 박 목사는 분단 상황의 속절없는 피해자였고, 그 유복자 현구는 빈민들 속에 부활한 예수님처럼 헌신했지만 끝내 현실에서 소망의 지평을 열지 못한다. 다만 사회경제적 정의 문제에 관한 분명한 문제 제기와 그 실천의 중요성을 깊게 환기한다. 그 문제 제기의 요체와 실천 방향이 매우 의미심장하다. 가난한 이들의 실질적인 살림살이를 보살핌으로써 인간의 사회 생태를 정녕 자연스럽고 인간답게 조성하여, 살 만한 세상을 만들기 위한 실질적인 노력이기 때문이다. 「마음의 감옥」에서 지향한 이 사회 생태론이 소중한 것은, 이데올로기라는 연을 좇아 "딴 세상"으로 넘어간 아버지가 일찍이 구상했던 정의로운 세상의 어떤 단면을 환기하는 까닭이다. 소설 안에서라면 아버지 박 목사가 미처 이루지 못한 소명이었다. 다시, 김원일 서사에서 아버지는 Ø이자 ∞이다.

낙동강 하구 도요새 도래지를 배경으로 한 생태소설이자 분단소설인 「도요새에 관한 명상」에는 북한에서 월남한 아버지가 생존해 있는 상태다. 아버지는 휴전 후 "동진읍에 정착했던 그해 가을, 전쟁 나기 전 고향 땅에서 본 도요새 무리를 동진강 삼각주에서 보았을 때", "헤어진 부모와 동기간과 약혼녀를 만난 듯 반가"워하며, "너들이 휴전선 위쪽 통천을 거쳐 여기로 날아왔구나", 이렇게 "대답 없는 물음을 던지"며 "울컥 사무치는 향수"를 달래곤 했던 인물이다. "철새나 나그네새는 휴전선 넘어 자유로이 내왕하건만"(p. 90) 자신은 새처럼 그곳에 갈 수 없는 현실이 안타까웠다. "언젠가는 통일의 날이 올 것이고 그렇게 되면 고향 통천으로 갈 수 있으려니 하는 희망"(p. 89)으로 살지만, 시간이 지날수록 가망 없는 희망처럼 미끄러지기만 할 뿐이어서 이마에 주름살만 깊어진다. 이처럼 이 소설에서 실향민인 아버지에게 새는 분단 모순을 환기하는 상관물이다. 두 아들 병국과 병식에게는 다르다. 미리 당겨 말하자면 병국에게는 인간과 더불어 살아야 하는 소중한 생물 종種이라면, 병식에게 새는 단지 돈벌이 수단으로 얼마든지 남획되어도 좋은 대상일 따름이다.

이 소설에서 김원일은 남달리 생태 환경 문제에 대한 구체적인 탐문의 세목을 펼쳐 보인다. 경제개발이 가열차게 진행되던 시절에 작가는 "개발이나 공해로 자연환경이 파손되면 그곳에 살고 있던 생물은 생존치 못한다"(p. 53)는 문제를 준열하게 제출한다. 생태 환경을 연구하는 생물학 교수 정배와 학생운동을 하다가 낙향하여 환경운동을 전개하는 첫째 아들 병국의 탐문을 통해 귀납적으로 그 문제의 진상을 뚜렷하게 밝히고자 했다. 먼저 공장에서 배출되는 오폐수와 거기에 섞여 있는 유독 물질의 폐해로 인해 자연정화수가 상실되어가고 강의 상태가 악화일로에 접어들고 있다고 보고한다. 강의 물의 오염됨에 따라 보호조나 희귀조의 생태 서식지가 훼손되어 점차로 그런 새들을 볼 수 없게 되었음을 관찰한다.

이런 절기쯤이면 동진강 하구의 삼각주에는 여러 종류의 나그네새와 철새를 볼 수 있었다. 천둥오리, 바다오리, 황오리, 왜가리, 고니, 기러기, 꼬마물떼새, 흰목물떼새, 중부리도요, 민물도요, 원앙이, 농병아리 등 수십 종의 철새와 나그네새가 먹이를 쫓아 싸대는 수다스러운 행동거지가 볼만했다. 각양각색의 목청으로 우짖는 소리와 날개 치는 소리가 강변 갈대밭을 덮었다. 동남만 일대가 공업화의 도전을 받자 새의 종류와 수가 줄어들었다. 근년에 그 현상은 더 현서해져 공해에 강한 새들만

동진강을 찾아들 뿐, 천연기념물로 지정된 새나 보호조는 날아들지 않는 종류까지 생겼다. (p. 60)

공업화, 산업화에 따른 폐해가 철새들에게만 국한되는 문제는 물론 아니다. 인간 생태에도 현저하게 영향을 끼친다. 그 대표적 사례로 작가는 미나마타병을 들어 문제의 심각성을 환기한다.[3] 갈대와 풀이 죄 말라버리고 "벌레는 물론이고 지렁이류의 환형동물조차 살 수 없는 버려진 땅"(p. 78)이 되어버리고, 점점 인간도 병들어가는데도 사람들은 인간 중심적 물질문명의 방향을 되돌릴 생각을 하지 않는다. 그런 형편을 성찰하던 중 병국은 환청처럼 이런 도요새의 재잘거림을 듣는다.

내 유전자 속에는 조상새로부터 물려받은 선험적인 길눈이 따로 있다. 우리는 각각 떨어진 개체지만 나는 속도가 일정하고, 행로가 분명하기에 낙오되거나 헤어지지 않는다. 5백만 년 전 신생대부터 조상새는 고통의 긴 여행을 터득해왔기 때문이다. 인간이 감히 상상할 수 없는 바다와 하늘이 맞물려 있는 무

[3] "미나마타병은 일본 구마모토 현 미나마타 시에 있는 신니치 질소 비료공장이 아세트알데히드를 제조하는 과정에서 부산물로 나온 메틸수은이 함유된 폐수를 미나마타 강에 그대로 배출함으로써 야기된 공해병이었다. 메틸수은에 오염된 어패류를 장기간 섭취한 현지 주민이 그 병에 걸리자, 앓는 환자가 1천6백여 명, 사망한 환자가 280여 명이나 되었다. 미나마타병은 지각장애, 청각장애, 혀의 경화 등을 일으키며, 임산부의 경우에는 태아가 그 수은을 흡수하면 태아성 미나마타병에 걸려 출생 후부터 일생을 식물인간으로 살아야 하는 무서운 공해병이었다"(p. 65).

공천지에 길을 열어 봄가을로 두 차례 대이동을 한다. 오직 생활환경에 적응하기 위해서라고 치부한다면 인간도 거기에 예외일 수 없다. 오히려 인간은 환경에 적응한다는 핑계로 사악해지고, 탐욕스럽고, 음란하고, 권력욕에 차 있다. 자연의 환경을 파괴하고 끝내 너희들을 파멸의 길로 이끌 물질문명의 노예가 되지 않았는가…… (pp. 71~72)

사악한 탐욕이 끝내 파멸의 길로 이끌 것이라는 도요새의 준열한 경고를, 그러나 사람들은 아직 제대로 들을 준비가 되어 있지 않다고, 작가는 생각한 것 같다. 동생 병식은 용돈이나 벌겠다고 희귀조를 독살하여 박제상에게 파는 몰상식한 거래에 아무런 거리낌 없이 동참하고 있는데, 그런 동생에게 형 병국이 일침을 가한다. "희귀조가 멸종되고 있다는 건 너도 알지? 인간이 새를 창조할 순 없어"(p. 109). 새를 창조할 수 없기에 겸손해져야 한다고, 인간 마음대로 죽여서는 안 된다고, 그래야 인간도 살 수 있다고 생각하는 형의 메시지를, 그러나 동생은 제대로 헤아리지 못한다. 아니 그럴 생각도, 마음도 없는 듯 보인다. 사정이 그러하기에 형 병국의 명상 속에서는 자꾸 "도요새가 당하는 피해만 환상으로"(p. 114) 떠오른다.[4]

김원일은 조세희 등과 더불어 산업화 시대에 비교적 일찌감치 생태 문제를 소설화한 작가에 속한다. 「따뜻한 돌」『히로시

4 「도요새에 관한 명상」에 대한 논의는 졸고, 「다시 일상으로 돌아갈 수 있을까?」(『쓺』 2020년 하권)의 관련 부분을 일부 수정한 것임.

마의 불꽃』 등에서도 생태 문제를 예각적으로 다루었다. 「도요
새에 관한 명상」은 분단 주제와 생태 주제를 절묘하게 결합한
뛰어난 소설이다. 오로지 분단 한국의 작가만이 쓸 수 있는 생
태소설을 김원일은 치밀하면서도 원숙하게 지었다. 이런 사회
생태론적 고뇌는 분단 해소와 지구 생태 살림을 동시에 지향한
다는 점에서 의미심장하다. 오랜 시간 동안 사회 생태론의 교본
으로 널리 읽힐 것으로 생각한다.

4. 나

김원일의 소설은 분단 주제를 위시로 하여 주로 선이 굵은 서
사로 이루어져 있다. 그런데 연작소설 『슬픈 시간의 기억』은 촘
촘한 미시 묘사로 빛나는 이채로운 노년소설의 진경을 보여준
다.[5] '한맥기로원'이라는 사설 양로원을 무대로 하여 고희를 넘
긴 노인들을 주인물들로 내세워 인생의 마지막 나날들의 풍경
을 매우 주밀하게 묘사한 소설이다. 치매 혹은 알츠하이머병에
걸린 노인들, 육체적으로 기력이 쇠진한 노인, 말기 암으로 고
통받는 노인의 생태를 웅숭깊게 형상화함으로써 노년소설의 새
로운 경지를 알게 했다. 그렇다는 것은 기억의 존재론과 관련한
탐문을 통해 결국 존재 자체에 대한 근원적인 질문, 그러니까

5 이 연작소설 전체에 대해서는 졸저, 『고독한 공생』, 문학과지성사, 2003, pp.
    170~81 부분을 참조.

"나는 누구인가?"라는 질문을 던지고 있다는 점과도 관련된다. 식민지와 분단, 전쟁과 보릿고개를 혹독하게 경험한 20세기 한국인이라는 역사적 맥락과 존재론적 근원 맥락을 동시에 파고들어, 그 질문의 깊이가 상당하다. 그중 「나는 누구인가」는 치매 걸린 한 여사의 기억과 재현, 의식과 무의식을 넘나들며 개인의 미시적 존재론과 그녀가 관통해온 고통스러운 20세기 시대사를 중첩해놓은 소설이다. 여기서 한 여사는 결코 돌아가고 싶지 않은 슬픈 시간의 기억을 많이 지닌 인물이다. 그녀의 이름이 한점아가, 게이코, 한안나, 한경자 등으로 바뀌었다는 사실이 우선 주목된다. 이렇다 할 이름을 지닐 수 없었던 비루한 어린 시절, 일제 때 종군 위안부로 전전했던 시절, 전쟁 후 양공주 생활을 했던 시절, 그 고단한 나날들마다 이름이 바뀌었던 것이다. 미국인 장교 사이에서 낳았던 아기는 미국에 입양시켜 자식마저 없다. 척박하고 신산한 여성적 삶을 한 여사는 대변한다. 그녀만이 아니다. 그녀의 아버지는 북해도 탄광으로 돈 벌러 떠난 뒤 소식이 없고, 어머니는 물난리에 돌아가셨고, 남동생은 해방 직후 호열자로 죽고, 둘째는 보도연맹에 연루되어 전쟁 난 해 총살당하고, 그에 놀라 자원입대한 셋째는 석 달 만에 전사했다. 그야말로 비운의 가족사가 아닐 수 없다. 이런 인물의 성격을 드러내고 20세기 시대사를 함축한 개인사를 구축하는 데 탄력적인 기능을 담당하는 게, 바로 김원일의 역동적 미시 묘사다. 고정된 한 장면을 묘사할 때보다 시간의 퇴적층을 자유롭게 오르내리며 복합적인 묘사를 수행할 때, 김원일의 미시 묘사는 더욱 웅숭깊어진다. 다음은 한 여사가 치매 상태에서 무의식과 의식, 현대와 과거를 마구 넘나들면서 보이는 몸짓 및 말짓과 이를 보는 주위 사람들의 행태를 교차해가면서 복합적으로 묘사한 부분이다.

보통이 하나 껴안고 군함을 타자, 한경자는 눈물이 쏟아져 앞을 가렸다. [……] 한 여사가 갑자기 온몸을 떨더니 눈 부릅뜨고 외친다. 날, 제발, 거기로, 보내지, 마. 난, 아, 안, 갈 테야! 나, 남양 거기, 사철 한여름 더위만 끓는다는 거기로 안 갈 테야! 그때만도 그녀는 자신의 처지가 그렇게 될 줄 몰랐다. 한 여사의 다리가 경련을 일으킨다. 칠흙같이 깜깜한 땅속에 묻힐 처지에 남향이고 북향이고 가릴 처지야? 초정댁이 그네의 두 다리를 누르며, 안 가겠다고? 죽음에는 나이고 뭐고 순서가 없어, 없다구! 하고 계속 종알거린다. 다 죽어가며 웬 힘은 이렇게 세. 초정댁이 정강이뼈가 부러지라고 그네의 다리를 꾹꾹 누른다. 한 여사가 나동으로 가기 싫은가 봐. 임자보고 나동으로 가라면 가겠어? 허긴 그래. 남향이긴 하지만 나동은 송장 대기소니깐. 그러나 어쩔 수 없이 가게 될 날이 오겠지. 가는 세월을 누가 막아. 둘러선 늙은이들이 탄식한다. 죽는다는 게 얼마나 무섭고 골수에 사무쳤으면 저럴까. 누군 가고 싶어 가나, 억울하고 원통해도 어쩔 수 없이 눈감지, 하고 한 늙은이가 말한다. 난, 안 가. 그, 남양 땅 지옥에는, 안, 갈 테야, 하는 한 여사의 외침이 잦아진다. 이젠 향기가 그녀의 콧속으로 스며들지 않는다. 온몸

에 찢어질 것 같은 통증이 엄습한다. 난, 차라리, 홍 씨가 탄, 유
령선을, 탈, 거야. 지옥에 가더라도, 군함은, 안, 탈 테야! 한 여
사가 안간힘 쓰듯 다시 외친다. 아닌 밤중에 홍두깨라더니, 무
슨 배를 탄다구? 홍이 누구야? 혹시 아파트에 사는 노망난 노인
이 홍 씨 아냐? 주위의 늙은이들이 말한다. 부웅부웅. 뱃고동이
울었다. 군함이 미끄러지듯 바다 가운데로 나가자 용두산공원
과 부둣거리가 차츰 가물가물 멀어졌다. (pp. 377~78)

긴 설명이 필요 없는 역동적 묘사다. 물론 한 여사로 지칭되
는 문장은 현재이고, 한경자로 지시되는 부분은 과거다. 이런 식
의 역동적 미시 묘사를 통해서 작가 김원일은 대상 인물의 삶
전체 구조에 육박해 들어가는 서사 전략을 구현하고자 했다. 이
런 역동적인 미시 묘사를 통해 작가는 현묘한 재현의 아레테를
펼쳐 보였다. 김원일이 평생 절차탁마한 묘사 신공의 모든 것이
이 연작에 다채롭게 담겨 있다.

연작 『슬픈 시간의 기억』에서 작가는 인생의 황혼에 이른 노
년 캐릭터들을 초점화하여 "나는 누구인가"라는 근원적인 질문
을 던졌다. 그것은 곧 작가 자신을 향한 질문이자 우리 모두에
게 수렴되는 질문에 값한다. 보편적인 질문이면서도 20세기 한
국사와 구체적으로 관련을 맺는 질문이어서, 그 질문의 심연이
깊은 편이다. 연처럼 "딴 세상"으로 벗어 나간 아버지, 그 $\emptyset$이자
∞인 아버지를 찾아나선 이야기, 남편 떠난 집안에서 살아남기
위해 몸부림친 어머니를 이해하기 위한 이야기, 그런 아버지/

어머니를 찾아가면서 그런 집안의 장남이란 어떤 존재였던가를 탐문하는 이야기, 또 새처럼 자유롭게 휴전선을 넘나들 수 없음을 안타까워하는 이야기, 무분별한 개발과 생태 파괴로 인해 새들과 인간을 포함한 지구상의 많은 생명을 위태롭게 하는 인류세 시대의 생태 환경을 걱정하는 이야기 등은 김원일이 평생 공들여온 분단문학의 매트릭스를 다채롭게 형성하는 세목들이다. 결국 작가 김원일은 누구인가? 20세기 한국 분단소설을 대표하는 작가다. 개인사와 가족사, 민족사와 시대사를 가로지르며, 분단 한국과 한국인의 운명을 웅숭깊은 재현의 아레테를 통해 탐문한 소설들로, 그만의 소설 시대를 넓고 깊게 열어나갈 수 있었던 탁월한 연금술사다.